KAR

Orhan Pamuk 1952'de İstanbul'da doğdu. *Cevdet Bey ve Oğulları* ve *Kara Kitap* romanlarında anlattığına benzer kalabalık bir ailede, Nişantaşı'nda büyüdü. Otobiyografik kitabı *İstanbul*'da anlattığı gibi çocukluğundan yirmi iki yaşına kadar yoğun bir şekilde resim yaparak ve ileride ressam olacağını düşleyerek yaşadı. Liseyi İstanbul'daki Amerikan lisesi Robert Kolej'de okudu. İstanbul Teknik Üniversitesi'nde üç yıl mimarlık okuduktan sonra, mimar ve ressam olmayacağına karar verip okulu bıraktı ve İstanbul Üniversitesi'nde gazetecilik okudu. Pamuk, yirmi üç yaşından sonra romancı olmaya karar vererek başka her şeyi bıraktı ve kendini evine kapatıp yazmaya başladı. İlk romanı *Cevdet Bey ve Oğulları* ile Milliyet Yayınları Roman Ödülü'nü kazandı. Kitap 1982'de yayımlandı ve aynı yılın Orhan Kemal Roman Armağanı'nı aldı. Pamuk ertesi yıl *Sessiz Ev* adlı romanını yayımladı ve bu kitabın Fransızca çevirisiyle 1991'de Prix de la Découverte Européenne'i kazandı. Venedikli bir köle ile bir Osmanlı âlimi arasındaki gerilimi ve dostluğu anlatan romanı *Beyaz Kale* (1985), pek çok dile çevrilerek Pamuk'a uluslararası ününü sağlayan ilk romanı oldu. Aynı yıl karısıyla Amerika'ya gitti ve 1985-88 arasında New York'ta Columbia Üniversitesi'nde misafir öğretim üyesi olarak bulundu. İstanbul'un sokaklarını, geçmişini, kimyasını ve dokusunu, kayıp karısını arayan bir avukat aracılığıyla anlatan *Kara Kitap*'ı 1990'da yayımladı. Fransızca çevirisiyle France Culture Ödülü'nü kazanan bu roman, geçmişten ve bugünden aynı heyecanla söz edebilen bir yazar olarak Pamuk'un ününü hem Türkiye'de hem de yurtdışında genişletti. 1991'de, Pamuk'un Rüya adını verdiği bir kızı oldu. 1992'de yayımladığı *Gizli Yüz* adlı senaryosu Antalya Altın Portakal Film Festivali'nde En İyi Senaryo Ödülü'ne layık görüldü. 1994'te, esrarengiz bir kitaptan etkilenen üniversiteli bir genci hikâye ettiği *Yeni Hayat* adlı şiirsel romanı yayımlandı. Osmanlı ve İran nakkaşlarını, Batı dışındaki dünyanın görme ve resmetme biçimlerini bir aşk ve aile romanının entrikasıyla hikâye ettiği *Benim Adım Kırmızı* adlı romanı 1998'de yayımlandı. Bu kitapla Fransa'da Prix du Meilleur livre étranger (2002), İtalya'da Grinzane Cavour (2002) ve İrlanda'da International Impac-Dublin (2003) ödüllerini kazandı. 1990'ların ortasından itibaren Pamuk, insan hakları ve düşünce özgürlüğü konularında yazdığı makalelerle Türkiye devletine karşı eleştirel bir tavır takındı. Yurtiçinde ve yurtdışında çeşitli gazete ve dergilere yazdığı edebi, kültürel makalelerden oluşturduğu geniş bir seçmeyi 1999 yılında *Öteki Renkler* adıyla yayımladı. "İlk ve son siyasi romanım" dediği *Kar* adlı kitabını 2002'de yayımladı. Kars şehrinde, siyasal İslamcılar, askerler, laikler, Kürt ve Türk milliyetçileri arasındaki şiddeti ve gerilimi hikâye eden bu kitap, *New York Times Book Review* tarafından 2004 yılının en iyi 10 kitabından biri seçildi. Pamuk'un 2003 yılında yayımladığı *İstanbul*, yazarın hem yirmi iki yaşına kadar olan hatıralarını aktardığı bir hatıra kitabı hem de kendi kişisel albümüyle, Batılı ressamların ve yerli fotoğrafçıların eserleriyle zenginleştirilmiş, İstanbul üzerine bir denemedir. Kitapları 63 dile çevrilmiş, bütün dünyada 13 milyon (Türkiye'de 2, yurtdışında 11 milyon) satmış olan Pamuk, pek çok üniversiteden şeref doktorası aldı. Alman Kitapçılar Birliği tarafından 1950 yılından beri verilmekte olan, Almanya'nın kültür alanındaki en seçkin ödülü olarak kabul edilen Barış Ödülü, 2005'te Orhan Pamuk'a verildi. Ayrıca *Kar* Fransa'da her yıl en iyi yabancı romana verilen Le Prix Médicis étranger ödülünü aldı. Aynı yıl *Prospect* dergisi tarafından dünyanın 100 entelektüeli arasında gösterildi ve 2006 yılında *Time* dergisi tarafından dünyanın en etkili 100 kişisinden biri seçildi. American Academy of Arts and Letters'ın ve Çin Sosyal Bilimler Akademisi'nin şeref üyesi olan Pamuk, senede bir dönem Columbia Üniversitesi'nde ders veriyor. Orhan Pamuk 2006 yılında Nobel Edebiyat Ödülü'nü alarak bu ödülü kazanan ilk Türk oldu 2007'de, ödül konuşması "Babamın Bavulu" diğer önemli ödül konuşmalarıyla birlikte kitaplaştı. Pamuk 2008'de aşk, evlilik, dostluk, mutluluk gibi konuları bireysel ve toplumsal boyutlarıyla işlediği *Masumiyet Müzesi* adlı romanını; 2010 yılında ise çocukluğundan başlayarak hayatını ve edebiyatla ilişkisini eksen alan yazı ve röportajlarından oluşan *Manzaradan Parçalar*'ı yayımladı. Pamuk, 2009'da Harvard Üniversitesi'nde verdiği Norton derslerini 2011 yılında *Saf ve Düşünceli Romancı* adıyla kitaplaştırdı. 2012'de İstanbul'da Masumiyet Müzesi'ni açtı ve müzenin kataloğu *Şeylerin Masumiyeti*'ni yayımladı. Aynı yıl "Avrupa kültürüne olağanüstü katkılarından" dolayı Danimarka'da Sonning Ödülü'nü aldı. 2013'te ise kitaplarından seçtiği en güzel parçalardan oluşan *Ben Bir Ağacım*'ı yayımladı. Masumiyet Müzesi, Avrupa Müzeler Forumu tarafından 2014 yılında Avrupa'nın en iyi müzesi seçildi. Üzerinde altı yıl çalıştığı ve bir sokak satıcısı ile ailesinin İstanbul'daki kırk yılını hikâye eden romanı *Kafamda Bir Tuhaflık*'ı 2014 yılının Aralık ayında yayımladı. Büyük ilgi gören kitap 2015 yılında "Roman" dalında verilen Aydın Doğan Vakfı Ödülü ile Erdal Öz Ödülü'nü kazandı. 2016'da Tolstoy Müzesi Vakfı'nca düzenlenen Yasnaya Polnaya Ödülü'nü ("Yabancı Edebiyat" kategorisinde) aldı. *Kırmızı Saçlı Kadın* adlı romanı 2016 yılının Şubat ayında yayımlandı. Yazarın en çok okunan, tartışılan kitaplarından biri olan roman İtalyanca çevirisiyle 2017 yılında Lampedusa Ödülü'nü kazandı.

Orhan Pamuk'un
YKY'deki kitapları

Hatıraların Masumiyeti (2016)
Kırmızı Saçlı Kadın (2016)
Kafamda Bir Tuhaflık (2014)
Şeylerin Masumiyeti (2012)
Saf ve Düşünceli Romancı (2011)
Manzaradan Parçalar (2010)
Masumiyet Müzesi (2008)
Babamın Bavulu (2007)
İstanbul-Hatıralar ve Şehir (2003)
Kar (2002)
Öteki Renkler (1999)
Benim Adım Kırmızı (1998)
Yeni Hayat (1994)
Gizli Yüz (1992)
Kara Kitap (1990)
Beyaz Kale (1985)
Sessiz Ev (1983)
Cevdet Bey ve Oğulları (1982)

DOĞAN KARDEŞ
Ben Bir Ağacım (Seçme Parçalar) (2013)

Kara Kitap'ın Sırları (2013)

Kara Kitap-25 Yaşında (2015)
Resimli İstanbul-Hatıralar ve Şehir (2015)
Balkon - Önsöz ve Fotoğraflar (2018)
Turuncu - Önsöz ve Fotoğraflar (2020)

DELTA
Babalar, Analar ve Oğullar
(Cevdet Bey ve Oğulları, Sessiz Ev, Kırmızı Saçlı Kadın) (2018)

ORHAN PAMUK

Kar

Roman

YKY
YAPI KREDİ YAYINLARI

Yapı Kredi Yayınları - 3935
Edebiyat - 1110

Kar / Orhan Pamuk

Editör: Murat Yalçın - Darmin Hadzibegovic
Düzelti: Filiz Özkan

Kapaktaki resim: Orhan Pamuk'un *Kar*'ı yazarken gittiği Kars'ta
romanı tanıtmak için çekilen filmlerden.

Baskı: Asya Basım Yayın Sanayi Tic. Ltd. Şti
15 Temmuz Mah. Gülbahar Cad. No: 62/B Güneşli - Bağcılar / İstanbul
Telefon: (0 212) 693 00 08
Sertifika No: 36150

1.-25. baskı: İletişim Yayınları, İstanbul, Ocak 2002-Nisan 2013 (177.000)
YKY'de 1.-16. baskı: İstanbul, Temmuz 2013-Kasım 2020 (177.001-252.000)
17. baskı: İstanbul, Şubat 2021 (252.001-257.000)
ISBN 978-975-08-2591-0

Yapı Kredi Kültür Sanat Yayıncılık Ticaret ve Sanayi A.Ş.
İstiklal Caddesi No: 161 Beyoğlu 34433 İstanbul
Telefon: (0 212) 252 47 00 Faks: (0 212) 293 07 23
http://www.ykykultur.com.tr
e-posta: ykykultur@ykykultur.com.tr
facebook.com/yapikrediyayinlari
twitter.com/YKYHaber
instagram.com/yapikrediyayinlari

Yapı Kredi Kültür Sanat Yayıncılık
PEN International Publishers Circle üyesidir.

Rüya'ya

Dikkatimiz şeylerin tehlikeli kenarına
Dürüst hırsıza, şefkatli katile,
Batıl inançlı ateiste

Robert Browning,
Papaz Blougram'ın Maruzatı

Edebi bir eserde siyaset, bir konserin ortasında patlayan tabanca gibi kaba ama göz ardı edemeyeceğimiz bir şeydir. Şimdi çok çirkin şeylerden söz edeceğiz...

Stendhal, *Parma Manastırı*

Yok edin halkı, kırın, susturun onları. Çünkü Avrupa aydınlanması halktan çok daha önemlidir.

Dostoyevski, *Karamazov Kardeşler'in Çalışma Notları*

İçimdeki Batılı huzursuz olmuştu.

Joseph Conrad, *Batılı Gözler Altında*

İÇİNDEKİLER

1

Karın sessizliği

KARS'A GİDİŞ

Karın sessizliği, diye düşünüyordu otobüste şoförün hemen arkasında oturan adam. Bu bir şiirin başlangıcı olsaydı içinde hissettiği şeye karın sessizliği derdi.

Onu Erzurum'dan Kars'a götürecek otobüse son anda yetişmişti. İstanbul'dan iki gün süren karlı fırtınalı bir otobüs yolculuğundan sonra Erzurum garajına varmış, kirli ve soğuk koridorlarda elinde çantası, kendisini Kars'a götürecek otobüslerin nereden kalktığını öğrenmeye çalışırken biri, bir otobüsün hemen kalkmakta olduğunu söylemişti.

Yetiştiği Magirus marka eski otobüsün muavini, kapattığı bagajı yeniden açmak istemediği için "Acelemiz var," demişti. Bu yüzden şimdi bacaklarının arasında duran koyu vişne rengi Bally marka büyük el çantasını yanına almıştı. Pencere kenarında oturan yolcunun üzerinde beş yıl önce Frankfurt'ta bir Kaufhof'tan aldığı kül rengi kalın bir palto vardı. Kars'ta geçireceği günlerde bu yumuşacık tüylü, güzel paltonun kendisi için hem utanç ve huzursuzluk, hem de güven kaynağı olacağını şimdiden söyleyelim.

Otobüs yola çıktıktan hemen sonra, cam kenarında oturan yolcu "belki yeni bir şey görürüm" diye gözlerini dört açıp Erzurum'un kenar mahallelerini, küçücük ve yoksul bakkal dükkânlarını, fırınları, kırık dökük kahvehanelerin içlerini seyrederken kar serpiştirmeye başlamıştı. İstanbul'dan Erzurum'a yol boyunca yağan kardan daha güçlü ve iri taneliydi. Cam kenarında oturan yolcu yol yorgunu olmayıp gökten kuş tüyleri gibi inen iri tanelere biraz daha dikkat etseydi yaklaşmakta olan güçlü kar fırtınasını sezebilir, belki de bütün hayatını değiştirecek bir yolculuğa çıkmış olduğunu ta baştan anlayıp geri dönebilirdi.

Ama geri dönmek aklında yoktu hiç. Akşam çökerken yeryüzünden daha aydınlık görünen göğe gözlerini dikmiş, gittikçe irileşen ve rüzgârda savrulan kar tanelerini yaklaşmakta olan bir felaketin belirtileri olarak değil, çocukluğundan kalma bir mutluluk ve saflığın en sonunda geri gelen işaretleri olarak seyrediyordu. Cam kenarında oturan yolcu, çocukluğunu ve mutluluk yıllarını yaşadığı şehre, İstanbul'a on iki yıldan sonra ilk defa bir hafta önce annesinin ölümü üzerine dönmüş, orada dört gün kalmış, hiç hesapta olmayan bu Kars yolculuğuna çıkmıştı. Yağan olağanüstü güzellikteki karın onu yıllar sonra görebildiği İstanbul'dan bile daha mutlu kıldığını hissediyordu. Şairdi ve yıllar önce yazdığı ve Türk okuyucusunun pek az tanıdığı bir şiirinde karın hayatta bir kere rüyalarımızda da yağdığını yazmıştı.

Kar rüyalarda yağdığı gibi uzun uzun, sessizce yağarken cam kenarında oturan yolcu yıllardır tutkuyla aradığı masumiyet ve saflık duygularıyla arındı ve kendini bu dünyada evinde hissedebileceğine iyimserlikle inandı. Biraz sonra da uzun zamandır yapmadığı ve aklından hiç geçmeyen bir şeyi yaptı ve koltuğunda uyuyakaldı.

Uyumasından yararlanıp onun hakkında sessizce biraz bilgi verelim. On iki yıldır Almanya'da siyasi sürgün hayatı yaşıyordu, ama hiçbir zaman siyasetle fazla ilgilenmiş değildi. Asıl tutkusu, bütün düşüncesi şiirdi. Kırk iki yaşındaydı, bekârdı ve hiç evlenmemişti. Kıvrıldığı koltukta fark edilmiyordu ama Türkler için uzunca sayılabilecek bir boyu, yolculukta daha da solan açık bir teni, kumral saçları vardı. Yalnızlıktan hoşlanan sıkılgan biriydi. Uyuyakaldıktan biraz sonra başının otobüsün sarsıntısıyla yanındaki yolcunun omzuna, sonra da göğsüne düştüğünü bilseydi çok utanırdı. Gövdesi komşusunun üzerine düşen yolcu iyi niyetli, doğru düzgün bir insandı ve bu özellikleri yüzünden özel hayatlarında hareketsiz ve başarısız olan Çehov kahramanları gibi kederliydi hep. Keder konusuna daha sonra çok döneceğiz. Bu rahatsız oturuşu ile daha fazla uyuyamayacağını anladığım yolcunun adının Kerim Alakuşoğlu olduğunu, ama bundan hiç hoşlanmadığı için kendisine adının ilk harfleriyle Ka denmesini tercih ettiğini, bu kitapta da öyle yapacağımı hemen söyleyeyim. Kahramanımız daha okul yıllarındayken ödev ve sınav kâğıtlarına adını inatla Ka diye yazar, üniversitede yoklama kâğıdını Ka diye imzalar, bu konuda öğretmenleri ve devlet memurlarıyla her seferinde kavga çıkarmayı göze alırdı. Annesine, ailesine, dostlarına kabul ettirdiği bu adla şiir kitaplarını da yayımladığı için Ka adının Türkiye'de ve Almanya'daki Türkler arasında küçük ve esrarlı bir ünü vardı. Şimdi, Erzurum garajından ayrıldıktan sonra yolculara iyi seyahatler dileyen şoför gibi ben de ekleyeyim: Yolun açık olsun sevgili Ka... Ama sizi kandırmak istemem: Ka'nın eski bir arkadaşıyım ve Kars'ta başına gelecekleri daha bu hikâyeyi anlatmaya başlamadan biliyorum ben.

Horasan'dan sonra otobüs kuzeye Kars'a doğru saptı. Kıvrılarak yükselen yokuşların birinde birdenbire bir at arabası belirip şoför sıkı bir fren yapınca Ka hemen uyandı. Otobüsün içinde oluşan o birlik beraberlik havasına katılması çok vakit almadı. Dönemeçlerde, kayalık uçurum kenarlarında otobüs yavaşladıkça, şoförün hemen arkasında oturmasına rağmen o da arkadaki yolcular gibi yolu daha iyi görebilmek için ayağa kalkıyor, buğulanan ön camı şoföre yardım şevkiyle silen bir yolcuya gözden kaçan bir köşeyi parmağıyla işaret edip göstermeye çalışıyor (yardımı fark edilmemişti), tipi azıtınca bir anda bembeyaz kesen ön cama silecekler yetişemeyince şoför gibi o da artık hiç gözükmeyen asfaltın nereye doğru uzandığını çıkarmaya çalışıyordu.

Yol işaretleri kar tuttuğu için okunmuyordu. Tipi iyice bastırınca şoför uzak ışıklarını kapattı ve yarı karanlıkta yol daha belirginleşirken otobüsün içi karanlıklaştı. Korkular içindeki yolcular birbirleriyle hiç konuşmadan karlar altındaki fakir kasabacıkların sokaklarına, kırık dökük tek katlı evlerin soluk lambalarına, uzak köylerin şimdiden kapanmış yollarına ve lambaların belli belirsiz aydınlattığı uçurumlara baktılar. Konuşurlarsa fısıldaşarak konuşuyorlardı.

Kucağına düşerek uyuyakaldığı koltuk komşusu Ka'ya böyle bir fısıltıyla Kars'a ne amaçla gittiğini sordu. Ka'nın Kars'ın yerlisi olmadığını anlamak kolaydı.

"Gazeteciyim," diye fısıldadı Ka... Bu doğru değildi. "Belediye seçimleri ve intihar eden kadınlar için gidiyorum." Bu doğruydu.

"Kars'ta belediye başkanının öldürüldüğünü ve kadınların intihar ettiğini bütün İstanbul gazeteleri yazmışlar," dedi koltuk komşusu, Ka'nın gurur mu utanç mı olduğunu çıkaramadığı kuvvetli bir duyguyla.

Üç gün sonra, Kars'ta karlar altındaki Halitpaşa Caddesi'nde gözlerinden yaşlar akarken tekrar karşılaşacağı bu ince, yakışıklı köylüyle Ka yolculuk boyunca ara ara konuştu. Kars'taki hastane yeterli olmadığı için annesini Erzurum'a götürdüğünü, Kars yakınlarındaki köyünde hayvancılık yaptığını, zar-zor geçindiklerini ama isyancı olmadığını, kendisi için değil –Ka'ya açıklamadığı esrarengiz nedenlerden– ülkesi için üzüldüğünü, Ka gibi okumuş yazmış birinin Kars'ın dertleri için ta İstanbul'dan gelmesine memnun olduğunu öğrendi. Yalın sözlerinde, konuşurkenki mağrur halinde Ka'da saygı uyandıran soylu bir yan vardı.

Adamın varlığının kendisine huzur verdiğini hissetmişti Ka. Almanya'da on iki yıl boyunca hissetmediği türden bu huzuru Ka kendinden güçsüz birisini anlayıp ona şefkat duymaktan hoşlandığı zamanlardan hatırlıyordu. Böyle zamanlarda, dünyaya acıma ve sevgi duyduğu adamın gözüyle bakmaya çalışırdı. Ka bunu yapınca bitip tükenmeyen kar fırtınasından daha az korktuğunu, uçuruma yuvarlanmayacaklarını, geç de olsa otobüsün Kars'a varacağını anladı.

Otobüs karlar altındaki Kars sokaklarına saat onda, üç saat gecikmiş olarak girdiğinde Ka şehri hiç tanıyamadı. Yirmi yıl önce buraya buharlı trenle geldiği bahar gününde karşısına çıkan istasyon binasının da, arabacının onu bütün şehri dolaştırdıktan sonra götürdüğü her odası telefonlu Cumhuriyet Oteli'nin de nerede olduğunu çıkaramadı. Karın altında her şey silinmiş, kaybolmuş gibiydi. Garajlarda bekleyen bir-iki at arabası geçmişi hatırlatıyordu ama şehir yıllar önce Ka'nın gördüğünden ve hatırladığından çok daha kederli ve yoksuldu. Ka otobüsün buz tutmuş pencerelerinden son on yılda Türkiye'nin her yerinde benzerleri yapılmış beton apartmanları, her yeri birbirine benzeten pleksiglas panoları ve sokakların bir yanından öbür yanına gerilmiş iplerin üzerine asılmış seçim afişlerini gördü.

Otobüsten inip ayağı yumuşacık kara değer değmez pantolonunun paçalarından keskin bir soğuk girdi. İstanbul'dan telefon edip yer ayırttığı Karpalas Oteli'ni sorarken otobüsün muavininden bavullarını alan yolcular arasında tanıdık yüzler gördü ama kar altında bu kişilerin kim olduklarını çıkaramadı.

Otele yerleştikten sonra gittiği Yeşilyurt Lokantası'nda yeniden gördü onları. Yıpranmış, yorgun, ama hâlâ yakışıklı ve havalı bir erkekle, onun hayat arkadaşı olduğu anlaşılan şişman ama hareketli bir kadın. Ka onları İstanbul'dan, 1970'lerin bol sloganlı siyasal tiyatrolarından hatırlıyordu: Adamın adı Sunay Zaim'di. Dalgın dalgın onları seyrederken kadının ilkokuldan sınıf arkadaşı bir kıza benzediğini de çıkardı. Ka tiyatrocu çevrelerine özgü solgun ve ölü teni masadaki diğer erkeklerde de gördü: Bu karlı şubat gecesinde, bu unutulmuş şehirde, bu küçük tiyatro kumpanyasının ne işi vardı? Yirmi yıl önce kravatlı memurların devam ettiği bu lokantadan çıkmadan önce Ka bir başka masada 1970'lerin eli silahlı solcu kahramanlarından birini de gördüğünü sandı. Yoksullaşıp soluklaşan Kars ve lokanta gibi, hatıraları da kar altında silinmiş gibiydi.

Sokaklarda kar yüzünden mi kimse yoktu, yoksa bu donmuş kaldırımlarda zaten hiçbir zaman mı kimse olmazdı? Duvarlardaki seçim afişlerini, dersane ve lokanta ilanlarını ve valiliğin yeni astığı, üzerinde "İnsan Allah'ın Bir Şaheseridir ve İntihar Bir Küfürdür" yazan intihar karşıtı posterleri dikkatle okudu. Pencereleri buz tutmuş yarı dolu bir çayhanede televizyon seyreden erkekler kalabalığını gördü Ka. Hafızasında Kars'ı özel bir yer yapan Rus yapısı eski taş binaları görmek biraz olsun içini rahatlattı.

Karpalas Oteli Baltık mimarisiyle yapılmış zarif Rus yapılarından biriydi. İki katlı, ince, uzun yüksek pencereli binaya bir avluya açılan bir kemerin altından geçilerek giriliyordu. Yüz on yıl önce at arabaları rahatça geçsin diye yüksek yapılan bu kemerin altından geçerken Ka belli belirsiz bir heyecan duydu, ama o kadar yorgundu ki üzerinde durmadı bunun. Gene de bu heyecanın Ka'nın Kars'a geliş nedenlerinden biriyle ilgili olduğunu söyleyeyim: Üç gün önce Ka İstanbul'da *Cumhuriyet* gazetesini ziyarete gittiğinde gençlik arkadaşı Taner'i görmüş, o da Ka'ya, Kars'ta belediye seçimleri yapılacağını, ayrıca tıpkı Batman'da olduğu gibi Kars'ta da genç kızların tuhaf bir intihar hastalığına yakalandıklarını anlatmış, bu konularda yazmak ve on iki yıldan sonra gerçek Türkiye'yi görüp tanımak istiyorsa Kars'a gitmesini, başka kimsenin hevesli olmadığı bu iş için ona geçici bir basın kartı verilmesini önermiş ve ayrıca üniversite arkadaşları güzel İpek'in de Kars'ta olduğunu eklemişti. Muhtar'dan ayrılmış olmasına rağmen İpek orada Karpalas Oteli'nde babası ve kız kardeşiyle yaşıyordu. *Cumhuriyet*'te politik yorumlar yapan Taner'in sözlerini dinlerken Ka İpek'in güzelliğini hatırladı.

Otelin yüksek tavanlı lobisindeki televizyona bakan kâtip Cavit'in anahtarını verdiği ikinci kattaki 203 numaralı odaya çıkıp kapıyı kapattıktan sonra Ka rahatladı. Kendini dikkatle dinlemişti, yol boyunca korktuğunun aksine ne aklı ne de yüreği İpek'in otelde olup olmamasıyla ilgiliydi. Âşık olmaktan, sınırlı aşk hayatlarını yalnızca bir dizi acı ve utanç olarak hatırlayanların kuvvetli içgüdüsüyle ölesiye korkardı Ka.

Gece yarısı, üzerinde pijamaları, karanlık odasında yatağına girmeden önce, perdeyi hafifçe araladı. Karın kocaman tanelerle hiç durmadan yağışını seyretti.

2

Şehrimiz huzurlu bir yerdir

UZAK MAHALLELER

Kar şehrin kirinin, çamurunun ve karanlığının, örtülerek unutulduğu bir saflık duygusu uyandırırdı hep onda ama Ka Kars'ta geçirdiği ilk gün kar ile ilgili bu masumiyet duygusunu kaybetti. Burada kar yorucu, bıktırıcı, yıldırıcı bir şeydi. Bütün gece yağmıştı. Ka sabah sokaklarda yürür, işsiz Kürtlerle dolu kahvehanelerde oturur, hevesli bir gazeteci gibi elinde kâğıt kalem seçmenlerle görüşür, yoksul mahallelerin dik ve buzlu yollarını tırmanır, eski belediye başkanı, vali muavini ve intihar eden kızların yakınlarıyla görüşürken kar hiç dinmedi. Çocukluğunda, Nişantaşı'ndaki güvenli evlerinin penceresinden ona bir masalın parçasıymış gibi gelen karlı sokak görüntüleri şimdi yıllardır hayallerini içinde son bir sığınak olarak taşıdığı bir orta sınıf hayatının ve hayal bile etmek istemediği sonu umutsuz bir yoksulluğun başlangıcı gibi gözüküyordu.

Sabah daha şehir yeni uyanırken yağan kara aldırmadan Atatürk Caddesi'nden aşağıya, gecekondu mahallelerine, Kars'ın en fakir semtlerine, Kaleiçi Mahallesi'ne doğru hızlı hızlı yürüdü. Dalları kar tutmuş iğde ve çınar ağaçlarının altından hızlı hızlı ilerlerken, pencerelerinden dışarıya soba boruları çıkan eski ve yıpranmış Rus binalarına, odun depolarıyla elektrik trafosu arasında yükselen bin yıllık boş Ermeni kilisesinin içine yağan kara, buz tutmuş Kars Çayı'nın üzerindeki beş yüz yıllık taş köprüden her geçene havlayan kabadayı köpeklere, kar altında iyice boş ve terk edilmiş gözüken Kaleiçi Mahallesi'nin küçük gecekondularından tüten incecik dumanlara bakıp öylesine kederlendi ki gözlerinde yaşlar birikti. Derenin karşı yakasına erkenden fırına yollanmış biri erkek biri kız iki çocuk kucaklarında sıcak ekmekler aralarında itişerek öyle bir mutlulukla gülüşüyorlardı ki Ka da onlara gülümsedi. Yoksulluk ya da çaresizlik değildi içine bu kadar işleyen; şehrin her yerinde, fotoğrafçı dükkânlarının boş vitrinlerinde, kâğıt oynayan işsizlerle tıkış tıkış kalabalık çayhanelerin buzlu camlarında, karla kaplı boş meydanlarda daha sonra hep göreceği tuhaf ve güçlü bir yalnızlık duygusuydu. Sanki burası herkesin unuttuğu bir yerdi ve kar sessizce dünyanın sonuna yağıyordu.

Sabah Ka'nın talihi yaver gitti ve herkesin merak edip elini sıkmak isteyeceği İstanbullu ünlü bir gazeteci gibi karşılandı; vali muavininden en yoksuluna kadar herkes ona kapısını açıp konuştu. Ka'yı Karslılara üç yüz yirmi satışlı *Serhat Şehir Gazetesi*'ni çıkaran, bir zamanlar *Cumhuriyet* gazetesine yerel haberler yollayan (çoğu yayımlanmazdı) Serdar Bey tanıttı. Ka sabah otelinden çıkar çıkmaz ilk iş "yerel muhabirimiz" diye İstanbul'dan adı verilen bu eski gazeteciyi gazetesinin kapısında bulmuş, bütün Kars'ı tanıdığını hemen anlamıştı. Kars'ta geçireceği üç gün boyunca Ka'ya yüzlerce kere sorulacak soruyu Serdar Bey sordu ilk.

"Serhat şehrimize hoş geldiniz üstat. Ama burada ne işiniz var?"

Ka seçimleri izlemeye ve intiharcı kızlar hakkında belki bir yazı yazmaya geldiğini söyledi.

"İntiharcı kızlar Batman'daki gibi abartılıyor," dedi gazeteci. "Emniyet Müdür Yardımcısı Kasım Bey'e çıkalım. Ne olur ne olmaz, geldiğinizi bilsinler."

Kasabaya gelen yabancıların gazeteci de olsalar polise bir görünmeleri ta 1940'lardan gelen bir taşra alışkanlığıydı. Yıllar sonra ülkesine geri dönen bir siyasal sürgün olduğu ve –hiç konuşulmasa da– PKK'lı gerillaların varlığı bir şekilde hissedildiği için Ka karşı çıkmadı.

Ağır ağır yağan karın altında sebze halinden, sıra sıra nalburların ve yedek parçacıların dizildiği Kâzım Karabekir Caddesi'nden, hüzünlü işsizlerin televizyona ve yağan kara baktığı çayhanelerin, kocaman kaşar peyniri tekerlerinin sergilendiği mandıra dükkânlarının önünden yürüyüp bütün şehri çaprazlamasına on beş dakikada geçtiler.

Serdar Bey yolda durup Ka'ya eski belediye başkanının vurulduğu köşeyi gösterdi bir ara. Bir söylentiye göre basit bir belediye sorunu, kaçak bir balkonun yıkılması yüzünden vurulmuştu başkan. Katil, cinayetten sonra kaçtığı köyündeki evinin samanlığında silahıyla birlikte olaydan üç gün sonra yakalanmıştı. Bu üç gün boyunca o kadar çok dedikodu yapılmıştı ki suçu onun işlediğine önce kimse inanmamış, cinayet nedeninin bu kadar basit olması hayal kırıklığı yaratmıştı.

Kars Emniyet Müdürlüğü Ruslardan ve Ermeni zenginlerinden kalan ve çoğu devlet binası olarak kullanılan eski taş yapıların sıralandığı Faikbey Caddesi boyunca uzanan üç katlı, uzun bir binaydı. Emniyet müdür yardımcısını beklerlerken Serdar Bey Ka'ya işlemeli yüksek tavanları gösterip binanın 1877-1918 Rus dönemi sırasında zengin bir Ermeni'nin kırk odalı konağı, daha sonra da bir Rus hastanesi olduğunu söyledi.

Bira göbekli Emniyet Müdür Yardımcısı Kasım Bey koridora çıkıp onları odasına aldı. Ka onun, *Cumhuriyet* gazetesini solcu bulduğu için okumadığını, Serdar Bey'in birisini şairliği yüzünden övmesinin onda olumlu bir etki yapmadığını, ama Kars'ın en çok satan yerel gazetesinin sahibi olduğu için ondan çekindiğini de hemen anladı. Serdar Bey'in sözü bitince "Koruma ister misiniz?" dedi Ka'ya.

"Nasıl?"

"Yanınıza bir sivil adamımızı veririm. Rahat edersiniz."

"Buna ihtiyacım var mı?" dedi Ka doktorun artık bastonla yürümesini önerdiği hastanın telaşıyla.

"Şehrimiz huzurlu bir yerdir. Bölücü teröristleri kovaladık. Ama ne olur ne olmaz."

"Kars huzurlu bir yerse ihtiyacım yok," dedi Ka. İçinden emniyet müdür yardımcısının şehrin huzurlu bir yer olduğunu bir kere daha belirtmesini istedi, ama Kasım Bey bu sözü tekrarlamadı.

İlk olarak şehrin kuzeyindeki en yoksul mahallelere, Kaleiçi'ne ve Bayrampaşa'ya gittiler. Hiç durmamacasına yağan karın altında Serdar Bey taş, briket ve oluklu kaplama malzemesiyle yapılmış gecekonduların kapılarını vuruyor, açan kadınlara evin erkeğini soruyor, kendisini tanırlarsa güven verici bir edayla bu ünlü gazeteci arkadaşın seçim vesilesiyle İstanbul'dan Kars'a geldiğini, ama yalnız seçimleri değil, Kars'ın sorunlarını, kadınların neden intihar ettiklerini de yazacağını, dertlerini anlatırlarsa Kars için de iyi olacağını söylüyordu. Bazıları onları ayçiçek yağı dolu tenekeler, kutu kutu sabunlar, ya da bisküvi ve makarna kolileriyle gelen başkan adayları sanıp seviniyorlardı. Merak ve misafirperverlikle onları içeri almaya karar verenler önce Ka'ya havlayan köpekten korkmamasını söylüyorlardı. Bazıları da bunu yıllardır süren polis baskınlarının, aramaların bir yenisi sanıp kapıyı korkuyla açıyor, gelenlerin devletten olmadığına hükmedince de sessizliğe bürünüyorlardı. İntihar eden kızların aileleri ise (Ka kısa sürede altı vakayı öğrenebilmişti) kızlarının hiçbir şikâyeti olmadığını, olaya çok şaşırıp çok üzüldüklerini söylüyorlardı hep.

Toprakla veya makine halısıyla kaplı, avuç içi kadar, buz gibi odalarda eski divanların, eğri sandalyelerin üzerinde, evden eve geçtikçe sayıları artıyormuş gibi gelen ve hepsi kırık plastik oyuncaklar (arabalar, tek kolu kopmuş bebekler), şişeler ve boş ilaç ve çay kutularıyla itişerek oynayan çocukların arasında, ısınsın diye sürekli karıştırılan odun sobalarının, kaçak cereyanla beslenen elektrik sobalarının ve sessiz ama sürekli açık televizyonların karşısında Kars'ın bitip tükenmeyen dertlerini, yoksulluğunu, işten atılanların ve intiharcı kızların hikâyelerini dinlediler. Oğullarının işsiz olmasına, hapse düşmesine ağlayan analar, günde on iki saat hamamda çalışıp sekiz kişilik ailesini zor doyuran tellaklar, çay masrafı yüzünden çayhaneye gidip gitmemek konusunda takıntılı işsizler, talihlerinden, devletten, belediyeden yakınarak kendi hikâyelerini, memleketin ve devletin derdi gibi anlattılar Ka'ya. Bütün bu hikâyelerin ve öfkenin bir noktasında, pencerelerden içeri vuran beyaz ışığa rağmen, Ka girip çıktığı evlere sanki bir çeşit alacakaranlığın çöktüğünü, eşyaların biçimlerini ayırt etmekte zorlandığını hissediyordu. Dahası gözlerini dışarıda yağan kara çevirmeye zorlayan aynı körlük, sanki bir tül perde, bir çeşit kar sessizliği şeklinde beynine iniyor, aklı ve hafızası artık yoksulluk ve sefalet hikâyelerine direniyordu.

Gene de dinlediği intihar hikâyelerinin hiçbirini ölümüne kadar aklından çıkaramadı. Hikâyelerdeki yoksulluk, çaresizlik, anlayışsızlık değildi Ka'yı bu kadar sarsan. Kızlarını sürekli döverek ezen, sokağa çıkmasına bile izin vermeyen ana babaların anlayışsızlığı, kıskanç kocaların baskısı ve parasızlık da değildi. Ka'yı asıl korkutan ve şaşırtan şey intiharların sıradan günlük hayatın içine, habersiz, törensiz, birdenbire girivermesiydi.

Yaşlı bir çayhane sahibi ile zorla nişanlandırılmak üzere olan bir kız mesela, her akşam yaptığı gibi annesi, babası, üç kardeşi ve babaannesiyle birlikte akşam yemeğini yemiş, kirli tabakları kardeşleriyle her zamanki gibi gülüşüp ve çekişerek topladıktan sonra, tatlı getirmek için gittiği mutfaktan bahçeye çıkmış, pencereden annesiyle babasının odasına girip babasının av tüfeğiyle kendini vurmuştu. Silah sesinden sonra yatak odasında mutfakta sandıkları kızlarının kanlar içinde kıvranan gövdesini bulan anne babası onun neden intihar ettiğini hiç anlayamadıkları gibi, mutfaktan yatak odasına geçmesine de akıl erdirememişlerdi. On altı yaşındaki bir başka kız, her akşamüstü yaptığı gibi, televizyonda hangi kanal izlenecek ve kumanda aletini kim tutacak diye iki kardeşiyle saç saça baş başa kavga etmiş, onları ayırmaya gelen babasından iki sert tokat yedikten sonra, odasına girip koca bir şişe tarım ilacı Mortalin'i gazoz içer gibi kafasına dikmişti. Bir başkası on beş yaşında severek evlendiği, altı ay önce bir çocuğunu doğurduğu işsiz ve ezik kocasından yediği dayaklardan öylesine yılmıştı ki, olağan bir kavga sonrası mutfağa girip kapısını kilitlemiş, içeride ne yaptığını anladığı için kapıyı kırmaya çalışan kocasının bağırışlarına rağmen daha önceden hazırladığı kanca ve iple bir hamlede kendisini asmıştı.

Bütün bu hikâyelerde hayatın sıradan akışı ile ölüm arasındaki geçişin Ka'yı büyüleyen bir hızı ve umutsuzluğu vardı. Tavana çakılan kancalar, kurşunları önceden yerleştirilen silahlar, yan odadan yatak odasına getirilen ilaç şişeleri intiharcı kızların intihar fikrini uzun zamandır içlerinde taşıdıklarını kanıtlıyordu.

Kızların, genç kadınların birdenbire intihar etmeye başlamaları Kars'tan yüzlerce kilometre uzaklıktaki Batman'da ortaya çıkmıştı ilk. Bütün dünyada erkek intiharları kadın intiharlarının üç dört katı olmasına rağmen Batman'da intihar eden kadınların erkeklerden üç kat fazla olması ve intihar oranının dünya ortalamasının dört katına çıkması önce Ankara'da Devlet İstatistik Enstitüsü'ndeki çalışkan bir genç memurun dikkatini çekmiş, onun bir gazeteci arkadaşının *Cumhuriyet* gazetesinde yayımladığı küçük haberle ise Türkiye'de kimse ilgilenmemişti. Olayı gazeteden okuyup ilgilenen Alman ve Fransız gazetelerinin Türkiye temsilcileri Batman'a gidip yaptıkları röportajları ülkelerinde yayımlayınca Türk gazeteleri de intiharları önemsemiş, yerli yabancı pek çok gazeteci şehre gelmişti. Olayla ilgilenen devlet görevlilerinin görüşüne göre bu ilgi ve yayınlar kimi kızları intihara daha da çok özendirmişti. Ka'nın konuştuğu vali muavini Kars'taki intiharların istatistiksel olarak Batman düzeyine ulaşmadığını, intiharcı kızların aileleriyle görüşülmesine "şimdilik" karşı olmadığını söyledi ve onlarla konuşurken "intihar" kelimesini çok sık kullanmamasını, olayı da *Cumhuriyet* gazetesinde abartarak vermemesini rica etti. İntiharlar konusunda uzmanlaşmış psikolog, polis, savcı ve Diyanet İşleri görevlilerinden oluşan bir heyet Batman'dan Kars'a gelmek için hazırlıklara başlamış, Diyanet İşleri'nin bastırdığı "İnsan Allah'ın Bir Şaheseridir ve İntihar Bir Küfürdür" yazan intihar karşıtı afişler şimdiden asılmış, aynı başlıklı dinî broşür de dağıtılmak üzere valiliğe gelmişti. Ama vali muavini bu önlemlerin Kars'ta yeni başlayan intihar salgınını durduracağından emin değildi; "önlemlerin" tam tersi bir sonuç vermesinden korkuyordu. Çünkü pek çok kızın intihar kararını intihar haberleri kadar, intihara karşı devletin, babalarının, erkeklerin, vaizlerin sürekli verdikleri derslere tepkiyle aldığını düşünüyordu.

"Elbette ki intiharların sebebi bu kızlarımızın aşırı mutsuzluğu, bundan bir şüphe yok," demişti vali muavini Ka'ya. "Ama mutsuzluk gerçek bir intihar nedeni olsaydı Türkiye'deki kadınların yarısı intihar ederdi." Fırça bıyıklı, sincap suratlı vali muavini, kendilerine "intihar etme!" telkini yapan devletin, ailelerin ve dinin erkeksi sesine kadınların öfkelendiklerini söylemiş, bu yüzden intihar karşıtı propaganda yapmak için yollanan heyetlere en azından bir de kadın konulması gerektiğini Ankara'ya yazdığını Ka'ya gururla açıklamıştı.

İntiharın tıpkı veba gibi bulaşıcı olduğu fikri intihar etmek için Batman'dan Kars'a gelen bir kızdan sonra ortaya atılmıştı ilk. Kızın öğleden sonra Atatürk Mahallesi'nde, karla kaplı iğde ağaçlarının altında bir bahçede (onları evlerine almamışlardı) sigara içerek Ka'nın konuştuğu dayısı, yeğeninin iki yıl önce gelin gittiği Batman'da sabahtan akşama kadar ev işi yaptığını, çocuğu olmuyor diye kayınvalidesi tarafından sürekli azarlandığını Ka'ya anlatmış, ama bunların yeterli intihar nedeni olmadığını, kızın bu fikri bütün kadınların kendini öldürdüğü Batman'da kaptığını, hele burada Kars'ta ailesinin yanındayken merhumenin çok mutlu gözüktüğünü, bu yüzden tam Batman'a döneceği sabah başucunda iki kutu uyku hapı aldığı yazılı bir mektupla yatakta ölüsünü bulmalarının kendilerini çok şaşırttığını açıklamıştı.

İntihar fikrini Batman'dan Kars'a getiren bu kadını bir ay sonra teyzesinin on altı yaşındaki kızı taklit etmişti ilk. Ka'nın gözü yaşlı anne babaya olayı gazeteye bütün ayrıntılarıyla yazmaya söz verdiği bu intiharın nedeni kızın bir öğretmeninin sınıfta onun bakire olmadığını söylemesiydi. Söylentinin kısa sürede bütün Kars'a yayılmasından sonra kızın sözlüsü nişandan vazgeçmiş, güzel kızı istetmek için daha önceleri eve gelenlerin de ayağı kesilmişti. Kızın anneannesi ona bu sırada "nasıl olsa sen evlenmeyeceksin," demeye başlamış, bir akşam televizyondaki düğün sahnesini hep birlikte seyrederlerken sarhoş babası ağlamaya başlayınca kız anneannesinin kutusundan çalıp biriktirdiği uyku haplarını bir seferde yutup uyumuştu (intiharın fikri kadar, yöntemi de bulaşıcıydı). İntihar eden kızının bakire olduğunun otopside anlaşılması üzerine babası dedikoduyu yayan öğretmen kadar Batman'dan gelip intihar eden akraba kızını da suçlamıştı. Ka'dan gazetede çıkacak haberinde suçlamanın asılsız olduğunu duyurmasını ve bu yalanı çıkaran öğretmeni teşhir etmesini istedikleri için kızlarının intiharını bütün ayrıntılarıyla anlatmışlardı.

Bütün bu hikâyelerde Ka'yı tuhaf bir umutsuzluğa düşüren şey intiharcı kızların intihar için kendilerine gerekli mahremiyet ve zamanı ancak bulabilmeleriydi. Uyku hapıyla intihar eden kızlar gizlice ölürlerken bile odalarını bir başkalarıyla paylaşıyorlardı. Batı edebiyatı okuyarak, İstanbul'da Nişantaşı'nda yetişen Ka, kendi intiharını her düşünüşünde bunu yapmak için bolca zamanı, yeri, kapısını günlerce kimsenin çalmayacağı bir odası olması gerektiğini hissederdi. Bu özgürlükle ve uyku hapı ve viskiyle ağır ağır icra edeceği kendi intiharının hayallerine her dalışında Ka oradaki sınırsız yalnızlıktan öyle korkardı ki, hiçbir zaman intiharı ciddi olarak düşünmezdi bile.

İntiharıyla Ka'da bu yalnızlık duygusunu uyandıran tek kişi bir ay bir hafta önce kendini asan "türbancı kız" oldu. Başlarındaki örtüyü çıkarmadıkları için önce derslere, sonra Ankara'dan gelen bir emirle okul binalarına sokulmayan eğitim enstitülü kızlardan biriydi bu. Ailesi Ka'nın konuştuğu aileler içinde en az yoksul olanıydı. Kederli babanın sahibi olduğu küçük bakkal dükkânının buzdolabından çıkarıp açıp uzattığı Coca-Cola'yı içerken Ka kızın kendini asmadan önce intihar fikrini hem ailesine, hem de arkadaşlarına açtığını öğrendi. Başörtüsü takmayı annesinden, ailesinden görmüştü belki kız, ama bunu siyasal İslam'ın bir simgesi olarak benimsemeyi okuldaki yasakçı yöneticilerle direnişçi arkadaşlarından öğrenmişti. Anne ve babasının baskılarına rağmen başörtüsünü çıkarmayı reddettiği için polislerce kapısından geri çevrildiği eğitim enstitüsünden devamsızlıktan atılmak üzereydi. Bazı arkadaşlarının direnişten vazgeçip başlarını açtıklarını, bazılarının başörtüsünü çıkarıp peruk taktıklarını gördükçe babasına ve arkadaşlarına "hayatta hiçbir şeyin anlamı olmadığını", "yaşamak istemediğini" söylemeye başlamıştı. O günlerde hem devlete bağlı Diyanet İşleri, hem İslamcılar intiharın en büyük günahlardan biri olduğunu artık Kars'ta da el ilanları ve afişlerle durmadan tekrarlayıp yaydıkları için bu dindar kızın kendisini öldürebileceği kimsenin aklının ucundan geçmemişti. Teslime adlı kız, son gecesinde *Marianna* adlı diziyi sessizce seyretmiş, çay yapıp anne ve babasına ikram etmiş, kendi odasına çekilmiş, abdestini alıp, namazını kılıp, uzun bir süre kendi kendine düşüncelere dalıp dua okuduktan sonra kendisini başörtüsüyle lamba kancasına asmıştı.

3

Oyunuzu Allah'ın partisine verin

YOKSULLUK VE TARİH

Çocukluğunda Ka için yoksulluk, avukat baba, ev kadını anne, şeker kız kardeş, sadık hizmetçi, mobilyalar, radyo ve perdelerin oluşturduğu Nişantaşı'ndaki kendi orta sınıf hayatının ve "ev"in sınırlarının bitip dışarıdaki öteki dünyanın başladığı yerdi. Elle dokunulmaz ve tehlikeli bir karanlığı olduğu için bu öteki ülkenin Ka'nın çocukluk hayallerinde metafizik bir boyutu vardı. Bu boyut hayatının geri kalan kısmında çok fazla değişmemesine rağmen, İstanbul'da aniden karar verdiği Kars yolculuğuna çıkarken neden bir çeşit çocukluğa dönüş dürtüsüyle hareket ettiğini açıklamak zor. Ka Türkiye'den uzak olmasına rağmen Kars'ın son yıllarda ülkenin en yoksul, en unutulmuş bölgesi olduğunu biliyordu. On iki yıl yaşadığı Frankfurt'tan dönünce çocukluğunu paylaştığı arkadaşlarıyla yürüdüğü bütün o İstanbul sokaklarının, dükkânların, sinemaların baştan aşağı değiştiklerini, yok olduklarını, ruhlarını kaybettiklerini görmenin kendisinde çocukluk ve saflığı başka bir yerde arama isteği uyandırdığı, bu yüzden Kars yolculuğuna, çocukluğunda bıraktığı sınırlı bir orta sınıf yoksulluğuyla karşılaşmak için çıktığı da söylenebilir. Nitekim çocukluğunda kullanıp bir daha İstanbul'da hiç görmediği Gislaved marka jimnastik ayakkabılarıyla, Vezüv marka sobalarla, Kars hakkında çocukluğunda öğrendiği ilk şey olan altı üçgen parçadan oluşan yuvarlak Kars peyniri kutularıyla çarşıdaki dükkânların vitrinlerinde karşılaşınca öylesine mutlu oluyordu ki, intihar eden kızları bile unutup Kars'ta olduğu için bir huzur duyuyordu.

Öğleye doğru, Ka gazeteci Serdar Bey'den ayrılıp Halkların Eşitliği Partisi'nin ve Azerilerin önde gelenleriyle görüştükten sonra iri taneli karın altında şehirde tek başına dolaştı. Atatürk Caddesi'nden yürüyüp köprüleri geçip, en yoksul mahallelere doğru kederle yürürken, köpek havlamaları dışında hiç bozulmayan sessizlikte uzaktaki gözükmeyen sarp dağlara, Selçuklular zamanından kalma kalenin ve tarihî yıkıntılardan ayrılamayacak gecekonduların üzerine sanki sınırsız bir zamana yayılarak yağan karı kendinden başka hiç kimse fark etmiyormuş gibi hissedince gözleri doldu. Yusuf Paşa Mahallesi'nin salıncakları kopuk, kaydırakları kırık parkının yanı başındaki boş bir alanda, bitişikteki kömür deposunu aydınlatan yüksek lambaların ışığında futbol oynayan lise çağındaki gençleri seyretti. Çocukların karda hızı kesilen bağırışmalarını, küfürleşmelerini dinlerken, yüksek lambaların soluk sarı ışığı ve yağan karın altında dünyanın bu köşesinin her şeyden uzaklığını ve inanılmaz ıssızlığını öylesine güçle hissetti ki, içinde Allah düşüncesi belirdi.

Bu ilk anda bir düşünceden çok bir resimdi, ama bir müzede aceleyle odaları gezerken düşüncesizce bakıp, sonra hatırlamaya çalıştıkça gözlerinin önünde bir türlü canlandıramayacağı bir resim gibi belirsizdi. Bir resimden çok bir an belirip kaybolan bir duyumdu ve Ka'nın bunu ilk yaşayışı değildi.

Ka, İstanbul'da cumhuriyetçi laik bir ailede yetişmiş, ilkokuldaki din derslerinin dışında hiçbir İslamî eğitim almamıştı. Son yıllarda ara ara içinde şimdikine benzer hayaller belirince ne telaşa kapılıyor, ne de kıpırtının peşinden gitmek için şairce bir dürtü duyuyordu. En fazla, dünyanın seyredilecek güzel bir yer olduğu düşüncesi iyimserlikle içine doğuyordu.

Isınmak ve biraz kestirmek için döndüğü otel odasında İstanbul'dan getirdiği Kars tarihiyle ilgili kitapları bu mutluluk duygusuyla karıştırdı ve gün boyunca dinledikleriyle, çocukluğunun masallarını hatırlatan bu tarih aklında birbirine karıştı.

Bir zamanlar Kars'ta, Ka'ya uzaktan da olsa kendi çocukluk yıllarını hatırlatan konaklarda balolar veren, günler süren davetler düzenleyen zengin bir orta sınıf yaşamıştı. Bu insanlar güçlerini Kars'ın bir zamanlar Gürcistan, Tebriz, Kafkaslar ve Tiflis yolu üzerinde olmasından, ticaretten, şehrin son yüzyılda yıkılan iki büyük imparatorluğun Osmanlı Devleti'nin ve Çarlık Rusyası'nın önemli bir uç noktası olmasından ve dağlar arasındaki bu yeri korusunlar diye imparatorlukların yerleştirdiği büyük ordulardan alıyorlardı. Osmanlı zamanında çeşit çeşit milletin, mesela bin yıl önce diktikleri kiliselerin bazıları hâlâ bütün haşmetiyle duran Ermenilerin, Moğollardan ve İran ordularından kaçan Acemlerin,

Bizans ve Pontus devletinden kalma Rumların, Gürcülerin, Kürtlerin, her tür Çerkez kavminin yaşadığı bir yerdi burası. 1878'de beş yüz yıllık kalenin Rus ordularına teslim olmasından sonra Müslümanların bir kısmı sürülmüş, ama şehrin zenginliği ve karmaşası sürmüştü. Rus döneminde kale yamaçlarındaki Kaleiçi Mahallesi'ndeki paşa konakları, hamamlar ve Osmanlı yapıları gerilerken Kars Çayı'nın güneyindeki düzlükte çarın mimarları birbirlerine paralel beş anacaddeyle onları hiçbir Doğu şehrinde görülmeyecek bir düzenle dimdik kesen sokaklardan oluşan ve hızla zenginleşen yeni bir şehir yapmışlardı. Çar III. Aleksandr'ın gizli sevgilisiyle buluşup ava çıkmak için geldiği bu şehir Rusların güneye, Akdeniz'e inme ve ticaret yollarını ele geçirme tasarılarına uygun olarak büyük mali desteklerle yeniden kurulmuştu. Yirmi yıl önce Kars'a geldiğinde Ka'yı büyüleyen; sokakları, iri parke taşları ve Türkiye Cumhuriyeti'nce dikilmiş iğde ve kestane ağaçlarıyla bu hüzünlü şehir olmuştu; milliyetçilik ve kabile savaşlarıyla ahşap yapıları tamamen yakılıp yıkılmış olan Osmanlı şehri değil.

Bitip tükenmez savaşlar, kıyımlar, toplu katliamlar ve isyanlardan, şehrin Ermeni, Rus ve hatta bir ara İngiliz ordularının eline geçmesinden, kısa bir dönem Kars'ın bağımsız bir devlet olmasından sonra, İstasyon Meydanı'na heykeli dikilecek olan Kâzım Karabekir yönetimindeki Türk ordusu 1920 Ekim'inde şehre girmişti. Kars'ı kırk üç yıl sonra yeniden ele geçiren Türkler şehrin çar yapısı bu yeni planını benimseyip buraya yerleşmişler, çarların şehre getirdiği kültürü de Cumhuriyet'in Batılılaşmacı heyecanına uygun düştüğü için ilk başta benimsemişler ve Rusların açtığı beş caddeye, askerden başka büyük bilmedikleri için Kars tarihindeki beş büyük paşanın adını vermişlerdi.

Halk Partili eski belediye başkanı Muzaffer Bey'in gururla ve öfkeyle anlattığı Batılılaşmacı yıllardı bunlar. Halkevlerinde balolar verilir, Ka'nın sabah üzerinden geçerken yer yer paslanıp çürüdüğünü gördüğü demir köprünün altında buz pateni yarışmaları yapılır, Kral Oidipus'un trajedisini oynamak için Ankara'dan gelen tiyatrocular –daha Yunanla savaşın üzerinden yirmi yıl geçmemesine rağmen– Kars'ın cumhuriyetçi orta sınıfı tarafından coşkuyla alkışlanır, kürk yakalı paltolar giyen eski zenginler güller, yaldızlarla süslenmiş sağlıklı Macar atlarının çektiği kızaklarla gezintilere çıkar, futbol takımına destek olmak için Millet Bahçesi'nde akasya ağaçlarının altında verilen balolarda, piyano, akordeon ve klarnetler eşliğinde en son danslar yapılır, yazları kısa kollu elbiseler giyen Kars kızları şehrin içinde bisikletleriyle rahatlıkla gezebilir, gençler kışları buz pateniyle liseye giderken ceketlerinin içine cumhuriyet heyecanı taşıyan pek çok lise öğrencisi gibi papyon kravat takarlardı. Avukat Muzaffer Bey lise yıllarında taktığı o papyon kravatı yıllar sonra belediye başkan adayı olarak geri döndüğü Kars'ta seçim heyecanı sırasında yeniden takmak isteyince partili arkadaşları bu "züppe" şeyinin oy kaybına neden olacağını söylemişler, ama o dinlememişti.

Bitip tükenmez kışların çekip gitmesiyle şehrin çökmesi, fakirleşmesi, mutsuzlaşması arasında bir ilişki vardı sanki. Eski belediye başkanı geçmiş güzel kışlar hakkında bu yorumu yaptıktan ve Ankara'dan gelen ve Yunan oyunları sahneleyen yüzleri pudralı yarı çıplak tiyatroculardan söz ettikten sonra sözü 1940'ların sonunda aralarında kendisinin de yer aldığı gençlerce Halkevi'nde sahnelenen bir inkılapçı piyese getirmişti. "Bu eserde kara çarşaf içerisindeki bir genç kızımızın uyanışı ve sonunda başını açıp sahnede çarşafını yakması anlatılıyordu" demişti. 1940'ların sonunda piyes için gerekli bir kara çarşafı bütün Kars'ta her yere haber saldıkları halde bulamadıkları için telefon edip Erzurum'dan getirtmişlerdi. "Şimdiyse çarşaflılar, başörtülüler, türbanlılar dolduruyor Kars sokaklarını," diye eklemişti Muzaffer Bey. "Başlarında siyasal İslam'ın simgesi o bayrakla derslere giremedikleri için intihar ediyorlar."

Ka siyasal İslam'ın yükselişi ve türbancı kızlar konusuyla Kars'ta her karşılaşmasında olduğu gibi içinde yükselen soruları sormadan sustu. Tıpkı 1940'ta Kars'ta tek bir çarşaflı kadın olmamasına rağmen ateşli gençlerin çarşaf karşıtı bir müsamere oynamasının üzerinde durmadığı gibi. Gün boyunca şehrin sokaklarında gezerken gördüğü başörtülü ya da çarşaflı kadınlara da dikkat etmemişti Ka, çünkü sokaklardaki başörtülü kadınların sıklığına bakıp hemen siyasal sonuçlar çıkarabilen laik aydınların bilgi ve alışkanlıklarını bir haftada edinememişti. Üstelik çocukluğundan beri sokaklardaki başörtülü, kapalı kadınlara dikkat etmezdi hiç. Ka'nın çocukluğunu geçirdiği İstanbul'un Batılılaşmış çevrelerinde başörtüsü takan bir kadın ya mahalleye üzüm satmak için İstanbul'un civarından, mesela Kartal'daki bağlardan gelen biri olurdu, ya sütçünün karısı, ya da aşağı sınıflardan bir başkası.

Ka'nın yerleştiği Karpalas Oteli'nin eski sahipleri konusunda ise ben daha sonra çok hikâye dinledim: Çarın Sibirya yerine daha hafif bir sürgüne yolladığı Batı hayranı bir üniversite profesörü, sığır ticareti yapan bir Ermeni, Rumlar için yetimler evi... İlk sahibi kim olursa olsun, bu yüz on yıllık bina dönemin diğer Kars yapıları gibi, duvar içlerine yerleştirilen ve dört cephesi aynı anda dört odayı ısıtabilen peç denen sobalar kurularak yapılmıştı. Ama Cumhuriyet döneminde Türkler bu Rus sobalarının hiçbirini çalıştıramadığı için evi otele çeviren ilk Türk sahibi, avluya açılan giriş kapısının önüne kocaman pirinç bir soba yerleştirmiş, daha sonra da odalara kalorifer takılmıştı.

Ka yatağına uzanıp hayallere dalmışken kapısı vuruldu, paltosuyla yattığı yerden kalkıp açtı. Bütün gününü sobanın karşısında televizyon seyrederek geçiren kâtip Cavit, Ka'ya anahtarını verirken unuttuğu şeyi söylüyordu.

"Demin unuttum, *Serhat Şehir Gazetesi* sahibi Serdar Bey acele sizi bekliyor."

Birlikte lobiye indiler. Ka tam çıkıyordu ki bir an durakladı: İpek tezgâhın yanına açılan kapıdan içeri girmişti ve Ka'nın hayal ettiğinden çok daha güzeldi. Ka kadının üniversite yıllarındaki güzelliğini hatırladı hemen. Bir telaşa kapıldı. Evet, tabii, bu kadar güzeldi. İstanbullu birer Batılılaşmış burjuva gibi önce el sıkıştılar ve hafif bir kararsızlıktan sonra başlarını ileri uzatıp vücutlarının alt kısımlarını birbirlerine yaklaştırmadan sarılıp öpüştüler.

"Geleceğini biliyordum," dedi İpek gövdesini biraz uzaklaştırıp Ka'yı şaşırtan bir açıklıkla. "Taner telefon edip söyledi." Gözlerinin içine doğrudan bakıyordu Ka'nın.

"Belediye seçimleri ve intiharcı kızlar için geldim."

"Ne kadar kalacaksın?" dedi İpek. "Asya Oteli'nin yanında Yeni Hayat Pastanesi var. Babamla meşgulüm şimdi. Bir buçukta orada oturup konuşalım."

İstanbul'da –mesela Beyoğlu'nda– değil de Kars'ta cereyan ettiği için bütün bu sahnede bir tuhaflık olduğunu hissediyordu Ka. Telaşının ne kadarı İpek'in güzelliğindendi çıkaramadı. Sokağa çıkıp kar altında bir süre yürüdükten sonra Ka, iyi ki bu paltoyu almışım, diye düşündü.

Gazeteye yürürken duyguların aynı şaşmaz kesinliğiyle yüreği, aklının asla itiraf etmeyeceği iki şeyi daha söyledi ona: Birincisi: Ka

Frankfurt'tan İstanbul'a, annesinin cenazesine yetişebilmek kadar on iki yalnız yıldan sonra evleneceği bir Türk kızı bulmak için de gelmişti. İkincisi: Ka İstanbul'dan Kars'a bu evlenilecek kızın İpek olduğuna gizli gizli inandığı için gelmişti.

Bu ikinci düşünceyi sezgisi kuvvetli bir dostu ona söyleseydi Ka onu hiçbir zaman affetmeyeceği gibi, bu ihtimalin doğruluğu yüzünden hayatı boyunca kendini utançla suçlardı da. Ka kişisel mutluluğu için insanın hiçbir şey yapmamasının en büyük mutluluk olduğuna kendini inandırmış ahlakçılardandı. Üstelik çok az tanıdığı birisini evlenmek niyetiyle aramakla Batılı seçkin okuryazarlığını bağdaştıramazdı hiç. Bunlara rağmen *Serhat Şehir Gazetesi*'ne geldiğinde bir huzursuzluk duymuyordu. Çünkü, İpek ile ilk karşılaşmaları, İstanbul'dan gelirken otobüste kendine bile fark ettirmeden hayal ettiğinden de iyi geçmişti.

Serhat Şehir Gazetesi Ka'nın otelinden bir sokak aşağıda Faikbey Caddesi'ndeydi ve yazı işleri ve matbaanın kapladığı toplam alan Ka'nın küçük otel odasından biraz büyüktü. Üzerine Atatürk resimleri, takvimler, kartvizit ve düğün davetiyesi örnekleri, Kars'a gelmiş devlet büyükleri ve ünlü Türklerle Serdar Bey'in çektirdiği fotoğraflar, ve gazetenin kırk yıl önce çıkarılmış ilk sayısının çerçeveli resminin asıldığı bir tahta bölmeyle küçük oda ikiye ayrılmıştı. Arkada yüz on yıl önce Leipzig'de Baumann firmasınca yapılmış, Hamburg'da çeyrek yüzyıl çalışıp İkinci Meşrutiyet'ten sonraki neşriyat özgürlüğü döneminde 1910'da İstanbul'a satılmış, orada kırk beş yıl çalıştıktan sonra hurdaya ayrılacakken 1955'te Serdar Bey'in rahmetli babasınca trenle Kars'a getirilmiş sallama pedallı, elektrikli bir tipo makine hoş bir gürültüyle çalışıyordu. Bir parmağını tükürüklediği sağ eliyle makineyi boş kâğıtla besleyen Serdar Bey'in yirmi iki yaşındaki oğlu basılmış gazeteyi –toplama sepeti on bir yıl önce bir kardeş kavgasında kırıldığı için– sol eliyle hünerle topluyor, bu arada kaşla göz arasında Ka'ya bir selam bile verebiliyordu. Kardeşi gibi babasına değil, Ka'nın anında hayalinde canlandırdığı çekik gözlü, ay yüzlü, kısa boylu ve şişman anneye benzeyen ikinci oğul boyadan simsiyah bir tezgâha yüzlerce göze bölünmüş sayısız küçük çekmecenin başına boy boy kurşun harfler, kalıplar, klişeler arasına oturmuş, üç gün sonrasının gazetesi için bu dünyadan vazgeçmiş bir hattatın sabrı ve özeniyle elle reklam diziyordu.

"Doğu Anadolu basınının ne şartlarda yaşama mücadelesi verdiğini görüyorsunuz," dedi Serdar Bey.

Aynı anda elektrikler kesildi. Matbaa makinesi durup dükkân sihirli bir karanlığa gömülünce Ka dışarıda yağan karın güzel beyazlığını gördü.

"Kaç tane olmuştu?" diye sordu Serdar Bey. Mumu yakıp Ka'yı ön kısımdaki yazıhanenin bir sandalyesine oturttu.

"Yüz altmış baba."

"Elektrik gelince üç yüz kırk yap, bugün tiyatrocu misafirlerimiz var."

Serhat Şehir Gazetesi Kars'ta yalnızca bir yerde, Millet Tiyatrosu'nun karşısında, günde yirmi kişinin uğrayıp aldığı bayide satılıyordu, ama Serdar Bey'in gururla söylediği gibi aboneler sayesinde toplam satış üç yüz yirmiydi. Bu abonelerin iki yüzü Serdar Bey'in arada bir başarıları yüzünden övmek zorunda olduğu Kars'taki devlet daireleri ve işyerleriydi. Geri kalan seksen abone ise Kars'ı terk edip İstanbul'a yerleştikleri halde şehirle ilgisini kesmemiş, devlette sözleri dinlenir "önemli ve namuslu" kişilerdi.

Elektrikler geldi ve Ka, Serdar Bey'in alnında dışarı fırlamış öfkeli bir damar gördü.

"Bizden ayrıldıktan sonra yanlış insanlarla görüştünüz, serhat şehrimiz hakkında yanlış bilgiler aldınız," dedi Serdar Bey.

"Nerelere gittiğimi nasıl biliyorsunuz?" dedi Ka.

"Polis tabii sizi takip ediyordu," dedi gazeteci. "Biz de meslek icabı bu telsizden polisin konuşmalarını dinleriz. Gazetemizde çıkan haberlerin yüzde doksanını bize Kars Valiliği ve Emniyet verir. Herkese Kars'ın neden bu kadar geri ve fakir kaldığını, kızlarımızın neden intihar ettiğini sorduğunuzu bütün emniyet biliyor."

Ka, Kars'ın neden bu kadar fakir düştüğü konusunda pek çok açıklama dinlemişti. Soğuk Savaş yıllarında Sovyetler'le olan ticaretin azalması, gümrük kapılarının kapatılması, 1970'lerde şehre hâkim olan komünist çetelerin zenginleri tehdit edip kaçırması, biraz sermaye biriktiren bütün zenginlerin İstanbul'a, Ankara'ya gitmesi, devletin ve Allah'ın Kars'ı unutması, Türkiye'nin Ermenistan ile bitip tükenmez kavgaları gibi...

"Ben size işin doğrusunu söylemeye karar verdim," dedi Serdar Bey.

Yıllardır hissetmediği bir akıl berraklığı ve iyimserlikle Ka asıl konunun utanç olduğunu anladı hemen. Almanya'da kendisi için de yıllarca asıl konu bu olmuştu hep, ama utancını kendinden saklamıştı. Ka şimdi içindeki mutluluk umudu yüzünden bu gerçeği kabul edebiliyordu.

"Biz burada eskiden hepimiz kardeştik," dedi Serdar Bey bir sır verir gibi. "Fakat son yıllarda herkes ben Azeri'yim, ben Kürt'üm, ben Terekeme'yim, demeye başladı. Elbette burada her milletten insan vardır. Terekemeler, Karapapak da deriz, Azerilerin kardeşidir. Kürtler, biz aşiret deriz, eskiden Kürtlüğünü bilmezdi. Osmanlı'dan kalma yerli de 'ben yerliyim!' deyip gururlanmazdı. Türkmenler, Posoflular, çarın Rusya'dan sürdüğü Almanlar, hepsi vardı da kimse kim olduğuyla gururlanmazdı. Bütün bu gururu Türkiye'yi bölüp yıkmak isteyen komünist Erivan ve Bakü radyoları yaydı. Şimdi herkes daha fakir ve daha gururlu."

Ka'nın etkilendiğine karar verince Serdar Bey bir başka konuya geçti. "Dinciler kapı kapı dolaşıyorlar, takımlar halinde evinize misafir geliyorlar, kadınlara, kap kacak, tencere, portakal sıkma makinesi, kutularla sabun, bulgur, deterjan veriyorlar, yoksul mahallelerinde hemen dostluklar, kadın kadına yakınlıklar kuruyorlar, çocukların omuzlarına çengelli iğneyle altın takıyorlar. Oyunuzu Allah'ın partisi dedikleri Refah Partisi'ne verin, diyorlar, başımıza gelen bu yoksulluk, bu sefalet Allah'ın yolundan uzak düştüğümüz içindir, diyorlar. Erkeklerle erkekler, kadınlarla kadınlar konuşuyor. Gururu kırık, öfkeli işsizlerin güvenini kazanıyorlar, akşam tencerede ne kaynatacağını bilmeyen işsiz karılarını sevindiriyor, sonra yeni hediyeler vaat edip kendilerine oy vermeye yemin ettiriyorlar. Yalnız sabah akşam aşağılanan en yoksullarla işsizlerin değil, karınlarına günde ancak bir sıcak çorba giren üniversite öğrencilerinin, amelelerin, hatta esnafın bile saygısını kazanıyorlar, çünkü herkesten daha çalışkan, dürüst ve alçakgönüllüler."

Serhat Şehir Gazetesi'nin sahibi, öldürülen eski başkanın "modern değil" diye faytonları kaldırmaya kalktığı için değil (öldürüldüğü için bu girişimi yarıda kalmıştı sadece), asıl rüşvet ve yolsuzluk yüzünden herkesin nefretini çektiğini söyledi. Ama eski kan davaları, etnik ayrımcılık ve milliyetçilik yüzünden bölünen ve birbirleriyle yıkıcı bir rekabete giren sağ ve sol cumhuriyetçi partilerin hiçbiri belediye başkanlığı için güçlü bir aday çıkaramıyordu. "Bir tek Allah'ın partisinin adayının namusuna güveniliyor," dedi Serdar Bey. "O da otelinizin sahibi Turgut Bey'in kızı İpek Hanım'ın eski kocası Muhtar Bey'dir. Biraz akılsızdır, ama Kürt'tür. Kürtler burada nüfusun yüzde kırkı. Belediye seçimini Allah'ın partisi kazanacak."

Daha da yoğunlaşarak yağan kar Ka'da gene bir yalnızlık duygusu uyandırıyor, İstanbul'da yetişip yaşadığı çevrelerin ve Türkiye'deki Batılılaşmış hayatın sonuna gelindiği korkusu bu yalnızlığa eşlik ediyordu. İstanbul'dayken bütün çocukluğunu geçirdiği sokakların tahrip edildiğini, kiminde arkadaşlarının oturduğu yüzyıl başından kalma bütün o eski ve zarif binaların yıkıldığını, çocukluğunun ağaçlarının kuruyup kesildiğini, sinemaların on yılda kapatılıp sıra sıra dar ve karanlık konfeksiyoncu dükkânlarına çevrildiğini de görmüştü. Bu yalnız bütün çocukluğunun değil, bir gün tekrar İstanbul'da yaşama hayalinin de sonu anlamına geliyordu. Türkiye'ye kuvvetli bir şeriatçı iktidar yerleşirse kız kardeşinin başını örtmeden sokağa bile çıkamayacağı da geldi aklına. Ka *Serhat Şehir Gazetesi*'nin neon lambalarından vuran ışığında bir masaldaki gibi iri tanelerle yavaş yavaş yağan kara bakıp İpek ile Frankfurt'a döndüklerini hayal etti. Sımsıkı sarındığı kül rengi paltoyu satın aldığı Kaufhof'ta kadın ayakkabılarının olduğu ikinci katta birlikte alışveriş ediyorlardı.

"Her şey Türkiye'yi İran'a benzetmek isteyen uluslararası İslamcı hareketin bir parçası..."

"İntiharcı kızlar da mı öyle?" dedi Ka.

"Onların da ne yazık ki kandırıldığı konusunda ihbarlar alıyoruz, ama kızlar daha da tepki duyar da intiharlar daha da artar diye, sorumluluğumuz gereği yazmıyoruz bunları. Namlı İslamcı terörist Lacivert şehrimizde diyorlar. Türbancı, intiharcı kızlara akıl vermek için."

"İslamcılar intihara karşı değil mi?"

Serdar Bey cevap vermedi buna. Matbaa makinesi durup odada bir sessizlik başlayınca Ka dışarıda yağan inanılmaz karı seyretti. Az sonra İpek'i göreceği için gittikçe artan huzursuzluk ve korkuya karşı Kars'ın dertleriyle dertlenmek birebirdi. Ama Ka şimdi artık yalnızca İpek'i düşünerek pastanedeki buluşmaya kendini hazırlamak istiyordu, çünkü saat biri yirmi geçiyordu.

Serdar Bey büyük ve iri oğlunun getirdiği yeni basılmış gazetenin birinci sayfasını özene bezene hazırladığı bir hediyeyi sunar gibi Ka'nın önüne serdi. Ka'nın yıllarca edebi dergilerde kendi adını arayıp bulmaya alışık gözleri kenardaki haberi hemen fark etti:

Ünlü Şairimiz KA Kars'ta

Bütün Türkiye'ce tanınan şairimiz KA dün serhat şehrimize geldi. *Küller ve Mandalina* ve *Akşam Gazeteleri* adlı kitaplarıyla bütün ülkenin takdirini kazanmış olan Behçet Necatigil Ödülü sahibi genç şairimiz *Cumhuriyet* gazetesi adına belediye seçimini izleyecek. Şair KA uzun yıllardır Almanya'nın Frankfurt şehrinde Batı şiirini tetkik ediyordu.

"Adım yanlış dizilmiş," dedi Ka. "A küçük olacak." Bunu der demez pişman oldu. "Güzel olmuş," dedi bir borçluluk duygusuyla.

"Üstat, biz de adınızdan emin olmadığımız için sizi aradık," dedi Serdar Bey. "Oğlum, bak oğlum, siz şairimizin adını yanlış dizmişsiniz," diye hiç de telaşlı olmayan bir sesle oğullarını azarladı. Ka bunun dizgi yanlışının ilk fark edilişi olmadığını sezdi. "Şimdi hemen düzeltin..."

"Ne gerek var," dedi Ka. Bu sefer adının doğru dizilmişini en büyük haberin son satırında gördü:

MİLLET TİYATROSU'NDA
SUNAY ZAİM GRUBUNUN ZAFER GECESİ

Halkçı, Atatürkçü ve aydınlanmacı piyesleriyle, bütün Türkiye'de tanınan Sunay Zaim Tiyatro Kumpanyası'nın dün gece Millet Tiyatrosu'ndaki gösterisi büyük bir ilgi ve heyecanla karşılandı. Gece yarısına kadar süren ve vali muavini, belediye başkan vekili ve Kars'ın diğer önde gelenlerinin katıldığı müsamereler yer yer coşkulu tezahürat ve alkışlarla kesildi. Uzun zamandır böylesi bir sanat şölenine susamış olan Karslılar, piyesi tıklım tıklım doldurdukları Millet Tiyatrosu'nun yanı sıra evlerinde de seyredebildiler. Çünkü *Serhat Kars Televizyonu* iki yıllık tarihinin ilk canlı yayınını gerçekleştirerek bu şahane gösteriyi bütün Karslılara anında sundu. Böylece Kars'ta ilk defa *Serhat*

> *Kars Televizyonu* stüdyolarının dışında canlı TV yayını yapılmış oldu. Henüz bir canlı yayın arabası olmadığı için *Serhat Kars Televizyonu*'nun Halitpaşa Caddesi'ndeki merkezinden Millet Tiyatrosu'ndaki kameraya kadar iki sokak uzunluğunda bir kablo döşendi. Kardan zarar görmesin diye yardımsever Karslılar kabloyu evlerinin içlerinden de geçirdiler. (Mesela diş doktorumuz Fadıl Beyler, kordonu ön balkon penceresinden alıp, ta arka bahçelerine vermişlerdir.) Karslılar bu başarılı canlı yayının başka fırsatlarla da tekrarlanmasını istiyorlar. *Serhat Kars Televizyonu* yetkilileri, stüdyo dışında yapılan bu ilk canlı yayın sayesinde Kars'taki bütün işyerlerinin kendilerine reklam verdiğini belirttiler. Bütün serhat şehrimizin hep birlikte seyrettiği gösteride Atatürkçü piyeslerden, Batı aydınlanmasının ürünü tiyatro eserlerinin en güzel sahnelerinden, kültürümüzü kemiren reklamların eleştirildiği oyuncuklardan, ünlü milli kaleci Vural'ın maceralarından, vatan ve Atatürk şiirlerinden, şehrimizi ziyaret eden meşhur şairimiz Ka'nın bizzat okuduğu "Kar" adlı en son şiirinden başka bir de Cumhuriyet'in ilk yıllarından kalma *Vatan yahut Çarşaf* adlı aydınlanmacı başeser yeni bir yorumla *"Vatan yahut Türban"* adıyla sahnelenmiştir.

"Kar adlı bir şiirim yok, akşam da tiyatroya gitmeyeceğim. Haberiniz yanlış çıkacak."

"O kadar emin olmayın. Daha olaylar gerçekleşmeden haberini yazdığımız için bizi küçümseyen, yaptığımızın gazetecilik değil, kehanet olduğunu düşünen pek çok kişi daha sonra olayların tamı tamına bizim yazdığımız gibi gelişmesi üzerine hayretlerini gizleyememiştir. Pek çok olay sırf biz önceden haberini yaptığımız için gerçekleşmiştir. Modern gazetecilik de budur. Siz de bizim Kars'ta modern olma hakkımızı elimizden almamak, kalbimizi kırmamak için eminim önce 'Kar' diye bir şiir yazacak, sonra gelip okuyacaksınız."

Seçim mitinglerinin duyuruları, Erzurum'dan gelen aşının liselerde tatbik edilmeye başlandığı, belediyenin su borçlarının tahsilini iki ay erteleyerek Karslı'ya bir kolaylık daha yaptığı gibi haberler arasında ilk anda fark edemediği bir başka haberi okudu Ka.

KAR YOLLARI KESTİ

İki gündür sürekli yağan kar şehrimizin dünyayla bütün ulaşımını kesmiştir. Dün sabah kapanan Ardahan yolundan sonra öğleden sonra da Sarıkamış yolu tıkandı. Yolgeçmez mıntıkasında aşırı kar ve buz nedeniyle ulaşıma kapanan yol yüzünden Erzurum yönüne giden Yılmaz şirketinin otobüsü Kars'a geri döndü. Meteoroloji Sibirya'dan gelen soğukların ve iri taneli karın üç gün daha dinmeyeceğini duyurdu. Kars, eski kışlarda olduğu gibi üç gün kendi yağıyla kavrulacak. Bu kendimize çekidüzen vermek için de bir fırsattır.

Ka kalkmış çıkıyordu ki Serdar Bey yerinden fırladı, son söyleyeceklerini dinletebilmek için kapıyı tuttu.

"Turgut Bey ve kızları da kim bilir size kendilerine göre neler anlatacak!" dedi. "Akşamları dostluk ettiğim gönülden insanlardır onlar, ama unutmayın: İpek Hanım'ın eski kocası Allah'ın partisinin belediye başkan adayıdır. Burada okusun diye babasıyla getirdikleri kız kardeşi Kadife için türbancı kızların en militanı diyorlar. Babaları da eski komünist! Dört yıl önce Kars'ın en kötü günlerinde buraya neden geldiklerini bugün bütün Kars'ta tek kişi anlayabilmiş değildir."

Kendisini huzursuz edecek pek çok yeni şeyi bir anda işitmesine rağmen Ka hiç renk vermedi.

4

Gerçekten buraya seçim ve intiharlar için mi geldin?

Ka İLE İPEK YENİ HAYAT PASTANESİ'NDE

Kar altında Faikbey Caddesi'nden Yeni Hayat Pastanesi'ne yürürken öğrendiği kötü haberlere rağmen Ka'nın yüzünde belli belirsiz olsa da niye bir gülümseme vardı? Kulaklarında Peppino di Capri'nin "Roberta"sı, kendini bir Turgenyev romanının yıllardır hayalini kurduğu kadınla buluşmaya giden romantik ve kederli kahramanı gibi görüyordu. Bitip tükenmez sorunlarından, ilkelliğinden yorulup küçümseyerek terk ettiği ülkesini Avrupa'dan özlemle ve sevgiyle düşleyen Turgenyev'i ve zarif romanlarını Ka severdi, ama doğruyu söyleyelim: İpek'in hayalini Turgenyev'in romanında olduğu gibi yıllarca kurmamıştı. İpek gibi bir kadının hayalini kurmuştu yalnızca; belki arada bir onu aklından geçirmişti. Ama kocasından ayrıldığını öğrenir öğrenmez İpek'i düşünmeye başlamış, şimdi de İpek'le daha derin ve gerçek bir ilişki kurabilmek için, onu yeterince hayal etmemiş olmasının eksikliğini duyduğu müzik ve Turgenyev romantizmiyle kapatmak istiyordu.

Ama pastaneye girip onunla aynı masaya oturur oturmaz kafasındaki Turgenyev romantizmini kaybetti. İpek otelde gördüğünden de, üniversite yıllarında gözüktüğünden de daha güzeldi. Güzelliğinin gerçek olması, hafifçe boyanmış dudakları, teninin solgun rengi, gözlerinin parlaklığı ve insanda hemen bir yakınlık uyandıran içten hali Ka'yı telaşlandırıyordu. İpek bir an o kadar içten gözüktü ki Ka tabii olamamaktan korktu. Kötü şiirler yazmaktan sonra Ka'nın hayattaki en büyük korkusu buydu.

"Yolda *Serhat Kars Televizyonu*'ndan Millet Tiyatrosu'na çamaşır ipi gerer gibi canlı yayın kordonu çeken işçileri gördüm," dedi bir konu açma endişesiyle. Ama taşra hayatının eksikliklerini küçümser gözükmekten çekindiği için gülümsemedi hiç.

Bir süre birbirleriyle anlaşmaya iyi niyetle kararlı çiftler gibi huzurla konuşabilecekleri ortak konular aradılar. Bir konu bitince

İpek yaratıcılıkla gülümseyerek yenisini buluyordu. Yağan kar, Kars'ın yoksulluğu, Ka'nın paltosu, birbirlerini karşılıklı pek az değişmiş bulmak, sigarayı bırakamamak, ikisinin de uzak olduğu İstanbul'da Ka'nın gördüğü kişiler... İkisinin de annesinin ölmüş ve İstanbul'da Feriköy Mezarlığı'na gömülmüş olması onları istedikleri gibi birbirlerine yaklaştırdı. Aynı burçtan olduklarını anlayan kadınla erkeğin birbirine –yapay da olsa– duyduğu yakınlığın verdiği geçici bir rahatlıkla annelerinin hayatlarındaki yerinden (kısaca), Kars'ın eski tren istasyonunun neden yıkıldığından (daha uzun bir süre); buluştukları pastanenin yerinde 1967'ye kadar bir Ortodoks kilisesi olduğundan ve yıkılmış kilisenin kapısının müzede saklanmasından; müzedeki Ermeni katliamı özel bölümünden (bazı turistler burasının Türklerin katlettiği Ermeniler hakkında olduğunu sanıp sonra tersi olduğunu anlıyorlarmış); pastanenin yarı sağır, yarı hayalet tek garsonundan; Kars çayhanelerinde işsizler pahalı diye içemedikleri için kahve satılmamasından; Ka'yı gezdiren gazetecinin ve diğer yerel gazetelerin siyasi görüşlerinden (hepsi askerleri ve mevcut hükümeti destekliyordu); *Serhat Şehir Gazetesi*'nin Ka'nın cebinden çıkardığı yarınki sayısından söz ettiler.

İpek gazetenin birinci sayfasını pürdikkat okumaya başlayınca Ka tıpkı İstanbul'da gördüğü eski arkadaşları gibi onun için de tek gerçeğin Türkiye'nin içler acısı, sefil siyasal dünyası olmasından, Almanya'da yaşamayı aklının ucundan bile geçirmeyeceğinden korktu. Ka İpek'in küçük ellerine, kendisine hâlâ şaşırtıcı derecede güzel gelen zarif yüzüne uzun uzun baktı.

"Sen hangi maddeden kaç yıla mahkûm olmuştun?" diye sordu daha sonra İpek şefkatle gülümseyerek.

Ka söyledi. Yetmişlerin sonuna doğru Türkiye'de küçük siyasi gazetelerde her şey yazılabiliyor, herkes yargılanıp ceza kanunundaki bu maddeden mahkûm olup bundan gurur duyuyor, ama kimse hapse girmiyordu, çünkü polis işi sıkıya alıp adreslerini değiştiren yazıişleri müdürlerini, yazarları, çevirmenleri aramıyordu. Daha sonra askerî darbe olunca ev değiştirenler de yavaş yavaş yakalanmaya başlamış, kendi yazmadığı ve aceleyle okumadan yayımladığı bir siyasi makale yüzünden mahkûm olan Ka Almanya'ya kaçmıştı.

"Almanya'da zorlandın mı?" diye sordu İpek.

"Beni koruyan şey Almanca öğrenememem oldu," dedi Ka. "Vücudum Almanca'ya direndi ve sonunda saflığımı ve ruhumu korudum."

Birden her şeyi anlatıp gülünç olmaktan korkarak, ama İpek'in kendisini dinlemesinden mutlu, Ka içine gömüldüğü sessizliğin, son dört yıldır şiir yazamamasının kimsenin bilmediği hikâyesini anlattı.

"Akşamları istasyona yakın ve Frankfurt'un damlarına bakan bir penceresi olan küçük kira dairemde geride bıraktığım günü bir çeşit sessizlikle hatırlardım ve bu bana şiir yazdırırdı. Daha sonra Türkiye'de şair olarak biraz ünlendiğimi işiten Türk göçmenler ve Türkleri çekmek isteyen belediyeler, kütüphaneler, üçüncü sınıf okullar, çocuklarının Türkçe yazan bir şairle tanışmasını isteyen cemaatler beni şiir okumaya çağırmaya başladılar."

Ka Frankfurt'tan dakiklik ve düzenlerine hep hayran olduğu Alman trenlerinden birine biner, pencerenin dumanlı aynasından ücra kasabaların narin kilise kuleleri, kayın ormanlarının kalbindeki karanlık ve sırtlarında okul çantalarıyla evlerine dönen sağlıklı çocuklar geçerken gene aynı sessizliği duyar, bu ülkenin dilinden hiç anlamadığı için kendini evinde hisseder, şiir yazardı. Eğer şiir okumak için başka bir şehre gitmiyorsa her sabah sekizde evden çıkar, Kaiserstrasse boyunca yürüyüp, Zeil Caddesi'ndeki belediye kütüphanesine gider kitap okurdu. "Orada bana yirmi ömür yetecek kadar İngilizce kitap vardı." Bayıldığı 19. yüzyıl romanlarını, İngiliz romantik şairlerini, mühendislik tarihi ile ilgili kitapları, müze kataloglarını, canının istediği her şeyi ölümün çok uzak olduğunu bilen çocuklar gibi huzurla okurdu. Belediye kütüphanesinde sayfaları çevirir, eski ansiklopedilere bakar, resimli sayfaların önünde duraklar, Turgenyev'in romanlarını yeniden okurken kulaklarında bir şehir uğultusu duymasına rağmen içinde trenlerdeki sessizliği işitirdi Ka. Akşamları yolunu değiştirip Yahudi müzesinin önünden Main Nehri boyunca ilerlerken de, hafta sonlarında şehrin bir ucundan öbür ucuna yürürken de aynı sessizliği işitirdi.

"Bu sessizlikler bir süre sonra hayatımda o kadar çok yer tutmaya başladı ki şiir yazmak için çarpışmam gereken o huzursuz edici gürültüyü artık duymaz oldum," dedi Ka. "Almanlarla zaten hiç konuşmuyordum. Beni ukala, entelektüel ve yarı deli bulan

Türklerle de aram iyi değildi artık. Kimseyi görmüyor, kimseyle konuşmuyor, şiir de yazmıyordum."

"Ama gazete bu akşam en son şiirini okuyacağını yazıyor."

"En son şiirim yok ki okuyayım."

Pastanede kendilerinden başka bir tek ta öbür uçta pencerenin kenarındaki karanlık bir masada oturan ufak tefek gençten bir adamla ona sabırla bir şeyler anlatmaya çalışan orta yaşlı, ince ve yorgun biri vardı. Hemen arkalarındaki kocaman pencereden karanlığın içine lapa lapa yağan kara, pastanenin neonla yazılmış adından pembemsi bir ışık vuruyor, kendilerini pastanenin uzak bir köşesinde yoğun bir sohbete kaptırmış diğer iki kişiyi siyah beyaz kötü bir filmin parçasıymış gibi gösteriyordu.

"Kız kardeşim Kadife üniversite imtihanlarında ilk yıl başarılı olamadı," dedi İpek. "İkinci yıl da buradaki eğitim enstitüsünü kazanabildi. Orada benim arkamda en uçta oturan ince adam enstitünün müdürüdür. Kız kardeşimi çok seven babam, annemin trafik kazasında ölümünden sonra yalnız kalınca bizlerin yanına buraya gelmeye karar verdi. Babam üç yıl önce buraya geldikten sonra ben de Muhtar'dan ayrıldım. Hep birlikte oturmaya başladık. Ölülerin iç çekmeleri ve hayaletlerle kaynaşan otel binamız akrabalarımızla ortak. Üç odasında biz yaşıyoruz."

Ka ile İpek arasında üniversite ve solcu örgüt yıllarında herhangi bir yakınlaşma olmamıştı. On yedi yaşında edebiyat fakültesinin yüksek tavanlı koridorlarında yürümeye başladığında Ka da pek çokları gibi İpek'i güzelliği sayesinde hemen fark etmişti. Ertesi yıl onu aynı örgütten şair arkadaşı Muhtar'ın karısı olarak görmüştü: İkisi de Karslı'ydılar.

"Muhtar, babasının Arçelik ve Aygaz bayiliğini devraldı," dedi İpek. "Buraya döndükten sonraki yıllarda çocuğumuz olmadığı için beni Erzurum'a, İstanbul'a doktorlara götürmeye başladı, olmadığı için de ayrıldık. Ama Muhtar yeniden evlenmek yerine dine verdi kendini."

"Niye herkes dine veriyor kendini?" dedi Ka.

İpek bir cevap vermedi, bir süre duvardaki siyah beyaz televizyona baktılar.

"Niye bu şehirde herkes intihar ediyor?" dedi Ka.

"Herkes değil genç kızlar, kadınlar intihar ediyor," dedi İpek. "Erkekler kendini dine veriyor, kadınlar intihar ediyor."

"Niye?"

İpek öyle bir baktı ki, Ka sorusunda ve acele bir cevap arayışında saygısız, küstahça bir yan olduğunu hissetti. Biraz sustular.

"Seçim röportajım için Muhtar'la görüşmeliyim," dedi Ka.

İpek hemen kalkıp kasanın yanına gitti, bir telefon etti. "Saat beşe kadar partisinin il merkezinde," dedi dönüp otururken. "Seni bekliyor."

Bir sessizlik olunca Ka telaşa kapıldı. Yollar kapanmamış olsaydı şimdi ilk otobüsle buradan kaçardı. Kars şehrinin akşamüstlerine ve unutulmuş insanlarına derin bir acıma duydu. Gözleri kendiliğinden kara dönmüştü. İkisi uzun bir süre karı seyrettiler ve bunu vakitleri olan ve hayata aldırmayan insanlar gibi yaptılar. Ka kendini çok çaresiz hissediyordu.

"Gerçekten buraya bu seçim ve intihar yazısı için mi geldin?" diye sordu İpek.

"Hayır," dedi Ka. "Muhtar'dan ayrıldığını İstanbul'da öğrendim. Seninle evlenmek için geldim buraya."

Bir an İpek bu hoş bir şakaymış gibi güldü ama çok geçmeden yüzü kıpkırmızı kesildi. Uzun bir sessizlikten sonra İpek'in gözlerinden onun her şeyi olduğu gibi gördüğünü hissetti. "Niyetini biraz olsun saklayıp bana zarafetle yaklaşacak ve benimle incelikle kırıştıracak kadar bile sabrın yok," diyordu İpek'in gözleri. "Beni sevdiğin ve özel olarak düşündüğün için değil, boşandığımı öğrendiğin, güzelliğimi hatırladığın ve Kars'ta yaşıyor olmamı da bir zayıflık olarak gördüğün için geldin buraya."

Artık iyice utandığı arsız mutluluk isteğini cezalandırma azmiyle Ka, İpek'in ikisi hakkında acımasız bir şey daha düşündüğünü hayal etti: "Bizi birleştiren şey hayat hakkındaki beklentilerimizin düşmüş olması." Ama Ka'nın hayal ettiğinden bambaşka bir şey söyledi İpek.

"Ben senin iyi bir şair olacağına hep inandım," dedi. "Kitapların için tebrik ederim."

Kars'taki bütün çayhaneler, lokantalar ve otel salonlarında olduğu gibi burada da duvarlara Karslıların övündükleri kendi dağlarının değil, İsviçre Alpleri'nin manzaraları asılmıştı. Az önce onlara çay getiren ihtiyar garson yağları ve yaldızlı kâğıtları soluk lambanın ışığında parlayan çörek ve çikolata dolu tepsiler arasına, kasanın yanına, yüzü onlara, sırtı arkadaki masalara dönük oturmuş duvara asılı siyah beyaz televizyonu mutlulukla seyrediyordu. Ka, İpek'in gözlerinden başka her şeye bakmaya hazır televizyondaki filme odaklandı. Filmde sarışın ve bikinili bir Türk oyuncu bir kumsalda kaçıyor, iki bıyıklı erkek onu kovalıyordu. Derken pastanenin ucundaki karanlık masadaki ufak tefek adam ayağa kalktı ve elindeki silahı eğitim enstitüsünün müdürüne tutup Ka'nın işitemediği bir şeyler söylemeye başladı. Müdür de ona cevap verirken tabancanın ateş aldığını anladı sonra Ka. Bunu silahın belli belirsiz duyduğu sesinden çok, müdürün gövdesine saplanan kurşunun şiddetiyle sarsılarak sandalyeden düşmesinden anladı.

İpek de dönmüş Ka'nın seyrettiği sahneyi seyrediyordu şimdi. Ka'nın demin onu gördüğü yerde ihtiyar garson yoktu. Ufak tefek adam yerinden kalkmış ve yere düşen müdüre doğru silahını tutmuştu. Müdür de ona bir şeyler diyordu. Televizyonun sesi açık olduğu için ne dediği anlaşılmıyordu. Ufak tefek adam müdürün gövdesine üç el daha ateş ettikten sonra bir anda arkasındaki bir kapıdan çıkıp yok oluverdi. Ka onun yüzünü hiç görmemişti.

"Çıkalım," dedi İpek. "Durmayalım burada."

"Yetişin!" diye bağırdı Ka cılız bir sesle. "Polise telefon edelim," dedi sonra. Ama yerinden kıpırdamamıştı. Hemen sonra İpek'in arkasından koştu. Yeni Hayat Pastanesi'nin iki kanatlı kapısında da, hızla indikleri merdivenlerde de kimse yoktu.

Bir anda kendilerini karlı kaldırımda buldular ve hızla yürümeye başladılar. Ka "oradan çıktığımızı kimse görmedi" diye düşünüyor, bu da onu rahatlatıyordu, çünkü cinayeti kendisi işlemiş gibi hissediyordu. Dile getirdiği için utanç ve pişmanlık duyduğu evlilik isteği sanki hak ettiği cezayı bulmuştu. Kimseyle göz göze gelmek istemiyordu.

Kâzım Karabekir Caddesi'nin köşesine geldiklerinde Ka pek çok şeyden korkuyordu ama İpek ile paylaştıkları bir sırları olduğu için aralarında doğan sessiz yakınlıktan mutluluk duyuyordu. Halitpaşa İşhanı'nın kapısındaki portakal ve elma sandıklarını aydınlatan ve hemen bitişikteki berberin aynasında yansıyan çıplak ampulün ışığında onun gözlerinde yaş görünce Ka telaşlandı.

"Enstitü müdürü türbanlı öğrencileri derslere sokmuyordu," dedi. "Onun için öldürdüler zavallı adamcağızı."

"Polise anlatalım," dedi Ka bir zamanlar bunun solcuların nefret ettiği bir cümle olduğunu hatırlayarak.

"Nasıl olsa her şeyi anlayacaklar. Belki de şimdiden biliyorlardır bile her şeyi. Refah Partisi'nin il merkezi yukarıda ikinci katta." İpek hanın girişini işaret etti. "Gördüklerini Muhtar'a anlat ki MİT üstüne gelince şaşırmasın. Ayrıca şunu da söylemeliyim: Muhtar benimle yeniden evlenmek istiyor, bunu unutma onunla konuşurken."

5

Hocam, bir soru sorabilir miyim?

KATİL İLE MAKTUL ARASINDA İLK VE SON KONUŞMA

Yeni Hayat Pastanesi'nde ufak tefek adamın Ka ve İpek'in bakışları arasında, göğsüne ve başına ateş ettiği eğitim enstitüsü müdürünün üzerinde kalın bantlarla bağlanmış gizli bir ses kayıt aracı vardı. Grundig marka bu ithal cihazı eğitim enstitüsü müdürünün gövdesine Milli İstihbarat Teşkilatı'nın Kars şubesindeki dikkatli memurlar yerleştirmişti. Başörtülü kızları üniversiteye ve derslere sokmadığı için gerek müdürün son zamanlarda kişisel olarak aldığı tehditler, gerek Kars'taki sivil istihbarat memurlarının dinci çevrelerden edindiği bilgiler bir koruma tedbiri gerektirmiş, ama laik olmasına rağmen kadere iyi bir dindar kadar inanan müdür, yanında ayı gibi dikilecek bir koruma görevlisindense, kendisini tehdit eden kişilerin sesini kaydedip sonra onları tutuklattırmanın daha caydırıcı olacağını hesaplamış, çok sevdiği cevizli ayçöreklerinden yemek için hiç hesapta olmadan giriverdiği Yeni Hayat Pastanesi'nde bir yabancının kendisine yaklaştığını görünce, bu gibi durumlarda yaptığı gibi, üzerindeki ses kayıt aracını çalıştırmıştı. Üzerine isabet eden iki kurşuna rağmen müdürün hayatını kurtaramayan cihazdan zarar görmeden çıkarılan banttaki konuşmaların dökümünü rahmetli müdürün gözleri yıllar sonra hâlâ yaşlı dul eşiyle ünlü bir manken olan kızından aldım.

"Merhaba hocam, beni tanıdınız mı?" / "Hayır, çıkaramadım." / "Ben de öyle düşünmüştüm hocam. Hiç tanışmadık çünkü. Dün akşam ve bu sabah sizinle görüşebilmek için birer teşebbüste bulunmuştum. Dün okulun kapısından polisler geri çevirdiler. Bu sabah içeri girmeyi başardıysam da sekreteriniz beni sizinle görüştürmedi. Ben de dersaneye girmeden önce kapıda önünüze çıkmak istedim. Beni o sırada gördünüz. Hatırlıyor musunuz hocam?" / "Hatırlayamadım." / "Beni gördüğünüzü mü hatırlamıyorsunuz, beni mi?" / "Ne görüşmek istiyordunuz benimle?" / "Aslında sizinle saatlerce, günlerce, her konuda görüşmek isterim. Çok muhterem, okumuş, münevver bir insan, bir ziraat profesörüsünüz. Biz maalesef okuyamadık. Ama bir konuda çok okumuşumdur. Sizinle konuşmak istediğim konu da odur. Hocam, affedersiniz, vaktinizi almıyorum değil mi?" / "Estağfurullah." / "Affedersiniz, izninizle oturabilir miyim hocam? Etraflı bir konudur çünkü." / "Buyrun, rica ederim." (Sandalye çekme ve oturma sesi.) / "Cevizli çörek yiyorsunuz hocam. Bizim Tokat'ta çok büyük ceviz ağaçları vardır. Hiç Tokat'a geldiniz mi?" / "Ne yazık ki hayır." / "Çok üzüldüm hocam. Gelirseniz lütfen bende kalacaksınız. Bütün ömrüm, otuz altı yılım Tokat'ta geçmiştir. Tokat çok güzeldir. Türkiye de çok güzeldir. (Bir sessizlik) Fakat ne yazık ki memleketimizi tanımıyoruz, insanımızı sevmiyoruz. Hatta bu ülkeye, bu millete saygısızlık etmek, ihanet etmek marifet bile sayılıyor. Hocam affedersiniz, bir soru sorabilir miyim, siz ateist değilsiniz değil mi?" / "Değilim." / "Öyle diyorlar, ama ben de sizin gibi okumuş bir adamın Allah'ı, –hâşâ– inkâr edebileceğine hiç ihtimal vermiyorum. Söylemeye gerek yok, Yahudi de değilsiniz değil mi?" / "Değilim." / "Müslümansınız." / "Müslümanım elhamdülillah." / "Hocam gülüyorsunuz ama, o zaman lütfen şu sorumu ciddiye alarak cevap verin bana. Çünkü bu soruma sizden bir cevap alabilmek için karda kışta Tokat'tan geldim buraya." / "Tokat'ta beni nereden duydunuz?" / "Hocam dinine, kitabına bağlı tesettürlü kızlarımızı Kars'ta okula sokmadığınızı İstanbul gazeteleri yazmıyor. Onlar İstanbul'daki manken kızların rezaletleri ile meşgul. Ama güzel Tokat'ta Bayrak diye Müslüman bir radyomuz vardır, memleketin neresinde müminlere haksızlık ediliyor, haberini verir." / "Ben müminlere haksızlık etmem, ben de korkarım Allah'tan." / "Hocam, iki gündür karlı, fırtınalı yollardayım; otobüslerde hep sizi düşündüm, inanın bana 'ben Allah'tan korkarım!' diyeceğinizi de çok iyi biliyordum. O zaman aklımda size şu soruyu soracağımı da hep hayal ettim. Eğer Allah'tan korkuyorsan sayın Profesör Nuri Yılmaz ve *Kuran-ı Kerim*'in Allah'ın sözü olduğuna inanıyorsan sayın hocam, o zaman bana Nur suresinin o güzelim otuzbirinci ayeti kerimesi hakkında ne düşündüğünü de söyle bakalım." / "Bu ayette, evet, kadınlar başlarını örtsün, hatta yüzlerini de gizlesin diye çok açık bir şekilde belirtilir." / "Çok güzel dürüstçe söyledin, sağ ol hocam! O zaman bir soru sorabilir miyim. Allah'ın bu emrini başı örtülü kızlarımızı okula almamakla nasıl bağdaştırıyorsun?" / "Başı örtülü kızların dersanelere ve hatta okullara sokulmaması laik devletimizin emridir." / "Hocam, affedersiniz bir soru sorabilir miyim: Devletin emri Allah'ın emrinden büyük müdür, hocam?" / "Güzel bir soru. Ama bunlar laik bir devlette ayrı şeylerdir." / "Çok doğru söylediniz hocam, elinizi öpeyim. Korkmayın hocam verin, verin, bakın doya doya öpeceğim elinizi. Oh. Allah razı olsun. Size ne kadar saygı duyduğumu anladınız. Şimdi hocam lütfen bir soru sorabilir miyim?" / "Buyrun, rica ederim." / "Hocam, peki laiklik dinsizlik mi demektir?" / "Hayır." / "O halde dinlerinin gereğini yerine getiren mümin kızlarımız niye laiklik bahanesiyle derslere alınmıyor?" / "Vallahi oğlum, bu konuları tartışmakla bir yere varılmıyor. Bütün gün İstanbul televizyonlarında bu konular konuşuluyor da ne oluyor? Ne kızlar başörtülerini çıkarıyor, ne de devlet onları o haliyle derslere alıyor." / "Peki hocam, bir soru sorabilir miyim? Af buyurun ama, başlarını örten kızların, bizim binbir emekle yetişmiş o çalışkan, o terbiyeli, o itaatkâr kızlarımızın eğitim haklarının ellerinden alınması Anayasamıza, eğitim ve din özgürlüğüne hiç uyuyor mu? Sizin vicdanınıza sığıyor mu söyleyin lütfen hocam?" / "O kızlar o kadar itaatkârsa başlarını da açarlar. Oğlum senin adın nedir, adresin, işin nedir?" / "Hocam ben Tokat'ta meşhur Pervane Hamamı'nın hemen bitişiğinde Şenler Çayevi'nde ocakçıyım. Ocaklar, demlikler orada benden sorulur. Adım önemli değil. Bütün gün de Bayrak Radyosu'nu dinlerim. Müminlere işlenmiş bir haksızlık bazan kafama takılır ve hocam demokratik bir ülkede yaşadığım ve kafasına uyduğu gibi yaşayan özgür bir insan olduğum için, Türkiye'nin neresinde olursa olsun otobüse biner, kafama takılan kişiye gider, yüzüne karşı bu haksızlığı sorarım. Bu yüzden lütfen soruma cevap verin hocam. Devletin buyruğu mu büyüktür, Allah'ın buyruğu mu?" / "Bu tartışmayla bir yere varılmaz oğlum. Sen hangi otelde kalıyorsun?" / "Polise mi ihbar edeceksin? Korkma hocam benden. Hiçbir dinî örgüte mensup değilim. Terörden nefret ederim ve fikir mücadelesine ve Allah sevgisine inanırım. Zaten bu yüzden, o kadar sinirli biri olmama rağmen, fikir mücadelesi sonunda kimseye fiske vurmuş değilim. Yalnız şu soruma cevap vermeni istiyorum. Hocam, affedersiniz, Allah'ın sözü olan *Kuran-ı Kerim*'in Ahzap ve Nur surelerinde çok açık bir şekilde belirtildiği halde üniversite kapılarında zulmettiğiniz bu kızların çilesi vicdanınızı sızlatmıyor mu?" / "Oğlum, *Kuran-ı Kerim* hırsızın elini de kesin diyor, ama devletimiz kesmiyor. Buna niye karşı çıkmıyorsun?" / "Çok güzel bir cevap hocam. Elinizi öperim. Ama hırsızın koluyla, kadınlarımızın namusu aynı şey midir? Amerikalı Müslüman zenci profesör Marvin King tarafından yapılan istatistiğe göre kadınların tesettürlü olduğu İslam ülkelerinde ırza geçme vakaları yok denecek kadar azalmakta, taciz olayına ise neredeyse hiç rastlanmamaktadır. Çünkü çarşaf içinde tesettürlü bir kadın, kıyafetiyle erkeklere önce şöyle der: 'Lütfen beni taciz etmeyiniz.' Hocam, lütfen bir soru sorabilir miyim: Başını örten kadını eğitimsiz bırakıp toplum dışına sürmekle, açılıp saçılanı da baştacı etmekle kadınlarımızın namusunu seks devrimi sonrasındaki Avrupa'da olduğu gibi iki paralık etmek, kendimizi de af buyurun pezevenk durumuna mı düşürmek istiyoruz?" / "Oğlum ben çöreğimi yedim, kusura bakma ben gidiyorum." / "Otur yerine hocam, otur da bunu kullanmayayım. Bu nedir hocam görüyor musun?" / "Tabanca." / "Evet hocam, kusura bakmayın, ben sizin için bu kadar yol gelmişim, aptal biri değilim, belki beni dinlemezsiniz bile diye düşündüm, tedbirimi aldım." / "Oğlum, sizin adınız nedir?" / "Vahit Süzme, Salim Feşmekân, ne önemi var hocam. Ben bu laik, materyalist ülkede imanları için mücadele eden ve haksızlığa uğrayan adsız kahramanların adsız bir savunucusuyum. Hiçbir örgüte mensup değilim. İnsan haklarına saygılıyım ve şiddetten hiç hoşlanmam. Bu yüzden tabancamı cebime koyuyorum ve sizden yalnızca bir soruma cevap vermenizi istiyorum." / "Peki." / "Hocam, yetiştirilmesi yıllar süren, analarının babalarının gözbebeği, o akıllı, o çalışkan, hepsi sınıfının birincisi o kızlara Ankara'dan gelen bir emirle önce yok muamelesi yaptınız. Yoklamada adını yazmışsa, başörtülü diye sildiniz. Biri başörtülü yedi öğrenci hocasıyla oturuyorsa, tesettürlüyü yok sayıp ocaktan onlara altı çay istediniz. Yok sayılan kızları ağlattınız. Bu da yetmedi. Ankara'dan gelen yeni bir emirle önce onları sınıfa almayıp koridora attınız, sonra koridordan da kapı dışarı ettiniz. Direnen, başını açmayan bir avuç kahraman kız dertlerini duyurmak için okul kapısında soğuktan titreyerek beklerken telefon edip polis çağırdınız." / "Polisi biz çağırmadık." / "Hocam, cebimde tabanca var diye korkup yalan söyleme bana. Polisin kızları sürükleyerek gözaltına aldığı günün akşamı sen hangi vicdanla uyuyabiliyordun, sorum budur." / "Tabii başörtü meselesinin bir simge, siyasi bir oyun haline getirilmesi kızlarımızı daha mutsuz etti." / "Ne oyunu hocam, okuluyla namusu arasında kalan, bunalıma kapılan bir kız da ne yazık ki intihar etti. Bu oyun mu?" / "Oğlum, çok öfkelisin, ama bu türban meselesinin böyle siyasi bir hale gelmesinin altında Türkiye'yi ikiye bölüp zayıf düşürmek isteyen dış güçlerin olduğu hiç aklına gelmedi mi?" / "Sen bu kızları okula alsan hocam türbancı kız mı kalır!" / "Yalnız benim isteğimle mi oğlum? Bunlar Ankara'nın isteği. Benim karım da örtülüdür." / "Hocam bana yaltaklanma da deminki soruma cevap ver." / "Hangi soruna?" / "Vicdanın sızlamıyor mu?" / "Ben de babayım evladım, tabii ki bu kızlar için üzülüyorum." / "Bak ben kendimi tutmasını çok iyi bilirim, ama asabi adamımdır. Tepem bir attı mı artık film kopar. Hapiste esnerken ağzını kapamıyor diye adam dövdüm ben; bütün koğuşu adam ettim, hepsi kötü alışkanlıklarından kurtuldular, namaza başladılar. Şimdi sen kıvırtma da soruma cevap ver bakalım. Ben ne dedim demin?" / "Ne dedin oğlum, indir o tabancayı." / "Senin kızın var mı, üzülüyor musun, bunu sormadım." / "Affedersiniz oğlum, ne sordun?" / "Tabancadan korkup bana yağ çekme şimdi. Ne sorduğumu hatırla..." (Bir sessizlik.) / "Ne sormuştunuz?" / "Vicdanın sızlıyor mu diye sormuştum imansız." / "Sızlıyor tabii." / "O zaman niye yapıyorsun, şerefsiz." / "Oğlum ben sizin babanız yaşında bir hocayım. *Kuran-ı Kerim*'de büyüğünüze tabanca tutup hakaret ediniz diye bir buyruk mu var?" / "Sen *Kuran-ı Kerim*'i ağzına hiç alma, tamam mı. Sağına soluna da bakma öyle yardım dilenir gibi, bağırırsan da acımam vururum. Anladın mı şimdi?" / "Anladım." / "O zaman şu soruma cevap ver: Başı örtülü kızların başlarını açmalarının bu memlekete ne faydası olacak; içine, vicdanına sindirdiğin bir neden söyle, mesela de ki başını açarsa Avrupalılar onu daha bir insan yerine koyuyor, hiç olmazsa maksadını anlayacağım, seni vurmayacağım, koyuvereceğim." / "Sayın evladım. Benim de bir kızım var, başı açıktır. Başı örtülü anasına nasıl hiç karışmıyorsam, ona da hiç karışmadım." / "Kızın niye açtı başını, artist mi olmak istiyor?" / "Bana hiç öyle bir şey söylemedi. Ankara'da halkla ilişkiler okuyor. Bu türban meselesinde ne yazık ki boy hedefi olduğum, çok sıkıntı çekip üzüldüğüm, iftiralara, tehditlere, sizin gibi haklı olarak öfkelenenlerin ve düşmanlarımın kızgınlıklarına muhatap olduğum zamanlar kızım bana çok destek olmuştur. Ankara'dan telefon edip..." / "Aman baba dişini sık da ben de artist olayım mı der?" / "Hayır oğlum, öyle demez. Babacığım, ben bütün kızların başörtülü olduğu bir sınıfa kendim de örtüsüz girmeye cesaret edemez, istemeden örtünürdüm, der." / "Ne zararı olur peki istemeden örtünürse?" / "Valla ben bunları tartışmam. Siz bana bir gerekçe söyle dediniz." / "Yani, şerefsiz, Allah'ın emrine uyan tesettürlü, imanlı kızları sen kendi kızının keyfi olsun diye mi kapıda polislere coplatıyor, zulmedip intihar etmelerine yol açıyorsun." / "Kızımın gerekçesi, aynı zamanda başka pek çok Türk kadınının da gerekçesidir." / "Türkiye'deki kadınların yüzde doksanı örtünürken başka hangi artistin gerekçesi oluyor anlayamadım. Kızının soyunmasıyla gururlanıyorsun, seni şerefsiz zalim, ama şunu kafana koy, ben profesör değilim, ama bu konuda senden çok okudum." / "Beyefendi, silahınızı lütfen bana doğru tutmayın, sinirleniyorsunuz, sonra patlarsa belki üzülürsünüz." / "Niye üzüleceğim, ben karda kıyamette iki günlük yolu bir kâfiri temizlemek için almışım zaten. *Kuran-ı Kerim* inanana zulmedenin, zalimin katli vaciptir der. Gene de acıdığım için son bir şans verdim sana: Bana tesettürlü kızların açılıp saçılmasının vicdanına sığan tek bir gerekçesini söyle, bak o zaman yemin ediyorum vurmayacağım seni." / "Kadın başörtüsünü çıkarırsa, toplum içinde daha rahat, daha saygın bir yer edinir." / "Senin artist olmak isteyen kızın için belki. Ama tesettür, bilakis kadını tacizden, ırza geçme ve aşağılanmadan korumuş ve daha rahat toplum içine çıkar hale getirmiştir. Aralarında eski göbek dansözü Melahat Şandra'nın da olduğu, sonradan çarşaflanan pek çok kadının da belirttiği gibi, tesettür kadını sokakta erkeğin hayvani hislerine hitap eden ve diğer kadınlarla çekici olma rekabetine giren ve bu yüzden sürekli makyaj yapan zavallı bir nesne durumundan çıkarmıştır. Amerikalı zenci profesör Marvin King'in de belirttiği gibi, ünlü artist Elizabeth Taylor son yirmi yılda çarşaf içine girseydi, şişmanlığından utanıp akıl hastanelerine düşmeyecek, mutlu olacaktı. Affedersiniz hocam, bir soru sorabilir miyim: Niye gülüyorsun hocam, lafım çok mu komik? (Bir sessizlik.) Söylesene ulan şerefsiz ateist, niye gülüyorsun?" / "Sayın evladım, inanın gülmüyorum, güldüysem de sinirden gülmüşümdür!" / "Hayır, inanarak güldün!" / "Sayın evladım, içim bu memleketin senin gibi, türbancı kızlar gibi, davalarına inandığı için acı çeken genç insanlarına şefkatle dolu." / "Boşuna yaltaklanma. Ben hiç acı çekmiyorum. Ama intihar eden kızlara güldüğün için sen şimdi çekeceksin. Güldüğüne göre nedamet getireceğin de yok. O zaman ben hemen sana durumunu bildireyim. İslamcı Mücahit Adaleti seni çoktan ölüme mahkûm etti, karar beş gün önce Tokat'ta oylama sonucu ittifakla alındı, beni de infaza yolladılar. Gülmeseydin, pişman olsaydın belki affederdim. Al şu kâğıdı idam kararını oku bakalım... (Bir sessizlik.) Karı gibi ağlamadan yüksek sesle oku, hadi şerefsiz, yoksa hemen vururum seni." / "Ben ateist profesör Nuri Yılmaz, sayın evladım ben ateist değilim..." / "Hadi, oku." / "Evladım, okuyunca beni vuracak mısınız?" / "Okumazsan vuracağım. Hadi, oku." / "Dinine bağlı, imanlı kızlara, başlarını açmıyorlar, *Kuran-ı Kerim*'in sözünden dışarı çıkmıyorlar diye, laik T.C. Devleti'nin Müslümanları Batı'nın kölesi haline getirme, onursuzlaşma, dinsizleştirme gizli planına alet olarak öyle zulmettim ki, en sonunda bir mümin kız acıya dayanamayarak intihar etti... Sayın evladım, burada izninizle bir itirazım var; sizi yollayan heyete de bildirin lütfen. O kızımız okula alınmadığı için ya da babasının baskıları yüzünden değil, Milli İstihbarat Teşkilatı'nın bizlere bildirdiği gibi, ne yazık ki aşk acısından kendini asmıştır." / "Ölürken bıraktığı mektupta öyle demiyor." / "Hatta affınıza sığınarak söylüyorum evladım; –lütfen indirin o tabancayı– daha evlenmeden önce bu cahil kızımız, bekâretini kendinden yirmi beş yaş büyük bir polise düşüncesizce verdikten sonra adamın ne yazık ki evli olduğunu ve kendisiyle evlenmeye hiç niyeti olmadığını söyleyince..." / "Sus rezil. O işi senin orospu kızın yapar." / "Yapma evladım, yapma çocuğum. Beni vurursan senin de geleceğin kararır." / "Pişmanım de!" / "Pişmanım çocuğum, ateş etme." / "Aç ağzını, tabancayı sokacağım... Şimdi benim parmağımın üzerinden tetiği sen çek. Bir imansız gibi, ama hiç olmazsa şerefinle geberirsin." (Bir sessizlik) / "Evladım, bak ne hallere düştüm, bu yaşta ağlıyorum, yalvarıyorum, bana değil kendine acı. Senin de gençliğine yazık, katil olacaksın." / "O zaman tetiği kendin çek! İntihar nasıl bir acıymış bir de sen gör." / "Evladım, ben bir Müslümanım, intihara karşıyım!" / "Aç ağzını. (Bir sessizlik.) Ağlama öyle... Bir gün hesap sorulacağı daha önce hiç mi aklına gelmedi. Ağlama, yoksa vururum." / (Uzaktan yaşlı garsonun sesi.) "Efendim, çayınızı bu masaya getireyim ister misiniz?" / "Yok, istemez. Şimdi kalkıyorum." / "Garsona bakma, idam kararının devamını oku." / "Oğlum, affedin beni." / "Oku diyorum." / "Bütün yaptıklarımdan utanıyorum, ölümü hak ettiğimi biliyorum ve yüce Allah'ın beni affetmesi için..." / "Hadi oku..." / "Saygıdeğer evladım, bırak ağlasın bu ihtiyar adam biraz. Bırak son kere karımı, kızımı düşüneyim." / "Zulmettiğin genç kızları düşün. Biri sinir krizi geçirdi, dört tanesi üçüncü sınıfta okuldan atıldı, biri intihar etti, okul kapısında tir tir titremekten hepsi ateşlenip yatağa düştü, hepsinin hayatı kaydı." / "Ben çok pişmanım sayın evladım. Ama sen de benim gibi birini öldürüp katil olmaya değer mi, onu düşün." / "Peki." (Bir sessizlik) "Ben düşündüm hocam, bakın aklıma ne geldi." / "Ne?" / "Ben seni bulmak ve cezanı infaz etmek için iki gün bu sefil Kars şehrinde eli boş dolaştım. Tam kısmet değilmiş diye Tokat'a dönüş biletimi almış, son bir çay içiyordum ki..." / "Evladım, beni vurup son otobüsle Kars'tan kaçmayı düşünüyorsan, yollar kardan kapandı, altı otobüsü kalkmayacak, sonra pişman olma." / "Tam dönüyordum ki, Allah seni şu Yeni Hayat Pastanesi'ne yolladı. Yani seni Allah affetmiyor, ben mi edeceğim. Son sözünü söyle, tekbir getir." / "Otur sandalyene oğlum, bu devlet hepinizi yakalar, hepinizi asar." / "Tekbir getir." / "Sakin ol evladım, dur otur, bir daha düşün. Çekme onu, dur." (Silah sesi, bir sandalyenin gürültüsü.) "Yapma evladım!" (İki el silah sesi daha. Sessizlik, bir inilti, televizyonun sesi. Bir silah sesi daha. Sessizlik.)

6

Aşk, din ve şiir

MUHTAR'IN HAZİN HİKÂYESİ

Halitpaşa İşhanı'nın kapısında İpek onu bırakıp otele dönünce Ka iki kat merdiveni hemen çıkıp Refah Partisi'nin il merkezine gitmedi de han koridorlarındaki işsizler, çıraklar, aylaklar arasında oyalandı. Vurulan eğitim enstitüsü müdürünün hâlâ can çekişmekte olduğu gözünün önünde canlanıyor, bir pişmanlık ve suçluluk duyuyor, sabah konuştuğu emniyet müdür yardımcısına, İstanbul'a, *Cumhuriyet* gazetesine, herhangi bir tanıdığa telefon etmek geliyordu içinden, ama çayhaneler ve berber dükkânlarıyla kaynaşan handa telefon edilebilecek herhangi bir köşe bulamıyordu.

Kapısında "Hayvanseverler Derneği" levhası asılı yere böyle girdi. Burada telefon vardı ama meşguldü. Telefon etmek isteyip istemediğinden o kadar emin de değildi artık. Derneğin öte yanındaki yarı açık kapıdan geçince duvarlarında horoz resimleri, ortasında küçük bir dövüş ringi olan bir salona girdi. Ka horoz dövüşü salonunda İpek'e âşık olduğunu, hayatının geri kalan kısmını bu aşkın belirleyeceğini korkuyla hissetti.

Horoz dövüştürmeye meraklı zengin hayvanseverlerden biri o gün o saatlerde Ka'nın derneğe girip ring kenarındaki boş seyir banklarından birine düşünceler içinde oturduğunu çok iyi hatırlıyordu. Ka orada bir çay içmiş ve iri harflerle yazılıp duvara asılmış dövüş kurallarını okumuştu.

Ringe gelen horoz sahibinden izinsiz ele alınmaz.
Yatan horoz üç defa peş peşe yatar, gaga atmazsa tam kayıptır.
Mahmuz kırıldığında 3, tırnak kırıldığında
1 dakika pansuman yapılır.
Dövüşte yere düşen horozun rakibi boynuna basarsa,
horoz kaldırılır, dövüş devam eder.
Elektrik kesilmelerinde 15 dakika beklenir,
gelmez ise dövüş iptal edilir.

Saat ikiyi çeyrek geçe Hayvanseverler Derneği'nden çıkarken Ka, İpek'i kapıp bu Kars şehrinden nasıl kaçabileceğini düşünüyordu. Refah Partisi'nin il merkezi aynı katta, Halk Partili eski belediye başkanı Muzaffer Bey'in şimdi lambaları söndürülmüş avukatlık yazıhanesine iki dükkân uzaktaydı. (Arada Dostlar Çay Evi'yle Yeşil Terzi vardı.) Sabah avukata yaptığı ziyaret Ka'ya o kadar uzak bir geçmişte kalmış gibi geliyordu ki aynı binanın aynı koridorunda olduğuna şaşarak girdi partiye.

Ka Muhtar'ı en son on iki yıl önce görmüştü. Sarılıp öpüştükten sonra göbeklendiğini, saçlarının kırlaşıp döküldüğünü fark etti, ama bu kadarını tahmin ediyordu zaten. Üniversite yıllarında olduğu gibi Muhtar'ın hiçbir özelliği yoktu ve ağzının kenarında o zamanlar da hep içtiği bir sigara vardı.

"Eğitim enstitüsü müdürünü öldürdüler," dedi Ka.

"Ölmemiş, şimdi radyo söyledi," dedi. "Sen nereden biliyorsun?"

"O da bizim gibi İpek'in sana telefon ettiği Yeni Hayat Pastanesi'nde oturuyordu," dedi Ka. Olayı yaşadıkları gibi anlattı.

"Polisi aradınız mı?" dedi Muhtar. "Sonra ne yaptınız?"

Ka, İpek'in eve döndüğünü, kendisinin de doğrudan buraya geldiğini söyledi.

"Seçime beş gün kaldı, kazanacağımız iyice anlaşıldıkça devlet başımıza bir çorap örmek için her şeyi deniyor," dedi Muhtar. "Türbanlı kız kardeşlerimize sahip çıkmak partimizin bütün Türkiye'de siyaseti. Şimdi o kızları eğitim enstitüsünün kapısından sokmayan sefil vuruluyor ve olay yerinde bulunan tanık polise bile haber vermeden doğru buraya bizim parti merkezine geliyor." Nazik bir hava takındı: "Lütfen şimdi buradan polise telefon et ve her şeyi anlat," dedi. Telefonun ahizesini ikramıyla gururlanan bir ev sahibi gibi Ka'ya uzattı. Ka ahizeyi eline alınca Muhtar bir deftere bakıp numaraları çevirdi.

"Emniyet Müdür Yardımcısı Kasım Bey'i tanıyorum," dedi Ka.

"Nereden tanıyorsun?" dedi Muhtar Ka'yı sinir eden belirgin bir şüphecilikle.

"Gazeteci Serdar Bey beni ilk ona götürdü sabah," diyordu ki Ka, santraldaki kız Ka'yı bir anda emniyet müdür yardımcısına bağladı. Ka Yeni Hayat Pastanesi'nde tanık olduğu şeyleri yaşadığı gibi anlattı. Muhtar aceleci ve sakar iki tuhaf adım attı ve acemice kırıtıp kulağını yaklaştırıp Ka ile birlikte konuşmayı dinlemek istedi. Ka da o iyi duyabilsin diye ahizeyi kendi kulağından onunkine yaklaştırdı. Birbirlerinin nefesini yüzlerinde duyuyorlardı şimdi. Ka onu emniyet müdür yardımcısıyla yaptığı konuşmaya niye ortak ettiğini bilmiyor, ama böyle yapmasının daha iyi olacağını seziyordu. Saldırganın hiç göremediği yüzünü değil ama ufak tefek gövdesini emniyet müdür yardımcısına iki kere daha tarif etti.

"Bir an evvel buraya gelin de ifadenizi alalım," dedi komiserin iyi niyetli sesi.

"Ben Refah Partisi'ndeyim," dedi Ka. "Çok gecikmeden gelirim."

Bir sessizlik oldu.

"Bir saniye," dedi komiser.

Ka ve Muhtar komiserin ağzını telefondan uzaklaştırıp fısıltıyla birileriyle bir şey konuştuğunu duydular.

"Kusura bakmayın, nöbetçi arabayı sordum," dedi komiser. "Bu kar hiç dinmeyecek. Biz birazdan araba yollayalım, alsınlar sizi partiden."

"Burada olduğunu söylemen iyi oldu," dedi Muhtar telefon kapanınca. "Nasıl olsa biliyorlardır. Her yeri dinliyorlar. Demin de seni suçlar gibi konuşmamı yanlış anlamanı istemiyorum."

Bir zamanlar kendisini Nişantaşlı bir burjuva gibi gören siyaset meraklılarına duyduğu cinsten bir öfke geçti Ka'nın içinden. Lisede bu adamlar pandikleşerek sürekli birbirlerini ibne durumuna düşürmeye çalışırlardı. Bu faaliyetin yerini daha sonraki yıllarda birbirlerini ve daha çok da siyasal düşmanlarını polis ajanı durumuna düşürme oyunu almıştı. Ka bir polis arabasından, basılacak evi işaret eden muhbir durumuna düşürülme korkusu yüzünden siyasetten hep uzak kalmıştı. Şimdiyse, Muhtar dinci şeriatçı partiden aday olmak gibi on sene önce kendisinin de küçümseyeceği bir işi yapmış olmasına rağmen mazeret ve bahane yetiştirmekle yükümlü taraf gene Ka olmuştu.

Telefon çaldı, Muhtar sorumlu bir pozla açtı ve beyaz eşya dükkânının bu akşamki canlı yayında yayınlanacak reklamının fiyatı için bir *Serhat Kars Televizyonu* yetkisiliyle sıkı bir pazarlık etti.

Telefon kapanıp ne konuşacaklarını hiç bilemeyen küskün çocuklar gibi ikisi de susunca on iki yıldır aralarında konuşulmayan her şey Ka'nın hayalinde konuşulmuş oldu.

Önce birbirlerine hayallerinde şöyle dediler: "Şimdi ikimiz de bir çeşit sürgün hayatı yaşadığımıza ve öyle çok başarılı, muzaffer ve mutlu olamadığımıza göre zor bir şeymiş hayat! Şair olmak da yetmiyormuş... Siyasetin gölgesi bu yüzden üzerimize bu kadar vurdu." Bu bir kere dendikten sonra, ikisi de hayallerinde şunu da demeden edemediler: "Şiirde mutluluk yetmeyince, siyasetin gölgesine ihtiyaç oldu." Ka şimdi Muhtar'ı biraz daha küçümsüyordu.

Ka Muhtar'ın şimdi bir seçim zaferi öncesinde olduğu için memnun olduğunu, kendisinin de Türkiye'deki orta karar şair ününden –hiç yoktan iyi olduğu için– azıcık memnun olduğunu hatırlattı kendine. Ama ikisi de bu memnuniyetlerini asla itiraf edemeyecekleri gibi, asıl büyük konuyu, yani hayata küskünlüklerini de hiç açamazlardı birbirlerine. Yani en kötüsü olmuş, hayatta yenilgiyi kabul edip dünyanın acımasız haksızlığına alışmışlardı. Bu durumdan çıkmak için ikisinin de İpek'e ihtiyaç duyması Ka'yı korkuttu.

"Bu akşam şehir sinemasında en son şiirini okuyacakmışsın," dedi Muhtar belli belirsiz gülümseyerek.

Ka bir zamanlar İpek ile evli olan bu adamın içleri hiç gülmeyen güzel ela gözlerinin içine düşmanca baktı.

"Fahir'i gördün mü İstanbul'da?" dedi Muhtar, bu sefer daha belirgin bir gülümseyişle.

Ka da onunla birlikte gülümseyebildi bu sefer. Gülümseyişlerinde şefkatli, saygılı bir yan da vardı. Fahir onların yaşındaydı; yirmi yıldır modernist Batı şiirinin taviz vermez bir savunucusuydu. Saint Joseph'de okumuştu, saraydan çıktığı söylenen deli ve zengin babaannesinden aldığı paralarla her sene bir kere Paris'e gider, Saint Germain'deki kitapçılardan aldığı şiir kitaplarını bavuluna doldurup İstanbul'a getirir, kendi çıkardığı dergilerde, kurup kurup batırdığı yayınevlerinin şiir dizilerinde bu kitapların Türkçe çevirilerini, kendi şiirlerini, diğer modernist Türk şairlerini yayımlardı. Herkesin saygı duyduğu bu yanına karşılık Fahir'in yapay öztürkçeye çevirdiği şairlerden etkilerle yazdığı kendi şiirleri ilhamdan yoksun, kötü ve anlaşılmazdı.

Ka İstanbul'da Fahir'i göremediğini söyledi.

"Bir zamanlar şiirlerimi Fahir beğensin çok isterdim," dedi Muhtar. "Ama o benim gibileri saf şiirle değil, folklorla, 'yerel güzelliklerle' uğraşıyor diye çok küçümserdi. Yıllar geçti, askerî darbeler oldu, herkes hapse girdi çıktı, ben de herkes gibi oradan oraya sersem gibi savruldum. Kendime örnek aldığım insanlar değişmiş, kendimi beğendirmek istediklerim kaybolmuş, hayatta da şiirde de istediklerimin hiçbiri gerçekleşmemişti. İstanbul'da mutsuz, huzursuz, parasız yaşamaktansa Kars'a döndüm. Babamın eskiden utandığım dükkânını devraldım. Bunlar da beni mutlu etmedi. Buradaki insanları küçümsüyor, Fahir'in benim şiirlerime yaptığı gibi, onları görünce yüzümü buruşturuyordum. Kars'ta şehir de insanlar da sanki hakiki değildi. Burada herkes ya ölmek ya da çekip gitmek istiyordu. Ama benim gidecek yerim de kalmamıştı. Sanki tarihin dışına sürülmüş, uygarlıkların dışına atılmıştım. Uygarlık o kadar uzaktaydı ki, onu taklit bile edememiştim. Benim yapamadıklarımı yapacağını, bir ezikliк taşımadan bir gün Batılı, modern ve kişilik sahibi olacağını hayal edeceğim bir çocuk da vermiyordu Allah bana."

Muhtar'ın arada bir sanki içinden gelen bir ışıkla hafifçe gülümseyerek kendisiyle alay edebilmesi Ka'nın hoşuna gidiyordu.

"Akşamları içiyor, güzelim İpek'im ile kavga etmemek için eve geç geliyordum. Her şeyin, uçan kuşların bile donduğu Kars gecelerinden biriydi. Geç vakit Yeşilyurt Meyhanesi'nden en son ben çıkmış, o zamanlar İpek ile oturduğumuz Ordu Caddesi'ndeki eve yürüyordum. On dakikadan fazla sürmez bu yol ama Kars'a göre uzun bir mesafedir. Rakıyı fazla kaçırdığım için olacak iki adım yolda kayboldum. Sokaklarda kimsecikler yoktu. Soğuk gecelerde hep olduğu gibi Kars terk edilmiş bir şehre benziyordu, kapısını vurduğum evler ya içinde seksen yıldır kimsenin yaşamadığı Ermeni evleriydi, ya da içindekiler kat kat yorganlar altında, kış uykusuna yatmış hayvanlar gibi gizlendikleri deliklerinden çıkmıyorlardı."

"Birden bütün şehrin bu terk edilmiş, kimsesiz hali hoşuma gitti. İçkiden ve soğuktan bütün vücuduma tatlı bir uyku yayılıyordu. Ben de sessizce bu hayatı terk etmeye karar verdim, üç beş adım yürüdüm yürümedim bir ağacın altına buzlu kaldırıma uzanıp uykuyu ve ölmeyi beklemeye başladım. O soğukta içkili kafayla donup ölmek üç beş dakikanın işidir. Yumuşacık bir uyku damarlarıma yayılırken gözümün önünde bir türlü olmayan çocuğum belirdi. Çok sevindim: Erkekti, büyümüş, kravat takmıştı; hali bizim kravatlı memurlar gibi değil, Avrupalılar gibiydi. Tam bana bir şey söyleyecekti, durdu, bir ihtiyarın elini öptü. O ihtiyar adamdan her yere bir nur yayılıyordu. Derken yattığım yerde bir ışık tam gözümün içine vurup beni uyandırdı. Bir pişmanlık ve umut ile ayağa kalktım. Baktım az ötede aydınlık bir kapı açılmış, birileri girip çıkıyor. İçimden gelen sesi dinleyerek onların peşinden gittim. Beni aralarına aldılar ve aydınlık, sıcacık bir eve soktular. Burada Karslılar gibi hayattan umudu kesmiş bezgin insanlar değil, mutlu insanlar vardı, üstelik onlar da Karslı, hatta tanıdıktı. Bu evin, söylentilerini işittiğim Kürt Şeyhi Saadettin Efendi Hazretleri'nin gizli tekkesi olduğunu anlamıştım. Memur arkadaşlardan, şeyhin sayısı her gün artan zengin müritlerinin daveti üzerine dağdaki köyünden Kars'a inip zavallı fakir, işsiz ve mutsuz Karslıları tekkedeki ayinlere çektiğini işitmiştim ama polis bu cumhuriyet düşmanlığına izin vermez diye aldırmamıştım. Şimdi gözlerimden yaşlar akarken ben bu şeyhin merdivenlerini çıkıyordum. Yıllardır gizli gizli korktuğum, ateistlik yıllarımda bir zayıflık ve gerilik olarak gördüğüm şey olmuştu: İslam'a dönüyordum. Karikatürleri yapılan bu çember sakallı, cüppeli, gerici şeyhlerden ben aslında korkardım, şimdi merdivenleri kendi isteğimle çıkarken hıçkırarak ağlamaya başlamıştım. Şeyh iyi bir adamdı. Bana neden ağladığımı sordu. Elbette ki, 'gerici şeyhlerin, müritlerin arasına düştüm diye ağlıyorum,' diyecek değildim. Üstelik ağzımdan baca gibi tüten rakı kokusundan da çok utanıyordum. Anahtarımı kaybettiğimi söyledim. Ölmek için uzandığım yerde anahtarlığımı düşürdüğüm aklıma gelivermişti. Yanındaki dalkavuk müritler hemen atılıp anahtarın mecazi anlamlarına işaret ederlerken o, sokağa anahtarlarımı aramaya yolladı onları. Yalnız kaldığımızda bana tatlılıkla gülümsedi. Onun az önce rüyamda gördüğüm iyi yürekli ihtiyar olduğunu anlayarak rahatladım."

"İçimden öyle geldiği için bana bir evliya gibi gözüken bu ulu kişinin elini öptüm. Çok şaşırdığım bir şey yaptı. O da benim elimi öptü. Yıllardır duymadığım bir huzur yayıldı içime. Onunla her şeyi konuşabileceğimi, bütün hayatımı anlatacağımı hemen anladım. O da bana ateistlik yıllarımda varlığını zaten için için bildiğim yüce Allah'ın yolunu gösterecekti. Bu da peşinen beni mutlu ediyordu. Anahtarımı bulmuşlardı. O gece evime dönüp uyudum. Sabah bütün bu tecrübeden utandım. Başımdan geçenleri hayal meyal hatırlıyor, hatırlamak da istemiyordum. Bir daha tekkeye gitmeyeceğime yeminler ettim kendime. O akşam beni tekkede gören müritlerle bir yerde karşılaşır mıyım acaba diye korkuyor, bunalıyordum. Ama gene bir gece Yeşilyurt Meyhanesi'nden dönerken ayaklarım beni kendiliğinden oraya götürdü. Gündüzleri duyduğum bütün pişmanlık buhranlarına rağmen bu daha sonraki gecelerde de sürdü. Şeyh beni en yakınına oturtuyor, dertlerimi dinleyip yüreğime Allah sevgisi yerleştiriyordu. Hep ağlıyor, bundan çok huzur duyuyordum. Gündüzleri sır gibi sakladığım tekke ayinlerini gizlemek için en laik gazete bildiğim *Cumhuriyet*'i elime alıp cumhuriyet düşmanı dincilerin her yere yayıldığından şikâyet eder, Atatürkçü Düşünce Derneği'nde niye toplantılar yapılmıyor diye sağda solda söylenirdim."

"Bu ikili hayat bir gece İpek'in bana 'Başka bir kadın mı var?' diye sormasına kadar sürdü. Ağlayarak her şeyi itiraf ettim. O da 'Dinci mi oldun, başımı mı bağlatacaksın?' diye ağladı. Böyle bir talebim olmayacağına yeminler ettim. Başımıza gelenlerin bir çeşit fakir düşme gibi bir şey olduğunu hissettiğim için dükkânda her şeyin iyi gittiğini, elektrik kesilmelerine rağmen yeni Arçelik elektrik sobalarının çok iyi sattığını anlattım ki rahatlasın. Aslında evde namaz kılabileceğim için mutluydum. Kitapçıdan bir namaz hocası aldım kendime. Önümde yeni bir hayat başlıyordu."

"Biraz kendime gelir gelmez bir gece ani bir ilhamla büyük bir şiir yazdım. Bütün bu buhranımı, utancımı, içimde yükselen Allah sevgisini, huzuru, şeyhimin mübarek merdivenlerini ilk çıkışımı, ve anahtarın gerçek ve mecazi anlamlarını anlattım. Hiçbir kusuru yoktu. Fahir'in çevirdiği en son ve en moda Batılı şairin şiirinden yemin ederim aşağı değildi. Ona bir mektupla beraber hemen postaladım. Altı ay bekledim, o sırada çıkarmakta olduğu *Akhilleus'un Mürekkebi* dergisinde yayımlanmadı. Bu bekleyiş sırasında üç şiir daha yazmıştım. Onları da ikişer ay arayla postaladım. Bir yıl sabırsızlıkla bekledim, gene hiçbiri yayımlanmadı."

"O dönem hayatımdaki mutsuzluk ne hâlâ çocuğumun olmaması, ne İpek'in İslam'ın gereklerine direnmesi, ne de laik ve solcu eski arkadaşlarımın dinci oldum diye beni küçümsemeleriydi. Benim gibi heyecanla İslam'a dönen zaten pek çok örnek olduğu için fazla da aldırmıyorlardı bana. Beni en çok İstanbul'a yolladığım bu şiirlerin yayımlanmaması sarstı. Her ay başı yeni sayının çıkmasına doğru günler saatler geçmek bilmiyordu, her seferinde en sonunda bir şiirimin bu ay yayımlanacağını düşünerek kendimi yatıştırıyordum. Bu şiirlerde anlattıklarımın hakikiliği bir tek Batı şiirlerinin hakikiliğiyle karşılaştırılabilirdi. Bunu da Türkiye'de bir tek Fahir yapabilir diye düşünüyordum."

"Uğradığım haksızlığın ve öfkemin boyutları İslam'ın bana verdiği mutluluğu zehirlemeye başlamıştı. Artık gitmeye başladığım camide namaz kılarken Fahir'i düşünüyordum; gene mutsuzdum. Sıkıntımı bir gece şeyhime açmaya karar verdim ama modernist şiirin ne olduğunu, Rene Char'ı, ortadan kırılan cümleyi, Mallarmé'yi, Joubert'i, boş mısranın sessizliğini anlamadı."

"Bu şeyhime olan güvenimi sarstı. Zaten uzun zamandır bana 'Kalbini temiz tut,' 'Allah'ın sevgisiyle bu cendereden çıkarsın inşallah,' gibisinden sekiz on cümleyi tekrarlamaktan öte bir şey yapmıyordu. Hakkını yemek istemem, basit bir adam değildi; bilgisi basit bir adamdı yalnızca. Ateistlik yıllarımdan kalma, içimdeki yarı akılcı, yarı faydacı şeytan gene beni dürtmeye başlamıştı. Benim gibiler ancak bir siyasi partide kendi benzerleriyle bir dava uğruna didişerek huzur bulurlar. Böylece buraya partiye gidip gelmenin bana tekkedekinden daha derin ve anlamlı bir manevi hayat vereceğini anladım. Marksist yıllarımdan edindiğim parti tecrübesi dine, maneviyata önem veren partimde çok işime yaradı."

"Ne gibi?" diye sordu Ka.

Elektrikler kesildi. Uzun bir sessizlik oldu.

"Elektrikler kesildi," dedi sonra Muhtar esrarengiz bir havayla.

Ka ona cevap vermeden karanlıkta kıpırdamadan oturdu.

7

Siyasal İslamcı, bizlere Batılı ve laiklerin verdiği addır

PARTİ MERKEZİNDE, EMNİYETTE VE GENE SOKAKLARDA

Hiçbir şey konuşmadan karanlıkta oturmalarında irkiltici bir yan vardı ama Ka bu tedirginliği aydınlıkta Muhtar ile iki eski dost gibi konuşmanın yapaylığına tercih ediyordu. Şimdi kendisini Muhtar'a bağlayan tek şey İpek'ti ve Ka hem bir şekilde ondan söz etmeyi çok istiyor, hem de ona âşık olduğunu belli etmekten korkuyordu. Korktuğu bir başka şey Muhtar'ın başka hikâyeler de anlatması, böylece onu şimdi bulduğundan daha da aptal bulması ve İpek'e duymak istediği hayranlığın böyle biriyle yıllarca evli kaldığı için baştan zedelenmesiydi.

Bu yüzden Muhtar, bir konu sıkıntısı içerisinde, sözü solcu eski arkadaşlara, Almanya'ya kaçan siyasal sürgünlere getirince Ka rahatladı. Muhtar'ın bir sorusu üzerine, bir zamanlar "dergide Üçüncü Dünya üzerine yazılar yazan" kıvırcık saçlı, Malatyalı Tufan'ın delirdiğini işittiğini gülümseyerek söyledi. Onu en son Stuttgart merkez istasyonunda elinde upuzun bir sopa, sopanın ucunda ıslak bir bez ıslık çalıp koşarak yerleri silerken gördüğünü anlattı. Sözünü sakınmadığı için sürekli azarlanan Mahmut'u sordu daha sonra Muhtar. Ka onun şeriatçı Hayrullah Efendi'nin cemaatine katıldığını, bir zamanlar sol için girdiği kavgalardaki hırsla, şimdi Almanya'da hangi camiye hangi cemaat hâkim olacak kavgalarına karıştığını söyledi. Bir başkası, Ka'nın gene gülümseyerek hatırladığı sevimli Süleyman ise Bavyera'da Üçüncü Dünyalı siyasal sürgünlere kucak açan bir kilise vakfının parasıyla yaşadığı küçük Traunstein kentinde o kadar sıkılmıştı ki hapse tıkılacağını bile bile Türkiye'ye geri dönmüştü. Berlin'de şoförlük yaparken esrarengiz bir şekilde öldürülen Hikmet'i, bir Nazi subayından dul kalmış yaşlı bir Alman kadınıyla evlenip onunla beraber bir pansiyon işleten Fadıl'ı ve Hamburg'daki Türk mafyasıyla çalışıp zengin olan teorik Tarık'ı hatırladılar. Bir zamanlar Muhtar, Ka, Taner ve İpek ile birlikte matbaadan yeni çıkmış dergileri katlayan Sadık şimdi Alpler'den Almanya'ya kaçak işçi sokan bir çeteye elebaşılık ediyordu. Hemen küsüveren Muharrem'in Berlin'deki metro sisteminin Soğuk Savaş ve Duvar yüzünden hiç kullanılmayan hayalet istasyonlarından birinde ailesiyle birlikte mutlu bir yeraltı hayatı yaşadığı söyleniyordu. Tren Kreuzberg ile Alexanderplatz istasyonları arasında hızla ilerlerken vagondaki emekli Türk sosyalistleri bir an Arnavutköy'den her geçişlerinde akıntıya bakıp arabasıyla kaybolmuş efsanevi gangsteri selamlayan eski İstanbul haydutları gibi saygı duruşunda bulunurlardı. Selam anında vagonda bulunan siyasal sürgünler birbirlerini tanımasalar da, kayıp bir davanın efsanevi kahramanını selamlayan yoldaşlarına göz ucuyla bir bakış atarlardı. Ka solcu arkadaşlarını psikolojiyle ilgilenmiyorlar diye sürekli eleştiren Ruhi'ye Berlin'de işte böyle bir vagonda rastlamış, en alt gelir dilimindeki göçmen işçilere pazarlanması düşünülen pastırmalı yeni bir pizza çeşidinin reklamlarının etkisini ölçmede denek olduğunu öğrenmişti. Ka'nın Almanya'da tanıdığı siyasal sürgünler içinde en mutlusu Ferhat, PKK'ya katılmış, milliyetçi bir heyecanla Türk Hava Yolları bürolarına saldırıyor, Türk konsolosluklarına molotof kokteyli atarken CNN'de gözüküyor ve bir gün yazacağı şiirleri hayal ederek Kürtçe öğreniyordu. Muhtar'ın tuhaf bir merakla sorduğu başka bazı isimleri ise Ka ya çoktan unutmuştu, ya da küçük çetelere katılan, gizli servisler için çalışan, karanlık işlere giren pek çokları gibi yok olduklarını, kaybolduklarını ve büyük ihtimal sessizce öldürülüp bir kanala atıldıklarını işitmişti.

Eski arkadaşının yaktığı kibritin alevinde, parti il merkezindeki hayaletimsi eşyaların, eski bir sehpanın, gaz sobasının yerini görünce kalkıp pencereye gitti, yağan karı hayranlıkla seyretti.

Kar büyük, göz doyuran tanelerle ağır ağır yağıyordu. Yavaşlığında, doluluğunda ve şehrin neresinden geldiği belli olmayan mavimsi bir ışıkta iyice belirginleşen beyazlığında insana huzur ve güven veren güçlü bir yan, Ka'yı hayran bırakan bir zarafet vardı. Çocukluğunun karlı akşamlarını hatırladı Ka, İstanbul'da da bir zamanlar kar ve fırtınadan elektrikler kesilir, evde Ka'nın çocuk yüreğini hızlandıran korkulu fısıldaşmalar, "Allah korusun!"lu temenniler duyulur, Ka bir ailesi olduğu için mutluluk duyardı. Karın altında zorlukla ilerleyen bir at arabasının atlarını hüzünle seyretti: Karanlıkta ancak hayvanların başlarını gergin bir şekilde sağa sola sallayışlarını seçebiliyordu.

"Muhtar, şeyh efendine hâlâ gidiyor musun?"
"Saadettin Efendi Hazretleri'ne mi?" dedi Muhtar. "Bazan! Niye?"
"Sana ne veriyor?"
"Biraz dostluk, çok kalıcı olmasa da biraz şefkat. Bilgilidir."
Ama Muhtar'ın sesinde bir sevinç değil bir hayal kırıklığı hissetti Ka. "Almanya'da çok yalnız bir hayat sürüyorum," dedi inatla konuşarak. "Gece yarıları Frankfurt'un damlarına bakarken bütün bu dünyanın, hayatımın boşuna olmadığını hissediyorum. Birtakım sesler duyuyorum içimde."
"Ne gibi sesler?"
"Belki de yaşlandığım, ölmekten korktuğum içindir," dedi Ka utanarak. "Yazar olsaydım, 'Kar Ka'ya Allah'ı hatırlatıyordu!' diye yazardım kendi hakkımda. Ama bu doğru olur muydu onu da bilmiyorum. Karın sessizliği beni Allah'a yaklaştırıyor."
"Dindarlar, sağcılar, bu ülkenin Müslüman muhafazakârları..." dedi Muhtar aceleyle yanlış bir umuda kapılarak, "ateist solculuk yıllarımdan sonra bana çok iyi geldiler. Onları bulursun. Sana da çok iyi gelecеklerdir eminim."
"Öyle mi?"
"Bir defa bütün bu dindar adamlar alçakgönüllüdürler, yumuşaktırlar, anlayışlıdırlar. Batılılaşmışlar gibi halkı hemen küçümsemezler; şefkatli ve yaralıdırlar. Seni tanırlarsa severler, hiç sivrilik etmezler."
Ka, Türkiye'de Allah'a inanmanın, insanın tek başına en yüce düşünce, en büyük yaratıcıyla karşılaşması değil, her şeyden önce bir cemaate, bir çevreye girmek demek olduğunu baştan biliyordu, ama gene de Muhtar'ın Allah'tan ve tek bireyin inancından hiç söz etmeden cemaatlerin yararından söz etmesi bir hayal kırıklığı yarattı onda. Muhtar'ı bu yüzden küçümsediğini hissetti. Ama alnını dayadığı pencereden bakarken bir içgüdüyle Muhtar'a bambaşka bir şey söyledi.
"Muhtar, Allah'a inanmaya başlarsam hayal kırıklığına uğrar, hatta beni küçümsermişsin gibi geliyor bana."
"Niye?"
"Batılılaşmış, yalnızlaşmış ve Allah'a tek başına inanan birey seni korkutur. İnanmayan bir cemaat adamını, inanan bir bireyden daha güvenilir bulursun. Senin için yalnız bir adam, inanmayan adamdan daha sefil ve kötüdür."

"Ben çok yalnızım," dedi Muhtar.

Bu sözü bu kadar içtenlikle ve inandırıcı söyleyebildiği için Ka ona bir hınç ve acıma duydu. Odadaki karanlığın hem kendisinde, hem de Muhtar'da bir çeşit sarhoşluk sırdaşlığı yarattığını hissediyordu şimdi. "Olacağım yok ama benim beş vakit namaz kılan bir dindar olmam seni asıl neden korkutur biliyor musun? Sen dine ve cemaate ancak benim gibi laik Allahsızlar devlet ve ticaret işlerini üzerlerine alırlarsa sarılabilirsin. Din dışı işleri, Batı ile ticaret ve siyaseti hakkıyla götürecek bir dinsizin çalışkanlığına güvenemeden insan bu ülkede gönül rahatlığıyla ibadet edemez."

"Ama sen o din dışı devlet ve ticaret adamı değilsin. İstediğin zaman da seni Şeyh Efendi Hazretleri'ne götürürüm."

"Polislerimiz geldi galiba!" dedi Ka.

İkisi yer yer buz tutmuş camın aralıklarından, aşağıda han kapısına park etmiş polis aracından kar altında ağır ağır inen iki sivile sessizce baktılar.

"Ben senden bir şey isteyeceğim şimdi," dedi Muhtar. "Birazdan bu adamlar yukarı gelir, bizi merkeze götürürler. Seni gözaltına almazlar, ifadeni alır bırakırlar. Oteline dönersin, akşam da otel sahibi Turgut Bey seni yemeğe çağırır, gidersin. Orada tabii meraklı kızları da olur. O zaman İpek'e şunları söylemeni istiyorum. Dinliyor musun beni? İpek'e onunla yeniden evlenmek istediğimi söyle! Ondan örtünmesini, İslami kurallara uygun giyinmesini istemem bir hataydı. Ona artık dar görüşlü, kıskanç taşralı bir koca gibi davranmayacağımı, evliliğimiz sırasında ona yaptığım baskılardan pişman olduğumu ve utandığımı söyle!"

"Sen bunları İpek'e daha önceden söylemedin mi?"

"Söyledim, ama faydası olmadı. Refah Partisi il başkanı olduğum için bana inanmıyor belki de. Sen İstanbul'dan, hatta Almanya'dan gelen başka türlü bir adamsın. Sen söylersen inanır."

"Refah Partisi il başkanı olarak, karının örtüsüz olması seni siyasette zorlamaz mı?"

"Dört gün sonra Allah'ın izniyle seçimi kazanıp belediye başkanı olacağım," dedi Muhtar. "Ama ondan da önemlisi pişmanlığımı İpek'e senin anlatman. O sırada ben belki hâlâ gözaltında olurum. Bunu benim için yapar mısın kardeşim?"

Ka bir an bir kararsızlık geçirdi. "Yaparım," dedi sonra.

Muhtar Ka'ya sarılıp yanaklarından öptü. Muhtar'a acımayla

tiksinti arası bir şeyler duydu Ka ve Muhtar kadar saf ve açık yürekli olamadığı için küçümsedi kendini.

"Şu şiirimi de İstanbul'da Fahir'e kendi elinle vermeni çok rica ediyorum," dedi Muhtar. "Demin sözünü ettiğim şiir, adı 'Merdiven'dir."

Ka karanlıkta şiiri cebine sokarken han odasına üç sivil adam girdi; ikisinin ellerinde iri el fenerleri vardı. Hazırlıklı ve meraklıydılar ve Ka ile Muhtar'ın burada ne yaptıklarını çok iyi bildikleri hallerinden anlaşılıyordu. Ka onların MİT'ten olduğunu anladı. Gene de Ka'nın kimliğine bakarlarken burada ne işi olduğunu sordular. Ka belediye seçimleri ve intihar eden kadınlar üzerine *Cumhuriyet* gazetesine yazı yazmak için İstanbul'dan geldiğini söyledi.

"Siz İstanbul gazetelerine yazın diye intihar ediyorlar zaten!" dedi memurlardan biri.

"Hayır, o yüzden değil," dedi Ka dikbaşlılıkla.

"Ne yüzden?"

"Mutsuzluktan intihar ediyorlar."

"Biz de mutsusuz ama intihar etmiyoruz."

Bir yandan da ellerindeki lambaların ışığında parti il merkezinin dolaplarını açıyor, çekmecelerini çekip içindekileri masanın üzerine boşaltıyor, dosyaların içinde bir şeyler arıyorlardı. Altına bakıp silah aramak için Muhtar'ın masasını devirdiler, dolaplardan birini öne çekip arkasına baktılar. Ka'ya Muhtar'a davrandıklarından çok daha iyi davranıyorlardı.

"Müdürün vurulduğunu gördükten sonra niye polise değil de buraya geldiniz?"

"Burada randevum vardı."

"Ne için?"

"Biz üniversiteden eski arkadaşız," dedi Muhtar özür dileyen bir sesle. "Kaldığı Karpalas Oteli'nin sahibesi de karımdır. Saldırıdan az önce bana, buraya, parti merkezine telefon edip randevu aldılar. İstihbaratçılar partimizin telefonlarını dinlediği için bunu kontrol edebilirsiniz."

"Bizim sizin telefonlarınızı dinlediğimizi ne biliyorsun?"

"Özür dilerim," dedi Muhtar hiç telaşlanmadan. "Bilmiyorum, tahmin ettim. Belki yanılmışımdır."

Muhtar'da, polis tarafından hırpalanınca aşağıdan almaya, hakaretleri ve itilip kakılmayı onur sorunu yapmamaya, polisin ve devletin acımasızlığını elektriklerin kesilmesi, yolların hep çamurlu olması gibi doğal bir şey olarak kabul etmeye alışmış birinin soğukkanlılığını ve ezikliğini hissediyordu Ka ve bu yararlı esneklik ve yetenekler kendisinde olmadığı için ona bir saygı da duyuyordu.

Parti il merkezi uzun uzun arandıktan ve dolapları ve dosyaları altüst edilip bir kısmı iplerle bağlanıp torbalara doldurulduktan ve bir de arama tutanağı tutulduktan sonra bindirildikleri polis aracının arkasında yan yana suçlu çocuklar gibi sessizce otururlarken Ka aynı ezikliği Muhtar'ın dizlerinin üzerinde şişman ve ihtiyar köpekler gibi uslu uslu duran iri ve beyaz ellerinde gördü. Polis aracı Kars'ın karlı ve karanlık sokaklarında ağır ağır ilerlerken, eski Ermeni konaklarının perdeleri yarı açık pencerelerinden dışarı sızan soluk turuncumsu ışıkları, ellerinde plastik torbalar buzlu kaldırımlarda ağır ağır yürüyen ihtiyarları, hayaletler kadar yalnız, boş ve eski evlerin cephelerini hüzünle seyrettiler. Millet Tiyatrosu'nun ilan tahtasına akşamki gösterinin afişleri asılmıştı. Canlı yayın için sokaklardan yayın kablosu geçiren işçiler hâlâ çalışıyorlardı. Yollar kesildiği için otobüs garajlarında sinirli bir bekleyiş havası vardı.

Taneleri Ka'nın gözüne küçük çocukların "kar fırtınası" adını verdikleri içi su dolu oyuncakların içlerindeki kar taneleri kadar iri gözüken masalımsı karın altında polis aracı ağır ağır ilerledi. Şoför dikkatle ve çok yavaş sürdüğü için bu kısacık yolda bile yedi-sekiz dakika süren yolculuk boyunca Ka'nın gözleri, yanında oturan Muhtar'ın gözleriyle bir kere karşılaştı ve eski dostunun hüzünlü ve teskin edici bakışlarından Emniyet Müdürlüğü'nde Muhtar'ı döveceklerini, kendisine ise dokunmayacaklarını utançla ve içi rahatlayarak anladı.

Arkadaşının yıllar sonra bile unutmayacağı bakışlarından Ka ayrıca Muhtar'ın az sonra yiyeceği dayağı hak ettiğini düşündüğünü de hissetti. Dört gün sonra yapılacak belediye başkanlığı seçimlerini kazanacağına kesinlikle inanmasına rağmen gözlerinde öyle bir tevekkül ve olacaklar için peşinen özür dileyen öyle bir bakış vardı ki Muhtar'ın şöyle düşündüğünü de anladı Ka: "Dünyanın bu köşesinde yaşamakta hâlâ ısrar ettiğim, hatta burada iktidar hırsına kapıldığım için az sonra yiyeceğim ve gururumu kırmadan geçiştirmeye çalışacağım dayağı hak ettiğimi biliyorum ve bu yüzden de kendimi senden aşağı görüyorum. Sen de lütfen bakışlarını gözlerimin içine dikerek utancımı yüzüme vurma."

Polis minibüsü müdürlüğün karla kaplı iç avlusunda durduktan sonra Ka ile Muhtar'ı birbirlerinden ayırmadılar, ama çok farklı davrandılar onlara. Ka'ya İstanbul'dan gelen ünlü bir gazeteci, aleyhlerine bir şey yazarsa başları derde girecek etkili biri ve işbirliği yapmaya hazır bir tanık muamelesi yaptılar. Muhtar'a davranışlarında ise aşağılayıcı bir "gene mi sen!" havası vardı; hatta Ka'ya dönerek "böyle biriyle sizin gibi birisinin ne işi olabilir" havasına da girdiler. Muhtar'ı aşağılayışlarında onu kafasız (sana bu devleti teslim ederler mi sanıyorsun!) ve şaşkın (sen önce bir kendi hayatına sahip olsan!) bulmalarının da payı olduğunu düşünmüştü Ka saflıkla. Ama ima edilen şeyin çok daha başka olduğunu daha sonra acıyla anlayacaktı.

Eğitim enstitüsü müdürünü vuran ufak tefek saldırganı teşhis etsin diye bir ara Ka'yı yan odaya götürüp arşivlerden derlenmiş yüze yakın siyah beyaz fotoğraf gösterdiler. Kars ve civarındaki siyasal İslamcılardan emniyet güçlerince bir kere olsun gözaltına alınmış herkesin fotoğrafı vardı burada. Çoğu gençti, Kürt'tü, köylü ya da işsizdi ama aralarında işportacılar, imam hatip hatta üniversite öğrencileri, öğretmenler ve Sünni Türkler de vardı. Emniyetin kamerasına öfke ve kederle bakmış gençlerin fotoğraflarından Ka Kars sokaklarında geçirdiği bir günde rastladığı iki delikanlının yüzünü çıkardı, ama daha yaşlı ve ufak tefek olduğunu düşündüğü saldırganı siyah beyaz fotoğraflardan çıkarmasına imkân yoktu.

Diğer odaya geri döndüğünde hâlâ aynı taburede kamburu çıkmış olarak oturan Muhtar'ın burnunun kanadığını ve tek gözüne kan oturmuş olduğunu gördü. Muhtar utançla bir iki hareket yaptıktan sonra mendiliyle yüzünü iyice gizledi. Sessizlikte Ka bir an Muhtar'ın ülkesinin yoksulluğu ve budalalığı yüzünden çektiği suçluluk duygusu ve ruhsal eziyetten yediği bu dayak sayesinde arındığını hayal etti. İki gün sonra kendisini hayatta en mutsuz eden haberi acıyla öğrenmeden hemen önce –bu sefer kendisi Muhtar'ın durumuna düşmüşken– Ka, artık aptalca da bulsa bu hayali hatırlayacaktı.

Muhtar'la göz göze geldikten bir dakika sonra ifadesini almak için Ka'yı yeniden yan odaya aldılar. Çocukluğunda Ka'nın avukat babasının eve iş getirdiği akşamlar tıkırdattığı Remington marka eski daktilonun bir kardeşini kullanan genç bir polise eğitim enstitüsü müdürünün nasıl vurulduğunu anlatırken Ka, Muhtar'ı kendisine korkutmak için gösterdiklerini düşünüyordu.

Az sonra serbest bırakılınca da içeride kalan Muhtar'ın kanlı yüzü uzun bir süre gözünün önünden gitmedi. Eskiden, taşra şehirlerinde, muhafazakârlar polis tarafından böyle kolay hırpalanmazdı. Ama Muhtar ANAP gibi merkez sağ partiden değildi; radikal İslamcı olmaya çalışan bir görüştendi. Gene de durumunun Muhtar'ın kişiliğiyle ilgili bir yanı olduğunu da sezdi. Kar altında uzun uzun yürüdü, Ordu Caddesi'nin aşağılarında bir duvara oturdu, sokak lambalarının ışığında karlı yokuşta kızak kayan çocukları seyredip sigara içti. Gün boyunca tanık olduğu yoksulluk ve şiddetten yorgundu ama İpek'in sevgisiyle yepyeni bir hayata başlayabilme umudu kıpırdanıyordu içinde.

Daha sonra kar altında yeniden yürürken Yeni Hayat Pastanesi'nin karşı kaldırımında buldu kendini. Camı kırılmış pastanenin önündeki polis aracının lacivert ışığı yanıp sönüyor, pastanedeki memurları çoluk çocuk seyreden bir kalabalığı ve bütün Kars'ın üzerine tanrısal bir sabırla yağan karı hoş bir ışıkla aydınlatıyordu. Ka da kalabalığın arasına girdi ve pastanede polislerin ihtiyar garsona hâlâ bir şeyler sorduklarını gördü.

Birisi ürkek bir hareketle Ka'nın omzunu dürttü. "Siz şair Ka'sınız değil mi?"

İri yeşil gözlü, iyi çocuksu yüzlü bir delikanlıydı. "Benim adım Necip. Kars'a seçimler ve intihar eden kızlar hakkında *Cumhuriyet* gazetesine yazı yazmak için geldiğinizi, pek çok cemaatle görüştüğünüzü biliyorum. Ama görmeniz gereken önemli bir kişi daha var Kars'ta."

"Kim?"

"Biraz kenara çekilelim mi?"

Delikanlının takındığı esrarengiz havayı sevdi Ka. 'Şerbetleri ve Salebiyle Dünyaca Meşhur' Modern Büfe'nin önüne çekildiler.

"Bu görmeniz gereken kişinin kim olduğunu, size ancak onu görmeyi kabul ederseniz söylemeye yetkiliyim."

"Kim olduğunu bilmeden onu görmeyi nasıl kabul edeyim?"

"Orası öyle," dedi Necip. "Ama o kişi saklanıyor. Kimden ve neden saklandığını siz onu görmeyi kabul etmeden söyleyemem."

"Peki, onu görmeyi kabul ediyorum," dedi Ka. Resimli romanlardan çıkma bir havayla ekledi. "Umarım bu bir tuzak değildir."

"İnsanlara güvenmezsen hayatta hiçbir şey yapamazsın," dedi Necip, gene bir resimli roman havasıyla.

"Size güveniyorum," dedi Ka. "Görmem gereken kişi kim?"

"Adını öğrendikten sonra onu göreceksin. Ama saklandığı yeri de bir sır olarak saklayacaksın. Bir daha düşün şimdi. Söyleyeyim mi kim olduğunu?"

"Evet," dedi Ka. "Siz de bana güvenin."

Necip bir efsane kahramanının adını anar gibi heyecanla, "O kişinin adı Lacivert'tir," dedi. Ka'dan hiçbir tepki alamayınca hayal kırıklığına uğradı. "Yoksa Almanya'dayken hiç duymadınız mı onu? Türkiye'de ünlüdür."

"Biliyorum," dedi Ka yatıştırıcı bir havayla. "Onu görmeye hazırım."

"Ama ben nerede olduğunu bilmiyorum," dedi Necip. "Hatta hayatım boyunca onu hiç görmedim."

Bir an birbirlerini kuşkuyla gülümseyerek süzdüler.

"Seni Lacivert'e bir başkası götürecek," dedi Necip. "Bana verilen görev seni ona götürecek kişiyle buluşturmak."

Birlikte Küçük Kâzımbey Caddesi'nden aşağı doğru küçük seçim bayraklarının altından ve afişler arasından yürüdüler. Ka delikanlının sinirli ve çocuksu hareketlerinde, ince gövdesinde kendi gençliğini hatırlatan bir şeyler sezerek ona yakınlık duydu. Bir an dünyayı onun gözleriyle görmeye çalışırken yakaladı kendini.

"Lacivert hakkında Almanya'da ne duydunuz?" diye sordu Necip.

"Türk gazetelerinden onun siyasal İslamcı bir militan olduğunu okumuştum," dedi Ka. "Başka kötü şeyler de okudum onun hakkında."

Necip aceleyle sözünü kesti. "Siyasal İslamcı dini için savaşmaya hazır biz Müslümanlara Batılı ve laik basının verdiği bir ad," dedi. "Siz bir laiksiniz, ama onun hakkında laik basının yazdığı yalanlara kanmayın lütfen. O kimseyi öldürmemiştir. Müslüman kardeşlerini savunmak için gittiği Bosna'da ve bir Rus bombasıyla sakat kaldığı Grozni'de bile." Ka'yı bir köşede durdurdu. "Şu karşıki dükkân var ya, Tebliğ Kitabevi... Vahdetçilerindir ama Kars'ın bütün İslamcıları orada buluşur. Herkes gibi polis de bilir bunu. Tezgâhtarlar arasında casusları vardır. Ben imam hatip lisesi öğrencisiyim. Bizim oraya girmemiz yasak, disiplin cezası verirler, ama içeri haber vereceğim. Üç dakika sonra içeriden kızıl takkeli, uzun boylu, sakallı bir genç çıkacak. Onun peşine takıl. İki sokak sonra, arkanızda sivil polis yoksa o sana sokulur ve seni götürmesi gereken yere götürür. Anladın mı? Allah yardımcın olsun."

Yoğun karın içinde Necip bir anda kayboldu. Ka içinde ona karşı bir sevgi hissetti.

8

İntihar eden günahkârdır

LACİVERT'İN VE RÜSTEM'İN HİKÂYESİ

Ka, Tebliğ Kitabevi'nin karşısında beklerken kar daha da hızlandı. Üstünde başında biriken karları silkelemekten ve beklemekten sıkılan Ka oteline dönecekti ki, uzun boylu, sakallı gencin karşı kaldırımda sokak lambasının soluk ışığı altında yürümekte olduğunu fark etti. Kafasındaki kırmızı takkenin kardan bembeyaz kesildiğini görünce yüreği hızlanarak onu izledi.

Anavatan Partisi belediye başkan adayının İstanbul'u taklitle yalnızca yayalara ayırmaya söz verdiği Kâzımpaşa Caddesi'ni boydan boya yürüdüler, Faikbey Caddesi'ne sapıp iki sokak aşağıdan sağa döndüler ve İstasyon Meydanı'na vardılar. Meydanın ortasındaki Kâzım Karabekir heykeli kardan kaybolmuş ve karanlıkta bir büyük dondurma şekline girmişti. Ka sakallı gencin istasyon binasına girdiğini görünce peşinden koştu. Bekleme salonlarında kimse yoktu. Gencin perona çıktığını hissederek yürüdü. Peronun bittiği yere gelince karanlığın içinde delikanlıyı ileride görür gibi olup demiryolu boyunca korkuyla yürüdü. Burada bir anda vurulup öldürülse cesedini bahara kadar kimsenin bulamayacağı gelmişti ki aklına, sakallı, takkeli gençle burun buruna geldi.

"Peşimizde kimse yok," dedi genç. "Ama istersen hâlâ vazgeçebilirsin. Yok benimle geleceksen, bundan sonra çeneni tutacaksın. Buraya nasıl geldiğini ağzından asla kaçırmayacaksın. Hainlerin sonu ölümdür."

Ama son sözü bile Ka'yı korkutmadı, çünkü gülünç denecek kadar ince bir sesi vardı. Demiryolu boyunca yürüyüp, silonun yanından geçip, askerî lojmanların hemen yanındaki Yahniler Sokağı'na girdikten sonra ince sesli genç Ka'ya gireceği apartmanı gösterdi, hangi zili çalacağını açıkladı. "Usta'ya saygısızlık etme!" dedi. "Sözünü kesme, işin bitince de oyalanmadan çık git."

Hayranları arasında Lacivert'in bir başka takma adının "Usta" olduğunu Ka böyle öğrendi. Zaten Lacivert hakkında siyasal İslamcı ve meşhur olduğundan başka pek az şey biliyordu Ka. Almanya'da eline geçen Türk gazetelerinden yıllar önce onun bir cinayete bulaştığını okumuştu. Adam öldüren pek çok siyasal İslamcı vardı; hiçbiri ünlü değildi bunların. Lacivert'i ünlü yapan şey küçük bir televizyon kanalında yapılan para ödüllü bir bilgi yarışmasının cicili bicili renkli elbiseler giyip, açık saçık ve sıradan şakalar yapıp "cahilleri" de sürekli aşağılayan kadınsı ve züppe sunucusunu öldürdüğü iddiasıydı. Güner Bener adlı yüzü benlerle kaplı bu alaycı sunucu canlı yayınlanan bir yarışma sırasında yoksul ve alık bir yarışmacıyla alay ederken dil sürçmesiyle Hazreti Peygamber hakkında yakışıksız bir söz söylemiş, programı uyuklayarak seyreden birkaç dindar seyircinin öfkesini çeken bu şaka unutulacakken Lacivert İstanbul'daki bütün gazetelere mektuplar yollayıp sunucu aynı programda tövbe deyip özür dilemezse onu öldüreceği tehdidini savurmuştu. Bu tür tehditlere alışık İstanbul basını bu mektuba hiç yer vermeyecekti belki; ama kışkırtıcı bir laik siyaset izleyen küçük bir televizyon kanalı kamuoyuna eli silahlı siyasal İslamcıların ne kadar azıttığı mesajını verebilmek için Lacivert'i programına çıkarmış, o da tehditlerini abartarak tekrarlamış, bu programın başarısı üzerine başka televizyon kanallarında da "gözü dönmüş, eli satırlı İslamcı" rolüne razı olup görünmüştü. Savcılığın "ölümle tehdit" suçundan kendisini aradığı ve ilk ününü yaptığı bu sıralarda Lacivert gizlenmeye başlamış, olayın kamuoyunda ilgi uyandırdığını gören Güner Bener de her günkü canlı yayında beklenmedik bir çıkışla "Atatürk ve cumhuriyet düşmanı gerici sapıklardan korkmadığını" söyleyerek meydan okumuş, bir gün sonra programı için gittiği İzmir'deki lüks otel odasında programda giydiği deniz topu desenli rengârenk kravatıyla boğularak öldürülmüştü. Lacivert aynı gün ve saatlerde Manisa'da türbancı kızları destekleyen bir konferans verdiğini kanıtlamasına rağmen, olayı ve kendi ününü bütün ülkeye yayan basından kaçıp gizlenmeye devam etmişti. O günlerin İslamcı basınının bir kısmı da siyasal İslam'ı eli kanlı gösterdiği, laik basının oyuncağı olduğu, bir İslamcı'ya yakışmayacak kadar ünden ve medyadan hoşlandığı, CIA ajanı olduğu gibi gerekçelerle laik basın kadar kendisine saldırdığı için Lacivert uzun bir süre ortadan kaybolmuştu. Bu sırada Sırplara karşı Bosna'da, Ruslara karşı Grozni'de kahramanca vuruştuğu söylentileri İslamcı çevrelerde yayılmıştı, ama bunların yalan olduğunu söyleyenler de vardı.

Lacivert'in bu konularda ne düşündüğünü merak edenler kitabımızın "BEN KİMSENİN AJANI DEĞİLİM" başlıklı "Ka ile Lacivert Hücrede" alt başlıklı otuz beşinci bölümünün beşinci sayfasında "İdamımın" kelimesiyle başlayan kendi kısa hayat hikâyesine de bakabilirler, ama kahramanımızın orada söylediklerinin de hepsinin doğru olduğundan emin değilim. Hakkında pek çok yalan söylenmesi, kimi söylentilerin bir çeşit efsane düzeyine ulaşması Lacivert'in kendi esrarengiz havasından besleniyordu. Sonradan bürünmek istediği sessizlik ise, ilk ünleniş yolunun bazı İslamcı çevrelerde çok eleştirilmesi, bir Müslüman'ın laik siyonist burjuva medyada o kadar çok görülmemesi gibi eleştirilere Lacivert'in hak verdiği şeklinde de yorumlanabilir, ama hikâyemizde göreceğiniz gibi, Lacivert aslında medyaya konuşmaktan hoşlanıyordu da.

Kars'a geldiği konusunda çıkan söylentilerin ise –küçük yerlerde bir anda yayılan söylentilerde olduğu gibi– çoğu birbirini tutmuyordu. Bazıları Lacivert'in devletin Diyarbakır'daki yönetici kadrosunu baskınlarla çökerttiği bir İslamcı Kürt örgütünün Kars'taki tabanını ve kimi sırlarını korumak için geldiğini söylüyordu, ama söz konusu örgütün aslında Kars'ta bir-iki meczuptan başka taraftarı yoktu. Son zamanlarda Marksist Kürt milliyetçileriyle, İslamcı Kürtler arasında doğu şehirlerinde başlayıp büyüyen çatışmayı yatıştırmak için geldiği her iki tarafın barışçı ve iyi niyetli militanlarınca söyleniyordu. İslamcı Kürtler ile Marksist milliyetçi Kürtler arasında önceleri ağız dalaşları, küfürleşme, adam dövme, sokak kavgaları şeklinde başlayan sürtüşme, pek çok şehirde bıçaklamalara, satırlamalara dönüşmüş, son aylarda ise taraflar birbirlerini kurşunlayarak öldürmeye, birbirlerini kaçırıp işkenceli sorgudan geçirip (her iki taraf da naylon eritip deriye damlatma, taşak sıkma gibi yöntemleri kullanıyordu) boğmaya başlamışlardı. Pek çoklarının "devlete yarıyor!" dediği bu savaşı sona erdirecek gizli bir arabulucu heyet için Lacivert'in kasaba kasaba gezerek zemin yokladığı da söyleniyordu, ama düşmanlarının dediği gibi, geçmişindeki karanlık noktalar ve genç yaşı bu itibarlı ve zor görev için uygun değildi. Genç İslamcılar onun Kars'taki yerel televizyon istasyonu *Serhat Kars Televizyonu*'nun edepsiz şakalar yapan ve İslam'la üstü çok örtülü olarak da olsa alay eden, parlak elbiseli "parlak" sunucusu ve diskjokeyini temizlemeye geldiği söylentisini de yaymışlar, bu yüzden Hakan

Özge adlı Azeri kökenli sunucu da son programlarında ikide bir Allah'tan, namaz vakitlerinden söz etmeye başlamıştı. Lacivert'in uluslararası bir İslamcı terörist şebekesinin Türkiye bağlantısı olarak hareket ettiğini hayal edenler de vardı. Eski Sovyet ülkelerinden Türkiye'ye fuhuş yapmak için gelen binlerce kadını yıldırmak için bazılarını öldürmeyi Suudi destekli bu şebekenin planladığı Kars'taki istihbarat ve güvenlik birimlerine bile duyurulmuştu. Lacivert bu iddialar gibi, intihar eden kadınlar, türbancı kızlar ya da belediye seçimleri için geldiği yolundaki söylentileri de yalanlamaya kalkışmamıştı. Etrafta hiç görünmemesi hakkında söylenenlere hiç cevap vermemesi ona, imam hatipli öğrencilerin, gençlerin hoşuna giden esrarengiz bir hava veriyordu. Yalnız polisten saklanmak için değil, bu efsane havasını bozmamak için de Kars sokaklarında hiç görünmüyor, bu da şehirde olup olmadığı konusunda kuşkular yaratıyordu.

Ka kırmızı takkeli gencin kendisine gösterdiği zili çaldı ve apartman dairesinin kapısını açıp kendisini içeri buyur eden kısa boylu adamın bir buçuk saat önce Yeni Hayat Pastanesi'nde eğitim enstitüsü müdürünü kurşunlayan adam olduğunu anladı hemen. Adamı görür görmez yüreği atmaya başlamıştı.

"Kusura bakmayın," dedi kısa boylu adam, ellerini havaya kaldırıp, avuçlarının içini göstererek. "Son iki yılda Usta'mızı üç kere öldürmeye teşebbüs ettiler, üzerinizi arayacağım."

Üniversite yıllarından kalma bir alışkanlıkla Ka aranmak için kollarını iki yana açtı. Küçük adamın küçük elleri gömleğinin üzerinde, sırtında bir silah arayarak dikkatle gezinirken Ka kalbinin ne kadar hızla attığının fark edilmesinden korktu. Hemen sonra kalbinin atışı düzene girdi ve Ka yanıldığını hissetti. Hayır, gördüğü bu adam eğitim enstitüsü müdürünü vuran adam değildi hiç. Edward G. Robinson'u hatırlatan bu sevimli ve orta yaşlı adam ne herhangi birini vurabilecek kadar kararlı ne de sağlam gözüküyordu.

Ağlamaya başlayan bebeğin hıçkırıklarını ve onunla şefkatle konuşan bir annenin tatlı sesini işitti Ka.

"Ayakkabılarımı çıkarayım mı?" dedi ve cevabı beklemeden ayakkabılarını çıkarmaya başladı.

"Biz burada misafiriz," demişti aynı anda bir ses. "Ev sahiplerimize yük olmak istemiyoruz."

Ka küçük sofada bir başkası olduğunu o zaman fark etti. Bunun Lacivert olduğunu anlamasına rağmen aklının bir yanı, çok daha etkileyici bir karşılaşma sahnesine hazırlandığı için şüphede kalmıştı. Lacivert'in peşinden siyah beyaz televizyonu açık, yoksul bir odaya girdi. Burada küçük bir bebek, elini bileğine kadar ağzına sokmuş, altını değiştirirken Kürtçe tatlı sözler söyleyen annesini derin bir ciddiyet ve memnuniyetle izliyordu ki önce Lacivert'e, sonra arkasından gelen Ka'ya takıldı gözü. Eski Rus evlerinde olduğu gibi koridor yoktu: Bir ikinci odaya geçtiler.

Ka'nın aklı Lacivert'e takılıydı. Asker titizliğiyle yapılmış bir yatak, dikkatle katlanıp yastığın kenarına konmuş çubuklu mavi bir pijama, üzerinde Ersin Elektrik yazan bir küllük, duvarda Venedik manzaralı bir takvim, kar altındaki bütün Kars şehrinin kederli ışıklarına bakan kanatları açık geniş bir pencere gördü. Lacivert pencereyi kapayıp Ka'ya döndü.

Gözlerinin mavisi bir Türk'te hiç görülmeyecek koyu bir laciverte yaklaşıyordu. Kumraldı, sakalsızdı, Ka'nın sandığından çok daha gençti, hayret uyandıracak kadar soluk bembeyaz bir teni ve kemerli bir burnu vardı. Olağanüstü yakışıklı gözüküyordu. Kendine duyduğu güvenden kaynaklanan bir çekimi vardı. Halinde, tavrında, görünüşünde laik basının çizdiği bir eli tespihli, bir eli silahlı, sakallı, taşralı, saldırgan şeriatçıya benzeyen hiçbir şey yoktu.

"Paltonuzu soba odayı ısıtana kadar çıkarmayın... Güzel palto. Nereden aldınız?"

"Frankfurt'tan."

"Frankfurt... Frankfurt," dedi Lacivert ve gözünü tavana dikip düşüncelere daldı.

Dine dayalı bir devlet düzeni kurulması fikrini yaydığı için "bir zamanlar" 163. maddeden mahkûm olduğunu, bu yüzden Almanya'ya kaçtığını söyledi.

Bir sessizlik oldu. Ka dostça davranmak için bir şeyler söylemesi gerektiğini hissediyor, aklına söyleyecek bir şey de gelmediği için telaşlanıyordu. Lacivert'in kendisini yatıştırmak için konuştuğunu hissetti.

"Almanya'dayken hangi şehirdeki Müslüman derneklerini ziyarete gitmiş olursam olayım, Frankfurt'ta, Köln'de Dom ile istasyon arasında, ya da Hamburg'un zengin mahallelerinde, nerede yürürsem yürüyeyim bir süre sonra yolda gördüğüm bir Alman'ı kafamda kendiliğinden diğerlerinden ayırır ve ona yoğunlaşırdım. Benim onun hakkında ne düşündüğüm değildi önemli olan – onun benim hakkımda ne düşündüğünü hayal ederek kendi kılığımı, kıyafetimi, hareketlerimi, yürüyüşümü, tarihimi, nereden gelip nereye gittiğimi, kim olduğumu onun gözlerinden görmeye çalışırdım. Berbat bir duyguydu bu, ama alışmıştım; aşağılanmazdım: Kardeşlerimin nasıl aşağılandıklarını anlardım... Çoğu zaman Avrupalı aşağılamaz. Biz ona bakıp kendimizi aşağılarız. Hicret, yalnız evdeki zalimden kaçmak için değil, ruhumuzun derinliklerine ulaşmak için de yapılır. Cesaret edemediği için yurdunu terk edemeyen ve suç ortağı olanları kurtarmak için bir gün elbette geri gelinir. Sen niye geldin?"

Ka susuyordu. Odanın yalınlığı ve fakirliği, boyasız ve sıvası dökülmüş duvarlar, tepedeki çıplak ampulün kuvvetli ışığının gözünün içine giriyor olması onu huzursuz ediyordu.

"Ahret sualleriyle seni rahatsız etmek istemem," dedi Lacivert. "Rahmetli Molla Kasım Ensari, Dicle kıyısında aşiretinin konakladığı yere kendisine ziyarete gelen yabancılara ilk şöyle dermiş: Tanıştığımıza memnun oldum, acaba siz kimin için casusluk ediyorsunuz?"

"*Cumhuriyet* gazetesi için..." dedi Ka.

"O kadarını biliyorum. Ama buraya adam yollayacak kadar Kars ile ilgilenmeleri beni pirelendiriyor."

"Ben gönüllü oldum," dedi Ka. "Eski arkadaşım Muhtar ile karısının burada olduklarını da duymuştum."

"Artık ayrıldılar, bilmiyor muydun?" diye düzeltti Lacivert Ka'nın gözlerinin içine dikkatle bakarak.

"Biliyordum," dedi Ka. Kıpkırmızı oldu. Aklından o anda geçen her şeyi Lacivert'in sezdiğini düşünerek bir nefret duydu ona.

"Emniyette Muhtar'ı dövdüler mi?"

"Dövdüler."

"Dayağı hak ediyor muydu?" dedi Lacivert tuhaf bir havayla.

"Hayır, tabii ki etmiyordu," dedi Ka telaşla.

"Seni niye dövmediler? Kendinden memnun musun?"

"Beni neden dövmediklerini bilmiyorum."

"Biliyorsun, İstanbullu bir burjuvasın," dedi Lacivert. "Teninden, bakışlarından anlaşılıyor hemen. Yukarılarda mutlaka güçlü tanıdıkları vardır, ne olur ne olmaz demişlerdir. Muhtar'ın ise böyle bir ilişkisi, böyle bir gücü olmadığı her halinden belli, biliyorlar. Muhtar da zaten onlar karşısında senin gibi güvenli olabilmek için siyasete girdi. Ama seçimleri kazansa bile, makam koltuğuna oturabilmesi için, devletten yediği dayakları sineye çekebilecek biri olduğunu onlara kanıtlaması gerek. Bu yüzden yediği dayaktan memnun bile kalmıştır."

Lacivert hiç gülmüyordu, hatta yüzünde kederli bir ifade vardı.

"Kimse yediği dayaktan memnun kalmaz," dedi Ka ve Lacivert'in karşısında sıradan ve yüzeysel hissetti kendini.

Lacivert'in yüzünde şimdi asıl işimizi konuşalım diyen bir ifade belirdi. "İntihar eden kızların aileleriyle görüşmüşsün," dedi. "Niye görüştün onlarla?"

"Bu konuda belki bir yazı yazarım diye."

"Batı gazetelerinde mi?"

"Batı gazetelerinde," dedi Ka birden bir üstünlük zevkiyle. Oysa herhangi bir Alman gazetesinde yazısını yayımlayacak bir tanıdığı yoktu. "Türkiye'de de *Cumhuriyet* için," diye ekledi pişmanlıkla.

"Türk gazeteleri Batılılar ilgilenmedikçe kendi milletinin sefaletiyle ve acılarıyla ilgilenmez," dedi Lacivert. "Yoksulluktan, intiharlardan söz etmek ayıp, çağdışı bir şeymiş gibi davranırlar. O zaman sen de yazını Avrupa'da yayımlamak zorunda kalırsın. Ben de seninle bunun için görüşmek istedim: Ne içeride, ne dışarıda intihar eden kızları sakın yazma! İntihar büyük günahtır! İlgi gösterildikçe de yayılıyor bu hastalık! Hele en son intihar eden kızın 'türban direnişi' yapan Müslüman bir kız olduğu söylentisi zehirden de öldürücü olur."

"Ama bu doğru," dedi Ka. "Kız intihar etmeden abdest alıp namaz kılmış. Türban direnişi yapan kızlar da şimdi çok saygı duyuyorlarmış ona."

"İntihar eden bir kız Müslüman bile değildir!" dedi Lacivert. "Onun başörtüsü için mücadele ettiği de doğru olamaz. Bu yalan haberi yayarsan, başörtüleri için direnen Müslüman kızların aralarındaki döneklerden, peruk takan zavallılardan, polisin, analarının babalarının baskısından yıldığı söylentisi yayılır. Buraya bunun için mi geldin? Kimseyi intihara özendirme. Allah sevgileriyle, aileleri, okulları arasında kalan bu kızlar öyle mutsuz ve yalnızlar ki, hepsi hemen bu intiharcı azizeyi taklide başlarlar."

"Vali muavini de Kars'taki intiharları abartmamamı söyledi."
"Vali muaviniyle niye görüştün?"
"Gün boyunca beni huzursuz etmesinler diye polisle de görüştüm."
"Onlar 'okuldan atılan tesettürlü kızlar intihar ediyor' haberini memnunlukla karşılarlar!" dedi Lacivert.
"Ben bildiğim gibi yazarım," dedi Ka.
"Bu sözündeki ima yalnız devletin laik valisine değil, bana da yönelik. Üstelik bana 'laik vali de, siyasal İslamcı da kızların intihar ettiğinin yazılmasını istemiyor!' diye laf dokunduruyorsun."
"Evet."
"O kız okula alınmadığı için değil, bir aşk meselesi yüzünden intihar etti. Sıradan bir aşk intiharını tesettürlü kızın çözülüşü ve işlediği günah diye yazarsan imam hatipli genç İslamcılar çok kızar sana. Kars küçük yer."
"Bunları bir de o kızlara sormak istiyorum."
"Çok iyi edersin!" dedi Lacivert. "Allah rızası için tesettür direnişi yaparken başlarına gelenlerden yılıp intihar edip bir günahkâr olarak öldüklerinin Alman gazetelerinde yazılmasını isterler mi sor bakalım kızlara."
"Sorarım!" dedi Ka dikbaşlılıkla, ama korkmuştu da.
"Bir başka şeyi daha söylemek için çağırdım seni," dedi Lacivert. "Eğitim enstitüsü müdürü az önce gözlerinin önünde vuruldu... Bu devletin tesettürlü kızlara baskısının Müslümanlarda yarattığı öfkenin sonucudur. Ama olay da tabii devletin yaptığı bir kışkırtmadır. Zavallı müdürü önce zulümlerinde kullandılar, sonra da bir meczuba vurdurttular ki Müslümanları suçlasınlar."
"Olayı benimsiyor musunuz, kınıyor musunuz?" diye sordu Ka bir gazeteci dikkatiyle.
"Ben Kars'a siyaset için gelmedim," dedi Lacivert. "Ben Kars'a intiharların yayılmasını durdurmak için geldim." Birden Ka'yı omuzlarından yakaladı, kendine çekti ve iki yanağından öptü: "Sen yıllarını şiirin çilesine vermiş bir dervişsin. Müslümanlara, mazluma kötülük etmek isteyenlerin aleti olmazsın. Benim sana güvendiğim gibi, sen de bana güvendin, bu karda buraya geldin. Sana teşekkür etmek için hisseli bir hikâye anlatacağım." Yarı oyuncu, yarı ciddi bir havayla gözlerini Ka'nın gözlerinin içine dikti.

"Anlatayım mı?"

"Anlatın."

"Çok eski zamanlarda, İran'da eşsiz bir kahraman, yorulmaz bir savaşçı varmış. Herkes tanır severmiş. Onu sevenler gibi bugün biz de Rüstem diyelim ona. Bir gün Rüstem avlanırken önce yolunu ve sonra da gece uyurken atını kaybetmiş. Atı Rakş'ı bulacağım derken düşman topraklarına, Turan'a girmiş. Ama namı kendinden de önce gittiği için tanıyıp iyi davranmışlar ona. Turan Şahı misafir edip bir şölen vermiş. Yemekten sonra odasına çekilince şahın kızı içeri girip Rüstem'e aşkını anlatmış. Ondan çocuğu olmasını istediğini söylemiş. Güzelliği ve diliyle onu kandırmış; sevişmişler. Sabah Rüstem doğacak çocuğa kendinden bir işaret, bir bileklik bırakıp ülkesine geri dönmüş. Doğan çocuk –Suhrab demişler ona, biz de öyle diyelim– yıllar sonra anasından babasının efsanevi Rüstem olduğunu öğrenince demiş ki: 'İran'a gideceğim, zalim İran Şahı Keykavus'u tahttan indirip yerine babamı geçireceğim... Sonra buraya Turan'a döneceğim ve Keykavus gibi zalim Turan Şahı Efrasiyab'ı indirip yerine kendim geçeceğim! O zaman babam Rüstem ve ben İran'ı ve Turan'ı yani bütün cihanı adilane yöneteceğiz!' Böyle demiş saf ve iyi kalpli Suhrab, ama düşmanlarının kendinden daha sinsi ve kurnaz olduğunu anlayamamış. İran ile savaşacak diye Turan Şahı Efrasiyab niyetini bilmesine rağmen onu desteklemiş, ama babasını tanımasın diye casuslar da katmış ordusuna. Hilelerden, desiselerden, kötü kaderin oyunu ve yüce Allah'ın gizli rastlantılarından sonra, efsane Rüstem ile oğlu Suhrab arkalarında askerleri, savaş alanında zırhlar içinde oldukları için birbirlerini tanıyamadan karşı karşıya gelmişler. Zırhlar içindeki Rüstem, karşısındaki cengâver bütün gücünü toplamasın diye kim olduğunu zaten hep saklarmış. Gözü babasını İran tahtına oturtmaktan başka bir şey görmeyen çocuk kalpli Suhrab da zaten kiminle savaşacağına dikkat bile etmiyormuş. Böylece bu iki iyi ruhlu, büyük savaşçı baba-oğul, askerleri arkada onları seyrederken öne atılıp kılıçlarını çekmişler."

Lacivert sustu. Ka'nın gözlerinin içine bakamadan şöyle dedi bir çocuk gibi: "Yüzlerce kere okumama rağmen bu hikâyenin burasına gelince bir ürpertiyle kalbim atmaya başlar. Neden bilmiyorum, önce babasını öldürmek üzere olan Suhrab ile özdeşleştiririm kendimi. Kim ister babasını öldürmeyi? Hangi ruh bu suçun acısına, bu günahın yüküne dayanabilir! Hele kendimle bir tuttuğum çocuk yürekli Suhrab! O zaman babayı öldürmenin en iyi yolu onu farkında olmadan öldürmektir."

"Ben böyle düşünürken zırhlar içindeki iki cengâver dövüşe tutuşur ve saatlerce boğuştuktan sonra, birbirlerini yenemeden kan-ter içinde geri çekilirler. Bu birinci günün gecesinde aklım Suhrab kadar babasına da takılır artık ve hikâyenin devamını okurken, sanki ilk defa okuyormuşum gibi heyecanlanıp yenişemeyen babayla oğulun bir şekilde bu işin içinden çıkacaklarını iyimserlikle hayal ederim."

"İkinci gün gene ordular karşılıklı sıralanır, gene zırhlar içindeki baba oğul öne atılıp birbirlerine acımasızca girişirler. Uzun dövüşten sonra o gün talih –ya da talih bu mudur?– Suhrab'a güler ve Rüstem'i atından düşürüp altına alır. Hançerini çekmiş, öldürücü darbeyi yakından babasına vurmak üzeredir ki yetişip şöyle derler: 'İran'da, düşman cengâverin kellesini ilk seferde almak gelenek değildir. Öldürme onu, çiğlik olur.' Suhrab da babasını öldürmez."

"Burayı okurken aklım karışır hep. Suhrab'a sevgi dolar içim. Allah'ın baba oğul için uygun gördüğü kaderin anlamı nedir? Üçüncü gün ise kavga merakla beklediğimin aksine, bir anda biter. Rüstem Suhrab'ı atından düşürür ve kılıcını bir hamlede göğsüne daldırıp öldürür onu. Olayın hızı, dehşeti kadar şaşırtıcıdır. Bilekliğinden öldürdüğünün oğlu olduğunu anlayınca Rüstem yere diz çöker, oğlunun kanlı cesedini kucağına alır ve ağlar."

"Hikâyenin bu noktasında her defasında ben de ağlarım: Rüstem'in acısını paylaşmaktan çok zavallı Suhrab'ın ölümünün anlamını anladığım için ağlarım ben. Baba sevgisiyle harekete geçen Suhrab'ı babası öldürür. O noktada iyi kalpli çocuksu Suhrab'ın baba sevgisine hayranlığımın yerini daha derin ve olgun bir duygu, kurallara ve geleneğe bağlı Rüstem'in vakur acısı alır. Hikâye boyunca sevgim ve hayranlığım isyankâr ve kişisel Suhrab'dan, güçlü kuvvetli ve sorumluluk sahibi Rüstem'e geçmiştir."

Lacivert bir an susunca, bir hikâyeyi, herhangi bir hikâyeyi böylesine inançla anlatabildiği için Ka onu kıskandı.

"Ama ben sana bu güzel hikâyeyi onunla hayatımı nasıl anlamlandırdığımı göstermek için değil, onun unutulduğunu söylemek için anlattım," dedi Lacivert. "En azından bin yıllık bu hikâye Firdevsi'nin *Şehname*'sindendir. Bir zamanlar Tebriz'den İstanbul'a, Bosna'dan Trabzon'a milyonlarca insan bu hikâyeyi bilir ve onu hatırlayıp hayatlarının anlamını anlarlardı. Bugün Batı'da Oidipus'taki baba katilliğini, Macbeth'in taht ve ölüm saplantısını düşünenler gibi. Ama şimdi Batı hayranlığı yüzünden herkes unuttu bu hikâyeyi. Eski hikâyeler ders kitaplarından çıkarıldı. Bugün *Şehname*'yi İstanbul'da satın alacağın bir kitapçı bile yok! Neden?"

Biraz sustular.

"Şöyle düşünüyorsundur," dedi Lacivert. "İnsan bu hikâyenin güzelliği için adam öldürür mü? Öyle değil mi?"

"Bilmiyorum," dedi Ka.

"Düşün o zaman," dedi Lacivert ve odadan çıktı.

9

Affedersiniz, siz ateist misiniz?

KENDİNİ ÖLDÜRMEK İSTEMEYEN BİR İNANÇSIZ

Lacivert odadan bir anda çıkınca Ka bir süre kararsızlık geçirdi. Önce, Lacivert'in hemen geri döneceğini düşündü; "düşün!" dediği konuyu Ka'ya sormak için geri gelecekti. Ama hemen sonra durumun böyle olmadığını anladı: Gösterişli ve biraz tuhaf bir şekilde de olsa kendisine bir mesaj verilmişti. Bu bir tehdit miydi?

Ama Ka tehdit edilen birinden çok, bu evde yabancı gibi hissediyordu kendini. Bitişikteki odada anne ile bebeğini göremedi, kapıdan kimseye görünmeden dışarı çıktı. Merdivenleri koşar adım inmek geliyordu içinden.

Kar öylesine yavaş yağıyordu ki, Ka'ya kar taneleri havada asılı kalmış gibi geldi. Zamanın durmuş olduğu izlenimini veren bu yavaşlık duygusu Ka'ya nedense çok şeyin değiştiğini, çok vakit geçtiğini hissettiriyordu; oysa Lacivert ile görüşmesi yalnızca yirmi dakika tutmuştu.

Demiryolu boyunca, karlar altında dev ve beyaz bir gölgeye benzeyen silonun yanından geçip geldiği yoldan istasyona girdi. Kirli ve boş istasyon binasının içinden geçerken ucu kıvrık kuyruğunu dostça sallayan bir köpeğin kendisine yaklaştığını gördü. Kara bir köpekti bu, alnında yusyuvarlak beyaz bir de leke vardı. Ka kirli bekleme salonunda köpeğe simit veren üç delikanlı gördü. Biri Necip'ti, arkadaşlarından önce koşup Ka'nın yanına geldi. "Okul arkadaşlarıma buradan geçeceğinizi nereden bildiğimi sakın çaktırmayın," dedi. "En yakın arkadaşımın bir konuda size soracağı çok önemli bir sorusu var. Vaktiniz varsa ve Fazıl'a bir dakika ayırırsanız çok mutlu olacak."

"Peki," dedi Ka, iki delikanlının oturduğu banka doğru yürüdü.

Arkalarındaki posterlerde Atatürk demiryollarının önemini hatırlatır, devlet de intihar etmek isteyen kızları korkuturken gençler ayağa kalkıp Ka'nın elini sıktılar. Ama bir tutukluğa kapılmışlardı şimdi.

"Fazıl sorusunu sormadan Mesut kendi işittiği bir hikâyeyi anlatacak," dedi Necip.

"Hayır anlatamayacağım," dedi Mesut heyecanla. "Lütfen benim yerime sen anlatır mısın?"

Necip'in anlattığı hikâyeyi dinlerken Ka boş, pis ve yarı karanlık istasyon binasında neşeyle koşturan kara köpeği seyrediyordu.

"Hikâye İstanbul'daki bir imam hatip lisesinde geçiyor, ben de öyle duydum zaten," diye başladı Necip. "Kenar mahallelerden birindeki derme çatma bir imam hatip lisesinin müdürü, memuriyetiyle ilgili bir iş için İstanbul'da yeni yapılan ve televizyonda gördüğümüz o yüksek gökdelenlerden birine gitmiş. Büyük bir asansöre binmiş, yukarı çıkıyormuş. Asansörde uzun boylu, ondan genç bir adam varmış, yanına yaklaşmış, elindeki bir kitabı göstermiş müdüre, sayfalarını açmak için cebinden sedef saplı bir bıçak çıkarıp bir şeyler söylemiş. On dokuzuncu kata gelince müdür inmiş. Ama sonraki günlerde kendini bir tuhaf hissetmeye başlamış. Ölümden korkuyor, canı hiçbir şey yapmak istemiyor, hep asansördeki adamı düşünüyormuş. Dini bütün bir adammış, derdine çare olur diye bir Cerrahi tekkesine gitmiş. Namlı bir şeyh onun kalbinden geçenleri sabaha kadar dinledikten sonra teşhisi koymuş: 'Allah'a inancını kaybetmişsin' demiş, 'üstelik farkında değilsin ama bununla da gurur duyuyorsun! Bu illet sana asansördeki adamdan geçmiş. Sen bir ateist olmuşsun.' Müdür gözyaşlarıyla durumunu inkâr etmeye kalkışmışsa da, yüreğinin hâlâ dürüst olabilen bir yanıyla şeyh efendinin dediklerinin doğru olduğunu çok iyi anlamış. Lisedeki güzel küçük öğrencileri sıkıştırırken, öğrencilerin anneleriyle yalnız kalmaya çalışırken, kıskandığı bir öğretmenin parasını çalarken yakalıyormuş kendini. Üstelik bu günahları işlerken övünüyormuş da müdür: Bütün okulu toplayıp insanların kör inançlar ve saçma töreler yüzünden kendisi gibi özgür olamadıklarını, her şeyin serbest olduğunu söylüyor, sözlerinin arasına bol bol Frenkçe kelime sıkıştırıyor, çaldığı paralarla en moda Avrupa elbiselerinden alıp giyiyormuş. Bunları herkesi küçümseyen ve 'geri' bulan bir tavırla yapıyormuş. Böylece okulda öğrenciler güzel bir sınıf arkadaşlarının ırzına geçmişler, yaşlı Kuran hocası dövülmüş, isyanlar başlamış. Müdür bir yandan da evinde ağlar, intihar etmek istermiş, ama bunu yapabilecek kadar cesur olmadığı için başkalarının kendisini öldürmesini bekliyormuş. Bu amaçla okulun en dindar öğrencilerinin yanında Peygamberimiz Hazretleri'ne –hâşâ– küfür etmiş. Ama aklını kaçırdığını anlayıp dokunmamışlar. Sokaklara çıkmış, –hâşâ– Allah'ın olmadığını, camilerin diskoteğe çevrilmesi gerektiğini, hepimizin ancak Hıristiyan olursak Batılılar gibi zengin olacağımızı söylemeye başlamış. Genç İslamcılar onu vurmak istemişler ama saklanmış. Umutsuzluk ve intihar isteğine bir çare bulamayınca aynı gökdelene dönmüş, asansörde aynı uzun boylu adamla karşılaşmış. Adam ona başına gelen her şeyi bildiğini gösteren bir bakışla gülümsemiş ve elindeki kitabın kapağını göstermiş, ateizmin çaresi de oradaymış, müdür titreyen ellerle kitaba uzanmış ama uzun boylu adam asansör durmadan önce sedef saplı kitap açacağını müdürün kalbine saplamış."

Hikâye biterken Ka bir benzerinin Almanya'daki İslamcı Türkler arasında anlatıldığını hatırladı. Hikâyenin sonundaki esrarengiz kitap Necip'in hikâyesinde muğlak bırakılmıştı, ama Mesut insanı ateizme sürükleyecek yazarlar olarak Ka'nın hiç duymadığı Yahudi bir iki yazarla birlikte, siyasal İslam'ın baş düşmanlarından –biri üç yıl sonra vurulup öldürülecek– birkaç köşe yazarının adını da andı. "Şeytan tarafından kandırılmış ateistler bu hikâyedeki mutsuz müdür gibi, mutluluk ve huzur arayarak aramızda gezerler," dedi Mesut. "Siz de bu görüşe katılıyor musunuz?"

"Bilmiyorum."

"Nasıl bilmiyorsunuz," dedi Mesut biraz öfkelenerek. "Siz bir ateist değil misiniz?"

"Bilmiyorum," dedi Ka.

"Şunu söyleyin o zaman bana: Bütün bu âlemi, her şeyi, dışarıda lapa lapa yağan bu karı Allahütealâ'nın yarattığına inanıyor musunuz, inanmıyor musunuz?"

"Kar bana Allah'ı hatırlatıyor," dedi Ka.

"Evet, ama karı Allah'ın yarattığına inanıyor musunuz?" diye üsteledi Mesut.

Bir sessizlik oldu. Ka kara köpeğin perona açılan kapıdan fırlayıp dışarıda neon lambalarının soluk ışığında yağan karın altında neşeyle koşturduğunu gördü.

"Cevap veremiyorsun," dedi Mesut. "İnsan Allah'ı tanır ve severse onun varlığından hiç şüphelenmez. Bu da aslında senin bir ateist olduğun, ama çekindiğin için bunu söylemediğin anlamına geliyor. Bunu zaten biliyorduk. Bu yüzden de sana Fazıl adına şunu sormak istiyorum. O hikâyedeki zavallı ateist gibi acılar çekiyor musun? Kendini öldürmek istiyor musun?"

"Ne kadar huzursuz olursam olayım intihar etmekten korkarım," dedi Ka.

"Hangi nedenden?" dedi Fazıl. "İnsan eşref-i mahlukat diye devlet yasakladığı için mi? Onu da insan şaheserdir diye yanlış yorumluyorlar. Neden intihar etmekten korktuğunuzu söyleyin lütfen."

"Arkadaşlarımın ısrarını hoş görün," dedi Necip. "Bu sorunun Fazıl için çok özel bir anlamı var."

"Huzursuzluk ve mutsuzluğa dayanamadığın için intihar etmek istemiyor musun yani?" dedi Fazıl.

"Hayır," dedi Ka hafifçe öfkelenerek.

"Bizden bir şey saklamayın lütfen," dedi Mesut. "Ateistsiniz diye size bir kötülük etmeyiz biz."

Gerilimli bir sessizlik oldu. Ka ayağa kalktı. Bir korkuya kapılmakta olduğunu göstermek istemiyordu hiç. Yürüdü.

"Gidiyor musunuz, durun gitmeyin lütfen," dedi Fazıl. Ka durunca bir şey söyleyemeden tutulup kaldı.

"Onun yerine ben anlatacağım," dedi Necip. "Bizler üçümüz de imanları için bütün hayatlarını ortaya koyan 'türbancı kızlara' âşığız. 'Türbancı kızlar' lafını laik basın kullanıyor onlar için. Bizler için onlar Müslüman kızlardır ve bütün Müslüman kızlar da imanları için hayatlarını ortaya koymalıdırlar."

"Erkekler de öyle," dedi Fazıl.

"Tabii," dedi Necip. "Ben Hicran'a âşığım, Mesut Hande'yi seviyor, Fazıl ise Teslime'ye âşıktı ama Teslime öldü. Ya da intihar etti. Ama bizler imanı için bütün hayatını feda etmeye hazır bir Müslüman kızın intihar edebileceğine inanmayız."

"Belki çektiği acılar ona dayanılmaz gelmiştir," dedi Ka. "Ailesi de ona başını açsın diye baskı yapıyormuş, okuldan atılmış."

"Hiçbir baskı gerçekten inanan bir kişinin günah işlemesi için yeterli değildir," dedi Necip heyecanla. "Bizler sabah namazını kaçırırız da günaha gireriz diye geceleri heyecandan uyuyamıyoruz. Her seferinde daha erkenden camiye koşuyoruz. Böylesine bir heyecanla inanan biri günah işlememek için her şeyi yapar, gerekirse diri diri derisinin yüzülmesine bile razı olur."

"Biliyoruz, siz Teslime'nin ailesiyle de görüştünüz," diye atıldı Fazıl. "Onlar intihar ettiğine inanıyorlar mı?"

"İnanıyorlar. Önce annesi ve babasıyla *Marianna*'yı seyretmiş, sonra abdest almış, namaz kılmış."

"Teslime dizi seyretmez hiç," dedi Fazıl sessizce.

"Siz onu tanıyor muydunuz?" dedi Ka.

"Kişisel olarak hiç tanışmadık, konuşmadık," dedi Fazıl utanarak. "Bir kere uzaktan gördüm, zaten iyice örtülüydü. Ama bir ruh olarak tabii ki tanıyorum onu: İnsan en çok âşık olduğu kişiyi tanır. Kendim gibi içeriden hissediyordum onu. Benim tanıdığım Teslime intihar etmez."

"Belki de onu yeterince tanımıyordunuz."

"Belki de seni buraya Teslime'nin katlini örtbas et diye Batılılar yolladı," dedi Mesut kabadayıca.

"Hayır, hayır," dedi Necip. "Biz size güveniyoruz. Büyüklerimiz sizin bir derviş, bir şair olduğunuzu söylemişler. Size güvendiğimiz için de bizi çok mutsuz eden bir konuda size soru sormak istedik. Fazıl sizden Mesut adına özür diliyor."

"Özür diliyorum," dedi Fazıl. Suratı kıpkırmızıydı. Gözleri bir anda nemlenmişti.

Mesut barışma anını sessizce geçiştirdi.

"Biz Fazıl ile kan kardeşiyizdir," dedi Necip. "Pek çok zaman aynı anda aynı şeyi düşünür, birbirimizin ne düşündüğünü de biliriz. Benim aksime, Fazıl siyasetle ilgilenmez hiç. Şimdi onun da benim de sizden bir ricamız var. Aslında ikimiz de annesinin, babasının, devletin baskıları sonucu Teslime'nin bir günah işleyip intihar ettiğini kabul edebiliyoruz. Çok acı ama, Fazıl bazan, 'âşık olduğum kız günah işledi ve kendini öldürdü' diye düşünüyor. Ama Teslime aslında gizli bir ateistse, hikâyedeki gibi, ateist olduğunu bilmeyen bahtsız bir ateistse ve ateist olduğu için intihar etmişse, işte bu Fazıl için bir yıkım olur. Çünkü o zaman bir ateiste âşık olmuş oluyor. İçimizdeki bu büyük kuşkunun cevabını da ancak siz verebilir, Fazıl'ı siz rahatlatabilirsiniz. Anladınız mı ne düşündüğümüzü?"

"Siz bir ateist misiniz?" diye sordu Fazıl yakaran gözlerle. "Ateistseniz kendinizi öldürmek istiyor musunuz?"

"Ateist olduğumdan en emin olduğum günlerde bile intihar dürtüsü duymuyorum hiç," dedi Ka.

"Bize dürüst cevap verdiğiniz için çok teşekkür ediyorum," dedi Fazıl, rahatlayarak. "Kalbiniz iyilik dolu, ama Allah'a inanmaktan korkuyorsunuz."

Ka, Mesut'un düşmanca baktığını görüyor, uzaklaşmak istiyordu. Aklı sanki uzaklarda bir yere takılmıştı. İçinde derin bir isteğin ve ona bağlı bir hayalin kıpırdandığını hissediyor, ama etrafındaki hareket yüzünden bu hayale yoğunlaşamıyordu. Daha sonra bu dakikalar üzerinde çok düşünecek, aklındaki hayalin ölmek ve Allah'a inanamamak kadar İpek'in özlemiyle de beslendiğini anlayacaktı. Bunlara son anda Mesut bir başkasını ekledi.

"Lütfen yanlış anlamayın bizi," demişti Necip. "Bizim bir insanın ateist olmasına hiçbir itirazımız yok. İslam toplumunda ateistlerin yeri hep vardı."

"Yalnızca mezarlıklar ayrı olmalıdır," dedi Mesut. "Bir Allahsızla aynı mezarlıkta yatmak müminlerin ruhunu taciz eder. Allah'a inanamadığı halde durumunu bütün hayatı boyunca başarıyla saklayan bazı ateistler yalnız bu dünyada değil, inananları mezarlarında bile huzursuz etmeyi kendilerine iş edinmişlerdir. Kıyamete kadar aynı mezarlıkta yatmanın azabı yetmiyormuş gibi, kıyamet günü mezarlarımızdan kalktığımızda karşımızda uğursuz bir ateist görmenin dehşetiyle başedeceğiz... Şair Ka Bey, siz bir zamanlar ateist olduğunuzu artık saklamıyorsunuz. Belki hâlâ öylesiniz. Söyleyin o zaman bu karı yağdıran kim, bu karın sırrı ne?"

Hep birlikte bir an boş istasyon binasından dışarıya, neon lambalarının ışığında boş raylara yağan kara baktılar.

Bu dünyada ne yapıyorum, diye düşündü Ka. Kar taneleri uzaktan ne kadar zavallı gözüküyor, ne kadar zavallı benim hayatım. İnsan yaşıyor, yıpranıyor, yok oluyor. Bir yandan yok olduğunu, bir yandan var olduğunu düşündü: Kendisini seviyordu, bir kar tanesi gibi hayatının aldığı yolu sevgi ve kederle izliyordu. Babasının bir tıraş kokusu vardı, onu hatırladı. O kokuyu koklarken mutfakta kahvaltı hazırlayan annesinin terliklerinin içindeki soğuk ayaklarını, bir saç fırçasını, gece öksüre öksüre uyandıktan sonra kendisine içirilen pembe renkli şekerli öksürük şurubunu, ağzındaki kaşığı, hayatı yapan bütün o küçük şeyleri, hepsinin birliğini, kar tanesini...

Böylece Ka hayatta ancak ilham anlarında mutlu olabilen gerçek şairlerin duyduğu o derin çağrıyı duydu. Dört yıldan sonra ilk defa aklına bir şiir gelmişti: Şiirin varlığından, havasından, edasından ve gücünden o kadar emindi ki içi mutlulukla doldu. Üç gence acelesi olduğunu söyleyerek boş ve yarı karanlık istasyon binasından çıktı. Yağan kar altında yazacağı şiiri düşünerek hızlı hızlı oteline döndü.

10

Bu şiir neden güzel?

KAR VE MUTLULUK

Otel odasına girer girmez Ka paltosunu çıkardı. Frankfurt'tan aldığı yeşil kaplı kareli bir defteri açtı ve aklına kelime kelime gelmekte olan şiiri yazmaya başladı. Bir başkasının kulağına fısıldadığı bir şiiri yazar gibi rahat hissediyordu kendini ama yazdığı şeye kendini bütün dikkatiyle vermişti de. Daha önce böylesine bir ilhamla ve hiç duraklamadan şiir yazmadığı için yazdığı şeyin değerinden aklının bir köşesiyle kuşku duyuyordu. Ama mısraları yazdıkça şiirin her şeyiyle mükemmel olduğunu mantığıyla da görüyor bu da içindeki heyecanı ve mutluluğu artırıyordu. Böylece pek az duraklayarak, birkaç yerde sanki iyi işitemediği bazı kelimeler için boşluklar bırakarak Ka otuz dört dize yazdı.

Şiir az önce aklından aynı anda geçen pek çok şeyle yapılmıştı: Yağan kar, mezarlıklar, istasyon binasında neşeyle koşturan kara köpek, pek çok çocukluk anısı ve otele dönüş yolunda adımları hızlandıkça mutluluk ve telaş arası bir duyguyla gözünün önünde canlanan İpek. Şiirin adını "Kar" koydu. Çok sonraları bu şiiri nasıl yazdığını düşündüğünde aklına bir kar tanesi gelecek, o kar tanesi kendi hayatını bir şekilde gösteriyorsa bu şiirin de onun merkezine yakın bir yerde ve hayatın mantığını açıklayan bir noktada yer alması gerektiğine karar verecekti. Tıpkı bu şiir gibi bu kararların da ne kadarını o anda aldığını, ne kadarının onun –bu kitabın sırlarını çözmeye çalıştığı– hayatının gizli simetrisi sonucu olduğunu söylemek zor.

Ka şiiri bitirmek üzereyken pencereye gitti, dışarıda iri tanelerle ve zarafetle yağan karı sessizce seyretmeye başladı. Karı seyrederse şiiri tam gerektiği gibi bitireceği duygusu vardı içinde. Kapı vuruldu, Ka açtı ve şiirin aklına gelmek üzere olan son iki dizesini Kars'ta bir daha hiç hatırlamamak üzere unuttu.

Kapıdaki İpek'ti. "Sana bir mektup var," deyip uzattı.

Ka mektubu alıp hiç bakmadan bir kenara attı. "Çok mutluyum," dedi.

Ancak bayağı insanların "çok mutluyum!" diyebileceklerine inanırdı ama şimdi hiç utanmamıştı. "İçeri gir," dedi İpek'e. "Çok güzelsin."

İpek otelin odalarını evi gibi bilen birinin rahatlığıyla içeri girdi. Arada geçen zaman onları birbirlerine daha da yakınlaştırmış gibi geldi Ka'ya.

"Nasıl oldu bilmiyorum," dedi Ka. "Belki de senin yüzünden geldi bu şiir bana."

"Eğitim enstitüsü müdürünün durumu ağırmış," dedi İpek.

"Öldü sandığın birinin yaşaması iyi haberdir."

"Polis baskınlar düzenliyor. Üniversite yatakhanelerine, otellere. Bize de gelip defterlere baktılar, otelde kalanları tek tek sordular."

"Benim hakkımda ne dedin? Evleneceğimizi söyledin mi?"

"Çok sevimlisin. Ama aklım orada değil. Muhtar'ı gözaltına almışlar, dövmüşler. Sonra da bırakılmış."

"Sana bir mesaj yolladı benimle: Seninle yeniden evlenmek için her şeyi yapmaya hazır. Örtün diye sana baskı yaptığı için bin pişman."

"Muhtar bunları bana zaten her gün söylüyor," dedi İpek. "Polis seni bıraktıktan sonra ne yaptın?"

"Sokaklarda gezindim..." dedi Ka. Bir an bir kararsızlık geçirdi.

"Evet, söyle."

"Lacivert'e götürdüler beni. Bunu kimseye söylememeliymişim."

"Söylememelisin," dedi İpek. "Ona da bizlerden, babamdan hiç bahsetmemelisin."

"Onu tanıdın mı hiç?"

"Bir zamanlar Muhtar ona hayrandı, bizim eve girip çıkmışlığı vardır. Ama Muhtar daha ılımlı ve demokratik bir İslamcılıkta karar kılınca ondan uzaklaştı."

"Buraya intihar eden kızlar için gelmiş."

"Ondan kork ve hiç söz etme," dedi İpek. "Büyük bir ihtimalle kaldığı yerde de polisin mikrofonu vardır."

"Niye yakalamıyorlar o zaman?"

"İşlerine gelince yakalarlar."

"Biz seninle bu Kars şehrinden kaçalım," dedi Ka.

Çocukluk ve gençliğinde olağanüstü mutlu olduğu zamanlarda hissettiği şey, mutsuzluğun ve umutsuzluğun da çok yakın bir yerde olduğu korkusu yükseliyordu içinde.

Ka, daha sonra gelecek mutsuzluk büyük olmasın diye, mutluluk anlarına telaşla son vermek isterdi. Bu yüzden, tam o sıra aşktan çok bu telaşla sarıldığı İpek'in kendisini iteceğini, aralarındaki yakınlık ihtimalinin bir anda tuzla buz olacağını ve hak etmediği mutluluğun hak ettiği bir reddedilme ve aşağılanmayla sonuçlanıp rahatlayacağını sanıyordu.

Tam tersi oldu. İpek de ona sarıldı. Birbirlerini tutmaktan, kucaklamaktan zevk alarak merakla öpüştüler ve yatağın üzerine yan yana devrildiler. Kısa bir sürede Ka o kadar sarsıcı bir cinsel heyecan duymaya başladı ki, az önceki kötümserliğinin tam tersi sınır tanımaz bir istek ve iyimserlikle birbirlerinin elbiselerini çıkarıp uzun uzun sevişeceklerini hayal etmeye başladı.

Ama İpek ayağa kalktı. "Çok hoşsun, seninle sevişmeyi ben de istiyorum ama üç yıldır kimseyle birlikte olmadım, hazır değilim," dedi.

Ben de dört yıldır kimseyle sevişmedim, dedi Ka içinden. İpek'in bunu yüzünden okuduğunu hissetti.

"Hazır olsam bile," dedi İpek, "babam bu kadar yakındayken, aynı evdeyken sevişemem ben."

"Benimle çıplak yatağa girmen için babanın otelden çıkıp gitmesi mi lazım?" dedi Ka.

"Evet. Otelden de pek az çıkar. Kars'ın buzlu sokaklarını sevmez çünkü."

"Peki, şimdi sevişmeyelim, ama birkaç kere daha öpüşelim," dedi Ka.

"Peki."

İpek yatağın kenarında oturan Ka'ya eğildi ve yaklaşmasına izin vermeden uzun uzun ve ciddiyetle öptü onu.

"Sana şiirimi okuyayım," dedi Ka sonra bir daha öpüşmeyeceklerini sezince. "Merak ediyor musun?"

"Şu mektubu oku önce, kapıya genç bir adam getirmiş."

Ka mektubu açtı ve yüksek sesle okudu:

"Ka efendi bey oğlum. Size oğlum demem uygun değil ise affediniz. Ben dün gece sizi rüyamda gördüm. Rüyamda kar yağıyordu ve her bir tanesi âleme bir nur olarak iniyordu. Hayırdır, derken öğleden sonra, rüyamda gördüğüm bu kar penceremin önünde yağmaya başladı. Baytarhane Sokak 18 numaradaki fakirhanemizin kapısının önünden geçtiniz. Cenabı Allah'ın bir imtihandan geçirdiği Muhtar Beyefendi sizin bu kara ne mana verdiğinizi bana nakletti. Yolumuz aynı yoldur. Bekliyorum efendim. İmza: Saadettin Cevher."

"Şeyh Saadettin," dedi İpek. "Hemen git ona. Akşam da babamla bize yemeğe gelirsin."

"Kars'taki bütün çatlaklarla niye görüşmem lazım?"

"Lacivert'ten kork dedim, ama hemen çatlak deme ona. Şeyh de kurnazdır, aptal değildir."

"Hepsini unutmak istiyorum. Şiirimi okuyayım mı sana şimdi?"

"Oku."

Ka sehpanın başına oturup yeni yazdığı şiirini heyecanla ve güvenle okumaya başladı ve hemen durdu. "Şuraya geç," dedi İpek'e. "Okurken yüzünü görmek istiyorum." Göz ucuyla İpek'e bakarak yeniden okumaya başladı. "Güzel mi?" diye sordu az sonra Ka. "Evet, güzel!" dedi İpek. Ka daha okudu, gene "Güzel mi?" diye sordu. İpek "Güzel," dedi. Okuması bitince: "Nesini güzel buldun?" diye sordu Ka. "Bilmiyorum," dedi İpek. "Ama çok güzel buldum." "Muhtar sana böyle şiir okumaz mıydı?" "Okumazdı." Ka şiiri yeniden heyecanla okudu ve gene "Güzel mi?" diye aynı yerlerde sordu. Birkaç kere de "Çok güzel değil mi?" dedi. "Evet, çok güzel!" dedi İpek.

Ka öylesine mutluydu ki erken dönem bir şiirinde bir çocuk için yazdığı gibi sanki "çevresine hoş ve tuhaf bir ışık" yayıyor, bu ışığın bir kısmının da İpek'te yansıdığını görerek mutlu oluyordu. Bu "yerçekimsiz zamanın" kurallarına uyarak İpek'i yeniden kucakladı, ama kadın zarifçe uzaklaştı.

"Dinle şimdi: Derhal Şeyh Efendi'ye git. Burada çok önemli bir kişidir o, senin sandığından önemli: Şehirde pek çok kişi gider ona, laikler de. Tümen komutanının, valinin karısının da ona gittiği söyleniyor, zenginlerden, askerlerden gidenler de var. Devlet yanlısıdır. Üniversiteli ve tesettürlü kızların derslerde başlarını açmaları gerektiğini söyleyince Refah Partililer ona ses çıkaramadılar. Kars gibi bir yerde, böyle güçlü bir adam seni çağırınca onu reddedemezsin."

"Zavallı Muhtar'ı da ona sen mi yolladın?"

"İçindeki Allah korkusunu keşfedip seni korkuta korkuta dindar yapmasından mı endişeleniyorsun?"

"Çok mutluyum şimdi, dine hiç ihtiyacım yok," dedi Ka. "Bunun için de gelmedim Türkiye'ye. Beni tek bir şey götürebilir oraya: Senin aşkın... Evlenecek miyiz biz?"

İpek yatağın kenarına oturdu. "Git o zaman oraya," dedi. Sihirli ve hoş bir bakışla Ka'ya baktı. "Ama dikkat de et. Ruhunda kırılgan, zayıf bir nokta bulup hemen cin gibi insanın içine girmekte onun üstüne yoktur."

"Ne yapacak bana?"

"Seninle konuşacak ve birden kendini yere atacak. Söylediğin sıradan bir sözde ne kadar büyük bir bilgelik olduğunu, senin bir ermiş olduğunu iddia edecek. Bazıları önce kendileriyle alay edildiğini bile sanır! Ama Şeyh Efendi Hazretleri'nin kudreti de buradadır. Bunu öyle bir yapar ki senin bilgeliğine gerçekten inandığına inanırsın, gerçekten de bütün kalbiyle inanır da. Senin içinde senden çok yüksek bir başka biri varmış gibi davranır. Bir süre sonra içindeki bu güzelliği sen de görmeye başlarsın: Senin içindeki güzelliğin, sen onu önceden fark edemediğine göre Allah'ın güzelliği olduğunu sezer, mutlu olursun. Dünya da güzeldir aslında onun yanındayken. Seni bu mutluluğa yaklaştıran Şeyh Efendi'ni seversin. Bütün bu süre boyunca, aklının bir başka yanı da bütün bunların Şeyh Efendi'nin oyunu, senin de aslında sefil, zavallı bir budala olduğunu sana fısıldar. Ama Muhtar'dan anladığım kadarıyla, artık o kötü ve sefil yanına inanacak gücün kalmamıştır. O kadar zavallı ve mutsuzsundur ki seni ancak Allah'ın kurtaracağını düşünürsün. Bu arada ruhunun isteklerini hiç tanımayan aklın önce biraz direnir. Böylece şeyhinin sana gösterdiği yola bu dünyada bir tek öyle ayakta kalabileceğin için girersin. Karşısındaki sefile kendisini olduğundan çok daha yüce biriymiş gibi hissettirebilmek Şeyh Efendi Hazretleri'nin en büyük hüneridir, çünkü bu Kars şehrinin erkeklerinin çoğu Türkiye'de kendilerinden daha sefil, daha fakir, daha başarısız kimse olamayacağını çok iyi bilirler. Böylece sonunda önce şeyhine inanırsın, sonra sana unutturulan

İslam'a inanırsın. Bu da Almanya'dan gözüktüğü ve entelektüel laiklerin iddia ettikleri gibi kötü bir şey değildir. Herkes gibi olursun, halkına benzersin, mutsuzluktan biraz olsun kurtulursun."

"Ben mutsuz değilim," dedi Ka.

"Bu kadar mutsuz olan kimse mutsuz değildir aslında. Çünkü sıkı sıkıya sarıldıkları bir teselli̇leri, bir umutları vardır buradaki insanların. Burada İstanbul'daki alaycı inançsızlar yok. Burada işler daha basit."

"Sen istediğin için şimdi gidiyorum. Baytarhane Sokağı hangisiydi. Orada ne kadar kalayım?"

"İçin rahat edene kadar kal!" dedi İpek. "İnanmaktan da korkma." Paltosunu giyen Ka'ya yardım etti. "İslamî bilgilerin hafızanda taze mi?" diye sordu. "İlkokulda öğrendiğin duaları hatırlıyor musun? Sonra mahcup olma."

"Çocukluğumda hizmetçi kadın beni Teşvikiye Camii'ne götürürdü," dedi Ka. "İbadet etmekten çok diğer hizmetçi kadınlarla buluşup görüşmek için. Onlar namaz saatini bekleyip uzun uzun dedikodu ederlerken ben çocuklarla halıların üzerinde yuvarlanıp oynardım. Okulda, bizi tokatlayarak, perçemimizden tutup kafamızı tahta sıranın üzerinde açık duran 'din' kitabına vurarak Fatiha'yı ezberleten hocanın gözüne girmek için bütün duaları çok iyi ezberledim. İslam hakkında okullarda öğretilen her şeyi öğrenmiştim, ama hepsini unutmuşum. Bugün sanki İslam hakkında tek bildiğim şey, Anthony Quinn'in başrolünü oynadığı *Çağrı* adlı film," dedi Ka gülümseyerek. "Geçenlerde Almanya'da Türk kanalında nedense Almanca olarak gösterdiler. Akşam buradasın değil mi?"

"Evet."

"Sana bir kere daha şiirimi okumak istiyorum çünkü," dedi Ka defteri paltosunun cebine koyarken. "Güzel mi sence?"

"Çok güzel gerçekten."

"Nesi güzel?"

"Bilmiyorum, çok güzel," dedi İpek, kapıyı açmış çıkıyordu.

Ka ona hızla sarıldı, ağzından öptü.

11

Avrupa'da başka bir Allah mı var?

Ka ŞEYH EFENDİ'YLE

Otelden çıktıktan sonra Ka'nın karın ve seçim propaganda bayraklarının altında Baytarhane Sokağı'na doğru koşarak gittiğini görenler var. O kadar mutluydu ki çocukluğundaki aşırı mutluluk anlarında olduğu gibi hayal gücünün sineması heyecandan aynı anda iki film göstermeye başlamıştı. Birincisinde, Almanya'da bir yerde –Frankfurt'taki evinde değil– İpek ile sevişiyorlardı. Bu hayali sürekli görüyordu ve bazan seviştikleri yer Kars'taki otel odası oluyordu. Aklının diğer sinemasında "Kar" şiirinin son iki dizesine ilişkin kelimeler ve hayaller oynuyordu.

Yeşilyurt Lokantası'na önce adres sormak için girdi. Sonra duvardaki Atatürk resminin ve karlı İsviçre manzaralarının hemen yanındaki raflarda duran şişeler ilham verdiği için bir masaya oturup çok acelesi olan birinin kararlılığıyla bir duble rakıyla beyaz peynir ve leblebi istedi. Televizyondaki sunucu yoğun kar yağışına rağmen bu akşam gerçekleşecek olan Kars tarihinin stüdyo dışında yapılacak ilk canlı yayını için bütün hazırlıkların tamamlanmak üzere olduğunu söylüyor, bazı yerel ve ulusal haberleri özetliyordu. Vali muavini iş büyümesin, düşmanlıklar daha da kışkırtılmasın diye, vurulan eğitim enstitüsü müdüründen haberlerde söz edilmesini telefon edip yasaklatmıştı. Ka bütün bunlara dikkat edene kadar iki duble rakıyı su içer gibi hızla içti.

Üçüncü bardak rakıyı içtikten sonra dört dakikada yürüdüğü tekkenin kapısı yukarıdan otomatikle açıldı. Ka dik merdivenleri çıkarken Muhtar'ın hâlâ ceketinin cebinde taşıdığı "Merdiven" adlı şiirini hatırladı. Her şeyin iyi geçeceğinden emindi, ama kendini iğne yapılmayacağına emin olmasına rağmen doktorun muayenehanesine girerken ürperen bir çocuk gibi hissetti. Yukarı çıkar çıkmaz geldiğine pişman oldu: Rakıya rağmen derin bir korku sarmıştı içini.

Şeyh Efendi Ka'yı görür görmez yüreğindeki bu korkuyu hemen hissetti. Ka da korkusunu Şeyh'in gördüğünü anladı. Ama Şeyh'te öyle bir şey vardı ki Ka korkusundan utanmadı. Merdivenlerin çıktığı sahanlıkta duvarda cevizden çerçevesi oymalı bir ayna vardı. Şeyh Efendi'yi ilk o aynanın içinde gördü. Evin içi balık istifi kalabalıktı. Oda nefesten, insan sıcaklığından ısınmıştı. Ka bir anda kendisini Şeyh Efendi'nin elini öperken buldu. Bütün bunlar kaşla göz arasında olmuş, Ka ne çevresine ne odadaki kalabalığa dikkat etmişti.

Odada salı akşamları yapılan basit bir ayine katılmak, Şeyh'in sohbetini dinlemek ve dertlerini açmak için toplanmış yirmi küsur kişilik bir kalabalık vardı. Her fırsatta şeyh efendilerinin yanında olmayı mutluluk bilen mandıra sahipleri, esnaftan, çayhane işletenlerden beş altı kişi, yarı felçli bir genç, bir otobüs şirketinin şaşı yöneticisiyle ihtiyar arkadaşı, elektrik kurumunun gece bekçisi, Kars Hastanesi'nin kırk yıllık kapıcısı ve birkaç başka kişi...

Şeyh, Ka'nın bütün kararsızlıklarını yüzünden bir bir okuduktan sonra gösterişli bir hareketle onun elini öptü. Bir saygı ifadesi kadar küçük bir çocuğun sevimli elini öpen biri gibi de yapmıştı bunu. Şeyh'in böyle yapacağını çok iyi tahmin etmesine rağmen hayret etti Ka. Herkesin bakışları altında ve herkesin dikkatle dinlediğini bilerek konuştular.

"Davetime icabet ettiğin için nur ol," dedi şeyh. "Seni rüyamda gördüm. Kar yağıyordu."

"Ben de sizi rüyamda gördüm Efendi Hazretleri," dedi Ka. "Buraya mutlu olmak için geldim."

"Mutluluğun burada olduğunun içine doğması bizleri mutlu etti," dedi Şeyh.

"Burada bu şehirde bu evde korkuyorum," dedi Ka. "Çünkü sizler bana çok yabancısınız. Çünkü böyle şeylerden hep ürktüm. Kimsenin elini öpmek istemezdim ve kimse de benim elimi öpsün istemezdim."

"Muhtar kardeşimize içindeki güzelliği açmışsın," dedi Şeyh. "Yağmakta olan bu mübarek kar sana neyi hatırlatıyor?"

Şeyh'in oturduğu sedirin sağ ucunda, pencerenin hemen kenarında oturan adamın Muhtar olduğunu fark etti Ka. Alnında ve burnunda birer yara bandı vardı. Gözlerinin çevresindeki morlukları gizlemek için, çiçek hastalığından kör olmuş ihtiyarlar gibi geniş camlı kara gözlükler takmıştı. Ka'ya gülümsüyordu ama hiç de dostane gözükmüyordu.

"Kar bana Allah'ı hatırlatmıştı," dedi Ka. "Bu âlemin ne kadar esrarengiz ve güzel olduğunu, yaşamanın aslında bir mutluluk olduğunu hatırlatmıştı kar."

Bir an susunca odadaki kalabalığın gözlerinin üzerlerinde olduğunu gördü. Şeyh'in de durumdan çok memnun olması sinirlendirdi onu. "Beni buraya niye çağırdınız?" diye sordu.

"Estağfurullah," dedi Şeyh. "Muhtar Bey'in anlattıklarından gönlünüzü açıp sohbet etmek isteyeceğiniz bir dost aradığınızı düşündük."

"Peki, sohbet edelim," dedi Ka. "Ben buraya gelmeden önce korkumdan üç kadeh rakı içtim."

"Bizden niye korkuyorsunuz?" dedi Şeyh, çok şaşırmış gibi yaparak gözlerini kocaman kocaman açtı. Şişman ve sevimli bir adamdı, etrafındakilerin de içtenlikle gülümsediklerini gördü Ka. "Bizden niye korktuğunuzu söylemeyecek misiniz?"

"Söylerim, ama alınmanızı da istemem," dedi Ka.

"Alınmayacağız," dedi Şeyh. "Buyrun yanıma oturun. Sizin korkunuzu öğrenmek çok önemli bizim için."

Şeyh'in, müritlerini her an güldürmeye hazır yarı ciddi yarı oyuncu bir havası vardı. Ka hoşuna giden bu havayı oturur oturmaz taklit etmek istediğini hissetti.

"Ben ülkemin kalkınmasını, insanlarının özgürleşmesini, modernleşmesini bir çocuk gibi iyi niyetlerle istedim hep," dedi. "Ama dinimiz bana hep bunlara karşıymış gibi gözüktü. Belki yanılıyordum. Affedersiniz. Belki şimdi çok içkiliyim de o yüzden bunları itiraf edebiliyorum."

"Estağfurullah."

"İstanbul'da, Nişantaşı'nda sosyetik bir çevrede büyüdüm. Avrupalılar gibi olmak istiyordum. Kadınları çarşafın içine sokup, yüzlerini örttüren bir Allah ile Avrupalı olmaya aynı anda inanamayacağımı anladığım için dinden uzak geçti hayatım. Avrupa'ya gidince sakallı, irticai, taşralı tiplerin anlattığından bambaşka bir Allah olabileceğini hissettim."

"Avrupa'da başka bir Allah mı var?" dedi Şeyh şakacı bir havayla, Ka'nın sırtını okşayarak.

"Huzuruna çıkmam için ayakkabılarımı çıkarmam, birilerinin elini öpüp dizlerimin üzerine çökmem gerekmeyen bir Allah istiyorum ben. Benim yalnızlığımı anlayacak bir Allah."

"Allah tektir," dedi Şeyh. "Her şeyi görüyor, herkesi anlıyor. Senin yalnızlığını da. Ona inansaydın ve yalnızlığını gördüğünü bilseydin, yalnız hissetmezdin kendini."

"Çok doğru Şeyh Efendi Hazretleri," dedi Ka, bütün odadakilere konuştuğunu da hissederek. "Yalnız olduğum için Allah'a inanamıyorum, Allah'a inanamadığım için de yalnızlıktan kurtulamıyorum. Ne yapayım?"

Sarhoş olmasına ve içinden geçenleri gerçek bir şeyhe cesaretle söylemekten hiç beklemediği kadar derin bir haz almasına rağmen aklının bir başka yanıyla tehlikeli bölgelerde dolaştığını çok iyi hissettiği için Şeyh'in sessizliğinden korktu.

"Benden gerçekten akıl istiyor musun?" dedi Şeyh. "Bizler sizin sakallı, irticai, taşralı dediğiniz kişileriz. Sakalımızı kessek bile taşralılığımızın çaresi yok."

"Ben de taşralıyım, daha da çok taşralı olmak, dünyanın en bilinmeyen köşesinde üzerine kar yağarken unutulmak istiyorum," dedi Ka. Şeyh'in elini öptü yeniden. Bunu yaparken kendini hiç zorlamadığını fark etmek hoşuna gitti. Ama aklının bir yanının hâlâ Batılı, bambaşka biri olarak işlediğini, durumundan dolayı kendisini küçümsediğini hissetti.

"Kusura bakmayın, buraya gelmeden önce içtim," dedi yeniden. "Bütün hayatım boyunca eğitimsizlerin, başı örtülü teyzelerle eli tespihli amcaların inandığı yoksulların Allah'ına inanmadığım için suçluluk duydum. İnançsızlığımın mağrur bir yanı vardı. Ama şimdi dışarıdaki şu güzel karı yağdıran Allah'a inanmak istiyorum. Dünyanın gizli simetrisine dikkat kesilmiş, insanı daha uygar, daha ince kılacak bir Allah var."

"Var tabii evladım," dedi Şeyh.

"Ama burada sizin aranızda değil o Allah. Dışarıda, boş gecenin, karanlığın, garibanların kalbine yağan karın içinde."

"Allah'ı tek başına bulacaksan git, gecenin içinde kar yüreğini Allah sevgisiyle doldursun. Biz senin yolunu kesmiş olmayalım. Ama unutma ki ancak kendini beğenmiş mağrurlar tek başına kalır. Allah mağrurları hiç sevmez. Şeytan mağrur olduğu için cennetten kovuldu."

Daha sonraları utanacağı aynı korkuya kapıldı Ka. Buradan çıkarsa arkasından konuşulacaklardan da hoşlanmıyordu hiç. "Ne yapayım Şeyh Efendi Hazretleri?" dedi. Yeniden elini öpecekti, caydı. Kararsızlığının ve sarhoşluğunun iyice fark edildiğini, küçümsendiğini hissetti. "Sizlerin inandığı Allah'a inanıp sizler gibi basit bir vatandaş olmak istiyorum, ama içimdeki Batılı yüzünden kafam karışıyor."

"Bu kadar iyi niyetli olman da iyi bir başlangıç," dedi Şeyh. "Sen önce alçakgönüllü olmayı öğren."

"Onun için ne yapayım?" dedi Ka. Gene de alaycı bir şeytan vardı içinde.

"Akşamları sohbet etmek isteyen herkes sedirin seni oturttuğum şu köşesine oturur," dedi Şeyh. "Herkes herkesin kardeşidir."

Ka sandalyelerde, minderlerde oturan kalabalığın aslında sedirin köşesine oturmak için sıraya girmiş olduğunu sezdi. Şeyh'in kendisinden çok, bu hayali sıraya saygı duyduğu, bir Avrupalı gibi bu sıranın en arkasına girip sabırla beklerse en doğru şeyi yapmış olacağını hissettiği için kalktı, Şeyh'in bir kere daha elini öpüp en kenardaki mindere oturdu.

Yanında İnönü Caddesi'nde bir çayhane işleten kısacık boylu, yan dişleri altın kaplama şirin bir adam vardı. Adam o kadar küçük, Ka'nın kafası da o kadar karışıktı ki onun Şeyh'e kendi ufaklığına bir çare bulsun diye geldiğini düşündü Ka. Çocukluğunda Nişantaşı'nda çok kibar bir cüce vardı, her akşamüstü Nişantaşı Meydanı'ndaki Çingenelerden bir demet menekşe ya da tek bir karanfil alırdı. Yanındaki ufak tefek adam onu bugün çayhanesinin önünden geçerken gördüğünü, ama Ka'nın ne yazık ki içeri girmediğini, yarın beklediğini söyledi. Derken otobüs şirketinin şaşı yöneticisi de sohbete katıldı; o da fısıldayarak kendisinin de bir kız meselesi yüzünden bir zamanlar çok mutsuz olduğunu, kendini içkiye verdiğini, Allah'ı tanımamak derecesinde isyankâr olduğunu, ama sonra hepsinin geçip gidip unutulduğunu söyledi. Ka "Kızla evlendiniz mi?" diye sormadan, şaşı yönetici "Kızın bize göre olmadığını anladık," dedi.

Şeyh intihar aleyhine konuştu sonra: Hepsi sessizce, bazıları başlarını sallayarak dinlediler ve üçü aralarında gene fısıldaşarak konuştular: "Başka bazı intiharlar daha var," diye anlattı küçük adam, "ama devlet tıpkı meteorolojinin havanın daha soğuk olduğunu moral bozmasın diye saklaması gibi saklıyor: Kızları para için yaşlı memurlara, sevmedikleri adamlara veriyorlar." Otobüs şirketinin yöneticisi "Karım da beni tanıyınca başta hiç sevmemişti," dedi. İşsizlik, pahalılık, ahlaksızlık, imansızlık intihar nedenleri olarak sayıldı. Ka her söylenene hak verdiği için kendini ikiyüzlü buluyordu. İhtiyar arkadaşı uyuklamaya başlayınca şaşı yönetici onu uyandırdı. Uzun bir sessizlik oldu, Ka içinde bir huzurun yükseldiğini hissetti: Dünyanın merkezinden o kadar uzaktılar ki kimse oraya gitmeyi sanki aklından bile geçiremiyor, bu da dışarıda havada asılı durur gibi yağan kar tanelerinin de etkisiyle, insanda yerçekimi dışında yaşadığı izlenimini uyandırıyordu.

Kimse kendisiyle ilgili değilken Ka'ya yeni bir şiir daha geldi. Defteri yanındaydı, birinci şiirden edindiği deneyimle bütün dikkatini içinde yükselen sese verdi ve bu sefer şiirin otuz altı dizesini hiç kaçırmadan bir hamlede yazdı. Kafası rakıdan dumanlı olduğu için şiire fazla güveni yoktu. Ama yeni bir ilhamla ayağa kalkıp, Şeyh'in iznini isteyip, kendisini dışarı atıp tekkenin yüksek basamaklı merdivenlerine oturup defterini okumaya başlayınca birincisi kadar kusursuz olduğunu gördü.

Şiir Ka'nın az önce yaşadığı, tanık olduğu malzemeyle yazılmıştı: Dört dizede bir şeyh ile Allah'ın varlığı hakkında karşılıklı konuşma vardı, Ka'nın "yoksulların Allahı"na suçluluk dolu bakışı, yalnızlık ve dünyanın gizli anlamı ve hayatın yapısı üzerine akıl yürütmeler, altın dişli bir adam, şaşı bir adam ve eli karanfilli beyefendi bir cüce ile birlikte ona bütün hayatını hatırlatarak şiirde yerini almıştı. "Bütün bunların anlamı ne?" diye düşündü kendi yazdığı şeyin güzelliğine şaşarken. Şiiri başkasının yazdığı bir şiir gibi okuyabildiği için onu güzel buluyordu. Güzel bulduğu için de, malzemesini, kendi hayatını şaşırtıcı buluyordu. Şiirde güzelliğin anlamı neydi?

Merdivenlerin otomatiği tak etti ve her yer kapkaranlık oldu. Düğmeyi bulup lambaları yakıp elindeki deftere bir daha bakınca şiirin adı geldi aklına. "Gizli Simetri" diye tepesine yazdı. Daha sonra bu adı bu kadar erken bulmasını bütün bu şiirlerin –tıpkı âlem gibi– kendi tasarımı olmadığının kanıtı olarak gösterecek, şiiri de mantık dalının üzerine ilk şiir gibi yerleştirecekti.

12

Allah yoksa yoksulların çektiği onca acının anlamı nedir?

NECİP'İN HİCRANLI HİKÂYESİ

Şeyh Hazretleri'nin tekkesinden oteline kar altında dönerken biraz sonra İpek'i yeniden göreceğini düşünüyordu. Halitpaşa Caddesi'ndeyken önce Halk Partisi'nin seçim kalabalığına, sonra da üniversite sınavına hazırlık kursundan çıkan öğrencilerin arasına düştü: Akşam televizyon seyretmekten, kimyacının kerizliğinden söz ediyor, tıpkı o yaşta Ka ve benim yaptığımız gibi birbirlerini gaddarca iğneliyorlardı. Bir apartmanın kapısında, yukarıdaki dişçi muayenehanesinden gözyaşlarıyla çıkan küçük bir kızla onu ellerinden tutan anne babasını gördü. Kıyafetlerinden kıt kanaat geçindiklerini ama üzerine titredikleri kızlarını devlet dispanserine değil, canını daha az yakacağına inandıkları özel doktora götürdüklerini hemen anladı. Açık bir kapıdan, kadın çorapları, makaralar, boya kalemleri, pil ve kaset satan bir dükkânın içinden çocukluğunda kış sabahları amcasının arabasıyla Boğaz'a gezmeye gittikleri vakit radyodan dinlediği Peppino di Capri'nin bir şarkısını, "Roberta"yı işitti ve içinde yükselen duygusallığı yeni gelen bir şiir zannederek önüne çıkan ilk çayhaneye girdi, ilk boş masaya oturup kalemini defterini çıkardı.

Boş sayfaya elinde kalem nemli gözlerle bir süre baktıktan sonra bir şiir gelmeyeceğini anladı Ka, ama iyimserliğini hiç bozmadı. İşsizler ve öğrencilerle tıkış tıkış dolu çayhanenin duvarlarında İsviçre manzaralarından başka tiyatro afişleri, gazetelerden kesilmiş karikatür ve haberler, memur almak için yapılacak bir sınava katılma şartlarının duyurusu ve Karsspor'un bu sene yapacağı karşılaşmaların cetvelini gördü. Oynanmış maçların çoğu yenilgiyle bitmiş sonuçları değişik kalemlerle işaretlenmiş, 6-1 yenilgiyle biten Erzurumspor maçının yanına, birisi ertesi gün Talihli Kardeşler Çayhanesi'nde otururken Ka'nın yazacağı "Bütün İnsanlık ve Yıldızlar" adlı şiirine olduğu gibi girecek şu mısraları yazmıştı:

Anamız çıkıp gelse cennetten bizi kollarıyla sarsa,
İmansız babamız onu bir akşamcık dayaksız bıraksa,
Gene de para etmez, bokun donar, ruhun kurur, umut yok!
Çek sifonu gitsin kişi düştüyse şehri Kars'a.

Şakacı bir iyimserlikle bu dörtlüğü defterine yazarken arka masaların birinden Necip, yüzünde Ka'nın onda görebileceğini hiç sanmadığı bir sevinç ifadesi, gelip masasına oturdu.

"Seni gördüğüme çok sevindim," dedi Necip. "Şiir mi yazıyorsun? Sana ateist diyen arkadaşlarım için özür dilerim. Hayatlarında ilk defa bir ateist görüyorlar. Ama aslında sen ateist de olamazsın, çünkü çok iyi bir insansın." Ka'nın ilk başta birbirleriyle ilişkilendiremediği başka şeyler de söyledi: Akşamki tiyatroyu seyretmek için arkadaşlarıyla okuldan kaçmışlardı, ama arka sıralarda oturacaklardı, çünkü televizyonda canlı yayın yapılırken müdürlerinin kendilerini "tespit etme"sini tabii ki istemezlerdi. Okuldan kaçtığı için çok mutluydu. Arkadaşlarıyla Millet Tiyatrosu'nda buluşacaklardı. Ka'nın orada şiir okuyacağını biliyorlardı. Kars şehrinde herkes şiir yazıyordu ama Ka hayatında tanıdığı şiirleri yayımlanmış ilk şairdi. Ona çay ikram edebilir miydi? Ka acelesi olduğunu söyledi.

"O zaman bir tek soru, son bir soru soracağım sana," dedi Necip. "Arkadaşlarım gibi amacım sana saygısızlık etmek değil. Çok merak ediyorum."

"Evet."

Sinirli ellerle bir sigara yaktı önce:

"Allah yoksa cennet de yok demektir. O zaman hayatı yokluklar, fakirlik ve ezilerek geçen milyonlarca kişi cennete bile gidemeyecek. O zaman yoksulların çektiği onca acının anlamı nedir? Ne için yaşıyoruz ve bunca acıyı boşu boşuna neden çekiyoruz?"

"Allah var. Cennet de var."

"Hayır, bunu beni teselli etmek için söylüyorsun, bize acıdığın için. Almanya'ya geri dönünce gene eskisi gibi Allah'ın olmadığını düşünmeye başlayacaksın."

"Yıllardan beri ilk defa çok mutluyum," dedi Ka. "Senin inandığına ben niye inanmayayım?"

"Çünkü sen İstanbullu bir sosyetiksin," dedi Necip. "Onlar hiçbir zaman Allah'a inanmazlar. Avrupalıların inandığı şeylere inandıkları için kendilerini milletten üstün görürler."

"İstanbul'da bir sosyetiktim belki," dedi Ka. "Ama Almanya'da kimsenin metelik vermediği bir garibandım. Eziliyordum orada."

Necip'in güzel gözleri içe dönük bakışlarla bakınca, Ka delikanlının kafasında kendi özel durumunun bir an gözden geçirilip irdelendiğini hissetti. "O zaman niye devleti kızdırıp Almanya'ya kaçtın?" dedi. Ka'nın mahzun olduğunu görünce, "Her neyse!" dedi. "Zaten ben zengin olsaydım, halimden utanır, Allah'a daha da çok inanırdım."

"Bir gün hepimiz zengin olacağız inşallah," dedi Ka.

"Senin benim düşündüğümü sandığın kadar basit değil hiçbir şey. Ben de o kadar basit değilim ve zengin de olmak istemiyorum. Şair, yazar olmak istiyorum. Bir bilimkurgu romanı yazıyorum. Kars'taki gazetelerden birinde, *Mızrak*'ta belki yayımlanacak, ama ben romanımın yetmiş beş satan bir gazetede değil, binlerce satan İstanbul gazetelerinde yayımlanmasını istiyorum. Romanımın özeti yanımda. Sana okusam, İstanbul'da yayımlanabilir mi, bana söyleyebilir misin?"

Ka saatine baktı.

"Çok kısa!" dedi Necip.

Tam o anda elektrikler kesildi ve bütün Kars karanlığa gömüldü. Necip ocağın ışığında koşarak tezgâhtan mum aldı, yakıp bir tabağa damlatıp mumu yapıştırdı ve masaya koydu. Cebinden çıkardığı buruşuk kâğıtları titreyen bir sesle ve arada bir heyecanla yutkunarak okudu.

> 3579 yılında, bugün daha bilinmeyen Gazzali gezegeninde insanlar çok zengin, hayat da bugün bizim yaşadığımızdan çok daha rahattı, ama materyalistlerin sandığının aksine "artık zenginiz" diye insanlar maneviyatlarına boş vermemişlerdi. Tam tersi varlık ve yokluk, insan ve âlem, Allah ve kulları konusunda herkes çok meraklıydı. Bu yüzden, bu kızıl gezegenin en ücra köşesinde en zeki ve çalışkan öğrencilerin alındığı bir İslamî İlimler ve Hitabet Lisesi açılmıştı. Bu lisede iki candan arkadaş vardı: 1600 yıl önce yazılmış, ama aynı Doğu-Batı meselesiyle hâlâ taptaze kitaplarını hayranlıkla okudukları Necip Fazıl'dan ilhamla kendilerine Necip ve Fazıl takma adlarını veren bu iki sırdaş, büyük üstadın en büyük eseri *Büyük Doğu*'yu defalarca okur, geceleri yatakhanede Fazıl'ın en üst ranzasında herkesten gizli buluşur, yorganın içine girip yan

yana uzanıp üstlerindeki kristal dama yağdıkça yok olan mavi kar tanelerinin her birini yok olan bir gezegene benzeterek seyreder ve birbirlerinin kulaklarına hayatın anlamını ve ileride yapacakları şeyleri fısıldarlardı.

Kötü yüreklilerin kıskanç şakalarla lekelemeye çalıştıkları bu saf dostluk bir gün gölgelendi. Ücra kente ışınlanan Hicran adlı bir bakireye aynı anda âşık oldular. Hicran'ın babasının ateist olduğunu öğrenmeleri de bu çaresiz aşktan kurtarmadı onları, tam aksine tutkularını daha da şiddetlendirdi. Böylece kızıl gezegenin ikisinden birine fazla olduğunu, birisinin ölmesi gerektiğini bütün kalpleriyle hemen anladılar ve önce birbirlerine şu sözü verdiler: Kim ölürse ölsün, öbür dünyaya gittikten bir süre sonra kaç ışık yılı uzakta olursa olsun geri gelecek ve en çok merak ettikleri şeyi, ölümden sonraki hayatı, bu dünyada kalana anlatacaktı.

Kimin nasıl öleceğine ise hiç karar veremediler, çünkü ikisi de ötekinin mutluluğu için kendini feda etmenin asıl mutluluk olduğunu biliyordu. Birisi, mesela Fazıl, çıplak elle aynı anda elektrik akımına sarılalım diyorsa Necip, bunun Fazıl'ın kendisini feda ederek ölmek için bulduğu kurnaz bir hile olduğunu, çünkü kendi tarafındaki fişin az elektrik çektiğini hemen çıkarıyordu. Aylar süren ve her ikisine de büyük acı veren bu türden kararsızlıklar bir gece bir anda sona erdi: Gece dersinden dönen Necip, sevgili arkadaşının acımasızca kurşunlanmış cesedini ranzasında buldu.

Ertesi yıl Necip, Hicran ile evlendi ve düğün gecesi ona arkadaşı ile yaptıkları anlaşmayı, bir gün Fazıl'ın hayaletinin geri geleceğini anlattı. Hicran da ona, kendisinin aslında Fazıl'a âşık olduğunu, onun ölümü üzerine gözleri kan çanağına dönene kadar günlerce ağladığını, kendisiyle de sırf onun arkadaşı olduğu ve Fazıl'a benzediği için evlendiğini söyledi. Böylece birbirleriyle sevişmediler ve Fazıl öbür dünyadan geri gelene kadar kendilerine aşkı yasakladılar.

Ama yıllar geçince önce ruhları, sonra da gövdeleri şiddetle birbirlerini arzulamaya başladı. Dünya'daki küçük Kars şehrine bir denetim için ışınlandıkları bir akşam kendilerini tutamadılar ve deliler gibi seviştiler. Vicdanlarını diş ağrısı gibi sızlatan Fazıl'ı unutmuşlardı sanki. Yalnız yüreklerinde gittikçe büyüyen bir suçluluk duygusu vardı ve bu onları korkuttu. Bir an ikisi de korkuyla karışık tuhaf bir duygudan boğulacaklarını sanıp yatakta doğruldular. O anda karşılarındaki televizyon ekranı kendiliğinden aydınlandı ve orada Fazıl'ın pırıl pırıl ve berrak görüntüsü bir hayalet gibi belirdi.

Alnında ve alt dudağının altında öldürüldüğü gün yediği kurşunların hâlâ taze, kanlı yaraları vardı.

"Acılar içindeyim," dedi Fazıl. "Öbür dünyada gitmediğim yer, görmediğim köşe kalmadı. (Bu yolculukları Gazzali'den ve İbni Arabi'den ilhamla bütün ayrıntılarıyla yazacağım, dedi Necip.) Allah'ın meleklerinin en büyük iltifatlarına mazhar oldum ve arşın en erişilmez sanılan yerlerine çıktım ve kravatlı ateistlerin ve halklarının inançlarıyla alay eden mağrur ve kolonyalist pozitivistlerin cehennemde çarptırıldıkları korkunç cezaları gördüm, ama gene de mutlu olamadım, çünkü aklım burada sizinleydi."

Karı koca hayret ve korkuyla dinliyorlardı mutsuz hayaleti.

"Yıllarca beni mutsuz eden şey, bir gün ikinizin bu gece gördüğüm gibi mutlu olması değildi. Bilakis Necip'in mutlu olmasını, kendi mutluluğumdan daha çok istiyordum. Birbirimizi, iki arkadaş olarak bu kadar çok sevdiğimiz için de bir türlü ne kendimizi ne de birbirimizi öldürebiliyorduk. Sanki birbirimizin hayatına, kendi hayatlarımızdan daha çok değer verdiğimiz için ikimiz de bir ölümsüzlük zırhına bürünmüştük. Ne mutlu bir duyguydu bu. Ama ölümüm bu duyguya inanmakla hata ettiğimi bana hemen kanıtladı."

"Hayır!" diye bağırdı Necip. "Hiçbir zaman kendi hayatıma seninkinden fazla değer vermedim."

"Bu doğru olsaydı hiç ölmezdim ben," dedi Fazıl'ın hayaleti. "Sen de güzel Hicran ile evlenemezdin hiç. Benim ölümümü, gizliden gizliye, hatta kendinden bile saklayarak istediğin için öldüm ben."

Necip gene şiddetle karşı çıktıysa da hayalet dinlemedi onu.

"Yalnız ölümümü istediğin kuşkusu değil, gece karanlığında ranzamda uyurken alnımdan ve buramdan kalleşçe vurulmamda da parmağın olduğu düşüncesi, şeriat düşmanlarıyla işbirliği yaptığın korkusu öte dünyada bana hiç huzur vermedi," dedi hayalet. Necip susmuş itiraz etmiyordu artık.

"Benim bu huzursuzluktan kurtulup cennete girebilmem, senin de bu korkunç suçun şüphesinden kurtulabilmen için tek bir yol var!" dedi hayalet. "Katilim kimse bul onu. Yedi yıl yedi aydır tek şüpheli bulamadılar. Ölümümde parmağı hatta niyeti olana kısas istiyorum. O alçak cezalandırılmadıkça bana bu dünyada, sizlere de asıl dünya sandığınız şu geçici dünyada huzur yok artık."

Hayretler ve gözyaşları içindeki karı koca itiraz edemeden hayalet bir anda ekrandan yok olup gitti.

"E sonra ne olmuş?" diye sordu Ka.

"Devamına karar veremedim daha," dedi Necip. "Bu hikâyeyi yazsam sence satar mı?" Ka'nın sustuğunu görünce hemen ekledi: "Ama ben zaten her satırına bütün kalbimle inandığım şeyleri yazıyorum. Sence bu hikâye ne anlatıyor? Ben okurken ne hissettin?"

"Bu hayatın öbür hayata yalnızca bir hazırlık olduğuna bütün kalbinle inandığını ürpererek anladım."

"Evet, inanıyorum," dedi Necip heyecanla. "Ama bu yetmez. Allah bizim bu dünyada da mutlu olmamızı istiyor. Bu ise ne kadar zor!"

Bu zorluğu düşünerek sustular.

Aynı anda elektrikler geldi, ama çayhanedekiler sanki karanlık sürüyormuş gibi hiç ses çıkarmadılar. Çayhane sahibi çalışmayan televizyonunu yumruklamaya başladı.

"Yirmi dakikadır oturuyoruz," dedi Necip. "Bizimkiler meraktan patlıyordur."

"Bizimkiler kim?" dedi Ka. "Fazıl da aralarında mı? Bunlar sizin hakiki isimleriniz mi?"

"Elbette hikâyedeki Necip gibi benim adım da takma. Polis gibi sorular sorma! Fazıl ise böyle yerlere hiç gitmez," dedi Necip esrarengiz bir havayla. "En Müslümanımız Fazıl'dır, hayatta en güveneceğim kişi de. Ama siyasete bulaşırsa siciline geçeceğinden, okuldan atılacağından korkuyor. Almanya'da amcası var, onu aldıracak, biz de hikâyedeki gibi birbirimizi çok severiz ve biri beni öldürse öcümü alacağından eminim. Biz aslında hikâyede anlattığımdan da yakınızdır birbirimize ve birbirimizden ne kadar uzak olursak olalım o anda diğerinin ne yaptığını söyleyebiliriz!"

"Ne yapıyor şimdi Fazıl?"

"Hmmm," dedi Necip. Tuhaf bir poz yaptı. "Yatakhanede okuyor."

"Hicran kim?"

"Bizler gibi onun da hakiki adı başkadır. Ama Hicran onun kendine verdiği bir ad değil, bizim ona verdiğimiz bir ad. Bazıları sürekli aşk mektupları, şiirler yazarlar ona, ama korkudan yollayamazlar. Bir kızım olsaydı onun gibi güzel, akıllı ve cesur olsun isterdim. Türbancı kızların lideridir o, hiçbir şeyden korkmaz, çok kişiliklidir. Aslında başlangıçta, ateist babasının etkisiyle o da dinsizmiş, İstanbul'da mankenlik yapıyormuş, televizyona çıkıp kıçını bacaklarını gösteriyormuş. Buraya televizyonda gösterilecek bir şampuan reklamı için gelmiş. Kars'ın en fakir ve pis ama en güzel caddesi olan Gazi Ahmet Muhtar Paşa Caddesi'nde yürürken birden kameranın karşısında duruyor, başının bir hamlesiyle beline kadar uzanan harika kumral saçlarını bayrak gibi sallayıp açıyor ve 'Güzel Kars şehrinin pisliğine rağmen saçlarım Blendax sayesinde her an pırıl pırıl,' diyormuş. Reklam bütün dünyada gösterilecek, bütün dünya da bize gülecekmiş. O sırada başörtüsü mücadelelerinin henüz başında olan eğitim enstitülü iki kız onu televizyondan ve İstanbullu zengin çocuklarıyla yaşadığı rezaletleri yazan dedikodu gazetelerindeki resimlerinden tanıyor, gizliden gizliye hayranlık duyuyorlarmış; bir çay içmeye davet etmişler. Hicran alay olsun diye gitmiş. Orada da kızlardan hemen sıkılmış ve şöyle demiş: 'Madem dininiz –evet, dinimiz değil, sizin dininiz diyormuş– saçların gözükmesini, devlet ise örtmeyi yasaklıyor, siz de öyleyse filanca gibi –yabancı bir rock yıldızının adını söylemiş burada– saçlarınızı kökünden kazıyın ve burnunuza da demirden bir halka takın! O zaman bütün dünya sizinle ilgilenir!' Kızlarımız o kadar zavallı bir haldeymişler ki onun bu alaylarına onunla birlikte gülmüşler! Bundan cesaretlenen Hicran 'Sizi Ortaçağ'ın karanlığına götüren bu bez parçasını güzel başlarınızdan çıkarın!' diyerek kızların en şaşkınının başörtüsüne elini atıp çekmeye yeltenmiş ve o el o anda hareketsiz kalmış. Hemen kendini yere atıp kızdan –akılsızın akılsızı kardeşi bizim sınıftadır– özür dilemiş. Ertesi gün, gene gelmiş, daha ertesi gün gene ve onlara katılıp bir daha İstanbul'a dönmemiş. Türbanı ezilen Müslüman Anadolu kadınının siyasal bayrağı haline getiren bir azizedir o, inan bana!"

"O zaman hikâyende niye bakire olmasından başka ondan hiç söz etmedin?" diye sordu Ka. "Necip ile Fazıl niye onun uğruna kendilerini öldürmeden önce Hicran'a bir fikrini sormayı akıl edemediler?"

Necip'in iki saat üç dakika sonra biri kurşunla parçalanacak güzel gözlerini yukarıya, sokak hizasına kaldırıp karanlığın içinden yavaşça akan bir şiir gibi yağan kara dalgın dalgın baktığı gergin bir sessizlik oldu. "İşte o. O işte!" diye fısıldadı sonra Necip.

"Kim?"

"Hicran! Sokakta!"

13

Dinimi bir ateistle tartışmam

KAR ALTINDA KADİFE İLE BİR YÜRÜYÜŞ

Sokaktan içeri giriyordu. Üzerinde mor bir pardösü, yüzünde onu bir bilimkurgu kahramanına benzeten kara gözlükler, başında da siyasal İslam'ın simgesi türbandan çok Ka'nın çocukluğundan beri binlerce kadının taktığını gördüğü özelliksiz bir başörtüsü vardı. Genç kadının kendisine doğru geldiğini fark edince Ka sınıfa öğretmen girince ayağa kalkan öğrenci gibi ayağa kalktı.

"Ben İpek'in kardeşi Kadife'yim," dedi kadın, hafifçe gülümseyerek. "Akşam yemeği için sizi bekliyor herkes. Babam sizi getirmemi istedi."

"Burada olduğumu nereden biliyordunuz?" dedi Ka.

"Kars'ta herkes, her an, her şeyden haberdardır," dedi Kadife hiç gülmeden. "Yeter ki bu şey Kars'ta olsun."

Yüzünde bir acı ifadesi belirmişti: Ka hiç anlayamadı bunu. "Şair ve romancı arkadaşım!" diyerek Necip'i tanıştırdı Ka. Birbirlerini bir süzdüler, ama el sıkışmadılar. Ka bunu gerginliğe yordu. Çok sonra olup bitenleri yeniden kurarken "tesettür" yüzünden iki İslamcının el sıkışmadıkları sonucunu çıkaracaktı. Necip bembeyaz olmuş bir yüzle uzaydan gelmiş Hicran'a bakar gibi bakıyordu ona, ama Kadife'nin hali tavrı o kadar aleladeydi ki, kahvedeki erkekler kalabalığından kimse dönüp ona bakmamıştı bile. Ablası gibi güzel de değildi.

Ama onunla kar altında Atatürk Caddesi'nde yürürken kendini çok mutlu hissetti Ka. Başörtüsünün çerçevelediği, ablası kadar güzel olmayan sade ve temiz yüzüne, ablası gibi ela gözlerinin ta içine bakarak rahat rahat konuşabildiği için de onu çekici buluyor, şimdiden ablasına ihanet ettiğini düşünüyordu.

Önce, Ka'nın hiç beklemediği bir şekilde meteorolojiden bahsettiler. Günlerini ancak radyodan haberleri dinleyerek bölüp doldurabilen ihtiyarların bilebileceği ayrıntılardan bile haberdardı Kadife. Sibirya'dan gelen alçak basınçlı soğuk hava dalgasının iki gün daha süreceğini, bu yağış devam ederse yolların iki gün daha açılmayabileceğini, Sarıkamış'ta kar yüksekliğinin 160 santimetreye ulaştığını, Karslıların meteorolojiye inanmadığını, devletin halkın morali bozulmasın diye hava sıcaklığını hep 5-6 derece yüksek gösterdiğinin burada en çok konuşulan dedikodu olduğunu (ama Ka'ya kimse açmayacaktı bu konuyu) anlattı. Çocukluklarında, İstanbul'da İpek ile kar hep daha çok yağsın isterlerdi: Kar onda hayatın güzelliği ve kısalığı duygusunu uyandırıyor, bütün düşmanlıklara rağmen aslında insanların birbirlerine benzediğini, âlemin ve zamanın geniş, insanın dünyasının dar olduğunu hissettiriyordu. Bu yüzden kar yağınca insanlar birbirlerine sokuluyorlardı. Kar sanki düşmanlıkların, hırsların, öfkelerin üstüne yağarak onları birbirlerine yaklaştırıyordu.

Biraz sustular. Bütün dükkânları kapanmış Şehit Cengiz Topel Caddesi'nde sessizce yürürlerken kimseciklere rastlamadılar. Kadife ile kar altında yürümekten hoşlandığı kadar telaşlandığını da hissetti Ka. Sokağın ucundaki bir vitrinin ışıklarına dikti gözlerini: Dönüp Kadife'nin yüzüne daha çok bakarsa ona da âşık olmaktan korkuyordu sanki. Ablasına âşık mıydı? Delice âşık olmak için akıllıca bir istek vardı içinde, bunu biliyordu. Sokağın sonuna vardıklarında, üzerindeki defter kâğıdında "Akşamki tiyatro münasebetiyle Hüryurt Partisi başkan adayı sayın Zihni Sevük'ün toplantısı ertelenmiştir" yazan ışıklı vitrinin arkasındaki küçük ve dar Neşe Birahanesi'nde, başta Sunay Zaim olmak üzere bütün tiyatro takımının oyunun başlamasından yirmi dakika önce, hayatlarının son içkisini içer gibi hararetle içtiğini gördüler.

Birahanenin vitrinine asılmış seçim ilanları arasında sarı kâğıda basılmış "İnsan Allah'ın Bir Şaheseridir ve İntihar Bir Küfürdür" duyurusunu görünce Ka Kadife'ye Teslime'nin intiharı hakkında ne düşündüğünü sordu.

"Teslime'yi İstanbul gazetelerinde, Almanya'da ilginç bir hikâye olarak anlatırsın artık," dedi Kadife hafif bir öfkeyle.

"Kars'ı yeni tanıyorum," dedi Ka. "Tanıdıkça da burada olup bitenleri dışarıda kimseye anlatamayacağımı hissediyorum. İnsan hayatının kırılganlığı ve çekilen acıların boşunalığından gözlerim doluyor."

"Acıların boşu boşuna çekildiğini hiç acı çekmemiş ateistler düşünür yalnızca," dedi Kadife. "Birazcık acı çeken ateistler bile inançsızlığa uzun bir süre dayanamayıp iman eder çünkü sonunda."

"Ama Teslime acının son noktasında intihar ederek inançsızca öldü," dedi Ka içkinin verdiği bir inatçılıkla.

"Evet, Teslime intihar ederek ölmüşse bu onun günah işleyerek öldüğü anlamına gelir. Çünkü Nisa suresinin yirmi dokuzuncu ayet-i kerimesi intiharı çok açık bir dille yasaklar. Ama arkadaşımızın intihar etmiş ve günah işlemiş olması ona kalbimizde duyduğumuz neredeyse aşka denk derin sevginin eksildiği anlamına gelmez."

"Dinin lanetlediği bir işi yapan bahtsızı gene de kalbimizle sevebiliriz mi? diyorsun," dedi Ka Kadife'yi etkilemeye çalışarak. "Allah'a artık ona ihtiyacı olmayan Batılılar gibi kalbimizle değil, mantığımızla inanıyoruz mu demek istiyorsun?"

"*Kuran-ı Kerim* Allah'ın buyruğudur, kesin ve açık buyruklar biz kulların tartışabileceği şeyler değildir," dedi Kadife kendine güvenle. "Bu dinimizin tartışılacak bir yeri yoktur anlamına gelmez elbette. Ama ben dinimi değil bir ateistle, bir laikle bile tartışmak istemem, lütfen kusuruma bakmayın."

"Haklısınız."

"Laiklere İslam'ın laik bir din olduğunu anlatmaya çalışan yalaka İslamcılardan da değilim," diye ekledi Kadife.

"Haklısınız," dedi Ka.

"İkidir haklı olduğumu söylüyorsunuz, ama buna gerçekten inandığınızı sanmıyorum," dedi Kadife gülümseyerek.

"Gene haklısınız," dedi Ka gülümsemeden.

Bir süre sessiz yürüdüler. Ablası yerine ona âşık olabilir miydi? Ka başörtüsü takan bir kadına cinsel çekim duyamayacağını çok iyi biliyordu, ama gene de bu gizli düşünceyle bir an oyalanmaktan alamadı kendini.

Karadağ Caddesi'nin kalabalığına çıktıklarında sözü önce şiire getirdi, acemice bir geçişle Necip'in de şair olduğunu ekledi ve imam hatip lisesinde ona Hicran adıyla tapınan pek çok hayranı olduğundan haberi olup olmadığını sordu.

"Ne adıyla?"

Hicran hakkında anlatılan diğer hikâyeleri de özetledi Ka.

"Bunların hiçbiri doğru değil," dedi Kadife. "İmam hatipten tanıdığım öğrencilerden de hiç işitmedim." Birkaç adım sonra "Ama şampuan hikâyesini daha önceden işittim," dedi gülümseyerek. Türbancı kızlara, Batı medyasının dikkatini çekmek için saçlarını kazıtmayı ilk olarak İstanbul'da nefret edilen zengin bir gazetecinin önerdiğini hatırlattı, kendisine yakıştırılan şeyin kaynağını göstermek için. "Tek bir şey doğru bu hikâyelerde: Evet, türbancı denilen arkadaşlarımı ilk ziyaretimde alay etmek için gitmiştim oraya! Merak da vardı içimde. Peki: Alaycı bir merakla gitmiştim."

"Sonra ne oldu?"

"Buraya, puanım eğitim enstitüsüne tuttuğu ve ablam zaten Kars'ta olduğu için gelmiştim. Sonuçta o kızlar benim sınıf arkadaşlarımdı ve inanmasan bile seni evlerine çağırdıklarında gidersin. O zamanki bakışımla bile haklı olduklarını hissettim. Anaları babaları öyle yetiştirmiş onları. Hatta din eğitimi veren devlet de onları desteklemiş. Yıllarca 'örtün başınızı' dedikleri kızlara 'açın başınızı, devlet böyle istiyor' diyorlardı. Ben de sırf siyasal bir dayanışma olsun diye bir gün başımı örttüm. Yaptığım şeyden korkuyor, bir yandan da gülümsüyordum. Belki de devlete ezeli muhalif ateist babamın kızı olduğumu hatırladığım için. Oraya giderken bu işi bir günlüğüne yaptığımdan çok emindim: Yıllar sonra bir şaka gibi hatırlanacak tatlı bir siyasal hatıra, bir 'özgürlük jesti'. Ama devlet, polis, buranın gazeteleri öyle bir üzerime geldiler ki, işin alaycı, 'hafif' yanını öne çıkarıp bu işten sıyrılamadım. İzinsiz gösteri yaptığımız bahanesiyle içeri aldılar bizi. Bir gün sonra hapisten çıkınca 'Vazgeçtim, zaten ben baştan beri inanmıyordum!' deseydim bütün Kars yüzüme tükürürdü. Şimdiyse bütün o baskıları Allah'ın bana doğru yolu bulayım diye yolladığını biliyorum. Bir zamanlar ben de senin gibi ateisttim, bakma bana öyle, bana acıdığını hissediyorum."

"Sana öyle bakmıyorum."

"Bakıyorsun. Kendimi senden gülünç hissetmiyorum. Senden üstün de hissetmiyorum, bunu da bil."

"Bütün bunlara baban ne diyor?"

"Durumu idare ediyoruz. Ama durum da idare edilemez bir yere doğru sürükleniyor ve çok korkuyoruz, çünkü biz birbirimizi çok seviyoruz. Babam başta benimle iftihar etti, başımı örtüp okula gittiğim gün bu çok özel bir başkaldırı usulüymüş gibi davrandı. Benimle birlikte annemden kalma pirinç çerçeveli aynaya bakarak başörtümün başımın üzerinde duruşunu seyretti ve biz aynanın karşısındayken öptü beni. Aramızda çok az konuşulmasına rağmen şurası kesindi: Benim yaptığım İslamcı bir hareket olduğu için değil, devlete karşı bir hareket olduğu için saygıdeğerdi. Babamda 'benim kızıma böylesi yakışır' havası vardı, ama gizliden gizliye o da benim gibi korkuyordu. Bizi içeri aldıklarında korktuğunu, pişman olduğunu biliyorum. Siyasi polisin benimle değil hâlâ kendisiyle uğraştığını ileri sürdü. Bir zamanlar buralarda harıl harıl solcuları, demokratları fişleyen MİT elemanları, şimdi dincilerin çetelesini tutuyordu; işe eski tüfeğin kızından başlamaları anlaşılır bir şeydi filan. Bütün bunlar benim geri adım atmamı zorlaştırıyor, babam da benim her adımıma destek vermek zorunda kalıyordu, ama gittikçe zorlaşıyordu bu. Hani bazı ihtiyarlar vardır, evin içindeki kimi sesleri, sobanın patırtısını, karısının kimi konulardaki hiç bitmeyen dırdırını, kapının gıcırdayan menteşesini kulakları duyar duymasına da akılları hiç fark etmez ya: Benim türbancı kızlarla mücadeleme de böyle yapıyor artık babam. İntikamını o kızlardan biri bazan eve gelirse ona hınzırca ateistlik ederek alıyor, ama işler sonunda o kızlarla bir çeşit devlet karşıtı cilveleşmeye dönüşüyor. Kızların da altta kalmadan babama laf yetiştirebilmelerini bir olgunluk olarak gördüğüm için evde toplantılar yapıyorum. Bu akşam da o kızlardan biri, Hande gelecek. Hande, Teslime'nin intiharından sonra ailesinin baskıları sonucu başını açmaya karar verdi, ama kararını uygulayamıyor. Babam bütün bunların kendisine eski komünistlik günlerini hatırlattığını söylüyor bazan. İki türlü komünist vardır: Halkı adam etmek, ülkeyi kalkındırmak için bu işe giren mağrurlar; bir adalet ve eşitlik duygusuyla bu işe giren masumlar. Mağrurlar iktidar düşkünüdür, herkese akıl verirler, yalnızca kötülük gelir onlardan. Masumlar ise yalnızca kendilerine kötülük ederler: Ama tek istedikleri de budur zaten. Yoksullarının acısını suçluluk duygularıyla paylaşmak isterken daha da kötüsünü yaşarlar. Babam öğretmendi, memurluktan attılar, işkence yapıp bir tırnağını çektiler, hapislerde yatırdılar. Yıllarca annemle bir kırtasiyeci dükkânı işletti, fotokopi yaptılar, Fransızcadan romanlar çevirdiği de oldu, kapı kapı dolaşıp taksitle ansiklopedi pazarladığı zamanlar da. Çok mutsuz olduğumuz, yokluk çektiğimiz günlerde ya da bazan durup dururken bize sarılır ağlar. Bizim başımıza kötü bir şey gelecek diye çok korkar. Eğitim enstitüsü müdürü vurulduktan sonra otele polisler gelince korkmaya başladı. Onlara da söylendi. Lacivert'i gördüğünüz kulağıma geldi. Babama söylemeyin bunu."

"Söylemem," dedi Ka. Durup üstündeki başındaki karları sildi. "Bu tarafa, otele doğru yürümüyor muyduk?"

"Buradan da gidilir. Ne kar diniyor, ne de konuşacak şeyler bitiyor. Size Kasaplar mevkiini de gösteririm. Lacivert ne istiyormuş sizden?"

"Hiç."

"Bizden, babamdan, ablamdan söz etti mi hiç?"

Kadife'nin yüzünde endişeli bir ifade gördü Ka. "Hatırlamıyorum," dedi.

"Herkes korkar ondan. Biz de korkuyoruz. Bu dükkânların hepsi buranın namlı kasaplarıdır."

"Babanız gününü nasıl geçirir?" diye sordu Ka. "Otel-evinizden hiç çıkmaz mı?"

"Oteli o yönetir. Herkese, kâhyaya, temizlikçiye, çamaşırcı kadına, komilere emir verir. Biz de bakıyoruz ablamla. Babam çok az çıkar dışarı. Siz hangi burçtansınız?"

"İkizler," dedi Ka. "İkizler çok yalan söylermiş, ama ben bilmiyorum."

"Çok yalan söylediklerini mi bilmiyorsunuz, yoksa hiç yalan söylediğinizi mi bilmiyorsunuz?"

"Yıldızlara inanıyorsanız benim için bugünün çok özel bir gün olduğunu bir yerden çıkarabilmeniz gerekir."

"Evet, ablam söyledi, bugün şiir yazmışsınız."

"Ablanız her şeyi söylüyor mu size?"

"Bizim burada iki eğlencemiz vardır. Her şeyi konuşmak ve televizyon seyretmek. Televizyon seyrederken de konuşuruz. Konuşurken de televizyon seyrederiz. Ablam çok güzel değil mi?"

"Evet, çok güzel," dedi Ka saygıyla. "Ama siz de güzelsiniz," diye terbiyeyle ekledi. "Şimdi bunu da ona söyleyecek misiniz?"

"Söylemeyeceğim," dedi Kadife. "Aramızda kalan bir sır olsun. İyi bir arkadaşlık için sırdaşlık en iyi başlangıçtır."

Mor ve uzun yağmurluğunun üzerinde biriken karları sildi.

14

Nasıl şiir yazıyorsunuz?

AKŞAM YEMEĞİNDE AŞK, ÖRTÜNMEK VE İNTİHAR ÜZERİNE

Millet Tiyatrosu'nun önünde az sonra başlayacak olan "gösteri" için kapıda bekleyen bir kalabalık gördüler. Hiç durmamacasına yağan kara rağmen bir şey olsun da eğlenelim diye toplanan işsiz güçsüzler, yatakhanelerinden, evlerinden çıkıp gelmiş gömlekli, ceketli gençler, evden kaçmış çocuklar yüz on yıllık binanın kapısında, kaldırımlarında toplanmışlardı. Çoluk çocuk gelen aileler de vardı. Ka, açılmış siyah bir şemsiye gördü Kars'ta ilk defa. Kadife programda Ka'nın da bir şiiri olduğunu biliyordu ama Ka oraya gitmeyeceğini, zaten vakit olmadığını söyleyerek konuyu kapattı.

Yeni bir şiirin gelmekte olduğunu hissetmişti. Otele kadar hiç konuşmamaya çalışarak hızlı hızlı yürüdü. Yemekten önce üstüne başına çekidüzen verme bahanesiyle hemen odasına çıktı, paltosunu çıkardı ve küçük masaya oturup hızlı hızlı yazdı. Şiirin ana teması arkadaşlık ve sırdaşlıktı. Kar, yıldızlar ve özel mutlu gün motifleri ve Kadife'nin ağzından çıkan bazı ifadeler şiire olduğu gibi giriyordu ve Ka mısraların alt alta dizilişini bir resmi seyreder gibi zevkle, heyecanla seyrediyordu. Kadife ile konuştukları şeyleri aklı gizli bir mantıkla geliştirmiş, "Yıldızların Arkadaşlığı" adlı şiirde her insanın bir yıldızı, her yıldızın bir arkadaşı ve her insanın da yıldızı kendisininkine benzeyen bir benzeri olduğunu, bu benzeri de bir sırdaş gibi içinde taşıdığını işliyordu. Şiirin müziğini ve mükemmeliyetini bütünüyle içinde duymasına rağmen yer yer bazı mısra ve kelimelerin eksik kalmasını, daha sonra aklının İpek'te ve geç kaldığı yemekte olmasıyla ve bir de aşırı mutlulukla açıklayacaktı.

Şiir bitince aceleyle lobiden otel sahiplerinin küçük dairesine geçti. Burada yüksek tavanlı geniş bir odanın ortasına kurulmuş sofranın başında, iki yanında kızları Kadife ve İpek, Turgut Bey oturuyordu. Masanın bir kenarında başındaki şık, mor örtüden Kadife'nin arkadaşı Hande olduğunu Ka'nın hemen anladığı bir üçüncü kız vardı. Onun karşısında gazeteci Serdar Bey'i gördü.

Birlikte olmaktan çok mutlu gözüken bu küçük kalabalığın önündeki sofranın dağınıklığı ve tuhaf güzelliğinden, hızla arkadaki bir mutfağa gidip gelen Kürt hizmetçi Zahide'nin mutlu ve becerikli hareketlerinden Turgut Bey ve kızlarının akşamları bu sofrada uzun uzun oturmayı alışkanlık haline getirdiklerini hemen hissetti.

"Bütün gün sizi düşündüm, bütün gün sizi merak ettim, nerede kaldınız?" dedi Turgut Bey ayağa kalkarak. Birden Ka'ya öylesine yakınlaşarak sarılmıştı ki Ka onu ağlayacak sandı. "Her an çok kötü şeyler olabilir," dedi trajik bir edayla.

Turgut Bey'in kendisine gösterdiği yere, masanın onun tam karşısındaki öteki ucuna oturduktan, önüne konan sıcak mercimek çorbasını heyecanla kaşıkladıktan ve sofradaki diğer iki erkek rakı içmeye başladıktan sonra kalabalığın ilgisi bir an kendisinden hemen arkasındaki televizyon ekranına kayınca Ka uzun zamandan beri yapmak istediğini yaptı ve İpek'in güzel yüzüne doya doya baktı.

O anda hissettiği geniş, sınır tanımaz mutluluğu daha sonra defterine ayrıntılarıyla yazdığı için ne hissettiğini tamı tamına biliyorum: Kolları bacakları mutlu çocuklar gibi durmadan oynuyor, az sonra İpek ile onu Frankfurt'a götürecek trene yetişmek zorundaymışlar gibi sabırsızlıkla kıpırdanıyordu. Turgut Bey'in kitaplar, gazeteler, otel defterleri ve faturalarla karmakarışık çalışma masasının üzerindeki abajurdan vuran ışığın bir benzerinin, çok yakın gelecekte İpek'in yüzüne Frankfurt'ta birlikte mutlulukla oturacakları küçük dairedeki kendi çalışma masasının üzerindeki abajurdan vuracağını hayal etti.

Hemen sonra Kadife'nin kendisine baktığını gördü. Ka ile göz göze gelince ablası kadar güzel olmayan yüzünde bir an bir kıskançlık ifadesi belirir gibi oldu, ama Kadife sırdaşça bir gülümseyişle bunu bir anda saklamayı başardı.

Sofradakiler, ara ara açık televizyona göz ucuyla bakıyorlardı. Millet Tiyatrosu'ndaki gecenin naklen yayınına yeni başlanmış, Ka'nın ilk gece otobüsten inerken gördüğü tiyatro kumpanyasından upuzun boylu, değnek gibi bir oyuncu, bir sağa bir sola eğilerek geceyi sunmaya başlamıştı ki birden Turgut Bey elindeki kumanda aletiyle görüntüyü değiştirdi. Ne olduğu anlaşılamayan, beyaz benekli, bulanık, siyah beyaz bir görüntüye uzun uzun baktılar.

"Baba," dedi İpek. "Niye şimdi bunu seyrediyorsunuz?"

"Kar yağıyor burada..." dedi babası. "Hiç olmazsa doğru bir görüntü, gerçek bir haber. Herhangi bir kanala uzun uzun bakmanın gururumu kırdığını da biliyorsun."

"Kapatın o zaman televizyonu lütfen baba," dedi Kadife. "Burada hepimizin gururunu kıran bir başka şey yaşanıyor."

"Misafirimize anlatın," dedi babası mahcubiyetle. "Onun bilmemesi beni huzursuz ediyor."

"Beni de," dedi Hande. Öfkeli, olağanüstü güzel, kocaman kara gözleri vardı. Hepsi bir an sustular.

"Sen anlat Hande," dedi Kadife. "Bunda utanılacak bir şey yok."

"Tam tersi, utanılacak çok şey var ve bu yüzden anlatmak istiyorum," dedi Hande. Bir an yüzü tuhaf bir neşeyle ışıdı. Hoş bir hatırayı anar gibi gülümseyerek, "Bugün arkadaşımız Teslime'nin intiharının kırkıncı günü," dedi. "Teslime aramızda dini için, Allah'ın sözü için mücadele eden en imanlı kızdı. Onun için başörtüsü yalnız Allah sevgisi değil, kendi imanı ve onuru da demekti. Kimsenin aklına gelmezdi onun intihar edeceği. Okulda hocaları, evde babası ona başını açsın diye acımasızca baskı yapıyorlardı ama Teslime direniyordu. Üç yıldır okuduğu ve bitirmek üzere olduğu okuldan atılmak üzereydi. Bir gün emniyetten adamlar bakkal babasını sıkıştırmışlar ve 'Kızın başını açıp okula gelmezse dükkânını kapattırır, seni de Kars'tan kovarız' demişler. Bunun üzerine babası Teslime'yi evden atmakla tehdit etti önce, bu para etmeyince kırk beş yaşındaki dul bir polisle evlendirmeyi planladı. Hatta polis elinde çiçeklerle bakkal dükkânına gidip gelmeye başlamıştı. Teslime 'Maden gözlü ihtiyar' dediği bu adamdan öyle tiksindi ki bizlere onunla evlenmemek için başını açmaya karar verdiğini söyledi, ama bu kararını da bir türlü uygulayamıyordu. Bazımız maden gözlüyle evlenmesin diye kararını onayladık, bazılarımız da 'Babanı intihar ile tehdit et!' dedik. Bu aklı da en çok ben verdim. Çünkü Teslime'nin başını açmasını hiç istemiyordum. Kaç kere ona, 'Teslime, intihar etmek, insanın başını açmasından iyidir,' dedim. Laf olsun diye söylüyordum bunu. Gazetelerde okuduğumuz kadın intiharlarının imansızlıktan, maddi hayata bağlılıktan ve aşk umutsuzluğundan olduğunu düşünüp intihar sözü babasını korkutur sanıyorduk. İmanlı bir kız olduğu için Teslime'nin intihar edeceğine hiç ihtimal vermiyordum. Ama onun kendini astığını işitince herkesten önce ben inandım. Teslime'nin yerinde olsaydım benim de intihar edebileceğimi hemen hissettim çünkü."

Hande ağlamaya başladı. Herkes sustu. İpek Hande'nin yanına gitti, onu öpüp okşadı. Kadife de katıldı ona: Kızlar birbirlerine sarıldılar, elinde uzaktan kumanda aletini tutan Turgut Bey de tatlı sözler söyledi, ağlamaması için hep birlikte şakalar yaptılar. Turgut Bey küçük bir çocuğu oyalar gibi ekranda beliren zürafalara dikkat çekti, dahası, oyalanmaya hazır bir çocuk gibi Hande de yaşlı gözlerle baktı ekrana: Çok uzaklarda bir yerde, belki de Afrika'nın göbeğinde, gölgeler içinde ağaçlı bir arazide ağır çekim bir filmdeki gibi memnun mesut ilerleyen bir zürafa çiftini hepsi uzun bir süre, kendi hayatlarını neredeyse bütünüyle unutarak seyrettiler.

"Teslime'nin intiharından sonra, Hande annesini-babasını daha fazla mutsuz etmemek için başını açmaya, okula girmeye karar verdi," dedi daha sonra Kadife Ka'ya. "Onu ne zorluklarla, yokluklar içinde tek erkek çocuğu yetiştirir gibi yetiştirdiler. Annesi babası ileride kızlarının kendilerine bakacağını düşlerler hep, çok akıllıdır Hande." Tatlı bir sesle, fısıldar gibi, ama Hande'nin işiteceği bir sesle konuşuyor, gözü yaşlı kız da herkesle birlikte ekrana bakarken onu dinliyordu. "Biz örtülü kızlar mücadelemizi bırakmasın diye önce onu ikna etmeye çalıştık, ama başını açmasının intihardan daha iyi olduğunu anlayınca Hande'ye yardım etmeye karar verdik. Başörtüsünü Allah'ın emri bilmiş ve bir bayrak gibi benimsemiş bir kızın, daha sonra onu başından çıkarıp insan içine çıkabilmesi çok zordur. Hande günlerdir evine kapanmış bu kararına konsantre olmaya çalışıyordu."

Ka da ötekiler gibi bir suçluluk duygusuyla büzülmüştü, ama kolu İpek'in koluna değince içine bir mutluluk yayıldı. Turgut Bey hızlı hızlı kanal değiştirirken Ka aynı mutluluğu arayarak kolunu İpek'inkine dayadı. İpek de aynı şeyi yapınca sofradaki hüznü unuttu. Televizyon ekranında Millet Tiyatrosu'ndaki gece belirdi. Uzun boylu değnek gibi adam Kars tarihindeki ilk canlı yayının parçası olmanın gururunu anlattı. Gecenin programı okunurken hisseli hikâyeler, milli kalecinin itirafları, siyasal tarihimizin utanç verici sırları, Shakespeare'den, Victor Hugo'dan sahneler, beklenmedik itiraflar, rezaletler, Türk tiyatro ve sinema tarihinin unutulmaz ve emektar isimleri, şakalar, şarkılar ve korkunç sürprizler arasında Ka, "yıllardan sonra sessizce ülkemize dönen en büyük şairimiz" olarak kendi adının okunduğunu işitti. Masanın altından İpek Ka'nın elini tuttu.

"Akşam oraya gitmek istemiyormuşsunuz," dedi Turgut Bey.

"Burada çok memnunum, çok mutluyum efendim ben," dedi Ka kolunu İpek'e daha da dayayarak.

"Aslında ben mutluluğunuzu hiç bozmak istemem," dedi Hande. Hepsi bir an neredeyse korktular ondan. "Ama bu akşam buraya sizin için geldim. Hiçbir kitabınızı okumadım ama Almanyalara kadar gitmiş, dünyayı görmüş bir şair olmanız bana yeter. Söyleyin lütfen, son zamanlarda şiir yazdınız mı?"

"Kars'ta pek çok şiir geldi bana," dedi Ka.

"Bir konuya nasıl konsantre olacağımı bana siz anlatabilirsiniz diye düşündüm. Bana şunu söyleyin lütfen: Nasıl şiir yazıyorsunuz? Konsantre olarak değil mi?"

Almanya'daki Türk okurlarla yapılan şiir gecelerinde kadınların şairlere en çok sorduğu soruydu bu ama Ka her seferinde olduğu gibi çok özel bir soru sorulmuş gibi irkildi. "Şiirin nasıl yazıldığını bilmiyorum," dedi. "İyi şiir sanki dışarıdan uzak bir yerden geliyor." Hande'nin şüpheyle baktığını gördü. "Konsantre olmaktan ne anlıyorsunuz, söyleyin lütfen."

"Bütün gün çabalıyorum, ama gözümün önünde canlanmasını istediğim şey, başörtüsüz halim canlanmıyor. Onun yerine unutmak istediğim şeyler geliyor gözümün önüne."

"Mesela ne?"

"Örtülü kızların sayısı artınca bizi başımızı açmaya ikna etsin diye Ankara'dan bir kadın yollamışlardı. Bu 'iknacı kadın' bir odada hepimizle tek tek saatlerce görüşmüştü. Bize 'Baban anneni döver miydi? Kaç kardeşsiniz? Baban ayda kaç lira kazanıyor? Türbandan önce başka ne giydin? Atatürk'ü seviyor musun? Evinin duvarlarında ne resimler asılı? Ayda kaç kere sinemaya gidiyorsun? Sence kadınla erkek eşit midir? Allah mı büyüktür, devlet mi? Kaç çocuğun olsun istersin? Aile içi tacize uğradın mı?' gibi yüzlerce soru sormuş, cevaplarımızı kâğıtlara yazmış, hakkımızda formlar doldurmuştu. Dudakları, saçları boyalı, başı açık, moda dergilerindeki gibi çok şık, ama nasıl söylesem, aslında çok da sadeydi. Soruları bazılarımızı ağlatmasına rağmen aslında onu sevmiştik de... Kars'ın pisliği çamuru ona bulaşmamıştır inşallah diye düşünenlerimiz vardı. Daha sonra ben onu rüyalarımda görmeye başladım, ama önemsemedim önce. Şimdiyse ne zaman başımı açıp saçlarımı ortaya döküp insanlar arasında gezineceğimi hayal etmeye çalışsam, kendimi bu 'iknacı kadın' olarak görüyorum. Ben de onun gibi şık olmuşum, ince topuklu ayakkabılar, onunkilerden de açık elbiseler giyiyorum. Erkekler bana ilgi gösteriyor. Bu hem hoşuma gidiyor, hem de çok utanıyorum."

"Hande utancını anlatma istersen," dedi Kadife.

"Hayır anlatacağım. Çünkü hayallerimde utanıyorum, ama hayallerimden utanmıyorum. Başımı açarsam erkekleri kışkırtmak isteyen, şehvet düşkünü bir kadın olacağıma aslında hiç inanmıyorum. Çünkü yaptığım şeye hiç inanmadan açacağım başımı. Ama insanın inanmadığı halde, hatta hiç istemediğini sandığı anda şehevi hislere kapılabildiğini de biliyorum. Kadın erkek hepimiz geceleri rüyalarımızda günlük hayatımızda hiç istemediğimizi sandığımız canlarla günah işliyoruz. Doğru değil mi bu?"

"Yeter Hande," dedi Kadife.

"Doğru değil mi?"

"Değil," dedi Kadife. Ka'ya döndü. "Bundan iki yıl önce Hande çok yakışıklı bir Kürt delikanlısıyla evlenecekti. Ama çocuk siyasete bulaştı, öldürdüler onu..."

"Başımı açamamamın bununla hiç ilgisi yok," dedi Hande öfkelenerek. "Başımı açamamamın nedeni, konsantre olup başı açık halimi gözümün önüne getirememememdir. Her konsantrasyon denememde hayalimde ya 'iknacı kadın' gibi kötü bir yabancıya dönüşüyorum, ya da şehvet düşkünü bir kadına. Başım açık olarak okulun kapısından içeri girdiğimi, koridorlarda yürüdüğümü ve dersaneye girdiğimi bir kerecik gözümün önüne getirebilirsem, bu işi yapabilecek gücü kendimde bulacağım inşallah ve özgür olacağım o zaman. Çünkü başımı kendi iradem ve isteğimle açmış olacağım, polis zoruyla değil. Ama o ana konsantre olamıyorum."

"O anı önemseme o kadar," dedi Kadife. "O an yıkılsan bile sen bizim her zamanki canımız Hande'mizsin."

"Değilim," dedi Hande. "Sizlerden ayrıldığım ve başımı açmaya karar verdiğim için beni içten içe suçluyor, küçümsüyorsunuzdur." Ka'ya döndü. "Bazan gözümün önünde canlanan bir kız, başı açık olarak okula giriyor, koridorlarda ilerliyor, çok özlediğim bizim sınıfa giriyor, hatta o an koridorların kokusunu, dersanenin ağır havasını hatırlıyorum. Tam o anda sınıfı koridordan ayıran camda o kızı görüyorum ve gördüğümün ben değil bir başkası olduğunu anlayarak ağlamaya başlıyorum."

Herkes Hande gene ağlayacak sandı.

"Bir başkası olmaktan o kadar fazla korkmuyorum," dedi Hande. "Şimdiki halime hiç dönememek, hatta onu unutmak korkutuyor beni. İnsan asıl bu yüzden intihar edebilir." Ka'ya döndü. "Hiç intihar etmek istediniz mi?" dedi kırıştıran bir havayla.

"Hayır, ama insan Kars'taki kadınlardan sonra bu konuyu düşünmeye başlıyor."

"Bizim durumumuzdaki pek çok kız için intihar isteği, kendi vücudumuza sahip olmak anlamına gelir. Aldatılıp bekâretini kaybeden kızlar, istemediği adamla evlendirilecek bakireler hep bu yüzden intihar eder. İntiharı bir masumiyet ve saflık isteği olarak görürler. İntihar üzerine hiç şiir yazdınız mı?" Bir içgüdüyle İpek'e döndü. "Misafirinizi çok mu sıktım? Peki, Kars'ta 'gelen' şiirlerin nereden geldiğini söylesin, onu rahat bırakacağım."

"Şiirin gelmekte olduğunu hissettiğim zaman onu gönderene şükranla doluyor içim, çünkü çok mutlu oluyorum."

"Sizi şiire yoğunlaştıran da o mu? Kim o?"

"Şiiri inanmadığım halde bana onun gönderdiğini hissediyorum."

"Allah'a mı inanmıyorsunuz, yoksa şiiri size onun yolladığına mı?"

"Şiiri bana Allah yolluyor," dedi Ka bir ilhamla.

"Burada dinci hareketin nasıl yükseldiğini gördü," dedi Turgut Bey. "Belki tehdit de ettiler onu... Korkup Allah'a inanmaya başladı."

"Hayır, içimden geliyor," dedi Ka. "Burada herkes gibi olmak istiyorum."

"Korktunuz, sizi kınıyorum."

"Evet, korkuyorum," diye bağırdı aynı anda Ka. "Çok korkuyorum hem de."

Kendisine yöneltilmiş bir tabanca varmış gibi ayağa kalktı. Sofradakileri de bir telaşa sürükledi bu. "Nerede?" diye bağırdı Turgut Bey sanki kendilerine yöneltilen bir silahı sezmiş gibi. "Korkmuyorum, hiçbir şeye aldırmıyorum," dedi Hande kendi kendine.

Ama o da ötekiler gibi tehlikenin yönünü kestirebilmek için Ka'nın yüzüne bakıyordu. Yıllar sonra gazeteci Serdar Bey bana, o an Ka'nın yüzünün kireç gibi olduğunu, ama korkudan ya da baş dönmesinden fenalık geçiren birinin ifadesi yerine yüzünde derin bir mutluluk belirdiğini söyleyecekti. Hizmetçi kadın daha da ileri giderek odaya bir ışık doğduğunu, her şeyin nura battığını bana ısrarla anlattı. Ka onun gözünde, daha o günden bir aziz mertebesindeydi. Odadakilerden birisi o anda, "Şiir geldi," demiş, herkes bunu kendilerine yöneltilmiş bir silahtan daha da heyecan ve korkuyla karşılamıştı.

Daha sonra tuttuğu bir defterde olup bitenleri değerlendirirken Ka, odadaki bekleyiş gerginliğini çocukluğumuzda tanık olduğumuz ruh çağırma seanslarında görülen o korkulu bekleyiş anlarına benzetecekti. Yirmi beş yıl önce, Nişantaşı'nın bir arka sokağındaki evinde bir arkadaşımızın genç yaşta dul kalmış iyice şişman annesinin düzenlediği bu gecelere diğer mutsuz ev kadınları, parmakları felç olmuş bir piyanist, bizim, "o da geliyor mu?" diye sorduğumuz orta yaşlı ve asabi bir film yıldızı ve onun ikide bir bayılan kız kardeşi, geçkin film yıldızına "kur yapan" emekli bir paşa ve bizi arka odadan sessizce salona alan arkadaşımızla birlikte Ka ile ben de katılırdık. Gerilimli bekleyiş anlarında, "ey ruh geldiysen ses ver!" derdi birisi ve uzun bir sessizlik olur, sonra belli belirsiz bir tıkırtı, sandalye gıcırtısı, bir inilti ya da bazan masanın bacağına atılan kaba bir tekme duyulur ve birisi "ruh geldi" derdi korkuyla. Ama Ka ruhla karşılaşan biri gibi değildi, mutfak kapısına doğru yürüyordu. Yüzünde mutlu bir ifade vardı.

"Çok içti," dedi Turgut Bey. "Evet, yardım edin ona."

Ka'nın yanına koşan İpek'i sanki kendi yolluyormuş gibi yapmak için söylemişti bunu. Ka mutfak kapısının yanındaki bir sandalyeye çöktü. Cebinden defterini, kalemini çıkardı.

"Böyle, hepiniz ayağa kalkmış beni seyrederken yazamıyorum," dedi.

"İçeride bir odaya götüreyim seni," dedi İpek.

İpek önde Ka arkada Zahide'nin ekmek kadayıfına şurup döktüğü hoş kokulu mutfaktan ve soğuk bir odadan geçip, arkada yarı karanlık bir odaya girdiler.

"Burada yazabilir misin?" dedi İpek, lambayı yaktı.

Temiz bir oda, düzenli yapılmış iki yatak gördü Ka. Kız kardeşlerin komodin ve masa niyetine kullandığı bir sehpanın üzerindeki krem tüplerini, dudak boyalarını, küçük kolonya, bademyağı ve içki şişelerinden oluşan iddiasız bir koleksiyonu, kitapları, fermuarlı bir çantayla içi fırçalar, kalemler, nazar boncukları, kolye ve bileziklerle dolu bir İsviçre çikolatası kutusunu gördü; buz tutmuş camın kenarındaki yatağa oturdu.

"Burada yazabilirim," dedi. "Ama beni bırakıp gitme."

"Niye?"

"Bilmiyorum," dedi önce Ka. "Korkuyorum," dedi sonra.

Çocukluğunda amcasının İsviçre'den getirdiği bir çikolata kutusunun tasviriyle başlayan şiirini bu sırada yazmaya başladı. Kutunun üzerinde Kars çayhanelerinin duvarlarında olduğu gibi İsviçre manzaraları vardı. Daha sonra Ka'nın Kars'ta kendisine "gelen" şiirleri anlamak, sınıflandırmak ve bir düzene sokmak için tuttuğu notlara göre, şiirdeki kutunun içinden İpek'in çocukluğundan kaldığını iki gün sonra öğreneceği bir oyuncak saat çıkmıştı ilk. Ka bu saatten yola çıkarak çocukluğun zamanı ve hayatın zamanı üzerine bir şeyler söylediğini düşünecekti...

"Yanımdan ayrılmanı hiç istemiyorum," dedi Ka İpek'e, "çünkü sana çok fena âşık oldum."

"Beni tanımıyorsun bile," dedi İpek.

"İki türlü erkek vardır," dedi Ka eğitici bir havayla. "Birincisi, âşık olmadan önce kızın nasıl sandviç yediğini, saçlarını nasıl taradığını, hangi saçmalıkları dert edindiğini, babasına neden kızdığını, onun hakkında anlatılan diğer hikâye ve efsaneleri bilmelidir. İkincisi ise, ki ben onlardanım, kız hakkında pek az şey bilmelidir ki âşık olsun."

"Yani bana hiç tanımadığın için mi âşıksın? Gerçekten aşk mıdır sence bu?"

"İnsanın her şeyini vereceği aşk böyle olur," dedi Ka.

"Nasıl sandviç yediğimi ve kafayı nelere taktığımı gördükten sonra aşkın sona erecek."

"Ama o zaman aramızdaki yakınlık derinleşerek vücutlarımızı saran bir istek, bizi birbirimize bağlayan mutluluk ve anılara dönüşecek."

"Kalkma, otur yatağın kenarına," dedi İpek. "Babamla aynı çatı altında kimseyle öpüşemem ben." Ka'nın öpüşlerine ilk başta karşı koymadı ama "Babam evdeyken hoşuma gitmiyor," dedi Ka'yı iterek.

Ka bir kere daha zorlayarak ağzından öptü onu ve yatağın kenarına oturdu. "Bir an önce evlenmemiz ve birlikte buradan kaçıp gitmemiz lazım. Frankfurt'ta ne kadar mutlu oluruz biliyor musun?"

Bir sessizlik oldu.

"Hiç tanımadığın halde bana nasıl âşık oldun?"

"Güzel olduğun için... Seninle mutlu olacağımızı hayal ettiğim için... Sana her şeyi utanmadan söyleyebildiğim için. Durmadan seviştiğimizi hayal ediyorum."

"Almanya'da ne yapardın?"

"Yazamadığım şiirlerle meşgul olurdum ve otuz bir çekerdim hep... Yalnızlık bir gurur sorunudur; kendi kokusunun içine mağrur bir şekilde gömülür insan. Gerçek şairin sorusu hep aynıdır. Uzun bir süre mutlu olursa bayağı olur. Uzun bir süre mutsuz olursa da şiirini diri tutacak gücü kendinde bulamaz... Mutlulukla gerçek şiir çok kısa bir süre birlikte olur. Bir süre sonra ya mutluluk şiiri ve şairi bayağılaştırır ya da gerçek şiir mutluluğu bozar. Frankfurt'a dönüp mutsuz olmaktan artık çok korkuyorum."

"İstanbul'da kalırsın," dedi İpek.

Ka dikkatle baktı. "İstanbul'da mı yaşamak istiyorsun?" diye fısıldadı. İpek'in kendisinden bir şey istemesini çok istiyordu şimdi.

Kadın da sezdi bunu: "Hiçbir şey istemiyorum," dedi.

Ka acele ettiğini hissediyordu. Kars'ta pek az kalabileceğini, kısa bir süre sonra burada nefes alamayacağını, acele etmekten başka çaresi olmadığını da hissediyordu. İçeriden belli belirsiz gelen konuşma seslerine ve karı ezerek pencerenin önünden geçen bir faytona kulak verdiler. İpek kapı eşiğinde ayakta duruyor, dalgın dalgın elindeki saç fırçasına takılmış saçları ayıklıyordu.

"Burada her şey o kadar yoksul ve umutsuz ki insan senin gibi bir şey istemeyi bile unutabilir," dedi Ka. İnsan burada, yaşamayı değil, ölmeyi düşleyebilir yalnızca... Benimle gelecek misin?.." İpek cevap vermedi. "Kötü bir cevap vereceksen söyleme hiçbir şey," dedi Ka.

"Bilmiyorum," dedi İpek gözü fırçada. "İçeride bizi bekliyorlar."

"İçeride bir dolaplar dönüyor, seziyorum ama ne olup bittiğini anlayamıyorum," dedi Ka. "Sen anlat bana."

Elektrikler kesildi. İpek hiç kıpırdamayınca Ka ona sarılmak istedi, ama Almanya'ya yapayalnız döneceği korkusu her yerini sarmıştı; kıpırdayamadı.

"Şiir yazamazsın bu karanlıkta," dedi İpek. "Gidelim."

"Beni sevmek için en çok ne yapmamı istersin?"

"Kendin ol," dedi İpek. Kalkıp odadan çıktı.

Ka orada oturmaktan öylesine mutluydu ki güçlükle kalktı. Mutfaktan önceki soğuk odada bir anda oturdu ve oradaki titrek mumun ışığında aklındaki "Çikolata Kutusu" adlı şiiri yeşil defterine yazdı.

Ayağa kalktığında İpek'in arkasındaydı, ona sarılmak, başını saçlarına gömmek için bir hamle yapınca birden kafasının içinde her şey karanlıkta olduğu gibi birbirine girdi.

Mutfaktaki mumun ışığında Ka, İpek ile Kadife'nin birbirlerine sarıldıklarını görüyordu. Kollarını birbirlerinin boyunlarına dolamış, birbirlerine sevgililer gibi sarılmışlardı.

"Babam size bakmamı istemişti," dedi Kadife.

"Peki canım."

"Şiir yazmadı mı?"

"Yazdım," dedi Ka karanlıktan çıkarak. "Ama şimdi size yardım etmek isterdim."

Titreyen mumun ışığında girdiği mutfakta kimseyi göremedi. Kaşla göz arasında bir bardağa rakı doldurup su koymadan içti. Gözlerinden yaşlar akınca aceleyle bir bardak su doldurdu kendine.

Mutfaktan çıkınca bir an tekinsiz bir zifiri karanlıkta buldu kendini. Bir mumla aydınlanan yemek masasını görüp yürüdü. Sofradakilerle birlikte, duvarlardaki iri gölgeler de Ka'ya döndüler.

"Şiiri yazabildiniz mi?" dedi Turgut Bey. Önce birkaç saniye sessiz kalıp Ka'yı önemsemiyormuş gibi yapmak istemişti.

"Evet."

"Tebrik ederim." Ka'nın eline bir rakı bardağı tutuşturdu, doldurdu. "Ne hakkında?"

"Burada kiminle görüşür konuşursam ona hak veriyorum. Almanya'dayken dışarıda sokaklarda gezen korku, şimdi içime girdi."

"Sizi çok iyi anlıyorum," dedi Hande bilmiş bir havayla.

Ka minnetle gülümsedi ona. "Başını açma güzelim" demek geldi içinden.

"Kiminle görüşürseniz ona inandığınız için Şeyh Efendi'nin yanında da Allah'a inandığınızı söylediyseniz bunu düzeltmek isterim. Kars'ta Allah'ı Şeyh Efendi temsil etmiyor!" dedi Turgut Bey.

"Kim temsil ediyor Allah'ı burada?" diye diklendi Hande.

Ama Turgut Bey öfkelenmedi ona. İnatçı ve kavgacıydı, ama

taviz vermez bir ateist olamayacak kadar yumuşak kalpliydi. Ka Turgut Bey'in kızlarının mutsuzluğundan endişelendiği kadar, kendi dünyasının alışkanlıklarının yıkılıp gitmesinden korktuğunu da hissetti. Bu siyasal bir telaş değil, hayatının tek eğlencesi her akşam kızları ve misafirleriyle birlikte saatlerce siyasetten ve Allah'ın varlığından ve yokluğundan söz ederek didişmek olan bir adamın masanın merkezindeki yerini kaybetme telaşıydı.

Elektrikler geldi, oda birden aydınlandı. Şehirde elektriğin gidip gelmesine o kadar alışılmıştı ki, Ka'nın çocukluğunda İstanbul'da olduğu gibi elektrik gelince neşeli çığlıklar atılmıyor, aman çamaşır makinesine bak bozulmasın, ya da mumları ben üfleyeceğim gibilerinden mutlu bir telaş da olmuyor, insanlar hiçbir şey olmamış gibi davranıyordu. Turgut Bey televizyonu çalıştırıp kumanda aletiyle kanalları değiştirmeye başladı. Ka Kars'ın olağanüstü sessiz bir yer olduğunu kızlara fısıldayarak söyledi.

"Çünkü biz burada kendi sesimizden bile korkuyoruz," dedi Hande.

"Bu, karın sessizliği," dedi İpek.

Bir yenilgi duygusuyla hepsi ağır ağır kanal değiştiren televizyona baktılar uzun süre. Masanın altında İpek ile el ele tutuşunca Ka burada gündüzleri küçük bir işte pinekleyip, akşamları bu kadın ile el ele tutuşarak çanak antene bağladığı televizyonu seyredip bütün hayatını mutlulukla geçirebileceğini düşündü.

15

Hepimizin hayatta istediği asıl bir şey vardır

MİLLET TİYATROSU'NDA

İpek ile bütün hayatını Kars'ta geçirip mutlu olabileceğini düşünmesinden tam yedi dakika sonra Ka kar altında, tek başına bir savaşa gider gibi Millet Tiyatrosu'ndaki geceye katılmaya koşarken yüreği küt küt atıyordu. Bu yedi dakikada her şey aslında çok anlaşılabilir bir hızla gelişmişti.

Önce Turgut Bey ekrana Millet Tiyatrosu'ndaki canlı yayını getirmiş, duydukları büyük gürültüden hepsi orada olağanüstü bir şeyler olduğunu sezmişlerdi. Bu onlarda hem bir gecelik olsun taşra hayatının dışına çıkma isteği uyandırıyor, hem de kötü bir şey olabileceği ihtimaliyle onları korkutuyordu. Orada sabırsız bir kalabalığın alkış ve çığlıklarından şehrin ön sıralarda oturan ileri gelenleriyle, arka sıralardaki gençler arasında bir gerginlik olduğunu hepsi sezmişlerdi. Kamera salonun bütününü göstermediği için hepsi orada ne olduğunu çok merak ediyordu.

Sahnede bir zamanlar bütün Türkiye'nin tanıdığı bir milli kaleci vardı. On beş yıl önceki trajik bir milli maçta İngilizlerden yediği on bir golün daha ancak birincisini hikâye edebilmişti ki, geceyi sunan değnek gibi ince adam ekranda belirdi ve milli kaleci tıpkı ulusal televizyondaki gibi bir reklam arası verildiğini anlayıp sustu. Mikrofonu eline alan sunucu birkaç saniyelik süreye elindeki kâğıttan okuduğu iki reklam sığdırmış (Fevzi Paşa Caddesi'ndeki Tadal Bakkaliye'ye Kayseri'den pastırma gelmiş ve Bilim Dersanesi üniversiteye hazırlık gece kursları için kayıtlara başlamıştı), gecenin zengin programını tekrarlayıp şiir okuyacak diye Ka'nın adını saymış ve kameraya kederli bir ifadeyle bakıp eklemişti.

"Fakat ta Almanya'lardan serhat şehrimize gelen büyük şairimizi hâlâ aramızda görememek Karslıları gerçekten çok üzüyor."

"Artık bundan sonra gitmemeniz çok ayıp!" demişti Turgut Bey hemen.

"Ama geceye katılır mıyım diye bir sormadılar," dedi Ka.

"Burada âdet böyledir," dedi Turgut Bey. "Sizi çağırsalar gitmezdiniz. Şimdi onları küçümser duruma düşmemek için gitmelisiniz."

"Buradan sizi seyrederiz," dedi Hande hiç beklenmedik bir hevesle.

Aynı anda kapı açılmış ve geceleri resepsiyona bakan çocuk "Eğitim enstitüsü müdürü hastanede ölmüş," demişti.

"Zavallı budala..." demişti Turgut Bey. Sonra Ka'ya dikmişti gözlerini. "Dinciler hepimizi teker teker temizlemeye başladılar. Canınızı kurtarmak istiyorsanız bir an önce Allah'a daha da çok inansanız iyi edersiniz. Çünkü Kars'ta kısa bir süre sonra korkarım ılımlı bir dindarlık eski bir ateistin paçasını kurtarmasına hiç yetmeyecek."

"Haklısınız," demişti Ka. "Ben de bütün hayatımı yüreğimde derinden hissetmeye başladığım Allah sevgisine sonuna kadar açmaya karar vermiştim zaten."

Bunu alaycı bir şekilde söylediğini hepsi anlamışlardı anlamasına ama iyice sarhoş olduğundan emin oldukları Ka'nın bu hazırcevaplığı masadakileri onun bunları daha önceden de düşünmüş olabileceğinden şüphelendirmişti.

O sırada Zahide bir elinde hünerle tuttuğu iri bir tencere, öbüründe sapı lambanın ışığını yansıtan alüminyum bir kepçe masaya şefkatli bir anne gibi gülümseyerek sokulurken demişti ki:

"Dibinde bir kişilik çorbam var, yazıktır atılmasın; hangi kız ister?"

Ka'ya Millet Tiyatrosu'na gitmemesini, korktuğunu söyleyen İpek de Hande ve Kadife'yle birlikte Kürt hizmetçinin gülümsemesine bir an dönüp katılmıştı.

"İpek 'Ben!' derse, benimle Frankfurt'a gelecek ve evleneceğiz," diye düşünmüştü Ka o an. "O zaman Millet Tiyatrosu'na gidip 'Kar' adlı şiirimi de okuyacağım."

"Ben!" demişti hemen sonra İpek ve hiç de neşelenmeden kâsesini uzatmıştı.

Dışarıda iri tanelerle yağan karın altında Ka bir ara Kars'ın yabancısı olduğunu, ayrılır ayrılmaz şehri unutabileceğini hissetti, ama çok sürmedi bu. Bir kader duygusuna kapıldı; hayatın mantığını çözemediği gizli bir geometrisi olduğunu kuvvetle seziyor, bu mantığı çözüp mutlu olmak için derin bir özlem duyuyor, ama bu mutluluk isteğine yetecek kadar güçlü hissetmiyordu kendini o anda.

Önünde Millet Tiyatrosu'na kadar uzanan ve üzerinde seçim propaganda bayrakları dalgalanan karla kaplı geniş sokak bomboştu. Ka bir zamanlar burada birilerinin (Tiflis'te ticaret yapan Ermeniler?, mandıralardan vergi toplayan Osmanlı paşaları?) mutlu, huzurlu, hatta renkli bir hayat yaşadığını eski binaların buz tutmuş saçaklarının genişliğinden, kapıların, duvar kabartmalarının güzelliğinden, binaların ağırbaşlı ama gün görmüş cephelerinden hissediyordu. Şehri alçakgönüllü bir uygarlık merkezine çeviren bütün o Ermeniler, Ruslar, Osmanlılar, erken Cumhuriyet dönemi Türkleri, herkes çekip gitmişti ve sanki yerlerine kimse gelmediği için de sokaklar bomboştu, ama terk edilmiş bir şehrin aksine bu kimsesiz sokaklar insanda korku uyandırmıyordu. Hafif turuncumsu ve solgun sokak lambalarından, buz tutmuş vitrinlerin arkasındaki soluk neonlardan vuran ışığın iğde ve çınar ağaçlarının dallarındaki kar yığınlarına, kenarlarından iri buz parçaları sarkan elektrik direklerine yansıyışına Ka hayranlıkla baktı. Kar sihirli, neredeyse kutsal bir sessizlik içerisinde yağıyor, kendi belirsiz ayak seslerinden ve hızla soluk alıp vermesinden başka hiçbir şey duymuyordu. Hiçbir köpek havlamıyordu. Sanki dünyanın sonuna gelinmiş, şu anda gördüğü her şey, bütün âlem karın yağışına dikkat kesilmişti. Ka soluk bir sokak lambasının çevresindeki kar tanelerini, bazıları ağır ağır aşağıya inerken birkaç tanenin kararlı bir şekilde yukarıya karanlığa doğru yükselişini izledi.

Aydın Foto Sarayı'nın saçağının altına girdi ve kenarları buz tutmuş ilan levhasının içinden gelen kırmızımsı bir ışıkta paltosunun koluna konan bir kar tanesini bir an pürdikkat seyretti.

Bir rüzgâr esti, bir hareket oldu ve Aydın Foto Sarayı'nın ilan levhasının kırmızı ışığı birden sönünce karşısındaki iğde ağacı da sanki karardı. Millet Tiyatrosu'nun kapısındaki kalabalığı, az ötede bekleyen polis minibüsünü, karşıdaki kahvehanenin yarı açık kapısıyla eşik arasına sığınıp kalabalığı seyredenleri gördü.

Tiyatro salonuna girer girmez, içerideki gürültü ve hareketten başı döndü. Yoğun bir alkol, nefes ve sigara kokusu vardı havada. Kenarlarda pek çok kişi ayaktaydı; bir köşede bir çay tezgâhında gazoz ve simit satılıyordu. Ka leş kokulu helanın kapısında fısıldaşarak konuşan gençleri gördü, bir kenarda bekleyen mavi üniformalı polislerin ve daha ötede ellerinde telsizle dikilen sivillerin yanından geçti. Bir çocuk, babasının elinden tutmuş, şişedeki gazozun içine attığı leblebilerin hareketlerini gürültüye hiç aldırmadan bütün dikkatiyle seyrediyordu.

Ka kenarda dikilenler arasında birisinin telaşla el salladığını gördü, ama kendisine mi emin değildi.

"Ta uzaktan, paltonuzdan sizi tanıdım."

Ka Necip'in yüzünü yakından görünce içinden derin bir sevgi geçti. Şiddetle kucaklaştılar.

"Biliyordum geleceğinizi," dedi Necip. "Çok sevindim. Hemen bir şey sorabilir miyim size? Çok önemli iki şey var aklımda."

"Bir şey mi, iki şey mi?"

"Çok akıllısınız, üstelik aklın her şey olmadığını da anlayacak kadar," dedi Necip. Ka'yı daha rahat konuşabilecekleri sakin bir köşeye çekti. "Hicran ya da Kadife'ye ona âşık olduğumu, hayatımın tek anlamının o olduğunu söylediniz mi?"

"Hayır."

"Onunla çayhaneden birlikte çıkıp gittiniz. Benden hiç mi bahsetmediniz?"

"Senin imam hatipli olduğunu söyledim."

"Başka? O hiçbir şey söylemedi mi?"

"Söylemedi."

Bir suskunluk oldu.

"Benim hakkımda gerçekten başka bir şey konuşmamanızı anlıyorum," dedi Necip büyük bir gayretle. Yutkundu. "Çünkü Kadife benden dört yaş büyük, beni fark etmemiştir bile. Belki de onunla mahrem şeyler konuşmuşsunuzdur. Hatta gizli siyasal konular da açılmış olabilir. Bunları sormuyorum. Tek bir şeyi merak ediyorum ve bu benim için şimdi çok önemlidir. Hayatımın geri kalanı buna bağlı. Kadife beni hiç fark etmese bile –ki büyük ihtimal beni fark etmesi yıllar alır ve o zamana kadar da evlenir– vereceğiniz cevap yüzünden ona hayatım boyunca âşık olabilirim ya da şu anda onu unutabilirim. Lütfen hemen ve hiç duraksamadan doğruyu söyleyin."

"Sorunuzu bekliyorum," dedi Ka resmî bir havayla.

"Yüzeysel şeylerden bahsettiniz mi hiç? Televizyondaki saçmalıklardan, küçük, önemsiz dedikodulardan, parayla alabileceğiniz küçük şeylerden. Anlıyor musunuz? Göründüğü gibi yüzeysel küçüklüklere metelik vermeyen derin bir insan mı Kadife, yoksa ben ona boşuna mı âşık oldum?"

"Hayır, yüzeysel bir şey konuşmadık," dedi Ka.

Verdiği cevapların Necip'te yıkıcı bir etki yaptığını görüyor, delikanlının insanüstü bir gayretle gücünü hemen toparlamaya çalıştığını da yüzünden okuyordu.

"Ama onun olağanüstü bir insan olduğunu gördünüz."

"Evet."

"Sen de ona âşık olabilir misin? Çok güzel çünkü. Hem çok güzel, hem de hiçbir Türk kadınında görmediğim kadar başına buyruk."

"Ablası daha güzel," dedi Ka. "Eğer mesele güzellikse."

"Nedir peki mesele?" dedi Necip. "Ulu Allah'ın bana sürekli Kadife'yi düşündürtmesindeki hikmet nedir?"

Biri elli bir dakika sonra parçalanacak iri yeşil gözlerini Ka'da hayretler uyandıran bir çocuksulukla sonuna kadar açmıştı.

"Bilmiyorum," dedi Ka.

"Hayır biliyorsun, ama söylemiyorsun."

"Bilmiyorum."

"Önemli olan her şeyi söyleyebilmek," dedi Necip yardım eder gibi. "Yazar olabilseydim, söylenmemiş şeyi söyleyebilmek isterdim. Bir kere olsun bana her şeyi söyleyebilir misin?"

"Sor."

"Hepimizin hayatta istediği bir şey, bir asıl şey vardır değil mi?"

"Doğru."

"Nedir seninkisi?"

Ka susup, gülümsedi.

"Benimkisi çok basit," dedi Necip gururla. "Kadife ile evlenmek, İstanbul'da yaşamak ve dünyadaki ilk İslamcı bilimkurgu yazarı olmak istiyorum. Bunların imkânsız olduğunu biliyorum, ama gene de istiyorum. Sen seninkisini söyleyemiyorsun diye de alınmıyorum, çünkü seni anlıyorum. Sen benim geleceğimsin. Şimdi benim gözlerimin içine bakışından da anlıyorum bunu: Sen de bende kendi gençliğini görüyorsun ve bu yüzden seviyorsun beni."

Dudağının kenarında mutlu, kurnaz bir gülümseyiş belirdi ve Ka korktu bundan.

"O zaman sen de benim yirmi yıl öncem gibi mi oluyorsun?"

"Evet. Bir gün yazacağım bilimkurgu romanında tamı tamına böyle bir sahne olacak. Affedersin, elimi alnına koyabilir miyim?"

Ka hafifçe başını öne eğdi. Necip, daha önce bu hareketi yapmış birinin rahatlığıyla avcunun içini Ka'nın alnına dayadı:

"Şimdi sana yirmi yıl önce ne düşündüğünü söyleyeceğim."

"Fazıl'la yaptığın gibi mi?"

"Onunla aynı anda aynı şeyi düşünürüz. Seninle ise aramızda zaman var. Lütfen dinle şimdi: Bir kış günü, lisedeydin, kar yağıyordu ve düşünceler içindeydin. İçinde Allah'ın sesini duyuyordun, ama unutmaya çalışıyordun O'nu. Her şeyin bir bütün olduğunu hissediyor, ama onu sana hissettirene gözlerini kaparsan daha mutsuz ve daha zeki olacağını düşünüyordun. Haklıydın. Çünkü ancak zeki ve mutsuzların iyi şiir yazabileceğini biliyordun. İyi şiir yazabilmek için inançsızlığın acılarını kahramanca göze almıştın. İçindeki o sesi kaybedince bütün âlemde yapayalnız kalabileceğin henüz aklına gelmiyordu."

"Peki, haklısın, böyle düşünüyordum," dedi Ka. "Şimdi sen de mi öyle düşünüyorsun?"

"Hemen bunu soracağını biliyordum," dedi Necip telaşla. "Sen de Allah'a inanmak istemiyor musun? İstiyorsun değil mi?" Ka'yı ürperten soğuk elini alnından çekti birden. "Sana bu konuda çok şey söyleyebilirim. İçimde 'Allah'a inanma' diyen bir ses de duyuyorum. Çünkü bir şeyin varlığına bu kadar aşkla inanmak ancak onun yokluğu konusunda bir şüphe, bir merak duymakla olur anlıyor musun? Güzel Allahımın varlığına inançla hayatta kalabildiğimi anladığım zamanlar –tıpkı çocukluğumda annem babam ölseydi ne olurdu diye düşündüğüm gibi– bazan acaba Allah olmasaydı ne olurdu diye düşünüyorum. O zaman gözümün önünde bir şey canlanıyor: Bir manzara. Bu manzaranın Allah sevgisinden kuvvet aldığını bildiğim için korkmuyor, onu merakla seyrediyorum."

"Anlat bana o manzarayı."

"Şiirine mi koyacaksın? Şiirinde benim adımı vermene de gerek yok. Karşılığında tek bir şey istiyorum senden."

"Evet!"

"Son altı ayda Kadife'ye üç tane mektup yazdım. Hiçbirini postalayamadım. Utandığım için değil; postanedekiler açıp okuyacakları için. Kars'ın yarısı sivil polistir çünkü. Buradaki kalabalığın yarısı da öyledir. Hepsi bizi izliyorlardır. Dahası bizimkiler de bizi izliyorlardır."

"Bizimkiler kim?"

"Kars'ın bütün genç İslamcıları. Seninle ne konuşacağımı çok merak ediyorlar. Buraya olay çıkarmaya geldiler. Çünkü bu gecenin laiklerin ve askerlerin bir gövde gösterisine dönüşeceğini biliyorlar. O malum *Çarşaf* adlı eski oyunu oynayacaklar, türbancı kızları aşağılayacaklarmış. Ben aslında siyasetten nefret ediyorum, ama arkadaşlarım isyanda haklı. Onlar kadar ateşli olamadığım için şüpheleniyorlar benden. Mektupları sana veremem. Yani, bu ara, herkes bakarken. Onları Kadife'ye vermeni istiyorum."

"Şimdi kimse bakmıyor. Hemen ver bana, sonra manzarayı anlat."

"Mektuplar burada, ama üzerimde değil. Kapıdaki aramadan korktum. Arkadaşlarım da üzerimi arayabilir. Tam yirmi dakika sonra sahnenin kenarındaki kapıdan girilen koridorun ucundaki helada gene buluşalım."

"Manzarayı o zaman mı anlatacaksın?"

"Onlardan biri buraya geliyor," dedi Necip. Gözünü kaçırdı. "Tanıyorum onu. Hiç bakma o yana, fazla samimileşmeden normal konuşuyormuş gibi yap."

"Peki."

"Bütün Kars senin buraya neden geldiğini çok merak ediyor. Buraya gizli bir görevle devletimiz tarafından, hatta Batılı güçler tarafından gönderildiğini düşünüyorlar. Arkadaşlarım beni buraya sana bunları sorayım diye yolladı. Doğru mu söylentiler?"

"Değil."

"Ne diyeyim onlara? Ne için geldin buraya?"

"Bilmiyorum."

"Biliyorsun, ama utançtan gene söyleyemiyorsun." Bir sessizlik oldu. "Buraya mutsuz olduğun için geldin," dedi Necip.

"Nereden anlıyorsun bunu?"

"Gözlerinden: Senin kadar mutsuz bakan birini görmedim hiç... Şimdi ben de hiç mutlu değilim; ama gencim ben. Mutsuzluk bana güç veriyor. Bu yaşta mutsuz olmayı, mutlu olmaya tercih ederim. Kars'ta ancak aptallar ve kötüler mutlu olabilir. Ama senin yaşına geldiğimde sarılacak bir mutluluğum olsun isterim."

"Mutsuzluğum beni hayata karşı koruyor," dedi Ka. "Benim için dertlenme."

"Ne güzel. Kızmadın değil mi? Yüzünde öyle iyi bir şey var ki aklıma gelen her şeyi, en saçma şeyi bile sana söyleyebileceğimi anlıyorum. Böyle şeyleri arkadaşlarıma söylesem, hemen alay etmeye başlarlar."

"Fazıl bile mi?"

"Fazıl başka. O bana kötülük edenden intikam alır ve benim ne düşündüğümü bilir. Şimdi biraz da sen konuş. Adam bize bakıyor."

"Hangi adam?" dedi Ka. Oturanların arkasında birikmiş kalabalığa baktı: Armut kafalı bir adam, sivilceli iki genç, çatık kaşlı, yoksul giyimli delikanlılar, hepsi sahneye dönüktüler şimdi ve bazıları sarhoş gibi sallanıyordu.

"Bu akşam tek içen ben değilim," diye mırıldandı Ka.

"Onlar mutsuzluktan içiyorlar," dedi Necip. "Siz içinizde saklı mutluluğunuza dayanabilmek için içmişsiniz."

Sözünün sonuna doğru birden kalabalığa karıştı. Ka onu doğru işittiğinden emin olamadı. Ama kafasının içi salondaki bütün gürültü patırtıya rağmen hoş bir müzik dinliyormuş gibi rahattı. Biri ona el salladı, seyirciler arasında, "sanatçılar"a ayrılmış birkaç boş yer vardı, tiyatro takımından yarı kibar yarı kabadayı bir set işçisi Ka'yı oturttu.

O gece Ka'nın sahnede gördüklerini ben yıllar sonra *Serhat Kars Televizyonu*'nun arşivlerinden çıkarttığım video bantlarından seyrettim. Bir banka reklamıyla alay eden küçük bir "vinyet" oynanıyordu sahnede, ama Ka yıllardır Türkiye'de televizyon seyretmediği için neyin hiciv, neyin taklit olduğunu anlayamıyordu. Gene de para yatırmak için bankaya giren adamın aşırı Batı taklitçisi bir kibar züppe olduğunu çıkarabildi. Kars'tan da küçük ve ücra kimi kasabalarda, kadınların ve devlet erkânının uğramadığı çayhanelerde Sunay Zaim'in Brechtçi ve Bakhtinci tiyatro kumpanyası bu oyuncuğu daha edepsiz bir vurguyla oynar, "bankamatik" kartı alan züppenin kibarlığı seyircileri kahkahalara boğan bir ibneliğe dönüşürdü. Öteki "vinyette" saçlarına Kelidor Şampuanı ve Saç Kremi döken kadın kılığındaki bıyıklı erkeğin Sunay Zaim olduğunu son anda fark etti Ka. Kadın kılığındaki Sunay ücra erkek çayhanelerindeki öfkeli ve yoksul kalabalıkları "anti-kapitalist bir katharsis" ile rahatlatmak istediği zamanlardaki gibi bir yandan edepsiz küfürler ederken bir yandan da Kelidor Şampuanı'nın uzun şişesini arka deliğine sokar gibi yaptı. Daha sonra Sunay'ın karısı

Funda Eser sevilen bir sucuk reklamını taklit ederken eline aldığı kangalı "At mı, eşek mi?" diyerek edepsiz bir neşeyle biraz tarttı, daha ileri götürmeden sahneden kaçtı.

Arkasından sahneye 1960'ların ünlü kalecisi Vural çıktı ve İstanbul'da bir milli maçta İngilizlerden nasıl on bir gol yediğini aynı günlerde ünlü artistlerle yaşadığı aşklarla ve yaptığı şikelerle karıştırarak hikâye etti. Anlattıkları, tuhaf bir acı çekme zevki ve Türk'ün eğlenceli zavallılığı havasıyla gülüşerek izlendi.

16

Allah'ın olmadığı yer

NECİP'İN GÖRDÜĞÜ MANZARA VE Ka'NIN ŞİİRİ

Yirmi dakika geçip Ka serin koridorun ucundaki helaya girince hemen arkada, Necip'in de pisuvarlara işeyenlerin yanına gelmiş olduğunu gördü. Bir süre birbirlerini hiç tanımayan iki kişi gibi, arkadaki bölmelerin kilitli kapıları önünde beklediler. Ka helanın yüksek tavanına yapılmış kabartma gülü ve yapraklarını gördü.

Bir hela boşalınca içeri girdiler. Ka yaşlı ve ağzı dişsiz bir ihtiyarın kendilerini gördüğünü fark etti. İçeride sürgüyü çektikten sonra Necip, "Görmediler," dedi. Sevinçle Ka'ya sarıldı. Becerikli hareketlerle bölmenin duvarındaki bir çıkıntıya spor ayakkabısıyla basıp bir anda yükseldi ve elini uzatıp sifon haznesinin üzerindeki zarfları buldu. Yere indi, zarfların üzerlerindeki tozu özenle üfleyip temizledi.

"Kadife'ye bu mektupları verirken bir şey söylemeni istiyorum," dedi. "Çok düşündüm bunu. Onları okuduğu andan itibaren hayatta Kadife ile ilgili hiçbir umudum ve beklentim kalmayacaktır. Bunu Kadife'ye çok açık bir şekilde söylemeni istiyorum."

"Senin aşkından haber aldığı an, hiçbir umut olmadığını da öğrenecekse, neden onu bundan haberdar ediyorsun?"

"Senin gibi hayattan ve tutkularımdan korkmuyorum ben," dedi Necip. Ka'nın kederlenmesinden endişelendi. "Bu mektuplar benim için tek çaredir: Birisini, bir güzelliği tutkuyla sevmeden yaşayamıyorum. Bir başkasını mutlulukla sevmem lazım. Ama önce Kadife'yi aklımdan çıkarmalıyım. Kadife'den sonra bütün tutkumu kimi sevmeye vereceğim biliyor musun?"

Mektupları Ka'ya verdi.

"Kimi?" diye sordu Ka onları paltosunun cebine yerleştirirken.

"Allah'ı."

"Bana gördüğün o manzarayı anlat."

"Önce şu pencereyi aç! Çok kötü kokuyor burası."

Ka paslı mandalını zorlayarak küçük hela penceresini açtı.

Karanlığın içinde ağır ağır ve sessizce yağan kar tanelerini bir mucizeye tanık olur gibi hayranlıkla seyrettiler.

"Âlem ne kadar güzel!" diye fısıldadı Necip.

"Sence hayatın en güzel yanı neresi?" dedi Ka.

Bir sessizlik oldu. "Hepsi!" dedi Necip sır verir gibi.

"Ama hayat bizi mutsuz etmiyor mu?"

"Ediyor, ama o bizim kabahatimiz. Âlemin ya da onu yaratanın değil."

"Bana o manzarayı anlat."

"Önce elini alnıma koy ve benim geleceğimi söyle," dedi Necip. Yirmi altı dakika sonra birisi beyniyle birlikte parçalanacak gözlerini iyice açtı. "Çok uzun ve çok dolu yaşamak istiyorum ve biliyorum başımdan pek çok güzel şey de geçecek. Ama yirmi yıl sonra ne düşüneceğim, bilemiyorum ve bunu çok merak ediyorum."

Ka sağ elinin avcunu Necip'in alnının narin derisine dayadı. "Ahh, aman Allahım!" Çok sıcak bir şeye dokunmuş gibi elini şakacıktan çekti. "Çok hareket var burada."

"Söyle."

"Yirmi yıl sonra yani otuz yedi yaşına bastığın o günlerde dünyadaki bütün kötülüklerin, yani yoksulların bu kadar yoksul ve akılsız olmalarının ve zenginlerin bu kadar zengin ve akıllı olmalarının, kabalığın, şiddetin ve ruhsuzluğun, yani sende ölme isteği ve suçluluk duyguları uyandıran her şeyin nedeninin herkesin herkes gibi düşünmesi olduğunu en sonunda anlamış olacaksın," dedi. "Bu yüzden herkesin ahlaklı gözükerek aptallaştığı ve öldüğü bu yerde, sen ancak kötü ve ahlaksız olarak iyi olunabileceğini seziyorsun. Ama bunun da korkunç bir sonucu olacağını anlıyorsun. Titreyen elimin altında hissediyorum çünkü bu sonucu da..."

"Nedir o?"

"Sen çok akıllısın ve bunun ne olduğunu bugün de biliyorsun. Ve bu yüzden senin söylemeni istiyorum ilk."

"Nedir?"

"Yoksulların sefaleti ve mutsuzluğu için çektiğini söylediğin suçluluk duygusunu aslında bu yüzden çektiğini de biliyorum."

"Hâşâ Allah'a inanmayacak mıyım?" dedi Necip. "O zaman ben ölürüm."

"Asansörde ateist olan zavallı müdür gibi bir gecede olmayacak bu! Öyle yavaş olacak ki sen bile fark etmeyeceksin. Yavaş yavaş öldüğü için, yıllardır öteki dünyada olduğunu bir sabah rakıyı fazla kaçırınca fark eden adam gibi olacak."

"Sen misin o?"

Ka elini onun alnından çekti: "Tam tersi. Ben yıllardır yavaş yavaş Allah'a inanmaya başlamışım. Bu o kadar yavaş olmuş ki, ancak Kars'a gelince anladım. Burada bu yüzden mutluyum ve şiir yazabiliyorum."

"Şimdi bana o kadar mutlu ve akıllı gözüküyorsun ki," dedi Necip, "sana şunu soracağım. Gerçekten geleceği bilebilir mi insan? Bilmese bile, gene de bildiğine inanıp huzur duyabilir mi? Bunu ilk bilimkurgu romanıma koyacağım."

"Bazı insanlar biliyor..." dedi Ka. "*Serhat Şehir Gazetesi*'nin sahibi Serdar Bey; bak bu akşam ne olacağını yazıp gazetesini çoktan yayımlamış." Ka'nın cebinden çıkardığı gazeteye birlikte baktılar: "...müsamereler yer yer coşkulu tezahürat ve alkışlarla kesildi."

"Mutluluk denen şey bu olmalı," dedi Necip. "Başımıza neler geleceğini gazetelere önce biz yazsaydık ve sonra yazdığımız güzel şeyleri hayretle yaşasaydık, kendi hayatımızın şairleri olurduk. Gazete son şiirini okuduğunu yazıyor. Hangisi o?"

Bölmenin kapısı vuruldu. Ka Necip'ten "o manzarayı" hemen anlatmasını istedi.

"Anlatacağım şimdi," dedi Necip. "Ama benden işittiğini kimseye söylemeyeceksin. Seninle fazla samimi olmam hoşlarına gitmiyor."

"Kimseye söylemeyeceğim," dedi Ka. "Anlat hemen."

"Allah'ı çok seviyorum," dedi Necip heyecanla. "Bazan –hâşâ– Allah olmazsa ne olurdu diye kendime hiç istemeden soruyorum ve gözümün önüne beni korkutan bir manzara geliyor."

"Evet."

"Bu manzaraya bir gece, karanlıkta, bir pencereden bakıyorum. Dışarıda kale duvarları gibi yüksek ve kör iki beyaz duvar var. Sanki iki kale karşı karşıya! Ben aralarındaki dar dehlize, bu dehlizin bir sokak gibi önümde uzanışına korkuyla bakıyorum. Allah'ın olmadığı yerde sokak Kars'taki gibi karlı ve çamurlu ama rengi mor! Sokağın ortasında bana 'dur' diyen bir şey var ama ben sokağın ucuna, bu dünyanın sonuna bakıyorum. Bir ağaç var orada, yapraksız, çıplak bir son ağaç. Birden ben baktığım için kıpkırmızı kesiliyor ve yanmaya başlıyor. O zaman Allah'ın olmadığı yeri merak ettiğim için suçluluk duyuyorum. Bunun üzerine kızıl ağaç birden eski karanlık rengine dönüyor. Bir daha bakmayayım derken gene kendimi tutamayıp bakıyorum ve dünyanın sonundaki yalnız ağaç yeniden kıpkızıl kesilip yanmaya başlıyor. Sabaha kadar sürüyor bu."

"Niye seni bu kadar korkutuyor bu manzara?" diye sordu Ka.

"Çünkü bazan şeytanın dürtmesiyle bu manzaranın bu dünyaya ait olabileceği de geliyor aklıma. Ama gözümün önünde canlanan şey benim hayal ettiğim bir şey olmalı. Çünkü anlattığım gibi bir yer bu âlemde olsaydı, o zaman –hâşâ– Allah'ın olmadığı anlamına gelecekti. Bu doğru olamayacağına göre, geriye kalan tek ihtimal artık benim Allah'a inanmadığımdır. Bu ise ölümden de beter."

"Anlıyorum," dedi Ka.

"Bir ansiklopedide baktım, ateist kelimesinin kaynağı Yunanca *athos* imiş. O kelime de Tanrı'ya inanmayan kişiyi değil, tanrılar tarafından terk edilen yalnız kişiyi anlatıyormuş. Bu da insanın burada hiçbir zaman ateist olamayacağını gösterir. Çünkü Allah bizi burada istesek bile terk etmez. Ateist olması için kişinin önce Batılı olması gerekir."

"Ben hem Batılı olup, hem de inanabilmek isterdim," dedi Ka.

"Allah'ın terk ettiği kişi her akşam kahveye gidip arkadaşlarıyla gülüşüp kâğıt oynasa, her gün sınıfta arkadaşlarıyla kahkahalarla gülüp eğlense, bütün günlerini dostlarıyla sohbet ederek de geçirse yapayalnızdır."

"Gene de gerçek bir sevgili, bir teselli olabilir," dedi Ka.

"Onun da seni, senin onu sevdiğin gibi sevmesi gerekir."

Kapı gene vurulunca Necip Ka'ya sarıldı, onu yanaklarından bir çocuk gibi öpüp çıktı. Ka bekleyen birisi olduğunu gördü ama tam o sıra öteki helaya koştu. Ka helanın kapısını yeniden sürgüledi ve dışarıda yağan harika kara bakarak bir sigara içti. Necip'in anlattığı manzarayı, bir şiiri hatırlar gibi kelime kelime hatırladığını, Porlock'tan kimse gelmezse, Necip'in gördüğü manzarayı bir şiir gibi defterine yazabileceğini hissediyordu.

Porlock'tan gelen adam! Lisenin son yıllarında Ka ile gece yarılarına kadar edebiyattan konuştuğumuz günlerde çok sevdiğimiz bir konuydu bu. İngiliz şiirini biraz tanıyan herkes Coleridge'in "Kubla Khan" (Kubilay Han) adlı şiirin başına yazdığı notu bilir. Alt başlığı "Rüya'da Görülen Bir Hayal, Bir Şiir Parçası" olan bu şiirin başında Coleridge, hastalığı yüzünden aldığı bir ilacın (aslında keyif için afyon çekmiştir) etkisiyle uyuyakaldığını, uykuya dalmadan önce okumakta olduğu bu kitabın cümlelerinin derin uykuda gördüğü bir harika rüyada sanki birer nesneye ve bir şiire dönüştüğünü anlatır. Hiçbir zihnî çaba harcanmadan sanki kendiliğinden oluşan harika bir şiir! Dahası, uyanır uyanmaz Coleridge bu harika şiirin bütününü kelime kelime hatırlamaktadır. Kâğıt, kalem, mürekkep çıkarır ve merakla mısra mısra şiiri hızla yazmaya girişir. Ünlü şiirin bildiğimiz mısralarını yazmıştır ki kapı vurulur, kalkıp açar: Yakındaki Porlock şehrinden bir borç para işi için gelen biridir bu. Adamı savdıktan sonra Coleridge masasına hızla geri döndüğünde şiirin geri kalanını unuttuğunu, yalnızca havasının ve tek tük bazı kelimelerin aklında kaldığını anlar.

Porlock'tan gelen hiç kimse dikkatini dağıtmadığı için Ka sahneye çağırıldığında şiiri hâlâ aklında tutabiliyordu. Sahnede boyu herkesten uzundu. Üzerindeki kül rengi Alman paltosu onu oradaki herkesten ayırıyordu.

Salondaki uğultu bir anda kesildi. Bazıları, azgın öğrenciler, işsiz güçsüzler, protestocu siyasal İslamcılar, neye güleceklerini, neye tepki göstereceklerini bilemedikleri için susuyorlardı. Ön sıralarda oturan memurlar, bütün gün Ka'yı izleyen polisler, vali muavini, emniyet müdür yardımcısı ve öğretmenler onun şair olduğunu biliyorlardı. Uzun boylu sunucu sessizlikten ürkmüştü. Televizyonlardaki "kültür programları"ndan çıkma bir soru sordu Ka'ya. "Şairsiniz, şiir yazıyorsunuz. Şiir yazmak zor mu?" Video kasedi her seyredişimde unutmak istediğim bu kısa, zoraki konuşmanın sonunda salondakiler şiir yazmanın zor olup olmadığını değil, Ka'nın Almanya'dan geldiğini anlamışlardı.

"Güzel Kars'ımızı nasıl buldunuz?" diye sordu daha sonra sunucu.

Bir kararsızlıktan sonra "Çok güzel, çok fakir, çok kederli," dedi Ka.

Arkalardan iki imam hatip öğrencisi buna güldüler. "Fakir senin ruhun," diye bağırdı bir başkası. Bundan cesaretlenen altı yedi kişi ayağa kalkıp bağırdı. Yarısı alay ediyordu, yarısının ne dediğini kimse anlayamadı. Daha sonra Kars'a gittiğimde Turgut Bey bana otelde televizyon başında Hande'nin bu söz üzerine ağlamaya başladığını anlattı. "Almanya'da Türk edebiyatını temsil ediyordunuz," dedi sunucu.

"Buraya neden geldiğini söylesin," diye bağırdı biri.

"Geldim, çünkü çok mutsuzdum," dedi Ka. "Burada daha mutluyum. Lütfen dinleyin, şimdi şiirimi okuyacağım."

Bir an bir şaşkınlık ve bağırışmadan sonra Ka şiirini okumaya başladı. Yıllar sonra o gecenin video kaydını elime geçirince arkadaşımı hayranlık ve sevgiyle izledim. Onu ilk defa bir kalabalık önünde şiir okurken görüyordum. Dikkatle ve sakin sakin yürüyen biri gibi, kafası meşgul ilerliyordu. Yapmacıklıktan ne kadar uzaktı! İki kere bir şey hatırlar gibi duraklamasının dışında, şiirini hiç kesintisiz ve zorlanmadan okudu.

Şiirin az önce kendi anlattığı "manzara"dan kaynaklandığını "Allah'ın olmadığı yer"e ilişkin söylediklerinin kelime kelime şiire girdiğini fark edince Necip oturduğu yerden büyülenmiş gibi ayağa kalktı ama Ka karın yağışını hatırlatan hızını kesmedi. Bir iki alkış işitildi. Arka sıralardan birisi ayağa kalkıp bağırdı, başkaları da katıldı ona. Şiirin mısralarına mı cevap veriyorlardı, canları mı sıkılmıştı anlaşılmıyordu. Az sonra yeşil bir fon üzerine düşecek silueti sayılmazsa bu benim yirmi yedi yıllık arkadaşımın tanık olabildiğim son görüntüleri olacaktı.

17

"Vatan yahut Türban"

ÇARŞAFINI YAKAN KIZ HAKKINDA BİR OYUN

Ka'nın şiirinden sonra sunucu oynanacak oyunu abartılı hareketlerle ve gecenin en büyük gösterisi olarak kelimeleri yaya yaya sundu: *Vatan yahut Türban.*

İmam hatipli öğrencilerin oturduğu orta ve arka sıralardan birkaç itiraz, bir-iki ıslık, yuh çeken birkaç kişinin uğultusu ve ön sıralardaki memurlar arasından onaylayıcı bir-iki alkış duyuldu. Salonu tıklım tıklım dolduran kalabalık ise ne olacak beklentisiyle, yarı merak, yarı saygıyla seyrediyordu. Tiyatro topluluğunun önceki "hafiflikleri", Funda Eser'in edepsiz reklam taklitleri, lüzumlu lüzumsuz göbek dansı yapması, Sunay Zaim'le birlikte eski bir kadın başbakanla rüşvetçi kocasını canlandırmaları, onları ön sıradaki bazı memurlar gibi geceden soğutmamış, aksine eğlendirmişti.

Vatan yahut Türban da kalabalığı eğlendirdi, ama imam hatipli öğrencilerin sataşmaları, sürekli seslerini yükseltmeleri can sıkıyordu. O zaman sahnedeki diyaloglar da hiç anlaşılmıyordu. Ama bu yirmi dakikalık ilkel ve "demode" oyunun öyle sağlam bir dramatik yapısı vardı ki sağır ve dilsizler bile her şeyi anlardı.

1. Kapkara bir çarşaf içinde bir kadın sokaklarda yürüyor, kendi kendine konuşuyor, düşünüyordu. Bir nedenden mutsuzdu.

2. Kadın çarşafını çıkararak özgürlüğünü ilan ediyordu. Şimdi çarşafsız ve mutluydu.

3. Ailesi, nişanlısı, yakınları, sakallı ve Müslüman erkekler bu özgürlüğe çeşitli nedenlerle karşı çıkıp kadına yeniden çarşaf giydirmek istiyorlardı. Bunun üzerine kadın bir öfke anında çarşafını yakıyordu.

4. Bu diklenmeye eli tespihli çember sakallı yobazlar şiddetle karşılık veriyor, saçlarından sürüdükleri kadını tam öldüreceklerken...

5. Onu Cumhuriyet'in genç askerleri kurtarıyordu.

Bu kısa oyun 1930'ların ortasıyla İkinci Dünya Savaşı arasında kadınları çarşaftan, dinî baskılardan uzak tutmak isteyen Batılılaşmacı devletin teşvikiyle Anadolu'da liselerde ve Halkevleri'nde pek çok kere oynanmış, 1950'den sonra demokrasiyle Kemalist devrimin şiddeti zayıflayınca unutulmuştu. Çarşaflı kadını oynayan Funda Eser, yıllar sonra İstanbul'da onu bulduğum bir seslendirme stüdyosunda, annesinin de aynı rolü 1948 yılında Kütahya Lisesi'nde oynamasından gurur duyduğunu, daha sonra çıkan olaylar yüzünden kendisinin aynı haklı mutluluğu Kars'ta ne yazık ki yeniden yaşayamadığını anlattı bana. Uyuşturucularla yıpranmış, yorgun ve yılgın sahne sanatçılarında görülen o her şeyi unutmuş haline rağmen, o geceyi bana olduğu gibi anlatsın diye onu çok zorladım. Geceye tanık olan başka pek çok kişiyle de konuştuğum için ayrıntılara giriyorum:

Birinci tabloda Millet Tiyatrosu'nu dolduran Karslı seyirci şaşkınlık içindeydi. *Vatan yahut Türban* adı onları güncel ve siyasal bir oyuna hazırlamıştı, ama bu eski kısa oyunu hatırlayan bir-iki ihtiyar dışında kimse çarşaflı bir kadın beklemiyordu. Siyasal İslamcıların simgesi türbandı akıllarındaki. Çarşaf içindeki esrarengiz kadın bir aşağı bir yukarı kararlılıkla yürürken pek çok kişi onun yürüyüşündeki o gururlu hatta mağrur havaya takıldı. Dinî kıyafetleri küçümseyen "radikal" memurlar bile saygı duydu ona. Çarşafın içinde kim olduğunu tahmin eden imam hatipli uyanık bir genç ise ön sıraları öfkelendirecek bir kahkaha attı.

İkinci tabloda çarşaflı kadın bir aydınlanma ve özgürlük hamlesiyle kara örtüsünü açmaya başlayınca ilk anda herkes korktu bundan! Bunu Batılılaşmacı laiklerin bile kendi fikirlerinin sonuçlarından korkmalarıyla açıklayabiliriz. Aslında, siyasal İslamcılardan korktukları için Kars'ta her şeyin eskisi gibi sürüp gitmesine çoktan razıydı onlar. Cumhuriyet'in ilk yıllarında olduğu gibi çarşaflıları devlet zoruyla çarşafsızlaştırmayı şimdi akıllarından bile geçirmiyor, yalnızca "çarşafsızlar İslamcıların zoru ve korkusuyla İran'daki gibi çarşaflanmasın yeter" diye düşünüyorlardı.

"Aslında ön sıradaki bütün o Atatürkçüler, Atatürkçü değil, korkak!" demişti Turgut Bey daha sonra Ka'ya. Çarşaflı bir kadının sahnede göstere göstere soyunmasının yalnız dincileri değil, salondaki işsizleri ve ayak takımını da galeyana getirmesinden herkes korkuyordu. Gene de tam o sırada önlerde oturan bir öğretmen ayağa kalkmış, çarşafını zarif ve kararlı hareketlerle çıkarmakta olan Funda Eser'i alkışlamaya başlamıştı. Ama bazılarına göre modernleşmeci bir siyasal eylem değildi bu; kadının çıplak ve tombul kolları, güzel gerdanı içkiden zaten dumanlı olan başını döndürdüğü için yapmıştı bunu. Bu kimsesiz ve yoksul öğretmeni arka sıralardaki bir avuç genç öfkeyle cevapladı.

Durumdan ön sıralardaki cumhuriyetçiler de hoşlanmamışlardı. Çarşafın içinden gözlüklü, aydınlık yüzlü, okumaya azimli saf bir köylü kızı yerine Funda Eser'in, kıvrak bir göbek dansözünün çıkması onların da aklını karıştırmıştı. Ancak orospular, ahlaksızlar çarşafını çıkarır anlamına mı geliyordu bu? Bu İslamcıların mesajıydı o zaman. Vali muavininin "Yanlış iş bu, yanlış" diye bağırdığı işitildi ön sıralarda. Başkalarının belki de dalkavukluktan ona katılması da Funda Eser'i ikna etmedi. Ön sıralar kendi özgürlüğünü savunan aydınlanmış Cumhuriyet kızını takdir ve endişeyle izlerken imam hatipli gençler kalabalığından bir iki tehdit sesi duyuldu, ama kimsenin gözünü korkutmadı bu. Ön sıralardaki vali muavini, zamanında PKK'lılara kök söktürmüş çalışkan ve cesur Emniyet Müdür Yardımcısı Kasım Bey, diğer yüksek memurlar, tapu kadastro il müdürü, işi Kürtçe müzik kasetlerini toplatıp Ankara'ya yollamak olan kültür müdürü (karısı, iki kızı, kravat taktırdığı dört oğlu ve üç erkek yeğeniyle gelmişti), sivil giyinmiş bazı subaylarla karıları olay çıkarmaya niyetli imam hatipli birkaç kendini bilmez gencin gürültüsünden hiç korkmuyorlardı. Salonun her yerine dağıtılmış sivil polislere, kenardaki üniformalı polislere, sahne arkasında beklediklerı söylenen erlere güvendikleri de söylenebilir. Ama daha önemlisi gecenin televizyondan naklen yayınlanıyor olması, bu bir yerel yayın olmasına rağmen, onlarda bütün Türkiye'nin ve Ankara'nın kendilerini seyrediyor olduğu duygusunu uyandırmıştı. Ön sıradaki devlet erkânı da salondaki bütün kalabalık gibi, akıllarının bir köşesiyle sahnede olup biten olayları televizyonun verdiğini düşünerek seyrediyor, sırf bu yüzden sahnedeki bayağılıklar, siyasal sataşmalar ve saçmalıklar onlara olduğundan daha zarif ve büyülü gözüküyordu. Televizyon kamerasının hâlâ çalışıp çalışmadığını denetlemek için ikide bir dönüp kameraya bakanlar, arka sıralardan el sallayanlar olduğu gibi, "aman bizi seyrediyorlar!" korkusuyla salonun en ücra köşesindeki yerlerinde bile hiç kıpırdamadan duranlar da vardı. Gecenin yerel televizyondan "veriliyor" olması

Karslıların çoğunda evlerinde oturup sahnede olanları televizyondan izleme isteğinden çok, tiyatroya gidip "çekim" yapan televizyoncuları seyretme isteği uyandırmıştı.

Funda Eser az önce çıkardığı çarşafını sahnedeki bakır leğenin içine çamaşır gibi yerleştirmiş, üzerine benzini çamaşır suyu döker gibi titizlikle döküp çitilemeye başlamıştı. Benzin, bir rastlantıyla Karslı ev hanımlarının o sırada çok kullandığı Akif Çamaşır Suyu şişesine konduğu için yalnız bütün salon değil bütün Kars isyancı özgür kızın fikir değiştirip uslu uslu çarşafını çitilediğini düşünüp tuhaf bir şekilde rahatladı.

"Yıka kızım, iyice çitile!" diye bağırdı biri arka sıralardan. Gülüşmeler oldu, öndeki memurlar alındı bundan, ama bütün salonun görüşüydü bu. "Hani bunun Omo'su," diye bağırdı bir başkası.

Bunlar imam hatipli gençlerdi, salonu huzursuz ettikleri kadar güldürdükleri için onlara fazla kızılmadı. Ön sıralardaki devlet memurları kadar salonun çoğu da bu demode, Jakoben ve kışkırtıcı siyasal oyunun bir tatsızlığa varmadan geçiştirilmesini istiyordu. Yıllar sonra konuştuğum pek çok kişi de aynı duyguları taşıdığını söyledi bana: Memurundan yoksul Kürt öğrencisine, o gece Millet Tiyatrosu'ndaki Karslıların çoğu bir tiyatroda yapılacağı gibi değişik bir deney yaşamak, biraz da eğlenmek istiyordu. İmam hatipli öfkeli bazı öğrenciler gecenin tadını kaçırmaya niyetliydiler belki, ama o âna kadar çok da korkulmuyordu onlardan.

Funda Eser de reklamlarda sık gördüğümüz çamaşırı eğlence haline getirmiş ev kadını gibi işi uzattı. Vakti gelince ıslak kara çarşafı leğenden çıkardı, çamaşır ipine asacak gibi seyircilere gösterip bayrak gibi açtı. Ne olacak diye anlamaya çalışan kalabalığın şaşkın bakışları arasında cebinden çıkardığı çakmakla kara çarşafı ucundan tutuşturdu. Bir an bir sessizlik oldu. Çarşafı patlar gibi saran alevlerin soluğu işitildi. Bütün salon tuhaf ve korkutucu bir ışıkla aydınlandı.

Pek çok kişi dehşetle ayağa kalktı.

Hiç kimse beklemiyordu bunu. En ödün vermez laikler bile korkmuşlardı. Kadın alevler içindeki çarşafı yere atınca bazıları sahnenin yüz on yıllık döşemelerinin, Kars'ın en zengin yıllarından kalma kirler içindeki yamalı kadife perdelerinin alev almasından korktular. Ama salonun çoğunluğu okun yaydan çıktığını doğru olarak sezdiği için dehşete kapılmıştı. Her şey olabilirdi artık.

İmam hatipli öğrencilerin arasından bir uğultu, bir gürültü patlaması geldi. Yuhalamalar, bağırışmalar, öfkeli çığlıklar işitildi.

"Allahsız din düşmanları!" diye bağırdı biri. "İmansız ateistler."

Ön sıralar hâlâ şaşkınlık içindeydi. Gene aynı yalnız ve cesur öğretmen ayağa kalkıp "Susun seyredin!" dediyse de kimse dinlemedi. Yuhalamaların, bağırışların, sloganların dinmeyeceği, olayların büyüyeceği anlaşılınca bir telaş rüzgârı esti. İl Sağlık Müdürü Dr. Nevzat, kravat ceketli oğullarını, örgülü saçlı kızını ve en iyi kıyafeti olan tavuskuşu rengi krep robunu giymiş karısını bir anda kaldırıp çıkış kapısına doğru sürükledi. Şehirdeki işlerini görmek için Ankara'dan gelen eski Karslı zenginlerden deri tüccarı Sadık Bey ile ilkokuldan sınıf arkadaşı Halk Partili Avukat Sabit Bey birlikte kalktılar. Ön sıraların bir korkuya kapıldığını gördü Ka, oturduğu yerde kararsız kaldı: Çıkacak olaylardan çok gürültü patırtı yüzünden hâlâ yeşil deftere yazmadığı aklındaki şiiri unutmaktan korktuğu için kalkmayı geçirdi aklından. Ayrıca tiyatrodan çıkıp İpek'in yanına dönmek istiyordu. Aynı anda bütün Kars'ın bilgisine, efendiliğine saygı duyduğu telefon idaresi müdürü Recai Bey dumanlar içindeki sahneye yanaştı.

"Kızım," diye seslendi. "Atatürkçü piyesinizi çok beğendik. Ama yetişir artık. Bakın herkes huzursuz, halk da galeyana gelecek."

Yere atılan çarşaf kısa sürede sönmüştü ve dumanlar içindeki Funda Eser tam metnini 1936'da çıkan Halkevleri yayımları içerisinde bulacağım *Vatan yahut Çarşaf*'ın yazarının en çok gurur duyduğu monologu okuyordu şimdi. Olaylardan dört yıl sonra İstanbul'da doksan iki yaşında ve hâlâ zinde bulduğum *Vatan yahut Çarşaf*'ın yazarı bir yandan üzerine sıçrayan yaramaz torunlarını (aslında torunlarının oğullarını) azarlarken bir yandan da bana, bütün eserleri (*Atatürk Geliyor, Liseler İçin Atatürk Piyesleri, O'ndan Hatıralar* vs.) içerisinde ne yazık ki şimdi unutulmuş olan (Kars'taki sahnelemeden ve olaylardan haberi yoktu hiç) bu oyunun bu noktasına gelindiğinde 1930'larda liseli kızların ve memurların ayağa kalkıp gözyaşlarıyla alkışladıklarını anlattı bana.

Şimdiyse imam hatipli öğrencilerin yuhalamalarından, tehdit ve öfkeli çığlıklarından başka bir şey duyulmuyordu. Salonun önündeki suçlu ve korkulu sessizliğe rağmen pek az kişi Funda Eser'in sözlerini işitebildi. Öfkeli kızın neden çarşafını attığını, yalnız insanların değil, milletlerin de cevherlerinin kıyafetlerinde değil, ruhlarında olduğunu, şimdi, ruhumuzu karartan ve geriliğin simgesi çarşaf, türban, fes ve sarıktan kurtulup uygar ve modern milletlerin yanına Avrupa'ya koşmanın gerektiğini anlatışı pek işitilmedi belki, ama gene de arka sıralardan duruma uygun öfkeli bir cevap bütün salondan duyuldu.

"Sen de çıplak koş Avrupa'na, çırılçıplak koş!"

Salonun önlerinden bile kahkahalar, onaylayıcı alkışlar işitildi. Bu, ön sıraları her şeyden çok hayal kırıklığına uğratarak korkuttu. Pek çok kişiyle birlikte Ka da bu sırada yerinden kalktı. Her kafadan bir ses çıkıyor, arka sıralar öfkeyle bağırıyor; bazıları kapıya doğru ilerlerken arkalara bakmaya çalışıyor; Funda Eser pek az kişinin dinlediği şiirini hâlâ okuyordu.

18

Ateş etmeyin, tüfekler dolu!

SAHNEDEKİ İHTİLAL

Ondan sonra her şey çok çabuk oldu. Sahnede çember sakallı, takkeli iki yobaz belirdi. Ellerinde boğma ipi ve bıçaklar vardı ve örtüsünü çıkarıp yakarak Allah'ın buyruğuna meydan okuyan Funda Eser'i cezalandırmak istedikleri her hallerinden anlaşılıyordu.

Funda Eser onların eline düşünce kurtulmak için iç gıcıklayıcı, yarı cinsel hareketlerle kıvrandı.

Aslında bir aydınlanma kahramanı gibi değil, gezgin taşra tiyatrolarında çok sık canlandırdığı "ırzına geçilecek kadın" gibi davranıyordu. Alışkanlıkla bir kurban gibi boynunu büküp yalvaran bakışlarıyla erkek seyircinin cinselliğine seslenişi beklediği kadar bir heyecan uyandırmadı. Çember sakallı yobazlardan biri (az önceki baba acemice makyaj yapmıştı) saçlarından sürükleyerek onu yere sermiş, diğeri Hazreti İbrahim'in oğlunu kurban edişini gösterir Rönesans resimlerini de hatırlatan bir pozla hançeri gırtlağına dayamıştı. Bütün bu tabloda Cumhuriyet'in ilk yıllarında Batılılaşmış aydınlar ve memurlar arasında yayılan "gerici ve dincilerin isyanının" korkulu hayallerinden çok şey vardı. Ön sıralardaki yaşlı memurlarla arkalardaki muhafazakâr ihtiyarlar korkmuşlardı ilk.

Funda Eser ile "iki şeriatçı" aldıkları önemli pozu hiç bozmadan tam on sekiz saniye kıpırtısız durdular. Salondaki kalabalık bu sürede çileden çıktığı için, daha sonra konuştuğum pek çok Karslı bana o üçünün çok daha uzun bir süre öyle kıpırdamadan kaldıklarını söyledi. İmam hatipli öğrencileri öfkelendiren şey, sahneye çıkan "dinci yobazların" çirkinliği, kötülüğü, birer karikatür olmaları ya da türban takan kızların yerine çarşafını çıkaranın derdinin resmedilmesi değildi yalnızca. Bütün bu oyunun cesurca sahnelenmiş bir kışkırtma olduğunu da sezmişlerdi. Bunun üzerine bağırıp çağırarak, sahneye bir şeyler fırlatarak –yarım bir portakal, bir minder– öfkelerini dışa vurduklarında kendilerine yönelmiş bu tuzağın içine daha da düştüklerini anlıyor, çaresizlikle daha çok öfkeleniyorlardı. Bu yüzden aralarında siyasi deneyimi en yüksek olan kısa boylu, geniş omuzlu bir son sınıf öğrencisi Abdurrahman Öz (üç gün sonra Sivas'tan oğlunun cesedini almaya gelen babası asıl adını başka yazdırmıştı) arkadaşlarını yatıştırmaya, susturup yerlerine oturtmaya çalıştı, ama hiç başarılı olamadı. Salonun diğer köşelerinden, sıradan meraklılar arasından gelen alkışlar, yuhalamalar öfkeli öğrencileri iyice cesaretlendirmişti artık. Daha önemlisi: Kars'ın çevre illere kıyasla hâlâ "etkisiz" olan genç İslamcıları, o gece ilk defa hep bir ağızdan ve cesaretle seslerini duyurabilmiş, ön sıralardaki devlet erkânı ve askerler arasında bir korku yaratabildiklerini hayret ve mutlulukla görmüşlerdi. Şimdi televizyon olayı bütün şehre gösterirken bu gövde gösterisini tadını çıkarmadan bırakamazlardı artık. Böylece hızla artan bu gürültü patırtının arkasında bir eğlence isteğinin de yattığı sonraları unutuldu. Video bandını defalarca seyrettiğim için, kimi öğrencilerin sloganlar, küfürler atarken bile güldüklerini, onları cesaretlendiren alkışların, yuhalamaların da anlaşılmaz bir "tiyatro" gecesinin sonunda biraz eğlenmek, biraz da sıkıldıklarını duyurmak isteyen sıradan vatandaşlardan geldiğini gördüm. "Ön sıralar bu kuru gürültü ve patırtıyı fazla ciddiye alıp telaşlanmasaydı daha sonra olanların hiçbiri olmazdı," diyenleri de işittim, "o on sekiz saniyede telaşlanarak kalkan yüksek memurların ve zenginlerin zaten olacakları bildiğini, bu yüzden ailelerini toplayıp kalktıklarını, her şeyin önceden Ankara'da planlandığını" söyleyenleri de.

Gürültü patırtıdan aklındaki şiiri unutmakta olduğunu korkuyla anlayan Ka bu sırada salondan çıkmıştı. Aynı anda Funda Eser'i çember sakallı "gerici" saldırganların elinden alacak beklenen kurtarıcı sahnede belirdi: Sunay Zaim'di bu; başında Atatürk'ün ve Kurtuluş Savaşı kahramanlarının giydiği cinsten bir kalpak, üzerinde 1930'lardan kalma askerî bir üniforma vardı. Sahneye emin adımlarla (hafif aksadığını hiç belli etmeden) çıkar çıkmaz, çember sakallı iki dinci gerici korkup kendilerini yere attılar. Aynı yalnız ve yaşlı öğretmen ayağa kalkıp Sunay'ı bütün gücüyle alkışladı. "Yaşa, var ol!" diye bağırdı bir-iki kişi. Üzerine kuvvetli bir ışık düşünce Sunay Zaim bütün Karslılara bambaşka âlemlerden gelmiş bir harika gibi gözüktü.

Herkes onun güzelliğini, aydınlığını fark etti. 1970'li yıllarda Che Guevera, Robespierre, ihtilalci Enver Paşa rolleriyle onu solcu öğrenciler arasında çekici yapan o sert, kararlı ve trajik havayla, kırılgan, hatta hafif kadınsı güzelliği ayağını sakat bırakan kahredici Anadolu turnelerinde büsbütün yıpranıp tükenmemişti. Beyaz eldivenli sağ elinin işaret parmağını dudaklarına değil, ama çenesinin altına zarif bir hareketle yaklaştırıp, "Susun," dedi.

Buna gerek yoktu, çünkü hem metinde yoktu bu söz, hem bütün salon zaten susmuştu. Ayaktakiler de hemen oturdular ve başka bir söz işittiler.

"Acılar içinde!"

Galiba yarım söylenmişti bu söz, çünkü kimin acılar içinde olduğunu kimse anlayamadı. Eskiden bu sözle halk, millet akla gelirdi; şimdiyse Karslılar bütün gece seyrettikleri şeylerin mi, kendilerinin mi, Funda Eser'in mi, yoksa Cumhuriyet'in mi acılar içinde olduğunu anlamadılar. Gene de sözün ima ettiği duygu doğruydu. Bütün salon korkuyla karışık içli bir sessizliğe gömülmüştü.

"Şerefli ve aziz Türk milleti," dedi Sunay Zaim. "Aydınlanma yolunda çıktığın o büyük ve soylu yolculuktan kimse seni döndüremez. Merak etme. Tarihin tekerine gericiler, pislikler, örümcek kafalılar asla çomak sokamaz. Cumhuriyet'e, özgürlüğe, aydınlığa uzanan eller kırılır."

Necip'in iki koltuk yanında oturan cesur ve heyecanlı bir arkadaşının verdiği alaycı bir cevap ancak işitildi. Oysa salonda derin bir sessizlik, hayranlıkla karışık bir korku vardı. Herkes hiç kıpırdamadan mum gibi oturuyor, sıkıcı geceyi anlamlandıran kurtarıcının tatlı sert bir-iki söz, akşam evlerinde konuşacakları bilgece bir-iki hikâye anlatmasını bekliyordu ki sustu o. Aynı anda perdenin iki yanından birer asker belirdi. Derken arka kapıdan girip koltuklar boyunca yürüyüp sahneye çıkan üç tanesi daha katıldı onlara. Modern oyunlarda olduğu gibi aktörlerin seyirciler arasında yürümesi Karslıları önce korkuttu, sonra eğlendirdi. Aynı anda, koşarak sahneye çıkan gözlüklü bir haberci çocuğu seyirciler hemen tanıyıp gülüştüler. Millet Tiyatrosu'nun karşısındaki gazete genel bayiinin, her gün dükkânda durduğu için bütün Kars'ın tanıdığı cingöz ve sevimli yeğeni Gözlük'tü bu. Sunay Zaim'e yaklaştı, o eğilince, kulağına bir şeyler fısıldadı.

İşittiklerinden Sunay Zaim'in çok üzüldüğünü bütün Kars gördü.

"Eğitim enstitüsü müdürünün hastanede vefat ettiğini öğrendik," dedi Sunay Zaim. "Bu alçak cinayet Cumhuriyet'e, laikliğe, Türkiye'nin geleceğine son saldırı olacaktır!"

Salon bu kötü haberi daha hazmedemeden sahnedeki erler tüfeklerini omuzlarından indirdiler, kurdular ve kalabalığa doğru tuttular. Hemen büyük bir gürültüyle birer el ateş ettiler.

Bunun tatlı bir korkutmaca olduğu da düşünülebilirdi, oyunun içindeki hayali âlemden hayattaki acı habere yollanan bir işaret olduğu da. Tiyatro deneyimi kısıtlı Karslılar bunun Batı'dan gelen moda bir sahneleme yeniliği olduğunu hissettiler.

Gene de, sıralar arasından kuvvetli bir hareket, bir sarsıntı geldi. Silahların gürültüsünden korkanlar bu sarsıntıyı başkalarının da korkmasına yordular. Bir-iki kişi yerinden kalkar gibi oldu, sahnedeki "çember sakallı gericiler" daha da sindiler.

"Kimse kıpırdamasın!" dedi Sunay Zaim.

Aynı anda erler tüfeklerini yeniden kurup kalabalığa doğru bir kere daha nişan aldılar. Necip'in iki koltuk yanındaki kısa boylu cesur öğrenci tam bu sırada ayağa kalkıp slogan attı:

"Kahrolsun Allahsız laikler, kahrolsun imansız faşistler!"

Erler tüfeklerini yeniden ateşlediler.

Patlamalarla birlikte salonda yeniden bir sarsıntının ve korkunun rüzgârı hissedildi.

Hemen sonra, arka sıralarda oturanlar az önce slogan atan öğrencinin koltuğuna çöktüğünü ve aynı hızla ayağa kalkıp, dengesiz el kol hareketleri yaptığını gördüler. Gece boyunca imam hatipli öğrencilerin muzırlık ve tuhaflıklarına gülen birkaç kişi hem buna, hem daha da tuhaf bir hareketle öğrencinin sıralar arasına gerçek bir ölü gibi düşüşüne güldüler.

Salonun bazı yerlerinde gerçekten üzerlerine ateş edildiği duygusu üçüncü yaylım ateşinde uyandı. Kurusıkı atışlarda olduğunun aksine insan yalnız kulağıyla değil, askerlerin sokaklarda terörist kovaladığı gecelerde olduğu gibi midesiyle de işitiyordu çünkü. Kırk dört yıldır salonu ısıtan Alman malı iri bohem sobadan tuhaf bir ses çıkmış, teneke borusu delindiği için dumanlar öfkeli bir çaydanlığın ağzından çıkar gibi tütmeye başlamıştı. Orta sıralarda ayağa kalkıp sahneye doğru yürüyen birinin kanlar içindeki kafası da fark edilmişti artık, barut kokusu da. Bir telaşın başlangıcı hissediliyordu, ama salondakilerin çoğu hâlâ put gibi sessiz ve hareketsizdi. Salona insanın korkulu bir rüya görürken hissettiği yalnızlık duygusu sinmişti. Gene de Ankara'ya her gidişinde Devlet Tiyatrosu'nun bütün oyunlarını görmeyi alışkanlık edinmiş edebiyat öğretmeni Nuriye Hanım tiyatro efektlerinin hakikiliğine hayran olduğu için ön sıradaki yerinden ilk defa ayağa kalktı ve sahnedekileri alkışlamaya başladı. Necip de tam bu sırada, söz isteyen telaşlı bir öğrenci gibi ayağa kalkmıştı.

Hemen sonra erler dördüncü defa tüfeklerini ateşlediler. Daha sonraları olayları araştırması için Ankara'dan yollanan müfettiş binbaşının üzerinde titizlik ve gizlilikle haftalarca çalıştığı rapora göre bu ateş sırasında sıkılan kurşunlarla iki kişi ölmüştü. Bunlardan biri alnına ve gözüne saplanan kurşunlarla düşen Necip'ti ama bu konuda başka söylentiler de işittiğim için onun tam o anda öldüğünü söyleyemeyeceğim. Orta ve ön sıralarda oturan herkesin birleştiği bir nokta varsa o da Necip'in de üçüncü atıştan sonra havada uçan kurşunları fark etmesi ve bunu bambaşka yorumlamasıydı. Vurulmadan iki saniye önce ayağa kalkmış ve pek çok kişinin işiteceği (ama video kaydına geçmeyen) bir sesle şöyle demişti:

"Durun, ateş etmeyin, silahlar dolu!"

Salondaki herkesin artık yüreğiyle bildiği ve aklıyla kabul etmek istemediği şey de işte böylece dile dökülmüş oldu. Silahların ilk ateşlenişinde harekete geçen beş kurşundan biri çeyrek yüzyıl önce Kars'ın son Sovyet başkonsolosunun köpeğiyle birlikte film seyrettiği locanın üzerindeki alçıdan defne yapraklarına isabet etmişti. Silahı ateşleyen Siirtli Kürt kimseyi öldürmek istememişti çünkü. Bir başka kurşun gene benzeri bir endişeyle ve bu sefer biraz da acemilikle tiyatronun tavanına isabet etmiş ve oradan döktüğü yüz yirmi yıllık kireç ve boya parçaları aşağıdaki telaşlı kalabalığın üzerine kar gibi yağmıştı. Bir başka kurşun en arkada, naklen yayın kamerasının kurulduğu yükseltinin altına, bir zamanlar yoksul ve hülyalı Ermeni kızlarının Moskova'dan gelen tiyatro gruplarını, cambazları ve oda orkestralarını ucuz biletle ayakta seyrederken tutundukları ahşap korkuluğa saplanmıştı. Dördüncü kurşun çekim kamerasından uzakta bir köşede bir koltuğun arkalığını delip geçmiş, arkada karısı ve dul baldızıyla oturan traktör ve tarım aletleri yedek parçacısı Muhittin Bey'in omzuna saplanmış, ilk anda o da az önceki kireç parçalarının etkisiyle tavandan üzerine bir şey düştüğünü sanarak yukarı bakmıştı. Beşinci kurşun, İslamcı öğrencilerin biraz arkasında oturan ve Trabzon'dan Kars'ta askerlik yapan torununu görmeye gelen bir dedenin sol gözlük camını parçalamış, beynine girmiş, zaten uyuklamakta olan ihtiyarı öldüğünü bile fark ettirmeden sessizce öldürüp ensesinden çıkmış, koltuğun arkalığını geçip lavaş ve yumurta satarken sıra arasına bozuk para uzatan on iki yaşındaki Kürt çocuğun torbasındaki lop yumurtalardan birinin içinde kalmıştı.

Bu ayrıntıları üzerlerine ateş edilmesine rağmen Millet Tiyatrosu'ndaki kalabalığın çoğunun niye hiç kıpırdamadığını açıklayabilmek için yazıyorum. Askerlerin ikinci atışında şakağına, boynuna ve yüreğinin az üstüne isabet alan öğrenci daha önceden de fazla cesaret gösterdiği için korkutucu oyunun eğlenceli bir parçası olarak görülmüştü. Öbür iki kurşundan biri arkada oturan ve fazla ses çıkarmayan (teyzesinin kızı şehrin ilk "intiharcı kızı"ydı) başka bir imam hatip öğrencisinin göğsüne, diğeri de projeksiyon makinesinin iki metre üzerinde, duvarda altmış yıldır hiç çalışmadan duran saatin toz ve örümcek ağlarıyla kaplı kadranına isabet etmişti. Aynı yere üçüncü atışlarda saplanan bir kurşunun varlığı akşamüstü seçilen keskin nişancı erlerden birinin *Kuran* üzerine ettiği yemine bağlı kalmadığını, birini öldürmekten kaçındığını müfettiş binbaşıya kanıtlamıştı. Binbaşı raporunda benzer bir mesele olarak da, üçüncü atışlarda öldürülen ateşli İslamcı bir başka öğrencinin, aynı zamanda MİT Kars şubesine bağlı çalışkan ve görevsever bir ajan olmasını ele almış, devleti dava eden ailesine tazminat verilmesinin ise hukuki bir gerekçesi olmadığını bir parantez içinde belirtmişti. Son iki kurşunun, Kars'ın bütün muhafazakâr ve dindarlarınca sevilen ve Kaleiçi Mahallesi'ndeki çeşmeyi yaptırmış Rıza Bey ile artık zor yürüyen ihtiyara bir çeşit bastonluk eden uşağını aynı anda öldürmesine ve bu iki can yoldaşının salonun ortasında can çekişerek inlemesine rağmen kalabalığın çoğunun tüfeklerini yeniden kuran askerlere hiç kıpırdamadan bakmasını açıklamak zor. "Biz arka sıralarda oturanlar, korkunç bir şey olduğunu anlamıştık," dedi yıllar sonra adının açıklanmasına hâlâ izin vermeyen bir mandıra sahibi. "Yerimizden kıpırdar, dikkati çekersek, kötülüğün bizi de bulacağından korktuğumuz için olup bitenleri hiç ses çıkarmadan seyrediyorduk!"

Dördüncü atışlarda sıkılan kurşunlardan birinin nereye isabet ettiğini müfettiş binbaşı da saptayamamıştı. Bir kurşun taksitle ansiklopediler ve salon oyunları pazarlamak için Ankara'dan Kars'a gelen genç bir satıcıyı yaralamıştı (iki saat sonra kan kaybından ölecekti). Bir başka kurşun 1900'lerin başında deri tüccarı Ermeni zenginlerinden Kirkor Çizmeciyan'ın tiyatroya geldiği gecelerde kürkler içindeki ailesiyle yerleştiği özel locanın aşağı bakan duvarında kocaman bir delik açmıştı. Necip'in yeşil gözlerinden birine ve geniş ve temiz alnının ortasına giren diğer iki kurşun abartılı bir iddiaya göre onu hemen öldürmemiş, sonradan anlatılanlara göre delikanlı bir an sahneye bakarak "Görüyorum!" demişti.

Kapılara koşanlar, çığlıklar atanlar, bağırıp çağıranlar bu son atışlardan sonra iyice sinmişlerdi. Canlı yayını yöneten kameraman da kendini bir duvarın dibine atmış olmalıydı; sürekli sağa sola kıpırdayan kamerası hareketsizdi artık. Kars seyircisi ekranda sahnedeki kalabalıkla, ön sıralardaki sessiz ve saygılı seyircileri görebiliyordu yalnızca. Gene de şehrin büyük çoğunluğu ekrandan işitilen silah seslerinden, çığlıklardan, gürültü patırtıdan, Millet Tiyatrosu'nda tuhaf bir şeyler olduğunu anladı. Gece yarısına doğru sahnedeki oyunu sıkıcı bulup uyuklamaya başlayanlar bile son on sekiz saniyedir patlayan silahların sesinden sonra gözlerini ekranlarına dikmişlerdi.

Sunay Zaim bu ilgi anını sezecek kadar tecrübeliydi. "Kahraman askerler, görevinizi yaptınız," dedi. Zarif bir hareketle hâlâ yerde yatmakta olan Funda Eser'e döndü, abartılı bir şekilde eğilerek ona elini uzattı. Kadın da kurtarıcısının elini tutup ayağa kalktı.

Ön sıradaki emekli memur ayağa kalkıp alkışladı onları. Önlerden birkaç kişi daha katıldı ona. Korkudan ya da her alkışa yetişme alışkanlığından arkalardan da birkaç alkış sesi geldi. Salonun gerisi buz gibi sessizdi. Herkes bir sarhoşluktan ayılıyor gibiydi; bazıları can çekişmekte olan gövdeleri görmelerine rağmen her şeyin sahnedeki dünyanın bir parçası olduğuna karar vermenin rahatlığıyla belli belirsiz gülümsemeye başlamışlar, bazıları da kendilerini attıkları köşelerden başlarını çıkarmışlardı ki Sunay'ın sesi korkuttu onları.

"Bu bir oyun değil, başlayan bir ihtilaldir," dedi azarlayıcı bir sesle. "Her şeyi vatanımız için yapacağız. Şerefli Türk ordusuna güvenin! Askerler götürün bunları."

İki asker sahnedeki iki çember sakallı "gericiyi" götürdü. Diğer erler tüfeklerini yeniden kurup seyirciler arasına inerken arkadan tuhaf biri fırladı sahneye. Tuhaftı, çünkü asker olmadığı gibi oyuncu da olmadığı sahneye hiç yakışmayan aceleci ve güzellikten yoksun hareketlerinden hemen anlaşılıyordu. Pek çok Karslı her şeyin bir şaka olduğunu söylesin diye umutla baktı ona.

"Yaşasın Cumhuriyet!" diye bağırdı o. "Yaşasın ordu! Yaşasın Türk milleti! Yaşasın Atatürk!" Perde ağır ağır kapanmaya başlamıştı. O da Sunay Zaim'le birlikte iki adım öne çıkıp perdenin salon tarafında kaldı. Elinde Kırıkkale yapısı bir tabanca, üzerinde sivil kıyafetlerle asker çizmeleri vardı. "Kahrolsun yobazlar!" dedi ve merdivenlerden seyirciler arasına indi. Arkasında eli tüfekli iki kişi daha belirdi. Askerler imam hatipli öğrencileri gözaltına alırken silahlı bu üç kişi korkulu gözlerle kendilerine bakan seyircilere hiç ilişmeden çıkış kapısına doğru sloganlar atarak kararlılıkla koştular.

Çok mutlu, çok heyecanlıydılar. Kars'ın küçük ihtilaline, bu oyuna katılmalarına, uzun tartışmalardan, pazarlıklardan sonra son anda karar verilmişti çünkü. Kars'a geldiği ilk gece onlarla tanıştırılan Sunay Zaim, sahnelemek istediği "sanat eserini" böyle karanlık işlere karışmış eli silahlı maceracıların kirleteceğini düşündüğü için bütün bir gün direnmiş, ama sanattan anlamayacak ayak takımına karşı silah kullanabilen adam gerekebileceği yolundaki haklı karşı çıkmalara son anda karşı koyamamıştı. Daha sonraki saatlerde bu kararından çok pişman olduğu, bu serseri kılıklı adamların kan dökmesinden vicdan azabı duyduğu söylenecekti, ama pek çok şey gibi bunlar da söylentiydi yalnızca.

Yıllar sonra Kars'a gittiğimde, yarısı yıkılan yarısı da Arçelik bayiinin deposuna dönüştürülen Millet Tiyatrosu'nu bana gezdiren dükkân sahibi Muhtar Bey, o gece ve sonraki günlerin dehşeti hakkındaki sorularımı geçiştirmek için, ta Ermeniler zamanından bugüne Kars'ta pek çok cinayetler işlendiğini, kötülükler ve kıyımlar yapıldığını söyledi. Ama ben burada yaşayan yoksul insanları biraz mutlu etmek istiyorsam, İstanbul'a döndüğümde Kars'ın geçmişteki günahlarını değil temiz havasının güzelliğini, insanlarının iyi yürekliliğini yazmalıydım. Karanlık ve küflü bir depo binasına dönüşmüş tiyatro salonunda buzdolabı, çamaşır makinesi ve soba hayaletleri arasından bana, o geceden kalan tek izi gösterdi: Kirkor Çizmeciyan'ın tiyatro seyrettiği locanın duvarına isabet etmiş kurşunun açtığı kocaman delikti bu.

19

Ne kadar da güzel yağıyordu kar

İHTİLAL GECESİ

Tiyatronun perdesi kapandığı sırada ellerinde tabancalar ve tüfeklerle kalabalığın korkulu bakışları arasından bağıra çağıra dışarı koşan üç mutlu adamdan en önde gideni takma adı Z. Demirkol olan eski bir komünist gazeteciydi. 1970'lerde Sovyet yanlısı komünist örgütlerde yazar, şair ve en çok da "koruma" olarak görünmüştü. İri kıyımdı. 1980'deki askerî darbeden sonra Almanya'ya kaçmış, Berlin Duvarı'nın yıkılmasından sonra özel bir izinle modern devleti ve Cumhuriyet'i Kürt gerillalara ve "şeriatçılara" karşı savunmak için Türkiye'ye dönmüştü. Yanındaki iki kişi Z. Demirkol'un 1979-80 yıllarında geceleri İstanbul sokaklarında silahlı çatışmaya girdiği Türk milliyetçisi takımındandılar, ama devleti savunma fikriyle maceracılık ruhu şimdi onları birleştirmişti. Bazılarına göre hepsi baştan beri devlet ajanıydı. Millet Tiyatrosu'nu bir an önce terk etmek için merdivenlerden korkuyla hızlı hızlı inenler ise kim olduklarından hiç haberleri olmadığı için yukarıda hâlâ süren oyunun bir parçası gibi davrandılar onlara.

Z. Demirkol sokağa çıkıp karın ne kadar çok tuttuğunu görünce bir çocuk gibi tepinerek sevindi, havaya iki el ateş etti, "Yaşasın Türk milleti, yaşasın Cumhuriyet!" diye bağırdı. Kapı önünde dağılmakta olan kalabalık kenarlara çekildi. Bazıları korkuyla gülümseyerek baktılar onlara. Bazıları erkenden evlerine döndükleri için özür diler gibi durdular. Z. Demirkol ve arkadaşları Atatürk Caddesi'nden yukarı doğru koştular. Sloganlar atıyor, sarhoş gibi neşeyle bağıra bağıra konuşuyorlardı. Karda bata çıka birbirlerine yaslanarak ilerleyen ihtiyarlar ve birbirlerine iyice sokulmuş çocuklu ailelerin babaları bir kararsızlık içinde onlara alkış tuttular.

Neşeli üçlü Küçük Kâzımbey Caddesi'nin köşesinde Ka'ya arkadan yetişti. Kendilerini fark ettiği için Ka'nın bir arabaya yol verir gibi kaldırıma, iğde ağaçlarının altına çekildiğini görmüşlerdi.

"Şair bey," diye seslendi Z. Demirkol. "Onlar seni öldürmeden sen onları öldüreceksin. Anladın mı?"

Hâlâ yazamadığı ve daha sonra "Allah'ın Olmadığı Yer" adını vereceği şiiri Ka bu sırada unuttu.

Z. Demirkol ve arkadaşları Atatürk Caddesi'nden yukarı doğru yürüyorlardı. Ka peşlerinden gitmek istemediği için sağa, Karadağ Caddesi'ne saptı, aklında artık şiirden hiçbir şey kalmadığını fark etti.

Gençliğinde siyasal toplantılardan çıkarken hissettiği utanç ve suçluluk duygusu vardı içinde. O siyasi toplantılarda, yalnızca Nişantaşı'nda yaşayan zengince bir burjuva çocuğu olduğu için değil, konuşmaların çoğu aşırı çocuksu abartmalarla dolu olduğu için de utanırdı Ka. Unuttuğu şiir aklına gelir umuduyla doğrudan otele dönmeyip, yolunu uzatmaya karar verdi.

Televizyonda seyrettiklerinden telaşlanarak pencerelere çıkmış birkaç meraklı gördü. Tiyatroda olup biten korkunç şeylerden Ka'nın ne kadar haberdar olduğunu söylemek güç. Tiyatro binasından çıkmadan önce silah atışları başlamıştı, ama bu atışları da, Z. Demirkol ve arkadaşlarını da oyunun bir parçası sanması mümkündü.

Bütün dikkati unuttuğu şiirdeydi. Onun yerine bir başka şiirin geldiğini hissedince gelişip olgunlaşsın diye onu aklının bir köşesinde bekletti.

Uzaklardan iki el silah sesi geldi. Karın içinde yankılanmadan kayboldu.

Ne kadar da güzel yağıyordu kar! Ne kadar iri tanelerle, ne kadar kararlı, hiç durmayacakmış gibi ve sessiz! Geniş Karadağ Caddesi dizboyu kar altında karanlık gecenin içine doğru kaybolarak giden bir yokuştu. Beyaz ve esrarlı! Ermenilerden kalma üç katlı güzel belediye binasında kimsecikler yoktu. Bir iğde ağacından sarkan buzlar, altındaki görünmez bir arabanın üzerinde yükselen bir kar yığınıyla birleşmiş, yarı buzdan, yarı kardan tül bir perde yapmıştı. Tek katlı, boş bir Ermeni evinin tahtalar çakılmış kör pencerelerinin önünden geçti Ka. Kendi soluk alışverişlerini ve ayak seslerini dinlerken hayatın ve mutluluğun ilk defa işitir gibi olduğu çağrısına kararlılıkla sırt çevirebileceği bir güç hissediyordu içinde.

Vali Konağı'nın karşısındaki Atatürk heykelli küçücük parkta kimsecikler yoktu. Ruslar zamanından kalan ve Kars'ın en şatafatlı binası olan defterdarlık binasının önünde de hiç hareket göremedi Ka. Yetmiş yıl önce Birinci Dünya Savaşı'ndan sonra çarın ve padişahın askerleri bölgeden çekildiği zaman Kars'ta Türklerin kurduğu bağımsız devletin merkezi ve meclisiydi burası. Karşıda aynı batık devletin başkanlık sarayı olduğu için İngiliz askerlerince basılan eski Ermeni binası vardı. Bugün vali konağı olduğundan çok sıkı korunan binaya hiç sokulmadan sağa, parka doğru kıvrılıp ilerledi Ka. Ötekiler kadar güzel ve hüzünlü bir başka eski Ermeni binasının önünden biraz aşağı inmişti ki, yandaki boş arsanın kenarında bir rüyadaki gibi sessizce ve ağır ağır uzaklaşan bir tank gördü. Daha ileride imam hatip okulunun yakınında bir askerî kamyon vardı. Üzerindeki karın azlığından kamyonun oraya yeni geldiğini anladı Ka. Bir el silah atıldı. Ka geri döndü. Vali Konağı'nın önündeki camları buz tutmuş kulübenin içinde ısınmaya çalışan polislere hiç gözükmeden Ordu Caddesi'nden aşağıya indi. Kafasındaki yeni şiiri ve ona bağlı bir hatırayı ancak bu kar sessizliğinden hiç çıkmadan otel odasına dönerse koruyabileceğini anlamıştı.

Yokuşun ortasındaydı, karşı kaldırımdan bir gürültü geldi, Ka yavaşladı. İki kişi telefon idaresinin kapısını tekmeliyordu.

Karın içinde bir arabanın lambaları belirdi, sonra zincirli tekerleklerinin hoş sesini duydu Ka. Telefon idaresine yanaşan siyah sivil arabadan Ka'nın az önce tiyatroda kalkmayı düşünürken gördüğü oturaklı biri ile silahlı, yün bereli bir adam çıktı.

Hepsi kapının önünde biriktiler. Bir tartışma başladı. Ka seslerinden ve sokak lambasının ışığından kapıdakilerin Z. Demirkol ve arkadaşları olduğunu anladı.

"Nasıl anahtarın yok!" dedi biri. "Sen telefon başmüdürü değil misin? Seni buraya telefonları kes diye getirmediler mi? Anahtarını nasıl unutursun?"

"Şehrin telefonları buradan değil, İstasyon Caddesi'ndeki yeni santralden kesilir," dedi başmüdür.

"Bu bir ihtilaldir ve biz buraya girmek istiyoruz," dedi Z. Demirkol. "Öteki yere de biz istersek gidilir. Tamam mı? Anahtar nerede?"

"Evladım, bu kar iki gün sonra diner, yollar açılır, sonra devlet hepimizden hesap sorar."

"O korktuğun devlet biziz," dedi Z. Demirkol sesini yükselterek. "Açıyor musun hemen?"

"Yazılı bir emir olmadan kapıyı açmam!"

"Görürüz şimdi," dedi Z. Demirkol. Tabancasını çıkardı, havaya iki el ateş etti. "Alın bunu dayayın duvara, ısrar ederse kurşuna dizeceğiz," dedi.

Kimse inanmadı sözüne, ama gene de Z. Demirkol'un eli tüfekli adamları Recai Bey'i telefon idaresinin duvarına sürüklediler. Kurşunlar arkadaki pencerelere zarar vermesin diye biraz sağa iteklediler onu. Kar o köşede çok yumuşak olduğu için müdür bey yere düştü. Özür dilediler, elinden tutup ayağa kaldırdılar. Kravatını çözüp ellerini arkadan bağladılar. Bu arada, aralarında konuşuyor, sabaha kadar Kars'taki bütün vatan hainlerinin temizleneceğini söylüyorlardı.

Z. Demirkol'un emir vermesi üzerine tüfeklerini kurdular ve bir idam mangası gibi Recai Bey'in karşısına dizildiler. Tam o sıra uzaktan silah sesleri geldi. (İmam hatip lisesi yatakhanesinin bahçesindeki erlerin açtığı korkutma ateşiydi bu.) Hepsi susup beklediler. Bütün gün yağan kar sonunda neredeyse dinmişti. Olağanüstü güzel, sihirli bir sessizlik vardı. Bir süre sonra biri, son bir sigara içmesinin ihtiyarın (ihtiyar değildi hiç) hakkı olduğunu söyledi. Recai Bey'in ağzına bir sigara koydular, çakmakla yaktılar, müdür içerken de canları sıkıldığı için tüfeklerinin dipçikleri ve postallarıyla telefon idaresinin kapısını kırmaya başladılar.

"Devlet malına yazık," dedi müdür kenardan. "Çözün beni açacağım."

Onlar içeri girerken Ka yoluna devam etti. Arada tek tük silah sesleri işitiyordu ama bunlara köpek ulumalarından daha fazla aldırmıyordu. Kıpırtısız gecenin güzelliğine bütün gücüyle dikkat kesilmişti. Eski ve boş bir Ermeni evinin önünde durdu bir süre. Sonra bir kilise yıkıntısıyla, bahçesindeki ağaç hayaletlerinin dallarından sarkan buzları saygıyla seyretti. Şehrin soluk sarı sokak lambalarının ölü ışığında her şey öylesine kederli bir rüyadan çıkmış gibi görünüyordu ki Ka bir suçluluk duydu. Öte yandan içini şiirle dolduran bu sessiz ve unutulmuş ülkeye şükranla doluydu içi.

Az ötede, kaldırımda "Ne oluyor gidip bakacağım," diyen bir oğulla, pencereden onu azarlayarak eve çağıran öfkeli bir anne vardı. Ka aralarından geçti. Faikbey Caddesi'nin köşesinde bir ayakkabıcı dükkânından telaşla çıkan kendi yaşlarında, biri irice, öteki çocuk gibi ince iki adam gördü. On iki yıldır, haftada iki kere karılarına "çayhaneye gidiyorum," diyerek bu zamk kokulu dükkânda gizlice buluşan iki sevgili, sokağa çıkma yasağı konduğunu üst kat komşusunun hep açık televizyonundan öğrenerek telaşa kapılmışlardı. Faikbey Caddesi'ne sapıp, iki sokak aşağı yürüdükten sonra Ka, sabah kapısının önündeki alabalık tezgâhına baktığı bir dükkânın karşısında bir tank olduğunu fark etti. Sokak gibi tank da sihirli bir sessizlik içinde o kadar hareketsiz ve ölü gibiydi ki boş olduğunu sandı onun. Ama kapağı açıldı, içinden bir kafa çıkıp ona hemen evine dönmesini söyledi. Ka Karpalas Oteli'nin yolunu sordu ona. Ama daha asker söylemeden, karşıda *Serhat Şehir Gazetesi*'nin karanlık yazıhanesini görüp dönüş yönünü çıkardı.

Otelin sıcaklığı, giriş lobisinin aydınlığı yüreğini sevinçle doldurdu. Ellerinde sigaralarla televizyon seyreden pijamalı müşterilerin yüzlerinden olağanüstü bir şeyler olduğunu anlıyordu, ama sevmediği bir konuyu atlayan bir çocuk gibi aklı her şeyin üzerinden özgürce ve hafifçe kayıyordu. Turgut Bey'in dairesine bu hafiflik duygusuyla girdi. Bütün takım, hepsi hâlâ masadaydılar ve televizyona bakıyorlardı. Turgut Bey Ka'yı görünce ayağa kalktı, azarlayıcı bir sesle geç kaldığı için çok merak ettiklerini söyledi. Başka bir şey daha söylüyordu ki Ka İpek ile göz göze geldi.

"Şiirini çok güzel okudun," dedi İpek. "Seninle iftihar ettim."

Ka bu anı hayatının sonuna kadar unutmayacağını anladı hemen. O kadar mutluydu ki, öteki kızların soruları, Turgut Bey'in meraktan ıstırap çeken hali olmasaydı gözlerinden yaşlar akabilirdi.

"Askerler galiba bir şeyler yapıyor," dedi Turgut Bey, umutlansın mı, dertlensin mi karar verememenin sıkıntısı içinde.

Sofra darmadağınıktı. Birisi mandalina kabuklarının içine sigarasının külünü serpmişti, galiba İpek'ti bu işi yapan. Aynı şeyi, Ka'nın çocukluğunda babasının uzak ve genç bir halası, Münire Hala yapardı ve Ka'nın annesi onunla konuşurken ağzından "efendim" kelimesini hiç eksik etmemesine rağmen onu çok küçümserdi.

"Sokağa çıkma yasağı ilan ettiler," dedi Turgut Bey. "Tiyatroda ne oldu bize anlatın."

"Siyaset beni hiç ilgilendirmiyor," dedi Ka.

Bunu içinden gelen bir sese uyarak söylediğini başta İpek, herkes anlamıştı, ama gene de bir suçluluk duydu.

Şimdi uzun bir süre burada hiçbir şey konuşmadan İpek'e bakarak oturmak istiyor, ama evdeki "ihtilal gecesi havası" onu huzursuz ediyordu. Çocukluğunun askerî darbe gecelerini kötü hatırladığı için değil, herkes ona bir şey sorduğu için. Hande bir köşede uyuyakalmıştı. Kadife Ka'nın seyretmek istemediği televizyona bakıyor, Turgut Bey ilginç bir şeyler olduğu için memnun ama telaşlı gözüküyordu.

Ka bir süre yanına oturup İpek'in elini tuttu, ona yukarıya odasına gelmesini söyledi. Onunla daha fazla yakınlaşamamak kendisine acı vermeye başlayınca odasına çıktı. Tanıdık bir ahşap kokusu vardı buranın. Paltosunu kapının arkasındaki çengele özenle astı. Yatağının başındaki küçük lambayı yaktı: Yorgunluk, yeraltından gelen bir uğultu gibi yalnız bütün gövdesini, gözkapaklarını değil, odayı ve oteli de sarmıştı. Bu yüzden aklına gelen yeni şiiri çabuk çabuk defterine hızla geçirirken yazdığı dizelerin, şimdi kenarına oturduğu yatağın, otel binasının, karlı Kars şehrinin, bütün dünyanın bir devamı olduğunu hissediyordu.

Şiire "İhtilal Gecesi" adını verdi. Çocukluğunun askerî darbe gecelerinde, bütün ailenin uyanıp pijamalarla radyoyu ve marşları dinleyişleriyle açılıyordu şiir, ama sonra hep birlikte yenilen bayram yemeklerine dönülüyordu. Bu yüzden daha sonra şiirin yaşanan bir ihtilalden değil, hafızadan kaynaklandığını düşünüp kar yıldızına öyle yerleştirecekti. Şiirde önemli bir sorun, dünyada bir felaket hüküm sürerken şairin aklının bir kısmını buna kapayabilmesiyle ilgiliydi. Ancak bunu yapabilen şair şimdiyi hayal gibi yaşayabilirdi: Buydu şairin başarması zor işi! Ka şiiri bitirdikten sonra bir sigara yaktı ve pencereden dışarı baktı.

20

Memlekete, millete hayırlı olsun!

GECE Ka UYURKEN VE SABAH

Ka tam on saat yirmi dakika deliksiz uyudu. Bir ara rüyasında kar yağdığını gördü. Bundan pek az önce dışarıda yarı açık perdenin aralığından görülen beyaz sokakta kar yeniden başlamıştı ve üzerinde Karpalas Oteli yazan pembe levhayı aydınlatan soluk lambanın ışığında kar olağanüstü yumuşak gözüküyordu: Kars sokaklarında atılan silahların seslerini bu tuhaf, sihirli karın yumuşaklığı emdiği için Ka bütün gece belki de o kadar huzurla uyuyabildi.

Oysa bir tank ve iki askerî kamyon eşliğinde basılan imam hatip lisesi yatakhanesi iki sokak yukarıdaydı. Ermeni demir zanaatkârlarının ince ustalığını hâlâ gösteren ana kapıda değil, ama son sınıf yatakhanelerine ve toplantı salonuna açılan ahşap kapıda bir çatışma olmuş, askerler önce korkutma amacıyla karlı bahçeden yukarıya karanlığa doğru kurşun sıkmışlardı. Siyasal İslamcı öğrencilerin en militanları Millet Tiyatrosu'ndaki geceye katıldığı ve orada gözaltına alındığı için yatakhanede kalanlar ya acemiler ya da ilgisizlerdi, ama televizyonda gördükleri sahnelerden coşup kapı arkasına masalardan, sıralardan bir barikat yapmış, sloganlar atıp "Allahu ekber!" diye bağırarak beklemeye başlamışlardı. Bir-iki deli öğrenci yemekhaneden çaldıkları çatal ve bıçakları hela penceresinden erlerin üzerine atmaya, ellerindeki tek tabancayla oyun oynamaya kalkıştıkları için buradaki çatışmanın sonunda yeniden silahlar atıldı ve alnına kurşun yiyen güzel vücutlu, güzel yüzlü incecik bir öğrenci düşüp öldü. Çoğu ağlayan, pijamalı ortaokul öğrencileri, sırf bir şey yapmış olmak için bu direnişe katılıp pişman olmuş kararsızlar ve yüzü gözü şimdiden kan içinde kalmış mücadeleciler, hep birlikte otobüslere bindirilip dövüle dövüle emniyet müdürlüğüne götürülürken yoğun kar yüzünden şehirde pek az kişi olup biteni fark etmişti.

Şehrin çoğunluğu ayaktaydı, ama dikkatler pencerelere ve sokağa değil, televizyona dönüktü hâlâ. Millet Tiyatrosu'ndaki canlı yayında Sunay Zaim'in bunun bir oyun değil ihtilal olduğunu söylemesinden sonra, askerler salondaki gürültücüleri toparlar, cesetler ve yaralılar sedyelerle taşınırken, bütün Kars'ın yakından tanıdığı Vali Muavini Umman Bey sahneye çıkmış, her zamanki resmî, asabi ama güven verici sesi ve biraz da ilk defa çıktığı "canlı yayın" sıkıntısıyla ertesi gün saat on ikiye kadar Kars'ta sokağa çıkma yasağı konduğunu duyurmuştu. Onun boşalttığı sahneye kimse çıkmadığı için sonraki yirmi dakikada Karslı seyirciler ekranlarında Millet Tiyatrosu'nun perdesini görmüşler, sonra yayında bir kesinti olmuş, derken aynı eski perde sahnede yeniden belirmişti. Bir süre sonra perde ağır ağır açılmaya ve bütün "gece" yeniden televizyonda gösterilmeye başlanmıştı.

Şehirde ne olup bittiğini anlamaya çalışan televizyonlarının başındaki Karslı seyircilerin çoğunda bir korku yaratmıştı bu durum. Uykulu ve yarı sarhoş olanlar içinden çıkılmaz bir zaman kargaşası duygusuna kapılmışlar, bazıları da gecenin ve ölümlerin tekrarlanacağını hissetmişlerdi. Olayların siyasi yanına ilgisiz seyircilerden bazıları bu yeniden gösterimi, tıpkı benim yıllar sonra yapacağım gibi, Kars'ta o gece olup bitenleri anlamalarına yarayacak yeni bir fırsat olarak görüp dikkatle seyretmeye koyulmuşlardı.

Böylece Karslı seyirci Funda Eser'in eski bir kadın başbakanı taklit ederken ağlayarak Amerikan müşterileri kabul edişini ya da bir reklam filmiyle alay ettikten sonra içten bir neşeyle göbek atışını yeniden seyrederken Halkların Eşitliği Partisi'nin Halitpaşa İşhanı'ndaki il merkezi bu işte uzman bir emniyet ekibi tarafından sessizce basılmış, oradaki tek kişi olan Kürt hademe gözaltına alınmış, dolaplarda ve çekmecelerde ne kadar kâğıt defter varsa toplanmıştı. Aynı zırhlı araçlı polisler, daha önceki gece baskınlarından tek tek tanıyıp evlerinin yolunu da bildikleri parti il yönetim kurulu üyelerini sırayla toplamış, bölücülük ve Kürt milliyetçiliği suçlamalarıyla gözaltına almışlardı.

Kars'ın Kürt milliyetçileri yalnızca onlar değildi. Sabah erkenden Digor yolunun başında üzeri karla örtülmeden önce bulunan Murat marka yanık bir taksiden çıkan üç ceset –emniyet güçlerinin bildirdiğine göre– PKK yanlısı militanlara aitti. Şehre sızmak için aylar önce girişimde bulunan bu üç genç, akşamki gelişmelerden telaşa kapılarak bir taksiyle dağlara kaçmaya karar vermiş, yolun kardan kapandığını görünce maneviyatları bozulmuş, aralarında kavga çıkınca birinin patlattığı bombayla hepsi intihar etmişti. Ölenlerden birisinin sağlık evinde temizlikçilik yapan annesinin, oğlunun aslında kapıyı çalan eli silahlı bilinmeyen kişilerce götürüldüğü yolundaki dilekçesiyle taksi şoförünün ağabeyinin, kardeşinin değil Kürt milliyetçisi olmak, Kürt bile olmadığı yolundaki dilekçesi işleme konulmamıştı.

Bir ihtilal olduğunu, sokaklarında iki tankın ağır ve karanlık hayaletler gibi gezindiği şehirde en azından tuhaf bir şeylerin döndüğünü aslında bütün Kars bu saatte anlamıştı, ama her şey televizyonda gösterilen bir oyunun ve pencerelerin önünde eski masallardaki gibi hiç durmamacasına yağan karın eşliğinde gerçekleştiği için bir korku duygusu yoktu. Siyasetle uğraşanlar biraz endişeleniyordu yalnızca.

Mesela, Kars'taki bütün Kürtlerin saygı duyduğu gazeteci ve folklor araştırmacısı Sadullah Bey hayatı boyunca pek çok askerî darbe gördüğü için televizyondan sokağa çıkma yasağını işitir işitmez, yaklaştığını anladığı hapishane günleri için hazırlanmıştı. Bavuluna, onlarsız uyuyamadığı mavi kareli pijamalarını, prostat ilacını ve uyku haplarını, yün takkesini ve çoraplarını, İstanbul'daki kızının kucağında torunuyla gülümsediği fotoğrafını, ağır ağır topladığı Kürt ağıtları üzerine yazdığı kitabın hazırlıklarını koyduktan sonra karısıyla bir çay içip televizyonda Funda Eser'in ikinci göbek atışını izleyerek beklemişti. Gece yarısını epey geçe kapı çalınınca karısıyla vedalaşmış, bavulunu alıp kapıyı açmış, kimseyi göremeyince karlı sokağa çıkmış ve kükürt renkli sokak lambalarının sihirli ışığında, çocukluğunda Kars deresinde paten kayışını karla kaplı sessiz sokağın güzelliğinde hayretle hatırlarken, bilinmeyen kişilerce başına ve göğsüne sıkılan kurşunlarla öldürülmüştü.

Aylar sonra karlar iyice eridiğinde bulunan diğer cesetlerden o gece başka bazı cinayetlerin de işlendiği anlaşılıyordu, ama ihtiyatlı Kars basınının yaptığı gibi, ben de okuyucularımı daha fazla üzmemek için bu olaylardan hiç bahsetmemeye çalışacağım. Bu "faili meçhul"leri Z. Demirkol ve arkadaşlarının işlediği yolundaki söylentiler ise, en azından gecenin ilk saatleri için, doğru değildi. Onlar biraz geç de olsa telefonları kesmeyi başarmışlar, *Kars Televizyonu*'nu basıp yayının ihtilali desteklediğine emin olmuşlar ve gecenin sonuna doğru, bütün gayretlerini saplantılı bir şekilde kafalarına taktıkları "gür sesli bir kahramanlık ve serhat türkücüsü" bulmaya vermişlerdi.

Bir ihtilalin gerçek bir ihtilal olması için radyo ve televizyonlarda kahramanlık ve serhat türküleri okunmalıydı çünkü.

Kışlalara, hastanelere, fen lisesine ve sabahçı çayhanelerine sorulduktan sonra en sonunda nöbetçi itfaiyeciler arasında bulunan, önce tutuklanacağını hatta kurşuna dizileceğini sanan ama doğru stüdyoya götürülen bu türkücünün lobideki televizyondan duvarlar, alçı kaplamalar, perdeler arasından süzülüp gelen şiirli sesini sabah uyanır uyanmaz işitti Ka. Yarı açık perdelerinden içeriye, yüksek tavanlı, sessiz odasına olağanüstü bir güçle vuran tuhaf bir kar aydınlığı vardı. Çok iyi uyumuş, dinlenmişti, ama daha yataktan kalkmadan önce bile, içinde gücünü ve kararlılığını kıran bir suçluluk duygusu olduğunu biliyordu. Sıradan bir otel müşterisi gibi başka bir yerde, başka banyoda olmanın tadını çıkararak yüzünü yıkadı, tıraş oldu, soyundu, giyindi, pirinç bir ağırlığa bağlı anahtarını alıp otelin lobisine indi.

Televizyondaki türkücüyü görüp otelin ve şehrin içine gömüldüğü sessizliğin derinliğini (lobide fısıltıyla konuşuyorlardı) fark edince dün akşam neler olduğunu ve aklının kendisinden sakladığı her şeyi bir bir anladı. Resepsiyondaki çocuğa soğukça gülümsedi, şiddet ve siyasi saplantılarla kendini tahrip eden bu şehirde vakit kaybetmeye hiç niyeti olmayan aceleci bir yolcu gibi hemen bitişikteki yemek salonuna geçip kahvaltısını etmek istedi. Bir köşede tüten bir semaverin üstünde tombul bir çaydanlık vardı, bir tabakta ince ince kesilmiş Kars kaşarı, bir kâsede parlaklığını kaybetmiş ölü zeytinler gördü.

Ka pencere kenarındaki bir masaya oturdu. Tülün aralığından bütün güzelliğiyle gözüken karla kaplı sokağa bakakaldı. Boş sokakta öyle hüzünlü bir şey vardı ki, Ka çocukluk ve gençliğindeki sokağa çıkmanın yasaklandığı nüfus ve seçmen sayımlarını, genel aramaları ve herkesi radyoların, televizyonların başında birleştiren askerî darbeleri tek tek hatırladı. Radyoda marşlar okunur, sıkıyönetim bildirileri ve yasakları duyurulurken Ka hep boş sokaklarda olmak isterdi. Herkesin tek bir konu etrafında toplandığı, bütün teyzelerin, amcaların, komşuların birbirine yaklaştığı askerî darbe günlerini çocukluğunda Ka, bazılarının Ramazan eğlencelerini sevmesi gibi severdi. Ka'nın çocukluğunu aralarında geçirdiği İstanbullu orta ve yüksek burjuva aileler, hayatı kendileri için çok daha güvenli kılan askerî darbelerden memnuniyetlerini biraz olsun gizlemek ihtiyacıyla, her darbeden sonra ortaya çıkan saçma uygulamaları (bütün İstanbul'un kaldırım taşlarının kışla gibi kireçlenmesi, uzun saçlıların ve sakallıların polis-asker zoruyla sokakta çevrilip kabaca tıraş edilmesi gibi) sessizce, gülümseyerek iğnelerlerdi. İstanbullu yüksek Türk burjuvaları askerlerden hem çok korkarlar, hem de geçim sıkıntısı ve disiplinle yaşayan bu memurları gizlice küçümserlerdi.

Yüzlerce yıl önce terk edilmiş bir şehri hatırlatan sokağa aşağıdan bir askerî kamyon girince Ka çocukluğunda yaptığı gibi bir an dikkat kesildi. Odaya yeni giren celep kılıklı bir adam birden Ka'ya sarıldı, yanaklarından öptü.

"Gözümüz aydın, beyefendi! Memlekete, millete hayırlı olsun!"

Tıpkı eski dini bayramlarda yapıldığı gibi, askerî darbelerden sonra da hali vakti yerinde yetişkinlerin birbirini böyle tebrik ettiklerini hatırladı Ka. Adama "hayırlı olsun!" gibisinden o da bir şeyler mırıldanmıştı, utandı bundan.

Mutfağa bakan kapı açıldı ve Ka bir anda yüzünden bütün kanın çekildiğini hissetti. Kapıdan İpek çıkmıştı. Göz göze geldiler ve Ka bir an ne yapacağını bilemedi. İçinden ayağa kalkmak gelmişti o an, ama İpek ona gülümsemiş ve az önce oturan adama yönelmişti. Elinde bir tepsi vardı, üzerinde bir fincan, bir tabak.

İpek fincanla tabağı adamın masasına koyuyordu şimdi. Bir garson gibi.

Ka'yı bir karamsarlık, pişmanlık ve suçluluk duygusu sardı: İpek'e gerektiği gibi selam veremediği için kendini suçluyordu, ama başka bir şeydi bu, kendinden de saklayamayacağını anladı hemen. Her şey yanlıştı, dün bütün yaptıkları; ona, yabancı bir kadına durup dururken evlenme teklif etmesi, onunla öpüşmeleri (peki, bu güzeldi), başının bu derecede dönmüş olması, hep birlikte yemek yerlerken onun elini tutmuş olması, dahası ona duyduğu baş döndürücü çekimi sıradan Türk erkekleri gibi sarhoş olup çevresindeki herkese utanmadan göstermiş olması. Şimdi ona ne diyeceğini çıkaramadığı için İpek sonsuza kadar yan masada "garsonluk" yapsın istiyordu.

Celep kılıklı adam kabaca "Çay!" diye seslendi. Elindeki tepsi boşalan İpek alışkanlıkla semavere yöneldi. Adamın çayını veren İpek hızla masasına sokulurken Ka kalbinin atışlarını burnunun içinde hissetti.

"Ne oldu?" dedi İpek gülümseyerek. "İyi uyuyabildin mi?"

Dün geceye, dünkü mutluluklarına yapılan bu atıftan korktu Ka. "Kar hiç dinmeyecek sanki," dedi zorlukla konuşarak.

Sessizce birbirlerini süzdüler. Ka hiçbir şey diyemeyeceğini, konuşursa bunun yapay olacağını anladı. Susarak ve tek yapabildiğinin bu olduğunu göstererek onun hafif şehla iri ela gözlerinin içine baktı. İpek Ka'nın şimdi dünkünden bambaşka bir ruh halinde olduğunu sezmişti, onun şimdi bambaşka biri olduğunu da anlamıştı. Ka, İpek'in içindeki karanlığı hissettiğini, hatta onu anlayışla karşıladığını sezdi. Bu anlayışın kendisini hayatı boyunca bu kadına bağımlı kılabileceğini de hissetti.

"Bu kar böyle daha sürer," dedi İpek dikkatle.

"Ekmek yok," dedi Ka.

"Ah, özür dilerim." Bir anda semaverin durduğu büfeye gitti. Tepsisini bırakıp ekmek kesmeye başladı.

Ka duruma dayanamadığı için ekmek istediğini söylemişti. Şimdi "aslında ben de gidip kesebilirdim" pozuyla kadının arkasından bakıyordu.

İpek'in üzerinde beyaz bir yün kazak, kahverengi uzun bir etek, ta yetmişlerde moda olan ve artık kimsenin takmadığı iyice kalın bir kemer vardı. Beli inceydi, kalçaları yerindeydi. Boyu Ka'nın boyuna uygundu. Ayak bileklerini de beğendi Ka ve onunla Kars'tan Frankfurt'a birlikte dönmezse hayatının sonuna kadar burada onun elini tutarken, yarı şaka yarı ciddi öperken, onunla şakalaşırken ne kadar mutlu olduğunu acıyla hatırlayacağını anladı.

İpek'in ekmek kesen kolu durunca, o dönmeden önce Ka başını yana çevirdi. "Tabağınıza peynir, zeytin koyuyorum," diye seslendi İpek. Bir salonda başkalarıyla birlikte olduklarını hatırlatmak için "siz" dediğini anladı Ka. "Evet, lütfen," diye öteki kişilere dönük aynı sesle cevap verdi. Göz göze gelince onun az önce arkadan seyredildiğinin fazlasıyla farkında olduğunu yüzünden anladı. İpek'in kadın-erkek ilişkilerini, kendisinin hiçbir zaman beceremediği o zor diplomasinin inceliklerini çok iyi bildiğini düşünerek korktu. Hayattaki tek mutluluk ihtimalinin o olmasından zaten korkuyordu.

"Ekmeği az önce askerî kamyon getirdi," dedi İpek, Ka'nın yüreğini ezen o tatlı bakışıyla gülümseyerek. "Zahide Hanım sokağa çıkma yasağı yüzünden gelemediği için ben bakıyorum mutfağa... Askerleri görünce çok korktum."

Çünkü askerler Hande'yi ya da Kadife'yi almak için gelmiş olabilirlermiş. Hatta babası için de...

"Millet Tiyatrosu'ndaki kanları sildirtmek için hastanenin nöbetçi hademelerini götürmüşler," diye fısıldadı İpek. Masaya oturdu. "Üniversite yurtlarını, imam hatip okulunu, partileri basmışlar..." Oralarda da ölenler olmuş. Yüzlerce kişiyi gözaltına almışlar ama bazılarını sabah bırakmışlar. Baskılı siyasal dönemlere özgü bir havayla fısıldayarak konuşmaya başlaması, Ka'ya yirmi yıl önceki üniversite kantinlerini, hep fısıltıyla anlatılan bu çeşitten işkence ve zulüm hikâyelerini, bunlardan hem bir öfke ve keder, hem de tuhaf bir gururla bahsedilişini hatırlattı. O zamanlar bir suçluluk duygusu ve iç kararmasıyla Türkiye'de yaşadığını unutmak, evine dönüp kitap okumak isterdi. Şimdiyse İpek'in sözünü bitirmesine yardım eder diye, "Çok korkunç, çok!" diye bir söz hazırlamıştı, ağzının içindeydi, ama söylemeye her niyetlenişinde yapmacıklı olacağını hissederek cayıyor, suçlu suçlu peynir ekmeğini yiyordu.

Böylece İpek, babaları imam hatipli oğullarının cesedini teşhis etsinler diye Kürt köylerine yollanan araçların yolda kaldığını, herkese elindeki silahı devlete teslim etmesi için bir gün tanındığını, Kuran kurslarının ve siyasal parti faaliyetlerinin yasaklandığını fısıldarken, Ka onun ellerine baktı, gözlerinin içine, uzun boynunun güzel tenine, kumral saçlarının bu boynun üzerine düşüşüne. Onu sevebilir miydi? Bir ara Frankfurt'ta Kaiserstrasse'de yürüdüklerini, akşam sinemaya gittikten sonra evlerine geri döndüklerini gözünün önüne getirmeye çalıştı. Ama karamsarlık hızla ruhuna yayılıyordu. Kadının sepetteki ekmeği yoksul evlerinde yapıldığı gibi kalın kalın kesmesine, daha da kötüsü, bu kalın dilimlerden bol kepçe lokantalarında yapıldığı gibi bir piramit yapmasına takılıyordu dikkati şimdi.

"Lütfen, başka şeylerden bahset şimdi bana," dedi Ka dikkatle.

İki bina ötede, arka bahçelerden geçerken ihbar üzerine yakalanan birini anlatıyordu İpek, anlayışla sustu.

Bir korku gördü Ka onun gözlerinde. "Dün çok mutluydum, biliyorsun, yıllardan beri ilk defa şiir de yazıyordum," diye açıkladı Ka. "Ama şimdi bu hikâyelere dayanamıyorum."

"Dünkü şiirin çok güzeldi," dedi İpek.

"Mutsuzluk her yerimi sarmadan bugün bana yardım eder misin?"

"Ne yapayım?"

"Şimdi yukarı odama çıkıyorum," dedi Ka. "Biraz sonra gel ve başımı ellerinin arasında tut. Birazcık, daha fazla değil."

Ka daha söylerken İpek'in korkulu gözlerinden bunu yapamayacağını anlayarak kalktı. Taşralıydı, buralıydı; Ka'ya yabancıydı ve bir yabancının anlayamayacağı bir şey istemişti ondan. Kadının yüzündeki anlayışsızlığı görmemek için baştan bu aptalca teklifi yapmamalıydı. Merdivenleri hızla çıkarken ona âşık olduğuna kendini inandırdığı için de suçladı kendini. Odasına girdi, yatağa attı kendini ve önce İstanbul'dan buraya gelmekle ne kadar aptallık ettiğini, sonra da Frankfurt'tan Türkiye'ye gelmekle yaptığı yanlışı düşündü. Yirmi yıl önce oğlunu normal bir hayat yaşasın diye şiirden, edebiyattan uzak tutmaya çalışan annesi, kırk iki yaşına gelince, onun mutluluğunun Kars şehrinde "mutfağa bakan" ve ekmekleri kalın kalın dilimleyen bir kadına bağlı olduğunu bilseydi ne derdi? Babası oğlunun Kars'ta köyden gelme bir şeyhin önünde diz çöküp gözyaşlarıyla Allah'a inancından söz ettiğini işitseydi ne derdi? Dışarıda yeniden başlayan karın kederli ve iri taneleri penceresinin önünden ağır ağır geçiyordu.

Kapı vuruldu, fırlayıp umutla açtı. İpek'ti, ama bambaşka bir ifade vardı yüzünde: Askerî bir aracın geldiğini, içinden çıkan biri asker iki kişinin Ka'yı sorduğunu söyledi. Onlara burada olduğunu, haber vereceğini söylemişti.

"Peki," dedi Ka.

"İstiyorsan iki dakika sana o masajı yapayım," dedi İpek.

Ka onu içeriye çekti, kapıyı kapadı, bir kere öptü, sonra yatağın başına oturttu onu. Kendisi de yatağa uzanıp başını onun kucağına koydu. Böyle bir süre sessizce durdular ve pencereden dışarıya yüz on yıllık belediye binasının çatısındaki karda gezinen kargalara baktılar.

"Tamam, yeter, teşekkür ederim," dedi Ka. Kül rengi paltosunu çividen özenle alıp çıktı. Merdivenlerden inerken kendisine Frankfurt'u hatırlatan paltoyu bir an kokladı ve Almanya'daki hayatını bütün renkleriyle bir an özledi. Paltoyu Kaufhof'tan aldığı gün kendisine yardım eden, iki gün sonra paltonun boyu kısaltıldığında bir kere daha gördüğü sarışın bir tezgâhtar vardı, Hans Hansen'di adı. Belki de fazla Alman olan bu adı ve sarışınlığı yüzünden Ka onu gece uykusunun aralığında aklına getirdiğini de hatırladı.

21

Ama hiçbirini tanıyamıyorum

Ka SOĞUK KORKUNÇ ODALARDA

Ka'yı aldırmak için o zamanlar bile artık Türkiye'de az kullanılan eski cemse kamyonlardan birini yollamışlardı. Otelin lobisinde Ka'yı karşılayan gaga burunlu, beyaz tenli gençten sivil bir adam onu kamyonun önüne, ortaya oturttu. Kendi de yanına, kapı tarafına geçti. Sanki Ka kapıyı açıp kaçmasın diye. Ama oldukça kibar davranmıştı Ka'ya, "efendim" demişti ve Ka bundan adamın sivil polis değil, Milli İstihbarat Teşkilatı'ndan bir subay olduğu ve belki de kendisine kötü davranılmayacağı sonucunu çıkarmıştı.

Şehrin bomboş ve bembeyaz sokaklarından ağır ağır geçtiler. Askerî kamyonun birkaç çalışmaz ibreyle süslü şoför yeri iyice yüksekte olduğu için Ka tek tük açık perdelerden bazı evlerin içlerini görüyordu. Televizyonlar her yerde açıktı, ama bütün Kars perdelerini çekmiş, içine dönmüştü. Bambaşka bir şehrin sokaklarında ilerliyorlarmış da, kara güçlükle yetişen sileceklerin arkasından gördükleri rüyalardan çıkma sokakların, Baltık tarzı eski Rus evlerinin, karla kaplı iğde ağaçlarının güzelliğinden, şoförle gaga burunlu adam da büyülenmiş gibi geldi Ka'ya.

Emniyet müdürlüğünün önünde durdular ve kamyonda iyice üşüdükleri için çabucak içeri girdiler. Düne kıyasla, içerisi öylesine kalabalık ve hareketliydi ki, böyle olacağını bilmesine rağmen bir an korktu Ka. Pek çok Türk'ün birlikte çalıştığı yerlere özgü o tuhaf dağınıklık ve hareket vardı burada. Mahkeme koridorlarını, futbol stadyumlarının kapılarını, otobüs garajlarını hatırladı Ka. Ama tentürdiyot kokulu hastanelerde hissettiği bir dehşet ve ölüm havası da vardı. Yakında bir yerde birisine işkence yapıldığı düşüncesi, bir suçluluk duygusu ve korku şeklinde ruhunu sardı.

Dün akşamüstü Muhtar'la çıktıkları merdivenleri tekrar çıkarken buraya hâkim olan kişilerin tavırlarını, rahatlıklarını bir içgüdüyle benimsemeye çalıştı. Açık kapılardan hızla çalışan daktiloların tıkırtılarını, bağıra bağıra telsizle konuşanları, merdivenlerden çaycıya seslenenleri işitti. Kapı önlerine konmuş banklarda, birbirlerine kelepçelenmiş, üstü başı darmadağınık ve yüzleri morluklar içerisinde sorgu sırasını bekleyen gençleri gördü, onlarla göz göze gelmemeye çalıştı.

Onu dün Muhtar ile birlikte oturduğu odanın bir benzerine aldılar ve katilin yüzünü görmediğini söylemesine rağmen eğitim enstitüsü müdürünün dün resimlerden çıkaramadığı katilini belki bu sefer alt katta, gözaltındaki İslamcı öğrenciler arasında teşhis edebileceğini söylediler. Ka "ihtilal"den sonra polisin MİT'çilerin denetimine geçtiğini ve bu ikisinin arasında bir çekişme olduğunu anladı.

Yuvarlak yüzlü bir istihbarat görevlisi Ka'ya dün saat dört civarında nerede olduğunu sordu.

Bir an Ka'nın yüzü kül gibi oldu. "Şeyh Saadettin Efendi'yi de görmemin iyi olacağını söylemişlerdi," diyordu ki yuvarlak yüzlü sözünü kesti. "Hayır, ondan önce!" dedi.

Ka'nın sustuğunu görünce Lacivert ile görüştüğünü hatırlattı. Zaten her şeyi baştan bildiği ve Ka'yı mahcup ettiği için üzülmüş gibi yapıyordu. Ka bunda da bir iyi niyet görmeye çalıştı. Sıradan bir polis komiseri olsa Ka'nın bu görüşmeyi sakladığını iddia eder, polisin her şeyi bildiğini böbürlenerek kabaca yüzüne vururdu.

Yuvarlak yüzlü istihbarat görevlisi "geçmiş olsun" diyen bir havayla Lacivert'in ne kadar azılı bir terörist, ne büyük bir komplocu ve İran'ın beslediği yeminli bir cumhuriyet düşmanı olduğunu anlattı. Bir televizyon sunucusunu öldürdüğü kesindi ve bu yüzden hakkında tutuklama kararı vardı. Bütün Türkiye'yi geziyor, şeriatçıları örgütlüyordu. "Kim görüştürdü sizi onunla?"

"Adını bilmediğim bir imam hatip lisesi öğrencisi," dedi Ka.

"Şimdi onu da teşhis etmeye çalışın," dedi yuvarlak yüzlü istihbaratçı. "İyice bakın, hücre kapılarının üzerindeki gözetleme penceresinden bakacaksınız. Korkmayın, sizi tanımazlar."

Geniş bir merdivenden Ka'yı aşağı indirdiler. Yüz küsur yıl önce bu ince uzun yapı bir Ermeni vakfının hastanesiyken burası odunluk ve hademe yatakhanesi olarak kullanılmıştı. Daha sonra 1940'larda bina devlet lisesine çevrilince, duvarlar yıkılmış, burası da yemekhane olmuştu. Sonraki yıllarda Batı düşmanı Marksist olacak pek çok Karslı genç 1960'larda, çocukluklarında UNICEF'in yolladığı süt tozundan yapılmış ayranla hayatlarının ilk balık yağı tabletlerini pis kokudan mideleri bulanarak burada yutmuşlardı. Bu geniş bodrumun bir kısmı şimdi bir koridorla, ona açılan on dört küçük hücreye dönüşmüştü.

Hareketlerinden bu işi daha önce yaptığı anlaşılan bir polis Ka'nın kafasına bir subay şapkasını özenle koydu. Ka'yı otelden alan gaga burunlu MİT görevlisi, çok bilmiş bir havayla, "Bunlar subay şapkasından çok korkar," dedi.

Sağdaki ilk kapıya yaklaşılınca polis sert bir hareketle demir hücre kapısının üzerindeki küçük pencereyi açtı, bütün gücüyle "Dikkat, komutan!" diye bağırdı. Ka el büyüklüğündeki pencereden içeri baktı.

İrice bir yatak büyüklüğünde bir hücrenin içinde beş kişi gördü Ka. Belki de daha fazlaydılar: Üst üsteydiler çünkü. Hepsi karşıdaki pis duvara sıkışıp yaslanmış, askerlik yapmadıkları için acemice esas duruşa geçmiş, daha önceden tehditle öğretildiği gibi gözlerini de kapamışlardı. (Bazılarının yarı kapalı gözkapaklarının arasından kendisine baktığını hissetti Ka.) "İhtilal" olalı henüz on bir saat geçmesine rağmen hepsinin saçı sıfır numara kesilmişti ve hepsinin yüzü gözü dayaktan şiş içindeydi. İçerisi koridordan daha aydınlıktı, ama hepsini birbirine benzetti Ka. Sersemlemişti: Bir acıma, korku ve utanç kapladı içini. Necip'i onlar arasında göremediği için sevindi.

İkinci ve üçüncü pencerede de kimseyi teşhis edemediğini görünce gaga burunlu Milli İstihbarat görevlisi, "Korkulacak bir şey yok," dedi. "Zaten yollar açılınca buradan basıp gideceksiniz."

"Ama hiçbirini tanıyamıyorum," dedi Ka hafif bir dikbaşlılıkla.

Daha sonra birkaç kişiyi tanıdı: Birini sahnedeki Funda Eser'e laf atarken gördüğünü çok iyi hatırlıyordu, sürekli slogan atan bir başkasını da. Bir ara onları ihbar ederse, polisle işbirliği yapmaya niyetli olduğunu kanıtlayacağını, böylece karşılaştıklarında Necip'i görmezlikten gelebileceğini düşündü (nasıl olsa bu gençlerin suçları da ciddi değildi çünkü).

Ama kimseyi ihbar etmedi. Bir hücrede yüzü gözü kanlı bir genç, "Komutanım," diye yalvardı Ka'ya. "Annemize duyurmasınlar."

Büyük ihtimal ihtilalin ilk heyecanıyla alet kullanmadan yumrukları ve çizmeleriyle dövmüşlerdi bu gençleri. Son hücrede de Ka, eğitim enstitüsü müdürünü vuran adama benzer birini göremedi. Necip buradaki korkulu gençler arasında da olmadığı için de rahatladı.

Yukarıda yuvarlak yüzlü adam ile ona emir verenlerin bir an önce eğitim enstitüsü müdürünün katilini bulup Karslılara ihtilalin bir başarısı olarak sunmakta, belki de onu hemen asmakta çok kararlı olduklarını anladı. Odada şimdi bir de emekli binbaşı vardı. Sokağa çıkma yasağına rağmen bir yolunu bulup emniyet müdürlüğüne gelen adam, gözaltına alınan yeğeninin salıverilmesini istiyordu. En azından işkence yapılarak genç akrabasının "topluma küstürülmemesini" rica ediyor, çocuğun yoksul annesinin, devlet bütün öğrencilere bedava yün palto ve ceket dağıtıyor yalanına kanarak oğlunu imam hatip okuluna yazdırdığını, aslında ailece cumhuriyetçi ve Atatürkçü olduklarını anlatıyordu. Yuvarlak yüzlü adam emekli binbaşının sözünü kesti.

"Binbaşım burada kimseye kötü davranılmıyor," dedi ve Ka'yı bir kenara çekti: Katil ile Lacivert'in adamları (Ka onun bu ikisinin aynı kişiler olduğunu tahmin ettiğini sezdi) belki de yukarıda veterinerlik fakültesindeki gözaltında tutulanlar arasındaydılar.

Böylece Ka'yı otelden alan gaga burunlu adamla gene aynı askerî kamyona bindiler. Yolculuk boyunca Ka boş sokakların güzelliğiyle, en sonunda emniyet müdürlüğünden çıkabilmiş olmasıyla ve sigaranın keyfiyle mutluydu. Aklının bir yanı askerî darbe olduğu, memleket dincilere teslim edilmediği için sinsice sevindiğini de söylüyordu kendine. Böylece vicdanını rahatlatmak için polisle ve askerle işbirliği yapmamaya yemin etti. Hemen sonra aklına yeni bir şiir öylesine güçle ve tuhaf bir iyimserlikle geldi ki, gaga burunlu MİT görevlisine "Bir çayhanede durup çay içmek mümkün mü?" diye sordu.

Şehrin her iki adımda bir rastlanan işsiz çayhanelerinin çoğu kapalıydı, ama kenarda bekleyen bir askerî kamyonun dikkat çekmeyeceği Kanal Sokak'ta ocakçısı çalışan bir çayhane gördüler. İçeride sokağa çıkma yasağının sona ermesini bekleyen bir çırak çocuktan başka bir köşede oturan üç genç vardı. Biri subay şapkalı biri sivil iki kişinin kapıdan girdiklerini görünce gerilmişlerdi.

Gaga burunlu adam hemen paltosunun içinden tabancasını çıkardı ve Ka'da saygı uyandıran profesyonel bir tavırla gençleri üzerinde koskocaman bir İsviçre manzarası asılı duran duvara dayadı, üzerlerini aradı, kimliklerini aldı. İşin ciddiye varmayacağına karar veren Ka yanmayan sobanın hemen yanına bir masaya oturdu ve aklındaki şiiri rahat rahat yazdı.

Daha sonra "Rüya Sokaklar" adını vereceği şiirin çıkış noktası karlı Kars sokaklarıydı, ama eski İstanbul sokaklarından, Ermenilerden kalan hayalet şehir Ani'den, Ka'nın rüyalarında gördüğü boş, korkulu ve harika şehirlerden pek çok şey vardı bu otuz altı mısrada.

Ka şiirini bitirince siyah beyaz televizyonda sabahki türkücünün yerini Millet Tiyatrosu'ndaki ihtilalin aldığını gördü. Kaleci Vural aşklarını ve yediği golleri anlatmaya yeni başladığına göre yirmi dakika sonra kendisini şiir okurken televizyonda görebilecekti. Unutup defterine yazamadığı şiiri hatırlamak istiyordu Ka.

Çayhaneye arka kapıdan dört kişi daha girdi, gaga burunlu MİT görevlisi onları da tabancasını çekip duvara dizdi. Çayhaneyi işleten Kürt "komutanım" dediği MİT görevlisine bu adamların sokağa çıkma yasağını çiğnemediklerini, avludan bahçeye geçerek geldiklerini anlatıyordu.

MİT görevlisi sezgisel bir kararla bu lafların doğruluğunu denetlemeye karar verdi. Adamlardan birinin zaten kimliği yoktu üzerinde, korkudan çok fazla titriyordu. MİT görevlisi ona aynı yoldan kendisini evine götürmesini söyledi. Duvara dayalı gençleri çağırdığı şoföre bıraktı. Şiir defterini cebine koymuş olan Ka da peşlerine takıldı, çayhanenin arka kapısından karla kaplı buz gibi bir avluya çıktılar, alçak bir duvarı aşıp, buz tutmuş üç basamağı çıkıp, zincirli bir köpeğin havlayışları arasında, Kars'taki çoğu binalar gibi döküntü, boyasız bir beton yapının bodrumuna indiler. Pis bir kömür ve uyku kokusu vardı burada. Önde giden adam uğuldayan bir kalorifer kazanının yanında boş karton kutular ve sebze sandıklarıyla yapılmış bir köşeye sokuldu: Derme çatma bir yatakta uyuyan beyaz yüzlü, olağanüstü güzel genç bir kadın gördü Ka, içgüdüyle başını çevirdi. O sırada kimliksiz adam gaga burunlu MİT görevlisine bir pasaport verdi, Ka kalorifer kazanından gelen uğultu yüzünden aralarında ne konuştuklarını işitemiyordu, ama yarı karanlıkta adamın ikinci bir pasaport daha çıkardığını gördü.

Çalışıp para kazanmaya Türkiye'ye gelmiş bir Gürcü karı kocaydı bunlar. Çayhaneye döndüklerinde MİT görevlisinin kimliklerini geri verdiği duvara dayalı işsiz gençler hemen onlardan şikâyet ettiler: Kadın veremliydi, ama orospuluk yapıyor, şehre inen mandıra sahipleri, deri tüccarlarıyla yatıyordu. Kocası da öteki Gürcüler gibi yarı fiyatına çalışmaya razı olduğu için kırk yılda bir amele pazarında bir iş çıkarsa Türk vatandaşlarının elinden işini alıyordu. Bunlar o kadar parasız ve pintiydiler ki otele para vermiyor, su idaresinin hademesinin eline ayda beş Amerikan doları toka edip bu kazan dairesinde yaşıyorlardı. Söylentiye göre memleketlerine dönünce kendilerine bir ev alacaklar, hayatlarının sonuna kadar iş yapmayacaklardı. Kutularda burada ucuza aldıkları ve Tiflis'e geri dönünce satacakları deri eşyalar vardı. İki kere sınırdışı edilmiş, gene bir yolunu bulup bu kazan dairesindeki "evlerine" dönmeyi başarmışlardı. Rüşvet yiyen polislerin bir türlü temizlemediği böyle mikropları askerî idare Kars'tan temizlemeliydi.

Böylece çayhane sahibinin misafirlerine sunmaktan büyük bir memnuniyet duyduğu çaylarını içerlerken, gaga burunlu MİT görevlisinin de cesaretlendirmesiyle çekine çekine masalarına oturan bu işsiz güçsüz gençler askerî darbeden bekledikleri, temennileri ve çürümüş siyasetçilerden şikâyetleriyle birlikte ihbar niteliğinde pek çok dedikodu da anlattılar: Kaçak hayvan kesimlerini, Tekel deposunda dönen hileleri, bazı müteahhitlerin daha ucuza çalışıyor diye Ermenistan üzerinden et kamyonlarıyla kaçak işçi getirip barakalarda yatırdığını, bazısının adamı bütün gün çalıştırıp hiç para ödemediğini... Bu işsiz gençler "askerî darbe"nin belediye seçimini kazanmak üzere olan "dincilere" ve Kürt milliyetçilerine karşı yapıldığını sanki hiç fark etmemişlerdi. Dün akşamdan beri Kars'ta olup bitenler şehirdeki işsizliğe, ahlaksızlığa son vermek ve onlara bir iş bulmak içinmiş gibi davranıyorlardı.

Askerî kamyonda Ka, gaga burunlu MİT görevlisinin Gürcü kadının pasaportunu çıkarıp resmine baktığını sezdi bir ara. Tuhaf bir heyecan ve utanç duydu bundan.

Veteriner fakültesinde durumun emniyet müdürlüğünde gördüklerinden çok daha beter olduğunu Ka binaya girer girmez hissetti. Bu buz gibi binanın koridorlarında yürürken kimsenin kimseye acımaya vakti olmadığını hemen anladı. Buraya Kürt milliyetçileri, arada bir sağa sola bomba atıp bildiri bırakan sol teröristlerden ele geçirilenler ve daha çok da adı MİT kayıtlarında taraftar diye geçen herkes getirilmişti. Polisler, askerler ve savcılar bu iki takımın birlikte yaptıkları eylemlere katılanları, Kürt gerillalarının dağlardan şehrin içine sızma çabalarına yardımcı olanları, çeşit

çeşit şüphelileri siyasal İslamcılara uyguladıklarından çok daha sert ve acımasız yöntemlerle sıkı bir biçimde sorgudan geçiriyorlardı.

Uzun boylu, iri yapılı bir polis Ka'nın koluna yürümekte zorlanan bir ihtiyara şefkatle yardım eder gibi girdi ve onu içinde korkunç işler yapılan üç derslikte gezdirdi. Arkadaşımın daha sonra tuttuğu defterlerde yaptığı gibi, o odalarda gördüklerinden çok söz etmemeye çalışacağım.

Birinci dersliğe girip oradaki şüphelilerin halini üç-beş saniye gördükten sonra Ka insanoğlunun bu dünyadaki yolculuğunun ne kadar kısa olduğunu düşünmüştü ilk. Sorgudan geçirilmiş şüphelileri gördükçe başka çağlara, uzak uygarlıklara, hiç gidilmemiş ülkelere ilişkin kimi hayaller ve istekler bir rüyadaki gibi gözlerinin önünde canlandı. Ka ve odadakiler kendilerine verilen hayatın dibine ulaşmış bir mum gibi tükenmekte oluşunu derinden hissediyorlardı. Bu odaya defterinde Ka sarı oda diyecekti.

İkinci dersanede daha az durduğu duygusu uyandı Ka'da. Burada birileriyle göz göze gelmiş, onları dün şehri gezerken bir çayhanede gördüğünü hatırlamış, gözlerini suçluluk duygularıyla kaçırmıştı. Onların çok uzak bir rüya ülkesinde olduklarını hissediyordu şimdi.

Üçüncü dersanede iniltiler, gözyaşları ve ruhunda genişleyen derin bir sessizlikte Ka her şeyi bilen bir gücün bu bilgiyi bize vermeyerek bu dünyadaki hayatı bir eziyete dönüştürdüğünü hissetti. Bu odada kimseyle göz göze gelmemeyi başarmıştı. Bakıyordu ama gözünün önündekileri değil, kafasının içindeki bir rengi görüyordu. Bu renk en çok kırmızıya benzediği için bu odaya kırmızı oda diyecekti. İlk iki dersanede hissettiği, hayatın kısa, insanın suçlu olduğu duygusu burada birleşmiş, Ka'yı gördüğü manzaranın korkunçluğuna rağmen rahatlatmıştı.

Veteriner Fakültesi'nde de kimseyi teşhis edememesinin bir kuşku ve güvensizlik yarattığının farkındaydı. Necip'e rastlamamak onu öylesine rahatlatmıştı ki gaga burunlu adam bir de son olarak, gene teşhis amacıyla, Sosyal Sigortalar Hastanesi'nin morgundaki cesetlere bakmasını istediğini söyleyince Ka oraya bir an önce gitmek istedi.

Sosyal Sigortalar Hastanesi'nin bodrum katındaki morgda Ka'ya ilk olarak en şüpheli cesedi gösterdiler. Askerlerin ikinci yaylım ateşi sırasında slogan atarken üç kurşun yiyip düşen İslamcı militandı bu. Ama Ka onu tanımıyordu hiç. Cesede ihtiyatla sokulmuş, saygılı ve gergin bir hareketle selamlar gibi bakmıştı. Mermerin üzerinde üşür gibi yatan ikinci ceset küçücük bir ihtiyar dedenindi. Sol gözü kurşunla parçalandıktan sonra akan kanla kapkara bir deliğe dönüşmüştü. Polis askerlik yapan torununu görmek için Trabzon'dan geldiğini belirleyemediği ve ufak tefekliği şüphe çektiği için gösteriyordu onu. Üçüncü cesede sokulduğunda biraz sonra göreceği İpek'i düşünüyordu iyimserlikle. Bu cesedin de tek gözü parçalanmıştı. Bir an bunun morgda yatan cesetlerin başına gelen bir şey olduğunu düşünüverdi. Yaklaşıp ölü gencin beyaz yüzünü daha yakından görünce içinde bir şeyler yıkılıp gitti.

Necip'ti. Aynı çocuksu yüz. Soran bir çocuğun aynı öne uzanmış dudakları. Ka hastanenin soğukluğunu ve sessizliğini hissetti. Aynı gençlik sivilceleri. Aynı kemerli burun. Aynı kirli öğrenci ceketi. Ka bir an ağlayacağını sandı ve telaşa kapıldı. Bu telaş oyaladı onu ve gözyaşları akmadı. On iki saat önce avcunu bastırdığı alnının ortasında bir kurşun deliği vardı. Necip'i ölü gibi gösteren şey yüzünün soluk mavimsi beyazlığı değil, gövdesinin bir tahta gibi uzanmasıydı. Sağ olduğu için bir şükran duygusu geçti Ka'nın içinden. Bu onu Necip'ten uzaklaştırdı. Öne doğru eğildi, arkasında kavuşturduğu ellerini çözdü, Necip'i omuzlarından tutup iki yanağından öptü. Soğuktu yanakları, ama sert değildiler. Yarı açık tek gözünün yeşili Ka'ya bakıyordu. Ka kendini toparladı ve gaga burunlu adama bu "arkadaşın" dün yolda kendisini durdurduğunu, bilimkurgu yazarı olduğunu belirttiğini, sonra da Lacivert'e götürdüğünü söyledi. Onu öpmüştü, çünkü bu "delikanlı"nın çok saf bir yüreği vardı.

22

Tam Atatürk'ü oynayacak adam

SUNAY ZAİM'İN ASKERLİK VE MODERN TİYATRO KARİYERİ

Ka'nın Sosyal Sigortalar Hastanesi'nin morgunda gördüğü cesetlerden birini teşhis ettiği alelacele yazılıp imzalanan bir tutanağa geçirildi. Ka ile gaga burunlu adam aynı askerî kamyona binerek ürkek köpeklerin kenara çekilip onları seyrettiği seçim afişleri ve intihar karşıtı posterler asılı bomboş sokaklardan geçtiler. Yol aldıkça kapalı perdelerin aralandığını, oyuncu çocukların, meraklı babaların geçen kamyona bir bakış attıklarını görebiliyordu Ka, ama aklı hiç orada değildi. Necip'in yüzü, kaskatı uzanışı gözünün önünden gitmiyordu. Otele varınca İpek'in kendisini teselli edeceğini hayal ediyordu ama kamyon boş şehir meydanını geçtikten sonra Atatürk Caddesi'nin aşağılarına doğru indi ve Millet Tiyatrosu'ndan iki sokak aşağıda, Rus döneminden kalma doksan yıllık bir binanın az ötesinde durdu.

Kars'a ilk geldiği akşam da güzelliği ve bakımsızlığı yüzünden Ka'yı hüzünlendiren tek katlı bir konaktı burası. Şehir Türklerin eline geçtikten sonra ve Cumhuriyet'in ilk yıllarında, Sovyetler Birliği'yle odun ve deri ticareti yapan ünlü tüccarlardan Maruf Bey ve ailesi burada aşçıları, uşakları, atlı kızakları ve at arabalarıyla yirmi üç yıl debdebeyle yaşamıştı. İkinci Dünya Savaşı'nın sonunda, soğuk savaşın başladığı zamanlarda Milli Emniyet, Kars'ın Sovyetler ile ticaret yapan ünlü zenginlerini casusluk suçlamasıyla tutuklayıp ezince, onlar da bir daha geri dönmemecesine kaybolmuşlar, konak da sahipsizlik ve miras davaları yüzünden yirmi yıla yakın boş kalmıştı. 1970'lerin ortasında eli sopalı bir Marksist fraksiyon burayı işgal edip merkez olarak kullanmış, bazı siyasi cinayetler burada planlanmış (belediye başkanı avukat Muzaffer Bey yaralı olarak kurtulmuştu), 1980'deki askerî darbeden sonra yapı boşalmış, daha sonra yandaki küçük dükkânı alan uyanık bir buzdolabı ve soba satıcısının deposuna, üç yıl önce de İstanbul ve Arabistan'da terzilik yapıp biriktirdiği parayla memleketine dönen girişimci ve hayalperest bir terzinin overlok atölyesine dönüştürülmüştü.

Ka içeriye girer girmez, turuncu güllü duvar kâğıtlarının yumuşacık ışığında birer tuhaf işkence makinesi gibi gözüken bu düğme makinelerini, eski tarz büyük dikiş makinelerini, duvarlardaki çivilere asılı iri makasları gördü.

Sunay Zaim üzerinde Ka'nın onu iki gün önce ilk gördüğünde giydiği yıpranmış palto ve kazak, ayaklarında asker çizmeleri, parmaklarının arasında filtresiz bir sigara odada aşağı yukarı yürüyordu. Ka'yı görünce eski ve sevgili bir dostu görmüş gibi yüzü ışıdı, koşup sarıldı ve öptü onu. Öpüşünde tıpkı oteldeki celep kılıklı adam gibi "darbe memlekete hayırlı olsun!" diyen bir yan da vardı, Ka'nın garipsediği fazla arkadaşça bir yan da. Ka daha sonra bu arkadaşlığı iki İstanbullu'nun Kars gibi fakir ve ücra bir yerde, zor koşullarda karşılaşmasıyla açıklayacaktı ama bu koşulların bir kısmını onun yarattığını da biliyordu artık.

"Kasvetin karanlık kartalı benim içimde her gün kanatlanır," dedi Sunay, esrarengiz bir havayla gururlanarak. "Ama kendimi kaptırmam, sen de tut kendini. Her şey iyi olacak."

Büyük pencerelerden içeri vuran kar ışığında Ka yüksek tavanlarının köşelerindeki kabartmaları ve koca sobasıyla bir zamanlar gün gördüğünü hiç saklamayan geniş odadaki eli telsizli adamlardan, sürekli kendisini süzen iri kıyım iki korumadan, koridora açılan kapının yanında duran masadaki harita, silah, daktilo ve dosyalardan burasının "ihtilalin" yönetim merkezi, Sunay'ın elinde de pek çok güç olduğunu anladı hemen.

"Bir zamanlar, ki en kötü zamanlarımızdı onlar," dedi Sunay odada aşağı yukarı yürürken, "en ücra, en sefil, en rezil taşra kentlerinde, değil oyunlarımızı sahneleyeceğimiz bir mekân, gece kafamızı sokup uyuyabileceğimiz bir otel odası bile bulamayacağımı, orada olduğu söylenen eski dostun da şehri zaten çoktan terk ettiğini öğrendiğimde keder denen kasvet içimde ağır ağır kıpırdamaya başlardı. Ona yakalanmamak için koşturur, şehirde modern sanata, modern âlemden gelen biz habercilere ilgi duyabilecek birisi var mı diye doktorları, avukatları, öğretmenleri kapı kapı dolaşırdım. Elimdeki tek adreste de kimse olmadığını öğrenince ya da polisin bize gösteri yapmak için zaten izin vermeyeceğini anladığımda ya da –son bir umut– izin almak için huzuruna çıkmak istediğim kaymakam beni kabul bile etmeyince içimdeki karanlığın artık ayaklanacağını korkuyla anlardım. O zaman göğsümde uyuklamakta olan kartal ağır ağır kanatlarını açar ve beni boğmak üzere havalanırdı. O zaman dünyanın en sefil çayhanesinde, o da yoksa otobüs garajlarının girişindeki yükseltide, bazan bizim oyuncu kızlardan birine göz koyan istasyon müdürü sayesinde istasyonda, itfaiye garajlarında, boş ilkokulların dersanelerinde, salaş lokantalarda, bir berber salonunun vitrininde, han merdivenlerinde, ahırlarda, kaldırımlarda oyunumu oynar, kasvete teslim olmazdım."

Koridora açılan kapıdan içeriye Funda Eser girerken Sunay "ben"den "biz"e geçmişti. Çiftin aralarında öyle bir yakınlık vardı ki, bu geçişte yapay hiçbir şey hissetmedi Ka. Funda Eser o büyük gövdesini acele ve zarafetle yaklaştırıp Ka'nın elini sıktı, kocasıyla fısıldaşarak bir şey konuştu ve aynı meşgul havayla dönüp gitti.

"Onlar bizim en kötü yıllarımızdı," dedi Sunay. "Toplumun, İstanbul ve Ankara'daki budalaların gözünden düşüşümüzü bütün gazeteler yazmıştı. Hayatımın –ancak deha sahibi talihlilere gelen– en büyük fırsatını yakaladığım, evet, tam sanatımla tarihin akışına müdahale edeceğim gün birden her şey ayağımın altından çekilince bir anda en sefil çamurun içine düştüm. Orada da yılmadım ama, kasvetle çarpıştım. Bu çamurun içine daha da dalarsam, pisliğin, rezilliğin, yoksullukla cehaletin içinde, asıl malzemeye, o büyük cevhere ulaşacağıma inancımı hiç kaybetmedim. Sen niye korkuyorsun?"

Koridordan beyaz gömlekli bir doktor elinde çantasıyla belirdi. Tansiyon aletini yarı sahte bir telaşla çıkarıp takarken Sunay pencereden dökülen beyaz ışığa öyle bir "trajik" edayla baktı ki Ka onun 1980'lerin başındaki "toplumsal gözden düşüş"ünü hatırladı. Ama Ka Sunay'ın asıl ününü yaptığı 1970'lerdeki rollerini daha iyi hatırlıyordu. Siyasal sol tiyatronun altın çağını yaşadığı o yıllarda pek çok küçük tiyatro topluluğu arasında Sunay'ın adını öne çıkartan şey oyunculuk yeteneği ve çalışkanlığı kadar başrol oynadığı kimi oyunlarda seyircinin onda bulduğu, Allah vergisi bir önderlik niteliğiydi. Genç Türk seyircisi, iktidar sahibi güçlü tarihî kişilikleri, Napoléon, Lenin, Robespierre ya da Enver Paşa gibi Jakoben devrimcileri ya da onlara benzetilmiş yerel halk kahramanlarını canlandırdığı oyunlarda Sunay'ı çok sevmişti. Lise öğrencileri, üniversiteli "ilericiler" onun acılar içindeki halkı için yüksek ve etkileyici bir sesle dertlenişini, zalimlerden bir tokat yiyorsa başını mağrurca kaldırıp "bir gün mutlaka bunun hesabını soracağız" deyişini ve en kötü günde (hapishaneye mutlaka bir düşmesi gerekirdi) acıyla dişini sıkıp arkadaşlarına umut verişini, ama gereğinde halkının mutluluğu için içi parçalanarak da olsa acımasızca şiddet uygulayabilmesini yaşlı gözlerle ve alkışlarla seyrederlerdi. Özellikle, oyunların sonunda iktidarı ele geçirdikten sonra kötüleri cezalandırırken gösterdiği kararlılıkta aldığı askerî eğitimin izlerinin olduğu söylenirdi. Kuleli Askerî Lisesi'nde okumuştu. Sandalla İstanbul'a kaçıp Beyoğlu tiyatrolarında oyalandığı ve "Buzlar Çözülmeden" adlı oyunu okulda gizlice sahnelemeye kalkıştığı için son sınıftayken atılmıştı.

1980'deki askerî darbe bütün bu siyasal sol tiyatroyu yasakladı ve devlet yüzüncü doğum yıldönümü dolayısıyla televizyonda gösterilecek büyük bir Atatürk filmi çekmeye karar verdi. Eskiden kimse sarı saçlı, mavi gözlü bu büyük Batılılaşma kahramanını bir Türk'ün canlandırabileceğini düşünemez, hiç çekilmeyen bu büyük milli filmlerde başrolde hep Laurence Olivier, Curd Jürgens, Charlton Heston gibi Batılı aktörler düşünülürdü. Bu sefer *Hürriyet* gazetesi işin içine girip Atatürk'ü "artık" bir Türk'ün oynayabileceğini kamuoyuna hemen kabul ettirmişti. Ayrıca Atatürk'ü kimin oynayacağını da kupon kesip yollayan okuyucularının belirleyeceğini duyurmuştu. Bir ön jürinin belirlediği adaylar arasında olan Sunay'ın uzun süren demokratik bir kendini tanıtma döneminden sonra başlayan halk oylamasının daha ilk gününden açık farkla öne geçtiği anlaşıldı. Yıllarca Jakoben rolleri oynamış, yakışıklı, heybetli, güven verici Sunay'ın Atatürk'ü canlandırabileceğini Türk seyircisi hemen sezmişti.

Sunay'ın ilk hatası halk tarafından seçilmeyi fazla ciddiye alması oldu. İkide bir televizyonlara, gazetelere çıkıp herkese seslenen demeçler verdi, Funda Eser'le mutlu evliliğini sergileyen fotoğraflar çektirdi. Evini, günlük hayatını, siyasi görüşlerini açarak Atatürk'e layık olduğunu, kimi zevklerinin ve huylarının (rakı, dans etmek, şık giyinmek, kibarlık) O'na benzediğini, elinde *Nutuk* ciltleriyle poz vererek O'nu tekrar tekrar okuduğunu göstermeye girişti. (Erken harekete geçen bozguncu bir köşe yazarı *Nutuk*'un aslını değil, kısaltılmış öztürkçesini okumasıyla alay edince Sunay kütüphanesindeki asıl ciltlerle de poz vermiş, ne yazık ki bu fotoğraflar bütün gayretlerine rağmen aynı gazetede yayımlanmamıştı.)

Sergi açılışlarına, konserlere, önemli futbol maçlarına gidip, her zaman, herkese, her şeyi soran üçüncü sınıf muhabirlere Atatürk ve resim, Atatürk ve müzik, Atatürk ve Türk sporu konularında demeçler verdi. Jakobenliğe hiç yakışmayan bir herkes tarafından sevilme isteğiyle, Batı düşmanı "dinci" gazetelerle de röportajlar yaptı. Bunlardan birinde, aslında fazla kışkırtıcı olmayan bir soruyu cevaplarken "elbette bir gün, halk layık görürse Hazreti Muhammed rolünü de oynayabilirim," demişti. Bu talihsiz demeç ortalığı karıştıran ilk şey oldu.

Siyasal İslamcı küçük dergilerde kimsenin –hâşâ– Peygamberimiz Efendimiz'i oynayamayacağı yazıldı. Bu öfke gazete sütunlarına önce "Peygamberimiz'e saygısız davrandı", sonra da "hakaret etti" şeklinde geçti. Siyasal İslamcıları askerler de susturmayınca, yangını söndürmek Sunay'a düştü. Ortalığı yatıştırırım umuduyla eline *Kuran-ı Kerim*'i alıp Peygamberimiz Efendimiz Hazreti Muhammed'i ne kadar sevdiğini, zaten onun da modern olduğunu muhafazakâr okurlara anlatmaya girişti. Bu da onun "seçilmiş Atatürk" pozlarına içerleyen Kemalist köşe yazarlarına fırsat verdi: Atatürk'ün hiçbir zaman dincilere, yobazlara dalkavukluk etmediği yazılmaya başlandı. Elinde *Kuran* manevi bir havayla poz veren resmi askerî darbe yanlısı gazetelerde tekrar tekrar yayımlanıyor, "Bu mu Atatürk?" diye soruluyordu. Bunun üzerine İslamcı basın da, onunla uğraşmaktan çok bir korunma dürtüsüyle, karşı saldırıya geçti. Sunay'ın rakı içerken çekilmiş fotoğraflarını yayımlamaya başlayıp "O da Atatürk gibi rakıcı!" ya da "Bu mu Peygamberimiz Efendimiz'i oynayacak?" diye alt başlıklar atmaya başladılar. Böylece iki ayda bir İstanbul basınında alevlenen İslamcı-laik kavgası bu defa da onun üzerinden açıldı ve çok kısa sürdü.

Bir hafta içinde gazetelerde Sunay'ın pek çok fotoğrafı çıktı: Yıllar önce oynadığı bir reklam filminde iştahla bira içerken, gençlik döneminde oynadığı bir filmde dayak yerken, orak çekiçli bayrak önünde yumruğunu sıkarken, karısının başka erkek oyuncularla rol gereği öpüşmesini seyrederken... Karısının lezbiyen, kendisinin ise hâlâ eskisi gibi komünist olduğu, kaçak porno filmlerine dublaj yaptıkları, para için değil Atatürk'ü, her rolü oynayacakları, zaten Brecht'in oyunlarını Doğu Almanya'dan gelen paralarla oynadıkları, askerî darbeden sonra "Yurtdışından inceleme yapmak için gelen İsveçli dernek kadınlarına işkence yapılıyor" diye Türkiye'yi şikâyet ettikleri ve başka pek çok söylenti sayfalarca yazıldı. Aynı günlerde onu Genelkurmay'a çağıran "yüksek rütbeli bir subay" adaylıktan çekilmesinin bütün ordunun kararı olduğunu Sunay'a kısaca bildiriverdi. Bu adam kendini bir şey zannedip askerlerin siyasete karışmasını dolaylı yoldan eleştiren aklı havada İstanbullu gazetecileri Ankara'ya çağırıp önce sıkı bir azar geçip, kalplerinin kırılıp ağladıklarını görünce de çikolata ikram eden iyi kalpli, düşünceli adam değil, aynı "halkla ilişkiler masasından" daha kararlı ve şakacı bir askerdi. Sunay'ın üzüntü ve korkusunu görüp yumuşamadı, tam tersi, "seçilmiş Atatürk" pozlarında siyasi görüş belirtmesiyle alay etti. İki gün önce Sunay doğduğu kasabaya kısa bir ziyarette bulunmuş, orada sevilen bir siyasetçi gibi araba konvoyları ve binlerce işsizin ve tütün üreticisinin tezahüratıyla karşılanmış, kasaba meydanındaki Atatürk heykeline çıkıp alkışlar arasında Atatürk'ün elini sıkmıştı. Bu ilgi üzerine İstanbul'da sorulan, "Bir gün sahneden siyasete geçecek misiniz?" yolundaki bir popüler magazin sorusuna "Halk isterse!" diye cevap vermişti. Başbakanlık Atatürk filminin "şimdilik" ertelendiğini duyurdu.

Sunay bu kötü yenilgiden sarsılmadan çıkacak kadar tecrübeliydi ama asıl sonraki gelişmeler vurdu onu: Rolünü sağlama bağlamak için bir ayda o kadar çok televizyona çıkmıştı ki, artık herkes onun fazlasıyla tanıdık sesini Atatürk'ün sesi olarak dinlediği için dublaj işi vermediler ona. Başarısız bir Atatürk'ün, elinde bir boya kutusu, duvarları boyaması ya da bankasından çok memnun olduğunu açıklaması da tuhaf kaçacağından iyi ve sağlam ürünü seçen makul baba rolleri için eskiden onu arayan televizyon reklamcıları da sırtlarını döndüler. Ama asıl kötüsü, gazetelerde yazılan her şeye tutkuyla inanan halkın onun Atatürk ve din düşmanı olduğuna inanmasıydı: Bazıları karısının başka erkeklerle öpüşmesine ses etmediğine de inanmıştı. En azından ateş olmayan yerden duman çıkmaz havası vardı. Bütün bu hızlı gelişmeler oyunlarına gelenleri de azaltmıştı. Pek çok kişi sokakta durdurup "Yazıklar olsun!" dedi ona. Peygamber'e dil uzattığına inanan ve gazetelere geçmek isteyen genç bir imam hatip öğrencisi oyun gecesi tiyatroyu basıp bıçak çekti, birkaç kişi yüzüne tükürdü. Hepsi beş günde olmuştu bunların. Karı koca ortalıktan yok oldular.

Sonrası hakkında pek çok dedikodu var: Berlin'e gidip Brechtçi Berliner Ensemble'da tiyatro eğitimi adı altında terörizm öğrendikleri ya da Fransız Kültür Bakanlığı'nın bir bursuyla Şişli'deki Fransız Akıl Hastanesi La Paix'de yattıkları gibi. Doğrusu, Funda Eser'in bir ressam olan annesinin Karadeniz kıyısındaki evine sığındıklarıydı. Ancak ertesi yıl, Antalya'da sıradan bir otelde "animatör" olarak iş buldular. Sabahları kumsalda Alman bakkallarla, Hollandalı turistlerle voleybol oynuyor, öğleden sonraları Almanca paralayan Karagöz ve Hacivat kılığında çocukları eğlendiriyor, akşamları da padişah ve göbek atan harem karısı olarak sahneye çıkıyorlardı. Funda Eser'in daha sonraki on yıl boyunca küçük kasabalarda geliştireceği göbek dansözlüğü kariyerinin başlangıcı buydu. Sunay, bütün bu maskaralığa üç ay dayanabilmiş, haremli, fesli Türk şakalarını sahnede bırakmayıp sabah kumsalda da devam etmek isteyen ve Funda Eser ile cilveleşen İsviçreli bir berberi dehşete kapılan turist kalabalığının gözleri önünde dövmüştü. Ondan sonra Antalya ve civarındaki düğün salonlarında, eğlence gecelerinde sunucu, dansöz ve "tiyatrocu" olarak iş buldukları biliniyor. Sunay İstanbul'daki asıllarını fanatikçe taklit eden ucuz şarkıcıları, ateş yutan hokkabazı, üçüncü sınıf komedyenleri sunuyor, evlilik kurumu, Cumhuriyet ve Atatürk üzerine kısa bir konuşmayı takiben Funda Eser göbek dansı yapıyor, sonra ikisi gayet disiplinli bir havada *Macbeth*'ten kralın öldürülmesi sahnesi gibi bir şeyi sekiz-on dakika oynayıp alkışlanıyorlardı. Daha sonra Anadolu'yu gezecek tiyatro grubunun ilk çekirdekleri vardı bu gecelerde.

Tansiyonu ölçüldükten, bu arada korumalarının getirdiği bir telsizle birilerine emir verdikten, hemen önüne yetiştirilen bir kâğıt parçasını okuduktan sonra Sunay yüzünü tiksintiyle buruşturdu: "Hepsi birbirini ihbar ediyor," dedi. Yıllarca ücra Anadolu kasabalarında oyun sahnelerken bu ülkenin bütün erkeklerinin kasvet duygusu yüzünden donup kaldıklarını gördüğünü söyledi. "Çayhanelerde günlerce, günlerce hiçbir şey yapmadan oturuyorlar," diye anlattı. "Her kasabada yüzlerce, bütün Türkiye'de yüz binlerce, milyonlarca işsiz, başarısız, umutsuz, hareketsiz, zavallı adam. Üstlerine başlarına çekidüzen verecek halleri, yağlı ve lekeli ceketlerini düğmeleyecek iradeleri, ellerini kollarını kıpırdatacak enerjileri, bir hikâyeyi sonuna kadar dinleyecek dikkatleri, bir şakaya gülecek halleri yok kardeşlerimin." Çoğunun mutsuzluktan uyuyamadığını, sigaradan kendilerini öldürüyor diye zevk aldıklarını, çoğunun başladığı cümleyi bitirmenin anlamsızlığını kavrayıp yarıda bıraktığını, televizyonu programı sevdikleri ve eğlendikleri için değil, çevrelerindeki diğer kasvetlere tahammül edemedikleri için seyrettiklerini, aslında ölmek istediklerini ama kendilerini intihara değer bulmadıklarını, seçimlerde kendilerine hak ettikleri cezayı versin diye en sefil partilerin en rezil adaylarına oy verdiklerini, sürekli cezadan söz eden askerî darbecileri sürekli umut vaat eden siyasetçilere tercih ettiklerini anlattı. Odaya giren Funda Eser de hepsinin evlerinde lüzumundan fazla yaptıkları çocuklarına bakan ve kocalarının nerede olduğunu bile bilmediği bir yerde hizmetçilik, tütün işçiliği, halıcılık ya da hemşirelik yaparak üç beş kuruş kazanan mutsuz karıları olduğunu söyledi. Sürekli çocuklarına bağırarak ve ağlayarak hayata bağlanan bu kadınlar olmasaydı bütün Anadolu'yu sarmış olan ve hepsi birbirine benzeyen bu kirli gömlekli, tıraşsız, neşesiz, işsiz, uğraşsız, milyonlarca erkek, buzlu gecelerde köşebaşlarında donup ölen dilenciler, meyhaneden çıkıp açık kanalizasyon çukuruna düşüp yok olan sarhoşlar gibi ya da pijama terlikle bakkala ekmek almaya yollanıp yolunu kaybeden bunak dedeler gibi kaybolup giderlerdi. Oysa onlar, "şu zavallı Kars şehrinde" gördüğümüz gibi fazlasıyla kalabalıktılar ve tek sevdikleri şey de hayatlarını borçlu oldukları ve utandıkları bir aşkla sevdikleri karılarına eziyet etmekti.

"Anadolu'da on yılımı bu mutsuz kardeşlerim bu kasvetin ve hüznün içinden çıksınlar diye verdim," dedi Sunay kendini hiç acındırmadan. "Komünist, Batı ajanı, sapık, Yehova şahidi, pezevenkle orospusu diye defalarca içeri tıktılar, işkence ettiler, dövdüler. Irzımıza geçmeye kalktılar, taşladılar bizi. Ama oyunlarımın ve kumpanyamın verdiği mutluluk ve özgürlüğü sevmeyi de öğrendiler. Şimdi hayatımın en büyük fırsatını elime geçirmişken zayıf davranamam."

Odaya iki adam girmiş, biri gene Sunay'a bir telsiz uzatmıştı. Ka açık telsizden duyulan konuşmalardan Sukapı Mahallesi'ndeki gecekondulardan birinin sarıldığını, içeriden ateş edildiğini, evde Kürt gerillalardan birinin ve bir ailenin olduğunu işitti. Telsiz hattında emirleri veren ve "komutanım" diye seslenilen bir de asker vardı. Biraz sonra aynı asker, bu sefer bir ihtilal lideriyle değil, bir sınıf arkadaşıyla konuşur gibi Sunay'a bir konuda önce bilgi verdi, sonra da fikir sordu.

"Kars'ta küçük bir tugay asker var," dedi Sunay Ka'nın dikkatini fark ederek. "Devlet soğuk savaş yıllarında olası bir Rus saldırısına karşı savaşacak asıl güçleri Sarıkamış'a yığmış. Buradakiler olsa olsa ilk saldırıda Rusları oyalamaya yarar. Şimdi daha çok Ermenistan sınırını korumak için buradalar."

Önceki gece Ka ile birlikte Erzurum otobüsünden indikten sonra, Yeşilyurt Lokantası'nda otuz küsur yıllık arkadaşı Osman Nuri Çolak'la karşılaştığını anlattı Sunay. Kuleli Askerî Lisesi'nden sınıf arkadaşıymış. O zamanlar Pirandello kimdir, Sartre'ın oyunları nelerdir Kuleli'de bilen tek kişiymiş. "Benim gibi disiplinsizlikten kendini okuldan attırmayı başaramadı, ama askerliğe de dört elle sarılmadı. Böylece kurmay olamamış. Bazıları kısa boylu olduğu için paşa olamayacağını fısıldamış. Öfkeli ve kederli; ama bence mesleki nedenlerden değil, karısı çocuğunu alıp kendisini terk ettiği için. Yalnızlıktan, işsizlikten ve küçük şehir dedikodularından sıkılıyor ama tabii en çok da o yapıyor dedikoduyu. İhtilalden sonra el attığım kaçak kasaplardan, Ziraat Bankası kredileri, Kuran kursları gibi yozlaşmalardan lokantada ilk o söz etti. Biraz da çok içiyordu. Beni görünce çok sevindi, yalnızlıktan yakındı. Bir özür olarak ve biraz da övünerek o gece Kars'ta emir ve komutanın kendisinde olduğunu, ne yazık ki, erken kalkması gerektiğini söyledi. Tugay komutanı karısının romatizmaları için Ankara'ya gitmiş, yardımcısı albay Sarıkamış'taki acil bir toplantıya çağırılmış, vali Erzurum'daymış. Bütün güç ondaydı. Kar hâlâ dinmemişti ve her kış olduğu gibi yolların birkaç gün kapanacağı belliydi. Bunun hayatımın fırsatı olduğunu hemen anladım ve arkadaşım için bir duble rakı daha istedim."

Olaylardan sonra Ankara'dan yollanan müfettiş binbaşının sonradan yaptığı araştırmalara göre, Ka'nın az önce telsizden sesini işittiği Sunay'ın askerî liseden arkadaşı Albay Osman Nuri Çolak –ya da Sunay'ın deyişiyle, Çolak– bu tuhaf askerî darbe fikrine önce yalnızca bir şaka, rakı masasında kurulmuş hayali bir eğlence olarak katılmış, hatta iki tankla işin biteceğini bir gırgır havasıyla ilk o söylemişti. Daha sonra Sunay'ın ısrarı üzerine mertliğe leke sürmemek için ve yapılacaklardan sonunda Ankara'nın da memnun olacağına inandığından girmişti bu işe, kişisel herhangi bir hınç, öfke ya da çıkar yüzünden değil. (Binbaşının raporuna göre "Çolak" ne yazık ki bu ilkeyi de çiğnemiş, bir kadın meselesi yüzünden Cumhuriyet Mahallesi'ndeki Atatürkçü bir diş doktorunun evini bastırmıştı.) İhtilale ev ve okul baskınlarında kullanılan yarım bölük asker, dört kamyon ve yedek parça eksikliği yüzünden çok dikkatli çalıştırılması gereken iki T-1 model tankın dışında başka bir askerî güç katılmamıştı. "Faili meçhul vakaları" üzerlerine alan Z. Demirkol ve arkadaşlarının "özel timini" saymazsak işlerin çoğu zaten böyle olağanüstü bir dönem gelir diye, yıllardır bütün Kars'ı fişleyen, şehir nüfusunun onda birini muhbir olarak kullanan MİT ve emniyetin bazı çalışkan memurlarınca yapılıyordu. Bu memurlar darbenin ilk planlarından haberdar olup Millet Tiyatrosu'nda laikler gösteri yapacak dedikodularını şehre yayarken o kadar mutluydular ki, Kars dışında izin kullanan arkadaşlarına şenliği kaçırmasınlar diye bir an önce geri gelmeleri için resmî telgraflar çekmişlerdi.

O sırada yeniden başlayan telsiz konuşmalarından Ka, Sukapı Mahallesi'ndeki çatışmanın yeni bir aşamaya geldiğini anladı. Önce telsizden üç el silah sesi geldi, birkaç saniye sonra karlı ovada yumuşayarak gelen silah sesleri duyulunca Ka telsizin abarttığı sesin daha güzel olduğuna karar verdi.

"Zalim olmayın," dedi Sunay telsize, "ama ihtilalin ve devletin güçlü olduğunu, kimseye pabuç bırakılmayacağını hissettirin." Çenesinin ucunu sol elinin başparmağıyla işaret parmağı arasında düşünceli bir şekilde ve öyle özel bir hareketle tutmuştu ki, Ka, Sunay'ın aynı cümleyi 1970'lerin ortalarında tarihî bir oyunda söylediğini hatırladı. Şimdi eskisi kadar yakışıklı değildi, yorgun, yıpranmış ve solgundu. Masanın üzerinden 1940'lardan kalma askerî bir dürbün aldı. Anadolu gezilerinde on yıldır giydiği kalın ve yıpranmış keçe paltosunu ve kalpağını kafasına geçirdi, Ka'yı kolundan tutup dışarıya çıkardı. Soğuk bir an şaşırttı Ka'yı, insanın isteklerinin ve hayallerinin, siyasetin ve günlük dalaverelerin Kars'ın soğuğu yanında ne kadar da küçük ve zayıf kaldığını hissetti. Aynı anda Sunay'ın sol ayağının sandığından da daha topal olduğunu fark etti. Karla kaplı kaldırımda yürürken bembeyaz sokakların boşluğu ve bütün şehirde yalnız onların yürüyor olması içini mutlulukla doldurmuştu. Kar içindeki güzel şehrin, eski ve boş konakların insana verdiği yaşama zevki ve sevme isteği değildi bu sadece: Ka iktidara yakın olmaktan da zevk alıyordu şimdi.

"Burası Kars'ın en güzel yeridir," dedi Sunay. "On yıl içinde tiyatro kumpanyamla Kars'a üçüncü gelişim bu benim. Her seferinde, akşam hava kararırken buraya, kavak ve iğde ağaçlarının altına gelir, kargalar ve saksağanları dinleyerek hüzünlenir, kaleyi, köprüyü, dört yüz yıllık hamamı seyrederim."

Buz tutmuş Kars çayının üzerindeki köprüdeydiler şimdi. Sunay sol karşı tepedeki tek tük gecekonduların birini işaret etti. Onun az aşağısında, yoldan biraz yukarıda bir tank, daha ileride bir askerî araç gördü Ka. "Sizi görüyoruz," diye seslendi telsize Sunay, sonra dürbünüyle baktı. Az sonra önce telsizden iki el silah sesi geldi. Sonra nehrin açtığı vadide yankılanarak gelen sesi duydular. Bu onlara yollanmış bir selam mıydı? Az ötede, köprünün girişinde kendilerini bekleyen iki koruma vardı. Zengin Osmanlı paşalarının Rus toplarıyla yıkılmış konaklarının yerine yüz yıl sonra yerleşmiş yoksul gecekondu mahallesini, bir zamanlar zengin Kars burjuvazisinin eğlendiği karşı yakadaki parkı ve arkalarındaki şehri seyrettiler.

"Tarih ile tiyatronun aynı malzemeden yapıldığını ilk Hegel fark etmiştir," dedi Sunay. "Tıpkı tiyatro gibi tarihin de birilerine 'rol' verdiğini hatırlatır. Tıpkı tiyatro sahnesi gibi, tarihin sahnesine de cesurların çıkacağını da..."

Bütün vadi patlamalarla sarsıldı. Ka tankın üzerindeki makineli tüfeğin de harekete geçtiğini anladı. Tank da atış yapmıştı ama ıska geçmişti. Daha sonrakiler askerlerin attığı el bombalarıydı. Bir köpek havlıyordu. Gecekondunun kapısı açıldı, iki kişi çıktı dışarı. Ellerini havaya kaldırdılar. Derken kırık pencerelerden dışarı çıkan alev dilimleri gördü Ka. Elleri havada dışarı çıkanlar kara yattılar. Bütün bu hareket sırasında neşeyle havlayarak etrafta koşuşturan kara bir köpek kuyruğunu sallayarak yere yatanlara sokuldu. Sonra arkada birinin koştuğunu gördü ve askerlerin açtığı ateş seslerini duydu Ka. Adam yere düştü, sonra bütün sesler kesildi. Çok sonra biri bağırdı, ama Sunay'ın ilgisi dağılmıştı.

Peşlerinde korumalar terzihaneye döndüler. Eski konağın güzelim duvar kâğıtlarını görür görmez Ka içindeki yeni bir şiire karşı koyamayacağını anladı ve bir kenara çekildi.

"İntihar ve İktidar" adlı bu şiire Ka hiç çekinmeden az önce Sunay ile birlikte olmanın verdiği iktidar zevkini, onunla arkadaşlıktan aldığı tadı ve intihar eden kızlara duyduğu suçluluğu koydu. Daha sonra Kars'ta tanık olduğu şeyleri bütün güçleriyle ve hiç değiştirmeden en çok bu "sağlıklı" şiire koyabildiğini düşünecekti.

23

Allah meselenin bir akıl ve iman sorunu değil, bütün bir hayat sorunu olduğunu bilecek kadar adildir

SUNAY İLE KARARGÂHTA

Sunay Ka'nın şiirini yazdığını görünce kâğıtlarla dolu çalışma masasından kalktı, tebrik etti, topallayarak yaklaştı. "Dün tiyatroda okuduğun şiir de çok moderndi," dedi. "Ne yazık ki ülkemizde seyirci modern sanatı anlayacak düzeyde değil. Bu yüzden eserlerimde halkın anlayacağı göbek dansözlerini ve kaleci Vural'ın maceralarını kullanıyorum. Sonra ama hiç taviz vermeden araya hayatın içine giren en modern 'hayat tiyatrosu'nu koyuyorum. Halkla birlikte hem sefil hem de soylu bir sanat yapmayı İstanbul'da banka desteğiyle taklitçi bulvar komedileri oynamaya tercih ederim. Şimdi bana arkadaşça söyle, emniyet müdürlüğünde ve sonra veteriner fakültesinde sana gösterilen şüpheli dinciler arasındaki suçluları niye teşhis etmedin?"

"Tanıyamadım kimseyi."

"Seni Lacivert'e götüren genci ne kadar sevdiğin anlaşılınca askerler seni de gözaltına almak istediler. Bu ihtilal arefesinde Almanya'dan gelmen, okul müdürü vurulurken orada olman şüphelendiriyor onları. Seni işkenceli bir sorgudan geçirip içinde ne var ne yok öğrenmek istiyorlardı, ben durdurdum onları, kefil oldum."

"Teşekkür ederim."

"Seni Lacivert'e götüren o gencin ölüsünü neden öptüğün hâlâ anlaşılamadı."

"Bilmiyorum," dedi Ka. "Çok dürüst ve içten bir yanı vardı. Yüz yıl yaşayacağını sanıyordum."

"Senin acıdığın bu Necip, ne biçim Necip'miş okuyayım mı sana?" Çıkardığı kâğıttan Necip'in geçen yıl mart ayında bir kere okuldan kaçtığını, Ramazan'da içki satıyor diye Neşe Birahanesi'nin camlarının kırılması olayına karıştığını, bir ara Refah Partisi il merkezinde ayak işlerinde çalıştığını, ama ya aşırı görüşleri yüzünden ya da herkesi korkutan bir sinir buhranı geçirdiği için (parti il merkezinde birden fazla muhbir vardı) oradan uzaklaştırıldığını, hayranı olduğu Lacivert'e son on sekiz ayda Kars'a gelişlerinde sokulmak istediğini, MİT elemanlarının "anlaşılmaz" bulduğu bir hikâye yazıp Kars'ın yetmiş beş satışlı dinci gazetesine bıraktığını, o gazetede köşe yazıları yazan emekli bir eczacının kendisini birkaç kere tuhaf bir şekilde öpmesinden sonra arkadaşı Fazıl ile birlikte onu öldürme planları yaptıklarını (cinayet yerine bırakmayı planladıkları gerekçe mektubunun MİT arşivindeki aslı çalınmış, dosyaya konmuştu) çeşitli tarihlerde Atatürk Caddesi'nde arkadaşlarıyla gülüşerek yürüdüğünü, bunlardan birinde ekim ayında yanlarından geçen bir sivil polis arabasının arkasından işaretler yaptığını okudu.

"Milli İstihbarat Teşkilatı burada çok iyi çalışıyor," dedi Ka.

"Şeyh Saadettin Efendi'nin mikrofonlar yerleştirilmiş evine girip huzuruna çıkınca elini öptüğünü, gözyaşlarıyla Allah'a inandığını açıkladığını, oradaki ayaktakımının önünde kendini yakışıksız durumlara düşürdüğünü biliyorlar, ama bütün bunları niye yaptığını bilmiyorlar. Bu ülkenin pek çok solcu şairi 'aman onlar iktidara gelmeden ben dinci olayım' telaşıyla saf değiştirdi."

Kıpkırmızı oldu Ka. Sunay'ın bu utancı bir zayıflık olarak gördüğünü hissettiği için daha da utandı.

"Biliyorum bu sabah gördüklerin seni üzdü. Polis gençlere çok kötü davranıyor, zevk için dayak atan hayvanlar bile var aralarında. Ama şimdi o kısmı bir yana bırakalım..." Ka'ya bir sigara tuttu. "Ben de gençliğimde senin gibi Nişantaşı ve Beyoğlu sokaklarında yürürdüm, Batı filmlerini deli gibi seyrettim ve bütün Sartre'ları ve Zola'ları okudum, bizim geleceğimizin Avrupa olduğuna inandım. Şimdi bütün bu dünyanın yıkılmasına, kız kardeşlerinin başörtü takmaya zorlanmasına, şiirlerinin dine uygun değil diye İran'daki gibi yasaklanmasına seyirci kalabileceğini sanmam. Çünkü sen benim dünyamdansın, Kars'ta T.S. Eliot'un şiirlerini okumuş başka kimse yoktur."

"Refah Partisi belediye başkan adayı Muhtar okumuştur," dedi Ka. "Şiire meraklıdır çok."

"Onu tutuklamamıza bile gerek kalmadı," dedi Sunay gülümseyerek. "Kapıyı çalan ilk askere belediye başkan adaylığından çekildiğini bildiren bir kâğıdı imzalayıp verdi."

Bir patlama oldu. Pencere camları ve çerçeveler titredi. İkisi de sesin geldiği yöne, Kars Çayı tarafındaki pencerelere baktılar, ama karla kaplı kavak ağaçlarıyla yolun öte yanındaki sıradan ve boş bir binanın buz tutmuş saçaklarından başka bir şey göremeyince pencereye sokuldular. Kapının önündeki bir korumadan başka kimsecikler yoktu sokakta. Kars öğle vaktinde bile olağanüstü kederliydi.

"İyi bir aktör," dedi Sunay hafif tiyatromsu bir havayla, "tarihin içinde yıllarca, yüzyıllarca birikmiş, bir köşeye sıkışmış, patlayıp ortaya çıkmamış, dile gelmemiş güçleri temsil eder. Bütün hayatı boyunca en ücra yerlerde, en denenmemiş yollarda, en sapa sahnelerde kendisine gerçek bir özgürlük bağışlayacak olan sesi arar. Onu bulduğunda ise korkmadan sonuna kadar gitmesi gerekir."

"Üç gün sonra karlar eriyip, yollar açılınca burada dökülen kanların hesabını Ankara sorar," dedi Ka. "Kan dökülmesinden hoşlanmadıkları için değil. Bu işi yapanın bir başkası olmasından hoşlanmayacakları için. Karslılar da nefret edecek senden ve bu tuhaf oyunundan. Ne yapacaksın o zaman?"

"Doktoru gördün, kalbimden hastayım, hayatımın sonuna geldim, umurumda değil," dedi Sunay. "Bak aklıma geldi: Diyorlar ki, bir kişiyi, mesela eğitim enstitüsü müdürünü vuranı bulup hemen assak, bunu canlı yayınla televizyondan versek, bundan sonra bütün Kars mum gibi olur."

"Şimdiden mum gibiler," dedi Ka.

"Bombalı intihar saldırılarına hazırlık yapıyorlarmış."

"Birisini asarsanız her şey daha korkunç olur."

"Avrupalılar burada yaptıklarımızı görürse mahcup olurum diye mi korkuyorsun? Onlar senin hayran olduğun o modern dünyalarını kurabilmek için ne kadar adam astılar biliyor musun? Atatürk senin gibi kuş beyinli bir liberal hayalperesti daha ilk günden sallandırırdı. Şunu da kafana koy," dedi Sunay. "Bugün gözaltında gördüğün imam hatipli öğrenciler senin yüzünü hafızalarına bir daha çıkmamacasına kazımışlardır bile. Her yere, herkese atabilirler bombalarını, yeter ki seslerini duyursunlar. Üstelik dün gece sen bir de şiir okuduğuna göre, kumpasın parçası sayılırsın... Biraz Batılılaşmış herkesin, özellikle de halkı küçümseyen burnu havada aydınların bu ülkede soluk alabilmek için laik bir orduya ihtiyacı vardır, yoksa dinciler onları ve boyalı karılarını kör bıçakla kıtır kıtır keser. Ama bu ukalalar kendilerini Avrupalı zannedip, aslında onları kollayan askerlere züppece burun kıvırırlar. Burasını İran'a çevirdikleri gün senin gibi bir yufka yürekli liberalin imam hatipli çocuklar için gözyaşı döktüğünü kimse hatırlayacak mı sanıyorsun? O gün biraz Batılılaşmış olduğun, besmeleyi korkudan çekemediğin, züppe olduğun, kravat taktığın ya da bu paltoyu giydiğin için öldürecekler seni. Nereden aldın bu güzel paltoyu? Bunu oyunda giyebilir miyim?"

"Tabii."

"Palton delinmesin diye koruma vereyim yanına. Birazdan televizyonda açıklayacağım, sokağa çıkmak ancak günün yarısında serbest olacak. Çıkma sokağa."

"Kars'ta öyle çok fazla korkulacak bir 'dinci' terörist yok," dedi Ka.

"Olanlar yeter," dedi Sunay. "Üstelik bu ülke ancak yüreklere din korkusu salınarak hakkıyla yönetilebilir. Her zaman bu korkunun haklı olduğu çıkar sonra ortaya. Halk dincilerden korkup devlete, ordusuna sığınmazsa Ortadoğu'daki, Asya'daki kimi kabile devletlerinde olduğu gibi geriliğin ve anarşinin kucağına düşer."

Dimdik durup emir verir gibi konuşması, arada bir seyircilerin üzerindeki hayali bir noktaya uzun uzun bakması, Sunay'ın yirmi yıl önce tiyatro sahnesinde yaptığı pozları hatırlattı Ka'ya. Ama gülmedi buna; kendisini de bu modası geçmiş oyunda hissediyordu.

"Benden ne istiyorsunuz onu söyleyin artık," dedi Ka.

"Ben olmasam, bundan sonra bu şehirde ayakta durman zor. Dincilere ne kadar yaltaklansan gene de paltoyu deldirirsin. Kars şehrinde tek koruyucun ve dostun benim. Benim dostluğumu kaybedersen emniyet müdürlüğünün alt katındaki hücrelerden birine tıkılıp işkence göreceğini de unutma. *Cumhuriyet* gazetesindeki dostların da sana değil, askerlere inanır. Bunları bil."

"Biliyorum."

"O zaman bu sabah polisten sakladığın, suçluluk duygularıyla kalbinin bir köşesine gömdüğün şeyleri söyle artık bana."

"Burada Allah'a inanmaya başlıyorum galiba," dedi Ka gülümseyerek. "Bunu hâlâ kendimden bile saklıyor olabilirim."

"Kendini kandırıyorsun! İnansan bile, tek başına inanmanın bir anlamı yoktur. Mesele yoksulların inandığı gibi inanmak ve onlardan biri olmaktır. Onların yediğini yer, onlarla birlikte yaşar, onların güldüğüne gülüp kızdığına kızarsan ancak onların Allah'ına inanırsın. Bambaşka bir hayat yaşayıp aynı Allah'a inanamazsın. Allah meselenin bir akıl ve iman sorunu değil, bütün bir hayat sorunu olduğunu bilecek kadar adildir. Ama benim sorduğum bu değil şimdi. Yarım saat sonra televizyona çıkıp Karslılara sesleneceğim. Onlara bir müjde vermek istiyorum. Eğitim enstitüsü müdürünü vuran katil yakalandı diyeceğim. Büyük ihtimal aynı kişi belediye başkanını da öldürmüştür. Bu kişiyi senin bu sabah teşhis ettiğini söyleyebilir miyim onlara? Sonra sen de televizyona çıkar her şeyi anlatırsın."

"Kimseyi teşhis edemedim ama."

Sunay hiç de tiyatro kokmayan öfkeli bir hareketle Ka'yı kolundan tutup odadan dışarıya çekti, geniş bir koridoru geçip iç avluya bakan bembeyaz bir odaya soktu. İçeri göz atar atmaz Ka odanın pisliğinden değil, mahremiyetinden korkup başını çevirmek istedi. Pencerenin mandalıyla duvardaki bir çivi arasına gerilmiş ipe çoraplar asılmıştı. Ka kenardaki açık bir bavulun içinde bir saç kurutma makinesi, eldivenler, gömlekler, ancak Funda Eser'in takabileceği kadar büyük bir sütyen gördü. Hemen yanındaki sandalyede oturan Funda Eser bir yandan makyaj malzemeleri ve kâğıtla kaplı bir masanın üzerine yerleştirdiği bir kâsenin içindekini kaşıklıyor –hoşaf diye düşündü Ka, çorba?– bir yandan da bir şey okuyordu.

"Biz modern sanat için buradayız... Ve birbirimize etle tırnak gibi bağlıyız," dedi Sunay Ka'nın kolunu daha da sıkarak.

Ka Sunay'ın ne demek istediğini anlayamadığı gibi gerçek ile tiyatro arasında bocalıyordu.

"Kaleci Vural kayıp," dedi Funda Eser. "Sabah çıkmış, geri dönmemiş."

"Bir yerde sızmıştır," dedi Sunay.

"Nerede sızacak?" dedi karısı, "her yer kapalı. Sokağa çıkılmıyor. Askerler aramaya başlamışlar. Kaçırılmış olmasından korkuyorlar."

"Kaçırılmıştır inşallah," dedi Sunay. "Derisini yüzüp, dilini keserler de kurtuluruz."

Görüntünün ve konuşulanların bütün kabalığına rağmen karı koca arasında öyle ince bir mizah ve öyle tam bir ruh anlaşması hissetti ki Ka, kıskançlıkla karışık bir saygı duydu onlara. Aynı anda Funda Eser ile göz göze gelince içgüdüyle yerlere kadar eğilerek kadını selamladı.

"Hanımefendi dün gece bir harikaydınız," dedi yapmacıklı bir sesle ama yürekten gelen bir hayranlıkla da.

"Aşkolsun efendim," dedi kadın hafif bir utangaçlıkla. "Bizim tiyatromuzda marifet oyuncunun değil seyircinindir."

Kocasına döndü. Karı koca devlet işleriyle dertlenen çalışkan bir kral ve kraliçe gibi hızlı hızlı konuştular. Ka yarı hayranlık ve yarı hayretle karı kocanın kaşla göz arasında az sonra televizyona çıktığında Sunay'ın hangi kıyafeti (sivil mi – askerî mi – kostüm mü?) giyeceğini, konuşmanın yazılı metninin hazırlanmasını (Funda Eser bir kısmını yazmıştı); bundan önceki gelişlerinde kaldıkları Şen Kars Oteli'nin sahibinin bir ihbarını ve bir torpil isteğini (askerlerin ikide bir oteline girip arama yapmasından huzursuz olduğu için iki şüpheli genç müşterisini kendi ihbar etmişti); *Serhat Kars Televizyonu*'nun bir sigara paketinin üzerine yazılmış öğleden sonra programını (Millet Tiyatrosu'ndaki gecenin 4. ve 5. kez yeniden yayımları, Sunay'ın konuşmasının 3 kere yeniden yayımı, kahramanlık ve serhat türküleri ve Kars'ın güzelliklerini tanıtan turistik film, yerli film: *Gülizar*) okuyup karara bağlayıverdiler.

"Aklı Avrupa'da, gönlü imam hatipli militanlarda, kafası karışık şairimizi ne yapacağız?" diye sordu Sunay.

"Yüzünden belli," dedi Funda Eser tatlılıkla gülümseyerek. "İyi bir çocuk o. Bize yardım edecek."

"Ama o İslamcılar için gözyaşı döküyor."

"Âşık da ondan," dedi Funda Eser. "Fazla duygulu şairimiz bugünlerde."

"A, şairimiz âşık mı?" dedi Sunay Zaim abartılı jestlerle. "Ancak en saf şairler ihtilal zamanında aşkla meşgul olabilirler."

"O saf şair değil, saf âşık," dedi Funda Eser.

Karı koca bu oyunu hiç hatasız biraz daha oynayıp Ka'yı hem kızdırdılar hem de serseme çevirdiler. Daha sonra terzihanedeki büyük masaya karşılıklı oturup çay içtiler.

"Bize yardım etmenin en akıllıca iş olduğuna karar verirsen diye söylüyorum," dedi Sunay. "Kadife, Lacivert'in metresidir. Lacivert Kars'a siyaset için değil aşk için geliyor. İlişki kurduğu genç İslamcıları belirleyebilmek için yakalamıyorlardı bu katili. Şimdi pişmanlar. Çünkü dün akşam yatakhane baskınından önce kaşla göz arasında yok oldu. Kars'taki bütün genç İslamcılar ona hayran ve bağlıdırlar. Kars'ta bir yerdedir ve seni bir kere daha mutlaka arayacaktır. Bize haber vermen zor olabilir: Tıpkı rahmetli eğitim enstitüsü müdürüne yapıldığı gibi üzerine bir –hatta iki– mikrofon koyar, paltona da bir telsiz verici bağlarlarsa seni bulduğunda çok fazla korkuya kapılman gerekmez. Sen uzaklaşınca onu hemen yakalarlar." Ka'nın yüzünden bu fikri beğenmediğini anladı hemen. "Israr etmiyorum," dedi. "Hiç belli etmiyorsun ama bugünkü davranışlarından ihtiyatlı biri olduğun anlaşılıyor. Kendini korumayı biliyorsundur ama ben gene de sana Kadife'ye dikkat etmen gerektiğini söyleyeyim. Her işittiği şeyi Lacivert'e yetiştirdiğinden kuşkulanıyorlar; evde babasıyla misafirlerinin her akşam yemek masasında konuştuklarını da yetiştiriyor olmalı. Babaya ihanet etmenin zevki içindir biraz. Ama Lacivert'e aşkla bağlı olduğu içindir de. Sence bu kadar hayran olunacak ne var onda?"

"Kadife'de mi?" diye sordu Ka.

"Lacivert'te tabii," dedi Sunay öfkeyle. "Niye herkes hayran oluyor bu katile? Niye bütün Anadolu'da efsane bir adı var? Sen onunla konuştun, söyleyebilir misin bunu bana?"

Funda Eser çıkardığı plastik bir tarakla kocasının solgun saçlarını şefkat ve özenle taramaya başlayınca dikkati iyice dağılan Ka sustu.

"Televizyonda yapacağım konuşmayı dinle," dedi Sunay. "Kamyonla seni oteline bırakalım."

Sokağa çıkma yasağının bitmesine kırk beş dakika vardı. Ka otele yürüyerek dönmek için izin istedi, verdiler.

Geniş Atatürk Caddesi'nin boşluğu, karlar altındaki yan sokakların sessizliği, karlı eski Rus evlerinin ve iğde ağaçlarının güzelliği biraz olsun içini açmıştı ki, peşinde birisi olduğunu fark etti. Halitpaşa Caddesi'ni geçti, Küçük Kâzımbey Caddesi'nden sola saptı. Peşindeki hafiye yumuşak karda oflaya puflaya yetişmeye çalışıyordu. Onun peşine de dün istasyonda koşturan, alnı beyaz lekeli arkadaş canlısı kara köpek takılmıştı. Ka, Yusufpaşa Mahallesi'ndeki manifaturacı dükkânlarının birinin içine gizlenip onları seyretti, sonra birden peşindeki hafiyenin önüne çıktı.

"Siz beni bilgi sahibi olmak için mi izliyorsunuz, korumak için mi?"

"Vallahi beyefendi siz nasıl alırsanız öyle."

Ama adam o kadar yıpranmış ve yorgundu ki değil Ka'yı kendini koruyabilecek hali bile yoktu. En az altmış beşinde gösteriyordu, yüzü kırış kırıştı, sesi cılız, gözlerinin ışığı gitmiş, Ka'ya bir sivil polisten çok polisten korkmuş biri gibi ürkek ürkek bakıyordu. Türkiye'deki bütün sivil polislerin giydiği Sümerbank ayakkabısının da burnunun açıldığını görünce Ka acıdı adama.

"Siz polissiniz, kimlik kartınız varsa şuradaki Yeşilyurt Meyhanesi'ni açtırıp biraz oturalım."

Meyhane, kapısını fazla vurmaya gerek kalmadan açıldı. Adının Saffet olduğunu öğrendiği hafiyeyle rakı içip, kara köpekle de paylaştıkları börekleri yiyerek Sunay'ın konuşmasını dinlediler. Konuşmanın askerî darbelerden sonra dinlediği öteki başkan konuşmalarından hiç farkı yoktu. Sunay dış düşmanlarımızın kışkırttığı Kürtçülerin ve dincilerin ve seçmenin oyunu almak için her şeyi yapan yoz siyasetçilerin Kars'ı uçurumun kenarına getirdiğini söylerken Ka sıkılmaya başlamıştı bile.

Ka ikinci kadehini içerken hafiye saygılı bir ifadeyle televizyondaki Sunay'ı işaret etti. Yüzündeki zaten yarım yamalak hafiye ifadesi gitti, yerine dilekçe veren zavallı vatandaş bakışı geldi. "Siz onu tanıyorsunuz, dahası o size hürmet ediyor," dedi. "Bir maruzatımız olacak. Siz ona arz edersiniz, ben de bu cehennem hayatından kurtulurum. Lütfen beni bu zehirleme soruşturmasından alsınlar, başka yere versinler."

Ka'nın sorması üzerine yerinden kalktı, lokantanın kapısını sürgüledi. Onun masasına oturdu ve "zehirleme soruşturmasını" hikâye etti.

Biçare hafiye meramını iyi anlatamadığı, Ka'nın zaten sersemlemiş kafası içkiden hemen dumanlandığı için iyice çapraşıklaşan hikâye, ordunun ve istihbarat örgütlerinin şehir merkezinde askerlerin çok gittiği Modern Büfe adlı bir sandviç-sigara büfesinde satılan tarçınlı bir şerbetin zehirli olmasından şüphelenmeleriyle başlıyordu. Dikkati çeken ilk vaka İstanbullu bir piyade yedek subaydı. İki yıl önce, çok eziyetli geçeceği anlaşılan bir tatbikattan önce bu subay ateşler içinde titremeye, ayakta duramayacak kadar sarsılmaya başlamıştı. Kaldırıldığı revirde zehirlendiği anlaşılınca ölmekte olduğunu sanan asker, bir öfkeyle Küçük Kâzımbey Caddesi'yle Kâzım Karabekir Caddesi'nin köşesindeki büfeden yeni bir şey diye merakla alıp içtiği sıcak şerbeti suçlamıştı. Basit bir zehirlenme diye önemsenmeden unutulacak olan bu olay, kısa aralıklarla başka iki yedek subayın aynı belirtilerle revire kaldırılmasıyla yeniden hatırlanmıştı. Onlar da tir tir titriyor, titremekten kekeliyor, halsizlikten ayakta duramayıp yere düşüyor ve meraktan içtikleri aynı tarçınlı sıcak şerbeti suçluyorlardı. Bu sıcak şerbeti, Atatürk Mahallesi'nde bir Kürt teyze "ben buldum" diye evde yapmış, herkes sevince de şerbet teyzenin yeğenlerinin işlettiği büfede satılmaya başlamıştı. Kars askerî karargâhında hemen o sırada yapılan gizli bir soruşturma sonucu elde edilmişti bu bilgiler. Ama teyzenin şerbetinden gizlice alınan örneklerin veteriner fakültesinde incelenmesi sonucunda bir zehir bulunmamıştı. Olay böylece kapanacakken konuyu karısına açan paşa, kadının romatizmalarına iyi gelir diye sıcak şerbetten her gün bardak bardak içtiğini korkuyla öğrenmişti. Pek çok subay karısı, evet, aslında pek çok subay da şerbetten sağlığa iyi gelir bahanesiyle ve sırf can sıkıntısından bol bol içiyordu. Kısa bir soruşturma subayların ve ailelerinin, çarşı iznine çıkan erlerin, oğullarını ziyarete gelen asker ailelerinin, günde on kere geçtiği şehir merkezinde satılan ve Kars'ın tek yeni eğlencesi olan bu şerbetten bol bol içtiklerini ortaya koyunca, paşa elde edilen ilk bilgilerden korkuya kapılıp ne olur ne olmaz endişesiyle işi istihbarat örgütlerine ve Genelkurmay müfettişlerine devretti. O günlerde Güneydoğu'da PKK'lı gerillalarla gırtlak gırtlağa savaşan ordu bu savaşta başarılı oldukça, gerillaya katılmayı düşleyen işsiz, güçsüz, umutsuz kimi Kürt gençleri arasında tuhaf ve korkutucu intikam hayalleri yayılıyordu. Bombalamak, adam kaçırmak, Atatürk heykelini devirmek, şehir suyunu zehirlemek, köprüleri uçurmak gibi bu öfkeli hayallerden Kars kahvelerinde pinekleyen çeşitli istihbarat hafiyelerinin haberi vardı elbette. Bu yüzden iş ciddiye alındı, ama konunun hassasiyeti yüzünden büfe sahiplerinin işkenceli sorguya çekilmesi uygun bulunmadı. Onun yerine satışları arttıkça keyiflenen Kürt teyzenin mutfağına ve büfenin içine valiliğe bağlı hafiyeler sokuldu. Dükkândaki hafiye yine teyzenin özel icadı olan tarçınlığa, cam bardaklara, teneke kepçelerin kıvrık saplarındaki el bezlerine, bozuk para kutusuna, paslı deliklere, büfede çalışanların ellerine herhangi bir yabancı toz bulaştırılmadığını belirledi önce. Bir hafta sonra da aynı zehirlenme belirtileriyle titreyerek ve kusarak işten ayrılmak zorunda kaldı. Teyzenin Atatürk Mahallesi'ndeki evine sokulan hafiye ise çok daha çalışkandı. Eve girip çıkanlardan, alınan malzemeye kadar (havuç, elma, erik ve dut kurusu, nar çiçeği, kuşburnu, hatmi) her şeyi raporlar halinde her akşam yazıp bildiriyordu. Bu raporlar kısa sürede sıcak şerbetin övgülü ve iştah kabartan reçetelerine dönüştü. Hafiye günde beş altı sürahi içiyordu şerbetten ve zararını değil faydasını gördüğünü, hastalıklara iyi geldiğini, hakiki bir "dağ" içkisi ve ünlü Kürt destanı *Mem u Zin*'de yeri olduğunu rapor ediyordu. Ankara'dan yollanan uzmanlar Kürt olduğu için bu hafiyeye güvenlerini kaybettiler ve ondan öğrendiklerinden şerbetin Türkleri zehirleyip Kürtlere işlemediği sonucunu çıkardılar ama Türklerle Kürtlerin birbirinden farksız olduğu yolundaki devlet görüşüne uymadığı için bu görüşlerini kimseye açamadılar. Bunun üzerine İstanbul'dan gelen bir doktor grubu hastalığı incelemek için Sosyal Sigortalar Hastanesi'nde özel bir revir açtı. Ama burayı da bedava muayene olmak isteyen sapasağlam Karslılar ile saç dökülmesi, sedef hastalığı, fıtık, kekemelik gibi sıradan dertlerden mustarip hastaların doldurması araştırmanın ciddiyetine gölge düşürdü. Böylece gitgide büyüyen ve eğer gerçekse şimdiden binlerce askeri ölümcül bir şekilde etkilemiş bulunan bu şerbet kumpasını kimsenin maneviyatını bozmadan çözme işi yeniden Kars'taki istihbarat servislerinin, aralarında Saffet'in de olduğu çalışkan memurlarına düştü. Pek çok hafiye Kürt teyzenin pürneşe kaynattığı şerbeti içenleri izlemekle görevlendirildi. Artık sorun zehirin Karslılara nasıl bulaştığını belirlemek değil, Karslıların gerçekten zehirlenip zehirlenmediklerini kesin bir şekilde anlamaktı. Böylece hafiyeler teyzenin tarçınlı şerbetini iştahla seven asker-sivil bütün vatandaşları tek tek ve kimi zaman evlerinin içine kadar izliyorlardı. Ka, bu çok masraflı ve yorucu çaba sonucu ayakkabıları açılan, gücü tükenen hafiyenin derdini televizyonda hâlâ konuşan Sunay'a açmaya söz verdi.

Hafiye bundan öyle memnun oldu ki giderken minnetle sarılıp öptü Ka'yı, kapının sürgüsünü de kendi eliyle açtı.

24

Ben, Ka

ALTIGEN KAR TANESİ

Ka, peşinde kara köpek, karlı boş sokakların güzelliğinin tadını çıkararak otele yürüdü. Resepsiyondaki Cavit'e İpek'e verilmek üzere bir not bıraktı: "Acele gel." Odasında kendini yatağa atıp beklerken annesini düşündü. Ama bu çok sürmedi, çünkü bir süre sonra hâlâ gelmeyen İpek'e taktı aklını. İpek'i beklemek kısa bir süre içerisinde Ka'ya öyle acı veren bir şey oldu ki ona tutulmasının ve aslında Kars'a gelmesinin bir aptallık olduğunu pişmanlıkla düşünmeye başladı. Ama şimdi çok geçti ve İpek de bir türlü gelmiyordu.

Ka'nın otele girmesinden otuz sekiz dakika sonra İpek geldi. "Kömürcüye gittim," dedi. "Yasağın bitmesinden sonra dükkânda kuyruk olur diye on ikiye on kala arka avludan çıktım. On ikiden sonra da çarşıda oyalandım biraz. Bilseydim hemen gelirdim."

Ka İpek'in odaya getirdiği hayatiyet ve canlılıktan bir anda öylesine mutlu oldu ki yaşamakta olduğu anın bozulmasından ödü koptu. İpek'in parlak ve uzun saçlarını ve hiç durmadan kıpırdayan küçük ellerini seyretti. (Sol eli kısa bir süre içerisinde düzelttiği saçlarına, burnuna, kemerine, kapının kenarına, güzel uzun boynuna, gene düzelttiği saçlarına ve yeni taktığını Ka'nın şimdi fark ettiği yeşim kolyesine dokunmuştu.)

"Sana çok fena âşık oldum ve acı çekiyorum," dedi Ka.

"Bu kadar çabuk alevlenen bir aşk aynı hızla söner, korkma."

Ka telaşla sarılıp onu öpmeye çalıştı. İpek, Ka'nın telaşının tam tersi bir rahatlıkla öpüştü onunla. Kadının küçük ellerinin kendi omuzlarını tuttuğunu hissetmek, öpüşmeyi bütün tatlılığıyla yaşamak Ka'yı serseme çevirdi. Bu sefer İpek'in de kendisiyle sevişmeye niyetli olduğunu gövdesinin sokulganlığından anladı. Derin bir karamsarlıktan, coşkulu bir mutluluğa hızla geçebilme yeteneği sayesinde Ka şimdi öylesine mutluydu ki, gözleri, aklı, hafızası o ana ve bütün dünyaya açılmıştı.

"Ben de seninle sevişmek istiyorum," dedi İpek. Bir an önüne baktı. Hemen şehla gözlerini kaldırıp kararlılıkla Ka'nın gözlerinin içine dikti: "Ama söyledim, babam burada burnumuzun dibindeyken değil."

"Ne zaman çıkıyor baban dışarı?"

"Hiç çıkmaz," dedi İpek. Kapıyı açtı, "Gitmem gerek," deyip uzaklaştı.

İpek, yarı karanlık koridorun ucundaki merdivenlerden inip kaybolana kadar Ka onun arkasından baktı. Kapıyı kapayıp yatağının kenarına oturur oturmaz cebinden defterini çıkardı ve temiz sayfaya hemen "Çaresizlikler, Zorluklar" adını verdiği bir şiiri yazmaya başladı.

Ka şiiri bitirdikten sonra yatağın kenarında oturup Kars'a geldiğinden beri ilk defa bu şehirde İpek'i tavlamaktan ve şiir yazmaktan başka yapacak bir işi olmadığını düşündü: Hem bir çaresizlik hem de bir özgürlük duygusu veriyordu bu ona. Şimdi İpek'i kandırıp Kars şehrini birlikte terk edebilirse hayatının sonuna kadar onunla mutlu olacağını biliyordu. İpek'i ikna edebileceği zamanı ve bu işi kolaylaştıracak bir mekân birliğini sağladığı için yolları tıkayan kara şükran duydu.

Paltosunu giyip kimseye görünmeden sokağa çıktı. Belediye tarafına doğru değil, İstiklali Milli Caddesi'nden sola aşağıya yürüdü. Bilim Eczanesi'ne girip C vitamini tabletleri aldı, Faikbey Caddesi'nden sola döndü, lokanta vitrinlerine bakarak ilerleyip Kâzımpaşa Caddesi'ne saptı. Caddeyi dün cıvıl cıvıl gösteren seçim propaganda bayrakçıkları indirilmiş, dükkânların hepsi açılmıştı. Küçük bir kırtasiyeci-kasetçi gürültüyle müzik çalıyordu. Sırf sokağa çıkmış olmak için kaldırımları doldurmuş bir kalabalık birbirlerine ve vitrinlere üşüye üşüye bakarak çarşıda bir aşağı bir yukarı yürüyordu. Merkez ilçelerden minibüslerle Kars'a gelip günlerini çayhanede pineklemek ve berberde tıraş olmakla geçiren kalabalık gelememişti şehre; berber ve çayhanelerin boşluğu Ka'nın hoşuna gitti. Sokaklardaki çocuklar içindeki korkuyu unutturup onu iyice mutlu ettiler. Küçük boş arsalarda, karla kaplı meydanlarda, devlet dairelerinin ve okulların bahçelerinde, yokuşlarda, Kars Nehri'nin üzerindeki köprülerde kızak kayan, kartopu savaşı yapan, koşuşturan, kavga edip küfürleşen, bütün bu hareketi seyredip burnunu çeken bir sürü çocuk gördü. Pek azının paltosu vardı, çoğu okul ceketi, kaşkol ve takke giyiyordu. Askerî darbeyi okullar tatil olduğu için sevinçle karşılayan bu neşeli kalabalığı seyrederken Ka iyice üşürse, en yakındaki çayhaneye giriyor, hafiye Saffet karşıdaki masada otururken bir çay içip tekrar dışarı çıkıyordu.

Hafiye Saffet'e alıştığı için Ka ondan korkmuyordu hiç. Kendisini gerçekten izlemek istiyorlarsa peşine görünmeyen bir hafiye takacaklarını biliyordu. Görünen hafiye görünmeyen hafiyeyi gizlemeye yarardı. Bu yüzden bir ara hafiye Saffet'i kaybedince Ka telaşlandı ve onu aramaya başladı. Faikbey Caddesi'nde, dün gece tankla karşılaştığı köşede Saffet'i elinde bir plastik torba, tıknefes kendisini ararken buldu.

"Portakallar çok ucuz, dayanamadım," dedi hafiye. Beklediği için Ka'ya teşekkür etti, kaçıp kaybolmadığı için "iyi niyetini" kanıtladığını söyledi. "Bundan sonra nereye gideceğinizi söylerseniz, ikimiz de boşuna yorulmayız."

Ka nereye gideceğini bilmiyordu. Daha sonra camları buz tutmuş bir başka boş çayhanede otururlarken aslında iki kadeh rakı içip Şeyh Saadettin Efendi'ye gitmek istediğini anladı. İpek'i şu anda yeniden görmek mümkün değildi ve ruhu onu düşünmekle işkence korkusu arasında daralıyordu. Şeyh Efendi'ye içindeki Allah sevgisini açıp, Allah'tan ve dünyanın anlamından kibarca konuşmak isterdi. Ama tekkeyi mikrofonlarla donatmış emniyetçilerin kendisini gülerek dinleyecekleri geliyordu aklına.

Gene de Ka Şeyh Efendi'nin Baytarhane Sokağı'ndaki mütevazı evinin önünden geçerken bir ara durakladı. Yukarıya, pencerelere baktı.

Daha sonra Kars İl Kütüphanesi'nin kapısının açık olduğunu gördü. İçeri girip çamurlu merdivenleri çıktı. Sahanlıkta bir duyuru tahtasına Kars'ın yedi yerel gazetesi tek tek dikkatle raptiyelenmişti. Tıpkı *Serhat Şehir Gazetesi* gibi, diğerleri de dün öğleden sonra basıldıkları için ihtilalden değil, Millet Tiyatrosu'ndaki akşamki gösterinin başarılı geçtiğinden, kar yağışının sürmesinin beklendiğinden söz ediyordu.

Okulların tatil olmasına rağmen okuma salonunda beş altı öğrenciyle evlerinin soğuğundan kaçan birkaç emekli memur gördü. Bir kenarda okunmaktan lime lime olmuş sözlükler ve yarısı parçalanmış resimli çocuk ansiklopedileri arasında, çocukluğunda çok sevdiği eski *Hayat Ansiklopedisi* ciltlerini buldu. Bu ciltlerin her birinin arka kapağının içinde üst üste yapıştırılmış renkli resimlerden oluşan, içe doğru açılan yaprakları çevirdikçe bir arabanın, bir erkeğin, bir geminin organ ve parçalarının tek tek görüldüğü bir anatomi levhası olurdu. Ka bir içgüdüyle dördüncü cildin arka kapağının içindeki anneyi ve şişkin karnında bir yumurtanın içinde yatar gibi yatan bebeğini aradı, ama ciltlerin içindeki bu resimler sökülmüştü, yırtma yerlerini görebildi yalnızca.

Aynı cildin (İS-MA) 324. sayfasındaki bir maddeyi de dikkatle okudu.

> **KAR.** Suyun atmosferin içinde düşerken, gezinirken ya da yükselirken aldığı katı şekildir. Genellikle altıgen bir biçimi olan güzel kristal yıldızcıklar halindedir. Her kristal tanesinin kendine özgü altıgen yapısı vardır. Karın sırları eski çağlardan beri insanoğlunun ilgisini ve hayranlığını çekmiştir. İlk olarak İsveç'in Uppsala kentinde 1555 yılında papaz Olaus Magnus her kar tanesinin kendine özgü altıgen bir yapısı olduğunu ve şekilde görüldüğü gibi...

Ka bu maddeyi Kars'ta kaç kere okumuş, bu kar kristalinin resmi o sırada ne kadar içine işlemişti, bunu söyleyemeyeceğim. Yıllar sonra Nişantaşı'ndaki evlerine gidip, her zaman huzursuz ve kuşkulu babasıyla yaşlı gözlerle uzun uzun ondan bahsettiğimiz bir gün, evdeki eski kütüphaneyi görmek için izin istemiştim. Ka'nın odasındaki çocukluk ve gençlik kütüphanesi değil, oturma odasının karanlık köşesindeki babasının kütüphanesiydi aklımdaki. Burada şık ciltli hukuk kitapları, 1940'lardan kalan yerli ve çeviri romanlar, telefon ve telefon rehberlerinin arasında bu özel ciltli *Hayat Ansiklopedisi*'ni görmüş, dördüncü cildin arka iç kapağındaki gebe kadın anatomisine bir göz atmıştım. Kitabı gelişigüzel açınca 324. sayfa kendiliğinden gelmişti önüme. Orada, aynı Kar maddesinin yanında bir de otuz yıllık bir kurutma kâğıdı gördüm.

Ka önündeki ansiklopediye bakıp ödev yapan öğrenci gibi cebinden defterini çıkardı, Kars'ta kendisine gelen onuncu şiiri yazmaya başladı. Her kar tanesinin tekilliğiyle *Hayat Ansiklopedisi*'nin cildi içinde bulamadığı annenin karnındaki çocuk hayalinden yola çıkarak Ka, kendisinin ve hayatının bu dünyadaki yerini, korkularını, özelliklerini ve benzersizliğini temellendirdiği bu şiire "Ben, Ka" adını verdi.

Henüz şiirin sonuna gelmemişti ki, Ka, masasına birisinin oturduğunu hissetti. Defterden başını kaldırınca şaşırdı: Necip'ti bu. İçinde dehşet ve hayret değil, kolay ölmeyecek birinin öldüğüne inanmanın suçluluk duygusu uyandı.

"Necip," dedi. Sarılıp öpmek istedi onu.

"Ben, Fazıl," dedi genç. "Sizi yolda gördüm, peşinize takıldım." Hafiye Saffet'in oturduğu masaya doğru bir bakış attı. "Çabuk söyleyin bana: Necip'in öldüğü doğru mu?"

"Doğru. Gözümle gördüm."

"O zaman bana niye Necip dediniz? Gene de emin değilsiniz."

"Emin değilim."

Bir an yüzü kül gibi oldu Fazıl'ın, sonra kendini zorlayarak toparladı.

"Benden intikamını almamı istiyor. Bundan anlıyorum öldüğünü. Ama okul açılınca eskisi gibi derslerimi çalışmak istiyorum, intikama, siyasete girmek değil."

"Üstelik intikam korkunç bir şey."

"Gene de o gerçekten istiyorsa intikamını alırım," dedi Fazıl. "Bana sizden bahsetmişti. Hicran'a, yani Kadife'ye, yazdığı mektupları verdiniz mi ona?"

"Verdim," dedi Ka. Fazıl'ın bakışından rahatsız oldu. "'Verecektim,' diye düzeltsem mi?" diye düşündü. Ama geç kalmıştı. Üstelik yalan söylemek nedense içini güvenle doldurmuştu. Fazıl'ın yüzünde beliren acıdan huzursuz oldu.

Fazıl iki elini yüzüne kapayıp ağladı biraz. Ama o kadar öfkeliydi ki gözyaşları boşanmadı. "Necip öldüyse intikamını kimden almam gerekir?" Ka'nın sustuğunu görünce gözlerini gözlerinin içine dikti. "Siz bilirsiniz."

"Bazan siz aynı anda aynı şeyi düşünürmüşsünüz," dedi Ka. "Sen düşünüyorsan o var demektir."

"Onun benim düşünmemi istediği şey acıyla dolduruyor içimi," dedi Fazıl. Ka ilk defa onun gözlerinde Necip'in gözlerinde gördüğü ışığı gördü. Bir hayaletle karşı karşıya hissetti kendini.

"Nedir sizi düşünmeye zorladığı şey?"

"İntikam," dedi Fazıl. Biraz daha ağladı.

Ka Fazıl'ın aklındaki asıl düşüncenin intikam olmadığını hemen anladı. Çünkü Fazıl bunu hafiye Saffet'in onları dikkatle seyrettiği masasından kalkıp yaklaştığını gördükten sonra söylemişti.

"Kimliğinizi verin," dedi hafiye Saffet Fazıl'a sert sert bakarak.

"Okul kimliğim ödünç verme masasında."

Ka, Fazıl'ın karşısındakinin bir sivil polis olduğunu hemen anladığını ve korkusunu bastırdığını gördü. Hepsi ödünç verme masasına yürüdüler. Hafiye, her şeyden korkmuş görünen bayan memurenin elinden kaptığı kimlikten Fazıl'ın imam hatip öğrencisi olduğunu öğrenince "zaten biliyorduk" diyen suçlayıcı bir bakışla Ka'ya baktı bir. Sonra bir çocuğun topuna el koyan büyük edasıyla kimliğini cebine koydu.

"Emniyet müdürlüğüne gelir, imam hatip kimliğini alırsın," dedi.

"Memur bey," dedi Ka. "Bu çocuk etliye sütlüye karışmaz, en sevdiği arkadaşının öldüğünü de şimdi öğrendi, verin kimliğini."

Ama Ka'dan öğleyin bir torpil istemesine rağmen Saffet yumuşayamadı.

Ka kimsenin görmediği bir köşede Saffet'ten kimliği alacağına inandığı için saat altıda Demirköprü'de buluşmak için Fazıl'la sözleşti. Fazıl hemen çıktı kütüphaneden. Bütün okuma salonu huzursuz olmuştu, herkes kimlik kontrolünden geçirileceğini sanıyordu. Ama Saffet oralı değildi, masasına hemen geri dönmüş, 1960 başının *Hayat* dergisi cildini karıştırıyor, İran Şahı'na bebek doğuramadığı için boşanmak zorunda kalan mahzun Prenses Süreyya'nın ve eski Başbakan Adnan Menderes'in asılmadan önce çekilmiş son fotoğraflarına bakıyordu.

Ka hafiyeden kimliği alamayacağına karar verip kütüphaneden çıktı. Karlı sokağın güzelliğini, coşkuyla kartopu oynayan çocukların neşesini görünce bütün korkularını arkada bıraktı. Koşmak geliyordu içinden. Hükümet meydanında ellerinde kumaş torbalar, iple sarılmış gazete kâğıdından paketler, bir kuyrukta üşüyerek hüzünle bekleşen bir erkekler kalabalığı gördü. Sıkıyönetim duyurusunu ciddiye alıp evlerindeki silahları kuzu kuzu devlete teslim eden ihtiyatlı Karslılardı bunlar. Ama devlet onlara hiç güvenmediği için kuyruğun ucunu vilayet binasının içine almadığından hepsi üşüyordu. Şehrin çoğu bu duyurudan sonra gece yarıları karı açıp silahlarını hiç kimsenin akıl edemeyeceği yerlere, buzlu toprağa gömmüştü.

Faikbey Caddesi'nde yürürken Kadife ile karşılaştı ve yüzü kıpkırmızı oldu. Az önce İpek'i düşünüyordu, Kadife ona İpek ile ilgili çok yakın ve olağanüstü güzel bir şey gibi gözüktü. Kendini tutmasaydı başörtülü kıza sarılıp öpecekti.

"Sizinle çok acele konuşmalıyım," dedi Kadife. "Ama peşinizde bir adam var, o bakarken değil. Otelde saat ikide 217 numaraya gelir misiniz? Sizin odanın bulunduğu koridorun ucundaki son odadır."

"Orada rahat konuşabilecek miyiz?"

"Kimseye," –gözlerini kocaman açtı Kadife– "İpek'e bile söylemezseniz konuştuklarımızdan kimsenin haberi olmaz." Kendilerini dikizleyen kalabalığa yönelik çok resmî bir hareketle Ka'nın elini sıktı. "Şimdi çaktırmadan arkama bakın, benim peşimde bir mi, iki mi hafiye var, sonra söylersiniz."

Dudaklarının kenarıyla hafifçe gülümseyerek başıyla öyle bir "evet" dedi ki Ka, takındığı soğukkanlı havaya kendi bile şaştı. Oysa Kadife ile bir odada ablasından gizli buluşma fikri bir anda aklını başından almıştı.

Kadife ile buluşmadan önce bir rastlantıyla da olsa otelde İpek ile karşılaşmak istemediğini anladı hemen. Böylece buluşmadan önce vakit öldürmek için sokaklarda yürüdü. Askerî darbeden kimse şikâyetçi gözükmüyordu; tıpkı çocukluğunda olduğu gibi, yeni bir başlangıç ve sıkıcı hayatta bir değişiklik havası vardı. Kadınlar çantalarını ve çocuklarını kapmışlar, bakkal ve manav dükkânlarında meyveleri elleyip seçmeye, pazarlık etmeye, bıyıklı erkekler kalabalığı da köşe başlarında dikilip filtresiz sigara içerek gelip geçenlere bakmaya, dedikodu etmeye başlamışlardı. Garajlarla pazar yeri arasındaki boş bir binanın saçak altında dün iki kere gördüğü kör taklidi yapan dilenci yerinde değildi. Sokak ortalarında park edip portakal ve elma satan kamyonetleri de göremedi Ka. Zaten seyrek olan araç trafiği iyice azalmıştı, ama bunun askerî darbeden mi, kardan mı olduğunu anlamak güçtü. Şehirdeki sivil polis sayısı artırılmış (bir tanesi Halitpaşa Caddesi'nin aşağısında futbol oynadığı çocuklar tarafından kaleye geçirilmişti), garajların yanında kerhane olarak işletilen iki otel (Pan Oteli ve Otel Hürriyet), horoz dövüştürenler ve kaçak kesim yapan kasaplar karanlık faaliyetlerini belirsiz bir zamana kadar ertelemişlerdi. Arada bir gecekondu mahallelerinden özellikle geceleri gelen patlama seslerine ise Karslılar zaten alışık olduğu için kimse istifini bozmuyordu. Ka da bu ilgisizlik müziğinin verdiği özgürlük duygusunu içinde iyice hissettiği için Küçük Kâzımbey Caddesi'yle Kâzım Karabekir Caddesi'nin köşesindeki Modern Büfe'den tarçınlı bir sıcak şerbet alıp keyifle içti.

25

Kars'taki tek özgürlük zamanı

Ka İLE KADİFE OTEL ODASINDA

On altı dakika sonra Ka otelin 217 numaralı odasına girdiğinde görülme korkusuyla o kadar gergindi ki, eğlenceli ve değişik bir konu açabilmek için ağzında hâlâ kekremsi tadını hissettiği şerbetten söz etti Kadife'ye.

"Ordu mensuplarını zehirlemek için o şerbete öfkeli Kürtler tarafından zehir atıldığı söylenirdi bir zamanlar," dedi Kadife. "Hatta bu işi araştırmak için devlet gizli müfettişler yollamıştı."

"Siz bu hikâyelere inanıyor musunuz?" diye sordu Ka.

"Kars'a gelen bütün okumuş ve Batılılaşmış yabancılar," dedi Kadife, "bu tür hikâyeleri işitir işitmez kumpas söylentilerine inanmadıklarını kanıtlamak için büfeye gidip şerbetten içerler ve kendilerini budalaca zehirlerler. Çünkü söylentiler doğrudur. Bazı Kürtler o kadar mutsuzdur ki, onlar için Allah yoktur artık."

"Bunca zamandan sonra devlet buna nasıl izin veriyor?"

"Bütün Batılılaşmış aydınlar gibi farkında olmadan en çok da devletimize güveniyorsunuz. MİT her şeyi bildiği gibi, bu işi de bilir, ama durdurmaz."

"Peki bizim burada olduğumuzu bilir mi?"

"Korkmayın, şimdi bilmiyordur," diyerek gülümsedi Kadife. "Bir gün mutlaka bilecektir ama o zamana kadar burada özgürüz biz. Kars'taki tek özgürlük zamanı bu geçici zamandır. Kıymetini bilin, çıkarın lütfen paltonuzu."

"Bu palto beni kötülüklerden koruyor," dedi Ka. Kadife'nin yüzünde bir korku ifadesi gördü. "Burası da soğuk," diye ekledi.

Bir zamanlar sandık odası olarak kullanılan küçük bir odanın yarısıydı burası. İç avluya bakan daracık bir penceresi, çekinerek iki ucuna oturdukları bir küçük yatağı, iyi havalandırılmamış otel odalarına özgü boğucu bir ıslak toz kokusu vardı. Kadife uzanıp kenardaki kaloriferin musluğunu çevirmeye çalıştı, ama kötü sıkışmıştı, bıraktı. Ka'nın sinirli bir şekilde ayağa kalktığını görünce gülümsemeye çalıştı.

Ka bir anda Kadife'nin onunla bu odada bulunmaktan bir haz aldığını anladı. Kendisi de uzun yalnızlık yıllarından sonra güzel bir kızla aynı odada bulunmaktan hoşlanıyordu, ama Kadife'ninki böyle "yumuşak" bir zevk değildi, yüzünden anlıyordu bunu, daha derin ve tahripkâr bir şeydi.

"Korkmayın, çünkü torbayla portakal taşıyan o zavallıdan başka bir sivil polis yoktu arkanızda. Bu da devletin aslında sizden korkmadığını, sizi yalnızca biraz korkutmak istediğini gösterir. Benim arkamda kim vardı?"

"Arkanızdan bakmayı unuttum," dedi Ka utançla.

"Nasıl?" Kadife bir an zehirli gözlerle baktı ona. "Âşıksınız siz, çok fena âşık!" dedi. Kendini hemen toparladı. "Affedersiniz, hepimiz çok korkuyoruz," dedi ve yüzü gene bambaşka bir ifadeye büründü. "Ablamı mutlu edin, çok iyi bir insandır."

"Sizce o beni sever mi?" diye sordu Ka fısıldar gibi.

"Sever, sevmesi lazım; çok hoş birisiniz," dedi Kadife.

Ka'nın bu sözden sarsıldığını görünce, "Çünkü siz ikizlersiniz," dedi. İkizler erkeğiyle başak kadınının neden uyumlu olması gerektiği konusunda akıl yürüttü. İkizlerin çift kimlikliliği yanında, bir hafifliği, yüzeyselliği vardı ki, her şeyi ciddiye alan Başak kadını hem mutlu olabilirdi bununla, hem de bundan iğrenebilirdi. "İkiniz de mutlu bir aşkı hak ediyorsunuz," diye ekledi teselli verir bir havayla.

"Ablanızla konuşmalarınızdan benimle Almanya'ya gelebileceği izlenimini edindiniz mi?"

"Çok yakışıklı buluyor sizi," dedi Kadife. "Ama size inanamıyor. İnanması da vakit alır. Sizin gibi sabırsızlar bir kadını sevmeyi değil, onu elde etmeyi düşünürler çünkü."

"Bunu söyledi mi size?" dedi Ka ve kaşlarını kaldırdı. "Bu şehirde vaktimiz yok bizim."

Kadife saatine bir göz attı. "Buraya geldiğiniz için teşekkür edeyim önce. Çok önemli bir konu için çağırdım sizi. Lacivert'in size vereceği bir mesajı var."

"Bu sefer beni izleyip onu hemen bulurlar," dedi Ka. "Hepimizi de işkenceden geçirirler. O ev basılmış. Hepsini dinlemiş polis."

"Dinlendiğini Lacivert biliyordu," dedi Kadife. "O darbeden önce size ve sizin üzerinizden Batı'ya yollanmış felsefi bir mesajdı. Bizim intiharlarımıza burnunuzu sokmayın diyordu onlara. Her şey değişti şimdi. Bu yüzden eski mesajını da iptal etmek istiyor. Ama daha önemlisi: Yepyeni bir mesajı var."

Kadife uzun uzun ısrar etti, Ka kararsız kaldı. "Bu şehirde görülmeden bir yerden bir yere gitmek imkânsız," dedi çok sonra.

"Bir at arabası var. Her gün bir-iki kere Aygaz tüpü, kömür, şişe suyu bırakmak için avludaki mutfak kapısına gelir. Başka yerlere de dağıtım yapar ve mallarını kardan yağmurdan korumak için her şeyin üzerine branda serer. Arabacı güvenilir."

"Bir hırsız gibi brandanın altına mı gizleneceğim?"

"Ben çok gizlendim," dedi Kadife. "İnsanın hiç kimse farkında değilken bütün şehrin içinden geçmesi çok zevklidir. Bu görüşmeyi yaparsanız İpek konusunda size içtenlikle yardım ederim. Onun sizinle evlenmesini istiyorum çünkü."

"Niye?"

"Her kardeş ablasının mutlu olmasını ister."

Ka sadece hayatı boyunca bütün Türk kardeşler arasında içten bir nefret ve zoraki bir dayanışma gördüğü için değil, ayrıca Kadife'nin her halinde (sol kaşı farkında olmadan kalkmış, Türk filmlerinde edinilmiş bir masumiyet jesti olarak dudakları ağlayacak bir çocuğunki gibi yarı açılıp ileriye doğru uzamıştı) bir yapmacıklık gördüğü için de bu söze hiç inanmadı. Ama Kadife saatine bakıp on yedi dakika sonra at arabasının geleceğini söyleyip şimdi hemen onunla birlikte Lacivert'e gitmeye söz verirse ona her şeyi anlatacağına yemin edince Ka bir anda "Söz veriyorum, geliyorum," dedi. "Ama her şeyden önce de bana niye bu kadar güvendiğinizi söyleyin."

"Siz bir dervişmişsiniz, Lacivert böyle diyor, Allah'ın sizi doğuştan ölüme kadar masum kıldığına inanıyor."

"Peki," dedi Ka aceleyle. "İpek de biliyor mu bu özelliğimi?"

"Niye bilsin? Bu Lacivert'in sözü."

"Bana İpek'in benim hakkımda düşündüğü her şeyi söyleyin lütfen."

"Konuştuklarımızın hepsini söyledim aslında," dedi Kadife. Ka'nın hayal kırıklığına uğradığını görünce biraz düşündü ya da düşünüyormuş gibi yaptı –Ka telaştan ayıramıyordu ikisini– "Sizi eğlenceli buluyor," dedi Kadife. "Almanyalar'dan geliyorsunuz, çok şey anlatabilirsiniz!"

"Onu ikna etmek için ne yapayım?"

"İlk anda olmasa bile, ilk on dakikada bir kadın, bir erkeğin kim olduğunu, en azından kendisi için ne anlama gelebileceğini, onu sevip sevemeyeceğini derinden sezer. Bu sezdiği şeyi tam anlayıp bilmesi için biraz vakit geçmesi gerekir. Bana kalırsa bu vakit geçerken erkeğin yapacağı fazla bir şey yoktur. Gerçekten inanıyorsanız, onun hakkında hissettiğiniz güzel şeyleri söyleyin ona. Onu niçin seviyorsunuz, neden onunla evlenmek istiyorsunuz?"

Ka sustu. Kadife onun mahzun bir küçük çocuk gibi pencereden bakışını görünce, Ka ile İpek'in Frankfurt'ta mutlu olabileceklerini, İpek'in Kars'tan çıkar çıkmaz neşeleneceğini, onları Frankfurt sokaklarında gülüşerek akşam sinemaya giderken gözünün önüne getirebildiğini söyledi. "Frankfurt'ta gidebileceğiniz bir sinemanın adını söyleyin bana," dedi. "Herhangi bir sinemanın."

"Filmforum Höchst," dedi Ka.

"Elhamra, Rüya, Majestik gibi sinema adları yok mu Almanların?"

"Var. Eldorado!" dedi Ka.

Kararsız kar tanelerinin gezindiği avluya bakarlarken Kadife, üniversite tiyatrosunda oynadığı yıllarda bir kere bir sınıf arkadaşının amcasının oğlunun bir Alman-Türk ortak yapımında üstü örtülü olarak kendisine rol teklif ettiğini, ama rolü reddettiğini, şimdi o ülkede İpek ile Ka'nın çok mutlu olacaklarını, aslında ablasının mutlu olmak için yaratıldığını, ama bunu bilmediği için şimdiye kadar mutlu olamadığını, çocuğu olmamasının da onu kırdığını, ama asıl üzücü olanın ablasının bu kadar güzel, bu kadar ince, bu kadar duyarlı ve dürüst olmasına rağmen ve belki de bu yüzden mutsuz olması (burada sesi kırıldı) olduğunu, çocukluklarında ve gençliğinde ablasının iyiliği ve güzelliğinin kendisine hep örnek olduğunu (sesi bir daha kırıldı), bu iyilik ve güzellik yanında kendini hep kötü ve çirkin hissettiğini, ablasının o öyle hissetmesin diye kendi güzelliğini sakladığını söyledi. (Şimdi, sonunda ağlıyordu.) Gözyaşları ve iç çekmeleri arasında titreyerek ortaokuldayken ("İstanbul'daydık ve o kadar fakir değildik o zaman," dedi Kadife ve Ka "zaten şimdi de" fakir olmadıklarını söyledi. "Ama Kars'ta oturuyoruz," diye hızla kapattı bu parantezi Kadife) bir gün biyoloji hocası Mesrure Hanım'ın, o sabah ilk derse geç kaldığı için Kadife'ye "'Akıllı ablan' da gecikti mi?" diye sorduğunu ve "Seni sınıfa ablanı çok sevdiğim için kabul ediyorum," dediğini anlattı. Tabii ki İpek geç kalmamıştı.

At arabası avluya girdi.

Kenar tahtalarının üzerine kırmızı güller, beyaz papatyalar ve yeşil yapraklar boyanmış, eski ve sıradan bir at arabasıydı bu. Yorgun ve yaşlı atının kenarları buz tutmuş burun deliklerinden buhar çıkıyordu. Geniş yapılı ve hafif kambur arabacının paltosu ve şapkası kar tutmuştu. Ka, brandanın da karla kaplı olduğunu yüreği atarak gördü.

"Sakın korkma," dedi Kadife. "Seni öldürmeyeceğim."

Ka, Kadife'nin elinde bir tabanca gördü, ama kendisine tuttuğunu anlamadı bile.

"Sinir krizi filan geçirmiyorum," dedi Kadife. "Ama bana şimdi bir yamuk yaparsan inan vururum seni... Lacivert'ten demeç almaya giden gazetecilerden, herkesten şüpheleniriz biz."

"Beni siz aradınız," dedi Ka.

"Doğru, ama sen düşünmesen bile MİT'çiler arayacağımızı tahmin edip üzerine bir dinleyici yerleştirmişlerdir belki. Sevgili paltocuğunu demin bu yüzden çıkarmaya kıyamadığından şüpheleniyorum. Şimdi paltonu çıkar ve yatağın kenarına bırak çabuk."

Ka denileni yaptı. Kadife ablasınınki kadar küçük eliyle paltonun her köşesini hızla yokladı. Bir şey bulamayınca: "Kusura bakma," dedi. "Ceketini, gömleğini ve atletini de çıkaracaksın. Alıcıyı sırtlarına, göğüslerine bantlattırıyorlar çünkü. Kars'ta yüz kişi vardır belki sabah akşam üzerinde mikrofonla gezen."

Ka ceketini çıkardıktan sonra doktora karnını gösteren çocuk gibi, gömleğini ve atletini kıvırıp, ta yukarıya kaldırdı.

Bir bakış attı Kadife. "Arkanı da dön," dedi. Bir sessizlik oldu. "Peki. Tabanca için de kusura bakma... Ama alıcı yerleştirilmişse, aramaya karşı çıkarlar, rahat durmuyorlar..." Ama tabancasını indirmedi. "Şunu dinle şimdi," dedi tehditkâr bir sesle. "Lacivert'e konuştuklarımızdan, bu arkadaşlığımızdan söz etmeyeceksin hiç." Muayeneden sonra hastasını tehdit eden doktor gibi konuşuyordu. "İpek'ten, ona âşık olduğundan hiç bahsetmeyeceksin. Lacivert böyle pisliklerden hiç hoşlanmaz... Bahsedersen ve o canını yakmazsa, emin ol ben yakarım. Cin gibi olduğu için bir şeyler sezip ağzını arayabilir. İpek'i bir-iki kere görmüş gibi yap, o kadar. Anlıyor musun?"

"Tamam."

"Lacivert'e saygılı ol. Kendini beğenmiş, Avrupa görmüş kolejli halinle sakın küçümsemeye kalkma onu. İçinden böyle bir budalalık geçse bile sakın gülme... Unutma, hayran olarak taklit ettiğin Avrupalıların umurunda bile değilsin sen... Ama Lacivert'ten ve onun gibilerden ödleri kopar."

"Biliyorum."

"Ben senin arkadaşınım, benimle samimi ol," dedi Kadife kötü filmlerden çıkma bir havayla gülümseyerek.

"Arabacı brandayı kaldırdı," dedi Ka.

"Arabacıya güven. Geçen sene oğlu polisle çatışırken öldü. Yolculuğun da tadını çıkar."

Önce Kadife indi aşağıya. O mutfağa girdiği sırada Ka at arabasının eski Rus evinin iç avlusunu sokaktan ayıran kemerli geçide sokulduğunu gördü ve kararlaştırdıkları gibi odasından çıkıp aşağı indi. Mutfakta kimseyi göremeyince telaşlandı, ama avlu kapısının aralığında arabacı onu bekliyordu. Aygaz tüpleri arasındaki boşluğa, Kadife'nin yanına sessizce yattı.

Hiç unutmayacağını hemen anladığı yolculuk yalnızca sekiz dakika sürdü, ama Ka'ya çok daha uzunmuş gibi geldi. Şehrin neresinde olduklarını merak ediyor, onlar yanlarından arabanın gıcırtılarıyla geçerlerken aralarında konuşan Karslıları ve yanında uzanan Kadife'nin soluk alıp verişini dinliyordu. Bir ara arabanın arkasına tutunarak kayan bir çocuk kalabalığı telaşlandırdı onu. Ama Kadife'nin tatlı gülümseyişi öyle hoşuna gitti ki, o çocuklar kadar mutlu hissetti kendini.

26

Allahımıza o kadar bağlı olmamızın nedeni yoksulluğumuz değildir

LACİVERT'İN BÜTÜN BATI'YA DEMECİ

Lastik tekerlekleri kar üzerinde tatlı tatlı sallanan at arabasında yatarken Ka'nın aklına yeni mısralar gelmeye başlamıştı ki, sarsılarak bir kaldırıma çıktılar ve biraz ileride durdular. Uzun süren ve yeni mısralar bulduğu bir sessizlikten sonra arabacı brandayı kaldırınca otomobil tamirhanelerinin, kaynakçıların ve bozuk bir traktörün çevrelediği karla kaplı boş bir avlu gördü Ka. Köşedeki zincirli kara bir köpek de brandanın içinden çıkanları gördü ve hav hav hav dedi.

Ceviz bir kapıdan geçtiler, Ka ikinci kapıdan geçince Lacivert'i pencereden karlı avluya bakar buldu. Hafif kırmızımsı kumral saçları, yüzündeki çiller ve gözlerinin lacivердi ilk karşılaşmada olduğu gibi şaşırttı Ka'yı. Odanın yalınlığı, bazı eşyalar (aynı saç fırçası, aynı yarı açık el çantası ve kenarlarında Osmanlı figürleri olan, üzerinde Ersin Elektrik yazan aynı plastik küllük) Ka'ya Lacivert'in gece ev değiştirmediği izlenimini verecekti neredeyse. Ama yüzünde dünden beri olan gelişmeleri şimdiden kabullenmiş soğukkanlı bir gülümseme gördü Ka ve darbecilerden kaçtığı için kendi kendini tebrik ettiğini anladı hemen.

"Artık intihar eden kızları yazmazsın," dedi Lacivert.

"Neden?"

"Askerler de onların yazılmasını istemez."

"Ben askerlerin sözcüsü değilim," dedi Ka dikkatle.

"Biliyorum."

Bir an gerginlikle birbirlerini süzdüler.

"Dün bana intihar eden kızlar hakkında Batı gazetelerinde yazı yazabileceğini söylemiştin," dedi Lacivert.

Ka bu küçük yalanından utandı.

"Hangi Batı gazetesinde?" diye sordu Lacivert. "Alman gazetelerinden hangisinde tanıdığın var?"

"*Frankfurter Rundschau*'da," dedi Ka.
"Kim?"
"Demokrat bir Alman gazeteci."
"Adı ne?"
"Hans Hansen," dedi Ka paltosuna sarılarak.
"Hans Hansen'e askerî darbe aleyhine bir demecim var," dedi Lacivert. "Çok vaktimiz yok, hemen yazmanı istiyorum."

Ka şiir defterinin arkasına not almaya başladı. Lacivert tiyatro darbesinden o ana kadar en azından seksen kişinin öldürüldüğünü söyledi (gerçek rakam tiyatroda vurulanlar dahil on yediydi), ev ve okul baskınlarını, tankların içine girerek yıktığı dokuz (doğrusu dört) gecekonduyu, işkencede ölen öğrencileri, Ka'nın bilmediği sokak arası çatışmalarını anlattı, Kürtlerin çilesinin üzerinde fazla durmadan geçerken İslamcılarınkini biraz abarttı, belediye başkanının ve eğitim enstitüsü müdürünün bu darbeye ortam yaratsın diye devlet tarafından vurulduğunu söyledi. Ona göre bütün bunlar "İslamcıların demokratik seçimleri kazanmasına engel olmak için" yapılmıştı. Lacivert bu gerçeği kanıtlamak için siyasi parti ve derneklerin faaliyetlerinin yasaklanması vs. gibi başka ayrıntıları anlatırken Ka onu hayranlıkla dinleyen Kadife'nin gözlerinin içine baktı ve sonradan şiir defterinden yırtacağı bu sayfaların kenarına İpek'i düşündüğünü gösteren resim ve karalamalar çizdi: Bir kadının boynu ve saçları, arkada bir çocuk evinin çocuk bacasından çocuk dumanları çıkıyor... İyi bir şairin, doğru bulduğu ama şiirini bozar diye inanmaktan korktuğu kuvvetli gerçeklerin yalnızca çevresinde dönmesi gerektiğini ve bu dönüşün gizli müziğinin onun sanatı olacağını Ka bana çok daha önceleri söylemişti.

Ka, Lacivert'in kimi sözlerini kelimesi kelimesine defterine yazacak kadar sevmişti de. "Batılıların sandığı gibi, bizlerin burada Allahımıza o kadar bağlanmamızın nedeni, o kadar yoksul olmamız değil, bu dünyada ne işimiz olduğunu ve öteki dünyada neler olacağını herkesten çok merak etmemizdir."

Lacivert bitiş cümleleri olarak bu merakın kökenlerine inmek ve bu dünyadaki işimizin ne olduğunu açmak yerine Batı'ya seslendi: "Kendi büyük keşfi demokrasiye Allah'ın sözünden daha çok inanır gözüken Batı, Kars'taki bu demokrasi karşıtı askerî darbeye karşı çıkacak mı?" diye sordu gösterişli bir jestle. "Yoksa önemli olan demokrasi, özgürlük ve insan hakları değil, dünyanın geri kalanının Batı'yı maymun gibi taklit etmesi midir? Kendisine hiç benzemeyen düşmanlarının kazandığı bir demokrasiye Batı'nın tahammülü var mıdır? Bir de Batı dışında, dünyanın geri kalanına seslenmek istiyorum: Kardeşler, yalnız değilsiniz..." Bir an sustu. "Ama *Frankfurter Rundschau*'dan arkadaşınız bu haberin hepsini yayımlar mı?"

"Batı Batı diye, sanki bir tek kişi, tek bir görüş varmış gibi konuşmak sevimsiz oluyor," dedi Ka dikkatle.

"Buna inanıyorum ama," dedi Lacivert en sonunda. "Bir tek Batı ve bir tek görüşleri vardır. Öteki görüşü biz temsil ediyoruz."

"Gene de Batı'da öyle yaşamıyorlar," dedi Ka. "Buradakinin aksine, insanlar herkes gibi düşünmekle övünmüyor orada. Herkes, en sıradan bir küçük bakkal bile kişisel görüşleri var diye böbürleniyor. Bu yüzden Batı yerine, Batı'nın demokratları desek, oradaki insanların vicdanlarına daha iyi sesleniriz."

"Peki, bildiğiniz gibi yapın. Yayımlanması için gereken başka bir düzeltme var mı?"

"Sonundaki seslenmeyle bu bir haberden çok haber niteliği de olan ilginç bir bildiri oldu," dedi Ka. "Altına da sizin imzanızı koyacaklar... Belki de sizi tanıtıcı birkaç söz..."

"Onları hazırladım," dedi Lacivert. "Türkiye'nin ve Ortadoğu'nun önde gelen İslamcılarından desinler yeter."

"Bu durumda Hans Hansen bunu basamaz."

"Nasıl?"

"Çünkü tek başına bir Türk İslamcısının bildirisini sosyal demokrat *Frankfurter Rundschau*'da yayımlamak taraf tutmak olur onlar için," dedi Ka.

"Bay Hans Hansen'in işine gelmeyince böyle kıvırtma huyu var demek," dedi Lacivert. "Ne yapmamız gerekiyor onu ikna etmek için?"

"Alman demokratları Türkiye'deki bir askerî darbeye –bir tiyatro darbesine değil, gerçeğine– karşı çıksalar bile, sonunda destekledikleri kişilerin İslamcılar olması onları huzursuz eder."

"Evet, bunların hepsi korkar bizden," dedi Lacivert.

Bunu gururla mı, yoksa bir yanlış anlamadan yakınarak mı söylediğini çıkaramadı Ka. "Bu yüzden," dedi, "eski bir komünist, bir liberal, bir Kürt milliyetçisi de imza atarsa bu bildiriye *Frankfurter Rundschau*'da rahatlıkla yayımlanır."

"Nasıl yani?"

"Kars'ta bulacağımız iki kişiyle ortak bir bildiriyi hemen hazırlayabiliriz," dedi Ka.

"Kendimi Batılılara hoş göstermek için şarap içemem," dedi Lacivert. "Benden korkmasınlar da işimi görsünler diye onlara benzemek için çırpınamam. Allahsız ateistlerle birlikte bize acısınlar diye de bu Batılı Bay Hans Hansen'in kapısına yüz süremem. Kim bu Bay Hans Hansen? Niye bu kadar çok şart dayatıyor? Yahudi mi?"

Bir sessizlik oldu. Yanlış bir şey söylediğini Ka'nın düşündüğünü sezerek bir an nefretle baktı ona Lacivert. "Yahudiler bu yüzyılın en büyük mazlumlarıdır," dedi. "Demecimde herhangi bir değişiklik yapmadan önce şu Hans Hansen'i tanımak isterim. Nasıl tanıştınız?

"*Frankfurter Rundschau*'da Türkiye ile ilgili bir haber-yorum çıkacağını, yazarının bu işleri bilen biriyle konuşmak istediğini söyledi bir Türk arkadaş."

"Hans Hansen sorularını niye o Türk arkadaşına sormuyor da sana soruyor?"

"O Türk arkadaşım bu işlerle benden daha az ilgiliydi..."

"Neydi o işler, ben söyleyeyim," dedi Lacivert. "İşkence, zulüm, hapishane koşulları gibi bizi aşağılayan şeylerdir."

"Galiba, Malatya'da imam hatipli öğrenciler bir ateisti öldürmüşlerdi," dedi Ka.

"Böyle bir olay hatırlamıyorum," dedi Lacivert dikkatle kendini denetleyerek. "Nam yapmak için bir zavallı ateisti öldürüp televizyona çıkıp gururlanan sözümona İslamcılar ne kadar alçaksa, on-on beş kişi öldü diye bu haberleri dünyadaki İslamcı hareketi küçültmek için abartan oryantalistler de o kadar rezildir. Bay Hans Hansen böyle biriyse unutalım onu."

"Bana Avrupa Birliği ve Türkiye hakkında bir şeyler sordu Hans Hansen. Sorularını cevapladım. Bir hafta sonra telefon etti. Beni evine akşam yemeğine davet etti."

"Durup dururken mi?"

"Evet."

"Çok şüpheli. Ne gördün evinde? Karısını sana tanıştırdı mı?"

Sonuna kadar çektiği perdelerin hemen yanında oturan Kadife'nin de şimdi pürdikkat dinlediğini gördü Ka.

"Güzel, mutlu bir aileydi Hans Hansen ailesi," dedi Ka. Bir akşamüstü, gazete çıkışı Herr Hansen beni Bahnhof'tan aldı. Yarım saat sonra bahçe içinde güzel aydınlık bir eve vardık. Çok iyi davrandılar bana. Fırında tavukla patates yedik. Karısı patatesi önce haşlamış, sonra fırında kızartmıştı."

"Karısı nasıl biriydi?"

Ka Kaufhof'taki tezgâhtar Hans Hansen'i getirdi gözlerinin önüne. "Hans Hansen ne kadar sarışın, geniş omuzlu ve yakışıklıysa İngeborg ve çocuklar da o kadar sarışın ve güzeldiler."

"Duvarlarda haç var mıydı?"

"Hatırlamıyorum, yoktu."

"Vardır ama sen dikkat etmemişsindir," dedi Lacivert. "Bizim ateist Avrupa hayranlarının hayallerinin aksine Avrupalı bütün aydınlar dinlerine, haçlarına sıkı sıkıya bağlıdırlar. Ama bizimkiler Türkiye'ye geri dönünce bundan bahsetmez, çünkü Batı'nın teknolojik üstünlüğünün ateizmin bir zaferi olduğunu kanıtlamaktır dertleri... Ne gördüğünü, ne konuştuğunuzu anlat."

"Herr Hansen *Frankfurter Rundschau*'da dış haberlerde çalışmasına rağmen edebiyatseverdir. Konu şiire geldi. Şairlerden, ülkelerden, hikâyelerden bahsettik. Vaktin nasıl geçtiğini anlayamadım."

"Sana acıyorlar mıydı? Türk olduğun, zavallı, yalnız ve yoksul bir siyasal sürgün olduğun için, canı sıkılan sarhoş Alman gençleri eğlence olsun diye senin gibi kimsesiz Türkleri yakıyor diye sana şefkat duyuyorlar mıydı?"

"Bilmiyorum. Kimse üzerime varmıyordu."

"Onlar üzerine varıp sana acıdıklarını göstermeseler de, insanın içinde vardır böyle bir acınma isteği. Bu isteğini ekmek parasına dönüştürmüş on binlerce Türk-Kürt aydını var Almanya'da."

"Hans Hansen'in ailesi, çocukları, hepsi iyi insanlardı. İnceydiler, yumuşaktılar. Belki de incelikleri yüzünden acıdıklarını hissettirmediler bana. Sevdim onları. Acısalardı da aldırmazdım artık."

"Yani bu durum senin gururunu hiç kırmıyordu?"

"Kırıyordu belki, ama gene de o akşam onlarla çok mutluydum. Kenarlardaki masa lambalarının çok hoş turuncu bir ışığı vardı... Çatalları, bıçakları hiç görmediğim cinstendi, ama insanı huzursuz edecek kadar da yabancı değildi... Televizyon sürekli açıktı, ara sıra ona da bakıyorlardı, bu da kendimi evde hissettiriyordu. Bazan Almanca'mın yetmediğini görünce İngilizce açıklıyorlardı.

Yemekten sonra çocuklar babalarına derslerini sordular, uyumadan önce çocukları öptüler. Kendimi o kadar rahat hissettim ki, yemeğin sonunda uzanıp pastadan bir ikinci dilim aldım. Kimse de fark etmedi bunu, fark ettilerse bile doğal karşıladılar. Bunu sonra çok düşündüm çünkü."

"Ne pastasıydı?" diye sordu Kadife.

"İncirli, çikolatalı Viyana pastasıydı."

Bir sessizlik oldu.

"Perdeler ne renkti?" diye sordu Kadife. "Desenleri nasıldı?"

"Beyazımsı ya da krem rengiydi," dedi Ka hatırlamaya çalışır gibi yaparak. "Üzerlerinde küçük balıklar, çiçekler, ayılar ve renk renk meyveler vardı."

"Yani çocuklar için kumaş gibi mi?"

"Hayır, çünkü çok ciddi bir havası da vardı. Bunu söylemeliyim: Mutluydular, ama bizdeki gibi lüzumlu lüzumsuz ikide bir gülmüyorlardı. Çok ciddiydiler. Belki de bu yüzden mutluydular. Hayat sorumluluk gerektiren ciddi bir işti onlar için. Bizimki gibi körüne bir uğraş, bir acı imtihanı değil. Ama bu ciddiyet hayat dolu, olumlu bir şeydi. Perdedeki ayılar ve balıklar gibi renkli ve ölçülü bir mutlulukları vardı."

"Masa örtüsü ne renkti?" diye sordu Kadife.

"Unuttum," dedi Ka ve hatırlamaya çalışıyormuş gibi düşüncelere daldı.

"Kaç kere gittin oraya?" dedi Lacivert hafif öfkeyle.

"O gece orada öylesine mutlu oldum ki bir daha çağırsınlar çok istedim. Ama Hans Hansen beni bir daha hiç çağırmadı."

Avludaki zincirli köpek uzun uzun havladı. Ka, şimdi Kadife'nin yüzünde bir hüzün, Lacivert'te ise öfkeli bir küçümseme görüyordu.

"Pek çok kereler onları aramayı düşündüm," diye anlattı inatla. "Bazan Hans Hansen'in beni akşam yemeğine çağırmak için bir daha aradığını ama bulamadığını düşünür, kütüphaneden çıkıp eve koşmamak için kendimi zor tutardım. O güzel etajerli aynayı, rengini unuttuğum –galiba limon sarısıydı– koltukları, sofrada ekmek tahtasının üzerinde ekmek keserken bana 'bu iyi mi?' diye sormalarını (biliyorsunuz Avrupalılar bizlerden çok daha az ekmek yer); haçsız duvarlardaki o güzel Alp manzaralarını, bütün bunları yeniden görmeyi çok istedim."

Ka şimdi Lacivert'in kendisine açık bir tiksintiyle baktığını görüyordu. "Üç ay sonra bir arkadaş yeni haberler getirmişti Türkiye'den," dedi Ka. "Bu rezil işkence, baskı ve zulüm haberlerini vermek bahanesiyle Hans Hansen'e telefon ettim. Dikkatle dinledi beni, gene çok ince, nazikti. Küçük de bir haber çıktı gazetede. O işkence ve ölüm haberi benim umurumda değildi. Ben beni arasın istiyordum. Ama bir daha beni geri hiç aramadı. Acaba hatam nedir, beni bir daha niye aramadınız diye Hans Hansen'e mektup yazmak gelir bazan içimden."

Ka'nın kendi haline gülümser gibi yapması Lacivert'i rahatlatmadı.

"Şimdi artık onu aramak için yeni bir bahaneniz olacak," dedi alaycılıkla.

"Ama haberin gazetede çıkması için Alman standartlarına uyup bir ortak bildiri hazırlamamız lazım," dedi Ka.

"Birlikte bir bildiri yazmam gereken Kürt milliyetçisi ile liberal komünist kim olacak?"

"Polis çıkmalarından endişeleniyorsanız adları siz önerin," dedi Ka.

"İmam hatip lisesindeki sınıf arkadaşlarına yapılanlar yüreklerini öfkeyle doldurmuş pek çok Kürt genci var. Hiç şüphesiz, Batılı gazetecinin gözünde Kürt milliyetçisinin İslamcı olanı değil ateist olanı daha makbuldur. Bu bildiride Kürtleri genç bir öğrenci de temsil edebilir."

"Peki, siz ayarlayın o genç öğrenciyi," dedi Ka. "*Frankfurter Rundschau*'nun ona razı olacağını söyleyebilirim."

"Tabii, siz aramızda Batı'yı temsil ediyorsunuz ne de olsa," dedi Lacivert alaycılıkla.

Ka aldırmadı hiç. "Eski komünist-yeni demokrata ise Turgut Bey en uygunudur."

"Babam mı?" dedi Kadife endişeyle.

Ka onu onaylayınca Kadife babasının asla evden çıkmayacağını söyledi. Hep birlikte konuşmaya başladılar. Lacivert bütün eski komünistler gibi Turgut Bey'in de aslında bir demokrat olmadığını, İslamcıları sindiriyor diye askerî darbeyi mutlaka memnuniyetle karşıladığını, ama solculuğa leke sürmemek için numaradan karşı çıkıyor gibi yaptığını anlatmaya çalışıyordu.

"Babam numaracının teki değildir!" dedi Kadife.

Sesindeki titremeden ve Lacivert'in bir anda öfkeyle parlayan gözlerinden ikisi arasında çok kereler tekrarlanmış kavgalardan birinin eşiğine geldiklerini Ka hemen hissetti. Kavgadan yorulmuş çiftler gibi, onu başkalarından gizleme gayretlerinin de artık tükendiğini anladı Ka. Kadife'de, hırpalanmış ve âşık kadınlara özgü bir ne pahasına olursa olsun cevap verme azmi, Lacivert'te ise mağrur bir ifadeyle birlikte olağanüstü bir şefkat gördü. Ama bir anda her şey değişti ve Lacivert'in gözlerinde bir kararlılık belirdi.

"Bütün ateist pozcusu, Avrupa hayranı solcu enteller gibi baban da aslında halktan nefret eden numaracının teki!" dedi Lacivert.

Kadife, Ersin Elektrik'in plastik küllüğünü kapıp Lacivert'e fırlattı. Ama belki de bilerek iyi nişan almamıştı: Küllük duvarda asılı duran takvimdeki Venedik manzarasına çarpıp sessizce yere düştü.

"Ayrıca baban kızının bir radikal İslamcı'nın gizli sevgilisi olduğunu da bilmezlikten geliyor," dedi Lacivert.

Kadife Lacivert'in omzunu iki eliyle hafifçe yumrukladıktan sonra ağlamaya başladı. Lacivert onu kenardaki sandalyeye oturturken ikisi de öyle yapay bir sesle konuşuyorlardı ki Ka neredeyse her şeyin kendisini etkilemek için düzenlenmiş bir tiyatro olduğuna inanacaktı.

"Sözünü geri al," dedi Kadife.

"Sözümü geri alıyorum," dedi Lacivert ağlayan küçük bir çocuğu şefkatle teselli eder gibi. "Bunu kanıtlamak için de, babanın sabah akşam zındık şakaları yapan biri olmasına hiç aldırmadan onunla aynı bildiriye imza atmayı kabul ediyorum. Ama bu Hans Hansen'in temsilcisinin –Ka'ya gülümsedi– bize kurduğu bir tuzak olabileceği için ben sizin otele gelemem. Anlıyor musun canım?"

"Babam da otelden çıkamaz," dedi Kadife Ka'yı şaşırtan bir şımarık kız sesiyle. "Kars'ın yoksulluğu moralini bozuyor."

"İkna edin onu da dışarı çıksın babanız, Kadife," dedi Ka sesine daha önce onunla konuşurken hiç vermediği resmi bir renk vererek. "Kar her şeyi örttü." Göz göze geldi onunla.

Bu sefer anladı Kadife. "Peki," dedi. "Ama babam otelden dışarı çıkmadan önce bir İslamcı ve Kürt milliyetçisi ile aynı metnin altına imza koymaya da ikna edilmeli. Kim yapacak bunu?"

"Ben yaparım," dedi Ka. "Siz de yardım edersiniz."

"Nerede buluşacaklar," diye sordu Kadife. "Ya zavallı babam bu saçmalık yüzünden yakalanır da bu yaştan sonra bir daha hapse girerse."

"Saçmalık değil," dedi Lacivert. "Avrupa gazetelerinde bir-iki haber çıkarsa Ankara buradakilerin kulağını büker, biraz dururlar."

"Mesele Avrupa gazetelerinde haber çıkmasından çok senin adının çıkması," dedi Kadife.

Lacivert buna da hoşgörüyle ve tatlılıkla gülümsemeyi başarınca Ka ona bir saygı duydu. *Frankfurter Rundschau*'da bir demeci çıkarsa İstanbul'daki küçük İslamcı gazetelerin bunu övünerek ve abartarak çevirecekleri aklına ilk defa geliyordu. Bu Lacivert'in bütün Türkiye'de tanınması demekti. Uzun bir sessizlik oldu. Kadife bir mendil çıkarmış, gözlerini siliyordu. Ka buradan çıkar çıkmaz iki sevgilinin önce kavga edeceklerini, sonra da sevişeceklerini hissetti. Bir an evvel çıkıp gitmesini mi istiyorlardı? Çok yükseklerden bir uçak geçiyordu. Hepsi gözlerini yukarıya pencerenin üst kısmından görülen göğe dikip dinlediler.

"Buradan hiç uçak geçmez aslında," dedi Kadife.

"Olağanüstü bir şeyler var," dedi Lacivert, kendi evhamına gülümsedi sonra. Ka'nın da gülümseyişe katıldığını fark edince hırçınlaştı. "Sıcaklık eksi yirminin çok daha altında ama devlet eksi yirmi diye duyuruyor diyorlar." Ka'ya meydan okur gibi baktı.

"Normal bir hayatım olsun isterdim," dedi Kadife.

"Normal burjuva hayatını teptin sen," dedi Lacivert. "Seni bu kadar müstesna bir insan yapan da bu..."

"Ben müstesna olmak istemiyorum. Herkes gibi olmak istiyorum. Darbe olmasaydı belki de başımı açar herkes gibi olurdum artık."

"Burada herkes başını örtüyor," dedi Lacivert.

"Doğru değil. Benim çevremde benim gibi eğitimli kadınların çoğu başını örtmüyor. Mesele herkes gibi ve sıradan olmaksa, başımı örterek benzerlerimden iyice uzaklaştım. Bunda mağrur bir yan var ve hoşlanmıyorum."

"Açarsın o zaman yarın başını," dedi Lacivert. "Herkes de bunu askerî darbenin bir zaferi olarak görür."

"Senin gibi herkesin ne düşündüğüyle yaşamadığımı herkes biliyor," dedi Kadife. Suratı zevkten kıpkırmızı olmuştu.

Lacivert tatlılıkla buna da gülümsedi, ama Ka bu sefer onun yüzünden bütün iradesini kullandığını gördü. Lacivert de Ka'nın bunları gördüğünü gördü. Bu da iki erkeği şimdi hiç de birlikte tanık olmak istemedikleri bir yere, Lacivert ile Kadife'nin mahremiyetinin eşiğine getirdi. Kadife'nin yarı hırçın bir sesle Lacivert'e diklenirken, aslında Lacivert'le olan mahremiyetini ortaya döktüğünü, böylece onu zayıf yerinden yaralarken Ka'yı da tanıklığından dolayı suçlu durumuna düşürdüğünü hissetti Ka. Dün geceden beri cebinde taşıdığı, Necip'in Kadife'ye yazdığı aşk mektupları niye şimdi aklına gelmişti?

"Başörtüsü yüzünden hırpalanan, okuldan atılan kadınların hiçbirinin gazetelerde adı geçmez," dedi Kadife aynı gözü kararmış havayla. "Gazetelerde başörtüsü yüzünden hayatı kaydırılan kadınların yerine onlar adına konuşan taşralı, ihtiyatlı, hımbıl İslamcıların resmi çıkar. Bir de Müslüman kadın, eğer kocası belediye başkanı filansa bayram törenlerinde yanında olduğu için çıkar ancak gazetelere. Bu yüzden o gazetelere geçmemek değil geçmek üzerdi beni. Bizler mahremiyetimizi korumak için çile çekerken, kendilerini teşhir etmek için çırpınan bu zavallı erkeklere acıyorum aslında. İntihar eden kızlar hakkında bu yüzden yazı yazılması gerektiğini düşünüyorum. Ayrıca Hans Hansen'e bir bildiri vermeye benim de hakkım olduğunu hissediyorum."

"Çok iyi olur," dedi Ka hiç düşünmeden. "Müslüman feministleri temsilen diye imzalarsınız."

"Hiç kimseyi temsil etmek istemiyorum," dedi Kadife. "Orada Avrupalıların karşısında yalnızca kendi hikâyemle, tek başıma, bütün günahlarım ve kusurlarımla durmak istiyorum. İnsan bazan hiç tanımadığı ve bir daha da hiç görmeyeceğine emin olduğu birisine bütün hikâyesini anlatmak ister ya, her şeyi... Eskiden Avrupa romanlarını okurken kahramanlar yazara hikâyelerini sanki böyle anlatmışlar gibi gelirdi bana. Avrupa'da üç beş kişi benim hikâyemi böyle okusun isterdim."

Yakınlarda bir yerde bir patlama oldu, bütün ev sarsıldı, camlar titredi. Bir-iki saniye sonra Lacivert ve Ka korkuyla ayağa kalktılar.

"Ben gidip bakayım," dedi Kadife. Aralarında en soğukkanlı gözüken oydu.

Ka pencerenin perdesini hafifçe araladı. "Arabacı yok, gitmiş," dedi.

"Burada durması tehlikeli," dedi Lacivert. "Giderken avlunun yan kapısından çıkarsın."

Bunu, "git artık" anlamında söylediğini hissetti Ka, ama bir beklentiyle yerinden kıpırdamadı. Karşılıklı birbirlerine nefretle baktılar. Ka üniversite yıllarında aşırı milliyetçi, eli silahlı öğrencilerle boş ve karanlık bir koridorda karşılaştığı zaman hissettiği korkuyu hatırlamıştı, ama o zamanlar havada cinsel bir gerilim olmazdı.

"Ben biraz paranoyak olabilirim," dedi Lacivert. "Ama bu senin bir Batı casusu olmadığın anlamına gelmez. Bir ajan olduğunu bilmemen ve böyle hiçbir niyetinin olmaması da bu durumu değiştirmez. Aramızdaki yabancı sensin. İmanı tam şu kızcağızda farkında olmadan yarattığın şüpheler, tuhaflıklar da bunun kanıtı. Kendini beğenmiş Batılı bakışlarınla bizi yargıladın, içten içe gülümsedin belki de bizlere... Ben aldırmadım, Kadife de aldırmazdı, ama aramıza kendi saflığın ile birlikte Avrupalı'nın mutluluk vaadini, doğruluk hayalini soktun, aklımızı karıştırdın. Sana kızmıyorum, çünkü, bütün iyi insanlar gibi, kötülüğünü farkına varmadan yapıyorsun. Ama şimdi sana bunu söylediğime göre, bundan sonra masum sayılamazsın."

27

Dayan kızım Kars'tan destek geliyor

KA, TURGUT BEY'İ BİLDİRİYE KATMAYA ÇALIŞIYOR

Ka, evden çıkınca tamirhanelerin baktığı avludan kimseye görünmeden çarşıya geçti. Dün Peppino di Capri'nin "Roberta"sını işittiği küçük çorapçı-kırtasiyeci-kasetçi dükkânına girip çatık kaşlı soluk yüzlü tezgâhtar delikanlıya Necip'in Kadife'ye yazdığı mektupları sayfa sayfa vererek fotokopilerini çektirdi. Bunun için zarfları yırtması gerekmişti. Daha sonra asıl sayfaları aynı cins soluk ve ucuz zarflara yerleştirip Necip'in el yazısını taklit ederek üzerlerine Kadife Yıldız diye yazdı.

Gözünün önünde kendisini mutluluk için savaşmaya, yalan söyleyip dolaplar çevirmeye çağıran İpek'in hayali, hızlı adımlarla otele yürüdü. Kar yeniden iri tanelerle yağıyordu. Sokaklarda sıradan bir akşamüstünün kırık dökük telaşını hissetti Ka. Saray Yolu Sokak ile Halitpaşa Caddesi'nin kenarda birikmiş kar yığınlarının darlaştırdığı köşesinde, yorgun bir atın çektiği kömür yüklü bir araba yolu tıkamıştı. Arkasındaki kamyonun silecekleri ön camı temizlemeye ancak yetiyordu. Ellerinde plastik torbalar, herkesin kendi evine, kendi sınırlı mutluluğuna koşturduğu, çocukluğunun kurşuni kış akşamlarına özgü bir hüzün vardı havada, ama güne yeni başlıyormuş gibi kararlı hissediyordu kendini.

Hemen odasına çıktı. Necip'in mektuplarının fotokopilerini çantasının dibine sakladı. Paltosunu çıkarıp astı. Ellerini tuhaf bir dikkatle yıkadı. Bir içgüdüyle dişlerini fırçaladı (akşamları yapardı bu işi) ve yeni bir şiirin gelmekte olduğunu sanarak pencereden dışarı uzun uzun baktı. Bir yandan da, pencerenin önündeki kaloriferin sıcaklığından yararlanıyordu ve şiir yerine aklına çocukluğunun ve gençliğinin unuttuğu kimi hatıraları geliyordu: Annesiyle düğme almak için Beyoğlu'na çıktıkları bir bahar sabahı peşlerine takılan "pis adam"... Annesiyle babasını Avrupa seyahati için havaalanına götüren taksinin Nişantaşı'nın köşesinde gözden kayboluşu... Büyükada'da bir partide tanıdığı uzun boylu, uzun saçlı, yeşil gözlü kızla saatlerce dans ettikten sonra onu bir daha nasıl bulacağını bilemeyip günlerce aşktan karın ağrıları çekişi... Bütün bu hatıraların birbiriyle hiç ilgisi yoktu ve Ka hayatın, âşık olup mutlu olmanın dışında, birbirleriyle ilişkisiz, anlamsız sıradan bir olaylar dizisi olduğunu şimdi çok iyi anlıyordu.

Aşağıya indi, yıllardır tasarlanmış bir ziyareti yapan birinin kararlılığı ve kendisinin de şaştığı bir soğukkanlılıkla otel sahibinin dairesini lobiden ayıran beyaz kapıyı vurdu. Kürt hizmetçinin kendisini tıpkı bir Turgenyev romanındaki gibi "yarı esrarlı, yarı saygılı" bir havayla karşıladığını hissetti. Dün akşam yemek yedikleri salona girerken arkası kapıya dönük uzun divanda Turgut Bey ile İpek'in televizyonun karşısında yan yana oturduklarını gördü.

"Kadife, nerede kaldın, başlıyor," dedi Turgut Bey.

Eski Rus evinin bu geniş ve yüksek tavanlı odası dışarıdan gelen solgun kar ışığında Ka'ya dün akşamkinden bambaşka bir yermiş gibi gözüktü.

Baba kız içeri girenin Ka olduğunu fark edince mahremiyetleri bir yabancı tarafından çiğnenen çiftler gibi bir an huzursuz oldular. Hemen sonra Ka İpek'in gözlerinin bir ışıltıyla parladığını görerek mutlu oldu. Hem baba kıza hem de açık televizyona dönük bir koltuğa oturup İpek'in hatırladığından da güzel olduğunu şaşırarak gördü. Bu içindeki korkuyu büyütüyordu, ama sonunda onunla birlikte mutlu olacaklarına da inanıyordu şimdi.

"Ben kızlarımla her akşam saat dörtte burada oturur *Marianna*'yı seyrederim," dedi Turgut Bey biraz mahcubiyet, biraz da "kimseye hesap vermem ben" ifadesiyle.

Marianna İstanbul'daki büyük televizyon kanallarından biri tarafından haftada beş gün yayımlanan ve bütün Türkiye'de çok sevilen melodramatik bir Meksika dizisiydi. Diziye adını veren kısa boylu, iri yeşil gözlü, cana yakın, fıkır fıkır Marianna, bembeyaz tenine karşın, aşağı sınıftan yoksul bir kızdı. Güç durumların, haksız suçlamaların, karşılıksız aşkların, yanlış anlamaların içine düştüğünde, seyirci uzun saçlı, masum yüzlü Marianna'nın yoksul geçmişini, öksüzlüğünü ve yalnızlığını iyice hatırlar, o zaman koltukta kediler gibi sokularak oturan Turgut Bey ve kızları birbirlerine iyice sarılır, kızların başları iki yandan babalarının göğsüne, omuzlarına yaslanırken hepsinin gözlerinden bir-iki damla yaş akardı. Turgut Bey melodramatik bir diziye bu kadar düşkün olmaktan utandığı için, arada bir Marianna'nın ve Meksika'nın yoksulluğunu vurgular, kapitalistlere karşı bu kızın da kendince bir savaş verdiğini söyler, bazan da "Dayan kızım, Kars'tan destek geliyor," diye ekrana seslenirdi. Gözü yaşlı kızları hafifçe gülümserlerdi o zaman.

Dizi başlayınca Ka'nın dudağının kenarında bir gülümseme belirdi. Ama göz göze gelince İpek'in bundan hoşlanmadığını anlayarak kaşlarını çattı.

İlk reklam arasında, Ka hızla ve güvenle ortak bildiri konusunu Turgut Bey'e açtı ve kısa bir sürede konuya ilgisini çekmeyi başardı. Turgut Bey en çok önemsenmekten memnun olmuştu. Bu bildiri fikrinin kimin olduğunu, kendi adının ortaya nasıl atıldığını sordu.

Ka söz konusu kararı Almanya'daki demokrat gazetecilerle yaptığı görüşmeler ışığında burada kendisinin aldığını söyledi. Turgut Bey *Frankfurter Rundschau*'nun kaç sattığını, Hans Hansen'in bir "hümanist" olup olmadığını sordu. Ka, Turgut Bey'i Lacivert'e hazırlamak için ondan demokrat olmanın önemini kavramış tehlikeli bir dinci diye söz etti. Ama öteki hiç aldırmadı buna, dine sarılmanın yoksulluğun bir sonucu olduğunu söyledi, kızının ve arkadaşlarının davalarına inanmasa da saygı duyduğunu hatırlattı. Aynı ruhla Kürt milliyetçisi delikanlıya da –her kimse o– saygı duyduğunu, bugün Kars'ta bir Kürt genci olsaydı kendisinin de tepkiyle Kürt milliyetçisi olacağını açıkladı. Marianna'ya destek verdiği o coşku anlarından birindeydi sanki. "Bunu uluorta söylemek yanlış, ama askerî darbelere karşıyım," dedi heyecanla. Ka bu bildirinin zaten Türkiye'de yayımlanmayacağını söyleyerek yatıştırdı onu. Sonra bu toplantının güvenlik içerisinde ancak Asya Oteli'nin en üst katındaki salaş bir odada yapılabileceğini, otele de pasajın arka kapısından çıkıp bitişiğindeki dükkânın arka kapısından geçilecek bir avludan hiç görünmeden girilebileceğini söyledi.

"Dünyaya Türkiye'de de gerçek demokratlar olduğunu göstermek lazım," diye cevap verdi ona Turgut Bey. Dizinin devamı başladığı için aceleyle sözü bağlamıştı. Marianna ekranda belirmeden önce saatine bakıp: "Kadife nerede kaldı?" diye sordu.

Ka da baba kız gibi sessizce *Marianna*'yı seyretti.

Bir ara Marianna aşk derdiyle yana yana merdivenleri çıktı ve kimsenin görmeyeceğinden emin olunca sevgilisine sarıldı. Öpüşmediler, ama Ka'yı daha çok etkileyen bir şey yaptılar: Bütün güçleriyle birbirlerine sarıldılar. Uzun süren sessizlikte Ka bu diziyi bütün Kars'ın; çarşıdan evlerine dönmüş ev hanımlarıyla kocalarının, ortaokullu kızlarla emekli ihtiyarların seyrettiğini, yalnız Kars'ın hüzünlü sokakları değil, bütün Türkiye'deki sokakların dizi yüzünden bomboş olduğunu da anladı ve aynı anda hayatını entelektüel alaycılık, siyasal dertler ve kültürel üstünlük iddiaları yüzünden bütün bu dizinin açtığı duyarlılıklardan uzakta, kupkuru yaşamasının kendi budalalığı olduğunu da kavradı. Lacivert ile Kadife'nin de seviştikten sonra şimdi bir köşeye çekilip birbirlerine sarılarak uzanıp sevgiyle *Marianna*'yı izlediklerinden emindi.

Marianna sevgilisine, "Bütün hayatım boyunca bugünü beklemişim," deyince, Ka bu sözlerin kendi düşüncelerini yansıtmasının bir rastlantı olmadığını hissetti. İpek ile göz göze gelmeye çalıştı. Sevgilisi başını babasının göğsüne yaslamış, hüzün ve aşktan buğulanmış iri gözlerini ekrana dikmiş, kendini dizinin sunduğu duygulara istekle bırakmıştı.

"Gene de çok endişeliyim," dedi Marianna'nın yakışıklı, temiz yüzlü sevgilisi. "Ailem birlikte olmamıza izin vermeyecektir."

"Biz birbirimizi sevdikçe korkacak bir şey olmamalı," dedi iyimser Marianna.

"Kızım asıl düşmanın bu herif be!" diye söze karıştı Turgut Bey.

"Beni hiç korkmadan sevmeni istiyorum," dedi Marianna.

Ka İpek'in gözlerinin içine ısrarla bakınca onunla göz göze gelmeyi başardı, ama kadın hemen kaçırdı gözlerini. Reklam arası verilince de babasına döndü: "Babacığım," dedi. "Sizin Asya Oteli'ne gitmeniz tehlikeli bence."

"Merak etme," dedi Turgut Bey.

"Kars'ta sokağa çıkmanın hep bir uğursuzluk getirdiğini yıllardır siz söylersiniz."

"Evet ama oraya gitmeyeceksem bir ilke yüzünden gitmemeliyim, korktuğum için değil," dedi Turgut Bey. Ka'ya döndü. "Soru da şudur: Ben şimdi bir komünist, bir modernleşmeci, laik, demokrat, yurtsever olarak önce aydınlanmaya mı inanmalıyım, halkın iradesine mi? Aydınlanmaya ve Batılılaşmaya sonuna kadar inanıyorsam dinçilere karşı yapılan bu askerî darbeyi desteklemem gerekir. Yok halkın iradesi her şeyden öndeyse ve ben artık katıksız bir demokrat olmuşsam o zaman gidip bu bildiriyi imzalamam gerekir. Siz hangisine inanıyorsunuz?"

"Mazlumdan yana olun ve gidip bildiriyi imzalayın," dedi Ka.

"Mazlum olmak yetmez, haklı da olmak lazım. Mazlumların çoğu saçmalık derecesinde haksızdır da. Neye inanalım?"

"O hiçbir şeye inanmıyor," dedi İpek.

"Herkes bir şeye inanır," dedi Turgut Bey. "Anlatın lütfen ne düşündüğünüzü."

Ka, bildiriye Turgut Bey imza koyarsa Kars'ta biraz daha fazla demokrasi olacağını açıklamaya çalıştı. İpek'in kendisiyle Frankfurt'a gelmek istememesinin güçlü bir ihtimal olduğunu şimdi telaşla hissediyor, Turgut Bey'i soğukkanlılıkla ikna edip otelden çıkaramamaktan korkuyordu. İnandığı şeyleri hiç inanmadan söylemenin verdiği baş döndürücü özgürlük duygusunu da hissetti içinde. Bildiriden, demokrasiden, insan haklarından yana herkesin bildiği şeyleri mırıldanırken, İpek'in gözlerinde söylediklerine hiç inanmadığını gösteren bir ışık gördü. Ama ayıplayıcı, ahlakçı bir ışık değildi bu; tam tersi cinsellik yüklü ve kışkırtıcıydı. "Bütün bu yalanları beni istediğin için söylüyorsun, biliyorum," diyordu. Böylece Ka melodramatik duyarlılığın öneminden hemen sonra, hayatta hiçbir zaman anlayamadığı bir başka büyük gerçeği daha keşfettiğine karar verdi: Aşktan başka hiçbir şeye inanmayan erkeklerin de bazı kadınlar tarafından çok çekici bulunabileceği... Bu yeni bilginin heyecanıyla, insan hakları, fikir özgürlüğü, demokrasi ve benzeri konularda uzun bir konuşma yaptı. Aşırı iyi niyetten hafifçe aptallaşmış kimi Avrupa aydınlarının ve onları Türkiye'de taklit edenlerin tekrarlaya tekrarlaya bayağılaştırdıkları insan hakları laflarını onunla sevişebilecek olmanın heyecanıyla tekrarlarken İpek'in gözlerinin içine dikti gözlerini.

"Haklısınız," dedi Turgut Bey, reklamlar biterken. "Kadife nerede kaldı?"

Filmin devamında Turgut Bey huzursuzdu, Asya Oteli'ne hem gitmek istiyor hem de korkuyordu. *Marianna*'yı seyrederken gençliğinin siyasal hatıralarından, hapse girme korkularından, insanın sorumluluğundan, hayaller ve hatıralar arasında kaybolmuş bir ihtiyarın hüznüyle ağır ağır söz etti. Ka, İpek'in kendisine hem onu bu huzursuzluk ve korkuya sürüklediği için içerlediğini hem de ikna ettiği için bir hayranlık duyduğunu anladı. Gözlerini kaçırmasına aldırmadı ve dizi sona erince babasına sarılıp, "Gitmeyin istemiyorsanız, başkaları için yeterince acı çektiniz," demesinden de alınmadı.

Ka İpek'in yüzünde bir gölge gördü ama yeni, mutlu bir şiir gelmişti aklına. Zahide Hanım'ın az önce gözyaşı dökerek *Marianna*'yı seyrederken oturduğu mutfak kapısının yanındaki sandalyeye sessizce oturup gelen şiiri iyimserlikle yazdı.

Adını çok daha sonra, belki de alaycılıkla "Mutlu Olacağım" koyacağı şiiri Ka eksiksiz bitirirken Kadife onu görmeden hızla içeri girdi. Turgut Bey yerinden fırladı, kucaklayıp öptü onu, nerede kaldığını, ellerinin neden bu kadar soğuk olduğunu sordu. Bir damla yaş akmıştı gözünden. Hande'ye gittiğini söyledi Kadife. Oradan çıkmakta gecikmiş, *Marianna*'yı da hiç kaçırmak istemediği için sonuna kadar orada seyretmişti. "Nasıl bizim kız?" dedi Turgut Bey (Marianna'yı kastediyordu) ama Kadife'nin cevabını dinlemeden şimdi bütün vücudunu bir huzursuzluk olarak saran öteki konuya geçti ve Ka'dan işittiklerini hızla sıraladı.

Kadife konuyu ilk defa işitiyormuş gibi davranmakla kalmadı, odanın öteki ucundaki Ka'yı fark edince onun burada olmasına çok hayret etmiş gibi de yaptı. "Çok sevindim sizi burada gördüğüme," dedi açık başını örtmeye çalışarak, ama örtmeden televizyonun karşısına oturup babasına akıl vermeye başladı. Kadife'nin şaşkınlık pozu o kadar inandırıcıydı ki daha sonra bildiriyi imzalaması ve toplantıya gitmesi için babasını ikna etmeye girişince Ka onun babasına da rol yaptığını düşündü. Bildirinin yurtdışında yayımlanacak hale gelmesini Lacivert de istediğine göre bu şüphe doğru olabilirdi, ama bir başka neden daha olduğunu Ka İpek'in yüzünde beliren korkudan anladı.

"Ben de sizinle Asya Oteli'ne gelirim babacığım," dedi Kadife.

"Benim yüzümden senin başının belaya girmesini hiç istemem," dedi Turgut Bey birlikte seyrettikleri dizilerden ve bir zamanlar hep birlikte okudukları romanlardan çıkma bir havayla.

"Babacığım, belki de bu işe karışmanız gereksiz bir tehlikeye girmek olacak," dedi İpek.

Ka İpek'in babasıyla konuşurken kendisine de bir şeyler söylediğini, aslında odadaki herkes gibi hep çift anlamlı konuştuğunu, bakışlarını kimi zaman kaçırıp kimi zaman yoğunlaştırmasının da bu iki anlamı vurgulamaya yönelik olduğunu hissetti. Kars'ta –Necip dışında– karşılaştığı herkesin içgüdüsel bir ahenkle çift anlamlı konuştuğunu çok daha sonra fark edecek, bunun yoksullukla mı, korkularla mı, yalnızlıkla mı, hayatın yalınlığıyla mı ilgili olduğunu soracaktı kendine. "Babacığım, gitmeyin," derken İpek'in kendisini kışkırttığını, Kadife'nin ise bildiriden ve babasına bağlılıktan söz ederken aslında Lacivert'e bağlılığını dile getirdiğini görüyordu Ka.

Böylece daha sonra "hayatımın en derin çift anlamlı konuşması" diyeceği şeye girişti. Turgut Bey'i otelden çıkmaya şimdi ikna edemezse İpek'le hiçbir zaman yatamayacağını kuvvetle hissetmiş, bunu İpek'in meydan okuyan gözlerinden de okumuş, mutlu olmak için hayatının son fırsatının bu olduğuna karar vermişti. Konuşmaya başlayınca Turgut Bey'i ikna etmesi için gereken sözlerin ve düşüncelerin aynı zamanda kendi hayatının boşa gitmesine yol açan düşünceler olduğunu kavradı hemen. Bu da gençliğinin şimdi farkında bile olmadan unutmakta olduğu solcu ideallerinden bir intikam almak isteği uyandırdı onda. Turgut Bey'i otelden çıkmaya ikna etmek için, başkaları için bir şeyler yapmaktan, ülkenin yoksulluğu ve dertleri için sorumluluk duymaktan, uygarlaşma azminden ve belli belirsiz dayanışma duygusundan söz ederken, beklenmedik bir samimiyet geçti içinden. Gençliğinin solcu heyecanlarını, diğerleri gibi sıradan ve berbat bir Türk burjuvası olmama kararlılığını, kitaplar ve düşünceler arasında yaşama özlemini hatırlamıştı. Böylelikle oğlunun şair olmasına haklı olarak karşı çıkan annesini üzen ve bütün hayatını mahvedip en sonunda kendisini Frankfurt'ta bir fare deliğine sürgün eden inançlarını Turgut Bey'e yirmi yaş heyecanıyla tekrarladı. Bir yandan da sözlerindeki şiddetin İpek için "bu şiddetle sevişmek istiyorum seninle" anlamına geldiğini hissediyordu. Uğruna bütün hayatını berbat ettiği bu solcu lafların en sonunda bir işe yarayacağını, o laflar sayesinde İpek ile sevişebileceğini düşünüyordu; tam da artık onlara hiç inanmadığı, hayatta güzel ve akıllı bir kıza sarılıp bir köşede şiir yazabilmeyi en büyük mutluluk olarak gördüğü zamanda.

Turgut Bey "hemen şimdi" Asya Oteli'ne toplantıya gideceğini söyledi. Giyinip hazırlanmak için Kadife'yle birlikte odasına çekildi.

Az önce babasıyla televizyon seyrederken oturduğu köşede hâlâ oturan İpek'e yaklaştı Ka. Hâlâ babasına yaslanır gibi oturuyordu.

"Odamda seni bekleyeceğim," diye fısıldadı Ka.

"Beni seviyor musun?" dedi İpek.

"Çok seviyorum."
"Doğru mu bu?"
"Çok doğru."
Bir süre sustular. Ka, İpek'in bakışını izleyerek pencereden dışarıya baktı. Kar yeniden başlamıştı. Otelin önündeki sokak lambası yanmıştı, iri kar tanelerini aydınlatmasına rağmen karanlık daha tam çökmediği için sanki boşuna yanıyormuş gibi gözüküyordu.
"Sen odana çık. Onlar gidince geleceğim," dedi İpek.

28

Bekleme acısıyla aşkı birbirinden ayıran şey

Ka İLE İPEK OTEL ODASINDA

Ama İpek hemen gelmedi. Bu da Ka'nın hayatının en büyük işkencelerinden biri oldu. Âşık olmaktan, beklemenin verdiği bu mahvedici acı yüzünden korktuğunu hatırladı. Odaya çıkar çıkmaz önce kendini yatağa atmış, hemen kalkmış, üstüne başına çekidüzen vermiş, ellerini yıkamış, ellerinden kollarından, dudaklarının ucundan kanın çekilmekte olduğunu hissetmiş, titreyen eliyle saçlarını taramış, sonra camda yansıyan görüntüsüne bakıp eliyle tekrar karıştırmış, bütün bunların pek az zaman tuttuğunu görerek dehşetle pencereden dışarıya bakmaya başlamıştı.

Pencereden önce Turgut Bey ile Kadife'nin gidişini görmesi gerekiyordu. Belki de Ka helaya gittiğinde gitmişlerdi. Ama o sırada gitmişlerse İpek'in şimdiye kadar gelmiş olması gerekiyordu. Belki de şimdi İpek dün gece gördüğü odasında kokular ve boyalar sürerek ağır ağır hazırlanıyordu. Birlikte geçirebilecekleri zamanı bu işlerle harcıyor olması ne kadar yanlış bir karardı! Onu ne kadar çok sevdiğini bilmiyor muydu? Hiçbir şey şu anki bekleyiş gibi dayanılmaz bir acıya değmezdi; bunu gelince İpek'e söyleyecekti, ama gelecek miydi? İpek'in son anda fikir değiştirdiğine, gelmeyeceğine her an daha çok inanıyordu.

Bir at arabasının otele yanaştığını, Kadife'ye yaslanarak ilerleyen Turgut Bey'in Zahide Hanım'ın ve resepsiyona bakan Cavit'in yardımıyla bindirildiğini, arabanın yanlarını örten muşambaların çekildiğini gördü. Ama araba kıpırdamadı. Sokak lambasının ışığında her biri daha da kocaman gözüken kar taneleri tentesinde hızla birikirken öylece durdu. Zaman da durmuş gibi geldi Ka'ya, delireceğini sandı. Derken Zahide koşa koşa gelip arabanın içine Ka'nın göremediği bir şey uzattı. Araba hareket edince Ka'nın yüreği hızlandı.

Ama İpek gene gelmedi.

Bekleme acısıyla, aşkı birbirinden ayıran şey nedir? Tıpkı aşk gibi bekleme acısı da Ka'nın midesinin üst kısmıyla, karın adaleleri arasında bir yerde başlıyor, bu merkezden göğsünü, bacaklarının üst kısmını ve alnını işgal ederek yayılıyor, bütün gövdesini uyuşturuyordu. Otelin iç tıkırtılarını dinleyerek İpek'in şu anda ne yaptığını tahmin etmeye çalıştı. Sokaktan geçen ve ona hiç benzemeyen bir kadını İpek sandı. Kar ne kadar güzel yağıyordu! Bir an beklediğini unutmak ne güzeldi! Çocukluğunda aşı olmak için okulun yemekhanesine indirildiklerinde, tentürdiyot ve kızartma kokuları içinde kolunu sıvayıp sırada beklerken de karnı böyle ağrır, ölmek isterdi. Evde, kendi odasında olmak isterdi. Frankfurt'ta kendi berbat odasında olmak istiyordu. Buraya gelmekle ne büyük hata etmişti! Şimdi şiir bile gelmiyordu aklına. Boş sokağa yağan kara bile acıdan bakamıyordu. Gene de kar yağarken bu sıcak pencerenin önünde durmak güzeldi; ölmüş olmaktan daha iyiydi bu durum, İpek gelmezse ölebilirdi de çünkü.

Elektrikler kesildi.

Bunu kendisine yollanmış bir işaret olarak gördü. İpek elektriklerin kesileceğini bildiği için gelmemiş olabilirdi. Gözleri kar altındaki karanlık sokakta oyalanacak bir kıpırtı arıyordu. İpek'in hâlâ gelmemiş olmasını açıklayacak bir şey. Bir kamyon gördü orada, bir askerî kamyon muydu, hayır bir yanılsamaydı, şimdi merdivenlerde duyduğu sesler de öyle. Kimse gelmeyecekti. Pencereden çekildi, sırtüstü yatağa attı kendini. Karnının ağrısı derin kuvvetli bir acıya, pişmanlıkla yüklü bir çaresizliğe dönüşmüştü. Bütün hayatının boşa gittiğini, burada mutsuzluktan ve yalnızlıktan öleceğini düşündü. Frankfurt'taki o küçük fare deliğine yeniden girecek gücü de kendinde bulamayacaktı. İçini acıtan, kendini kahreden şey bu kadar mutsuz olması değil, aslında biraz akıllıca davransaydı hayatını çok daha mutlu geçirebileceğini anlamasıydı. Daha korkuncu, mutsuzluğunu ve yalnızlığını kimsenin fark etmemesiydi. İpek fark etmiş olsaydı hiç bekletmeden yukarı gelirdi! Annesi bu halini görseydi dünyada bir tek o çok üzülür, saçlarını okşayarak onu teselli ederdi. Kenarları buz tutmuş pencerelerden Kars'ın soluk ışıkları, ev içlerinin turuncumsu rengi gözüküyordu. Kar bu hızla günlerce, aylarca yağsın, Kars şehrini kimsenin bir daha bulamayacağı kadar örtsün, uzandığı bu yatakta uyuyakalıp, annesiyle birlikte güneşli bir sabah kendi çocukluğuna uyansın istedi.

Kapı vuruldu. Mutfaktan biri diye düşündü Ka. Ama fırlayıp açtı kapıyı ve karanlıkta İpek'in varlığını hissetti.

"Nerede kaldın?"

"Geç mi kaldım?"

Ama Ka onu duymamış gibiydi. Hemen bütün gücüyle sarıldı ona; kafasını boynuyla saçlarının arasına soktu; orada hiç kıpırdamadan durdu. O kadar mutlu hissetti ki kendini, bekleme acısı iyice saçma geldi. Gene de bu acıdan yorgundu ve bu yüzden gerektiği kadar coşku duyamıyordu. Bu yüzden, yanlış olduğunu bile bile, geciktiği için İpek'ten hesap sordu, şikâyet etti. Ama İpek babası gider gitmez geldiğini söyledi: Ha, evet, mutfağa inmiş ve Zahide'ye akşam için bir-iki şey söylemişti, ama bir dakikadan fazla sürmemişti bu; bu yüzden Ka'yı bekletmekte olduğunu düşünmemişti hiç. Böylece Ka, ilişkinin henüz başındayken kendisinin daha hevesli ve kırılgan olduğunu göstererek güç dengesinde altta kaldığını hissetti. Bu güçsüzlükten korkarak çektiği bekleme acısını gizlemek ise onu samimiyetsiz durumuna düşürürdü. Oysa artık her şeyi paylaşmak için âşık olmak istemiyor muydu? Aşk zaten her şeyi söyleyebilme isteği değil miydi? Bir anda bütün bu düşünce zincirini İpek'e bir itiraf heyecanıyla hızla anlattı.

"Bütün bunları unut şimdi," dedi İpek. "Buraya seninle sevişmeye geldim."

Öpüştüler ve Ka'nın çok hoşuna giden bir yumuşaklıkla yatağa devrildiler. Dört yıldır kimseyle sevişmemiş Ka için mucizevi bir mutluluk anıydı bu. Bu yüzden yaşadığı anın tensel zevklerine kendini vermekten çok, o anın ne kadar güzel olduğuna ilişkin düşüncelerle doluydu. İlk gençlik yıllarındaki cinsel deneyimlerinde olduğu gibi, aklında sevişmeden çok kendisinin sevişiyor olması vardı. Bu ilk başta Ka'yı aşırı heyecandan korudu. Aynı anda Frankfurt'ta tiryakisi olduğu pornografik filmlerden bazı ayrıntılar, sırrını çözemediği, şiirsel bir mantıkla gözünün önünden hızla geçmeye başladı. Ama sevişirken kendisini kışkırtmak için pornografik sahneler düşlemek değildi bu; tam tersi, aklında sürekli bir hayal olarak yer alan bazı pornografik görüntülerin en sonunda bir parçası olabilme imkânını kutluyordu sanki. Bu yüzden Ka yaşadığı yoğun heyecanın İpek'e değil, hayalindeki pornografik bir kadına, o kadının burada yatakta olması mucizesine yöneldiğini hissediyordu. Elbiselerini çekiştire çekiştire çıkartarak, hatta biraz vahşi bir kabalıkla ve beceriksizlikle onu soyunca İpek'in kendisini ancak fark etti. Göğüsleri kocamandı, omuzlarının ve boynunun çevresinde teni yumuşacıktı ve tuhaf ve yabancı bir şey gibi kokuyordu. Dışarıdan gelen kar ışığında onu seyretti ve arada bir parlayan gözlerinden korktu. Kendinden çok emindi gözleri; İpek'in yeterince kırılgan olmadığını öğrenmekten de korkuyordu Ka. Saçlarını acıtarak bu yüzden çekti, bundan zevk alınca inatla daha da çok çekti, kafasındaki pornografik görüntülere uygun şeylere zorladı onu ve beklemediği bir içgüdünün müziğiyle sert davrandı. Onun da bundan hoşlandığını sezince içindeki zafer duygusu bir kardeşliğe dönüştü. Kars şehrinin zavallılığından yalnız kendisini değil, İpek'i de korumak ister gibi bütün gücüyle sarıldı ona. Ama yeterince tepki alamadığına karar vererek uzaklaştı ondan. Bu arada aklının bir yanıyla da cinsel akrobatiğin ahengini ve gidişini kendinden hiç ummadığı bir dengeyle denetliyordu. Böylece İpek'ten iyice uzaklaştığı bir akılcılık anında kadına şiddetle yaklaştı ve onun canını yakmak istedi. Ka'nın tuttuğu ve okurlarıma aktarmam gerektiğine inandığım bu sevişme hakkındaki birkaç nota göre, bundan sonra birbirlerine şiddetle yaklaşmışlar ve dünyanın geri kalanı artık iyice dışarıda kalmıştı. Yine Ka'nın notlarına göre sevişmelerinin sonuna doğru İpek pes bir sesle bağırmış, Ka da aklının paranoya ve korkuya iyice açılmış yanıyla, otelin en ücra köşesindeki bu odanın ta baştan bu yüzden kendisine verildiğini düşünmüş, birbirlerine verdikleri acıdan karşılıklı zevk aldıklarını bir yalnızlık duygusuyla hissetmişti. Derken otelin bu ücra koridoru ve odası, aklında otelden kopmuş ve boş Kars şehrinin ücra bir mahallesine yerleşmişti. Kıyamet sonrasının sessizliğini hatırlatan o boş şehirde de kar yağıyordu.

Uzun bir süre birlikte yatakta yatıp dışarıda yağan kara hiç konuşmadan baktılar. Ka bazan yağan karı İpek'in gözlerinde de görüyordu.

29

Bendeki eksiklik

FRANKFURT'TA

Ka'nın Frankfurt'ta hayatının son sekiz yılını geçirdiği küçük daireye Kars'a gelişinden dört yıl, ölümünden kırk iki gün sonra gittim. Şubat ayında karlı, yağmurlu, rüzgârlı bir gündü. Sabah İstanbul'dan uçakla gittiğim Frankfurt, Ka'nın bana on altı yıldır yolladığı kartpostallarda göründüğünden de tatsız bir şehirdi. Hızlı hızlı geçen karanlık arabalarla, hayalet gibi bir belirip bir yok olan tramvaylar ve ellerinde şemsiyeler, aceleyle yürüyen ev kadınları dışında sokaklar bomboştu. Hava o kadar kapalı ve karanlıktı ki öğle vakti sokak lambalarının ölü sarı ışıkları yanıyordu.

Gene de yakındaki merkez istasyonu çevresinde, döner kebapçıların, seyahat bürolarının, dondurmacıların ve seks dükkânlarının olduğu kaldırımlarda büyük şehirleri ayakta tutan o ölümsüz enerjinin izlerine rastlamak beni sevindirdi. Otelime yerleştikten, beni kendi isteğim üzerine halkevinde bir konuşma yapmam için davet eden edebiyatsever Türk-Alman genciyle telefonda konuştuktan sonra istasyondaki İtalyan kahvesinde Tarkut Ölçün ile buluştum. Telefonunu İstanbul'da, Ka'nın kız kardeşinden almıştım. Altmış yaşlarındaki bu iyi niyetli ve yorgun adam, Frankfurt yıllarında Ka'yı en yakından tanıyan kişiydi. Ölümünden sonraki soruşturma sırasında polise bilgi vermiş, İstanbul'a telefon edip ailesiyle ilişki kurmuş, cenazenin Türkiye'ye yollanmasına yardım etmişti. O günlerde ben Ka'nın Kars'tan döndükten ancak dört yıl sonra bitirdiğini söylediği şiir kitabının müsveddelerinin Almanya'daki eşyaları arasında olduğunu düşünüyor, babasına ve kız kardeşine ondan geri kalan şeylere ne olduğunu soruyordum. Onlar o ara Almanya'ya gidebilecek kadar güçlü olmadıklarından, Ka'dan kalan eşyaları toparlamak, dairesini boşaltmak işini benden rica ettiler.

Tarkut Ölçün Frankfurt'a altmışların başında gelen ilk göçmenlerdendi. Türk derneklerinde, hayır kurumlarında yıllarca öğretmenlik ve danışmanlık yapmıştı. Almanya'da doğmuş ve üniversiteye yollamakla gururlandığı ve bana hemen fotoğraflarını gösterdiği biri kız biri erkek iki çocuğu ve Frankfurt'taki Türkler arasında saygın bir konumu vardı, ama onun yüzünde bile Almanya'da yaşayan birinci kuşak Türklerde ve siyasal sürgünlerde gördüğüm o benzersiz yalnızlık ve yenilgi duygusunu gördüm.

Tarkut Ölçün bana önce, vurulduğu sırada Ka'nın yanında bulunan küçük seyahat çantasını gösterdi. Polis imza karşılığı vermişti bunu ona. Hemen açıp hırsla karıştırdım. Ka'nın on sekiz yıl önce Nişantaşı'ndan aldığı pijamalarını, yeşil bir kazağını, tıraş takımıyla diş fırçasını, bir çorapla temiz iç çamaşırlarını, benim İstanbul'dan yolladığım edebiyat dergilerini buldum içinde ama yeşil şiir defterini değil.

Daha sonra, ileride istasyon kalabalığı içerisinde gülüşe konuşa yerleri paspaslayan iki yaşlı Türk'ü seyrederek kahvelerimizi içerken "Orhan Bey," dedi bana, "arkadaşınız Ka Bey yalnız bir adamdı. Frankfurt'ta ben dahil, kimse onun ne yaptığını fazla bilmezdi." Gene de bana bütün bildiklerini anlatmaya söz verdi.

Önce istasyonun arkasındaki yüz yıllık fabrika binalarının ve eski askerî kışlanın arasından geçerek Ka'nın son sekiz yıl yaşadığı Gutleutstrasse yakınlarındaki binaya gittik. Küçük bir meydana ve çocuk parkına bakan apartmanın dış kapısını ve Ka'nın dairesini açacak olan ev sahibesini bulamadık. Boyası dökülmüş eski kapının açılmasını sulu kar altında beklerken Ka'nın yolladığı mektuplarda ve seyrek telefon görüşmelerimizde (Ka –paranoyakça bir şüpheyle– dinlendiğini düşündüğü için Türkiye ile telefonla görüşmeyi sevmezdi) anlattığı küçük ve bakımsız parka, kenardaki bakkal dükkânına, ilerideki içki ve gazete satan dükkânın karanlık vitrinine sanki kendi hatıralarımmış gibi baktım. Ka'nın sıcak yaz geceleri çocuk parkının salıncak ve tahtırevallilerinin yanında İtalyan ve Yugoslav işçilerle birlikte oturup bira içtiği bankların üzerinde şimdi sicim kalınlığında bir kar vardı.

Son yıllarında Ka'nın her sabah belediye kütüphanesine gitmek için tuttuğu yolu izleyerek istasyon meydanına yürüdük. İşlerine giden aceleci insanlar arasında yürümekten hoşlanan Ka'nın yaptığı gibi, istasyon binasının bir kapısından girip yeraltı çarşısından, Kaiserstrasse'deki seks dükkânlarının, turistik eşya satan yerlerin, pastanelerin ve eczanelerin önünden geçip, tramvay yolunu izleyip ta Hauptwache Meydanı'na kadar yürüdük. Tarkut Ölçün dönerci, kebapçı, manav dükkânlarında gördüğü kimi Türk ve Kürtlerle selamlaşırken, bütün bu insanların her sabah aynı saatte buralardan geçip belediye kütüphanesine giden Ka'ya "Günaydın profesör," diye seslendiklerini anlattı. Önceden yerini sorduğum için meydanın kenarındaki büyük mağazayı işaret etti bana: Kaufhof. Ka'nın Kars'ta giydiği paltosunu buradan aldığını söyledim ona, ama içeri girme önerisini reddettim.

Ka'nın her sabah gittiği Frankfurt Belediye Kütüphanesi modern ve kimliksiz bir binaydı. İçeride bu kütüphanelerin tipik ziyaretçileri; ev kadınları, vakit öldüren ihtiyarlar, işsizler, bir-iki Arapla Türk, okul ödevi yaparken kıkırdayıp gülüşen öğrenciler ve bu yerlerin şaşmaz müdavimleri; aşırı şişmanlar, sakatlar, deliler ve geri zekâlılar vardı. Ağzından tükürük sarkan genç biri, baktığı resimli kitabın sayfasından kafasını kaldırıp dil çıkardı bana. Kitaplar arasında sıkılan rehberimi aşağıdaki kahveye oturttum ve İngilizce şiir kitaplarının olduğu raflara gidip arka kapak içlerindeki ödünç alma fişlerinde arkadaşımın adını aradım: Auden, Browning, Coleridge... Ka'nın imzasına her rastlayışımda, bu kütüphanede ömür tüketen arkadaşım için gözlerim yaşarıyordu.

Beni yoğun bir hüzne sürükleyen araştırmamı kısa kestim. Rehber dostumla aynı caddelerden sessizce geri döndük. Kaiserstrasse'nin ortalarında bir yerde World Sex Center saçma adlı bir dükkânın önünden sola kıvrılıp, bir sokak aşağıya Münchenerstrasse'ye yürüdük. Türk manavları, kebapçılar, boş bir berber dükkânı gördüm burada. Bana gösterilecek olan şeyi çoktan anlamıştım; kalbim küt küt atıyordu ama gözlerim manavın portakal ve pırasalarına, tek bacaklı bir dilenciye, Hotel Eden'in boğucu vitrininde yansıyan araba farlarına, çökmekte olan akşamın kül rengi içinde pırıl pırıl bir pembeyle parlayan neon bir K harfine takılmıştı.

"Burası," dedi Tarkut Ölçün. "Tam burada buldular Ka'nın cesedini, evet."

Islak kaldırıma boş boş baktım. Manavdan bir anda itişerek dışarı fırlayan iki çocuktan biri, Ka'nın üç kurşun isabet etmiş gövdesinin düştüğü ıslak kaldırım taşlarına basarak geçti gitti önümüzden. Az ileride durmuş bir kamyonun kırmızı ışıkları asfaltta yansıyordu. Ka bu taşların üzerinde birkaç dakika acıyla kıvrandıktan sonra, ambulans daha yetişemeden ölmüştü. Bir an başımı yukarı kaldırıp ölürken gördüğü gökyüzü parçasına baktım: Alt katları Türk dönercileri, seyahat şirketleri, berber ve birahane olan eski karanlık binalar ve elektrik telleriyle sokak lambaları arasından dar bir gökyüzü gözüküyordu. Ka gece saat on ikiye doğru vurulmuştu. O saatlerde tek-tük de olsa orospuların kaldırımlarda aşağı yukarı yürüdüğünü söyledi bana Tarkut Ölçün. "Fuhuş" asıl, bir sokak yukarıda Kaiserstrasse'de yapılıyordu, ama hareketli gecelerde, hafta sonları, fuar zamanları "kadınlar" buraya da kayıyorlardı. "Hiçbir şey bulamadılar," dedi benim bir iz arar gibi sağa sola baktığımı görünce. "Alman polisi Türk polisine benzemez, iyi çalışır."

Ama ben çevredeki dükkânlara girip çıkmaya başlayınca içten gelen bir şefkatle bana yardım etti. Berber dükkânındaki kızlar Tarkut Bey'i tanıyıp hatır sordular, cinayet saatinde tabii ki dükkânda yoktular, zaten olayı hiç duymamışlardı. "Türk aileleri kızlarına yalnızca berberlik öğretiyorlar," dedi bana dışarıda. "Frankfurt'ta yüzlerce Türk kadın berberi var."

Manav dükkânındaki Kürtler ise cinayetten de, sonraki polis soruşturmasından da fazlasıyla haberdardılar. Belki de bu yüzden bizden fazla hoşlanmadılar. Bayram Kebap Haus'un olay gecesi saat on ikiye doğru şimdi de elinde tuttuğu aynı kirli bezle formika masaları silen iyi kalpli garsonu silah seslerini duymuş, bir süre bekledikten sonra dışarı çıkmış ve Ka'nın hayatında gördüğü son kişi olmuştu.

Kebapçı dükkânından çıktıktan sonra önüme ilk gelen geçide girip hızla yürüdüm ve karanlık bir binanın arka avlusuna geldim. Tarkut Bey'in göstermesiyle merdivenlerden iki kat aşağıya indik, bir kapıdan geçtik ve bir zamanlar depo olduğu anlaşılan hangar büyüklüğünde, korkutucu bir mekânda bulduk kendimizi. Binanın altından sokağın öbür kaldırımına kadar uzanan bir yeraltı dünyasıydı burası. Ortadaki halılardan ve akşam namazı için toplanan elli altmış kişilik bir cemaatten cami olarak kullanıldığı anlaşılıyordu. Çevresi ise İstanbul'daki yeraltı geçitleri gibi pis ve karanlık dükkânlarla çevriliydi: Vitrini bile ışıldamayan bir kuyumcu, –neredeyse– cüce bir manav, hemen yanında pek meşgul bir kasap, tezgâhtarı kahvenin televizyonuna bakan ve kangal kangal sucuk satan bir bakkal gördüm. Kenarda Türkiye'den gelmiş meyve suyu kasaları, Türk makarna ve konserveleri, dinî kitaplar satan bir tezgâh ve camiden daha da kalabalık bir kahve vardı. Kesif sigara dumanı içindeki kahvede televizyondaki Türk filmine odaklanmış yorgun erkekler kalabalığı arasından çıkan tek-tük birkaç kişi abdest almak için kenardaki bir büyük plastik bidondan beslenen çeşmelere doğru yürüyordu. "Bayram ve cuma namazlarında iki bin kişi doldurur burayı," dedi Tarkut Bey. "Merdivenlerden arka avluya taşarlar." Sırf bir şey yapmış olmak için kitap-dergi tezgâhından bir *Tebliğ* dergisi aldım.

Daha sonra caminin tam üstüne gelen eski usul Münih tarzı bir birahaneye oturduk. "Orası Süleymancıların camiidir," dedi zemini göstererek Tarkut Ölçün. "Dincidirler ama teröre bulaşmazlar. Milli Görüşçüler ya da Cemalettin Kaplancılar gibi Türkiye Cumhuriyeti Devleti'yle çatışmaya girmezler." Gene de bakışlarımdaki şüpheden, *Tebliğ* dergisini ipucu arar gibi karıştırmamdan huzursuz olmuş olmalı ki Ka'nın öldürülmesi üzerine bildiklerini, polisten ve basından öğrendiklerini anlattı.

Kırk iki gün önce yeni yılın ilk cumartesi saat 11.30'da Ka bir şiir gecesine katıldığı Hamburg'tan dönmüştü. Altı saat süren tren yolculuğundan hemen sonra, istasyonun güney kapısından çıkıp kestirmeden Gutleutstrasse yakınındaki evine gideceğine tam tersi yöne, Kaiserstrasse'ye girmiş, bekâr erkekler, turistler, sarhoşlar kalabalığı içerisinde, hâlâ açık seks dükkânlarının ve müşteri bekleyen orospuların arasında yirmi beş dakika oyalanmıştı. Yarım saat sonra World Sex Center'dan sağa sapmış, Münchenerstrasse'de karşı kaldırıma geçer geçmez vurulmuştu. Büyük ihtimalle eve dönmeden önce iki dükkân ötedeki Güzel Antalya manavından mandalina almak istiyordu. Civarda gece yarısına kadar açık tek manavdı burası ve tezgâhtarı Ka'nın geceleri gelip mandalina aldığını hatırlıyordu.

Polis Ka'yı vuran adamı gören kimseyi bulamamıştı. Bayram Kebap Haus'un garsonu silah seslerini duymuş ama televizyonun ve müşterilerin gürültüsü yüzünden kaç el ateş edildiğini anlayamamıştı. Caminin üzerindeki birahanenin buğulanmış camlarından dışarısı zor gözüküyordu. Ka'nın gittiği sanılan manavın tezgâhtarının hiçbir şeyden haberi olmadığını söylemesi polisi pirelendirmiş, tezgâhtar bir geceliğine gözaltına alınmış ama bir sonuç çıkmamıştı. Bir sokak aşağıda sigara içip müşteri bekleyen bir orospu aynı dakikalarda kısa boylu, Türk gibi esmer, kara paltolu birinin Kaiserstrasse'ye doğru koştuğunu gördüğünü söylemiş, ama gördüğü kişiyi tutarlı olarak tarif edememişti. Ambulansı Ka kaldırıma düştükten sonra tesadüfen evinin balkonuna çıkan bir Alman çağırmış, ama o da kimseyi görmemişti. İlk kurşun Ka'nın başının arkasından girmiş, sol gözünden çıkmıştı. Öteki iki kurşun kalp ve ciğerlerin çevresindeki damarları parçalamış, sırt ve göğüs kısmını deldiği kül rengi paltosunu kan içinde bırakmıştı.

"Arkadan olduğuna göre, onu izleyen kararlı biri," demişti yaşlı ve geveze bir dedektif. Belki de onu Hamburg'dan beri takip ediyordu. Polis başka ihtimaller üzerinde de durmuştu: Cinsel kıskançlık, Türkler arasında siyasi hesaplaşmalar gibi şeyler. Ka'nın istasyon civarındaki yeraltı dünyasıyla bir ilgisi yoktu. Fotoğrafına bakan tezgâhtarlar arada bir seks dükkânlarında gezindiğini, porno film seyredilen küçük odalara girdiğini polise söylemişlerdi. Ne doğru yanlış herhangi bir ihbar ne de "katili bulunsun" diye basın veya başka bir güçlü çevreden baskı geldiği için bir süre sonra polis işin ucunu bırakmıştı.

Amacı cinayeti soruşturmaktan çok unutturmakmış gibi davranan yaşlı ve öksürüklü dedektif Ka'yı tanıyanlarla randevu alıp görüşüyor, soruşturma sırasında da daha çok kendi anlatıyordu. Tarkut Ölçün Ka'nın Kars'a gidişinden önceki sekiz yılda hayatına girmiş iki kadından bu babacan ve Türksever dedektif sayesinde haberdar olmuştu. Biri Türk, biri Alman bu iki kadının telefonlarını defterime dikkatle yazdım. Kars'tan döndükten sonraki dört yılda Ka'nın hiçbir kadınla ilişkisi olmamıştı.

Kar altında hiç konuşmadan Ka'nın evine geri dönüp iri yarı, sevimli ve şikâyetçi ev sahibesini bulduk. Serin ve is kokan eski binanın çatı katını açarken öfkeli bir sesle evin kiraya verilmek üzere olduğunu, içerideki eşyaları, bütün bu pisliği biz almazsak atacağını söyleyip gitti. Hayatının sekiz yılını geçirdiği karanlık, basık ve küçük daireye girip Ka'nın çocukluğumdan beri bildiğim o benzersiz kokusunu duyunca gözlerim doldu. Annesinin elde ördüğü yün kazaklarından, okul çantasından ve evlerine gittiğimde odasından çıkan kokuydu bu; markasını bilmediğim ve sormayı akıl edemediğim bir Türk sabunundan geldiğini sanırdım.

Ka Almanya'daki ilk yıllarında halde hamallık, ev taşımacılığı, Türklere İngilizce öğretmenliği, boyacılık gibi işler yapmış, kendisini resmen "siyasal sürgün" olarak kabul ettirip "mülteci maaşı" almaya başladıktan sonra bu işleri bulduğu Türk halkevi çevresindeki komünistlerden kopmuştu. Sürgündeki Türk komünistleri

Ka'yı fazla içine kapalı ve "burjuva" buluyordu. Son on iki yılda Ka'nın diğer gelir kaynağı belediye kütüphanelerinde, kültür evi ve Türk derneklerinde yaptığı şiir okumalarıydı. Yalnızca Türklerin geldiği bu okumalardan (sayıları nadiren yirmiyi geçerdi) ayda üç tane yapar da beş yüz mark kazanırsa, dört yüz mark da siyasal sürgün maaşı aldığı için ay sonunu getirebiliyordu, ama çok seyrek oluyordu bu. Sandalyeler, küllükler kırık döküktü, elektrik sobası paslıydı. İlk başta ev sahibesinin sıkboğaz etmesine de sinirlendiğim için arkadaşımın bütün eşyalarını, saçlarının kokusunu taşıyan yastığı, lisede de taktığını hatırladığım kemerle kravatı, burnu tırnaklarıyla delinmesine rağmen "evde terlik gibi giydiğini" bana bir mektubunda yazdığı Bally ayakkabılarını, diş fırçasını ve fırçanın içinde durduğu kirli bardağı, üç yüz elli civarındaki kitabı, eski bir televizyon ile bana hiç bahsetmediği videoyu, yıpranmış ceketini ve gömleklerini, Türkiye'den getirdiği on sekiz yıllık pijamalarını odadaki eski bavula ve torbalara doldurup götürmeyi düşünüyordum. Ama asıl bulmayı umduğum ve odaya girer girmez Frankfurt'a onun için geldiğimi anladığım şeyi çalışma masasında göremeyince soğukkanlılığımı kaybettim.

Frankfurt'tan bana yolladığı son mektuplarında Ka dört yıllık bir çabadan sonra yeni şiir kitabını bitirdiğini sevinçle yazmıştı. Kitabın adı *Kar*'dı. Büyük çoğunluğunu aniden "gelen" ilham patlamalarıyla Kars'ta yeşil bir deftere yazmıştı. Kars'tan döndükten sonra kitabın kendisinin de farkında olmadığı "derin ve esrarlı" bir düzeni olduğunu sezmiş, Frankfurt'taki dört yılını kitabın "eksiklerini" tamamlayarak geçirmişti. Çile gerektiren yıpratıcı bir çabaydı bu. Çünkü Kars'ta sanki birisi kulağına fısıldayıveriyormuş gibi kolaylıkla gelen mısraları Frankfurt'ta hiç duyamıyordu Ka.

Bunun için büyük çoğunu Kars'ta bir ilhamla yazdığı kitabın gizli mantığını bulmaya girişmiş, kitaptaki eksikleri de bu mantığı izleyerek yazmıştı. Bana yolladığı son mektupta bütün bu çabanın nihayet sonuçlandığını, şiirleri kimi Alman şehirlerinde okuyarak deneyeceğini, her şeyin en sonunda gerektiği gibi yerli yerine oturduğuna karar verince de tek bir defterde taşıdığı kitabı daktilo edip bir kopyasını bana, bir kopyasını da İstanbul'daki yayımcısına yollayacağını yazmıştı. Kitabın arka kapağı için bir iki söz yazar, kitabın yayımcısı ortak dostumuz Fahir'e yollar mıydım?

Ka'nın bir şairden beklenmeyecek kadar tertipli çalışma masası karın ve akşam karanlığının içinde kaybolan Frankfurt'un çatılarına bakıyordu. Üzeri yeşil bir çuhayla kaplı masanın sağ kısmında Ka'nın Kars'ta geçirdiği günlerini ve yazdığı şiirleri yorumladığı defterler, solda o sırada okumakta olduğu kitaplarla dergiler vardı. Masanın tam ortasındaki hayali bir çizgiye bronz gövdeli bir lamba ve bir telefon aynı uzaklıkta yerleştirilmişti. Çekmecelere, kitapların, defterlerin arasına, sürgündeki pek çok Türk gibi tuttuğu gazete kesikleri koleksiyonuna, elbise dolabına, yatağının içine, banyo ve mutfaktaki küçük dolaplara, buzdolabının ve küçük çamaşır torbasının içine, evde içine bir defter sığabilecek her köşeye telaşla baktım. Bu defterin kaybolmuş olabileceğine inanamıyor, Tarkut Ölçün kar altındaki Frankfurt'u sigara içerek sessizce seyrederken ben aynı yerlere yeniden bakıyordum. Hamburg yolculuğunda yanına aldığı el çantasının içinde değilse, burada, evde bırakmış olmalıydı. Ka bir şiir kitabını bütünüyle bitirmeden hiçbir şiirin kopyasını çıkarmaz, bunun uğursuzluk olduğunu söylerdi, ama bana yazdığı gibi bitmişti artık kitap.

İki saat sonra, Ka'nın Kars'ta şiirlerini yazdığı yeşil defterin kaybolduğunu kabul etmek yerine, onun ya da en azından şiirlerin elimin altında olduğuna, ama telaştan bunu fark edemediğime inandırdım kendimi. Ev sahibesi kapıyı vururken masada, çekmecelerde bulabildiğim bütün defterleri, üzerinde Ka'nın el yazısını taşıyan bütün kâğıtları elime geçirdiğim plastik torbalara doldurdum. Videonun yanına gelişigüzel atılıvermiş olan (Ka'nın evine hiç misafir gelmediğinin bir kanıtı) porno kasetleri de üzerinde Kaufhof yazan bir alışveriş torbasına doldurdum. Uzun bir yolculuğa çıkmadan önce, yanına hayatının sıradan eşyalarından bir tanesini alan yolcu gibi Ka'dan son bir hatıra aradım kendime. Ama her zamanki kararsızlık buhranlarımdan birine kapıldım ve yalnız masasının üzerindeki küllüğü, sigara paketini, zarf açacağı olarak kullandığı bıçağı, başucundaki saati, kış geceleri pijamasının üzerine giydiği için onun kokusunu taşıyan yirmi beş yıllık lime lime yeleği, kız kardeşiyle Dolmabahçe rıhtımında çekilmiş fotoğrafını değil, kirli çoraplarından dolaptaki hiç kullanmadığı mendile, mutfaktaki çatallardan çöp tenekesinden çekip çıkardığım sigara paketine kadar pek çok şeyi bir müzeci aşkıyla torbalara doldurdum. İstanbul'daki son görüşmelerimizden birinde Ka bana, bundan sonra yazacağım romanı sormuş, ben de *Masumiyet Müzesi*'nin herkesten dikkatle sakladığım hikâyesini anlatmıştım.

Rehberimden ayrılıp otel odama çekilir çekilmez Ka'nın eşyalarını karıştırmaya başladım. Oysa bana verdiği yıkıcı hüzünden kurtulmak için arkadaşımı o gecelik unutmaya karar vermiştim. İlk iş porno kasetlere bir baktım. Otel odasında video yoktu ama kasetlerin üzerine kendi eliyle yazdığı notlardan arkadaşımın Melinda adlı bir Amerikan porno yıldızına özel ilgi duyduğunu anladım.

Ka'nın Kars'ta kendisine gelen şiirleri yorumladığı defterleri bu sırada okumaya başladım. Kars'ta yaşadığı bütün bu dehşeti ve aşkı Ka benden niye saklamıştı? Bunun cevabını çekmecelerde bulup torbaya attığım bir dosyadan çıkan kırka yakın aşk mektubundan aldım. Hepsi İpek'e yazılmıştı, hiçbiri yollanmamıştı, hepsi aynı cümleyle başlıyordu: "Canım, bunları sana yazıp yazmamayı çok düşündüm." Mektupların hepsinde Ka'nın başka bir Kars hatırası, İpek ile sevişmelerine ilişkin acı verici, göz yaşartıcı bir başka ayrıntı, Ka'nın Frankfurt'taki günlerinin sıradanlığını özetleyen bir iki gözlem vardı. (Von-Bethmann Parkı'nda gördüğü topal bir köpeği ya da Yahudi müzesinin hüzün verici çinko masalarını bana da yazmıştı.) Mektupların hiçbirinin katlanmamış olmasından Ka'nın onları zarfa koyacak kadar bile kararlılık gösteremediği anlaşılıyordu.

Bir mektupta "Bir sözünle oraya gelirim," diye yazmıştı Ka. Bir başka mektupta "Kars'a hiçbir zaman dönmeyeceğini, çünkü İpek'in kendisini daha fazla yanlış anlamasına izin vermeyeceğini" yazmıştı. Bir mektup kayıp bir şiire değiniyor, bir başkası ise okuyanda İpek'in bir mektubuna cevaben yazıldığı izlenimini uyandırıyordu. "Ne yazık ki mektubumu da yanlış anlamışsın," diye yazmıştı Ka. O akşam torbalardan çıkan bütün malzemeyi otel odasında yerlere, yatağın üstüne serip aradığım için İpek'ten Ka'ya tek bir mektup gelmediğinden emindim. Yine de haftalar sonra Kars'a gidip kendisiyle karşılaşınca Ka'ya hiç mektup yazmadığını sorup öğrendim İpek'ten. Yollayamayacağını daha yazarken bildiği bu mektuplarda Ka, niye İpek'in mektubuna cevap veriyormuş gibi yapıyordu?

Belki de hikâyemizin kalbine geldik. Başkasının acısını, aşkını anlamak ne kadar mümkündür? Bizden daha derin acılar, yokluklar, eziklikler içinde yaşayanları ne kadar anlayabiliriz? Anlamak eğer kendimizi bizden farklı olanın yerine koyabilmekse dünyanın zenginleri, hâkimleri, kenarlardaki milyarlarca garibanı hiç anlayabildiler mi? Romancı Orhan, şair arkadaşının zor ve acı hayatındaki karanlığı ne kadar görebilir?

"Bütün hayatım yoğun bir kayıp ve eksiklik duygusuyla yaralı bir hayvan gibi acı çekerek geçti. Belki de sana bu kadar şiddetle sarılmasaydım, sonunda seni o kadar kızdırmaz, başladığım yere, on iki yılda bulduğum dengeyi de kaybederek geri dönmezdim," diye yazmıştı Ka. "Şimdi içimde gene o dayanılmaz kayıp ve terk edilmişlik duygusu var, bu her yerimi kanatıyor. Bendeki eksikliğin bazan yalnız sen değil, bütün dünya olduğunu düşünüyorum," diye yazmıştı. Bunları okuyordum, ama anlıyor muydum?

Otel odasındaki mini bardan çıkarıp içtiğim viskilerden kafayı iyice bulunca akşamın geç saatinde çıkıp Melinda'yı araştırmak için Kaiserstrasse'ye yürüdüm.

Büyük, çok büyük zeytin rengi hüzünlü ve hafifçe şehla gözleri vardı. Teni beyaz, bacakları uzun, dudakları Divan şairlerinin kiraza benzeteceği küçük, ama etliydi. Yeterince ünlüydü: World Sex Center'in yirmi dört saat açık video kasetler bölümünde yirmi dakikalık bir araştırmada üzerinde adı olan altı kasetle karşılaştım. Daha sonra İstanbul'a götürüp seyrettiğim bu filmlerden Melinda'nın, Ka'nın içine işlemiş olabilecek yanlarını hissettim. Bacaklarının dibine çöktüğü erkek ne kadar çirkin ve kaba olursa olsun, adam zevkten inleyerek kendinden geçerken Melinda'nın solgun yüzünde analara özgü hakiki bir şefkat ifadesi beliriyordu. Giyimliyken (hırslı bir iş kadını, kocasının iktidarsızlığından şikâyetçi ev kadını, çapkın bir hostes) ne kadar kışkırtıcıysa çıplakken o kadar kırılgandı. Daha sonra Kars'a gidince hemen anlayacağım gibi, iri gözleri, iri sağlam gövdesi, halinde tavrında bir şey İpek'i çok andırıyordu.

Arkadaşımın hayatının son dört yılında pek çok vaktini işte bu türden kasetler izleyerek geçirdiğini söylememin yoksullara özgü bir hayalperestlik ve menkıbe düşkünlüğüyle Ka'da kusursuz ve aziz bir şair görmek isteyenlerde öfke uyandıracağını biliyorum. World Sex Center'da başka Melinda kasetleri bulmak için hayaletler kadar yalnız erkekler arasında gezinirken dünyanın gariban erkeklerini birleştiren tek şeyin, bir köşeye çekilip suçluluk duygularıyla porno kaset seyretmek olduğunu düşündüm. New York'ta 42. Sokak sinemalarında, Frankfurt'ta Kaiserstrasse'de ya da Beyoğlu'nun arka sokaklarındaki sinemalarda gördüklerim, bu gariban erkeklerin utanç, sefalet ve bir kaybolmuşluk duygusuyla film seyrederken ve film aralarında sefil lobilerde birbirleriyle göz göze gelmemeye çalışırken bütün milliyetçi önyargıları ve antropolojik kuramları şaşırtacak kadar birbirlerine benzediklerini kanıtlıyordu. Elimdeki kara plastik torbada Melinda kasetleriyle World Sex Center'dan çıkıp boş sokaklara iri tanelerle yağan karın altında otelime döndüm.

Lobideki uydurma barda iki tane daha viski içtim ve etkisini göstersin diye pencereden dışarıya yağan kara bakarak bekledim. Odama çıkmadan önce biraz kafayı bulursam artık bu akşam Melinda'ya ya da Ka'nın defterlerine takmam zannediyordum. Ama odaya girer girmez defterlerden birini gelişigüzel kaptım, elbiselerimi çıkarmadan kendimi yatağın üzerine attım ve okumaya başladım. Üç dört sayfa sonra karşıma işte şu kar tanesi çıktı.

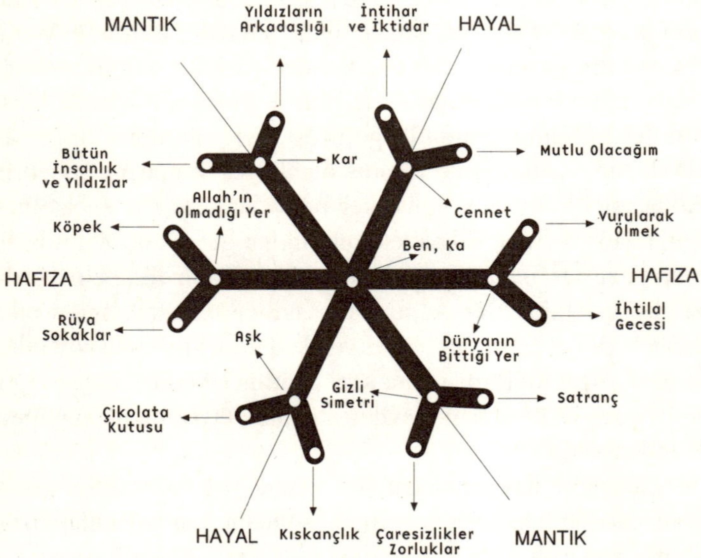

30

Bir daha ne zaman buluşacağız?

KISA SÜREN BİR MUTLULUK

Ka ile İpek seviştikten sonra birbirlerine sarılarak bir süre hiç kıpırdamadan yattılar. Bütün dünya öylesine sessiz ve Ka da öylesine mutluydu ki bu çok uzun bir süreymiş gibi geldi ona. Sırf bu yüzden bir sabırsızlığa kapıldı ve yataktan fırlayıp pencereden dışarıya baktı. Daha sonra o uzun sessizliğin hayatının en mutlu anı olduğunu düşünecek ve İpek'in kollarından çıkıp bu eşsiz mutluluk anını neden bitirdiğini soracaktı kendine. Bir telaş yüzünden diye cevaplayacaktı bu soruyu, sanki pencerenin öte yanında, kar içindeki sokakta bir şey olacaktı da ona yetişmesi gerekiyordu.

Oysa pencerenin öte yanında yağan kardan başka hiçbir şey yoktu. Elektrikler hâlâ kesikti ama, alt katta, mutfakta yanan bir mumun ışığı buzlu pencereden dışarıya sızıyor, ağır ağır inen kar tanelerini hafif turuncumsu bir ışıkla aydınlatıyordu. Ka hayatının en mutlu anını fazla mutluluğa dayanamadığı için kısa kestiğini de düşünecekti sonraları. Ama ilk anda, İpek'in kolları arasında yatarken o kadar mutlu olduğunu da bilmiyordu; bir huzur vardı içinde, bu da o kadar doğal bir şeydi ki, daha önceleri niye hayatını kahır ve telaş arası bir duyguyla geçirdiğini unutmuştu sanki. Bu huzur bir şiir öncesi sessizliğe de benziyordu ama şiir gelmeden önce dünyanın bütün anlamı çırılçıplak gözükür, bir coşku duyardı. Bu mutluluk anında içinde böyle bir aydınlanma yoktu; daha basit ve çocuksu bir saflık vardı: Dünyanın anlamını kelimeleri yeni öğrenen bir çocuk gibi söyleyiverecekti sanki.

Öğleden sonra kütüphanede kar tanelerinin yapısı hakkında okudukları tek tek aklına geldi. Kütüphaneye kar hakkında bir başka şiir gelirse hazırlıklı olmak için gitmişti. Ama şimdi şiir yoktu aklında. Kar tanelerinin ansiklopediden okuduğu çocuksu altıgen yapısını kendisine kar taneleri gibi teker teker gelen şiirlerin ahengine benzetti. Şiirlerin hepsinin daha derindeki bir anlama işaret etmesi gerektiğini o an düşünmüştü.

"Ne yapıyorsun orada?" dedi tam aynı anda İpek.

"Kara bakıyorum, canım."

Kar tanelerinin geometrik yapısında güzellikten öte bir anlam bulduğunu İpek'in sezdiğini hissediyor, ama bunun olamayacağını da aklının bir yanıyla biliyordu. Bir yandan İpek Ka'nın kendisinden başka bir şeyle ilgilenmesinden huzursuz oluyordu. İpek'e karşı kendini çok istekli ve bu yüzden fazlasıyla silahsız hissettiği için Ka bundan memnun oldu ve sevişmenin kendisine biraz olsun güç kazandırdığını anladı.

"Ne düşünüyorsun?" diye sordu İpek.

"Annemi," dedi Ka ve birden neden böyle dediğini anlayamadı, çünkü yeni ölmesine rağmen aklında annesi yoktu. Ama daha sonra o anı yeniden hatırlarken, Kars yolculuğumda aklımda hep annem vardı diye ekleyecekti.

"Annenin nesini?"

"Bir kış gecesi pencereden yağan kara bakarken saçlarımı okşayışını."

"Çocukken mutlu muydun?"

"İnsan mutluyken mutlu olduğunu bilmez. Yıllar sonra, çocukken mutlu olduğuma karar verdim: Aslında değildim. Ama sonraki yıllardaki gibi mutsuz da değildim. Mutlu olmakla ilgilenmezdim çocukluğumda."

"Ne zaman ilgilenmeye başladın?"

"Hiçbir zaman," diyebilmek isterdi Ka ama hem doğru değildi bu hem de fazla iddialıydı. Gene de böyle söyleyerek İpek'i etkilemek geçti bir an içinden, ama şimdi İpek'ten beklediği etkilenmekten daha derin bir şeydi.

"Mutsuzluktan hiçbir şey yapamaz olunca, mutluluğu düşünmeye başladım," dedi Ka. İyi mi etmişti bunu söylemekle? Sessizlikte endişelendi. Frankfurt'taki yalnızlığını ve yoksulluğunu anlatırsa İpek'i oraya gelmeye nasıl ikna edebilirdi? Kar tanelerini dağıtıveren telaşlı bir rüzgâr esti dışarıda, Ka yataktan çıkarken kapıldığı telaşa kapıldı, karnını ağrıtan aşk ve bekleyiş acısını şimdi daha da şiddetle hissetti. Az önce o kadar mutlu olmuştu ki, şimdi, bu mutluluğu kaybedebileceğini düşünmek aklını başından alıyordu. Bu da mutluluktan şüpheye düşürüyordu onu. "Benimle Frankfurt'a gelecek misin?" diye sormak istiyordu İpek'e, ama istediği cevabı vermez diye korkuyordu da.

Yatağa döndü, arkadan bütün gücüyle İpek'e sarıldı. "Bir dükkân var çarşıda," dedi. "Peppino di Capri'nin 'Roberta' adlı çok eski bir parçasını çalıyordu. Nereden bulmuşlar onu?"

"Kars'ta hâlâ şehri terk edememiş eski aileler vardır," dedi İpek. "En sonunda anneyle baba da ölünce, çocuklar eşyaları satıp giderler ve şehrin bugünkü fakirliğiyle hiç uyuşmayan tuhaf şeyler çıkar piyasaya. Sonbaharda İstanbul'dan gelip bu eski eşyaları ucuza kapatıp giden bir eskici vardı bir zamanlar. Artık o bile gelmiyor."

Ka az önceki eşsiz mutluluğu bir an yeniden bulduğunu sandı, ama aynı duygu değildi bu artık. O anı bir daha bulamama korkusu içinde birden hızla büyüdü, her şeyi önüne katıp sürükleyen bir telaşa dönüştü: Frankfurt'a gelmeye İpek'i asla ikna edemeyeceğini korkuyla sezdi.

"Hadi canım, kalkayım artık ben," dedi İpek.

"Canım" demesi, kalkarken dönüp onu tatlılıkla öpmesi bile Ka'yı yatıştırmadı.

"Bir daha ne zaman buluşacağız?"

"Babamı merak ediyorum. Polis onları izlemiş olabilir."

"Ben de merak ediyorum onları..." dedi Ka. "Ama bundan sonra ne zaman buluşacağımızı şimdi bilmek istiyorum."

"Babam oteldeyken bu odaya gelemem."

"Ama artık hiçbir şey aynı değil," dedi Ka. Karanlıkta hünerle ve sessizce giyinen İpek için her şeyin aynı olabileceğini bir an korkuyla düşündü. "Başka bir otele geçeyim ben, hemen oraya gelirsin," dedi. Kahredici bir sessizlik oldu. Kıskançlık ve çaresizlikten beslenen bir telaş Ka'yı çekip içine aldı. İpek'in başka bir sevgilisi daha olduğunu düşündü. Aklının bir yanı bunun tecrübesiz bir âşığın sıradan bir kıskançlığı olduğunu hatırlatıyordu, ama içindeki daha güçlü bir duygu da İpek'e bütün gücüyle sarılması, onunla arasındaki olası engellere hemen saldırması gerektiğini söylüyordu. İpek'e daha fazla ve hızla yaklaşmak için alelacele yapacağı, söyleyeceği şeylerin kendini zor duruma düşüreceğini sezdiği için kararsızlıkla sessiz kaldı.

31

Biz aptal değiliz, fakiriz biz yalnızca

ASYA OTELİ'NDEKİ GİZLİ TOPLANTI

Turgut Bey ile Kadife'yi, Asya Oteli'ndeki gizli toplantıya götürecek at arabasına Zahide'nin son anda yetiştirdiği ve pencereden bakarak İpek'i bekleyen Ka'nın ne olduğunu karanlıkta çıkaramadığı şey bir çift eski yün eldivendi. Turgut Bey toplantıya ne giyeceğine karar vermek için öğretmenlik yıllarından kalma biri siyah biri kurşuni iki ceketini, Cumhuriyet Bayramı törenlerinde ve teftiş günlerinde yanına aldığı fötr şapkasını, yıllardır yalnızca Zahide'nin oğlunun oyun olsun diye taktığı kareli kravatını yatağının üzerine sermiş, elbiselerine ve dolaplarının içine uzun uzun bakmıştı. Babasının baloda ne giyeceğine karar veremeyen hülyalı bir kadın gibi kararsızlık geçirdiğini görünce, Kadife giyeceklerini tek tek kendi seçmiş, gömleğini kendi eliyle düğmeleyip ceketini, paltosunu giydirmiş, köpek derisinden beyaz eldivenlerini son anda babasının küçük ellerine zorlanarak geçirmişti. Bu sırada Turgut Bey eski yün eldivenlerini hatırlayıp, "bulun" diye tutturmuş, İpek ile Kadife dolaplara, sandıkların diplerine bakıp bütün evi telaşla aramışlar, bulduktan sonra da eldivenlerdeki güve yeniklerini görünce onları bir yana atmışlardı. At arabasında Turgut Bey "Onlarsız gitmem" diye tutturmuş, yıllar önce solculuk ettiği için hapisteyken rahmetli karısının bu eldivenleri örüp getirdiğini anlatmıştı. Babasını ondan daha iyi tanıyan Kadife bu istekte hatıralara bağlılıktan çok korku olduğunu sezmişti hemen. Eldivenler geldikten sonra at arabası kar altında ilerlerken Kadife babasının hapishane hatıralarını (karısından gelen mektuplara gözyaşı dökmesi, kendi kendine Fransızca öğrenmesi, kış geceleri ellerine bu eldivenleri giyip uyuması) sanki ilk defa işitiyormuş gibi gözlerini açarak dinleyip "Siz çok cesur bir insansınız babacığım!" dedi. Bu sözü kızlarından her işittiğinde (son yıllarda az işitiyordu) olduğu gibi Turgut Bey'in gözleri nemlendi ve kızına sarılıp bir ürpertiyle öptü onu. At arabasının yeni girdiği sokaklarda elektrik kesilmemişti.

Arabadan indikten sonra "Buralarda ne dükkânlar açılmış," dedi Turgut Bey. "Dur şu vitrinlere bir bakalım." Kadife babasının ayaklarının geri geri gittiğini anladığı için fazla zorlamadı onu. Turgut Bey bir çayhanede ıhlamur içmek istediğini, peşlerinde bir hafiye varsa böylece onu da zorda bırakacaklarını söyleyince bir çayhaneye girip televizyondaki kovalamaca sahnesine bakarak sessizce oturdular. Çıkışta Turgut Bey'in eski berberiyle karşılaşınca, gene girip oturdular. "Acaba geç mi kaldık, ayıp mı olacak, hiç mi gitmesek?" dedi Turgut Bey şişman berberi dinler gibi yaparken kızına fısıldayarak. Kadife koluna girince de arka avluya değil, bir kırtasiyeci dükkânına girip, uzun uzun bir lacivert tükenmez seçti. Ersin Elektrik ve Tesisat Malzemeleri'nin arka kapısından iç avluya çıkıp, Asya Oteli'nin karanlık arka kapısına yöneldiklerinde Kadife babasının benzinin attığını gördü.

Otelin arka girişi sessizdi, baba kız birbirlerine iyice sokulup beklediler. Kimse yoktu peşlerinde. Birkaç adım sonra içerisi o kadar karanlıklaştı ki Kadife lobiye çıkan merdivenleri el yordamıyla bulabildi ancak. "Kolumdan çıkma," dedi Turgut Bey. Yüksek pencereleri kalın perdelerle kapatılmış lobi yarı karanlıktı. Resepsiyonda yanan solgun ve kirli bir lambadan süzülen ölü ışık tıraşsız ve hırpani bir kâtibin yüzünü zar zor aydınlatıyordu. Salonda gezinen, merdivenlerden inen bir-iki kişiyi karanlıkta ancak fark ettiler. Çoğu ya sivil polisti bu gölgelerin ya da hayvan ve odun kaçakçılığı, sınırdan kaçak işçi getirme gibi "gizli" işlerin adamlarıydılar. Seksen yıl önce zengin Rus tüccarlarının, daha sonraları Rusya ile ticaret için İstanbul'dan gelen Türklerin ve Ermenistan üzerinden Sovyetler Birliği'ne sınırdan casus sokan aristokrat kökenli ve çift taraflı İngiliz ajanlarının kaldığı otelde şimdi bavul ticareti ve orospuluk için Gürcistan ve Ukrayna'dan gelen kadınlar kalıyordu. Kars'ın köylerinden gelip bu kadınlara önce oda açan, sonra bu odalarda onlarla bir çeşit yarım evlilik hayatı yaşayan erkekler, akşamları son minibüslerle köylerine dönünce kadınlar odalarından çıkıp otelin karanlık barında çayla konyak içerlerdi. Bir zamanlar kırmızı halılarla kaplı ahşap merdivenleri çıkarlarken bu sarışın ve yorgun kadınlardan biriyle karşılaştılar ve Turgut Bey "İsmet Paşa'nın Lozan'da kaldığı Grand Hotel de böyle kozmopolitmiş," diye fısıldadı kızına, cebinden kalemini çıkardı. "Ben de Paşa'nın Lozan'da yaptığı gibi yepyeni bir kalemle bildiriye imzamı atacağım," dedi. Kadife babasının merdiven aralarında dinlenmek için mi, gecikmek için mi uzun uzun durduğunu çıkaramıyordu. 307 numaralı odanın kapısında "Hemen imzalar çıkarız," dedi Turgut Bey.

İçerisi öyle kalabalıktı ki, ilk anda Kadife yanlış bir odaya girdiklerini düşündü. Pencerenin kenarında Lacivert'in iki genç İslamcı militanla surat asarak oturduğunu görünce babasını o yana çekip oturttu. Tepede yanan çıplak bir ampulle bir sehpanın üzerindeki balık şeklindeki lambaya rağmen oda iyi aydınlanmamıştı. Kuyruğu üzerinde dimdik dururken açılmış ağzıyla bir ampul tutan bu bakalit balığın gözünde bir devlet mikrofonu gizliydi.

Fazıl da odadaydı; Kadife'yi görür görmez ayağa kalkmış, ama Turgut Bey'e saygıdan ayağa kalkan ötekilerle birlikte hemen yerine oturmamış, bir süre büyülenmiş gibi hayran hayran bakmıştı. Odadaki birkaç kişi onun bir şey söyleyeceğini sanmıştı, ama Kadife fark etmemişti bile onu. Dikkati ilk anda Lacivert ile babası arasında beliren gerilimdeydi.

Lacivert, *Frankfurter Rundschau*'da yayımlanacak bildiriyi Kürt milliyetçisi sıfatıyla imzalayacak kişinin bir ateist olmasının Batılıları etkileyeceğine ikna olmuştu. Ama zorlukla ikna edilen soluk yüzlü ince delikanlı bildiriye konulacak ifade konusunda dernek arkadaşlarıyla fikir ayrılığına düşmüştü. Şimdi üçü birlikte, gergin bir şekilde oturmuş söz sıralarını bekliyorlardı. Dağdaki Kürt gerillalara hayranlık duyan işsiz, güçsüz ve öfkeli Kürt gençlerinin toplandığı, merkezi üyelerden birinin evi olan bu dernekler ikide bir kapatıldığı, yöneticileri sürekli tutuklanıp, dövülüp, işkence gördüğü için bu gençleri darbeden sonra bulmak zor olmuştu. Bir başka sorun da dağdaki savaşçıların bu gençleri şehrin sıcak odalarında keyif çatmakla, Türkiye Cumhuriyeti Devleti'yle uzlaşmakla suçlamalarıydı. Derneğin artık dağlara yeterince gerilla adayı çıkaramadığı yolundaki bu suçlamalar, hâlâ hapse düşmemiş birkaç üyesinin maneviyatını iyice bozmuştu.

Toplantıya, bir önceki kuşaktan, otuz yaşlarında iki de "sosyalist" katılmıştı. Alman basınına verilecek bir bildiri olduğunu övünmek ve biraz da akıl danışmak için konuyu açan dernekli Kürt gençlerden öğrenmişlerdi. Eli silahlı sosyalistler Kars'ta artık eskisi gibi güçlü olmadıkları, yol kesmek, polis öldürmek, bombalı paket bırakmak gibi eylemleri ancak Kürt gerillaların izni ve yardımıyla yapabildikleri için erken yaşlanmakta olan bu militanlarda bir eziklik vardı. Avrupa'da hâlâ pek çok Marksist olduğunu söyleyip toplantıya çağrılmadan gelmişlerdi. Duvar dibinde, canı çok sıkılıyormuş pozunda oturan eski sosyalistin yanındaki temiz yüzlü, rahat görünüşlü arkadaşı toplantının ayrıntılarını devlete bildireceği için de ayrıca bir heyecan duyuyordu. Kötü niyetten değil, örgütlerin polis tarafından lüzumsuz yere hırpalanmasına engel olmak için yapardı bu işi. Küçümsediği, zaten çoğunu sonradan gereksiz bulduğu eylemleri devlete biraz sıkılarak ihbar eder, öte yandan da yüreğinin isyanıyla bu eylemde yer almaktan gurur duyar, kurşunlama, adam kaçırıp dövme, bombalama, öldürme vakalarını bu gururla herkese anlatırdı.

Polisin odayı dinlediğinden, en azından kalabalık içine birkaç muhbir yerleştirdiğinden herkes o kadar emindi ki, başta kimse konuşmadı. Konuşanlar da pencereden dışarı bakıp karın hâlâ yağmakta olduğunu söylüyor ya da "sigaralarınızı yerde söndürmeyin" diye birbirlerini uyarıyorlardı. Kürt gençlerinden birinin odada hiç dikkat çekmeyen teyzesinin ayağa kalkıp oğlunun nasıl kaybolduğunu (bir akşam kapıyı çalıp, alıp götürmüşlerdi) anlatmaya başlamasına kadar sessizlik sürdü. Turgut Bey kayıp gencin yarım kulak dinlediği bu hikâyesinden huzursuz oldu. Kürt delikanlıların gece yarısı kaçırılıp öldürülmesini çok iğrenç bulduğu gibi, onun "masum" olduğunun söylenmesine de bir içgüdüyle içerliyordu. Kadife babasının elini tutarken Lacivert'in bezgin ve alaycı yüzünü okumaya çalıştı. Lacivert bir tuzağa düşürüldüğünü düşünüyor, ama çıkarsa herkesin aleyhine konuşacağından endişelenerek istemeye istemeye oturuyordu. Daha sonra: 1. Fazıl'ın yanında oturan ve aylar sonra eğitim enstitüsü müdürünün öldürülmesiyle ilgili olduğu kanıtlanan "İslamcı" delikanlı bu cinayeti bir devlet ajanının işlediğini kanıtlamaya girişti. 2. Devrimciler hapishanedeki arkadaşlarının açlık grevine ilişkin uzun uzun bilgi verdiler. 3. Dernekli üç Kürt genci *Frankfurter Rundschau*'da yayımlanmazsa imzamızı çekiyoruz tehdidiyle Kürt kültür ve edebiyatının dünya tarihi içerisindeki yerine ilişkin uzunca bir metni dikkatle ve kızararak okudular.

Kayıp annesi dilekçesini kabul edecek "Alman gazeteci"nin nerede olduğunu sorunca Kadife ayağa kalktı ve Ka'nın Kars'ta olduğunu ve bildirinin "tarafsızlığına" gölge düşürmemek için toplantıya gelmediğini yatıştırıcı bir sesle anlattı. Odadakiler bir siyasal toplantıda bir kadının ayağa kalkıp böyle güvenle konuşmasına alışık değillerdi; bir anda herkes saygı duydu ona. Kayıp annesi Kadife'ye sarılıp ağladı. Kadife de Almanya'daki gazetede yayımlanması için her şeyi yapacağına söz verip ondan oğlunun adı yazılı bir kâğıt aldı.

İyi niyetle muhbirlik eden solcu militan, bir defter kâğıdına el yazısıyla yazdığı bildirinin ilk taslağını bu sırada çıkarıp, tuhaf bir şekilde poz yaparak okudu.

Taslağın başlığı "Kars'ta Olanlar Konusunda Avrupa Kamuoyuna Duyuru" idi. Bir an herkesin hoşuna gitti bu. O sırada hissettiklerini Fazıl daha sonra Ka'ya "Kendi küçük şehrimin bir gün dünya tarihine katılabileceğini ilk defa hissettim!" diye gülümseyerek anlatacak, bu da Ka'nın "Bütün İnsanlık ve Yıldızlar" adlı şiirine girecekti. Lacivert'in de içgüdüsel olarak hemen karşı çıktığı şey buydu: "Avrupa'ya seslenmiyoruz," diye açıkladı, "bütün insanlığa sesleniyoruz. Bildirimizi Kars'ta veya İstanbul'da değil de Frankfurt'ta yayımlatabilmemiz şaşırtmasın arkadaşlarımızı. Avrupa kamuoyu bizim dostumuz değil, düşmanımızdır. Biz onlara düşman olduğumuz için değil, onlar içgüdüsel olarak bizi küçümsedikleri için."

Bildiri taslağını yazan solcu bizleri bütün insanlığın değil, Avrupalı burjuvaların küçümsediğini söyledi. Yoksullar, işçiler bizim kardeşlerimizdi, ama tecrübeli arkadaşı dahil kimse ona inanmadı.

"Avrupa'da kimse bizim gibi yoksul değil," dedi üç Kürt gencinden biri.

"Oğlum siz hiç Avrupa'ya gittiniz mi?" diye sordu Turgut Bey.

"Henüz ben fırsat bulamadım, ama eniştem Almanya'da işçi."

Hafifçe gülüşüldü buna. Turgut Bey sandalyesinde doğruldu. "Benim için çok şey ifade etmesine rağmen ben de hiç gitmedim Avrupa'ya," dedi. "Gülünç değil bu. Aramızda Avrupa'ya gitmiş olanlar lütfen elini kaldırsın." Almanya'da yıllarca bulunmuş Lacivert dahil hiç kimse elini kaldırmadı.

"Ama hepimiz de Avrupa'nın ne anlama geldiğini biliyoruz," diye devam etti Turgut Bey. "Avrupa bizim insanlık içindeki geleceğimizdir. Bu yüzden beyefendi –Lacivert'i işaret etti– Avrupa yerine bütün insanlık diyorsa, bildirimizin başlığını öyle değiştirebiliriz."

"Avrupa benim geleceğim değil," dedi Lacivert gülümseyerek. "Yaşadığım sürece onları taklit etmeyi, onlara benzemediğim için kendimi aşağılamayı hiç düşünmüyorum."

"Bu ülkede yalnızca İslamcıların değil, cumhuriyetçilerin de milli onuru var..." dedi Turgut Bey. "Avrupa yerine insanlık yazılırsa ne oluyor?"

"Kars'ta Olanlar Konusunda İnsanlığa Duyuru!" diye okudu metnin yazarı. "Fazla iddialı oluyor."

Turgut Bey'in önerisi üzerine "insanlık" yerine "Batı" denmesi düşünüldü, ama buna da Lacivert'in yanındaki gençlerden sivilceli yüzlü olanı karşı çıktı. Kürt gençlerden cırlak sesli olanının önerisiyle yalnızca "bir duyuru" ifadesinin kullanılması üzerine anlaştılar.

Bildiri taslağı, böyle durumlarda olduğunun tersine, kısacıktı. Kars'ta yapılmak üzere olan seçimleri tam İslamcı ve Kürt adayların kazanacağı açıkça ortaya çıkmışken bir askerî darbenin "sahnelendiğinin" anlatıldığı ilk cümlelere kimse sesini çıkarmamıştı ki, Turgut Bey karşı çıktı: Kars'ta Avrupalıların kamuoyu yoklaması dedikleri şeyin zerresinin olmadığını, seçmenin seçimden bir gece önce, hatta sabah sandığa giderken sudan bir nedenle fikrini değiştirip aklındakinin tam tersi bir partiye oy atmasının burada sıradan bir şey olduğunu, bu yüzden kimsenin seçimleri filanca adayın kazanacağını söyleyemeyeceğini anlattı.

Bildiri taslağını hazırlayan solcu muhbir militan cevap verdi ona: "Darbenin seçimden önce ve seçim sonuçlarına karşı yapıldığını herkes biliyor."

"Bir tiyatro takımı en sonunda bunlar," dedi Turgut Bey. "Kar yolları kestiği için bu kadar başarılı oldular. Birkaç gün içinde her şey normale döner."

"Darbeye karşı değilseniz niye buraya geldiniz?" dedi bir başka genç.

Lacivert'in yanında oturan pancar gibi kıpkırmızı yüzlü bu saygısızın sözünü Turgut Bey'in işitip işitmediği anlaşılamadı. Aynı anda Kadife ayağa kalktı (konuşurken bir tek o ayağa kalkıyordu ve kendi dahil kimse bunun tuhaflığının farkında değildi), babasının siyasi fikirlerinden ötürü yıllarca hapis yattığını ve devlet zulmüne her zaman karşı olduğunu söyledi gözleri öfkeyle parlayarak.

Babası hemen paltosundan çekip oturttu onu. "Sorunuza cevabımdır," dedi. "Ben bu toplantıya Avrupalılara Türkiye'de de demokrat ve sağduyulu insanlar olduğunu kanıtlamak için geldim."

"Büyük bir Alman gazetesi bana iki satır yer açsaydı ben ilk bunu kanıtlamaya çalışmazdım hiç," dedi kırmızı yüzlü alaycı bir sesle, başka şeyler de söyleyecekti galiba, ama Lacivert kolundan tutup uyardı onu.

Bu kadarı Turgut Bey'i bu toplantıya geldiğine pişman etmeye yetti. Buraya geçerken uğradığına hemen inandırdı kendini. Kafası bambaşka şeylerle meşgul birinin havasıyla ayağa kalkıp kapıya doğru bir iki adım atmıştı ki gözü dışarıda Karadağ Caddesi'ne yağan kara takıldı ve pencereye yürüdü. Kadife de sanki o destek olmazsa babası hiç yürüyemezmiş gibi koluna girdi. Baba kız kar altındaki sokaktan geçen bir at arabasına, dertlerini unutmak isteyen mahzun çocuklar gibi uzun uzun baktılar.

Dernekli üç Kürt gencinden cırlak sesli olanı da merakını yenemeyip pencereye sokuldu, baba kızla birlikte aşağıya, sokağa bakmaya başladı. Odadaki kalabalık da yarı saygılı, yarı endişeli bir havayla onları izliyor, bir baskın korkusu, bir huzursuzluk hissediliyordu. Taraflar bu telaş içinde bildirinin geri kalanı üzerinde çok kısa sürede uzlaşmaya vardılar.

Bildiride askerî darbeyi bir avuç maceracının yaptığını belirten bir ifade vardı. Lacivert buna itiraz etti. Yerine önerilen daha kapsamlı tanımlar da Batılılara sanki bütün Türkiye'de askerî darbe yapılmış izlenimi verecek diye şüpheyle karşılandı. Böylece "Ankara'nın desteklediği yerel darbe," ifadesinde anlaşıldı. Darbe gecesi vurulan, tek tek evlerinden alınıp öldürülen Kürtlere ve imam hatip liseli öğrencilere yapılan zulüm ve işkenceye de kısaca yer verildi. "Halka topyekûn bir saldırı" ifadesi "halka, maneviyatına ve dinine bir saldırı" şeklini aldı. Son cümlede yapılan değişiklikle artık yalnız Batı kamuoyu değil, bütün dünya Türkiye Cumhuriyeti Devleti'ni protesto etmeye çağırılıyordu. Turgut Bey bu ifade okunurken bir an göz göze geldiği Lacivert'in mutlu olduğunu hissetti. Burada olduğu için bir pişmanlık geçti içinden.

"Kimsenin bir itirazı kalmadıysa lütfen hemen imzalayalım," dedi Lacivert. "Çünkü bu toplantı her an basılabilir." Oklarla düzeltme balonları ve karalamalarla arapsaçına dönmüş bildirinin altına bir an önce imzasını atıp sıvışmak için odanın ortasında herkes birbirine girdi. Birkaç kişi işlerini bitirmiş çıkıyordu ki Kadife bağırdı.

"Durun, babam bir şey söyleyecek!"

Bu, telaşı daha da artırdı. Lacivert kırmızı yüzlü genci kapıya yollayıp çıkışı tutturdu. "Kimse dışarı çıkmasın," dedi. "Şimdi Turgut Bey'in itirazını dinleyelim."

"Bir itirazım yok," dedi Turgut Bey. "Ama imzamı atmadan önce bir şey istiyorum bu delikanlıdan." Bir an düşündü. "Yalnız ondan değil, buradaki herkesten istiyorum bunu." Az önce kendisiyle tartışan, şimdi de kimse kaçmasın diye kapıyı tutan kırmızı yüzlü genci işaret etti. "Önce bu delikanlı, sonra hepiniz şimdi soracağım soruya cevap vermezseniz bildiriyi imzalamayacağım." Ne kadar kararlı olduğunu anladı mı diye Lacivert'e döndü.

"Sorun lütfen sorunuzu," dedi Lacivert. "Cevap vermek elimizdeyse memnuniyetle cevaplarız."

"Demin güldünüz bana. Şimdi hepiniz söyleyin: Büyük bir Alman gazetesi size iki satır yer açsa Batılılara ne derdiniz? Önce o söylesin."

Kırmızı yüzlü delikanlı güçlü kuvvetli ve her konuda iddialıydı ama böyle bir soruya hazır değildi. Kapının kulpuna daha da sarılırken bakışlarıyla Lacivert'ten yardım diledi.

"İki satırcık da olsa içinden gelen şeyi hemen söyle de gidelim," dedi Lacivert zoraki gülümseyerek. "Yoksa polis basacak burayı."

Kırmızı yüzlü gencin bakışları çok önemli bir sınavda cevabını çok iyi bildiği bir soruyu hatırlamaya çalışır gibi uzaklara bir gidip bir geliyordu.

"İlk ben söyleyeyim o zaman," dedi Lacivert. "Avrupalı efendiler bana vız geliyor... Bana gölge etmesinler yeter derdim mesela... Ama zaten gölgeleri altında yaşıyoruz."

"Yardım etmeyin ona, kendi kalbinden geleni söyleyecek," dedi Turgut Bey. "Siz en son söylersiniz." Kararsızlıkla kıvranan kırmızı yüzlü delikanlıya gülümsedi. "Karar vermek zordur. Yaman bir meseledir çünkü bu. Kapı eşiğinde dikilerek çözülmez."

"Bahane, bahane!" dedi arkalardan biri. "Bildiriyi imzalamak istemiyor."

Herkes kendi düşüncelerine çekildi. Birkaç kişi pencereye gidip kar altındaki Karadağ Caddesi'nden geçen bir at arabasına dalgın dalgın baktı. Bu "büyülü sessizlik" anını daha sonra Fazıl Ka'ya anlatırken "Sanki o an hepimiz her zamankinden daha da kardeş olmuştuk," diyecekti. Sessizliği yukarılardan, karanlığın içinden geçen bir uçağın gürültüsü kesti ilk. Herkes bir an dikkatle uçağı dinlerken "Bu bugün geçen ikinci uçak," diye fısıldadı Lacivert.

"Ben çıkıyorum!" diye bağırdı biri.

Kimsenin dikkat etmediği otuz yaşlarında, soluk yüzlü, soluk ceketli bir adamdı bu. Odadaki iş güç sahibi üç kişiden biriydi. Sigorta Hastanesi'nde aşçıydı ve ikide bir saatine bakıyordu. İçeriye kayıp aileleriyle birlikte girmişti. Daha sonra anlatılanlara göre, siyasete meraklı ağabeyi bir gece karakola ifadesi alınmak için götürülmüş, bir daha da geri gelmemişti. Söylentilere göre kayıp ağabeyinin güzel karısıyla evlenebilmek için devletten bir "ölü" kâğıdı almak istemişti bu adam. Bu amaçla ağabeyinin kaçırılmasından bir yıl sonra başvurduğu emniyet, gizli istihbarat servisleri, savcılık ve askerî garnizondan kovulmuş, bir intikam isteğinden çok, konuyu bir tek onlarla konuşabildiği için son iki aydır kayıp ailelerine katılmıştı.

"Arkamdan korkak diyeceksiniz. Korkak sizsiniz. Korkak sizin Avrupalılarınız. Onlara öyle dediğimi yazın." Kapıyı vurup çıktı.

Hans Hansen Bey'in kim olduğu bu sırada soruldu. Kadife'nin korktuğunun tersine Lacivert bu sefer son derece nazik bir dille onun Türkiye'nin "problemleriyle" içtenlikle ilgilenen, iyi niyetli bir Alman gazeteci olduğunu söyledi.

"Alman'ın asıl iyi niyetlisinden korkacaksın!" dedi arkadan biri.

Pencerenin kenarında dikilen kara ceketli bir adam bildiriden başka özel demeçlerin de yayımlanıp yayımlanmayacağını sordu. Kadife bunun mümkün olduğunu söyledi.

"Arkadaşlar, söz almak için korkak ilkokul çocukları gibi birbirimizi beklemeyelim," dedi biri.

"Liseye gidiyorum," diye söze başladı dernekli diğer Kürt genci. "Bu söyleyeceklerimi daha önceden de düşünmüştüm."

"Bir gün bir Alman gazetesine demeç vereceğinizi mi düşünmüştünüz?"

"Evet, aynen öyle," dedi delikanlı son derece makul bir sesle, ama çok tutkulu bir hali de vardı. "Bir gün önüme bir fırsat geleceğini ve dünyaya fikrimi söyleyeceğimi hepiniz gibi ben de gizli gizli düşünmüştüm."

"Ben hiç düşünmüyorum böyle şeyleri..."

"Çok basit benim söyleyeceğim," dedi tutkulu genç. "Bunu yazsın Frankfurt gazetesi: Biz aptal değiliz! Fakiriz biz yalnızca! Bu ayrımın yapılmasını istemek hakkımız."

"Estağfurullah."

"Biz dediğiniz kim oluyor efendim," diye soruldu arkadan.

"Türkler mi, Kürtler mi, Yerliler mi, Terekemeler mi, Azeriler mi, Çerkezler mi, Türkmenler mi, Karslılar mı?.. Kim?"

"Çünkü insanoğlunun en büyük yanılgısı," diye devam etti dernekli tutkulu genç, "binlerce yıllık en büyük aldatmaca budur: Fakir olmak ile aptal olmak hep birbirine karıştırılmıştır."

"Aptal olmak nedir, bunu da açıklasın."

"Gerçi insanlığın şerefli tarihinde bu utanç verici akıl karışıklığını fark edip fakirlerin de bir bilgisi, bir insanlığı, bir zekâsı, bir kalbi olduğunu söyleyen din adamları, ahlaklı kişiler hep olmuştur. Hans Hansen Bey fakir bir adam görürse acır ona. Bu yoksulun fırsatlarını boşa harcamış bir aptal olduğunu, iradesiz bir sarhoş olduğunu düşünmez hemen belki."

"Hansen Bey'i bilmem ama bir yoksul görünce herkes böyle düşünüyor artık."

"Lütfen dinleyin," dedi tutkulu Kürt genci. "Fazla konuşmayacağım. Tek tek yoksullara belki acınır ama bir millet fakir olunca bütün dünya hemen o milletin aptal, kafasız olduğunu, tembel, pis ve beceriksiz bir millet olduğunu düşünür ilk. Onlara acınacağına, gülünür. Kültürleri, töreleri, âdetleri gülünç bulunur. Daha sonra bazan bu düşüncelerinden utanırlar da gülmeyi bırakıp o milletten göçmen işçiler yerleri siliyor, en berbat işlerde çalışıyorsa isyan etmesinler diye onların kültürlerini ilginç buluyormuş, hatta eşitmişler gibi bile davranırlar."

"Hangi milletten söz ediyorsa söylesin artık."

"Şunu da ben ekleyeyim," diye araya girdi öteki Kürt genci. "Birbirlerini öldüren, katleden, zulüm edenlere insanoğlu ne yazık ki gülemiyor bile artık. Almanya'daki eniştemin geçen yaz Kars'a gelince anlattıklarından anladım bunu. Artık dünyanın zalim milletlere tahammülü yok."

"Yani Batılılar adına bizi tehdit mi ediyorsunuz?"

"Böylece," diye devam etti tutkulu Kürt genci, "bir Batılı, fakir bir milletten birine rastladı mı önce o kişiye karşı içgüdüsel olarak bir küçümseme duyar. Aptal bir milletin mensubu olduğu için bu adam bu kadar fakirdir, diye düşünür hemen. Büyük ihtimal bu adamın kafasının içi de bütün milletini fakir ve zavallı düşüren aynı saçmalıklar ve aptallıklarla doludur, diye düşünür Batılı."

"Haksız da sayılmaz hani..."

"Sen de o kendini beğenmiş yazar gibi bizleri aptal buluyorsan açık konuş. O Allahsız ateist hiç olmazsa ölüp cehenneme gitmeden önce, televizyonda canlı yayına çıkıp bütün Türk milletini aptal bulduğunu hepimizin gözlerinin içine bakarak cesaretle söyleyebilmişti."

"Affedersiniz ama canlı yayına çıkan kişi televizyonda kendisini seyredenlerin gözlerinin içini göremez."

"Beyefendi 'gördü' demedi, 'bakıyordu' dedi," dedi Kadife.

"Lütfen arkadaşlar, açık oturumdaymışız gibi birbirimizle karşılıklı tartışmayalım," dedi not tutan solcu katılımcı. "Ayrıca yavaş konuşalım."

"Sözünü ettiği hangi millettir mertçe söylemedikçe ben susmayacağım. Bir Alman gazetesine bizleri aşağılayan bir demeç verilmesinin vatan hainliği olduğunu bilelim."

"Vatan haini değilim. Ben de sizinle aynı fikirdeyim," diyerek ayağa kalktı tutkulu Kürt genci. "Bu yüzden bir gün fırsat olsa, bana vize verseler bile Almanya'ya gitmeyeceğimin yazılmasını istiyorum."

"Kimse vermez senin gibi işsiz güçsüze Avrupa vizesi."

"Vizeden evvel devlet ona pasaport vermez."

"Evet, vermezler," dedi tutkulu genç alçakgönüllülükle. "Gene de verseler ve ben de gitsem ve sokakta karşılaşacağım ilk Batılı adam da iyi biri çıksa ve beni aşağılamasa bile, bu sefer ben sırf Batılı olduğu için bu adamın beni küçümsediğini zannedip huzursuz olacağım. Almanya'da Türkiye'den gelenler her hallerinden belli oluyormuş çünkü... O zaman aşağılanmamak için yapılacak tek şey, bir an önce onlara onlar gibi düşündüğünü kanıtlamak. Bu da hem imkânsız, hem daha da gurur kırıcı bir şey."

"Oğlum, sözünün başı kötüydü, ama sonunu iyi getirdin," dedi ihtiyar Azeri gazeteci. "Gene de Alman gazetesine yazdırmayalım bunu, bizimle alay ederler..." Bir an sustu, sonra kurnazca soruverdi: "Sözünü ettiğiniz millet hangisidir?"

Dernekli delikanlı hiç cevap vermeden yerine oturunca, "Korkuyor!" diye seslendi ihtiyar gazetecinin yanında oturan oğlu.

"Korkmakta haklı," "O sizin gibi devlet hesabına çalışmıyor," diye cevap yetiştirdiler ama ne ihtiyar gazeteci, ne de oğlu bundan alındı. Hep bir ağızdan konuşmak, arada yapılan şakalar, takılmalar odadakileri bir oyun ve eğlence havasıyla birbirine bağlamıştı. Daha sonra olup bitenleri Fazıl'dan dinleyen Ka, defterine bu tür siyasal toplantıların saatlerce sürebileceğini, bunun için tek şartın sigara içen çatık kaşlı ve bıyıklı erkekler kalabalığının eğlendiğini hiç fark etmeden eğlenmesi olduğunu yazmıştı.

"Bizler Avrupalı olamayız!" dedi bir başka İslamcı genç mağrur bir havayla. "Bizi zorla onların kalıbına sokmaya çalışanlar, tankla ve tüfekle canımızı yaka yaka sonunda bu işi yapabilirler belki. Ama ruhumuzu asla değiştiremezler."

"Vücuduma sahip olabilirsiniz ama ruhuma asla," diyerek Türk filmlerinden çıkan bir sesle alay etti Kürt gençlerinden biri.

Herkes güldü buna. Söz alan delikanlı da hoşgörülü bir şekilde bu gülüşmeye katıldı.

"Ben de bir şey söyleyeceğim," diye atıldı Lacivert'in yanında oturan gençlerden biri. "Her ne kadar arkadaşlarımız Batı taklitçisi onursuzlar gibi konuşmuyorlarsa da gene de burada Avrupalı olmadığımız için bir özür dileme, bir kusura bakmayın havası var." Not alan deri ceketli adama döndü. "Bu öncekileri yazma canım lütfen!" dedi nazik bir kabadayı edasıyla. "Şimdi yaz: Ben Avrupalı olmayan yanımla onur duyuyorum. Avrupalı'nın çocuksu, zalim ve ilkel bulduğu her şeyimle gururlanıyorum. Onlar güzelse ben çirkin olacağım, onlar akıllıysa ben aptal olacağım, onlar modernse ben saf kalacağım."

Hiç de onay verilmedi bu sözlere. Odada söylenen her söze bir şakayla karşılık verildiği için gülümsendi biraz. Birisi de "Zaten aptalsın!" diye araya bir laf sokuşturdu, ama tam bu sırada iki solcudan yaşlı olanı ile kara ceketli adam yoğun bir öksürük buhranına yakalandıkları için bunu kimin dediği anlaşılamadı.

Kapıyı tutan kırmızı yüzlü delikanlı bu sırada atılarak bir şiir okumaya başladı: "Avrupa, ah Avrupa / Dur bakalım orada / Kendimizle rüyada / Uymayalım şeytana," diye başlıyordu şiir. Devamını öksürükler, atılan laflar ve kahkahalar yüzünden Fazıl zar zor işitmişti. Ama gene de şiirin kendisinden değil, ona yönelik itirazlardan hatırladıklarını Ka'ya nakletmiş, bu ayrıntılardan üçü hem Avrupa'ya verilecek iki satırlık cevapların yazıldığı kâğıda hem de Ka'nın az sonra yazacağı "Bütün İnsanlık ve Yıldızlar" adlı şiirine geçmişti:

1. "Korkmayalım oradan, korkulacak bir şey yok orada," diye bağırmıştı orta yaşa yaklaşan eski solcu militan.

2. İkide bir "Hangi milleti kastediyorsunuz," diye soran Azeri

kökenli ihtiyar gazeteci "Türklüğümüzden ve dinimizden vazgeçmeyelim," dedikten sonra Haçlı Seferleri'nin, Yahudi katliamının, Amerika'da öldürülen Kızılderililerin, Cezayir'de Fransızların katlettiği Müslümanların uzun bir dökümünü yaparken kalabalığın içindeki bozguncu, "Kars'taki ve bütün Anadolu'daki milyonlarca Ermeni'nin nerede olduğunu" sinsice sormuş, not tutan muhbir ona acıdığından kim olduğunu kâğıda yazmamıştı.

3. "Bu kadar uzun ve saçma bir şiiri kimse hakkıyla çevirmez ve Bay Hans Hansen de gazetesinde yayımlamaz," dedi biri. Bu da odadaki şairlerin (üç taneydiler), Türk şairinin dünyadaki bahtsız yalnızlığından yakınmaları için bir vesile oldu.

Kırmızı yüzlü delikanlı saçmalığı ve ilkelliği konusunda herkesin anlaştığı şiirini ter içinde bitirince birkaç kişi alaycı bir şekilde alkışladı. Alman gazetesinde yayımlanırsa bu şiirin "bizimle" daha da çok alay edilmesine yarayacağı söyleniyordu ki, eniştesi Almanya'da olan Kürt genci şikâyet etti.

"Onlar şiir yazar, şarkı söylerlerse bütün insanlık adına konuşurlar. Onlar insandır, biz ise Müslümanız yalnızca. Biz yazsak etnik şiir olur."

"Benim mesajım şudur. Yazın," dedi kara ceketli adam. "Eğer Avrupalılar haklıysa ve bizim onlara benzemekten başka bir geleceğimiz ve kurtuluşumuz yoksa, bizi bize daha da çok benzeten saçmalıklarla oyalanmamız ahmakça bir vakit kaybından başka bir şey değildir."

"Bizi de Avrupalılara en aptal gösterecek laf budur."

"Aptal gözükecek milletin hangisi olduğunu artık mertçe söyleyin lütfen."

"Sanki Batılılardan çok akıllı, çok değerliymişiz gibi davranıyoruz beyler, ama bugün Almanlar Kars'ta bir konsolosluk açıp herkese bedava vize verseler yemin ediyorum bütün Kars bir haftada boşalır."

"Yalan bu. Daha demin şu arkadaşımız vize verseler de gitmeyeceğini söyledi. Ben de gitmem, burada onurumla kalırım."

"Başkaları da kalır beyler, bilin bunu. Gitmeyecek olanlar elini kaldırsın lütfen de görülsün."

Birkaç kişi ciddiyetle elini kaldırdı. Onları gören bir iki genç de kararsız kaldı. "Gidenler niye onursuz oluyor, o açıklansın ilk," diye sordu kara ceketli adam.

"Bunu anlayamayana anlatmak zor," dedi biri esrarengiz bir tavırla.

Bu sırada Kadife'nin bakışlarının hüzünle pencereden dışarıya yöneldiğini gören Fazıl'ın yüreği hızlı hızlı atmaya başladı. "Allahım, benim saflığımı koru, beni akıl karışıklığından koru" diye düşündü. Kadife'nin bu sözleri beğeneceği aklına geldi. Alman gazetesi için yazdırmak istedi onları, ama her kafadan bir ses çıkıyordu, ilgilenilmezdi.

Bütün bu gürültüyü ancak cırlak sesli Kürt genci bastırabildi. Alman gazetesine bir rüyasını yazdırmaya karar vermişti. Zaman zaman titreyerek anlattığı rüyanın başında Millet Tiyatrosu'nda tek başına film seyrediyordu. Film bir Batı filmiydi, herkes yabancı bir dille konuşuyordu, ama bu onu hiç huzursuz etmiyordu, çünkü söylenen her şeyi anladığını hissediyordu. Daha sonra bir bakıyordu, seyrettiği filmin içine girmiş: Millet Sineması'ndaki koltuk, aslında filmdeki Hıristiyan ailenin salonundaymış. Derken bir büyük sofra görüyordu orada, karnını doyurmak istiyor, ama yanlış bir şey yapmaktan korktuğu için uzak duruyordu. Sonra yüreği hızlanıyor, çok güzel sarışın bir kadınla karşılaşıyor ve bir anda yıllardır ona âşık olduğunu hatırlıyordu. Kadın da hiç beklemediği kadar yumuşak ve cana yakın davranıyordu ona. Kılık kıyafetini, hallerini övüyor, onu yanağından öpüyor ve saçlarını okşuyordu. Çok mutluydu. Sonra bir anda kadın onu kucağına alıyor ve sofradaki yiyecekleri gösteriyordu. O zaman daha bir çocuk olduğunu, bu yüzden sevimli bulunduğunu gözyaşlarıyla anlıyordu.

Gülüşmeler, şakalaşmalar kadar ucu korkuya varan bir hüzünle de karşılandı bu rüya.

"Böyle bir rüya görmüş olamaz," diye sessizliği bozdu yaşlı gazeteci. "Bu Kürt delikanlısı bizleri Almanların gözünde iyice aşağılamak için uydurmuş bunu. Yazmayın onu."

Dernekli delikanlı rüyayı gördüğünü kanıtlamak için başta atladığı bir ayrıntıyı itiraf etti: Uykudan her uyanışında, rüyadaki sarışın kadını hatırladığını söyledi. Beş yıl önce Ermeni kiliselerini görmeye gelen turistlerle dolu bir otobüsten inerken görmüştü onu ilk. Daha sonra rüyalarında ve filmde giydiği mavi askılı elbise vardı üzerinde.

Buna daha da gülüşüldü. "Biz Avrupalı ne karılar gördük, ne

hayaller için şeytana uyduk," dedi biri. Bir anda Batılı kadınlar hakkında öfkeli, özlem dolu ve edepsiz bir sohbet havası oluştu. Kimsenin o ana kadar yeterince fark etmediği uzun boylu, ince ve oldukça yakışıklı bir delikanlı bir hikâyeye başladı:

Bir gün bir Batılı ile bir Müslüman bir istasyonda karşılaşmışlar. Tren bir türlü gelmiyormuş. İleride peronda çok güzel bir Fransız kadın da tren bekliyormuş...

Erkek liselerine gitmiş ya da askerlik yapmış her erkeğin tahmin edebileceği gibi cinsel güç ile milliyet ve kültür arasında bir ilişki kuran bir hikâyeydi bu. Edepsiz kelimeler kullanılmamış ve kabalığın üstü imalarla örtülmüştü. Ama kısa bir sürede odada Fazıl'ın "İçim utançla doldu!" diyeceği bir hava da oluşmuştu.

Turgut Bey ayağa kalktı.

"Tamam oğlum, yetişir. Getir bildiriyi imzalıyorum," dedi.

Turgut Bey cebinden çıkardığı yeni kalemiyle bildiriyi imzaladı. Gürültüden, sigara dumanından yorgundu, ayağa kalkacaktı ki Kadife onu tuttu. Sonra Kadife kendi kalktı ayağa.

"Bir dakika beni dinleyin şimdi," dedi. "Sizler utanmıyorsunuz ama benim yüzüm kızarıyor işittiklerimden. Siz saçlarımı görmeyesiniz diye bunu başıma bağlıyorum, bu sizler için fazla bir acı çekmek oluyor ama..."

"Bizim için değil!" diye fısıldadı alçakgönüllülükle bir ses. "Allah için, kendi maneviyatın için."

"Alman gazetesine benim de diyeceklerim var. Yazın lütfen." Yarı hayret ve yarı öfkeyle izlendiğini tiyatrocu sezgisiyle hissetti. "İnançları yüzünden başörtüsünü bir bayrak gibi benimseyen Karslı genç kız, hayır, Karslı Müslüman kız diye yazın, birden kapıldığı tiksinti yüzünden herkesin önünde başını açmıştır. Avrupalıların hoşuna giden iyi bir haber olur bu. Sözlerimizi de artık Hans Hansen yayımlar böylece. Başını açarken de şöyle demiştir: Allahım sen beni affet, çünkü artık yalnız olmalıyım. Bu dünya öyle iğrenç ki ve ben de öyle öfkeli ve güçsüzüm ki senin..."

"Kadife," diye birden Fazıl fırladı, ayağa kalktı. "Sakın açma başını. Hepimiz, hepimiz buradayız şimdi. Necip ve ben dahil. Sonra hepimiz, hepimiz ölürüz."

Bir an herkes şaşırdı bu sözlerden. "Saçmalama," "Açmasın tabii başını," diyenler oldu, ama çoğunluk bir yandan bir rezalet çıksın, bir olay olsun diye umutla bekleyerek bakıyor, bir yandan da olup bitenlerin nasıl bir kışkırtma, kimin oyunu olduğunu çıkarmaya çalışıyordu.

"Alman gazetesinde benim yayımlamak istediğim iki cümlem de şudur," dedi Fazıl. Odada bir uğultu yükseliyordu. "Yalnız kendi adıma değil, ihtilal gecesi gaddarca şehit edilmiş rahmetli arkadaşım Necip adına da konuşuyorum: Kadife seni çok seviyoruz. Başını açarsan intihar ederim, sakın açma."

Bazılarına göre Fazıl "Seviyoruz," değil, "Seviyorum," demişti Kadife'ye. Lacivert'in sonraki davranışını açıklamak için uydurulmuş da olabilirdi bu.

Lacivert "Kimse bu şehirde intihardan bahsetmesin!" diye bütün gücüyle bağırmış, sonra Kadife'ye bir bakış bile atmadan otel odasından çıkıp gitmiş, bu da toplantıyı hemen bitirmiş, odadakiler, pek sessizce olmasa da, çabucak dağılmışlardı.

32

İçimde iki ruh varken yapamıyorum

AŞK, ÖNEMSİZ OLMAK VE LACİVERT'İN KAYBOLUŞU ÜZERİNE

Ka, Turgut Bey ile Kadife Asya Oteli'ndeki toplantıdan dönmeden önce, saat altıya çeyrek kala Karpalas Oteli'nden çıktı. Fazıl ile buluşma vaktine daha on beş dakika vardı; ama mutlulukla sokaklarda yürümek istiyordu. Atatürk Caddesi'nden sola sapıp ayrıldı, çayhaneleri dolduran kalabalığa, açık televizyonlara, bakkal ve fotoğrafçı dükkânlarına baka baka gezinerek Kars Çayı'na kadar yürüdü. Demir köprüye çıkıp soğuğa hiç aldırmadan üst üste iki Marlboro içerek Frankfurt'ta İpek ile yaşayacağı mutluluğu hayal etti. Nehrin karşı yakasında bir zamanlar Karslı zenginlerin akşamları buz pateni yapanları seyrettiği parkta şimdi korkutucu bir karanlık vardı.

Demir köprüye gecikerek gelen Fazıl'ı karanlıkta bir an Necip'e benzetti Ka. Birlikte Talihli Kardeşler Çayhanesi'ne girdiler ve Fazıl Asya Oteli'ndeki toplantıyı en küçük ayrıntılarına kadar Ka'ya anlattı. Kendi küçük şehrinin tarihinin dünya tarihine katıldığını hissettiği yere gelince, Ka bir radyoyu bir süreliğine kapatır gibi susturdu onu ve "Bütün İnsanlık ve Yıldızlar" adlı şiirini yazdı.

Daha sonra tuttuğu notlarda Ka bu şiiri unutulmuş bir şehirde, tarihin dışında yaşamanın kederinden çok çocukluğunda gördüğü bazı Hollywood filmlerinin her defasında çok sevdiği başlangıçlarıyla ilişkilendirecekti. Jenerik biterken kamera önce çok uzaktan ağır ağır dönen dünyayı gösterir, yavaşça ona yaklaşır, derken bir memleket gözükür, Ka'nın çocukluğundan beri hayalinde çektiği kendi filminde bu ülke tabii Türkiye'dir; derken Marmara Denizi'nin mavisi, Karadeniz ve Boğaz belirir, kamera daha da yaklaştıkça İstanbul, Ka'nın çocukluğunu geçirdiği Nişantaşı, Teşvikiye Caddesi'ndeki trafik polisi, Şair Nigâr Sokak, damlar ve ağaçlar (onları yukarıdan görmek ne hoştur!), sonra asılı çamaşırlar, Tamek konservesi ilanı, paslı yağmur olukları, ziftle sıvanmış yan duvarlar ve ağır ağır Ka'nın penceresi gözükür. Pencereden içeri giren kamera kitaplar, eşyalar, toz ve halılarla dolu odaları şöyle bir taradıktan sonra öbür pencerenin önünde bir masada oturup yazı yazan Ka'yı gösterir, önündeki kâğıda son harfleri koyan dolmakaleminin ucuna gelir ve yazıyı okuruz: ŞİİR DÜNYA TARİHİNE KATILDIĞIM ADRESİMDİR: ŞAİR Ka, ŞAİR NİGÂR SOK. 16/8 NİŞANTAŞI, İSTANBUL, TÜRKİYE. Şiirde de yer aldığını sandığım bu adresin kar tanesi üzerinde mantık aksında, yukarılarda, hayal gücünün çekiminde bir yerde bulunacağını dikkatli okurlar tahmin edeceklerdir.

Fazıl hikâyesinin sonunda asıl derdini açtı: Kadife'ye başını açarsa intihar edeceğini söylemiş olmaktan şimdi son derece huzursuzdu. "İntihar etmek, bir insanın Allah'a olan inancını kaybetmesi anlamına geldiği için değil yalnızca, bu benim inancım olmadığı için de huzursuzum. Niye inanmadığım şeyi söyledim?" Kadife'ye başını açarsa kendisini öldüreceğini söyledikten sonra "tövbe!" demiş Fazıl, ama kapıda onunla göz göze gelince karşısında yaprak gibi titremişti.

"Kadife, ona âşık olduğumu düşünmüş müdür?" diye sordu Ka'ya.

"Sen Kadife'ye âşık mısın?"

"Sen de biliyorsun, ben rahmetli Teslime'ye âşıktım, benim rahmetli arkadaşım da Kadife'ye. Daha arkadaşımın ölümü üzerinden bir gün geçmeden aynı kıza âşık olmaktan utanıyorum. Ve bunun tek açıklaması olduğunu da biliyorum. Bu da beni korkutuyor. Bana Necip'in öldüğünden nasıl emin olabildiğini anlat!"

"Omuzlarından tuttum ve alnına kurşun girmiş ölüsünü öptüm."

"Bir ihtimal Necip'in ruhu benim içimde yaşıyor," dedi Fazıl. "Dinle: Dün akşam ben ne tiyatroyla ilgilenmiş ne de televizyon seyretmiştim. Erkenden yatıp uyudum. Necip'in başına korkunç şeyler geldiğini uykumda anladım. Askerler bizim yatakhaneyi basınca bundan hiç kuşkum kalmadı. Seni kütüphanede gördüğümde Necip'in öldüğünü biliyordum artık, çünkü ruhu benim gövdeme girmişti. Sabah erkenden oldu bu. Yatakhaneyi boşaltan askerler bana ilişmediler, ben de geceyi Pazar Yolu'nda babamın Vartolu bir askerlik arkadaşının evinde geçirdim. Necip'in öldürülmesinden altı saat sonra, sabah erkenden, onu içimde hissettim. Misafir olduğum yatakta bir an başım döndü, sonra tatlı bir zenginlik, bir derinlik hissettim; arkadaşım yanımda, içimdeydi. Eski kitapların dediği gibi insanın ölümünden altı saat sonra ruh bedeni terk eder. Suyuti'ye göre ruh o zaman cıva gibi oynak bir şeydir, kıyamete kadar Berzah'ta beklemesi gerekir. Ama Necip'in ruhu benim içime girdi. Eminim bundan. Korkuyorum da, böyle bir şeyin *Kuran*'da yeri yoktur çünkü. Ama Kadife'ye de başka türlü bu kadar çabuk âşık olamam. Onun için intihar etmek ise benim kendi düşüncem bile değildir. Sence Necip'in ruhunun bende yaşadığı doğru olabilir mi?"

"Sen buna inanıyorsan," dedi Ka dikkatle.

"Bunu bir tek sana söylüyorum. Necip kimseye söylemediği sırlarını sana söylerdi. Yalvarıyorum, bana doğruyu söyle: Necip içinde ateizm kuşkusunun doğduğunu bana hiçbir zaman söylemedi. Ama sana bu konuda açılmış olabilir. Allah'ın varlığından –hâşâ– kuşku duyduğunu Necip hiç sana söyledi mi?"

"Dediğin kuşkuyu değil, başka bir şeyi söyledi. İnsanın annesinin, babasının ölümünü düşünüp gözlerinin sulanması ve bu kederden zevk alması gibi, kendisinin de çok sevdiği Allah'ın yokluğunu ister istemez düşündüğünü söyledi."

"Şimdi bana da öyle oluyor işte," diye atıldı Fazıl. "Ve bu kuşkuyu içime Necip'in ruhunun soktuğundan hiç şüphem yok."

"Ama bu şüphe ateizm demek değildir."

"Ama intihar eden kızlara da hak veriyorum artık," dedi Fazıl kederle. "Az önce kendimin de intihar edebileceğini söyledim. Rahmetli Necip'e ateist demek istemem. Ama şimdi içimde bir ateistin sesini duyuyorum ve çok korkuyorum bundan. Siz öyle misiniz bilmiyorum, ama Avrupa'da bulundunuz, aydınları, içki içen, uyuşturucu kullanan bütün o insanları da tanımışsınızdır. Lütfen bir kere daha söyleyin, bir ateist ne hisseder?"

"İnsan sürekli intihar etmek ister diye bir şey yok."

"Sürekli olarak değil, ama bazan intihar etmek istiyorum."

"Niye?"

"Çünkü sürekli Kadife'yi düşünüyorum ve aklımda başka hiçbir şey yok! Durmadan gözlerimin önüne o geliyor. Ders çalışırken, televizyon seyrederken, akşamın olmasını beklerken, en ilgisiz yerde, her şey bana Kadife'yi hatırlatıyor ve çok acı çekiyorum. Bunları Necip ölmeden önce de hissederdim. Aslında ben Teslime'yi değil, hep Kadife'yi seviyordum. Ama arkadaşımın aşkı diye içime gömerdim her şeyi. Kadife'den bahsede bahsede bu aşkı içime Necip attı. Askerler yatakhaneyi basınca Necip'i öldürmüş olabileceklerini anladım ve evet, sevindim. Kadife'ye aşkımı dışa vurabilirim diye değil, bu aşkı benim içime döktüğü için Necip'e kinlendiğimden. Şimdi Necip öldü, artık özgürüm, ama Kadife'ye daha fazla âşık olmamdan başka bir sonuç vermedi bu. Sabahtan beri onu düşünüyorum ve gittikçe de başka bir şey düşünemez oluyorum, ne yapmalıyım Allahım."

Fazıl iki eliyle yüzünü kapadı ve hıçkırarak ağlamaya başladı. Ka bir Marlboro yaktı, bencilce bir ilgisizlik geçti içinden. Uzun uzun Fazıl'ın başını okşadı.

Bir gözü televizyonda, bir gözü onlarda olan hafiye Saffet o sırada yaklaştı. "Ağlamasın delikanlı, kimliğini merkeze götürmedim, yanımda," dedi. Hâlâ ağlayan Fazıl ilgilenmeyince, cebinden çıkarıp uzattığı kimliği, Ka uzanıp aldı. "Niye ağlıyor?" dedi hafiye yarı mesleki yarı insani bir merakla. "Aşktan," dedi Ka. Bir an çok rahatlattı bu hafiyeyi. Çayhaneden çıkıp gidene kadar Ka onun arkasından baktı.

Daha sonra Fazıl Kadife'nin ilgisini nasıl çekebileceğini sordu. Ka'nın Kadife'nin ablası İpek'e âşık olduğunu bütün Kars'ın bildiğini de söyledi bu ara. Fazıl'ın tutkusu Ka'ya öylesine umutsuz ve imkânsız gözüktü ki, bir an kendisinin İpek'e duyduğu aşkın da bu kadar umutsuz olabileceğinden korktu. Hıçkırıkları dinen Fazıl'a, İpek'in önerisini ilhamsızca tekrarladı: "Kendin ol."

"Ama içimde iki ruh varken bunu yapamıyorum," dedi Fazıl. "Üstelik Necip'in ateist ruhu yavaş yavaş beni ele geçiriyor. Yıllarca siyasetle uğraşan genç arkadaşların yanlış yaptığını düşündükten sonra, şimdi ben de İslamcılarla birlikte bu askerî darbeye karşı bir şeyler yapmak istiyorum. Ama bunu Kadife'nin gözüne girmek için yapacağımı hissediyorum. Aklımda Kadife'den başka bir şey olmaması beni korkutuyor. Onu hiç tanımadığım için değil. Tıpkı bir ateist gibi, artık aşktan ve mutluluktan başka hiçbir şeye inanamadığımı gördüğüm için."

Fazıl ağlarken Ka ona Kadife'ye olan aşkını herkesin önünde açıklamamasını, Lacivert'ten korkması gerektiğini söyleyip söylememekte kararsızdı. İpek ile aralarındaki ilişkiyi bildiğine göre, Lacivert-Kadife ilişkisini de biliyordur diye düşünüyordu. Ama biliyorsa, siyasal hiyerarşi yüzünden asla Kadife'ye âşık olmaması gerekliydi.

"Fakir ve önemsiziz, bütün mesele bu," dedi Fazıl tuhaf bir hırsla. "Bizim zavallı hayatlarımızın insanlık tarihinde hiçbir yeri yok. En sonunda şu zavallı Kars şehrinde yaşayan hepimiz bir gün geberip gideceğiz. Kimse hatırlamayacak bizi, kimse ilgilenmeyecek bizimle. Kadınlar başlarına ne örtsün diye birbirini boğazlayan, kendi küçük ve saçma kavgaları içinde boğulan önemsiz kişiler olarak kalacağız. Herkes unutacak bizleri. Bu dünyadan böyle aptal hayatlar sürerek hiçbir iz bırakmadan geçip gittiğimizi görünce hayatta aşktan başka bir şey olmadığını da hırsla anlıyorum. O zaman Kadife'ye duyduğum şey, bu dünyada yalnızca ona sarılarak teselli olabileceğim gerçeği bana daha da acı veriyor ve o gözümden hiç gitmiyor."

"Evet, bunlar bir ateiste yakışan düşünceler," dedi Ka acımasızlıkla.

Fazıl gene ağladı. Ka ise daha sonra konuştuklarını ne hatırladı ne de herhangi bir deftere yazdı. Televizyondaki kamera şakalarında Amerikalı küçük çocuklar sandalyelerden devriliyor, akvaryumları çatlatıyor, suya düşüyor, eteklerine basıp yere kapaklanıyor, bütün bunlar da yapay bir kahkaha sesiyle veriliyordu. Çayhanedeki kalabalıkla birlikte Fazıl ve Ka da her şeyi unutup gülümseyerek Amerikalı çocukları uzun uzun seyrettiler.

Zahide çayhaneye girdiğinde Ka ile Fazıl televizyonda bir ormanda esrarengiz bir şekilde ilerleyen bir kamyonu seyrediyorlardı. Zahide, Fazıl'ın hiç ilgilenmediği sarı bir zarf çıkarıp verdi Ka'ya. Ka açıp içindeki notu okudu: İpek'tendi. Kadife ile İpek yirmi dakika sonra, saat yedide, Ka'yı Yeni Hayat Pastanesi'nde görmek istiyorlardı. Zahide, Talihli Kardeşler Çayhanesi'nde olduklarını Saffet'ten öğrenmişti.

Zahide'nin arkasından "Yeğeni bizim sınıfta," dedi Fazıl. "Kumara korkunç meraklıdır. Horoz dövüşlerini, bahisli köpek kavgalarını hiç kaçırmaz."

Ka ona polisten aldığı öğrenci kimliğini verdi. "Beni otelde yemeğe bekliyorlar," deyip kalktı. "Kadife'yi görecek misin?" diye umutsuzlukla sordu Fazıl. Ka'nın yüzündeki bıkkınlık ve şefkat ifadesinden utandı. "Kendimi öldürmek istiyorum." Ka çayhaneden çıkarken arkasından bağırdı. "Onu görürsen söyle, başını açarsa kendimi öldüreceğim. Ama bunu başını açtığı için değil, onun için kendimi öldürme zevki için yapacağım."

Ka pastanedeki randevuya daha vakit olduğu için yan sokaklara sapmıştı. Kanal Sokak'ta yürürken sabah "Rüya Sokaklar" adlı şiiri yazdığı çayhaneyi görünce içeri girdi, ama aklına istediği gibi yeni bir şiir değil, sigara dumanlı, yarı boş çayhanenin arka kapısından dışarı çıkmak geldi. Karla kaplı avluyu geçti, karanlıkta önündeki alçak duvarı aştı, üç basamak çıkıp aynı zincirli köpeğin havlayışları arasında bodruma indi.

Soluk bir lamba yanıyordu burada. İçeride kömür ve uyku kokusundan başka rakı kokusu da aldı Ka. Uğuldayan kalorifer kazanının yanında birkaç kişiyle gölgeleri vardı. Karton kutular arasında gaga burunlu MİT görevlisi ve veremli Gürcü kadınla kocasının rakı içip oturduklarını görünce hiç şaşırmadı. Onlar da Ka'ya şaşırmışa benzemiyorlardı. Hasta kadının kafasında kırmızı, şık bir şapka gördü Ka. Kadın Ka'ya haşlanmış yumurta ile lavaş ikram etti, kocası bir kadeh rakı da Ka için hazırlamaya başladı. Ka lop yumurtasının kabuklarını tırnaklarıyla soyarken gaga burunlu MİT görevlisi bu kazan dairesinin Kars'ın en sıcak köşesi, bir cennet olduğunu söyledi.

Sonraki sessizlikte Ka'nın hiçbir kazaya uğratmadan ve tek bir kelimesini kaçırmadan yazdığı şiirin adı "Cennet"ti. Kar tanesinin merkezine uzak bir yere hayal aksının tam üstüne yerleştirilmiş olması cennetin hayal edilen bir gelecek olduğu anlamına değil; Ka için cennet hatıraların ancak hayal edilerek canlı kalabileceği anlamına geliyordu. Ka sonraki yıllarda bu şiiri hatırlarken bazı hatıralarını tek tek saymıştı: Çocukluğunun yaz tatilleri, okuldan kaçtığı günler, kız kardeşiyle birlikte annesinin babasının yattığı yatağa girişleri, çocukken yaptığı bazı resimler, okul partisinde tanıdığı kızla sonradan buluşup onu öpmesi.

Yeni Hayat Pastanesi'ne yürürken İpek kadar bunlar da vardı aklında. Pastanede İpek ile Kadife'yi kendisini beklerken buldu. İpek o kadar güzeldi ki, Ka bir an –aç karnına içtiği rakının da etkisiyle– mutluluktan gözlerinin sulanacağını sandı. İki hoş kız kardeşle birlikte bir masaya oturup konuşmak Ka'ya mutluluktan başka gurur da verdi: Frankfurt'ta her gün kendisine gülümseyerek selam veren içi geçmiş Türk satıcılar onu bu iki kadınla görsün isterdi Ka, ama dün eğitim enstitüsü müdürünün öldürüldüğü pastanede şimdi aynı yaşlı garsondan başka kimsecikler yoktu. Yeni Hayat Pastanesi'nde Kadife ve İpek ile otururken –biri başörtülü de olsa– iki güzel kadınla birlikte bir masada oturuşunun dışarıdan çekilmiş bir fotoğrafı, sürekli arkadaki arabayı gösteren bir dikiz aynası gibi, Ka'nın kafasının bir köşesinden hiç gitmedi.

Ka'nın tersine masadaki iki kadın da hiç huzurlu değildi. Ka, Asya Oteli'ndeki toplantıda ne olup bittiğini Fazıl'dan öğrendiğini söylediği için İpek kısa kesti.

"Lacivert toplantıyı öfkeyle terk etmiş. Kadife de şimdi orada söylediği şeyden çok pişman. Saklandığı yere Zahide'yi yolladık, orada yokmuş. Lacivert'i bulamıyoruz." Kız kardeşinin derdine çare arayan abla gibi söze başlamıştı İpek, ama şimdi kendi de fazlasıyla tasalı gözüküyordu.

"Bulursanız ne isteyeceksiniz ondan?"

"Onun yaşadığından, yakalanmadığından emin olmak istiyoruz önce," dedi İpek. Dokunsan ağlayacak gibi gözüken Kadife'ye bir bakış attı. "Bize ondan bir haber getir. Ona Kadife'nin ne isterse yapacağını söyle."

"Kars'ı siz benden çok daha iyi biliyorsunuz."

"Akşamın karanlığında biz iki kadınız," dedi İpek. "Sen şehri öğrendin. Halitpaşa Caddesi'ndeki imam hatipli ve İslamcı öğrencilerin gittiği Aydede ve Nurol Çayhaneleri'ne git. Şimdi sivil polis kaynıyordur orası, ama onlar da dedikoducudur, Lacivert'in başına kötü bir şey gelmişse öğrenirsin."

Kadife mendilini çıkarmıştı, burnunu silecekti. Ka bir an ağlayıverecek sandı onu.

"Bize Lacivert'ten haber getir," dedi İpek. "Geç kalırsak babam bizi merak eder. Seni de akşam yemeğine bekliyor."

"Bayrampaşa Mahallesi'ndeki çayhanelere de bir bakın!" dedi Kadife kalkarken.

Kızların endişe ve hüznünde öyle kırılgan, öyle çekici bir şey vardı ki Ka onlardan ayrılamadığı için pastaneden Karpalas Oteli'ne kadar olan yolun yarısını yürüdü. İpek'i kaybedebileceği korkusu kadar, hissettiği esrarengiz suç ortaklığı –birlikte babalarından gizli bir şey yapıyorlardı– da Ka'yı onlara bağlıyordu. Bir gün İpek ile Frankfurt'a gidecekleri, Kadife'nin de geleceği, üçünün birlikte, Berliner Caddesi'ndeki kahvelere gire çıka, vitrinlere bakarak yürüyecekleri geçti aklından.

Kendisine verilen görevi yapabileceğine hiç inanmıyordu. Çok zorlanmadan bulduğu Aydede Çayhanesi o kadar sıradan ve yavandı ki Ka buraya neden geldiğini neredeyse unutup bir süre tek başına televizyon seyretti. Öğrenci yaşında birkaç genç vardı etrafta, ama bir sohbet açma gayretine –televizyondaki futbol maçı hakkında konuşmuştu– rağmen kimse ona sokulmadı. Oysa Ka hemen ikram etmek için sigara paketini hazırlamış, birisi kullanmak için izin istesin diye çakmağını masaya koymuştu. Şaşı tezgâhtardan da bir şey öğrenemeyeceğini anlayınca çıkıp yakındaki Nurol Çayhanesi'ne gitti. Burada da siyah beyaz televizyonda aynı futbol maçını seyreden birkaç genç gördü. Duvarlardaki gazete kesiklerini ve Karsspor'un bu seneki karşılaşma cetvelini fark etmeseydi Necip ile dün burada Allah'ın varlığından ve dünyanın anlamından söz ettiklerini hatırlayamazdı. Dün akşam okuduğu şiirin yanına başka bir şairin bir nazire yazıp astığını görünce onu da defterine geçirmeye başladı:

> Belli artık, Anamız çıkıp gelmeyecek cennetten, bizi
> kollarıyla sarmayacak
> Babamız onu hiçbir zaman dayaksız bırakmayacak
> Ama gene de içimiz ısınacak, ruhumuz canlanacak.
> Kaderdir çünkü; batacağımız bokta Şehri Kars bile
> cennet gibi hatırlanacak.

"Şiir mi yazıyorsun?" diye sordu karşıdan tezgâhtar çocuk.

"Aferin sana," dedi Ka. "Sen tersinden okumasını biliyor musun?"

"Yok ağabey ben düzünden de okuyamam. Ben okuldan kaçtım. Okumayı çözemeden yaşım ilerledi, hepsi geçti gitti işte."

"Duvardaki bu yeni şiiri kim yazdı?"

"Buraya gelen gençlerin yarısı şairdir."

"Niye bugün yoklar?"

"Dün asker toplamış hepsini. Kimi hapiste kimi de saklandı. Şuradakilere sor istiyorsan, onlar sivil polistir, bilir."

Ateşli ateşli futboldan söz eden iki genç vardı gösterdiği yerde, ama Ka onlara yaklaşıp bir şey sormadan çayhaneden çıktı.

Karın yeniden başladığını görmek hoşuna gitti. Bayrampaşa Mahallesi'nin çayhanelerinde Lacivert'in izini bulacağına inanmıyordu hiç. İçinde Kars'a geldiği akşam hissettiği hüzünle birlikte bir mutluluk da vardı şimdi. Yeni bir şiirin gelmesini bekleyerek, çirkin ve yoksul beton binaların, kar altındaki otoparkların, buz tutmuş çayhane, berber ve bakkal vitrinlerinin, Ruslar zamanından beri içinde birtakım köpeklerin havladığı avluların, traktör yedek parçası, at arabası levazımatı ve peynir satılan dükkânların önünden rüyada gibi ağır ağır geçti. Gördüğü her şeyin, Anavatan Partisi'nin seçim afişinin, perdeleri sıkı sıkıya çekilmiş küçük bir pencerenin, Bilim Eczanesi'nin buzlu vitrinine aylar önce yapıştırılmış "Japon Gribi Aşısı Geldi" ilanının ve sarı kâğıda basılmış intihar karşıtı afişin hayatının sonuna kadar aklından çıkmayacağını hissediyordu. Yaşadığı anın ayrıntılarına duyduğu bu olağanüstü algı açıklığı, "şu an her şeyin her şeyle ilişkili, kendisinin ise bu derin ve güzel dünyanın ayrılmaz bir parçası olduğu" duygusu içinde öyle bir güçle yükseldi ki, yeni bir şiirin gelmekte olduğunu düşünerek Atatürk Caddesi'nde bir çayhaneye girdi. Ama şiir gelmedi aklına.

33

Kars'ta bir Allahsız

VURULMA KORKUSU

Çayhaneden çıkar çıkmaz, kar altındaki kaldırımda Muhtar ile göz göze geldi. Dalgın dalgın bir yere yetişen Muhtar onu görmüş, ama yoğun, iri taneli karın altında bir an sanki Ka olduğunu fark etmemiş, Ka da önce ondan kaçmak istemişti. İkisi de aynı anda hamle edip çok eski dostlar gibi birbirlerine sarıldılar.

"Söylediklerimi İpek'e naklettin mi?" dedi Muhtar.

"Evet."

"Ne dedi? Gel şu çayhanede oturalım, anlatırsın."

Askerî darbeye, poliste yediği dayağa, belediye başkanlığının suya düşmüş olmasına rağmen Muhtar hiç de kötümser gözükmüyordu. "Beni niye tutuklamadılar? Kar dinsin, yollar açılsın, askerler çekilsin, belediye seçimleri yapılacak da ondan, bunu İpek'e söyle!" dedi çayhanede otururlarken. Ka söyleyeceğini belirtti. Lacivert'ten bir haberi olup olmadığını sordu.

"Onu Kars'a ilk ben çağırdım. Eskiden buraya her gelişinde bende kalırdı," dedi Muhtar gururla. "Ama İstanbul basını adını teröriste çıkarttığından beri partimize zarar vermemek için gelince bizi aramaz artık. Ne yaptığından en son ben haberdar olurum. Söylediklerime İpek ne dedi?"

Ka, Muhtar'ın yeniden evlenme teklifine İpek'in özel olarak bir cevap vermediğini söyledi. Muhtar da bu çok özel bir cevapmış gibi anlamlı bir ifade takınarak eski karısının ne kadar duygulu, ne kadar ince, ne kadar anlayışlı bir kadın olduğunu Ka'nın bilmesini istediğini söyledi. Hayatının buhranlı bir döneminde, ona yanlış davrandığı için çok pişmandı şimdi. "İstanbul'a dönünce sana verdiğim şiirleri Fahir'e kendi elinle teslim edeceksin değil mi?" dedi sonra. Ka'dan onay alınca, şefkatli, üzüntülü bir amca ifadesi geldi yüzüne. Muhtar'a duyduğu mahcubiyetin yerini acımayla tiksinti arası bir duygu alıyordu ki Ka adamın cebinden bir gazete çıkardığını gördü. "Ben olsam senin yerinde sokaklarda bu kadar rahat dolaşmam," dedi Muhtar zevkle.

Ka onun elinden kaptığı *Serhat Şehir Gazetesi*'nin daha mürekkebi kurumamış yarınki sayısını yutar gibi okudu: "Tiyatrocu İhtilalcilerin Başarısı... Kars'ta Huzur Günleri, Seçimler Ertelendi. Vatandaş İhtilalden Memnun..." Birinci sayfada Muhtar'ın parmağının işaret ettiği haberi okudu sonra:

KARS'TA BİR ALLAHSIZ

SÖZDE ŞAİR Ka'NIN BU KARIŞIK GÜNLERDE ŞEHRİMİZDE NE ARADIĞI MERAK KONUSU

Bu Sözde Şairi Tanıtan Dünkü Yayınımız Karslılarca Tepkiyle Karşılandı

Dün gece büyük sanatçı Sunay Zaim ve arkadaşlarının halkın coşkulu katılımı eşliğinde başarıyla sahnelediği, bütün Kars'a barış ve huzur getiren Atatürkçü oyunun orta yerinde anlaşılmaz ve zevksiz bir şiirini okuyarak halkın keyfini kaçıran sözde şair Ka hakkında pek çok söylenti işittik. Yıllardır aynı ruhu paylaşarak iç içe yaşayan biz Karslıların dış güçlerce kardeş kavgasına sürüklendiği, laik ve dinci ve Kürt, Türk ve Azeri ayrımıyla toplumumuzun yapay bir şekilde ikiye bölündüğü, artık unutmamız gereken Ermeni katliamı iddialarının canlandırıldığı bugünlerde, Türkiye'den kaçarak yıllardır Almanya'da yaşayan bu şaibeli kişinin birden bir casus gibi aramızda belirmesi halk arasında sorulara yol açmıştır. İmam hatip lisemizin her türlü kışkırtmaya ne yazık ki açık olan gençleriyle tren istasyonumuzda iki gün önce buluşup "Ben ateistim, Allah'a inanmam, ama intihar da etmem, zaten –hâşâ– Allah yoktur" dediği doğru mudur? "Bir entelektüelin işi milletin mukaddesatına dil uzatmaktır," diyerek Allah'ı inkâr etmek midir Avrupa'daki fikir özgürlüğü? Alman parasıyla besleniyor olmak sana bu milletin inançlarını ayaklar altına alma hakkını vermez! Yoksa bir Türk olmaktan utandığın için mi asıl adını gizliyor da ecnebi taklidi uyduruk Ka ismini kullanıyorsun? Okurlarımızın gazetemize ettiği telefonlarda esefle belirttikleri gibi, Batı taklitçisi bu imansız şu zor günlerimizde aramıza fitne sokmak maksadıyla şehrimize gelip gecekondu mahallelerimizdeki en yoksul kapıları çalıp halkı isyana teşvik etmiş, hatta bize bu vatanı, bu Cumhuriyet'i veren Atatürk'e dahi dil uzatmaya yeltenmiştir. Karpalas Oteli'nde kalan bu sözde şairin şehrimize neden geldiğini bütün Kars çok merak ediyor. Allah'ı ve Peygamberimiz'i (S.A.V.) inkâr eden küfürbazlara Karslı gençler haddini bildirir!

"Yirmi dakika önce ben geçerken Serdar'ın iki oğlu gazeteyi daha yeni basıyorlardı," dedi Muhtar, Ka'nın korkularını ve derdini paylaşmaktan çok, eğlenceli bir konu açıldığı için keyiflenen biri gibi.

Ka kendini yapayalnız hissetti ve haberi yeniden dikkatle okudu.

Bir zamanlar ilerideki parlak edebi kariyerini düşlerken Türk şiirine (şimdi bu milliyetçi kavram Ka'ya çok gülünç ve zavallı geliyordu) getireceği modernist yeniliklerden dolayı pek çok eleştiri ve saldırıya uğrayacağını, bu düşmanlık ve anlayışsızlıkların kendisine bir hava vereceğini düşünürdü Ka. Sonraki yıllarda biraz ünlenmesine rağmen bu saldırgan eleştiriler hiç yazılmadığı için Ka bu "sözde şair" ifadesine takılmıştı şimdi.

Muhtar öyle ortalıkta hedef gibi dolaşmamasını söyleyip onu çayhanede yalnız bıraktıktan sonra öldürülme korkusu Ka'nın içine işledi. Çayhaneden çıktı, ağır çekim bir filmi hatırlatan sihirli bir hızla düşen iri kar tanelerinin altında dalgın yürüdü.

İlk gençlik yıllarında entelektüel ya da siyasi bir amaç uğruna ölmek, insanın yazdıkları için hayatını vermesi Ka için ulaşılabilecek en yüksek manevi mertebelerden biriydi. Otuzlarına doğru budalaca hatta kötücül ilkeler uğruna işkencede can veren, siyasi çeteler tarafından sokaklarda katledilen, banka soyarken çatışmada öldürülen, daha da kötüsü hazırladığı bomba elinde patlayan pek çok arkadaş ve tanıdığın hayatlarının saçmalığı Ka'yı bu düşünceden uzaklaştırdı. Almanya'da, artık hiç inanmadığı siyasi nedenler yüzünden yıllarca sürgün olması Ka'nın kafasında siyasetle, insanın kendini feda etmesi arasındaki ilişkiyi iyice kesip atmıştı. Almanya'dayken Türk gazetelerinde filanca köşe yazarının siyasi nedenlerle –büyük ihtimalle– siyasal İslamcılarca öldürüldüğünü okuduğunda olaya öfke, ölüye bir saygı duyardı Ka, ama ölen yazara özel bir hayranlık hiç geçmezdi içinden.

Gene de, Halitpaşa Caddesi'yle Kâzım Karabekir Caddesi'nin köşesinde, kör bir duvardaki buzlu delikten uzatılan hayali bir namlunun kendisini hedeflediğini, bir anda vurulup karlı kaldırımda öldüğünü hayal etti ve İstanbul gazetelerinin ne yazacağını çıkarmaya çalıştı. Büyük ihtimalle valilik ve yerel MİT olay büyümesin, kendi sorumlulukları ortaya çıkmasın diye siyasi boyutu örtbas eder, şair olduğuna dikkat etmeyen İstanbul gazeteleri de haberi ya yayımlar, ya yayımlamazlardı. Şair arkadaşları ve *Cumhuriyet* gazetesindekiler sonradan olayın siyasi boyutunu ortaya çıkarmaya çalışsalar bile, bu, ya şiirleri hakkında çıkacak genel bir değerlendirme yazısının (kim yazardı bu yazıyı? Fahir? Orhan?) önemini azaltır ya da ölümünü kimsenin bakmadığı sanat sayfasına tıkardı. Hans Hansen diye bir Alman gazeteci gerçekten olsaydı ve Ka da onu tanısaydı haberi *Frankfurter Rundschau* belki verirdi ama başka hiçbir Batı gazetesi vermezdi. Bir teselli olarak belki şiirlerinin Almancaya çevrilip *Akzent* dergisinde yayımlanacağını hayal etmesine rağmen Ka, *Serhat Şehir Gazetesi*'nde çıkan bu yazı yüzünden öldürüverilirse bunun tam bir "bok yoluna gitmek" olacağını bütün açıklığıyla görüyor, ölümden çok, tam da İpek ile Frankfurt'ta mutlu olma umudu belirmişken ölmekten korkuyordu.

Gene de son yıllarda siyasal İslamcıların kurşunlarıyla öldürülen bazı yazarlar canlandı gözlerinin önünde: Sonradan ateist olup *Kuran*'daki "tutarsızlıkları" göstermeye çalışan eski bir vaizin (kafasına arkadan bir kurşun sıkmışlardı) pozitivist coşkusunu, köşe yazılarında türbancı kızlara ve çarşaflı kadınlara "karafatmalar" diyerek alaycılıkla sataşan başyazarın öfkesini (onu sabah şoförüyle birlikte taramışlardı) ya da Türkiye'deki İslamcı hareketle İran arasındaki bağları gösteren köşe yazarının azmini (kontağı çevirince arabasıyla birlikte havaya uçmuştu) –içinden gözlerini yaşartan bir sevgi geçse de– safça buldu Ka. Bu ateşli yazarların ya da benzer nedenlerle ücra taşra şehirlerinde bir ara sokakta kafalarına kurşun sıkılan gazetecilerin hayatlarına hiçbir ilgi duymayan İstanbul ve Batı basınından çok, kim vurduya giden bütün yazarlarını kısa bir süre sonra sonsuza kadar unutan bir kültürden gelmesine öfke duyuyor, bir köşeye çekilip mutlu olmanın ne kadar akıllıca bir iş olduğunu hayretle görüyordu.

Serhat Şehir Gazetesi'nin Faikbey Caddesi'ndeki yazıhanesine vardığında yarınki gazetenin buzları temizlenmiş vitrinin bir köşesine içeriden asıldığını gördü. Kendisi hakkındaki haberi yeniden okudu, içeri girdi. Serdar Bey'in iki çalışkan oğlundan büyüğü basılmış gazetelerin bir kısmını naylon bir iple bağlıyordu. Fark edilmek dürtüsüyle şapkasını çıkardı, paltosunun kar tutmuş omuzlarına vurdu.

"Babam yok!" dedi elinde makineyi sildiği bir bezle içeriden gelen küçük oğlan. "Çay ister misiniz?"

"Yarınki gazetede benim hakkımda çıkan haberi kim yazdı?"

"Sizin hakkınızda haber mi var?" dedi küçük oğlan kaşları kalkarken.

"Var ya," dedi aynı kalın dudaklı ağabeyi dostluk ve memnuniyetle gülümseyerek. "Bütün haberleri bugün babam yazdı."

"Sabah o gazeteyi dağıtırsanız," dedi Ka. Bir an düşündü. "Benim için kötü olabilir."

"Niye?" dedi büyük oğlan. Yumuşacık bir teni, içten bir saflıkla bakan inanılmayacak kadar masum gözleri vardı.

Ka ancak son derece dostane bir havada çocuk gibi basit sorular sorarsa onlardan bilgi alabileceğini anladı. Böylece tosun oğullardan şimdiye kadar yalnızca Muhtar Bey'in, Anavatan Partisi il merkezinden gelen bir çocuğun ve her akşam uğrayan emekli edebiyat öğretmeni Nuriye Hanım'ın parasını verip gazeteyi aldıklarını, yollar açık olsaydı Ankara ve İstanbul'a yollanmak üzere otobüse teslim edecekleri gazetelerin şimdi dünkü paketlerle birlikte bekleyeceğini, geri kalanının da yarın sabah iki oğul tarafından Kars'ta dağıtılacağını, babaları isterse sabaha kadar yeni bir baskı elbette yapabileceklerini, babalarının az önce gazeteden çıktığını ve akşam yemeğine eve gelmeyeceğini öğrendi. Çayını içmek için bekleyemeyeceğini söyleyip, bir gazete alıp soğuk ve öldürücü Kars gecesine çıktı.

Çocukların dertsiz ve suçsuz hali Ka'yı yatıştırdı biraz. Yavaşça inen kar tanelerinin arasından yürürken fazla mı korkaklık ettiğini sordu kendine ve bir suçluluk duydu. Ama aklının bir köşesiyle de, göğsü ve beyni kurşunlarla doldurulan ya da postadan çıkan bombalı paketi hayran okurlardan gelen lokum kutusu sanıp hevesle açan pek çok bahtsız yazarın aynen böyle bir gurur ve cesaret açmazına girdikleri için dünyaya veda etmek zorunda kaldıklarını da biliyordu. Mesela bu gibi konularla fazla ilgisi olmayan Avrupa hayranı şair Nurettin, yıllar önce din ve sanat konusunda yazdığı yarı "bilimsel", daha çok da saçma bir yazı siyasal İslamcı bir gazete tarafından tahrif edilip "dinimize küfür etti!" diye yayımlanınca, sırf korkak durumuna düşmemek için eski fikirlerini hararetle sahiplenmiş, bu ateşli Kemalistliği asker destekli laik basın tarafından onun da hoşuna giden abartmalarla bir kahramanlık kariyerine dönüştürülmüş, bir sabah da arabasının ön tekerleğine bağlanan bir naylon torbadaki bombanın patlamasıyla sayısız küçük parçaya ayrıldığı için kalabalık ve gösterişli cenaze alayı boş tabutunun arkasından yürümüştü. Ka küçük taşra kentlerinde bu tür cesaret kışkırtmalarına, "aman korkak demesinler" telaşlarına, "belki Salman Rüşdü gibi dünyanın ilgisini çekerim" hayallerine kapılan eski solcu yerel gazeteciler, materyalist doktorlar, iddialı din eleştirmenleri için, değil büyük şehirlerdeki gibi ince tasarlanmış bir bomba, sıradan bir tabanca bile kullanılmadığını, öfkeli ve genç dindarların kurbanlarını karanlık bir sokakta çıplak elleriyle boğduklarını ya da bıçaklayıverdiklerini Frankfurt'ta kütüphanede karıştırdığı Türk gazetelerinin arka sayfalarındaki küçük ve heyecansız haberlerden biliyordu. Bu yüzden *Serhat Şehir Gazetesi*'nde cevap fırsatı verilirse hem postu deldirmemek hem de onurunu kurtarmak için ne diyeceğini ("Ateistim ama elbette Peygamber'e küfretmedim"? – "İnanmıyorum ama dine saygısızlık etmem"?) çıkartmaya çalışırken bir an arkasından kara bata çıka yaklaşan birinin ayak seslerini duyunca ürpererek döndü; dün bu vakit ziyaret ettiği Şeyh Saadettin Efendi'nin tekkesinde gördüğü otobüs şirketi yöneticisiydi bu. Adamın kendisinin ateist olmadığına tanıklık edebileceğini düşündü Ka ve utandı.

Bir çeşit sıradan ve sihirli bir tekrar duygusu vererek yağan iri taneli karın inanılmaz güzelliğine hayran olarak, kaldırımların buz tutmuş köşelerinde iyice yavaşlayarak ağır ağır Atatürk Caddesi'nden aşağı indi. Daha sonraki yıllarda Kars'ta karın güzelliğini, şehrin karlı kaldırımlarında aşağı yukarı yürürken gördüğü manzaraları (aşağılarda üç çocuk bir kızağı yokuş yukarı iterken, Aydın Foto Sarayı'nın karanlık vitrininde Kars'ın tek trafik lambasının yeşil ışığı yansıyordu) kederli ve unutulmaz kartpostallar gibi niye hep içinde taşıdığını soracaktı kendine.

Sunay'ın üs olarak kullandığı eski terzihanenin kapısında bir askerî kamyonla iki nöbetçi asker gördü. Kardan korunmak için eşikte dikilen askerlere Sunay'ı görmek istediğini tekrarlaya tekrarlaya söylediyse de Genelkurmay Başkanı'na dilekçe vermek için köyden gelen garibanı itekler gibi uzaklaştırdılar Ka'yı. Aklında Sunay ile görüşüp gazetenin dağıtılmasını durdurmak vardı.

Sonra kapıldığı telaşı ve öfkeyi bu hayal kırıklığıyla değerlendirmek lazım. Karda koşa koşa otele dönmek geliyordu içinden ama daha ilk köşebaşına gelmeden soldaki Birlik Kıraathanesi'ne girdi. Soba ile duvardaki ayna arasındaki masaya oturdu ve "Vurularak Ölmek" adlı şiirini yazdı.

Esas izleğinin "korku" olduğunu not ettiği bu şiiri Ka altıgen kar tanesinin hafıza dalıyla hayal kolu arasına yerleştirecek ve içerdiği kehaneti alçakgönüllülükle geçiştirecekti.

Ka şiiri yazdıktan sonra Birlik Kıraathanesi'nden çıkıp Karpalas Oteli'ne döndüğünde saat sekizi yirmi geçiyordu. Kendini yatağa atıp sokak lambasının ve pembe K harfinin ışığında ağır ağır düşen iri kar tanelerini seyredip İpek ile Almanya'da ne kadar mutlu olacaklarının hayallerini kurarak içindeki telaşı yatıştırmaya çalıştı. On dakika sonra İpek'i bir an önce görmek için dayanılmaz bir istek duyarak aşağıya inince bütün ailenin bir misafirle birlikte çevresinde toplandığı sofranın ortasına Zahide'nin çorba tenceresini yeni yerleştirmekte olduğunu ve İpek'in kumral saçlarının parıltısını mutlulukla gördü. Kendisine gösterilen yere İpek'in yanına otururken Ka aralarındaki aşkı bütün sofranın bildiğini bir an gururla hissetti ve tam karşısında oturan misafirin *Serhat Şehir Gazetesi* sahibi Serdar Bey olduğunu fark etti.

Serdar Bey öyle dostane bir gülümseyişle uzanıp elini sıktı ki Ka cebindeki gazetede okuduklarından bir an kuşkuya düştü. Kâsesini uzatıp çorbasını aldı, masanın altından elini İpek'in kucağına koydu, başını onun başına yaklaştırarak kokusunu ve varlığını hissetti, kulağına ne yazık ki Lacivert'ten hiçbir haber alamadığını fısıldadı. Hemen sonra Serdar Bey'in yanında oturan Kadife ile göz göze geldi ve bu kısa süre içinde İpek'in ona haberi verdiğini anladı. İçi öfke ve hayretle doluydu, ama gene de Turgut Bey'in Asya Oteli'nde yapılan toplantı hakkında şikâyetlerini dinleyebildi: Bütün toplantının bir kışkırtma olduğunu söyledi Turgut Bey, polisin elbette her şeyin farkında olduğunu ekledi. "Ama bu tarihî toplantıya katılmaktan hiç pişman değilim," dedi. "Kars'ta siyasete meraklı yaşlı-genç insan malzemesinin ne kadar düşük olduğunu kendi gözlerimle görmekten memnunum. Şehrin bu en sersem, en akılsız ve en gariban tabakasıyla siyaset miyaset yapılamayacağını, darbeye karşı çıkmak için gittiğim bu toplantıda aslında askerlerin Kars'ın geleceğini bu çapulculara bırakmamakla iyi ettiğini hissettim. Başta Kadife, hepinizi bu ülkede siyasetle ilgilenmeden önce bir kere daha düşünmeye çağırıyorum. Ayrıca Çarkıfelek'te çarkı çeviren gördüğünüz şu boyalı ve geçkin şarkıcımızın idam edilmiş eski dışişleri bakanı Fatin Rüştü Zorlu'nun metresi olduğunu otuz beş yıl önce Ankara'da herkes bilirdi."

Ka cebinden çıkardığı *Serhat Şehir Gazetesi*'ni sofradakilere gösterip aleyhine bir yazı olduğunu söylediğinde yemeğe oturalı yirmi dakikadan fazla olmuştu ve açık televizyona rağmen sofrada bir sessizlik vardı.

"Ben de onu söyleyecektim, ama yanlış anlar alınırsınız diye karar veremiyordum," dedi Serdar Bey.

"Serdar, Serdar, gene kimden ne emir aldın?" dedi Turgut Bey. "Yazık değil mi misafirimize. Verin ona okusun yediği haltı."

"Yazdığım şeyin tek kelimesine inanmadığımı bilmenizi isterim," dedi Serdar Ka'nın uzattığı gazeteyi alırken. "İnandığımı düşünürseniz beni kırarsınız. Lütfen bunun şahsi bir şey olmadığını, Kars'ta bir gazetecinin sipariş üzerine böyle yazılar yazmak zorunda kaldığını sen de söyle ona Turgut Bey."

"Serdar valilikten emir alıp birilerine hep çamur atar," dedi Turgut Bey. "Oku şunu bakalım."

"Ama hiçbirine de inanmam," dedi Serdar Bey gururla. "Hatta okurlarımız da inanmaz. Onun için korkulacak bir şey yok."

Serdar Bey yazdığı haberi, kimi yerlerde dramatik ve alaycı vurgular yapıp gülerek okudu. "Görüldüğü gibi korkacak bir şey yok!" dedi sonra.

"Siz ateist misiniz?" diye sordu Turgut Bey Ka'ya.

"Baba, konu bu değil," dedi İpek öfkeyle. "Bu gazete dağıtılırsa yarın sokakta onu vururlar."

"Hiçbir şey olmaz efendim," dedi Serdar Bey. "Kars'taki bütün siyasal İslamcıları, gericileri asker topladı." Ka'ya döndü. "Alınmadığınızı, sanatınızı ve insaniyetinizi çok takdir ettiğimi bildiğinizi gözlerinizden anlıyorum. Avrupa'nın bize hiç uymayan bazı kurallarıyla bana haksızlık etmeyin! Kars'ta kendini Avrupa'da sanan aptallar, Turgut Bey de iyi bilir, burada üç gün içinde bir köşede vurulup unutulurlar. Doğu Anadolu basını büyük bir sıkıntı içindedir. Bizi Kars'taki vatandaş satın alıp okumuyor. Gazeteme devlet daireleri abonedir. Elbette ki abonelerimizin okumak istediği cinsten haberler koyacağız. Dünyanın her yerinde, Amerika'da bile gazeteler önce okurlarının istediği haberi koyar. Okur sizden yalan haber istiyorsa, dünyanın hiçbir yerinde kimse doğruları yazarak satışını düşürmez. Gazetemin satışını artıracaksa ben doğruyu niye yazmayayım! Ayrıca doğruları yazmamıza polis de izin vermez. Ankara ve İstanbul'da Karslı yüz elli okurumuz var. Onların da oralarda ne kadar başarılı ve zengin olduklarını abartıyor, ballandırıyor, yazıyoruz ki aboneliklerini yenilesinler. Ha, bu yalanlara sonra kendileri de inanırlar, o başka." Bir kahkaha attı.

"Bu haberi kim sipariş etti, onu söyle," dedi Turgut Bey.

"Efendim, malum Batı gazeteciliğinde en önemli kuraldır, haberin kaynağı saklanır!"

"Benim kızlarım bu misafiri sevdiler," dedi Turgut Bey. "Yarın bu gazeteyi dağıtırsan seni hiç affetmezler. Ya arkadaşımızı gözü dönmüş dinciler vururlarsa, sorumluluk hissetmeyecek misin?"

"O kadar korkuyor musunuz?" diye gülümsedi Serdar Bey Ka'ya. "O kadar korkuyorsanız yarın hiç çıkmayın sokağa."

"O etrafta görünmeyeceğine gazeteler görünmesin," dedi Turgut Bey. "Gazeteleri dağıtma."

"Bu abonelerimi küstürür."

"Peki," dedi Turgut Bey bir ilhamla. "Kim ısmarladıysa bu gazeteyi ona ver. Geri kalanlar için misafirimiz hakkındaki bu yalan ve kışkırtıcı haberi çıkarıp yeni bir gazete yap."

İpek ve Kadife de bu fikri desteklediler. "Gazetemin bu kadar ciddiye alınması beni gururlandırıyor," dedi Serdar Bey. "Ama bu yeni baskının masraflarını kim karşılayacak, bunu da söylemelisiniz o zaman."

"Babam, siz ve oğullarınızı Yeşilyurt Lokantası'nda bir akşam yemeğine götürür," dedi İpek.

"Sizler de gelirseniz olur," dedi Serdar Bey. "Yollar açılıp bu tiyatrocu kalabalığı başımızdan gittikten sonra! Kadife Hanım da gelecek. Kadife Hanım, boş kalan yere yapacağım yeni haber için bana tiyatro darbesini destekleyen bir demeç verebilir misiniz, okurlarımız çok beğenir bunu."

"Vermez, vermez," dedi Turgut Bey. "Sen benim kızımı tanımadın mı hiç?"

"Tiyatrocuların darbesinden sonra Kars'ta intiharların azalacağına inandığınızı söyleyebilir misiniz Kadife Hanım? Bu da okuyucularımızın hoşuna gider. Üstelik siz Müslüman kızların intiharlarına karşıydınız."

"Artık intiharlara karşı değilim!" diye kesip attı Kadife.

"Ama bu sizi ateist durumuna düşürmez mi?" diye Serdar Bey yeni bir tartışma açmaya çalıştıysa da sofradakilerin kendisine hoş bakmadığını anlayacak kadar ayıktı.

"Peki söz veriyorum, gazeteyi dağıtmayacağım," dedi.

"Yeni bir baskı mı yapacaksınız?"

"Buradan çıkıp evime gitmeden önce!"

"Teşekkür ederiz," dedi İpek.

Uzun, tuhaf bir sessizlik oldu. Ka hoşlandı bundan: Yıllardır ilk defa bir ailenin parçası olduğunu hissediyordu; aile denen şeyin mutsuzluk ve sorunlara rağmen birliktelikte çaresizce inat etmenin zevki üzerine kurulu olduğunu anlıyor, hayatta bunu kaçırmış olduğu için hayıflanıyordu. İpek ile hayatının sonuna kadar mutlu olabilir miydi? Mutluluk değildi aradığı, üçüncü kadeh rakıdan sonra bunu çok iyi hissetti, mutsuzluğu tercih ettiği bile söylenebilirdi. Önemli olan o umutsuz birliktelikti, bütün dünyanın dışarıda kalacağı iki kişilik bir merkez kurmaktı. Bunu da İpek ile aylarca hiç durmadan sevişerek kurabileceğini hissediyordu. Bu akşamüstü biriyle seviştiği bu iki kız kardeşle bir masada oturmak, onların varlığını, tenlerinin yumuşaklığını hissetmek, akşam eve döndüğünde yalnız olmayacağını bilmek, bütün bu cinsel mutluluk vaadi ve gazetenin dağıtılmayacağına inanmak Ka'yı olağanüstü mutlu ediyordu.

Aşırı mutluluktan sofrada anlatılan hikâye ve söylentileri felaket haberleri gibi değil, eski bir masalın korkulu satırları gibi dinledi: Mutfakta çalışan çocuklardan biri, Zahide'ye kar yüzünden kalelerin ancak yarısının gözüktüğü futbol stadyumuna pek çok tutuklu getirildiğini, çoğunun kar altında hastalanıp, hatta donup ölsünler diye bütün gün dışarıda tutulduğunu, birkaç tanesinin ötekilere ibret olsun diye soyunma odalarının girişinde kurşuna dizildiğini işittiğini anlatmıştı. Z. Demirkol ve arkadaşlarının bütün gün şehirde estirdikleri terörün tanıkları belki de abartılı hikâyeler anlatıyorlardı: Kürt milliyetçisi bazı gençlerin "folklor ve edebiyat" çalışmaları yaptığı Mezopotamya Derneği basılmış, burada kimse bulunamadığı için derneğin çaycılığını yapan ve geceleri de orada uyuyan siyasetle alakasız ihtiyar fena halde dövülmüştü. Altı ay önce Atatürk İşhanı'nın girişindeki Atatürk heykeline boyalı ve lağımlı su atıldığı iddiası üzerine haklarında soruşturma açılan ama gözaltına alınmayan iki berberle bir işsiz, sabaha kadar dövüldükten sonra suçlarını ve şehirdeki diğer Atatürk düşmanı eylemlerini (endüstri meslek lisesinin bahçesindeki Atatürk heykelinin burnunu çekiçle kırmak, Onbeşliler Kıraathanesi'nin duvarına asılı Atatürk posterinin üzerine çirkin yazılar yazmak, hükümet konağının karşısındaki Atatürk heykelini baltayla tahrip etmek için planlar yapmak) itiraf etmişlerdi. Tiyatro darbesinden sonra Halitpaşa Caddesi'nde duvarlara slogan yazdığı öne sürülen iki Kürt gencinden biri vurulup öldürülmüş, bir diğeri tutuklandıktan sonra bayılana kadar dövülmüş, imam hatip lisesinin duvarlarındaki sloganları silsin diye getirilen işsiz bir genç de kaçınca bacaklarından vurulmuştu. Askerler ve tiyatrocular hakkında çirkin sözler söyleyenlerle asılsız dedikodular yayanlar çayhanelerdeki ihbarcılar sayesinde toplanmıştı, ama gene de böyle felaket ve cinayet zamanlarında hep olduğu gibi abartılı söylentiler de dolaşıyor, ellerindeki bombaları patlatarak ölen Kürt gençlerinden darbeyi protesto etmek için intihar eden türbancı kızlardan ya da İnönü Karakolu'na yaklaşırken durdurulan dinamit yüklü bir kamyondan söz ediliyordu.

Patlayıcı yüklü bir kamyonla intihar saldırısından söz edildiğini daha önce de işittiği için Ka bir ara dikkatini bu konuya vermenin dışında gece boyunca İpek'in yanında huzurla oturduğunu hissetmekten başka bir şey yapmadı.

Geç saatte gazeteci Serdar Bey'in arkasından Turgut Bey ve kızları odalarına çekilmek için kalkarken, Ka'nın aklından İpek'i odasına çağırmak geçti. Ama reddedilip mutluluğuna gölge düşürmemek için İpek'e bir ima bile yapmadan odasına çıktı.

34

Kadife de kabul etmez

ARABULUCU

Ka odasında pencereden dışarı bakarak sigara içti. Artık kar yağmıyordu; sokak lambalarının soluk ışığı altında karla kaplı boş sokakta insana huzur veren bir hareketsizlik vardı. Ka duyduğu huzurun karın güzelliğinden çok aşkla ve mutlulukla ilgili olduğunu çok iyi biliyordu. Dahası, burada, Türkiye'de kendisine benzer, eşiti olduğu insanların kalabalığıyla sarılmak da rahatlatmıştı onu. Hatta rahatlığının Almanya'dan veya İstanbul'dan geldiği için bu insanlara kendiliğinden duyduğu bir üstünlük duygusuyla güçlendiğini de şimdi kendine itiraf edecek kadar mutluydu.

Kapı çaldı, karşısında İpek'i görünce Ka şaşırdı.

"Hep seni düşünüyorum, uyuyamıyorum," dedi İpek içeri girince.

Turgut Bey'e aldırmadan sabaha kadar sevişeceklerini Ka hemen anladı. İnanılmaz gelen şey, önceden hiçbir bekleme acısı çekmeden İpek'e sarılabilmekti. Gece boyunca İpek ile sevişirken Ka mutluluktan da öte bir yer olduğunu, şimdiye kadarki hayat ve aşk deneyiminin zaman ve tutku dışı bu bölgeyi hissetmesine yetmediğini anladı. Hayatta ilk defa kendini bu kadar rahatlamış hissediyordu. Daha önce kadınlarla sevişirken aklının bir köşesinde hazır tuttuğu cinsel hayalleri, pornografik yayın ve filmlerden öğrenilmiş kimi istekleri unutmuştu. Gövdesi İpek ile sevişirken, Ka'nın daha önceden içinde barındırdığını bilmediği bir müzik bulmuş, onun ahengiyle ilerliyordu. Arada bir uyuyakalıyor, bir yaz tatilinin cennet havasını taşıyan rüyalarında koştuğunu, ölümsüz olduğunu, düşmekte olan bir uçakta bitmez tükenmez bir elmayı yediğini görüyor, İpek'in elma kokulu ve sıcacık tenini hissederek uyanıyor, dışarıdan gelen kar rengi ve hafif sarımsı ışıkta İpek'in gözlerinin içine çok yakından bakıyor, kadının uyanık olduğunu, sessizce kendisini seyrettiğini görünce sığ bir suda yan yana dinlenen iki balina gibi uzandıklarını hissediyor, ellerinin iç içe olduğunu o zaman fark ediyordu.

Bir ara uyanıp göz göze geldiklerinde "Babamla konuşacağım," dedi İpek. "Seninle Almanya'ya gideceğim."

Ka uyuyamadı. Bütün hayatını sanki mutlu bir film olarak seyrediyordu.

Şehrin içinde bir patlama oldu. Yatak, oda, otel bir an sallandı. Uzaktan makineli tüfek sesleri duyuldu. Şehri örten kar gürültüyü hafifletiyordu. Birbirlerine sarıldılar ve sessizce beklediler.

Daha sonra uyandığında silah sesleri kesilmişti. Ka sıcak yataktan iki kere çıkıp pencereden gelen buz gibi havayı terli teninde hissederek sigara içti. Aklına hiç şiir gelmiyordu. Hayatında hiç olmadığı kadar mutluydu.

Sabah kapının vurulmasıyla uyandı. İpek yanında yoktu. En son ne zaman uyuduğunu, İpek ile en son ne konuştuklarını, silah seslerinin ne zaman kesildiğini hatırlayamadı.

Kapıdaki, resepsiyona bakan Cavit'ti. Bir subayın otele geldiğini, Sunay Zaim'in Ka'yı karargâha davet ettiğini bildirdiğini ve şimdi aşağıda beklediğini söyledi. Ka acele etmedi, tıraş oldu.

Kars'ın boş sokaklarını dün sabahkinden de büyülü ve güzel buldu. Atatürk Caddesi'nin yukarılarında bir yerde kapısı parçalanmış, camları kırılmış, cephesi delik deşik bir ev gördü.

Terzihanede Sunay o eve bir intihar saldırısı yapıldığını söyledi. "Yanlışlıkla buraya değil, yukarıdaki binalardan birine girmeye kalkmış zavallı," dedi. "Parça parça olmuş. İslamcı mı, PKK'lı mı, hâlâ anlayamadılar."

Ka, Sunay'da, oynadığı rolleri fazla ciddiye alan ünlü aktörlerdeki o çocuksu havayı görüyordu. Tıraş olmuştu, temiz pak ve zinde gözüküyordu. "Lacivert'i yakaladık," dedi Ka'nın gözlerinin içine bakarak.

Ka haberden duyduğu mutluluğu içgüdüyle saklamak istedi, ama Sunay'ın gözünden kaçmadı bu. "Kötü bir insandır," dedi. "Eğitim enstitüsü müdürünü onun öldürttüğü kesin. Bir yandan intihara karşı olduğunu yayar, bir yandan da bir intihar saldırısı düzenlemek için akılsız, zavallı delikanlıları örgütler. Milli Emniyet onun bütün Kars'ı havaya uçuracak miktarda patlayıcıyla buraya geldiğinden emin! İhtilal gecesi izini kaybettirdi. Kimsenin bilmediği bir yere saklanmış. Dün akşamüstü Asya Oteli'nde yapılan o gülünç toplantıdan haberin vardır tabii."

Ka bir oyundaymışlar gibi yapmacıklı bir havayla başını salladı.

"Benim hayatta derdim bu suçluları, gericileri, teröristleri cezalandırmak değil," dedi Sunay. "Yıllardır sahnelemek istediğim bir oyun var ve şimdi onun için buradayım. Thomas Kyd adlı bir İngiliz yazar vardır. Shakespeare *Hamlet*'i ondan araklamıştır. Kyd'in *İspanyol Trajedisi* diye hakkı yenmiş, unutulmuş bir oyununu keşfettim. Bir kan davası ve intikam trajedisidir ve oyunun içinde oyun vardır. Funda ile bu oyunu oynamak için böyle bir fırsatı on beş yıldır kolluyoruz."

Ka odaya giren Funda Eser'e iki büklüm eğilerek yapmacıklı bir selam verdi ve upuzun bir ağızlıkla sigara içen kadının bundan hoşlandığını gördü. Ka sormadan karı koca oyunu özetlediler.

"Oyunu halkımızın zevk ve terbiye alacağı bir şekilde değiştirip basitleştirdim," dedi sonra Sunay. "Yarın Millet Tiyatrosu'nda oynarken seyirciler ve canlı yayında bütün Kars izleyecek."

"Ben de görmek isterdim," dedi Ka.

"Oyunda Kadife'nin de oynamasını istiyoruz... Funda onun kötü yürekli rakibesi olacak... Kadife, sahneye başı örtülü çıkacak. Sonra kan davasına neden olan saçmasapan törelere başkaldırıp birden herkesin önünde başını açacak." Sunay başındaki hayali bir örtüyü gösterişli bir jestle ve heyecanla atar gibi yaptı.

"Gene olaylar çıkar!" dedi Ka.

"Sen onu merak etme! Askerî idaremiz var şimdi."

"Kadife de zaten kabul etmez," dedi Ka.

"Kadife'nin Lacivert'e âşık olduğunu biliyoruz," dedi Sunay. "Kadife başını açarsa onun Lacivert'ini ben hemen bıraktırırım. Birlikte herkesten uzak bir yere kaçar, mutlu olurlar."

Funda Eser'in yüzünde yerli melodram filmlerinde birlikte kaçan genç âşıkların mutluluğundan sevinç duyan iyi niyetli teyzelere özgü o koruyucu şefkat ifadesi belirdi. Ka kadının İpek ile kendisinin aşkına da aynı sevgiyle yaklaşabileceğini hayal etti bir an.

"Kadife'nin canlı yayında başını açabileceğinden ben gene de şüpheliyim," dedi sonra.

"Durumundan ötürü onu bir tek senin ikna edebileceğini düşündük," dedi Sunay. "Bizimle pazarlık etmesi, en büyük şeytanla pazarlık etmesi demek olur. Oysa senin türbancı kızlara da hak verdiğini biliyor. Ablasına da âşıksın."

"Yalnız Kadife değil, Lacivert de ikna edilmeli. Ama önce Kadife ile konuşulmalı," dedi Ka. Ama aklı, "ablasına da âşıksın" sözünün basitliğine ve kabalığına takılmıştı.

"Bütün bunları sen istediğin gibi yaparsın," dedi Sunay. "Sana her türlü yetkiyle beraber bir de askerî araç veriyorum. Benim adıma istediğin gibi pazarlık da edersin."

Bir sessizlik oldu. Sunay Ka'nın dalgınlığını fark etmişti.

"Bu işe girmek istemiyorum," dedi Ka.

"Niye?"

"Belki de korkak olduğum için. Çok mutluyum şimdi. Dincilerin boy hedefi haline gelmek istemem. Kadife'nin başını açmasını, öğrencilerin onu seyretmesini bu ateist herif ayarlamış derler, Almanya'ya da kaçsam, bir gün beni bir gece bir sokakta vurup öldürürler."

"Önce beni vururlar," dedi Sunay gururla. "Ama korkak olduğunu söylemen de hoşuma gitti. Ben de korkağın tekiyim, inan bana. Bu ülkede yalnızca korkaklar ayakta kalır. Ama insan bütün korkaklar gibi bir gün çok kahramanca bir şey yapacağını da hayal eder hep, değil mi?"

"Ben çok mutluyum şimdi. Kahraman olmak istemiyorum hiç. Kahramanlık düşü, mutsuzların tesellisidir. Zaten bizim gibiler kahramanlık yapıyorum diye ya birilerini öldürür ya da kendilerini."

"Peki, aklının bir köşesiyle de bu mutluluğun çok sürmeyeceğini bilmiyor musun?" dedi Sunay inatla.

"Niye korkutuyorsun misafirimizi?" dedi Funda Eser.

"Hiçbir mutluluk uzun sürmez, bunu biliyorum," dedi Ka ihtiyatla. "Ama bu peşin mutsuzluk ihtimali yüzünden kahramanlık edip kendimi öldürtmeye niyetim yok."

"Bu işe girmezsen, Almanya'da değil, burada öldürecekler seni! Bugünkü gazeteyi gördün mü?"

"Bugün öleceğimi mi yazıyorlar?" dedi Ka gülümseyerek.

Sunay, Ka'ya *Serhat Şehir Gazetesi*'nin dün akşamüstü gördüğü son sayısını gösterdi.

"Kars'ta bir Allahsız!" diye okudu Funda Eser abartılı bir havayla.

"O dünkü ilk basım," dedi Ka güvenle. "Serdar Bey yeni bir basım yapıp durumu düzeltmeye karar verdi sonra."

"Bu kararını uygulamadan ilk basımı bu sabah dağıtmış," dedi Sunay. "Gazetecilerin sözüne güvenmeyeceksin hiç. Ama biz seni koruruz. Askerlere güçleri yetmeyen dinciler, ilk iş Batı uşağı bir ateisti vurmak isterler."

"Serdar Bey'den o haberi yazmasını sen mi istedin?" diye sordu Ka.

Sunay hakarete uğramış şerefli biri gibi dudağının kenarını büküp kaşlarını kaldırıp alıngan bir bakış attı, ama Ka onun küçük dolaplar çeviren uyanık bir siyasetçi konumundan çok mutlu olduğunu görebiliyordu.

"Beni sonuna kadar korumaya söz verirsen arabuluculuk yaparım," dedi Ka.

Sunay söz verdi, Jakoben saflara katıldığı için sarılarak Ka'yı kutladı ve iki adamının Ka'nın yanından hiçbir zaman ayrılmayacaklarını söyledi.

"Gerekirse seni sana karşı da koruyacaklardır!" diye ekledi heyecanla.

Arabuluculuk ve ikna işinin ayrıntılarını konuşmak için oturup mis gibi kokan bir sabah çayı içtiler. Funda Eser, tiyatro takımına, ünlü ve parlak bir oyuncu katılmış gibi memnundu. *İspanyol Trajedisi*'nin gücünden söz etti biraz, ama Ka'nın aklı hiç orada değildi, terzihanenin yüksek pencerelerinden içeri vuran harika beyaz ışığa bakıyordu.

Terzihaneden ayrılırken Ka yanına iri yarı iki silahlı erin verildiğini görünce hayal kırıklığına uğradı. En azından birinin subay ya da sivil ve şık olmasını isterdi. Bir zamanlar televizyona çıkıp Türk milletinin aptal olduğunu, İslam'a da hiç inanmadığını söyleyen ünlü bir yazarı, hayatının son yıllarında devletin ona verdiği şık ve terbiyeli iki koruma arasında görmüştü bir kere. Yalnızca çantasını taşımıyorlar, Ka'nın ünlü ve muhalif bir yazarın hak ettiğine inandığı bir tantanayla kapısını tutuyor, merdivenlerde koluna giriyor ve aşırı meraklı hayranlardan ve düşmanlardan uzak tutuyorlardı onu.

Askerî araçta Ka'nın yanında oturan erler ise, onu korur gibi değil, gözaltında tutar gibi davranıyorlardı.

Ka otele girer girmez sabah bütün ruhunu saran mutluluğu yeniden hissetti, içinden hemen İpek'i görmek gelmesine rağmen ondan bir şey saklamak aşklarına küçük de olsa ihanet anlamına gelebileceği için önce bir yolunu bulup Kadife ile yalnız konuşmak istiyordu. Ama lobide İpek'le karşılaşınca bu niyetini unuttu.

"Hatırladığımdan da güzelsin!" dedi İpek'e hayranlıkla bakarak. "Sunay beni çağırttı, arabulucu olmamı istiyor."

"Ne konuda?"

"Dün akşamüstü Lacivert yakalanmış!" dedi Ka. "Niye dönüyor yüzün: Bizim için tehlikeli bir şey yok. Evet, Kadife üzülecek. Ama benim içim rahat etti inan bana." Sunay'dan duyduklarını hızlı hızlı anlattı, gece duydukları patlamayı, silah seslerini açıkladı. "Sabah beni uyandırmadan gitmişsin. Korkma, her şeyi halledeceğim, kimsenin burnu kanamayacak. Frankfurt'a gidip mutlu olacağız. Babanla konuştun mu?" Bir pazarlık olacağını, bu yüzden Sunay'ın kendisini Lacivert'e yollayacağını, ama önce Kadife'yle konuşmasının şart olduğunu söyledi. İpek'in gözlerinde gördüğü aşırı endişe, onun kendisi için meraklandığı anlamına geliyor, bu da hoşuna gidiyordu.

"Kadife'yi birazdan odana yollarım," deyip İpek gitti.

Odasına çıkınca yatağının yapılmış olduğunu gördü. Dün gece içinde hayatının en mutlu gecesini geçirdiği eşyalar, sehpanın soluk lambası, solgun perdeler şimdi bambaşka bir kar ışığı ve sessizlik içindeydi ama sevişmeden kalan kokuyu hâlâ içine çekebiliyordu. Kendini yatağa sırtüstü atıp tavana bakarken Kadife ile Lacivert'i ikna edemezse başının ne kadar derde girebileceğini çıkarmaya çalıştı.

Kadife içeri girer girmez "Lacivert'in yakalanışı hakkında ne biliyorsun anlat," dedi. "Onu hırpalamışlar mı?"

"Hırpalasalardı beni ona götürmezlerdi," dedi Ka. "Birazdan götürecekler. Oteldeki toplantıdan sonra yakalamışlar, daha fazlasını bilmiyorum."

Kadife pencereden dışarı, karlı caddeye baktı. "Şimdi sen mutlusun ve ben mutsuzum artık," dedi. "Sandık odasındaki buluşmamızdan sonra her şey ne çok değişti."

Ka dün öğleden sonra 217 numaralı odada buluşmalarını, odadan çıkmadan önce Kadife'nin silahını çekip kendisini soyuşunu, onları birbirine bağlayan çok eski ve tatlı bir anı gibi hatırladı.

"Hepsi bu değil Kadife," dedi Ka. "Çevresindekiler Sunay'ı Lacivert'in eğitim enstitüsü müdürünün katlinde parmağı olduğuna inandırmışlar. Ayrıca İzmirli televizyon sunucusunu öldürdüğünü kanıtlayan bir dosya da Kars'a gelmiş."

"Kim bu çevresindekiler?"

"Kars'taki birkaç Milli İstihbaratçı... Onlarla ilişkisi olan bir-iki asker... Ama Sunay bütünüyle onların etkisi altında değil. Sanatsal amaçları var. Bunlar onun kelimeleri. Bu akşam Millet Tiyatrosu'nda bir oyun sahnelemek ve sana da rol vermek istiyor. Surat yapma, dinle. Televizyon da canlı yayın yapacak, bütün Kars seyredecek. Sen oynamaya razı olursan, Lacivert de imam hatipli öğrencileri ikna eder, onlar da gelip oyunu, oturup sessizce, kibarca, gerektiği yerde alkışlayarak seyrederlerse, Sunay Lacivert'i salıverecek. Her şey unutulacak, kimsenin burnu kanamayacak. Beni arabulucu seçti."

"Oyun ne?"

Ka, Thomas Kyd'i ve *İspanyol Trajedisi*'ni anlattı, Sunay'ın oyunu değiştirip uyarladığını söyledi. "Yıllar boyunca Anadolu turnelerinde Corneille, Shakespeare ve Brecht'i göbek dansı ve edepsiz şarkılarla birleştirdiği anlayışla."

"Ben de kan davası başlasın diye canlı yayında ırzına geçilen kadın olacağım herhalde."

"Hayır. Bir İspanyol hanımı gibi başın kapalıyken kan davasından bıkıp, bir öfke anında başörtüsünü atan isyancı kız olacaksın."

"Burada isyancılık başörtüsünü atmayı değil, takmayı gerektiriyor."

"Bu oyun Kadife. Oyun olduğu için de açabilirsin başını."

"Benden ne istendiğini anladım. Oyun da olsa, oyun içinde oyun da olsa açmayacağım başımı."

"Bak Kadife, iki gün sonra kar diner, yollar açılır, hapisteki mahkûm da acımasızların eline geçer. O zaman Lacivert'ini hayatının sonuna kadar bir daha göremezsin. İyi düşündün mü bunu?"

"Düşünürsem kabul ederim diye korkuyorum."

"Ayrıca başörtünün altına peruk takarsın. Kimse görmez saçlarını."

"Peruk takacak olsaydım, bazıları gibi üniversiteye girmek için yapardım o işi."

"Şimdi sorun üniversite kapısında onurunu kurtarmak değil. Lacivert'i kurtarmak için yapacaksın bunu."

"Benim başımı açarak ona sağlayacağım kurtuluşu Lacivert isteyecek mi bakalım?"

"İsteyecek," dedi Ka. "Senin başını açman Lacivert'in onurunu zedelemez. İlişkinizi kimse bilmiyor çünkü."

Kadife'nin zayıf noktasına dokunabildiğini gözlerindeki öfkeden anladı, tuhaf bir şekilde gülümsediğini gördü sonra Ka ve korktu bundan. İçini bir korku ve kıskançlık sardı. Kadife'nin kendisine İpek hakkında yıkıcı bir şey söylemesinden korkuyordu. "Çok vaktimiz yok Kadife," dedi aynı tuhaf korkuyla. "Bu işin içinden tatlılıkla çıkacak kadar akıllı ve duyarlı olduğunu biliyorum. Yıllarca siyasal sürgün hayatı yaşamış biri olarak söylüyorum. Dinle beni: Hayat ilkeler için değil, mutlu olmak için yaşanır."

"Ama ilkesiz ve inançsız da kimse mutlu olamaz," dedi Kadife.

"Doğru. Ama bizimki gibi insana değer verilmeyen zalim bir ülkede inançları için kendini mahvetmek akılsızlıktır. Büyük ilkeler, inançlar, onlar zengin ülkelerin insanları için."

"Tam tersi. Fakir bir ülkede insanın inançlarından başka sarılacak hiçbir şeyi olmuyor."

Aklına geldiği gibi Ka "ama inandıkları şeyler doğru değil!" demedi. "Ama sen yoksullardan değilsin Kadife," dedi. "Sen İstanbul'dan geliyorsun."

"Bu yüzden neye inanıyorsam öyle yaparım. Takiyye yapamam. Başımı açarsam gerçekten açarım."

"Peki şuna ne diyorsun: Tiyatro salonuna kimse alınmasın. Karslılar olayı televizyondan seyretsinler yalnızca. O zaman kamera önce bir öfke anında senin elini başörtüne attığını gösterir. Sonra kurgu yaparız ve sana benzeyen bir başkasının saçlarını çözüşünü arkadan gösteririz."

"Bu da peruk takmanın daha kurnazcası," dedi Kadife. "Sonuçta herkes askerî darbeden sonra başımı açtığımı düşünecek."

"Önemli olan dinin buyruğu mu, yoksa herkesin ne düşündüğü mü? Bu yolla saçlarını asla açmamış oluyorsun. Yok derdin herkesin ne dediği ise, bütün bu saçmalıklar sona erince bunun bir film kurgusu olduğu herkese anlatılır. Lacivert'i kurtarmak için bütün bunları yapmaya razı olduğun ortaya çıkınca imam hatipli o genç insanlar, daha da saygı duyarlar sana."

"Birisini bütün gücünle ikna etmeye çalışırken," dedi Kadife bambaşka bir havayla. "Aslında hiç de inanmadığın şeyleri söylemekte olduğunu düşündüğün olur mu hiç?"

"Olur. Ama şimdi öyle hissetmiyorum."

"O zaman en sonunda o kişiyi inandırmayı başardığında onu kandırmış olduğun için suçluluk duyarsın değil mi? Onu çaresiz bıraktığın için."

"Görmekte olduğun şey çaresizliğin değil Kadife. Akıllı bir insan olarak yapacak başka şey kalmadığını görüyorsun. Sunay'ın çevresindekiler elleri hiç titremeden Lacivert'i asarlar ve sen buna razı olamazsın."

"Diyelim ki herkesin önünde açtım başımı, yenilgiyi kabul ettim. Lacivert'i bırakacakları ne malum? Ben bu devletin sözüne neden inanayım."

"Haklısın. Bunu onlarla konuşayım."

"Kiminle ne zaman konuşacaksın?"

"Lacivert ile görüştükten sonra tekrar Sunay'a gideceğim."

İkisi de bir süre sustular. Böylece Kadife'nin şartları kabaca kabul ettiği iyice ortaya çıkmış oldu. Gene de Ka bundan emin olmak için Kadife'ye göstererek saatine baktı.

"Lacivert MİT'in mi, askerlerin mi elinde?"

"Bilmiyorum. Fazla bir fark da yoktur herhalde."

"Askerler işkence yapmayabilir," dedi Kadife. Biraz sustu. "Bunları ona vermeni istiyorum." Sedef kaplamalı, taşlı eski usul bir çakmakla bir paket kırmızı Marlboro uzattı Ka'ya. "Çakmak babamındır. Onunla sigarasını yakmaktan hoşlanır Lacivert."

Ka sigarayı aldı, çakmağı almadı. "Çakmağı ona verirsem, Lacivert önce sana uğradığımı anlar."

"Anlasın."

"O zaman seninle konuştuğumuzu da anlar ve senin kararını merak eder. Oysa ben önce seni gördüğümü, senin onu kurtarmak için bir şekilde başını açmaya razı olduğunu ona söylemeyeceğim."

"Bunu kabul etmeyeceği için mi?"

"Hayır. Lacivert ölümden kurtulmak için senin başını açıyormuş gibi yapmanı kabul edecek kadar akıllı, mantıklı biridir, bunu sen de biliyorsun. Kabul edemeyeceği şey, bu konunun önce kendisine değil, sana sorulmasıdır."

"Ama bu yalnızca siyasal bir konu değil, aynı zamanda benimle ilgili kişisel bir konu. Lacivert bunu anlar."

"Anlasa da ilk kendisinin söz sahibi olmak isteyeceğini sen de biliyorsun Kadife. O bir Türk erkeği. Üstelik de siyasal İslamcı. Ona gidip 'sen serbest kal diye Kadife başını açmaya karar verdi' diyemem. Kararı kendisinin verdiğini düşünmeli. Senin peruk takacağın takiyyeli, televizyon montajlı o ara çözümü ona da açacağım. Senin onurunu kurtaracağına, bunun bir çözüm olduğuna hemen kendini inandıracaktır. Senin numara kabul etmez onur anlayışınla onun pratik onur anlayışının uyuşmadığı o karanlık bölgeleri gözünün önünde canlandırmak bile istemeyecektir. Başını açarsan, dürüstçe, numarasız açacağını da işitmek istemez hiç."

"Lacivert'i kıskanıyorsun, ondan nefret ediyorsun," dedi Kadife. "Onu bir insan olarak bile görmek istemiyorsun. Batılılaşmamışları ilkel, ahlaksız, aşağı bir sınıf olarak görüp dayakla adam etmeyi kuran laikler gibisin. Benim Lacivert'i kurtarmak için askerî güce boyun eğmem mutlu etti seni. Bu ahlaksız mutluluğunu gizleyemiyorsun bile." Bir nefret belirdi gözlerinde. "Madem bu konuda önce Lacivert karar vermeliymiş, bir başka Türk erkeği olan sen, Sunay'dan sonra niye doğrudan Lacivert'e gitmedin de önce bana geldin, söyleyeyim mi? Çünkü benim kendi rızamla boyun eğdiğimi görmek istiyordun önce. Bu da korktuğun Lacivert karşısında sana bir üstünlük verecekti."

"Lacivert'ten korktuğum doğru. Ama diğer dediklerin haksız Kadife. Önce Lacivert'e gidip onun başını açman gerektiği yolundaki kararını sana bir emir gibi getirseydim sen bu karara uymazdın."

"Bir arabulucu değilsin artık, zalimlerle işbirliği yapan birisin."

"Bu şehirden sağ salim çıkmaktan başka hiçbir şeye inanmıyorum ben Kadife. Artık sen de inanma hiçbir şeye. Zeki, gururlu ve cesur olduğunu bütün Kars'a yeterince kanıtladın. Biz buradan kurtulur kurtulmaz ablanla Frankfurt'a gideceğiz. Orada mutlu olmak için. Sana da mutlu olmak için ne gerekiyorsa onu yap derim. Lacivert ile buradan kurtulup bir Avrupa şehrinde siyasal sürgün olarak pekâlâ mutlu olabilirsiniz. Baban da eminim gelir peşinizden. Bunun için önce bana güvenmen gerekiyor."

Mutluluktan söz ederken Kadife'nin gözünü dolduran bir damla yaş yanağına akıverdi. Ka'yı korkutan bir şekilde gülümserken Kadife gözyaşını avcunun içiyle çabucak sildi. "Ablamın Kars'tan ayrılacağından emin misin?"

"Eminim," dedi Ka hiç de emin olmadığı halde.

"Çakmağı vermende ve önce beni gördüğünü Lacivert'e söylemende ısrar etmiyorum," dedi Kadife mağrur ve hoşgörülü bir prenses edasıyla. "Ama başımı açınca Lacivert'in serbest bırakılacağından kesinlikle emin olmak istiyorum. Sunay'ın ya da bir başkasının kefaleti yetmez. Türk Devleti'ni hepimiz biliriz."

"Çok akıllısın Kadife. Kars'ta mutluluğu en çok hak eden insan sensin!" dedi Ka. Bir an "bir de Necip'ti" demek geldi içinden, ama hemen unuttu onu. "Çakmağı da ver bana. Belki bir punduna getirirsem Lacivert'e veririm. Ama güven bana."

Kadife ona çakmağı uzatırken beklenmedik bir şekilde birbirlerine sarıldılar. Kadife'nin ablasınınkinden çok daha narin ve hafif gövdesini ellerinin içinde bir an şefkatle hissetti Ka, onu öpmemek için kendini tuttu. Aynı anda kapı hızla vurulunca "iyi ki tuttum kendimi" diye düşündü.

Kapıdaki İpek'ti, bir askerî aracın Ka'yı almak için geldiğini söyledi. Odada olup bitenleri anlamak için Ka ile Kadife'nin gözlerinin içine yumuşacık ve düşünceli bakışlarıyla uzun uzun baktı. Ka onu öpmeden çıktı. Koridorun sonunda suçluluk ve zafer duygularıyla geri dönüp baktığında iki kardeşin birbirine sarıldıklarını gördü.

35

Ben kimsenin ajanı değilim

Ka İLE LACİVERT HÜCREDE

Koridorun ucunda birbirine sarılmış Kadife ile İpek'in hayali Ka'yı uzun bir süre terk etmedi. Şoförün yanında oturduğu askerî araç Atatürk Caddesi'yle Halitpaşa Caddesi'nin köşesinde, Kars'taki tek trafik ışığının karşısında durunca Ka, yüksek koltuğundan, hemen az ötedeki eski Ermeni evinin ikinci katında temiz havaya açılmış boyasız bir pencere kanadıyla, hafif rüzgârda kıpırdanan bir perdenin aralığından içeride yapılan gizli bir siyasi toplantının bütün ayrıntılarını bir anda sıkı bir röntgenci gibi gördü ve telaşlı ve beyaz bir kadın eli perdeyi çekip pencereyi öfkeyle kaparken aydınlık odada ne olup bittiğini şaşırtıcı bir doğrulukla tahmin etti: Kars'taki Kürt milliyetçilerinin önde gelen iki tecrübeli militanı, ağabeyi dün geceki baskınlarda öldürülmüş ve şimdi vücuduna sarılan Gazo marka sargı bezleri nedeniyle sobanın yanı başında buram buram terlemekte olan bir çaycı çırağını Faikbey Caddesi'ndeki emniyet müdürlüğüne yan kapıdan girip üzerindeki bombayı patlatmasının çok kolay olacağına ikna etmeye çalışıyorlardı.

Ka'nın tahminlerinin aksine ne söz konusu emniyet müdürlüğüne ne de daha ilerideki Milli Emniyet'in Cumhuriyet'in ilk yıllarından kalma gösterişli merkezine sapan askerî kamyon Atatürk Caddesi'nden hiç ayrılmadan, Faikbey Caddesi'ni geçip şehrin tam merkezindeki askerî karargâha girdi. 1960'larda şehrin merkezinde büyük bir park olması tasarlanan bu arazi, 1970'teki askerî darbeden sonra duvarlarla çevrilmiş, sıkıntılı çocukların cılız kavak ağaçları arasında bisiklete bindiği askerî lojmanlara, yeni kumandanlık binaları ve eğitim sahalarıyla kaplı bir merkeze dönüştürülmüş, böylece Puşkin'in Kars yolculuğunda kaldığı ev ile, ondan kırk yıl sonra çarın Kazak süvarileri için yaptırdığı ahırlar da –askerlere yakın *Hüryurt* gazetesinin de yazdığı gibi– yıkımdan kurtulmuştu.

Lacivert'in tutulduğu hücre bu tarihî ahırların hemen bitişiğindeydi. Askerî kamyon, Ka'yı, ihtiyar bir iğde ağacının karın ağırlığıyla esnemiş dalları altındaki eski ve sevimli bir kâgir binanın önünde bıraktı. İçeride Ka'nın MİT görevlisi olduklarını doğru olarak sezdiği iki kibar adam, ellerindeki Gazo sargı bezi rulosuyla Ka'nın göğsüne 1990'lı yıllara göre ilkel sayılacak bir ses kayıt aracı sardılar ve çalışma düğmesini gösterdiler. Bir yandan da, aşağıdaki tutuklunun buraya düşmesine üzülüyormuş da ona yardım etmek istiyormuş gibi hareket etmesini, işlediği, örgütlediği cinayetleri itiraf ettirip teybe kaydetmesini hiç de alaycı olmayan bir edayla tembihliyorlardı. Ka bu adamların kendisinin buraya yollanmasındaki asıl nedeni bilmediğini hiç düşünmedi.

Çar zamanında Rus süvarilerinin karargâhı olarak kullanılan küçük kâgir yapının taştan soğuk bir merdivenle inilen alt katında, disiplinsizlik yapanların cezalandırıldığı penceresiz, büyükçe bir hücre vardı. Cumhuriyet döneminde bir ara küçük bir depo, 1950'lerde de atom saldırısında kullanılacak örnek bir sığınak olarak değerlendirilen bu hücreyi Ka tahmin ettiğinden çok daha temiz ve rahat buldu.

Oda, bölge başbayii Muhtar'ın iyi geçinmek için bir zamanlar askeriyeye hediye ettiği elektrikli bir Arçelik ısıtıcıyla çok iyi ısıtılmasına rağmen Lacivert uzanıp kitap okuduğu yatakta üzerine temiz bir asker battaniyesi çekmişti. Ka'yı görünce yataktan çıktı, bağları alınmış ayakkabılarını giyip resmî bir havayla ama gene de gülümseyerek elini sıktı ve iş konuşmaya hazır birinin kararlılığıyla kenardaki formika masayı işaret etti. Küçük masanın iki ucundaki iki sandalyeye oturdular. Ka masanın üzerinde ağzına kadar izmaritle dolu çinko bir küllük görünce cebinden Marlboro'yu çıkarıp Lacivert'e verdi, rahatının yerinde gözüktüğünü söyledi. Lacivert işkence görmediğini söyledi ve kibritiyle önce Ka'nın, sonra kendi sigarasını yaktı. "Bu sefer kimin için casusluk ediyorsunuz efendim?" diye sordu sevimli bir şekilde gülümseyerek.

"Casusluğu bıraktım," dedi Ka. "Artık arabuluculuk ediyorum."

"O daha da beter. Casuslar para karşılığında çoğu işe yaramaz ıvır zıvır bilgi taşır. Arabulucular ise tarafsızlık pozuyla işlere ukalaca burnunu sokar. Senin çıkarın nedir?"

"Bu berbat Kars şehrinden sağ salim çıkmak."

"Batı'dan casusluk etmeye gelmiş bir ateiste bu güvenceyi bugün ancak Sunay verebilir."

Böylece Lacivert'in *Serhat Şehir Gazetesi*'nin son sayısını görmüş olduğunu anladı Ka. Lacivert'in bıyık altından gülüşünden nefret etti. Acımasızlığından o kadar şikâyet ettiği Türk Devleti'nin eline –üstelik de iki cinayet dosyasıyla birlikte– düştükten sonra bu şeriatçı militan nasıl bu kadar neşeli ve sakin olabiliyordu? Ka üstelik şimdi Kadife'nin neden ona bu kadar âşık olduğunu da anlayabiliyordu. Lacivert'i bu sefer her zamankinden daha yakışıklı bulmuştu.

"Arabuluculuk konusu ne?"

"Senin serbest bırakılman," dedi Ka ve sakin bir şekilde Sunay'ın önerisini özetledi. Kadife'nin başını açarken peruk takabileceğini ya da diğer canlı yayın hilelerini pazarlık payı bırakmak için hiç açmadı. Şartların ağırlığını anlatırken ve Sunay'ı sıkıştıran acımasızların Lacivert'i ilk fırsatta asmak isteyeceklerini söylerken bir zevk aldığını hissettiği ve bu yüzden bir suçluluk duyduğu için Sunay'ın çatlağın teki olduğunu, karlar eriyip yollar açılınca her şeyin normale döneceğini ekledi. Daha sonra bunu MİT görevlilerinin hoşuna gidecek bir şey olsun diye söyleyip söylemediğini soracaktı kendine.

"Gene de benim tek kurtuluş çaremin Sunay'ın kafasındaki çatlak olduğu anlaşılıyor," dedi Lacivert.

"Evet."

"Söyle ona o zaman: Önerisini reddediyorum. Sana da buraya kadar gelip zahmet ettiğin için teşekkür ediyorum."

Ka bir an Lacivert'in ayağa kalkıp, elini sıkıp kendisini kapı dışarı edeceğini sandı. Bir sessizlik oldu.

Lacivert sandalyesinin arka ayakları üzerinde huzurla yaylanıyordu. "Arabuluculuk işini başaramadığın için bu berbat Kars şehrinden sağ salim kurtulamazsan bu benim yüzümden değil, senin boşboğazlık edip ateistliğinle övünmen yüzünden olacak. Bu ülkede insan ancak arkasına askerleri alırsa ateistliğiyle gururlanabilir."

"Ateistliğiyle gururlanan biri değilim."

"İyi o zaman."

Gene sustular ve sigaralarını içtiler. Ka çekip gitmekten başka yapacak hiçbir şeyi olmadığını hissetti. "Ölümden korkmuyor musun?" diye sordu sonra.

"Bu bir tehditse: Korkmuyorum. Arkadaşça bir meraksa: Evet, korkuyorum. Ama bu zalimler ne yapsam beni asar artık. Yapacak bir şey yok."

Lacivert Ka'yı kahreden tatlı bir bakışla gülümsedi. Bakışları, "bak, ben senden çok daha zor bir durumdayım, ama gene de senden daha rahatım!" diyordu. Ka kendi telaş ve huzursuzluğunun İpek'e âşık olduğundan beri karnında tatlı bir ağrı gibi taşıdığı mutluluk umuduyla ilişkili olduğunu utançla hissetti. Lacivert'in hiç mi böyle bir umudu yoktu? "Dokuza kadar sayacağım ve kalkıp gideceğim," dedi kendine. "Bir, iki..." Beşe gelince eğer Lacivert'i kandıramazsa, İpek'i de Almanya'ya götüremeyeceğine karar vermişti.

Bir ilhamla bir süre havadan sudan söz etti. Çocukluğunda gördüğü bir siyah beyaz Amerikan filmindeki bahtsız arabulucudan, Asya Oteli'nde yapılan toplantıdan çıkan bildirinin –çekidüzen verilirse– Almanya'da yayımlanabileceğinden, insanların hayatlarında bir inat, anlık bir tutku uğruna yanlış kararlar alıp sonra çok pişman olabileceklerinden, mesela kendisinin de lisedeyken böyle bir öfkeyle basketbol takımını terk edip bir daha geri dönmediğinden, o gün Boğaz kıyısına inip uzun uzun denizi seyrettiğinden, İstanbul'u ne kadar da çok sevdiğinden, bahar akşamüstleri Bebek Koyu'nun ne kadar güzel olduğundan, başka pek çok şeyden söz etti. Soğukkanlı bir ifadeyle kendisine bakan Lacivert'in bakışlarından ezilmemeye ve hiç susmamaya çalışıyor, bu da bütün bu görüşmeyi idamdan önceki son görüşmeye benzetiyordu.

"İstedikleri en olmadık şeyleri yapsak bile verdikleri sözü tutmaz bunlar," dedi Lacivert. Masanın üzerindeki bir deste kâğıtla kalemi gösterdi. "Bütün hayat hikâyemi, suçlarımı, anlatmak istediğim her şeyi yazmamı istiyorlar benden. O zaman iyi niyet görürlerse pişmanlık yasasıyla belki beni affederlermiş. Bu yalanlara kanıp son günlerinde davalarından dönen, bütün hayatlarına ihanet eden budalalara hep acıdım. Ama madem ölüyorum, benden sonrakiler hakkımda doğru bir-iki şey öğrensin isterim." Masanın üzerindeki yazılı kâğıtlardan birini çekti. Yüzüne Alman gazetelerine demeç verirken gelen aşırı ciddi ifade geldi:

"İdamımın söz konusu olduğu yirmi şubat tarihinde bugüne kadar siyaset gereği yaptığım hiçbir şeyden pişman olmadığımı söylemek isterim. İstanbul Defterdarlığı'ndan emekli, kâtip bir babanın ikinci çocuğuyum. Çocukluğum ve gençliğim gizlice bir Cerrahi tekkesine devam eden babamın alçakgönüllü ve sessiz dünyasında geçti. Gençliğimde ona isyan edip dinsiz bir solcu oldum, üniversitedeyken militan gençlerin peşine takılıp Amerikan uçak gemisinden çıkan denizcileri taşladım. O sırada evlendim, ayrıldım; bir buhran geçirdim. Yıllarca kimseye gözükmedim. Elektronik mühendisiyim. Batı'ya duyduğum öfke yüzünden İran devrimine saygı duydum. Tekrar Müslüman oldum. İmam Humeyni'nin 'bugün İslam'ı korumak, namaz kılmak ve oruç tutmaktan çok daha önemlidir' fikrine inandım. Frantz Fanon'un şiddet üzerine yazdıklarından, Seyyid Kutub'un zulmün karşısında hicret etmek ve yer değiştirmek konusundaki fikirlerinden ve Ali Şeriati'den ilham aldım. Askerî darbeden kaçmak için Almanya'ya sığındım. Geri döndüm. Grozni'de Çeçenlerle birlikte Ruslara karşı savaşırken aldığım yaradan dolayı sağ ayağım aksar. Sırp kuşatması sırasında Bosna'ya gittim, orada evlendiğim Boşnak kızı Merzuka benimle birlikte İstanbul'a gelmiştir. Siyasi faaliyetlerim ve hicret fikrine inancım yüzünden hiçbir şehirde iki haftadan uzun kalamadığım için ikinci karımdan da ayrıldım. Beni Çeçenistan ve Bosna'ya götüren Müslüman gruplarla ilişkimi kestikten sonra Türkiye'yi karış karış dolaştım. İslam düşmanlarının gerekirse öldürülmesine inanmama rağmen bugüne kadar kimseyi ne öldürdüm ne de öldürttüm. Kars eski belediye başkanını şehirdeki faytonları kaldırmak istemesine kızan meczup bir Kürt arabacı öldürmüştür. Ben Kars'a intihar eden genç kızlar yüzünden geldim. İntihar en büyük günahtır. Ölümümden sonra şiirlerim benden yadigâr kalsın, yayımlansın isterim. Hepsi Merzuka'dadır. Bu kadar."

Bir sessizlik oldu.

"Ölmek zorunda değilsin," dedi Ka. "Ben bunun için buradayım."

"O zaman bir başka şey anlatacağım," dedi Lacivert. Dikkatle dinlendiğinden emin, yeni bir sigara yaktı. Ka'nın böğründe hamarat bir ev kadını gibi sessiz sessiz çalışmakta olan kayıt cihazının farkında mıydı?

"Münih'teyken cumartesi geceleri saat on ikiden sonra ucuza çift film gösteren bir sinema vardı, oraya giderdim," dedi Lacivert. "Cezayir'de Fransızların yaptığı zulmü gösteren *Cezayir Savaşı* diye bir film çekmiş bir İtalyan vardır, onun son filmi *Queimada*'yı gösterdiler. Film Atlantik'te şekerkamışı yetiştirilen bir adada İngiliz sömürgecilerin çevirdiği dümenleri, ayarladığı devrimleri gösteriyor. Önce bir zenci lider bulup Fransızlara karşı bir isyan çıkartıyorlar, sonra da adaya yerleşip duruma el koyuyorlar. Siyahlar ilk isyanın başarısızlığı üzerine bir kere daha, bu sefer İngilizlere karşı ayaklanıyor, ama İngilizler bütün adayı yakınca yeniliyorlar. Bu iki isyanın zenci lideri yakalanmış, bir sabah asılmak üzere. Tam o sırada ta baştan onu bulan, isyana kışkırtan, yıllar boyunca her şeyi ayarlayan, en son da İngilizlerin hesabına ikinci isyanı bastıran Marlon Brando zencinin tutsak edildiği çadıra giriyor ve iplerini kesip onu serbest bırakıyor."

"Niye?"

Biraz sinirlendi Lacivert. "Niye olacak... Asılmasın diye! Eğer asılırsa zencinin bir efsane olacağını, yerlilerin yıllarca onun adını isyan bayrağı edeceklerini çok iyi biliyor. Ama zenci, Marlon'un ipleri bu yüzden kestiğini anladığı için serbest bırakılmayı reddediyor ve kaçmıyor."

"Astılar mı onu?" diye sordu Ka.

"Evet ama asılışı gösterilmiyor," dedi Lacivert. "Onun yerine senin şimdi bana yaptığın gibi, zenciye özgürlük öneren ajan Marlon Brando'nun tam adayı terk etmek üzereyken yerlilerden biri tarafından bıçaklanarak öldürülüşü gösteriliyor."

"Ben ajan değilim!" dedi Ka denetleyemediği bir alınganlığa sürüklenerek.

"Ajan kelimesine takılmasın aklın: Ben de İslam'ın ajanıyım."

"Ben kimsenin ajanı değilim," dedi Ka alınganlığından bu sefer sıkılmadan.

"Yani bu Marlboro'nun içine, beni zehirleyecek, irademi gevşetecek özel bir ilaç bile koymadılar mı? Amerikalıların dünyaya verdikleri en iyi şey kırmızı Marlboro'dur. Hayatımın sonuna kadar Marlboro içebilirim."

"Makul davranırsan, bir kırk yıl daha Marlboro içebilirsin!"

"Ajan derken işte bunu kastediyorum," dedi Lacivert. "Ajanların bir işi de insanın aklını çelmektir."

"Yalnızca sana burada, bu eli kanlı, gözü dönmüş faşistlerce öldürülmenin çok akılsızca olduğunu söylemek istiyorum. Ayrıca adın kimse için bayrak filan da olmaz. Bu kuzu millet dinine bağlıdır ama en sonunda dinin değil devletin buyurduğunu yapar. Bütün o isyancı şeyhlerin, din elden gidiyor diye ayağa kalkanların, İran'da yetişmiş militanların, eğer Saidi Nursi gibi biraz namları yürümüşse geriye mezarları bile kalmaz. Bu ülkede adı bir gün bayrak olabilecek dinî önderlerin cesetleri bir uçağa konur ve belirsiz bir yerden denize atılıverir. Bilirsin bütün bunları. Batman'da Hizbullahçıların ziyaretgâha dönüşen mezarları bir gecede kayboldu. Nerede şimdi o mezarlar?"

"Milletin kalbinde."

"Boş laf, bu milletin yalnızca yüzde yirmisi İslamcılara oy veriyor. O da ılımlı bir partiye."

"Ilımlıysa niye korkup askerî darbe yapıyorlar, bunu da söyle o zaman! Senin tarafsız arabuluculuğun işte bu kadar."

"Ben tarafsız bir arabulucuyum." Ka içgüdüyle sesini yükseltti.

"Değilsin. Sen bir Batı ajanısın. Avrupalıların azat kabul etmez kölesisin ve bütün gerçek köleler gibi köle olduğunu bile bilmiyorsun. Nişantaşı'nda biraz Avrupalılaşıp halkın dinini ve geleneğini içtenlikle küçümsemeyi öğrendiğin için kendini bu milletin efendisi gibi görüyorsun. Sence bu ülkede iyi ve ahlaklı olmanın yolu dinden, Allah'tan, milletin hayatını paylaşmaktan değil, Batı'yı taklit etmekten geçiyor. İslamcılara ve Kürtlere yapılan zulme karşı bir iki söz edersin belki, ama yüreğin gizliden gizliye askerî darbeye onay veriyor."

"Şunu da ayarlayabilirim sana: Kadife başörtüsünün altına peruk takar, böylece başını açınca kimse saçlarını görmez."

"Bana şarap içiremezsiniz!" diye sesini yükseltti Lacivert. "Ben ne Avrupalı olacağım ne de taklitçisi. Ben kendi tarihimi yaşayacağım ve kendim olacağım. İnsanın Avrupalıları taklit etmeden, onların kölesi olmadan da mutlu olabileceğine inanıyorum. Batı hayranlarının bu milleti küçümsemek için sık sık söyledikleri bir lafı vardır ya hani: Batılı olmak için kişinin önce birey olması lazım ama Türkiye'de birey yok derler ya. İdamımın anlamı da budur. Ben birey olarak Batılılara karşı çıkıyorum, bir birey olduğum için onları taklit etmeyeceğim."

"Sunay bu oyuna o kadar inanıyor ki, şunu da ayarlayabilirim. Millet Tiyatrosu boş olacak. Canlı yayın kamerası Kadife'nin başörtüsüne uzanan ellerini gösterecek ilk. Sonra bir montaj hilesiyle, başını açan başka birinin saçları gözükecek."

"Beni kurtarmak için bu kadar çok çırpınman da şüpheli."

"Çok mutluyum ben," dedi Ka yalan söyleyen biri gibi suçluluk duyarak. "Hayatımda hiç bu kadar mutlu olmamıştım. O mutluluğu korumak istiyorum."

"Nedir seni mutlu eden şey?"

Daha sonra çok düşüneceği gibi: "Çünkü şiir yazıyorum," demedi Ka. "Çünkü Allah'a inanıyorum," da demedi. Bir hamlede "Çünkü âşık oldum!" dedi. "Sevgilim benimle Frankfurt'a gelecek." Aşkını ilgisiz birine açabildiği için bir an sevinç duydu.

"Sevgilin kim?"

"Kadife'nin ablası İpek."

Lacivert'in yüzünün karıştığını gördü Ka. Bir an coşkuya kapıldığı için hemen pişman oldu. Bir sessizlik başladı.

Lacivert bir Marlboro daha yaktı. "İnsanın idama giden birisiyle paylaşmak isteyecek kadar mutlu olması Allah'ın bir lütfudur. Farzet ki ben bu mutluluğun zedelenmeden şehirden kurtulasın diye getirdiğin teklifleri kabul ettim, Kadife de ablasının mutluluğu bozulmasın diye onurunu zedelemeyecek münasip bir şekilde oyunda yerini aldı; sözlerini tutup beni serbest bırakacakları ne malum?"

"Bunu söyleyeceğini biliyordum!" dedi Ka heyecanla. Bir an sustu. Parmağını dudaklarına götürüp Lacivert'e "sus ve dikkat" anlamında bir işaret yaptı. Ceketinin düğmelerini çözdü, kazağının üzerinden göstere göstere ses kayıt aracını durdurdu. "Ben kefil olurum, önce seni bırakırlar," dedi. "Kadife de sen saklandığın yerden kendisine serbest bırakıldığın haberini gönderdikten sonra çıkar sahneye. Ama durumu Kadife'ye kabul ettirebilmek için önce senin bu anlaşmaya razı olduğunu söyleyen bir mektubu yazıp bana teslim etmen gerek." Bütün bu ayrıntıları o anda düşünüyordu. "İstediğin koşullarda ve istediğin yerde bırakılmanı sağlayacağım," diye fısıldadı. "Yollar açılıncaya kadar kimsenin bulamayacağı bir yerde gizlenirsin. Bunun için de bana güven."

Lacivert masanın üzerindeki kâğıtlardan birini uzattı. "Buraya Kadife'nin şerefini lekelemeden başını açıp sahneye çıkması karşılığında benim serbest bırakılmam ve Kars şehrinden salimen çıkabilmem için sen Ka'nın arabulucu ve kefil olduğunu yaz. Sözünü tutmazsan ve ben de oyuna getirilirsem kefilin cezası ne olsun?"

"Senin başına ne gelirse, benim başıma da o gelsin!" dedi Ka.

"Öyle yaz o zaman."

Ka da ona bir kâğıt uzattı. "Sen de bu söylediğim anlaşmaya razı olduğunu, Kadife'ye anlaşma haberinin benim tarafımdan iletileceğini, kararı Kadife'nin vereceğini yaz. Kadife razı olursa, olduğunu bir kâğıda yazıp imzalar ve sen de o başını açmadan önce uygun bir şekilde serbest bırakılırsın. Bunları yaz. Nerede ve nasıl serbest bırakılacağını ise benimle değil, bu iş için daha çok güveneceğin bir başkasıyla çöz. Bu konuda rahmetli Necip'in kan kardeşi Fazıl'ı öneririm."

"Kadife'ye âşık olup mektuplar yollayan çocuk mu?"

"O Necip'ti, öldü. Allah'ın yolladığı özel bir insandı," dedi Ka. "Fazıl da onun gibi iyi bir insan."

"Sen öyle diyorsan güvenirim," dedi Lacivert ve önündeki kâğıda yazmaya başladı.

İlk Lacivert bitirdi yazısını. Ka kendi kefalet yazısını bitirince Lacivert'in o hafif alaycı bakışıyla gülümsediğini gördü ama aldırmadı. İşleri yoluna koyduğu, şehirden İpek ile çıkabileceği için olağanüstü mutluydu. Sessizce kâğıtları değiştirdiler. Ka verdiği kâğıdı Lacivert'in okumadan katlayıp cebine koyduğunu gördüğü için kendisi de öyle yaptı ve Lacivert'in göreceği bir hareketle düğmesine basıp ses kayıt aletini yeniden çalıştırdı.

Bir sessizlik oldu. Ka teybi kapamadan en son söylediği sözleri hatırladı. "Bunu söyleyeceğini biliyordum," dedi. "Ama taraflar birbirlerine karşı bir güven beslemezlerse hiçbir anlaşma yapılamaz. Devletin sana vereceği söze sadık kalacağına inanman lazım."

Birbirlerinin gözlerinin içine bakarak gülümsediler. Daha sonra, yıllar boyunca o anı her düşünüşünde Ka kendi mutluluğunun Lacivert'in öfkesini görmesine engel olduğunu pişmanlıkla hissedecek, bu öfkeyi sezseydi şu soruyu sormayacağını düşünecekti:

"Kadife bu anlaşmaya uyar mı?"

"Uyar," diye cevap verdi Lacivert gözlerinden hiddet fışkırarak.

Biraz daha sustular.

"Madem beni hayata bağlayacak bir anlaşma yapmak istiyorsun, bana mutluluğundan söz et," dedi Lacivert.

"Hayatta hiç kimseyi böyle sevmedim," dedi Ka. Sözlerini saf ve budalaca buluyordu ama gene de söyledi. "Benim için hayatta İpek'ten başka mutluluk imkânı da yoktur."

"Mutluluk nedir?"

"Bütün bu yokluğu, ezikliği unutabileceğin bir dünya bulmak. Birisini bütün bir dünya gibi tutabilmek..." dedi Ka. Daha söyleyecekti ama Lacivert ayağa kalktı birden.

"Satranç" adlı şiir Ka'nın aklına o an gelmeye başladı. Ayaktaki Lacivert'e bir bakış attı, cebinden defterini çıkardı ve hızla yazmaya başladı. Şiirin mutluluk ve iktidardan, bilgelik ve hırstan söz eden mısralarını kaleme alırken Lacivert ne olup bittiğini anlamaya çalışarak Ka'nın omzunun üzerinden kâğıda bakıyordu. Ka bu bakışı içinde hissetti, daha sonra bu bakışın ima ettiği şeyi şiire koymakta olduğunu gördü. Şiiri yazan kendi eline bir başkasının eli gibi bakıyordu. Lacivert'in bunu fark edemeyeceğini anladı; hiç olmazsa elini hareket ettiren bir başka güç olduğunu hissetsin istedi. Ama Lacivert, yatağın kenarına oturmuş, gerçek bir idam mahkûmu gibi, asık suratla sigara içiyordu.

Daha sonra sık sık düşüneceği, anlayamadığı bir çekime kapılarak Ka ona gene yüreğini açmak istedi.

"Yıllardır şiir yazamadım," dedi. "Şimdi Kars'ta şiire giden bütün yollar açıldı. Burada içimde hissettiğim Allah sevgisine bağlıyorum bunu."

"Seni kırmak istemem ama seninkisi Batı romanlarından çıkma bir Allah sevgisi," dedi Lacivert. "Burada Allah'a bir Avrupalı gibi inanırsan gülünç olursun. O zaman inandığına da inanamaz insan. Bu ülkeye ait değilsin, sanki Türk değilsin. Önce herkes gibi olmayı dene, sonra inanırsın Allah'a."

Ka sevilmediğini derinden hissetti. Masadaki kâğıtlardan birkaç tanesini katlayıp aldı. Kadife'yi ve Sunay'ı bir an önce görmesi gerektiğini söyleyerek hücrenin kapısını vurdu. Kapı açılınca Lacivert'e dönüp Kadife'ye özel bir mesajı olup olmadığını sordu. Lacivert gülümsedi: "Dikkat et," dedi. "Kimse öldürmesin seni."

36

Gerçekten ölmeyeceksiniz değil mi efendim?

HAYAT İLE OYUN, SANAT İLE SİYASET ARASINDA PAZARLIK

Yukarı kattaki MİT görevlileri kayıt cihazını göğsüne yapıştıran bandajları kıllarını kopararak ağır ağır çözerlerken Ka bir içgüdüyle onların alaycı ve işbilir havalarına uydu ve Lacivert'i küçümsedi. Böylelikle onun kendisine karşı takındığı düşmanca tavır üzerinde durmadı hiç.

Askerî kamyonun şoförüne otele gidip kendisini beklemesini söyledi. Yanında iki koruma eri, garnizonu boydan boya yürüyerek geçti. Subay lojmanlarının açıldığı karlar altındaki geniş meydanda, kavak ağaçlarının altında gürültücü erkek çocukları kartopu oynuyorlardı. Kenarda Ka'ya ilkokul üçteyken alınan kırmızı siyah yünlü paltoyu hatırlatan bir palto giymiş incecik bir kız, az ötede iri bir kartopunu yuvarlayan iki arkadaşıyla kardan adam yapıyordu. Hava pırıl pırıldı ve güneş yorucu fırtınadan sonra ilk defa etrafı biraz olsun ısıtmaya başlamıştı.

Otelde hemen İpek'i buldu. Mutfaktaydı, üzerinde bir zamanlar Türkiye'deki bütün liseli kızların giydiği bir jile ve önlük vardı. Ka mutlulukla baktı ona, sarılmak istedi ama yalnız değillerdi: Sabahtan beri olup bitenleri özetledi, hem kendileri için hem de Kadife için işlerin iyi gittiğini anlattı. Gazete dağıtılmıştı, ama öldürülmekten korkmadığını söyledi! Daha da konuşacaklardı ki Zahide mutfağa girdi ve kapıdaki iki koruma erinden söz etti. İpek onları içeri almasını ve çay vermesini söyledi. Ka ile kaşla göz arasında yukarıda odasında buluşmak için sözleştiler.

Ka odasına çıkar çıkmaz paltosunu asıp, tavana bakarak İpek'i beklemeye başladı. Konuşmaları gereken pek çok şey olduğundan İpek'in hiç naz yapmadan geleceğini çok iyi bilmesine rağmen kısa süre içinde kötümserliğe kaptırdı kendini. Önce İpek'in babasıyla karşılaştığı için gelemediğini hayal etti; daha sonra gelmek istemediğini korkuyla düşünmeye başladı. Karnından bütün gövdesine zehir gibi yayılan o ağrıyı gene duydu. Başkalarının aşk acısı dediği şey buysa eğer, mutluluk verici hiçbir şey yoktu onda. İpek'e olan aşkı derinleştikçe bu güvensizlik ve kötümserlik buhranlarının daha da çabuk başladığının farkındaydı. Aşk diye sözünü ettikleri şeyin bu güvensizlik duygusu, bu aldatılma ve hayal kırıklığına uğrama korkusu olduğunu düşündü, ama herkes bundan bir yenilgi ve sefalet gibi değil de, olumlu, hatta zaman zaman gurur duyulan bir şey gibi söz ettiğine göre kendi durumu biraz değişik olmalıydı. Daha kötüsü, bekledikçe paranoyakça düşüncelere (İpek gelmiyor, İpek aslında zaten gelmek istemiyor, İpek bir dolap çevirmek ya da gizli bir amaç için geliyor, hepsi –Kadife, Turgut Bey ve İpek– aralarında konuşuyorlar ve Ka'yı dışlanması gereken bir düşman gibi görüyorlar) kapılması kadar, bu düşüncelerin hastalıklı ve paranoyakça olduğunu da düşünüyor olmasıydı. Aynı anda hem paranoyakça bir düşünceye kendini kaptırıyor, mesela şimdi İpek'in bir başkasının sevgilisi olduğunu karnı ağrıyarak düşünüp, gözünün önünden acıyla geçiriyor, hem de aklının bir başka yanıyla düşündüğü şeyin hastalıklı olduğunu biliyordu. Bazan acısı dinsin, gözünün önündeki kötü sahneler (mesela İpek şimdi Ka'yı görmekten ve Frankfurt'a gelmekten caymış olabilirdi) silinsin diye bütün gücüyle aklının aşkla dengesizleşmemiş en mantıklı yanını harekete geçirip (beni seviyor tabii, sevmese niye öyle coşkulu olsun ki) güvensizlikten ve korkutucu düşüncelerden kurtuluyor, ama bir süre sonra yeni bir endişeyle tekrar zehirleniyordu.

Koridordaki ayak seslerini duyunca bunun İpek değil, İpek'in gelemeyeceğini söylemeye gelen biri olduğunu düşündü. Kapıda İpek'i görünce hem mutlulukla hem de düşmanca baktı ona. Tam on iki dakika beklemişti ve beklemekten yorgundu. İpek'in makyaj yaptığını, ruj sürdüğünü mutlulukla gördü.

"Babamla konuştum, ona Almanya'ya gideceğimi söyledim," dedi İpek.

Ka aklındaki kötümser resimlere kendini öylesine kaptırmıştı ki ilk anda bir kırgınlık duydu; İpek'in söylediklerine kendini veremedi. Bu da İpek'te getirdiği haberlerin sevinçle karşılanmadığı şüphesini doğurdu; dahası bu hayal kırıklığı İpek'in geri çekilmesine yol açtı. Ama aklının bir başka yanıyla da, Ka'nın kendisine çok âşık olduğunu, şimdiden kendisine annesinden asla ayrılamayacak beş yaşında çaresiz bir çocuk gibi bağlandığını biliyordu. Ka'nın kendisini Almanya'ya götürmek istemesinin bir nedeninin artık kendini mutlu hissettiği evin Frankfurt'ta olması kadar, hatta daha çok, orada bütün gözlerden uzakta İpek'e bütünüyle ve güvenle sahip olabilme umudu olduğunu da biliyordu.

"Canım, senin neyin var?"

Ka daha sonraki yıllarda aşk acısıyla kıvranırken İpek'in bu soruyu soruşundaki yumuşaklığı ve tatlılığı binlerce defa hatırlayacaktı. Aklındaki bütün endişeleri, terk edilme korkusunu, gözünün önünden geçirdiği en korkunç sahneleri İpek'e tek tek anlattı.

"Aşk acısından peşinen bu kadar korktuğuna göre bir kadın sana çok acı çektirmiş olmalı."

"Biraz acı çektim, ama senin bana çektirebileceğin acı şimdiden korkutuyor."

"Hiç çektirmeyeceğim sana acı," dedi İpek. "Sana âşığım, seninle Almanya'ya geleceğim, her şey çok iyi olacak."

Bütün gücüyle Ka'ya sarıldı ve Ka'ya inanılmaz gelen bir rahatlıkla seviştiler. Ka ona sert davranmaktan, bütün gücüyle ona sarılmaktan ve teninin narin beyazlığından zevk aldı, ama ikisi de sevişmelerinin dün geceki kadar derin ve şiddetli olmadığının farkındaydılar.

Ka'nın aklı arabuluculuk planlarındaydı. Hayatında ilk defa mutlu olabileceğine, biraz akıllı davranır Kars'tan sevgilisiyle sağ salim çıkarsa bu mutluluğun sürekli olabileceğine inanıyordu. Aklı hesap kitapta, pencereden bakıp sigara içerken yeni bir şiirin gelmekte olduğunu hissedince şaşırdı. İpek sevgi ve hayretle izlerken şiiri aklına geldiği gibi hızla yazdı. "Aşk" adlı bu şiiri Ka daha sonra Almanya'da yaptığı okumalarda altı kere okumuştu. Dinleyenler, bana şiirde anlatılan aşkın sevgiden çok huzur ve yalnızlık ya da güven ve korku arasındaki gerilimlerden, bir kadına duyulan özel ilgi kadar (bu kadının kim olduğunu daha sonra yalnızca bir kişi sordu bana) Ka'nın hayatının anlayamadığı karanlıklarından kaynaklandığını söylediler. Oysa Ka'nın daha sonra bu şiiri hakkında tuttuğu notların çoğu İpek ile hatıralarından, ona duyduğu özlemden, onun kıyafetleri ve hareketlerinin küçük yan anlamlarından söz ediyordu. Onu ilk görüşümde İpek'ten bu kadar etkilenmemin bir nedeni de bu notları defalarca okumuş olmamdır.

İpek aceleyle giyinip kardeşini yollayacağını söyleyip çıktıktan hemen sonra Kadife geldi. Ka iri gözleri açılmış Kadife'nin telaşını yatıştırmak için merak edilecek bir şey olmadığını, Lacivert'e kötü davranılmadığını anlattı. Lacivert'i anlaşmaya ikna edebilmek için çok dil döktüğünü, onun çok cesur biri olduğuna inandığını söyledi ve daha önceden hazırladığı bir yalanın ayrıntılarını ani bir ilhamla geliştirmeye başladı: Daha zorunun Lacivert'i Kadife'nin bu anlaşmayı kabul ettiğine ikna etmek olduğunu söyledi ilk. Lacivert'in kendisiyle yapılan anlaşmanın Kadife'ye yapılmış bir saygısızlık olduğunu, ilk Kadife ile konuşulması gerektiğini söylediğini anlattı, ve Kadifecik kaşlarını kaldırırken bu yalana derinlik ve hakikilik verebilmek için Lacivert'in bu sözünün samimi olmadığını düşündüğünü söyledi. Bu noktada, numaradan da olsa Kadife'nin onuru için Lacivert'in kendisiyle uzun bir süre çekiştiğini, "anlaşmayı yan cebime koy" havasıyla yapıyor bile olsa bunun (yani bir kadının kararına gösterdiği saygının) Lacivert için olumlu bir şey olduğunu ekledi. Ka hayatta tek gerçeğin mutluluk olduğunu geç de olsa öğrendiği bu aptal Kars kentinde, kendilerini saçmasapan siyasi kavgalara vermiş bu bahtsız insanlara bu yalanları zevkle kıvırdığı için şimdi memnundu. Ama bir yandan da kendisinden çok cesur ve fedakâr bulduğu Kadife'nin bu yalanları yuttuğunu, sonunda mutsuz olacağını sezdiği için de kederleniyordu. Bu yüzden son bir zararsız yalanla hikâyesini kesti: Lacivert'in Kadife'ye fısıldayarak selam söylediğini ekledi ve anlaşmanın ayrıntılarını ona bir kere daha tekrarlayıp fikrini sordu.

"Başımı bildiğim gibi açacağım," dedi Kadife.

Ka bu konuya hiç değinmezse yanlış yapacağını hissederek Lacivert'in Kadife'nin peruk takması ya da benzeri yollara başvurmasını makul karşıladığını söyledi, ama Kadife'nin öfkelendiğini görünce sustu. Anlaşmaya göre önce Lacivert salıverilecek, emin bir yere saklanacak, bundan sonra da Kadife kendi üslubunda başını açacaktı. Kadife bunları bildiğine ilişkin bir kâğıdı hemen yazıp imzalayabilir miydi? Ka, dikkatle okusun ve örnek alsın diye Lacivert'ten aldığı kâğıdı Kadife'ye uzattı. Lacivert'in el yazısını görmenin bile Kadife'yi duygulandırdığını görünce bir sevgi geçti ona içinden. Kadife mektubu okurken bir an Ka'ya göstermemeye çalışarak kâğıdı kokladı. Onun bir kararsızlık geçirdiğini hissettiği için Ka kâğıdı Sunay'ı ve çevresindeki askerleri Lacivert'i serbest bırakmaya ikna etmek için kullanacağını söyledi. Askerler ve devlet türban meselesi yüzünden Kadife'ye öfkeliydiler belki, ama bütün Kars gibi onun mertliğine ve sözüne inanırlardı. Ka'nın uzattığı temiz kâğıda Kadife hevesle yazmaya başlayınca Ka bir an onu seyretti. Kasaplar mevkiinde birlikte yürüyerek yıldız falından söz ettikleri önceki geceden beri Kadife yaşlanmıştı.

Kadife'den aldığı kâğıdı cebine indirdikten sonra Ka Sunay'ı ikna ederse önlerindeki sorunun serbest bırakılınca Lacivert'in güvenle saklanacağı bir yer bulmak olduğunu söyledi. Lacivert'i saklamak için Kadife yardıma hazır mıydı?

Kadife vakur bir "evet" işareti yaptı.

"Merak etme," dedi Ka. "Sonunda hepimiz mutlu olacağız."

"Doğru olanı yapmak her zaman insanı mutlu etmiyor!" dedi Kadife.

"Doğru bizi mutlu edecek olandır," dedi Ka. Yakın zamanda Kadife'nin Frankfurt'a gelip ablasıyla kendisinin mutluluğunu göreceğini hayal ediyordu. İpek, Kaufhof'tan Kadife'ye şık bir pardösü alacak, hep birlikte sinemaya gidecekler, sonra da Kaiserstrasse'deki lokantalardan birinde sosis yiyip bira içeceklerdi.

Kadife'nin hemen arkasından Ka paltosunu giyip aşağı indi, askerî araca bindi. İki koruma eri hemen arkasında oturuyordu. Ka tek başına yürürse bir saldırıya uğrayacağını düşünmenin fazla korkaklık olup olmadığını sordu kendine. Kamyonun şoför yerinden seyrettiği Kars sokakları hiç de korkutucu değildi. Ellerinde fileleri çarşıya çıkmış kadınları gördü; kartopu oynayan çocuklara, kaymamak için birbirlerine tutunarak yürüyen ihtiyarlara bakıp İpek ile Frankfurt'ta sinemada el ele tutuşarak film seyredeceklerini hayal etti.

Sunay, darbeci arkadaşı Albay Osman Nuri Çolak ile birlikteydi. Ka onlarla mutluluk hayallerinin verdiği iyimserlikle konuştu: Her şeyi ayarladığını, Kadife'nin oyunda rol almaya ve başını açmaya razı olduğunu, Lacivert'in de bunun karşılığında serbest bırakılmaya can attığını söyledi. Sunay ve albay ile aralarında gençliklerinde aynı kitapları okumuş makul insanlara özgü bir anlayış olduğunu hissetti. Dikkatli, ama hiç de çekingen olmayan bir dille eldeki meselenin çok kırılgan olduğunu söyledi. "Önce Kadife'nin gururunu okşadım, sonra da Lacivert'in," dedi. Onlardan aldığı kâğıtları Sunay'a verdi. Sunay kâğıtları okurken Ka onun daha öğlen olmadan içmiş olduğunu sezdi. Bir an başını Sunay'ın ağzına yaklaştırarak rakı kokusundan emin oldu.

"Bu herif Kadife sahneye çıkıp başını açmadan önce serbest bırakılmak istiyor," dedi Sunay. "Çok uyanık."

"Kadife de aynı şeyi istiyor," dedi Ka. "Çok uğraştım, ama pazarlığı buraya kadar getirebildim."

"Devlet olarak biz niye inanalım ki onlara?" dedi Albay Osman Nuri Çolak.

"Onlar da devlete inançlarını kaybetmişler," dedi Ka. "Bu güvensizlik sürerse hiçbir şey olmaz."

"İbret olsun diye asılabileceği, sonra bunun bir sarhoş tiyatrocu ile kırgın bir albayın darbesi diye bizlerin üzerine yıkılabileceği Lacivert'in hiç aklına gelmiyor mu?" dedi albay.

"Ölümden korkmuyormuş gibi davranmayı çok iyi biliyor. Bu yüzden gerçek düşüncesinin ne olduğunu anlayamıyorum. Asılarak bir aziz, bir bayrak insan olmak istediğini de ima etti."

"Diyelim ki önce Lacivert'i serbest bıraktık," dedi Sunay. "Kadife'nin sözünü tutup oyunda oynayacağına nasıl güvenelim?"

"Bir zamanlar hayatını onur ve bir davaya bağlılık üzerine kurup berbat etmiş Turgut Bey'in kızı olduğu için Kadife'nin sözüne en azından Lacivert'in sözünden daha çok inanabiliriz. Ama şimdi ona Lacivert'i serbest bıraktığını söylesen, akşam sahneye çıkıp çıkmayacağını kendisi bile bilmeyebilir. Anlık öfke ve kararlarla yaşayan bir yanı var."

"Ne öneriyorsun?"

"Bu askerî darbeyi yalnızca siyaset için değil, güzelliği ve sanatı için de yaptığınızı biliyorum," dedi Ka. "Sunay Bey'in sanat için siyaset yaptığını da bütün hayatından çıkarıyorum. Şimdi yalnızca sıradan siyaset yapmak istiyorsanız Lacivert'i serbest bırakıp tehlikeye girmemeniz gerekir. Ama Kadife'nin bütün Kars'ın önünde başını açmasının hem sanat hem de çok derin bir siyaset olacağını da hissediyorsunuzdur."

"Başını açacaksa Lacivert'i bırakırız," dedi Osman Nuri Çolak. "Akşamki oyun için de bütün şehri toparlarız."

Sunay sarılarak eski askerlik arkadaşını öptü. Albay çıktıktan sonra "Bütün bunları karıma da söylemeni istiyorum!" diyerek Ka'yı elinden tutup içerideki bir odaya götürdü. Bir elektrik sobasıyla ısıtılmaya çalışılan soğuk ve eşyasız odada Funda Eser gösterişli bir tavırla elindeki metni okuyordu. Ka ile Sunay'ın açık kapıdan kendisini seyrettiklerini gördü, ama istifini hiç bozmadan okumaya devam etti. Gözlerinin çevresine sürdüğü boyalar, kalın ve ağır ruju, iri göğüslerinin üstünü gösteren açık kıyafeti ve abartılı jestlerine takılan Ka, söylediklerine hiç dikkat edemedi onun.

"Kyd'in *İspanyol Trajedisi*'nde ırzına geçilen intikamcı kadının trajik nutku!" dedi Sunay gururla. "Brecht'in *Sezuan'ın İyi İnsanı*'ndan ve daha çok da benim hayal gücümden katkılarla değiştirilmiştir. Funda akşam bunu okurken Kadife Hanım, henüz çıkarmaya cesaret edemediği başörtüsünün kenarıyla gözlerindeki yaşları silecektir."

"Kadife Hanım hazırsa hemen provalarımıza başlayalım," dedi Funda Eser.

Kadının istekli sesi yalnız bir tiyatro aşkını değil, bir zamanlar Sunay'ın elinden Atatürk rolünü almak isteyenlerin tekrarladığı lezbiyenlik iddiasını da hatırlattı Ka'ya. Sunay ihtilalcı bir askerden çok, gururlu bir tiyatro prodüktörü havasıyla Kadife'nin "rolü almasının" henüz çözüme kavuşmadığını belirttikten sonra içeriye giren emir eri *Serhat Şehir Gazetesi* sahibi Serdar Bey'in getirildiğini söyledi. Adamı karşısında görünce Ka en son yıllar önce Türkiye'deyken kapıldığı bir dürtüye kapıldı ve yüzüne bir yumruk atmak geçti bir an içinden. Ama çok daha önceden özenle hazırlandığı belli olan rakılı beyaz peynirli bir sofraya buyur edildiler ve başkalarının kaderine hükmetmeyi doğal bir şey olarak görmeyi başarmış iktidar sahiplerine bulaşan bir güven, iç rahatlığı ve acımasızlıkla içki içip yemek yiyerek dünya işlerinden söz ettiler.

Sunay'ın isteği üzerine Ka, az önce sanat ve siyaset üzerine söylediklerini Funda Eser'e tekrarladı. Gazeteci Funda Eser'in heyecanla karşıladığı bu sözleri gazetesinde yazmak için not almak isteyince Sunay kabaca azarladı onu. Önce gazetesinde Ka hakkında çıkan yalanları düzeltmesini istedi. Serdar Bey de bir an önce Ka hakkındaki yanlış izlenimini unutkan Kars okuruna unutturacak çok olumlu bir haber hazırlayıp birinci sayfadan yayımlamaya söz verdi.

"Ama manşette bu akşam oynanacak oyunumuz yer almalı," dedi Funda Eser.

Serdar Bey gazetesinde haberi istenildiği gibi yazıp, istenildiği boyutta elbette vereceğini söyledi. Ama klasik ve modern tiyatro konusunda bilgisi kıt biriydi. Bu akşam oyunda neler olacağını, yani haberi Sunay Bey'in kendisi şimdi yazdırırsa yarınki birinci sayfanın yanlışsız olacağını söyledi. Gazetecilik hayatı boyunca pek çok haberi, daha gerçekleşmeden kaleme almayı bildiği için en doğru şekilde verebildiğini kibarca hatırlattı. Gazetenin makineye veriliş saati ihtilal koşulları yüzünden öğleden sonra dörde alındığına göre bu iş için daha dört saat vardı.

"Bu akşam olacaklar için çok bekletmeyeceğim seni," dedi Sunay. Ka onun sofraya oturur oturmaz bir kadeh rakıyı yuvarladığını fark etmişti. Bir yenisini daha hızla içerken gözlerinde bir acı ve tutku gördü.

"Gazeteci, yaz!" diye bağırdı sonra Sunay, Serdar Bey'e tehdit eder gibi bakarken. "Manşet: SAHNEDE ÖLÜM. (Biraz düşündü.) Alt manşet: (Biraz düşündü) ÜNLÜ OYUNCU SUNAY ZAİM DÜN GECEKİ GÖSTERİ ESNASINDA VURULARAK ÖLDÜRÜLDÜ. Bir alt manşet daha."

Ka'da hayranlık uyandıran bir yoğunlukla konuşuyordu. Ka hiç gülümsemeden saygıyla Sunay'ı dinlerken, anlamadığı yerlerde gazeteciye yardım etti.

Sunay'ın manşetlerle birlikte haberin tamamını yazdırabilmesi kararsızlık ve rakı aralarıyla birlikte bir saate yakın zaman aldı. Yıllar sonra gittiğim Kars'ta haberin tamamını *Serhat Şehir Gazetesi*'nin sahibi Serdar Bey'den aldım:

SAHNEDE ÖLÜM

ÜNLÜ OYUNCU SUNAY ZAİM DÜN GECEKİ GÖSTERİ ESNASINDA VURULARAK ÖLDÜRÜLDÜ

Dün Gece Millet Tiyatrosu'ndaki Tarihî Gösteri Sırasında Türbancı Kız Kadife Aydınlanma Ateşiyle Önce Başını Açtı, Sonra da Kötü Adamı Canlandıran Sunay Zaim'e Doğrulttuğu Silahını Ateşledi. TV'deki Canlı Yayından Olayı İzleyen Karslılar Dehşet İçinde Kaldılar.

Şehrimize üç gün önce gelerek sahneden hayata geçen ihtilalci ve yaratıcı oyunlarıyla bütün Kars'a aydınlanma ışığı ve düzen getiren Sunay Zaim ve tiyatro kumpanyası dün geceki ikinci oyunlarında Karslıları bir kere daha şaşırttı. Shakespeare'i bile etkilemiş, ama hakkı yenmiş İngiliz yazar Kyd'den uyarladığı bu eserinde Sunay Zaim yirmi yıldır Anadolu'nun unutulmuş kasabalarında, boş sahnelerinde ve çayhanelerinde canlandırmaya çalıştığı aydınlanmacı tiyatro aşkını en sonunda mutlak bir sonuca ulaştırdı. Fransız Jakobenlerinden ve İngiliz Jacoben tiyatrosundan izler taşıyan bu modern ve sarsıcı dramın heyecanıyla türbancı kızların inatçı lideri Kadife ani bir kararla sahnede başını açtı ve bütün Kars'ın hayret dolu bakışları arasında elindeki silahı kötü adamı oynayan, tıpkı Kyd gibi hakkı yenmiş büyük tiyatro insanı Sunay Zaim'in üzerine boşalttı. İki gün önceki gösteride ateşlenen silahların hakiki olduğunu hatırlayan Karslılar bu sefer de Sunay Zaim'in gerçekten vurulduğu duygusunu dehşetle yaşadılar. Büyük Türk tiyatrocusu Sunay Zaim'in sahnede ölümü böylece hayatın kendisinden de büyük bir şiddetle yaşandı. Piyeste insanın gelenekten ve dinin baskılarından kurtuluşunu çok iyi kavrayan Kars seyircisi, vücuduna kurşunlar saplanırken bile, kanlar içinde oynadığı oyuna sonsuz inanan Sunay Zaim'in gerçekten ölüp ölmediğini bir türlü kavrayamadı. Ama tiyatrocunun ölmeden önceki son sözlerini, sanatına hayatını verişini asla unutmayacaklarını anladılar.

Serdar Bey Sunay'ın düzeltmeleriyle son şeklini alan haberi sofradakilere bir kere daha okudu. "Ben bunu emriniz üzerine yarınki gazetede olduğu gibi yayımlarım elbette," dedi. "Ama gerçekleşmeden önce yazıp yayımladığım onca haberin içinde ilk defa birinin doğru çıkmaması için dua edeceğim! Gerçekten ölmeyeceksiniz değil mi efendim?"

"Gerçek sanatın en sonunda ulaşması gereken yere, efsaneye varmaya çalışıyorum," dedi Sunay. "Ayrıca yarın sabah karlar eriyip yollar açılınca benim ölümümün Karslılar için hiçbir önemi kalmayacak."

Bir an karısıyla göz göze geldi. Karı koca öyle derin bir anlayışla birbirlerinin gözlerinin içine baktılar ki Ka kıskandı onları. Kendisi de İpek ile aynı derin anlayışı paylaşarak mutlu bir hayat sürecek miydi?

"Gazeteci bey, siz artık gidiniz ve gazetenizi yayıma hazırlayınız," dedi Sunay. "Emir erim bu tarihî sayı için bir de fotoğrafımın klişesini versin size." Gazeteci gider gitmez Ka'nın aşırı rakıya yorduğu alaycı dili bıraktı. "Lacivert ve Kadife'nin şartlarını kabul ediyorum," dedi. Kaşını kaldıran Funda Eser'e Kadife'nin oyunda başını açacağı yolundaki sözü üzerine önce Lacivert'in bırakılacağını açıkladı.

"Kadife Hanım çok mert biri. Provalarda onunla hemen anlaşacağımızı biliyorum," dedi Funda Eser.

"Ona birlikte gidersiniz," dedi Sunay. "Ama önce Lacivert'in serbest bırakılıp bir yere saklanması ve izini kaybettirdiğini Kadife Hanım'a duyurması gerekir. Bu da vakit alır."

Sunay böylece Funda Eser'in Kadife ile hemen provalara başlama isteğini fazla ciddiye almadan Lacivert'in serbest bırakılmasının yollarını Ka ile tartışmaya başladı. Bu noktada, Ka'nın notlarından Sunay'ın samimiyetine bir ölçüde inandığını çıkarıyorum. Yani Ka'ya göre Sunay'ın Lacivert'i serbest bıraktıktan sonra izletmek, gizleneceği yeri belirlemek, Kadife sahnede başını açtıktan sonra da yeniden yakalatmak gibi bir planı yoktu. Bu sağa sola yerleştirdikleri mikrofonlar ve iki taraflı casuslarıyla olup biteni anlamaya, Albay Osman Nuri Çolak'ı kendi yanlarına çekmeye çalışan istihbaratçıların, olaylardan haberdar oldukça geliştirdikleri bir düşünceydi. İstihbaratçıların Sunay, küskün albay ve beraberindeki birkaç subay arkadaşından ihtilali devralacak askerî güçleri yoktu; ama her yerdeki adamları aracılığıyla Sunay'ın "sanatsal" çılgınlıklarına bir sınır getirmeye de çalışıyorlardı. Serdar Bey rakı masasında not aldığı haberi gazetesinde dizdirmeden önce MİT'in Kars şubesindeki dostlarına telsizle okuduğu için Sunay'ın akıl sağlığı ve güvenilmezliği konusunda telaşlanmışlardı. Sunay'ın Lacivert'i serbest bırakma niyetinden ne kadar haberdar olduklarını ise son ana kadar kimse bilmiyordu.

Ama bugün bu ayrıntıların hikâyemizin sonucunda çok önemli bir etkisi olmadığını düşünüyorum. Bu yüzden Lacivert'in serbest bırakılması planının uygulamadaki ayrıntılarına uzun uzun girmeyeceğim. Sunay ile Ka bu işin Sunay'ın Sıvaslı emir eri ile Fazıl arasında halledilmesine karar verdiler. Adresini istihbaratçılardan aldıktan on dakika sonra Sunay'ın yolladığı askerî kamyon Fazıl'ı getirdi. Biraz korkuyor gibi gözüken ve bu sefer Necip'i hatırlatmayan Fazıl, Sunay'ın emir eriyle birlikte merkez garnizonuna giderken peşlerindeki hafiyelerden kurtulmak için terzihanenin arka kapısından çıktı. Milli İstihbaratçılar Sunay'ın bir saçmalık yapabileceğinden kuşkulanmalarına rağmen, her yere adamlarını dikecek kadar hazırlıklı değillerdi. Daha sonra Lacivert'in merkez garnizonundaki hücresinden alınıp Sunay'ın "bir numara olmasın" uyarısı eşliğinde askerî bir kamyona bindirildiğini, Sıvaslı emir erinin kamyonu Fazıl'ın daha önce belirlediği gibi Kars Çayı üzerindeki demir köprünün kenarında durdurduğunu, Lacivert'in kamyondan inip ona söylenildiği gibi vitrininde plastik toplar, deterjan kutuları ve sucuk reklamları sergilenen bir bakkala girdiğini, hemen arkasından bakkalın yanına gelen at arabasının üzerindeki Aygaz tüplerini örten brandanın altına yatarak başarıyla gizlendiğini öğrenecekti Ka. At arabasının Lacivert'i nereye götürdüğü konusunda ise Fazıl dışında kimsenin bilgisi yoktu.

Bütün bu işin ayarlanıp yapılması bir buçuk saat sürmüştü. Saat üç buçuk civarında iğde ve kestane ağaçlarının gölgeleri belirsizleşir, boş Kars sokaklarına akşamın ilk karanlığı hayaletler gibi çökerken Fazıl Kadife'ye Lacivert'in güvenli bir yerde saklandığı haberini getirdi. Otelin arkaya açılan mutfak kapısında Kadife'ye uzaydan gelmiş birine bakar gibi bakıyordu, ama Kadife tıpkı Necip'i fark etmediği gibi onu da fark etmedi. Kadife bir an sevinçle irkildi ve odasına koştu. Bu sırada İpek bir saattir yukarıda Ka'nın odasındaydı ve dışarı çıkıyordu. Sevgili arkadaşımın daha sonra mutluluğun vaadiyle mutlu olduğunu düşündüğü bu bir saati yeni bir bölümün başında ele almak istiyorum.

37

Bu akşamki tek metin Kadife'nin saçlarıdır

SON OYUN İÇİN HAZIRLIKLAR

Ka'nın daha sonra acı çekebilirim diye mutluluktan korkan insanlardan olduğuna değinmiştim. Bu yüzden mutluluğu yaşadığı anda değil kaybolmayacağına inandığı zamanlarda daha çok hissettiğini biliyoruz. Sunay'ın rakı masasından kalkıp arkasında iki koruma eriyle yürüyerek Karpalas Oteli'ne geri dönerken Ka hâlâ her şeyin yolunda gittiğine inandığı ve İpek'i yeniden göreceği için mutluydu ama içinde bu mutluluğu kaybetme korkusu da güçle kıpırdanıyordu. Öyleyse arkadaşımın perşembe günü otel odasında saat üç civarında yazdığı şiirden söz ederken bu iki ruh halini göz önünde bulundurmalıyım. "Köpek" adını verdiği şiiri Ka terzihaneden dönüş yolunda bir kere daha gördüğü kömür renkli köpek ile ilişkilendirmişti. Köpeği gördükten dört dakika sonra odasına girmiş, büyük bir mutluluk beklentisiyle kaybetme korkusu arasında gövdesine zehir gibi aşk acısı yayılırken şiiri yazmıştı. Çocukluğunda köpeklerden nasıl korktuğundan, daha altı yaşındayken Maçka Parkı'nda kendini kovalayan bir boz köpekten, köpeğini herkesin üzerine salıveren berbat bir mahalle arkadaşından izler vardı şiirde. Ka köpek korkusunu çocukluğun mutlu saatlerine verilen bir ceza gibi gördüğünü düşünmüştü daha sonra. Ama buradaki bir paradoks da ilgisini çekmişti: Sokak arasında futbol oynamak, dut toplamak ya da çikletten çıkan futbolcu resimlerini biriktirip kumar oynamak gibi çocukluk zevkleri, onları tattığı yerleri cehennem eden köpekler yüzünden daha çekiciydi.

İpek Ka'nın otele geldiğini öğrendikten yedi sekiz dakika sonra onun odasına çıkmıştı. İpek'in kendisinin döndüğünü bilip bilmediğini çıkaramadığı, ona haber yollamayı kurduğundan bu Ka için çok makul bir süreydi ve ilk defa onun geç kaldığını, belki de kendisini terk etmeye karar verdiğini düşünmeye fırsat bulamadan buluşabildikleri için daha da mutlu oldu. Üstelik İpek'in yüzünde kolayca bozguna uğramayacak bir mutluluk ifadesi vardı. Ka ona her şeyin yolunda gittiğini söyledi, o da Ka'ya. İpek'in sorması üzerine bir süre sonra Lacivert'in salıverileceğini de söyledi Ka. Bu da başka her şey gibi İpek'i memnun etti. Başkalarının üzülmesinden, mutsuz olmasından, bu kötülükler kendi mutluluklarını zedeler diye bencilce korkan aşırı mutlu çiftler gibi bir anda kendilerini yalnız her şeyin yoluna gireceğine inandırmakla kalmadılar, kendi mutlulukları gölgelenmesin diye çekilen onca acıyı ve dökülen kanı da hemen unutmaya hazır olduklarını utanmasızca hissettiler. Pek çok kere birbirlerine sarılıp sabırsızca öpüştüler, ama yatağa devrilip sevişmediler. Ka İstanbul'da İpek'e bir günde Almanya vizesi alabileceklerini, konsoloslukta bir tanıdığı olduğunu, vize için hemen evlenmelerine gerek olmadığını, Frankfurt'ta istedikleri gibi evlenebileceklerini söyledi. Kadife ve Turgut Bey'in de buradaki işlerini ayarlayıp Frankfurt'a gelmesinden, onların orada hangi otelde kalabileceklerine kadar söz ettiler. Fazla hayal olduğu için düşünmekten bile utandığı kimi ayrıntıları gemi azıya almış bir mutluluk açlığı ve baş dönmesiyle konuşuyorlardı ki İpek babasının siyasi endişelerinden, intikam için birilerinin bir yere bomba atıverebileceğinden, artık Ka'nın sokağa hiç çıkmaması gerektiğinden söz etti, şehirden ayrılan ilk araçla birlikte gitmeye birbirlerine söz verdiler. El ele tutuşup pencereden karlı dağ yollarına bakacaklardı.

İpek bavulunu yapmaya başladığını da anlattı. Ka önce hiçbir şey almamasını söyledi ona, ama İpek'in çocukluğundan beri yanında taşıdığı ve onlardan uzak düşerse kendini eksik hissedeceği pek çok eşya vardı. Pencerenin önünde dikilip karlı sokağa bakarlarken (şiirin ilham kaynağı köpek bir gözüküp bir kaybolmuştu) Ka'nın ısrarıyla İpek vazgeçemediği bu eşyaların bazılarını saydı: Annesinin, İstanbul'dayken kızlarına aldığı ve Kadife kendisininkini kaybettiği için İpek'in gözünde daha da önemli olan oyuncak kol saati; bir zamanlar Almanya'da bulunan rahmetli dayısının getirdiği, esnek ve çok dar olduğu için Kars'ta bir türlü giyemediği iyi cins angora yünden buz mavisi kazak; annesinin onun çeyizi için yaptırdığı ve daha ilk kullanışta Muhtar üzerine reçel damlattığı için bir daha hiç sermediği gümüş telkari işlemeli masa örtüsü; amaçsızca biriktirmeye başladığı ve sonra kendisini koruyan bir çeşit nazar boncuğu dizisine dönüştüğü için vazgeçemeyeceği on yedi küçük içki ve parfüm şişesi, babasının ve annesinin kucağındayken çekilmiş (ve Ka'nın o anda çok görmek istediği) çocukluk fotoğrafları; İstanbul'da birlikte aldıkları ama sırtı çok açık olduğu için Muhtar'ın yalnızca evde giymesine izin verdiği iyi kadifeden siyah gece elbisesiyle elbisenin dekoltesini örter de Muhtar'ı ikna eder diye aldığı kenarları iğne oyalı ipek saten şal; Kars'ın çamuru bozar diye kıyıp giyemediği süet ayakkabılar ve o sırada yanında olduğu için çıkarıp gösterdiği iri, yeşim bir gerdanlık.

O günden dört yıl sonra, Kars belediye başkanının verdiği bir akşam yemeğinde İpek tam karşımda otururken, boynundaki siyah saten kordonda bu iri yeşim taşı asılıydı dersem konu dışına çıktığım sanılmasın. Tam tersi, konunun kalbine asıl şimdi giriyoruz: İpek o ana kadar ne benim ne de benim aracılığımla bu hikâyeyi izleyen sizlerin hayal edemeyeceği kadar güzeldi. Onu ilk defa o yemekte karşımda gördüm ve içimi bir kıskançlık, şaşkınlık sardı, aklım karıştı. Sevgili arkadaşımın kayıp şiir kitabının bölük pörçük hikâyesi bir anda gözümde derin bir tutkuyla ışıldayan bambaşka bir hikâyeye dönüştü. Elinizdeki bu kitabı yazmaya o sarsıcı anda karar vermiş olmalıyım. Ama o an ruhumun bu kararı verdiğinden habersiz, İpek'in inanılmaz güzelliğine kapılmış bir yerlere doğru sürükleniyordum. Olağanüstü güzel bir kadının karşısında insanın içini saran o çaresizlik, eriyip gitme ve gerçeküstülük duygusu bütün gövdemi sarmıştı. Sofradaki kalabalığın, şehirlerine gelmiş romancıyla bir iki laf ya da bu bahaneyle aralarında dedikodu etmek isteyen Karslıların hepsinin numara yaptıklarını, bütün o boş konuşmaların asıl ve tek konu olan İpek'in güzelliğini kendilerinden ve benden gizleyebilmek için yapıldığını çok iyi anlıyordum. Bir yandan da bir aşka dönüşmesinden korktuğum yoğun bir kıskançlık kemiriyordu içimi: Kısa bir süre için de olsa ben de böyle güzel bir kadınla ölen arkadaşım Ka gibi bir aşk yaşayabilmek isterdim! Ka'nın hayatının son yıllarının boşa gittiğine ilişkin gizli inancım bir anda "insan ancak Ka gibi derin bir ruha sahip olursa böyle bir kadının aşkını kazanır!" düşüncesine dönüşmüştü. İpek'i kandırıp İstanbul'a götürebilir miydim? Evleneceğimizi söylerdim, her şey berbat olana kadar gizli sevgilim olurdu, ama ben onunla birlikte ölmek isterdim! Geniş, kararlı bir alnı vardı, iri, buğulu gözleri, Melinda'nınkine tıpatıp benzeyen, bakmaya kıyamadığım zarif bir ağzı... Benim hakkımda acaba ne düşünüyordu? Ka ile hiç benden konuşmuşlar mıydı? Daha bir kadeh içmeden kalbim alıp başını gitmişti. Bir an az ötede oturan Kadife'nin hırslı bakışlarının üzerimde olduğunu gördüm. Hikâyeme dönmeliyim.

Pencerenin önünde dururlarken Ka yeşim gerdanlığı alıp İpek'in boynuna asmış, onu güzelce öpmüş, Almanya'da çok mutlu olacaklarını düşüncesizce tekrarlamıştı. İpek Fazıl'ın hızla avlu kapısından girdiğini bu sırada gördü, bir an bekleyip aşağı indi ve mutfak kapısında kız kardeşine rastladı: Kadife orada ona Lacivert'in salıverilmiş olduğu müjdesini vermiş olmalıydı. İki kardeş odalarına çekildiler. Aralarında ne konuştuklarını, ne yaptıklarını bilmiyorum. Ka yukarıda odasında yeni şiirleri ve artık güven duyduğu mutluluğuyla öylesine doluydu ki iki kız kardeşin Karpalas Oteli'ndeki trafiğini aklının bir köşesiyle izlemeyi ilk defa bıraktı.

Daha sonra meteoroloji kayıtlarından bu sıralarda havanın belirgin bir şekilde yumuşadığını öğrendim. Güneş bütün gün boyunca saçaklardan, dallardan sarkan buzları gevşetmiş, havanın kararmasından çok daha önce şehirde bu gece yolların açılacağı, tiyatrocu ihtilalinin sona ereceği söylentileri yayılmıştı. Yıllar sonra olayların ayrıntılarını unutmayanlar aynı dakikalarda *Serhat Kars Televizyonu*'nun Karslıları bu akşam Millet Tiyatrosu'nda Sunay Zaim Topluluğu'nun oynayacağı yeni piyese çağırmaya başladığını bana hatırlattılar. İki gün önceki kanlı hatıraların Karslıları yeni oyundan uzak tutacağını düşündükleri için seyircilere yönelik hiçbir taşkınlığa izin verilmeyeceği, güvenlik güçlerinin sahnenin kenarında tedbir alacağı, bilet kesilmeyeceği ve Karslıların ailece bu öğretici oyuna gelebilecekleri televizyonun en sevilen genç sunucusu Hakan Özge tarafından duyuruluyordu, ama şehirde korkuları artırmaktan, sokakların erkenden tenhalaşmasından başka bir sonuç vermedi bu. Herkes Millet Tiyatrosu'nda gene bir şiddet ve çılgınlık olacağını hissediyor, ne olursa olsun orada olup olaylara tanık olmak isteyecek kadar gözü dönmüşlerin dışında (işsiz güçsüz gençlerin, şiddete eğilimli içi sıkılan solcuların, adam öldürülürken ne olursa olsun seyretmek isteyen tutkulu ve takma dişli ihtiyarların ve televizyonda çok izledikleri Sunay'a hayran Atatürkçülerin oluşturduğu bu kalabalığın küçümsenemeyeceğini söylemeliyim burada) Karslılar geceyi yapılacağı duyurulan canlı yayından izlemek istiyorlardı. Bu saatlerde Sunay ile Albay Osman Nuri Çolak yeniden buluştular ve Millet Tiyatrosu'nun gece boş kalabileceğini hissederek imam hatipli öğrencilerin toplanıp askerî kamyonlarla getirilmesini, liselerden, öğretmenevi ve devlet dairelerinden belirli sayıda öğrenci ve memurun kravat ve ceketle tiyatro binasına gelmelerinin mecbur tutulmasını emrettiler.

Daha sonra Sunay'ı görenler terzihanedeki küçük ve tozlu bir odada kumaş kırpıntıları, paket kâğıtları ve boş karton kutular üzerine serilip sızdığına tanık olmuşlar. Ama içkiden değildi bu, Sunay yumuşak yatakların gövdesini yozlaştıracağına inandığı için çok önem verdiği büyük oyunlardan önce kendini sert ve kaba bir döşeğe atıp uyumayı yıllardır alışkanlık edinmişti. Uyumadan önce oyunun hâlâ son şeklini veremediği metni konusunda karısıyla bağıra bağıra konuşmuş, sonra provalara başlasınlar diye onu askerî kamyonla Karpalas Oteli'ne Kadife'ye yollamıştı.

Funda Eser'in Karpalas Oteli'ne girer girmez bütün dünyayı kendi evi bilmiş bir hanımefendi edasıyla doğrudan iki kız kardeşin odasına çıkmasını, çın çın sesiyle çabucak senli-benli bir kadın muhabbeti tutturmasını onun sahne dışında daha da gelişen oyun yeteneğiyle açıklayabiliyorum. Kalbi ve gözü elbette ki İpek'in duru güzelliğindeydi, ama aklı Kadife'nin bu akşamki rolüne takılmıştı. Bu rolün önemini kocasının ona verdiği değerden çıkardığına hükmediyorum. Çünkü yirmi yıldır Anadolu'da mazlum ve ırzına geçilmiş kadın rollerine çıkan Funda Eser'in sahnede tek bir hedefi vardı: Kurban pozuyla erkeklerin cinselliğine seslenmek! Kadının evlenmesini, boşanmasını, başını açması ya da kapatmasını onu ezik ve çekici duruma düşürmek için sıradan bir araç olarak gördüğünden, oynadığı Atatürkçü ve aydınlanmacı rolleri bütünüyle anladığı da söylenemez belki ama, bu basmakalıp rollerin erkek yazarları da aslında kadın kahramanlarının erotizmi ve toplumsal görevleri konusunda ondan daha derin ve ince fikirlere sahip değillerdi. Funda Eser erkek yazarların bu roller için nadiren tasarladığı bir duygusallığı içgüdüyle sahne dışı yaşamına katardı. Nitekim, odaya girişinden çok geçmeden Kadife'ye güzel saçlarını açıp akşam için prova yapmayı önerdi. Kadife fazla nazlanmadan saçlarını açınca önce bir çığlık attı, sonra saçlarının çok parlak ve canlı olduğunu, onlardan gözlerini alamadığını söyledi. Kadife'yi aynanın karşısına oturtup fildişi taklidi mika bir tarakla uzun uzun saçlarını tararken tiyatroda asıl konunun kelimeler değil görüntüler olduğunu açıkladı. "Bırak saçların istediği gibi konuşsun, erkekler çıldırsın!" dedi ve kafası iyice karışık olan Kadife'nin saçlarını öperek rahatlattı onu. Bu öpücüğün Kadife'nin içindeki gizli kötülük tohumlarını hareketlendirdiğini görecek kadar zeki ve bu oyuna İpek'i de çekecek kadar tecrübeliydi: Çantasından bir cep konyağı çıkarıp Zahide'nin getirdiği çay fincanlarına dökmeye başladı. Kadife karşı çıkınca "Ama bu akşam başını da açıyorsun!" diyerek kışkırttı onu. Kadife ağlamaya başlayınca da yanaklarına, boynuna, ellerine ısrarla küçük öpücükler kondurdu. Sonra iki kız kardeşi eğlendirmek için "Sunay'ın bilinmeyen şaheseri" dediği *Masum Hostes'in Tiradı*'nı okudu, ama kız kardeşleri eğlendirmekten çok hüzünlendirdi bu. Kadife "Metin üzerinde çalışmak istiyorum," deyince, bu akşamki tek metnin Kars'ın bütün erkeklerinin hayranlıkla bakacakları Kadife'nin uzun ve güzel saçlarının ışıltısı olacağını söyledi. Daha önemlisi, kadınlar kıskançlık ve aşkla Kadife'nin saçlarına dokunmak isteyeceklerdi. Bir yandan da İpek'in ve kendi fincanına az az konyak dolduruyordu. İpek'in yüzünde bir mutluluk okuduğunu, Kadife'nin bakışlarında ise cesaret ve hırs gördüğünü söyledi. İki kız kardeşten hangisinin daha güzel olduğunu ise çıkaramıyordu. Funda Eser'in bu coşkusu Turgut Bey'in alı al moru mor odaya girmesine kadar sürdü.

"Televizyon az önce, türbancı kızların lideri Kadife'nin bu akşamki oyun sırasında başını açacağını duyurdu," dedi Turgut Bey. "Doğru mu bu?"

"Bakalım şuna televizyonda!" dedi İpek.

"Efendim, kendimi tanıtayım," dedi Funda Eser. "Ben ünlü tiyatrocu ve yeni devlet adamı Sunay Zaim'in hayat arkadaşı Funda Eser. Bu iki seçkin harika kızı yetiştirdiğiniz için sizi önce kutluyorum. Kadife'nin cesur kararından dolayı da hiç korkmamanızı öğütlüyorum."

"Bu şehrin yobaz dincileri kızımı asla affetmez!" dedi Turgut Bey.

Hep birlikte televizyona bakmak için yemek odasına geçtiler. Burada Funda Eser, Turgut Bey'in elini tuttu ve bütün şehre hâkim kocası adına her şeyin yolunda gideceğine ilişkin söz verdi ona. Yemek salonundaki gürültüyü duyan Ka işte bu sırada aşağıya indi ve Lacivert'in serbest bırakılmış olduğunu mutlu Kadife'den öğrendi. Ka sormadan Kadife ona sabah verdiği söze bağlı kalacağını, Funda Hanım'la akşamki oyun için çalışacaklarını söyledi. Funda Eser kızının akşam sahneye çıkmasına engel olmasın diye Turgut

Bey'i tatlılıkla tavlarken, odadakilerin açık televizyona bakıp hep bir ağızdan konuştukları sonraki sekiz on dakikayı Ka hayatının en mutlu dakikaları arasında sayıp defalarca hatırlayacaktı. Mutlu olacağına hiçbir şüphe duymadan iyimserlikle inanıyor ve kendini kalabalık ve eğlenceli bir ailenin parçası olarak hayal ediyordu. Saat daha dört değildi, ama duvarları eski ve koyu renk kâğıtlarla kaplı yüksek tavanlı yemek odasına huzur verici bir çocukluk hatırası gibi inerken Ka İpek'in gözlerinin içine bakıp bakıp gülümsüyordu.

Mutfağa açılan kapıda işte tam bu sıralarda Fazıl'ı görünce Ka kimsenin neşesini kaçırmadan onu mutfakta sıkıştırıp ağzından lafı almak istedi. Ama delikanlı Ka'nın onu tutup sürüklemesine izin vermedi: Açık televizyondaki bir görüntüye dalmış gitmiş pozu yaparak mutfak kapısının aralığında dikildi ve içerideki neşeli kalabalığı yarı hayret yarı tehdit eden bakışlarla süzdü. Ka daha sonra onu mutfağa sürebildiğinde İpek de görmüş, arkadan gelmişti.

"Lacivert sizinle bir kere daha konuşmak istiyor," dedi Fazıl belirgin bir oyunbozan zevkiyle. "Bir konuda fikir değiştirmiş."

"Hangi konuda?"

"Onu size söyleyecek. Sizi götürecek at arabası on dakika sonra avluya gelecek," deyip mutfaktan avluya çıktı.

Ka'nın yüreği hızla atmaya başladı: Yalnız bugün artık otelden dışarı adım atmak istemediği için değil, korkaklığı yüzünden de korkuyordu.

"Sakın gitme!" dedi İpek, Ka'nın da düşüncelerini seslendirerek. "Zaten artık arabayı belirlemişlerdir. Her şey berbat olur."

"Hayır, gideceğim," dedi Ka.

Hiç de gitmek istemediği halde neden gideceğini söylemişti? Hocanın cevabını bilmediği sorusuna parmak kaldırdığı, asıl almak istediği kazağı değil, aynı paraya bile bile daha kötüsünü aldığı çok olmuştu hayatında. Meraktan belki, mutluluk korkusundan belki. Durumu Kadife'den gizleyip birlikte odaya çıkarken İpek öyle bir şey söylesin, öyle yaratıcı bir şey yapsın ki vazgeçip gönül rahatlığıyla otelde kalabilsin istedi Ka. Ama odada beraber pencereden bakarlarken İpek aşağı yukarı aynı fikri, aşağı yukarı aynı kelimelerle tekrarladı yalnızca: "Gitme, artık bugün otelden çıkma, mutluluğumuzu tehlikeye atma, vs. vs."

Ka düşlere dalmış bir kurban gibi onu dinleyerek dışarı baktı. At arabası avluya girince, talihsizliğine kalbi ezilerek şaştı. İpek'i öpmeden, ama sarılıp vedalaşmayı da ihmal etmeden odadan çıktı, lobide gazete okuyan iki "koruma erine" görünmeden mutfaktan geçip nefret ettiği at arabasının üstündeki brandanın altına girip yattı.

Bu girişle, okuyucuları Ka'nın çıktığı araba yolculuğunun bütün hayatını geri dönüşsüz bir şekilde değiştireceğine, Lacivert'in çağrısını kabul etmesinin onun için bir dönüm noktası olduğuna hazırladığım sanılmasın. Hiç de bu düşüncede değilim: Ka'nın önünde Kars'ta başına gelenleri tersine çevirebileceği ve "mutluluk" dediği şeyi bulabileceği pek çok fırsat daha belirecekti. Ama olaylar kaçınılmaz ve son şeklini aldıktan sonra olup biteni yıllarca ve pişmanlıkla kendi kendine değerlendirirken eğer İpek Ka'nın odasında, pencerenin önünde doğru sözü söyleyebilseydi Lacivert'e gitmekten cayacağını yüzlerce defa düşünmüştü. İpek'in söylemesi gereken söz konusunda ise hiçbir fikri yoktu.

Bu da at arabasında gizlendiği yerde Ka'yı kaderine boyun eğmiş biri gibi düşünmemizin yerinde olacağını gösteriyor. Orada olmaktan pişmandı ve kendine ve dünyaya kızgındı. Üşüyor, hasta olmaktan korkuyor ve Lacivert'ten iyi hiçbir şey beklemiyordu. İlk araba yolculuğundaki gibi aklını sokakların ve insanların seslerine iyice açmıştı ama arabanın kendisini Kars'ın neresine götürdüğüyle hiç ilgili değildi.

At arabası durunca arabacının dürtmesiyle brandanın altından çıktı, nerede olduğunu hiç fark etmeden eskilik ve yıpranmışlıktan renksizleşmiş ve benzerlerini çok gördüğü berbat bir binaya girdi. Daracık ve eğri büğrü merdivenlerden iki kat yukarı çıktıktan sonra (önünde ayakkabılar dizili bir kapının aralığından cingöz bir çocuğun gözlerini gördüğünü hatırlayacaktı neşeli bir zamanında) açılan bir kapıdan içeri girdi ve karşısında Hande'yi gördü.

"Kendim olan o kızdan hiç kopmamaya karar verdim," dedi Hande gülümseyerek.

"Mutlu olman önemli."

"Burada istediğimi yapmak mutlu ediyor beni," dedi Hande. "Artık rüyalarımda bir başkası oldum diye korkmuyorum."

"Burada olman biraz tehlikeli değil mi?" dedi Ka.

"Evet ama insan ancak tehlike olduğu zaman hayata konsantre olabiliyor," dedi Hande. "Ben inanmadığım şeye, başımı açmaya konsantre olamayacağımı anladım. Şimdi Lacivert Bey ile burada bir davayı paylaşmaktan çok mutluyum. Siz burada şiir yazabiliyor musunuz?"

İki gün önce onunla tanışıp konuştukları yemek sofrası belleğinde şimdi o kadar uzaklara gitmişti ki, Ka bir an her şeyi unutmuş biri gibi baktı ona. Hande, Lacivert ile aralarındaki yakınlığı ne kadar vurgulamak istiyordu? Kız bitişikteki odanın kapısını açtı, Ka içeri girdi ve siyah beyaz bir televizyona bakan Lacivert'i gördü.

"Geleceğinden şüphem yoktu," dedi Lacivert memnuniyetle.

"Neden geldiğimi bilmiyorum," dedi Ka.

"İçindeki huzursuzluk yüzünden," dedi Lacivert çok bilmiş bir havayla.

Birbirlerine nefretle baktılar. Lacivert'in belirgin bir şekilde memnun, Ka'nın da pişman olduğu ikisinin de gözünden kaçmadı. Hande odadan çıkıp kapıyı kapattı.

"Kadife'ye bu akşamki rezaletlere çıkmamasını söylemeni istiyorum," dedi Lacivert.

"Bu haberi Fazıl aracılığıyla da yollayabilirdin?" dedi Ka. Lacivert'in yüzünden Fazıl'ın kim olduğunu çıkaramadığını anladı. "Beni buraya getiren imam hatipli çocuk."

"Ha," dedi Lacivert. "Kadife onu ciddiye almazdı. Senden başka kimseyi ciddiye almazdı. Kadife benim bu konuda ne kadar kararlı olduğumu ancak senden işitirse anlar. Belki de başını açmaması gerektiğine kendisi karar vermiştir. En azından bunu televizyonda iğrenç bir şekilde kullanıp ilan ettiklerini gördükten sonra."

"Ben otelden ayrılırken Kadife provalara başlamıştı bile," dedi Ka saklayamadığı bir zevkle.

"Buna çok karşı olduğumu söylersin ona! Kadife başını açma kararını kendi özgür iradesiyle değil benim hayatımı kurtarmak için aldı. Siyasi tutukluyu rehin alan bir devletle pazarlık yaptı, ama artık o söze bağlı kalmak zorunda değil."

"Söylerim bunları," dedi Ka. "Ama o ne yapar bilemem."

"Kadife kendi bildiğini okursa bundan senin sorumlu olmayacağını söylüyorsun, değil mi?" Ka sustu. "Kadife akşam tiyatroya çıkar da başını açarsa bundan sen de sorumlu olacaksın. Bu pazarlığı yapan da sensin."

Kars'a geldiğinden beri vicdanında ilk defa bir haklılık ve huzur hissetti Ka: Kötü adam en sonunda kötü adamlar gibi kötü

kötü konuşuyordu ve bu kafasını hiç karıştırmıyordu artık. Lacivert'i yatıştırmak için "Seni rehin aldıkları doğru!" dedi Ka ve onu öfkelendirmeden buradan çıkıp gitmek için nasıl davranması gerektiğini çıkartmaya çalıştı.

"Bu mektubu da ver ona," diyerek bir zarf uzattı Lacivert. "Belki Kadife benim mesajıma inanmaz." Ka zarfı aldı. "Bir gün yolunu bulur da Frankfurt'una geri dönersen, onca insanın o kadar tehlikeye girerek imzaladığı o bildiriyi de Hans Hansen'e mutlaka yayımlatacaksın."

"Tabii."

Lacivert'in bakışında bir doymamışlık, bir tatminsizlik gördü. Sabah idamlık mahkûm gibi hücredeyken daha huzurluydu. Şimdiyse hayatını kurtarmıştı, ama bu hayatın geri kalanında öfkelenmekten başka hiçbir şey yapamayacağını bilmenin peşin mutsuzluğu vardı üzerinde. Ka bu mutsuzluğu fark ettiğini Lacivert'in sezdiğini geç gördü.

"İster burada, ister sevgili Avrupa'nda, onları taklit ederek bir sığıntı gibi yaşayacaksın," dedi Lacivert.

"Mutlu olmak bana yetiyor."

"Git hadi, git," diye bağırdı Lacivert. "Mutlu olmakla yetinen mutlu olamaz, bil bunu."

38

Niyetimiz sizi üzmek asla değil

ZORUNLU BİR MİSAFİRLİK

Ka, Lacivert'ten uzaklaşmaktan memnun oldu ama, hemen sonra onu kendine bağlayan lanet bir bağ olduğunu hissetti: Basit bir merak ve nefretten daha derin bir bağdı bu ve Ka odadan çıkar çıkmaz Lacivert'i özleyeceğini pişmanlıkla anladı. İyiliksever ve pek düşünceli bir havayla kendisine yaklaşan Hande'yi şimdi düpedüz saf ve akılsız buluyordu ama bu gurur hali çok sürmedi. Hande gözlerini kocaman açmış Kadife'ye selam söylüyor, bu akşam televizyonda (evet tiyatro değil, doğrudan televizyon demişti) başını ister açsın ister açmasın kalbinin hep onunla birlikte olduğunu bilmesini istiyor, ayrıca apartman kapısından çıktıktan sonra sivil polislerin dikkatini çekmemek için Ka'nın nasıl bir yol izlemesi gerektiğini de anlatıyordu.

Ka alelacele ve telaşla daireden çıktı, bir kat aşağıda bir şiir gelince sıra sıra ayakkabıların dizildiği giriş kapısının önündeki ilk basamağa oturdu, cebinden defterini çıkarıp yazdı.

Ka'nın Kars'ta yazmaya başladığı on sekizinci şiirdi bu ve hayatında bu türden aşk ve nefret ilişkilerine girdiği çeşitli adamlara göndermeler olduğunu onun kendi kendine yazdığı notlar olmasa kimse anlayamazdı: Şişli Terakki Lisesi'nde ortaokuldayken çok zengin müteahhit bir ailenin konkurhipiklerde Balkan şampiyonu olan şımarık, ama Ka'yı cezbedecek kadar bağımsız bir oğlu vardı; annesinin Beyaz Rus bir lise arkadaşının babasız, kardeşsiz büyümüş ve lisedeyken uyuşturucu kullanmaya başlamış, hiçbir şeyi iplemeyen ve bir şekilde her şeyi bilen beyaz yüzlü esrarengiz bir oğlu vardı; Tuzla'da askerlik eğitimini yaparken yan bölükteki sırasından çıkıp Ka'ya küçük zalimlikler (kasketini saklamak) yapan yakışıklı, sessiz ve kendi kendine yeterli bir herif vardı. Bütün bu insanlara gizli bir aşk ve açık bir nefret ile bağlı olduğunu, bu iki duyguyu birleştiren ve şiirin adı olan "Kıskançlık" kelimesiyle aklındaki karmaşayı yatıştırmaya çalıştığını, ama sorunun daha derin olduğunu çözümlüyordu şiirde: Bu insanların ruhunun, seslerinin, bir zamandan sonra kendi içine girdiğini hissederdi Ka.

Apartmandan çıkarken Kars'ın neresinde olduğunu anlayamadı ama bir süre bir yokuştan inince Halitpaşa Caddesi'ne geldiğini gördü ve içgüdüyle geri dönüp Lacivert'in saklandığı yere bir bakış attı.

Otele dönerken yanında koruma erleri olmadığı için bir huzursuzluk hissetti. Belediye binasının önünde kendisine sokulan bir sivil arabanın kapısı açılınca durdu.

"Ka Bey, korkmayın biz emniyetteniz, binin sizi otelinize bırakalım."

Ka polis denetiminde otele dönmenin mi, şehrin ortasında bir polis arabasına bindiğinin görülmesinin mi daha güvenli olduğunu hesaplamaya çalışıyordu ki arabanın kapısı açıldı. Ka'nın bir an bir yerden gözünün ısırdığı (İstanbul'daki uzak amca, evet Mahmut Amca) iri yarı bir adam az önceki nezaketine hiç uymayan kaba ve güçlü bir hamleyle Ka'yı arabanın içine çekti. Araç hemen hareket ederken Ka'nın kafasına iki yumruk indi. Yoksa arabaya girerken kafasını mı vurmuştu? Çok korkuyordu; arabanın içinde de tuhaf bir karanlık vardı. Mahmut Amca değil, önde oturan bir tanesi, çok fena küfür ediyordu. Çocukken, Şair Nigâr Sokak'ta bir adam vardı, bahçesine top kaçınca böyle küfür ederdi çocuklara.

Ka sustu ve bir çocuk olduğunu düşündü. Araba da (hatırlıyordu şimdi: Kars'taki sivil polis arabaları gibi bir Renault değil, gösterişli ve geniş bir Chevrolet 56 idi) küskün çocuğa bir ceza vermek için Kars'ın karanlık sokaklarına daldı, çıktı, şöyle bir gezindi ve bir iç avluya girdi. "Önüne bak," dediler. Kolundan tutup iki merdiven çıkardılar. Yukarıya vardıklarında Ka şoförle birlikte bu üç kişinin İslamcı olmadıklarından (onlar böyle bir arabayı nereden bulsunlar) emindi. MİT'ten de değildiler, çünkü onlar –en azından bir kısmı– Sunay ile işbirliği içindeydiler. Bir kapı açıldı, bir kapı kapandı, Ka kendini yüksek tavanlı eski bir Ermeni evinin Atatürk Caddesi'ne bakan pencerelerinin önünde buldu. Odada açık bir televizyon gördü, kirli tabaklar, portakallar ve gazetelerle dolu bir masa; daha sonra elektrikli işkence yapmak için kullanıldığını anlayacağı bir manyeto, bir iki telsiz, tabancalar, vazolar, aynalar... Özel timin eline düştüğünü anlayıp korktu ama odanın öbür ucundaki Z. Demirkol ile göz göze gelince rahatladı: Katil de olsa aşina bir yüz.

Z. Demirkol iyi polis rolündeydi. Ka'yı buraya böyle getirdikleri için çok üzgündü. Ka iri yarı Mahmut Amca'nın da kötü polis olacağını tahmin ettiği için Z. Demirkol'a ve sorularına kulak kesildi.

"Sunay ne yapmak istiyor?"

Kyd'in *İspanyol Trajedisi* dahil en hurda ayrıntılara kadar Ka ballandırarak anlattı.

"O çatlak Lacivert'i niye serbest bıraktı?"

Kadife'nin canlı yayında ve oyunda başını açtırmak için, diye anlattı Ka. Bir ilhama kapılıp ukalaca bir satranç terimi kullandı: Belki bir ünlem gerektiren fazla cesur bir "feda"ydı bu. Ama, Kars'taki siyasal İslamcıların maneviyatını bozacak bir hamleydi de!

"Kızın sözünü tutacağı ne malum?"

Ka, Kadife'nin sahneye çıkacağını söylediğini, ama bundan kimsenin emin olamayacağını söyledi.

"Lacivert'in yeni saklandığı yer neresi?" diye sordu Z. Demirkol.

Ka bir fikri olmadığını söyledi.

Araba onu aldığında Ka'nın yanında neden koruma erlerinin olmadığını ve nereden döndüğünü de sordular.

"Akşam yürüyüşünden," dedi Ka ve bu cevapta ısrar edince beklediği gibi Z. Demirkol sessizce odayı terk etti ve Mahmut Amca kötü bakışlarıyla karşısına geçti. O da arabada önde oturan adam gibi yakası açılmadık pek çok küfür biliyordu. Bu küfürleri Ka'nın yabancısı olmadığı siyasi çözümlemelerin, ülkenin yüksek çıkarlarının ve tehditlerin arasına, tıpkı çocukların tatlı-tuzlu aldırmadan her lokmanın üzerine düşüncesizce döktükleri ketçap gibi bol bol döküyordu.

"İran'dan para alan eli kanlı bir İslamcı teröristin yerini saklayarak ne yaptığını sanıyorsun?" dedi Mahmut Amca. "İktidara gelirlerse senin gibi Avrupa görmüş yufka yürekli liberallere neler yapacaklarını biliyorsun değil mi?" Ka aslında bildiğini söyledi, ama Mahmut Amca gene de İran'da mollaların iktidara gelmeden önce işbirliği yaptıkları demokratları ve komünistleri sonra nasıl yakıp kebap ettiklerini ballandırarak anlattı: Götlerine dinamit sokup onları havaya uçurduklarını, orospuları, ibneleri kurşuna dizdiklerini, din kitapları dışında bütün kitapları yasakladıklarını, Ka gibi züppe entellerin önce saçlarını kazıdıklarını, sonra da saçmasapan şiir kitaplarını alıp .... edepsiz şeyler söyledi gene burada ve bıkkın bir yüzle Ka'ya Lacivert'in saklandığı yeri, akşam vakti nereden döndüğünü bir daha sordu. Ka aynı yavan cevapları verince Mahmut Amca aynı bıkkın ifadeyle Ka'nın ellerine bir kelepçe taktı. "Bak şimdi ne yapacağım sana," dedi ve tutkusuz ve öfkesiz bir şekilde yüzüne yumruk ve tokat atarak biraz dövdü onu.

Daha sonra tuttuğu notlarda bu dayağın Ka'yı çok üzmediğini gösteren beş önemli neden bulduğumu dürüstçe yazmam umarım okurlarımı öfkelendirmez.

1. Ka'nın kafasındaki mutluluk kavramına göre başına gelebilecek iyilik ve kötülüğün toplam miktarı aynıydı ve şu an yediği dayak, İpek ile Frankfurt'a gidebilecekleri anlamına geliyordu.

2. Hâkim sınıflara özgü yerinde bir sezgiyle Ka, özel tim sorgucularının kendisini Kars'taki ayaktakımı, suçlu ve garibanlardan ayırdığını, üzerinde kalıcı izler ve öfkeler bırakacak daha fazla dayak ve işkenceye maruz kalmayacağını tahmin ediyordu.

3. Yediği dayağın İpek'in kendisine duyduğu şefkati artıracağını haklı olarak düşünüyordu.

4. İki gün önce, salı akşamüstü emniyet müdürlüğünde Muhtar'ın kanlar içindeki yüzünü gördüğünde polisten yenilen dayakların insanı ülkesinin sefaleti için çektiği suçluluk duygusundan arındırabileceğini budalaca hayal etmişti.

5. Dayağa rağmen sorguda saklanan kişinin yerini söylemeyen siyasi tutuklu durumunda bulunmak içini gururla dolduruyordu.

Bu son neden, yirmi sene önce daha fazla memnun ederdi Ka'yı, şimdiyse modası geçtiğinden durumunun biraz aptalca olduğunu seziyordu. Burnundan sızan kan da dudağının kenarındaki tuzlu tadıyla çocukluğunu hatırlatıyordu. Burnu en son ne zaman kanamıştı? Mahmut Amca, ötekiler, kendisini odanın bu yarı karanlık köşesinde unutup televizyonun başında toplanırlarken Ka çocukluğunda burnunun üzerine kapanan pencereleri, çarpan futbol toplarını, askerde bir itiş kakış esnasında burnuna inen bir yumruğu hatırladı. Hava kararırken Z. Demirkol ve arkadaşları televizyonun çevresinde toplanmış *Marianna*'yı izliyorlardı ve Ka orada burnunda kan, dövülmüş, aşağılanmış, bir çocuk gibi unutulmuş olmaktan memnundu. Bir ara üzerini ararlar da Lacivert'in notunu bulurlar diye telaşlandı. Uzun bir süre, ötekilerle birlikte, sessizce ve suçluluk duygularıyla ve Turgut Bey ve kızlarının da aynı anda seyrettiğini düşünerek *Marianna*'yı seyretti.

Bir reklam arasında Z. Demirkol sandalyesinden kalktı, masanın üzerinden manyetoyu aldı, Ka'ya gösterdi ve ne işe yaradığını bilip bilmediğini sordu, cevap alamayınca söyledi ve çocuğunu sopayla korkutan bir baba gibi sustu biraz.

"Marianna'yı niye seviyorum biliyor musun?" diye sordu dizi yeniden başlayınca. "Çünkü ne istediğini biliyor. Senin gibi aydınlar ise ne istediklerini hiç bilmedikleri için beni hasta ediyorlar. Demokrasi diyorsunuz, sonra şeriatçılarla işbirliği yapıyorsunuz. İnsan hakları diyorsunuz, terörist katillerin pazarlıklarını yürütüyorsunuz... Avrupa diyorsunuz, Batı düşmanı İslamcılara yağ çekiyorsunuz... Feminizm dersiniz, kadınların başlarını örten erkekleri desteklersiniz. Kendi fikrinle vicdanınla davranmıyorsun da, burada bir Avrupalı nasıl davranırdı onun gibi yapayım diyorsun! Ama Avrupalı bile olamıyorsun! Avrupalı ne yapar biliyor musun? Sizin o aptal bildirinizi Hans Hansen yayımlasa, Avrupalılar da ciddiye alıp Kars'a bir heyet yollasalar, ülkeyi siyasal İslamcıların eline teslim etmediler diye o heyet önce askerlere teşekkür eder. Ama tabii Avrupa'ya dönünce de Kars'ta demokrasi yok diye şikâyet eder ibneler. Sizler de hem ordudan şikâyet edersiniz, hem de İslamcılar sizi kıtır kıtır kesmesin diye askere güvenirsiniz. Bunları gördüğün için işkence etmeyeceğim sana."

Ka artık sıranın "iyiliğe" geldiğini, birazdan serbest bırakılacağını, Turgut Bey ve kızlarına yetişip *Marianna*'nın sonunu onlarla seyredeceğini düşünüyordu.

"Ama seni oteldeki sevgiline geri yollamadan önce pazarlığını yürüttüğün, koruduğun o terörist katil hakkında kulağına küpe olsun diye bir iki şey söylemek istiyorum," dedi Z. Demirkol. "Ama önce şunu sok aklına: Bu yazıhaneye hiç gelmedin. Biz de zaten bir saate kadar boşaltıyoruz burayı. Yeni yerimiz imam hatip lisesi yatakhanesinin en üst katıdır. Seni oraya bekleriz. Lacivert'in nerede gizlendiğini, az önce nerede 'akşam yürüyüşü' yaptığını belki hatırlarsın da bu bilgiyi bizimle paylaşmak istersin. Senin o yakışıklı, lacivert gözlü kahramanının Peygamberimiz'e dil uzatan kuş beyinli bir televizyon spikerini acımasızca öldürdüğünü, eğitim enstitüsü müdürünün kendi gözlerinle görmek zevkine eriştiğin vuruluşunu da onun örgütlediğini aklı daha başındayken Sunay sana söylemiştir. Ama MİT'in çalışkan dinleme memurlarınca ayrıntılı olarak belgelenmiş ve belki de kalbin kırılmasın diye şimdiye kadar sana söylenmemiş bir şey var, bunu da bilsen iyi olur diye düşündük."

Daha sonraki dört yıl boyunca Ka'nın tıpkı bir sinema filmini geri saran makinist gibi, hayatını geri geri akıtıp, bundan sonrası başka türlü olsaydı dediği noktaya geldik şimdi.

"Birlikte Frankfurt'a kaçıp mutlu olmayı kurduğun İpek Hanım, bir zamanlar Lacivert'in de metresiydi," dedi Z. Demirkol yumuşacık bir sesle. "Bu önümdeki dosyaya göre ilişkileri bundan dört yıl önce başladı. O zamanlar İpek Hanım, önceki gün belediye başkan adaylığından kendi isteğiyle çekilen Muhtar Bey ile evliydi ve o yarım akıllı, eski solcu ve şair –affedersin– Kars'taki genç İslamcıları örgütleyecek diye hayranlıkla evinde ağırladığı Lacivert'in, kendisi beyaz eşya dükkânında elektrik sobası satarken karısıyla evde çok sıkı bir ilişki yaşadığının ne yazık ki hiç farkında değildi."

"Daha evvel hazırlamış bu cümleleri, doğru değil," diye düşündü Ka.

"Bu gizli aşkın farkına ilk –tabii istihbaratın dinleme memurlarından sonra– Kadife Hanım vardı. Kocasıyla arası iyi olmayan İpek Hanım da, üniversiteye yeni başlayacak kız kardeşinin gelişini bahane ederek onunla ayrı eve çıkmıştı. Lacivert gene arada bir 'genç İslamcıları örgütlemek' için şehre geliyor, gene ona hayran Muhtar'da kalıyor, Kadife okula gidince de gözü dönmüş âşıklar bu yeni evde buluşuyorlardı. Turgut Bey'in şehre gelmesine, baba ve iki kızının Karpalas'a yerleşmesine kadar sürdü bu. Ondan sonra ablasının yerini türbancı kızlara katılan Kadife aldı. Bu arada lacivert gözlü Kazanova'mızın iki kız kardeşi aynı anda idare ettiği bir geçiş dönemi olduğuna ilişkin kanıtlar da var elimizde."

Ka sulanan gözlerini bütün iradesini kullanarak Z. Demirkol'un gözlerinden kaçırıp oturduğu yerden boylu boyunca görebildiğini şimdi fark ettiği karlar altındaki Atatürk Caddesi'nin hüzünlü ve titrek sokak lambalarına dikti.

"Bunları, bu canavar katilin yerini –sırf yufka yürekliliğinden dolayı– saklamanın ne kadar yanlış olduğuna seni ikna etmek için söylüyorum," dedi bütün özel timciler gibi kötülük ettikçe dili açılan Z. Demirkol. "Niyetim asla seni üzmek değil. Ama buradan çıktıktan sonra, bütün bu söylediklerimin son kırk yılda Kars'ı mikrofonlarla donatan dinleme servisinin emeğiyle elde edilmiş bilgiler değil, benim uydurduğum saçmalıklar olduğunu düşüneceksin belki. Belki Frankfurt'taki mutluluğunuza leke düşmesin diye İpek Hanım hepsinin yalan olduğuna inanmaya zorlayacak seni. Yufka yüreklisin, kalbin dayanmayabilir, ama bu söylediklerimin doğruluğundan hiç şüphen olmasın diye, devletimizin onca masrafla kaydedip sonra kâtiplere daktilo ettirdiği aşk konuşmalarından da inandırıcı bir miktar okuyacağım izninle."

"'Canım, canım, sensiz geçen günler yaşamak değil,' demiş mesela İpek Hanım, dört yıl önce 16 Ağustos'ta sıcak bir yaz günü, belki de ilk ayrılıklarında... İki ay sonra 'İslam ve Mahrem' konulu bir konferans vermek için şehre geldiğinde Lacivert onu bakkallardan, çayhanelerden, bir günde tam sekiz kere aramış, birbirlerini ne kadar sevdiklerini söylemişler. İki ay sonra İpek Hanım onunla kaçmayı düşünüp karar veremediği bir ara ona 'hayatta herkesin aslında tek sevgilisi olduğunu ve kendisininkinin de o olduğunu' söylüyor. Bir başka sefer İstanbul'daki karısı Merzuka'yı kıskandığı için babası evdeyken sevişemeyeceğini belirtiyor Lacivert'e. Bir de son olarak şu son iki günde üç kere daha telefon etmiş! Belki bugün de etmiştir. Bu son konuşmaların dökümü yok şimdi, ama önemli değil, ne konuştuklarını sen sorarsın İpek Hanım'a. Çok özür diliyorum, bu kadarının kâfi olduğunu görüyorum, lütfen ağlamayın, arkadaşlar kelepçenizi çözsünler, yüzünü yıka, istersen seni oteline bıraksınlar."

39

Birlikte ağlamanın zevkleri

Ka İLE İPEK OTELDELER

Ka dönüş yolunu yürümek istedi. Burnundan dudaklarına ve çenesine akan kanı, bütün yüzünü bol suyla yıkamış, kendi rızasıyla misafirliğe gelmiş biri gibi dairedeki haydutlara ve katillere iyi niyetle bir "Allahaısmarladık" deyip çıkmış, Atatürk Caddesi'nin ölgün ışıkları altında bir sarhoş gibi yalpalayarak yürümeye başlamış, Halitpaşa Caddesi'ne düşüncesizce sapıp tuhafiyeci dükkânında Peppino di Capri'nin "Roberta"sının gene çaldığını işittikten hemen sonra hüngür hüngür ağlamaya başlamıştı. Üç gün önce Erzurum-Kars otobüsünde yanına oturduğu ve uyurken kafasının kucağına düştüğü ince yakışıklı köylüyle işte bu sırada karşılaştı. Bütün Kars hâlâ *Marianna*'yı seyrederken Ka Halitpaşa Caddesi'nde önce Avukat Muzaffer Bey ile, daha sonra saptığı Kâzım Karabekir Caddesi'nde de Şeyh Saadettin Tekkesi'ne ilk gidişinde gördüğü otobüs şirketi yöneticisi ve yaşlı arkadaşıyla burun buruna geldi. Gözlerinden hâlâ yaşlar aktığını bu insanların bakışlarından anlıyor, günlerdir bu sokaklarda bir aşağı bir yukarı yürürken önünden geçtiği buzlu vitrinleri, ağzına kadar dolu çayhaneleri, şehrin bir zamanlar güngördüğünü hatırlatan fotoğrafçı dükkânlarını, titrek sokak lambalarını, kaşar peyniri tekerleri sergilenen bakkal vitrinlerini, Kâzım Karabekir Caddesi'yle Karadağ Caddesi'nin köşesindeki sivil polisleri artık görmese de tanıyordu.

Otele girmeden hemen önce karşılaştığı iki koruyucu eri her şeyin yolunda olduğunu söyleyerek yatıştırdı. Kimselere görünmemeye çalışarak odasına çıktı. Kendini yatağa atar atmaz hıçkırarak ağlamaya başladı. Çok uzun bir süre ağladıktan sonra kendiliğinden sustu. Şehrin seslerini dinleyerek yattığı ve çocukluğun bitip tükenmeyen bekleyişleri kadar uzun gelen bir iki dakika sonra kapı vuruldu; İpek'ti. Kâtip çocuktan Ka'da bir tuhaflık olduğunu öğrenmiş, hemen gelmişti. Bunu söylerken yaktığı lambanın ışığında Ka'nın suratını görünce korkup sustu. Uzun bir sessizlik oldu.

"Lacivert ile ilişkini öğrendim," diye fısıldadı Ka.

"Kendi mi söyledi?"

Ka lambayı söndürdü. "Z. Demirkol ve arkadaşları beni kaçırdılar," diye fısıldadı. "Dört yıldır telefon konuşmalarınız dinleniyormuş." Kendini tekrar yatağa attı. "Ölmek istiyorum," dedi ve ağlamaya başladı.

İpek'in saçlarını okşayan eli daha da ağlattı onu. Bir kayıp duygusuyla birlikte zaten hiçbir zaman mutlu olamayacağına karar verenlerin rahatlığı da vardı içinde. İpek yatağa uzanıp ona sarıldı. Bir süre birlikte ağladılar ve bu onları birbirlerine daha da bağladı.

İpek odanın karanlığında Ka'nın sorularıyla birlikte hikâyesini anlattı. Her şeyin Muhtar'ın kabahati olduğunu söyledi: Lacivert'i Kars'a çağırıp evinde ağırlamakla kalmamış, karısının ne harika bir yaratık olduğunu hayran olduğu siyasal İslamcı onaylasın istemişti. Üstelik o sıralarda Muhtar İpek'e çok kötü davranır, çocukları olmadığı için onu suçlardı. Ka'nın da bildiği gibi, ağzı laf yapan Lacivert'te mutsuz bir kadını oyalayacak, başını döndürecek pek çok şey vardı. İlişkileri başladıktan sonra İpek kötü duruma düşmemek için çok uğraşmıştı! Önce, çok sevgi duyduğu ve üzülmesini hiç istemediği Muhtar durumu fark etmesin diye. Sonra, gittikçe alevlenen aşkından kurtulmak için. İlk başlarda, Lacivert'i çekici yapan şey Muhtar'a olan üstünlüğüydü; hiç bilmediği siyasi konularda Muhtar abuk subuk konuşmaya başlayınca İpek utanırdı ondan. Lacivert'in yokluğunda da durmadan onu över; Kars'a daha sık gelmesi gerektiğini söyler, ona daha iyi ve daha candan davranması için İpek'i azarlardı. Kadife ile ayrı eve çıktıktan sonra da Muhtar durumu fark etmemişti; eğer Z. Demirkol gibiler hâlâ ona bir şey söylememişse hiçbir zaman da fark etmeyecekti. Oysa cingöz Kadife her şeyi daha Kars'a geldiği ilk günden anlamış, sırf Lacivert'e yakın olabilmek için de türbancı kızlara yanaşmıştı. İpek, Kadife'nin ta çocukluğundan beri çok iyi tanıdığı hırsı yüzünden Lacivert'e ilgi duyduğunu sezmişti. Lacivert'in de bu ilgiden hoşlandığını görünce soğumuştu ondan. Lacivert Kadife ile ilgilenirse ondan kurtulacağını düşünmüş, babası geldikten sonra ise ondan uzak durmayı başarmıştı. Ka, Lacivert ile İpek arasındaki ilişkiyi geçmişte kalmış bir hataya indirgeyen bu hikâyeye inanacaktı belki, ama İpek bir ara coşup "Lacivert aslında Kadife'yi değil, beni seviyor!" demişti. Ka hiç duymak istemediği bu sözden sonra bu "berbat herif" hakkında şimdi ne düşündüğünü sormuş, İpek artık bu konuda konuşmak istemediğini, her şeyin geride kaldığını, Ka ile Almanya'ya gitmek istediğini söylemişti. Lacivert ile bu son gelişinde de telefonla konuştuğunu Ka o zaman hatırlamış, İpek de böyle bir konuşma olmadığını, Lacivert'in telefon ederse yerinin belli olacağını düşünecek kadar siyasi tecrübesi olduğunu söylemişti. "Hiçbir zaman mutlu olamayacağız!" demişti o zaman Ka. "Hayır, Frankfurt'a gideceğiz ve orada mutlu olacağız!" demişti İpek ona sarılarak. İpek'e göre Ka o an bu sözlere inanmış, sonra gene ağlamaya başlamıştı.

İpek de ona daha sıkı bir şekilde sarıldı ve birlikte ağladılar. Daha sonra Ka sarılarak ağlamanın, yenilgi ile yeni bir hayat arasındaki bu kararsızlık bölgesinde birlikte gezinmenin insana acı kadar zevk de verdiğini o sırada belki İpek'in de hayatında ilk defa keşfettiğini yazacaktı. Birbirlerine sarılarak ağlayabildikleri için ona daha da âşık olmuştu. Ka bir yandan bütün gücüyle İpek'e sarılıp ağlarken, bir yandan da aklının bir köşesiyle, bundan sonra yapması gereken şeyi bulmaya çalışıyor, içgüdüyle otelin içinden ve sokaktan gelen seslere dikkat ediyordu. Saat altıya geliyordu: *Serhat Şehir Gazetesi*'nin yarınki sayısının basılması tamamlanmış, Sarıkamış yolunda kar makineleri yolu açmak için öfkeyle çalışmaya koyulmuş, Funda Eser'in tatlılıkla askerî kamyona bindirip Millet Tiyatrosu'na götürdüğü Kadife orada Sunay ile provalara başlamıştı.

Lacivert'in Kadife'ye bir mesajı olduğunu Ka İpek'e yarım saat sonra söyleyebildi ancak. Bu süre boyunca birbirlerine sarılarak ağlamışlar ve Ka'nın başlattığı bir sevişme denemesi korkular, kararsızlıklar ve kıskançlık nöbetleri arasında yarıda kalmıştı. Ka bu sırada İpek'e Lacivert'i en son ne zaman gördüğünü sormaya, onun her gün Lacivert'le gizlice konuştuğunu, buluştuğunu, her gün onunla seviştiğini saplantılı bir şekilde tekrarlamaya başlamıştı. Bu sorulara ve iddialara İpek'in ilk başta kendisine inanılmadığı için öfkeli cevaplar verdiğini, daha sonra Ka'nın sözlerinin mantıksal içeriğini değil, duygusal etkisini hesaba katarak daha şefkatli davrandığını, kendisinin de bir yandan bu şefkatten zevk alırken, bir yandan da iddiaları ve sorularıyla İpek'in canını yakmaktan hoşlandığını hatırlayacaktı Ka. Hayatının son dört yılında pişmanlık ve kendini suçlamakla çok vakit geçiren Ka, sözle can yakma huyunu bir kimsenin ona duyduğu sevginin gücünü ölçmenin bir yolu olarak bütün ömrünce kullandığını da kendi kendine itiraf edecekti. İpek'e, Lacivert'i daha çok sevdiğini, aslında Lacivert'i istediğini takıntılı bir şekilde söylerken ve sorarken, Ka aslında İpek'in vereceği cevaplardan çok, kendisine ne kadar sabır gösterebileceğini merak ediyordu.

"Onunla bir ilişkim olduğu için bu sorularınla beni cezalandırıyorsun!" dedi İpek.

"Beni onu unutabilmek için istiyorsun!" dedi Ka ve İpek'in yüzünden bunun doğru olduğunu korkuyla gördü, ama ağlamadı. Belki de fazlasıyla ağladığından içinde bir güç toplandığını hissetti. "Lacivert'in saklandığı yerden Kadife'ye bir mesajı var," dedi. "Kadife'nin verdiği sözden dönmesini, sahneye çıkmamasını, başını açmamasını istiyor. Çok ısrarlı."

"Biz bunu Kadife'ye söylemeyelim," dedi İpek.

"Niye?"

"Hem böylece Sunay bizi sonuna kadar korur. Hem de Kadife için iyi olur. Kardeşimi Lacivert'ten uzaklaştırmak istiyorum çünkü."

"Hayır," dedi Ka. "Onların arasını açmak istiyorsun." Kıskançlığının onu İpek'in gözünde daha da düşürdüğünü görüyor, ama gene de kendini tutamıyordu.

"Benim Lacivert ile hesabım çoktan kesildi."

Ka İpek'in dilindeki kabadayı havanın içten olmadığını düşündü. Ama kendini tuttu ve bunu İpek'e söylememeye karar verdi. Ama bir an sonra bunu da söylerken ve pencereden dışarı bakarken buldu kendini. Kıskançlığının ve öfkesinin denetimi dışında, kendine rağmen harekete geçtiğini görmek daha da kederlendirdi Ka'yı. Ağlayabilirdi, ama aklı İpek'in vereceği cevaptaydı.

"Evet, bir zamanlar ona çok âşıktım," dedi İpek. "Ama şimdi çoğu geçti, iyiyim artık. Seninle Frankfurt'a gelmek istiyorum."

"Ona nasıl çok âşıktın?"

"Çok âşıktım," dedi İpek ve kararlılıkla sustu.

"Anlat nasıl çok âşık olduğunu." Soğukkanlılığını kaybetmiş olmasına rağmen Ka, İpek'in doğruyu söylemek ile Ka'yı avutmak, içindeki aşk acısını paylaşmak ile Ka'yı hak ettiği kadar üzmek arasında kararsızlık geçirdiğini hissetti.

"Ona kimseye âşık olmadığım kadar âşıktım," dedi sonra İpek gözlerini kaçırarak.

"Belki de kocan Muhtar'dan da başka birini tanımadığın için," dedi Ka.

Daha söylerken pişman olmuştu. Yalnız onu kıracağını bildiği için değil, İpek'in sert bir cevap vereceğini sezdiği için de.

"Belki bir Türk kızı olduğum için erkeklerle fazla yakınlaşma imkânım olmadı hayatta. Ama herhalde sen Avrupa'da pek çok özgür kız tanımışsındır. Onların hiçbirini sormuyorum sana. Ama onlar sevgilinin eski sevgililerini kaldırmayı sana öğretmişlerdir zannediyordum."

"Ben Türk'üm," dedi Ka.

"Türk olmak çoğu zaman kötülük için ya bir özür olur ya da bahane."

"Bu yüzden Frankfurt'a döneceğim," dedi Ka dediğine inanmadan.

"Ben de seninle geleceğim ve orada mutlu olacağız."

"Frankfurt'a onu unutmak için gelmek istiyorsun."

"Birlikte Frankfurt'a gidebilirsek bir süre sonra sana âşık olacağımı hissediyorum. Ben senin gibi değilim; iki günde kimseye âşık olamam. Bana sabredersen, Türk kıskançlıklarınla kalbimi kırmazsan seni çok severim."

"Ama şimdi sevmiyorsun," dedi Ka. "Hâlâ Lacivert'e âşıksın. Onu o kadar özel yapan şey nedir?"

"Bunu gerçekten bilmek istemen hoşuma gidiyor, ama vereceğim cevaba tepkinden korkuyorum."

"Korkma," dedi Ka dediğine inanmadan. "Seni çok seviyorum."

"Ben de bu söylediklerimi dinledikten sonra beni hâlâ sevebilecek bir erkekle yaşayabilirim ancak." İpek bir an sustu ve bakışlarını Ka'dan karlı sokağa dikti. "Çok şefkatlidir Lacivert, çok düşünceli ve cömerttir," dedi sımsıcak bir sesle. "Kimsenin kötülüğünü istemez. Bir keresinde annesi ölen iki köpek yavrusu için bütün bir gece gözyaşı dökmüştü. İnan bana, hiç kimseye benzemez."

"O bir katil değil mi?" dedi Ka umutsuzlukla.

"Onu benim tanıdığımın onda biri kadar tanıyan biri bile bunun ne kadar saçma bir düşünce olduğunu anlar, gülerdi. Kimseye kıyamaz o. Bir çocuktur. Bir çocuk gibi oyundan, hayallerden hoşlanır, taklitler yapar, *Şehname*'den, *Mesnevi*'den hikâyeler anlatır, içinden arka arkaya çeşit çeşit insan çıkar. Çok iradelidir, akıllıdır, kararlıdır, çok güçlüdür; çok da eğlencelidir... Ah, özür dilerim, ağlama canım, yeter artık ağlama."

Ka bir ara ağlamayı kesti ve birlikte Frankfurt'a gidebileceklerine artık inanmadığını söyledi. Odada arada bir Ka'nın hıçkırıklarıyla kesilen uzun, tuhaf bir sessizlik oldu. Ka yatağına yattı, pencereye sırtını dönüp bir çocuk gibi iki büklüm kıvrıldı. Az sonra İpek de yanına yattı, arkasından sarıldı ona.

Ka önce "bırak" demek istedi İpek'e. Sonra "daha sıkı sarıl!" diye fısıldadı.

Yastığın gözyaşlarıyla ıslandığını yanaklarında hissetmek Ka'nın hoşuna gidiyordu. İpek'in kendisine sarıldığını hissetmek de güzeldi. Uyuyakaldı.

Uyandıklarında saat yediydi ve ikisi de bir an mutlu olabileceklerini hissettiler. Birbirlerinin yüzüne bakamıyorlardı, ama ikisi de yeniden uzlaşmak için bahane arıyordu.

"Boş ver canım, hadi, boş ver," dedi İpek.

Ka bir an bunun umutsuzluğun mu, yoksa geçmişin unutulacağına duyulan bir güvenin mi işareti olduğunu çıkaramadı. İpek'in gitmekte olduğunu sandı. Kars'tan Frankfurt'a İpek'siz dönerse eski mutsuz günlük hayatına bile başlayamayacağını çok iyi biliyordu.

"Gitme, biraz daha otur," dedi telaşla.

Tuhaf, huzursuz edici bir sessizlikten sonra birbirlerine sarıldılar.

"Allahım, Allahım, ne olacak!" dedi Ka.

"Her şey iyi olacak," dedi İpek. "İnan, güven bana."

Ka bu kâbustan ancak İpek'in sözlerini bir çocuk gibi dinleyerek çıkabileceğini hissediyordu.

"Gel sana Frankfurt'a götüreceğim çantaya koyacağım şeyleri göstereyim," dedi İpek.

Odadan çıkmak Ka'ya iyi geldi. Merdivenlerden inerken tuttuğu İpek'in elini, Turgut Beyler'in dairesine girmeden önce bıraktı, ama lobiden geçerken, ikisine bir "çift" gibi baktıklarını hissederek gururlandı. Doğrudan İpek'in odasına gittiler. İpek Kars'ta giyemediği buz mavisi dar kazağı çekmecesinden çıkardı, açıp naftalinlerini silkeledi, aynanın karşısına geçip gövdesine yasladı.

"Üstüne giy," dedi Ka.

İpek üzerindeki yünlü ve bol kazağı çıkardı, bluzunun üzerine dar kazağı giyince Ka onun güzelliğine yeniden hayran oldu.

"Hayatının sonuna kadar beni sevecek misin?" dedi Ka.

"Evet."

"Şimdi Muhtar'ın yalnızca evde giymene izin verdiği kadife gece elbisesini giy."

İpek dolabı açtı, siyah kadife elbiseyi askıdan çıkardı, naftalinlerini silkeledi, özenle açtı ve giymeye başladı.

"Bana öyle bakman çok hoşuma gidiyor," dedi aynada Ka ile göz göze gelince.

Ka kadının uzun güzel sırtına, ensesinde saçların seyreldiği o hassas yere ve az aşağıda omuriliğin izine, poz vermek için ellerini saçlarının üzerinde birleştirince omuzlarında beliren gamzelere içini coşkuyla dolduran bir heyecan ve kıskançlıkla baktı. Hem çok mutlu hem de çok kötü hissediyordu kendini.

"Ooo, bu elbise nedir!" diyerek odaya girdi Turgut Bey. "Bu hangi baloya hazırlık?" Ama yüzünde neşe yoktu hiç. Ka bunu baba kıskançlığıyla açıkladı ve hoşuna gitti.

"Kadife gittikten sonra televizyondaki duyurular daha da saldırganlaştı," dedi Turgut Bey. "Kadife'nin bu oyuna çıkması çok yanlış olacak."

"Babacığım, Kadife'nin başını açmasını neden istemediğinizi bana da anlatın lütfen."

Hep birlikte salona, televizyonun karşısına geçtiler. Az sonra ekranda beliren spiker gece canlı yayında toplumsal ve manevi hayatımızı kötürüm eden bir trajediye son verileceğini, bizi modernlikten ve kadın erkek eşitliğinden uzak tutan dinî önyargılardan Karslıların bu akşam dramatik bir hareketle kurtulacağını duyurdu. Sahnede hayat ile tiyatroyu birleştiren o büyüleyici ve eşsiz tarihî anlardan biri daha yaşanacaktı. Karslıların bu sefer endişelenmesine hiç gerek yoktu, çünkü girişin bedava olduğu oyun sırasında Emniyet Müdürlüğü ve Sıkıyönetim Komutanlığı tiyatroda her türlü önlemi almıştı. Daha önceden yapıldığı belli olan bir röportajda Emniyet Müdür Yardımcısı Kasım Bey belirdi ekranda. İhtilal gecesinde darmadağınık olan saçları taranmıştı, gömleği ütülü, kravatı yerli yerindeydi. Karslıların bu akşamki büyük sanat gösterisine hiç çekinmeden gelebileceklerini söyledi. Gece için şimdiden pek çok imam hatip öğrencisinin Emniyet Müdürlüğü'ne geldiğini ve medeni ülkelerde ve Avrupa'da olduğu gibi oyunun gerekli yerlerinde disiplin ve coşkuyla alkışlamak için emniyet güçlerine söz verdiklerini, "bu sefer" hiçbir taşkınlığa, kabalığa, bağırıp çağırmaya izin verilmeyeceğini, binlerce yıllık bir kültür birikimini temsil eden Karslıların bir tiyatro eserinin nasıl seyredileceğini elbette bildiklerini söyleyip yok oldu.

Arkasından beliren aynı spiker bu akşam oynanacak trajediden söz etti, başoyuncu Sunay Zaim'in bu oyun için nasıl yıllarca hazırlandığını anlattı. Sunay'ın yıllar önce oynadığı Napoléonlu, Robespierreli, Leninli Jakoben oyunların buruşuk afişleri, Sunay'ın siyah beyaz fotoğrafları (Funda Eser bir zamanlar ne kadar zayıftı!), Ka'nın oyuncu çiftin bir bavulda taşıdığını sandığı diğer başka bazı tiyatro hatıraları ile birlikte (eski biletler, programlar, Sunay'ın Atatürk rolünü oynamayı düşündüğü günlerden kalma gazete kesikleri ve Anadolu kahvelerinden acıklı görüntüler) ekranda beliriyordu. Bu tanıtma filminin devlet televizyonlarında gösterilen sanat belgesellerini andıran sıkıcı bir yanı vardı, ama Sunay'ın ekranda ikide bir beliren ve yeni çekildiği anlaşılan havalı bir fotoğrafı demirperde ülkelerinin başkanlarının, Afrika ve Ortadoğu diktatörlerinin kırık dökük ama iddialı havasını veriyordu. Kars'ta oturanlar şimdiden sabahtan akşama kadar televizyonda görüntülerini seyrettikleri Sunay'ın şehirlerine huzur getirdiğine inanmışlar, kendilerini onun vatandaşı gibi hissetmeye ve geleceklerine esrarlı bir şekilde güven duymaya başlamışlardı. Seksen yıl önce Osmanlı ve Rus orduları şehirden çekildikten sonra Ermenilerin ve Türklerin birbirlerini katlettikleri günlerde şehirde Türklerin ilan ettiği devletin nereden bulunduğunu kimsenin bilmediği bayrağı da artık arada bir ekranda beliriyordu. Güve yeniği dolu, bu lekeli bayrağın ekranda görünmesi Turgut Bey'i her şeyden çok huzursuz etti.

"Deli bu adam. Hepimizin başına bela getirecek, Kadife sakın sahneye çıkmasın!"

"Çıkmasın, evet," dedi İpek. "Ama bunu sizin fikriniz olarak söylersek, Kadife'yi biliyorsunuz babacığım, bu sefer inadına çıkıp açar başını.

"Ne olacak peki?"

"Ka hemen tiyatroya gitsin ve Kadife'yi sahneye çıkmaması için ikna etsin!" dedi İpek Ka'ya dönüp kaşlarını kaldırarak.

Uzun bir süredir televizyonu değil, İpek'i seyreden Ka, bu fikir değişikliğinin neyin sonucunun olduğunu anlayamadan telaşlandı.

"Başını açmak istiyorsa olaylar yatıştıktan sonra evde açsın," dedi Turgut Bey Ka'ya. "Sunay mutlaka bu akşam tiyatroda bir kışkırtma daha yapacak. Funda Eser'e kanıp Kadife'yi o delilere teslim ettiğim için çok pişmanım."

"Ka tiyatroya gider ve Kadife'yi ikna eder babacığım."

"Kadife'ye artık bir tek siz ulaşabilirsiniz, çünkü Sunay size güveniyor. Burnunuza ne oldu kuzum?"

"Buzda düştüm," dedi Ka suçlulukla.

"Alnınızı da vurmuşsunuz. Orası da morarmış."

"Ka bütün gün sokaklarda yürümüş," dedi İpek.

"Sunay'a belli etmeden Kadife'yi bir kenara çekin..." dedi Turgut Bey. "Bu fikri bizden aldığınızı söylemeyin Kadife'ye, Kadife de sizden böyle bir fikir geldiğini kaçırmasın ağzından. Sunay ile tartışmasın hiç, bir mazeret uydursun. En iyisi 'hastayım' desin, 'başımı yarın evde açacağım' desin, söz versin. Söyleyin ona hepimiz çok seviyoruz Kadife'yi. Yavrum benim."

Turgut Bey'in gözleri bir anda yaşlandı.

"Babacığım ben bir de yalnız konuşabilir miyim Ka ile?" diyerek İpek Ka'yı yemek masasına çekti. Zahide'nin yalnızca örtüsünü serdiği akşam sofrasının bir kenarına oturdular.

"Kadife'ye Lacivert'in zorda kaldığı, güç durumda olduğu için böyle bir şey istediğini söyle."

"Fikrini niye değiştirdiğini anlat önce bana," dedi Ka.

"Ah canım, kuşkulanacak hiçbir şey yok, inan bana, yalnızca babamın söylediklerine hak verdim, o kadar. Kadife'yi bu akşamki beladan uzak tutmak, şimdi bana da her şeyden önemli geliyor."

"Hayır," dedi Ka dikkatle. "Bir şey oldu ve fikrini değiştirdin."

"Korkacak bir şey yok. Kadife başını açacaksa, sonra evde de açar."

"Kadife başını bu akşam açmazsa," dedi Ka dikkatle, "evde babasının yanında hiç açmaz. Bunu sen de biliyorsun."

"Kız kardeşimin önce sağ salim eve dönmesi daha önemli."

"Bir şeyden korkuyorum," dedi Ka. "Benden sakladığın bir şey olduğundan."

"Canım, yok böyle bir şey. Seni çok seviyorum. Beni istiyorsan, seninle Frankfurt'a geleceğim hemen. Orada zaman içinde sana ne kadar bağlanıp âşık olduğumu görünce bugünleri unutacak, beni güvenle seveceksin."

Elini Ka'nın nemli ve sıcak elinin üzerine koydu. Ka İpek'in büfenin aynasında yansıyan güzelliğine, askılı kadife elbise içerisinde sırtının olağanüstü çekiciliğine, iri gözlerinin kendi gözlerine bu kadar yakın olmasına inanamadan bekliyordu.

"Kötü bir şey olacağından eminim sanki," dedi sonra.

"Niye?"

"Çünkü çok mutluyum. Hiç beklemediğim bir şekilde, Kars'ta on sekiz tane şiir yazdım. Bir yenisini daha yazarsam kendiliğinden bir kitap yazmış olacağım. Benimle birlikte Almanya'ya gelmek istemene de inanıyorum ve önümde daha da büyük bir mutluluk olduğunu hissediyorum. Mutluluğun bu kadarı bana fazla geliyor ve mutlaka bir kötülük olacağını da seziyorum."

"Ne gibi bir kötülük?"

"Kadife'yi ikna etmek için ben buradan çıkar çıkmaz senin Lacivert ile buluşmandan."

"Ah, çok saçma," dedi İpek. "Yerini bile bilmiyorum onun."

"Onun yerini söylemediğim için dayak yedim."

"Kimseye de sakın söyleme," dedi İpek kaşlarını çatarak. "Korkularının saçmalığını da anlayacaksın."

"Ee ne oldu, Kadife'ye gitmiyor musunuz?" diye seslendi Turgut Bey. "Bir saat on beş dakika sonra oyun başlıyor. Televizyon yolların da açılmak üzere olduğunu duyurdu."

"Tiyatroya gitmek istemiyorum, buradan çıkmak istemiyorum," diye fısıldadı Ka.

"Arkamızda Kadife'yi mutsuz bırakarak kaçamayız, inan," dedi İpek. "O zaman biz de mutlu olamayız. Hiç olmazsa git ve ikna etmeye çalış, içimiz rahat olsun."

"Bir buçuk saat önce Fazıl Lacivert'ten bana haber getirdiğinde," dedi Ka, "bana dışarı çıkma diyordun sen."

"Sen tiyatroya gittiğinde buradan kaçmayacağımı nasıl kanıtlayabilirim, çabuk söyle," dedi İpek.

Ka gülümsedi. "Yukarıya benim odama gelirsin, kapını kilitler, yarım saatliğine anahtarı da yanıma alırım."

"Peki," dedi İpek neşeyle. Ayağa kalktı. "Babacığım, ben yarım saatliğine yukarıya odama çıkacağım, Ka da, merak etmeyin, şimdi tiyatroya Kadife'yle konuşmaya gidiyor... Hiç kalkmayın yerinizden, yukarıda da bir işimiz ve acelemiz var."

"Hay Allah razı olsun," dedi Turgut Bey ama telaşlıydı.

İpek Ka'yı elinden tuttu, lobiden geçerken de hiç bırakmadan merdivenlerden yukarı çıkardı onu.

"Cavit bizi gördü," dedi Ka. "Ne düşünmüştür?"

"Boş ver," dedi İpek neşeyle. Yukarıda Ka'dan aldığı anahtarla odanın kapısını açtı, içeri girdi. İçeride geceki sevişmelerinin hâlâ belli belirsiz bir kokusu vardı. "Burada seni bekleyeceğim. Dikkat et kendine. Sunay ile takışma."

"Sahneye çıkmamasını Kadife'ye babasının ve bizim isteğimiz olarak mı söyleyeyim, Lacivert'in isteği olarak mı?"

"Lacivert'in isteği olarak."

"Niye?" diye sordu Ka.

"Kadife Lacivert'i çok seviyor da ondan. Kız kardeşimi tehlikeden korumak için gidiyorsun oraya. Lacivert'i kıskanmayı unut."

"Unutabilirsem."

"Almanya'da çok mutlu olacağız," dedi İpek. Kollarını Ka'nın boynuna doladı. "Hangi sinemaya gideceğiz, söyle bana."

"Film Müzesi'nde cumartesi akşamları geç saatte dublajsız Amerikan sanat filmleri gösteren bir sinema vardır," dedi Ka. "Oraya gideceğiz. Gitmeden önce istasyon civarındaki lokantalarda döner ve tatlı turşu yiyeceğiz. Sinemadan sonra evde televizyon karıştırıp eğleneceğiz. Sonra da sevişeceğiz. Benim siyasal sürgün maaşım ve bu son şiir kitabım için yapacağım okumalarda alacağım para ikimize de yeteceği için ikimizin de birbirimizi sevmekten başka bir işi olmayacak."

İpek ona kitabının adını sordu, Ka söyledi.

"Güzel," dedi İpek. "Hadi canım, git artık, yoksa babam meraklanacak ve kendi düşecek yollara."

Ka paltosunu giydikten sonra İpek'e sarıldı.

"Artık korkmuyorum," diye yalan söyledi. "Ama ne olur ne olmaz bir karışıklık çıkarsa şehirden ayrılan ilk trende seni bekleyeceğim."

"Bu odadan çıkabilirsem," diye güldü İpek.

"Ben köşeden kaybolana kadar pencereden bak olur mu?"

"Olur."

"Seni bir daha görememekten çok korkuyorum," dedi Ka kapıyı kaparken.

Kapıyı kilitleyip anahtarı paltosunun cebine koydu.

Sokakta geri dönüp İpek'in penceresine rahatça bakabilmek için kendini koruyan iki eri birkaç adım önden yollamıştı. İpek'i Karpalas Oteli'nin birinci katındaki 203 numaralı odanın penceresinden hiç kıpırdamadan kendisine bakarken gördü. Kadife elbisesinin içinde artık soğuktan ürperen bal rengi omuzlarına küçük masa lambasından Ka'nın bir daha hiç unutmayacağı ve hayatının geri kalan dört yılında kafasında mutlulukla ilişkilendireceği turuncumsu bir ışık vuruyordu.

Ka bir daha İpek'i hiç görmedi.

40

İki taraflı casusluk zor olmalı

YARIM KALAN BÖLÜM

Ka Millet Tiyatrosu'na yürürken sokaklar boşalmış, bir iki lokanta dışında bütün kepenkler indirilmişti. Çayhanelerin son müşterileri sigara ve çayla geçirdikleri uzun günün sonunda yerlerinden kalkarlarken televizyondan gözlerini hâlâ alamıyorlardı. Millet Tiyatrosu'nun önünde ışıkları yanıp sönen üç polis aracını ve yokuşun aşağılarındaki iğde ağaçlarının altında bir tankın gölgesini gördü Ka. Akşam ayazı bastırmıştı, saçaklardan sarkan buzların ucundan kaldırımlara sular akıyordu. Atatürk Caddesi'nin bir yanından öteki yanına gerilmiş naklen yayın kablosunun altından geçip tiyatro binasına girerken cebindeki anahtarı avcunun içine aldı.

Kenarlarda düzenle sıralanmış polisler ve askerler sahnede yapılan provanın boş salonda yankılanışını dinliyorlardı. Ka da koltuklardan birine oturdu ve gür sesli Sunay'ın tane tane söylediği kelimeleri, başı örtülü Kadife'nin kararsız ve zayıf cevaplarını ve sahnedeki dekoru (bir ağaç, aynalı bir makyaj masası) yerleştirirken arada bir provaya karışan (daha içten söyle, Kadifeciğim!) Funda Eser'in sözlerini izledi.

Funda Eser ile Kadife bir ara kendi aralarında prova yaparlarken Ka'nın sigarasının ışığını gören Sunay gelip yanına oturdu. "Hayatımın en mutlu saatleri bunlar," dedi. Ağzı rakı kokuyordu, ama sarhoş değildi hiç. "Ne kadar prova yapsak da her şey sahnede o an hissettiklerimizle belirlenecek. Zaten Kadife'nin de tuluata yeteneği var."

"Babasından ona bir mesaj ve bir de nazar boncuğu getirdim," dedi Ka. "Bir kenarda onunla konuşabilir miyim?"

"Bir ara korumalarını atlatıp kaybolduğunun farkındayız. Karlar eriyormuş, demiryolu açılmak üzereymiş. Ama tüm bunlardan önce biz oyunumuzu sahneleyeceğiz," dedi Sunay. "Lacivert iyi bir yere gizlenmiş mi bari?" diye sordu gülümseyerek.

"Bilmiyorum."

Sunay Kadife'yi yollayacağını söyleyerek gitti ve sahnedeki provaya katıldı. Aynı anda sahne ışıkları yandı. Ka sahnedeki üç kişi arasında yoğun bir çekim olduğunu hissetti. Kadife'nin başında örtüyle bu dışa dönük dünyanın mahremiyetine hızla girivermesi Ka'yı korkuttu. Başı açık olsa, örtülü kızların giydiği o berbat pardösülerden birini giymeyip ablasınınki gibi uzun bacaklarının birazını sergileyen bir etek giyse Kadife'ye daha çok yakınlık duyacağını hissetti, ama Kadife sahneden inip yanına oturunca bir an Lacivert'in niye İpek'i bırakıp ona âşık olduğunu da sezdi.

"Kadife, Lacivert'i gördüm. Onu bırakmışlar, o da bir yere gizlenmiş. Bu gece çıkıp sahnede başını açmanı istemiyor. Bir de mektup yolladı sana."

Ka'nın Sunay'ın dikkatini çekmemek için, sınavda kopya verir gibi el altından uzattığı mektubu Kadife göstere göstere açıp okudu. Bir kere daha okudu ve gülümsedi.

Ka sonra Kadife'nin öfkeli gözlerinde yaş gördü.

"Baban da böyle düşünüyor Kadife. Başını açmaya karar vermen ne kadar doğruysa, bunu bu akşam öfkeli imam hatip öğrencilerinin önünde yapman o kadar saçma. Sunay gene herkesi kışkırtacak. Bu akşam burada durmana hiç gerek yok. Hasta olduğunu söylersin."

"Bahaneye gerek yok. Sunay istersem eve dönebileceğimi söyledi zaten."

Kadife'nin yüzünde gördüğü öfke ve hayal kırıklığının okul piyesine çıkmasına son anda izin verilmeyen genç kızınkinden çok daha derin olduğunu Ka kavradı.

"Burada mı kalacaksın Kadife?"

"Burada kalıp oyunda oynayacağım."

"Bu babanı çok üzecek biliyor musun?"

"Bana yolladığı nazar boncuğunu ver."

"Seninle yalnız konuşabilmek için boncuğu ben uydurdum."

"İki taraflı casusluk zor olmalı."

Kadife'nin yüzünde bir hayal kırıklığı da gördü Ka, ama kızın aklının bambaşka bir yerde olduğunu acıyla hissetti hemen. Omzundan çekip Kadife'ye sarılmak istedi, ama hiçbir şey yapamadı.

"İpek bana Lacivert ile eski durumlarını anlattı," dedi Ka.

Kadife sessizce çıkardığı paketten bir sigarayı ağır hareketlerle ağzına yerleştirip yaktı.

"Sigaranı ve çakmağını ona verdim," dedi Ka beceriksiz bir havayla. Biraz sustular. "Bunu Lacivert'i çok sevdiğin için mi yapıyorsun? Onda bu kadar çok sevdiğin şey ne Kadife, söyle bana."

Ka boşuna konuştuğunu, konuştukça da battığını anladığı için sustu.

Funda Eser sahneden Kadife'ye seslenerek sırasının geldiğini söyledi.

Kadife yaşlı gözlerle Ka'ya bakıp kalktı. Son anda birbirlerine sarıldılar. Kadife'nin varlığını ve kokusunu hissederek bir süre sahnedeki oyunu seyretti Ka, ama aklı orada değildi; hiçbir şey anlayamıyordu. İçinde kendine olan güvenini, mantığını darmadağın eden bir eksiklik, kıskançlık ve pişmanlık vardı. Neden acı çektiğini aşağı yukarı çıkarıyordu da, acının neden bu kadar yıkıcı ve şiddetli olduğunu anlayamıyordu.

İpek'le Frankfurt'ta geçireceği yılların –tabii eğer onunla Frankfurt'a gitmeyi başarırsa– bu ezici, kahredici acıyla damgalanacağını hissederek bir sigara içti. Aklı karmakarışıktı. İki gün önce Necip ile buluştukları tuvalete gitti, aynı küçük bölmeye girdi. Yüksekteki pencereyi açıp karanlık göğe sigara içerek baktı.

Dışarıda yeni bir şiirin gelmekte olduğuna inanamadı ilk. Bir teselli ve umut olarak gördüğü şiiri heyecanla yeşil defterine geçirdi. Aynı kahredici duygunun hâlâ bütün gücüyle içine yayıldığını anlayınca telaşla Millet Tiyatrosu'ndan çıktı.

Karlı kaldırımlarda yürürken soğuk havanın kendisine iyi geleceğini düşündü bir an. İki koruma eri yanındaydı ve aklı daha da karışıktı. Bu noktada hikâyemizin daha iyi anlaşılabilmesi için bu bölümü bitirip bir yenisine başlamalıyım. Ama bu, Ka'nın bu bölümde anlatılması gereken başka şeyler yapmadığı anlamına gelmiyor. Önce Ka'nın üzerinde durmadan defterine yazdığı "Dünyanın Bittiği Yer" adlı bu son şiirin *Kar* adlı kitaptaki yerine bakmalıyım.

41

Herkesin bir kar tanesi vardır

KAYIP YEŞİL DEFTER

"Dünyanın Bittiği Yer" Ka'ya Kars'ta gelen on dokuzuncu ve son şiirdi. Ka'nın bu şiirlerin on sekizini –bazı eksiklerle de olsa– yanında hep taşıdığı yeşil bir deftere aklına gelir gelmez yazdığını biliyoruz. İhtilal gecesi sahnede okuduğu şiiri yazamamıştı bir tek. Ka daha sonra Frankfurt'tan İpek'e yazdığı ve hiçbirini postalamadığı mektupların ikisinde "Allah'ın Olmadığı Yer" adını verdiği bu şiirini bir türlü hatırlayamadığını, kitabını bitirebilmek için bu şiiri mutlaka bulması gerektiğini, bunun için İpek *Serhat Kars Televizyonu*'ndaki video kayıtlarına bir bakarsa çok mutlu olacağını yazmıştı. Frankfurt'taki otel odamda okuduğum bu mektubun havasından Ka'nın İpek'in video ve şiir bahanesiyle kendisine aşk mektubu yazdığını düşünebileceğini hayal edip huzursuz olduğunu da hissetmiştim.

Aynı gece elimde Melinda kasetleriyle döndüğüm odamda hafifçe kafayı bulduktan sonra gelişigüzel açtığım bir defterde gördüğüm kar tanesini bu romanın yirmi dokuzuncu bölümünün sonuna koydum. Daha sonraki günlerde defterleri okudukça Ka'nın Kars'ta kendisine gelen şiirleri kar tanesinin üzerindeki on dokuz noktaya yerleştirerek ne yapmak istediğini biraz olsun anladığımı sanıyorum.

Ka daha sonra okuduğu kitaplardan altı kollu bir yıldız biçimindeki kar tanesinin gökte kristalleşmesiyle yeryüzüne inip biçimini kaybederek yok olması arasında ortalama sekiz on dakika geçtiğini, her kar tanesinin rüzgâr, soğukluk, bulutların yüksekliği gibi etkenlerin yanında anlaşılamayan esrarengiz pek çok nedenle de biçimlendiğini öğrenince kar taneleriyle insanlar arasında ilişki olduğunu sezmişti. "Ben, Ka" adlı şiirini bir kar tanesini düşünerek Kars Kütüphanesi'nde yazmış, daha sonra *Kar* adlı şiir kitabının merkezinde de aynı kar tanesinin yattığını düşünmüştü.

Daha sonra aynı mantıkla hareket ederek "Cennet", "Satranç", "Çikolata Kutusu" adlı şiirlerinin de hayali kar tanesinin üzerinde bir yeri olduğunu göstermişti. Bunun için kar tanelerinin şekillerini yayımlayan kitaplardan yararlanarak kendi kar tanesini çizmiş, Kars'ta kendisine gelen şiirlerin hepsini bu tanenin üzerine yerleştirmişti. Böylece yeni şiir kitabının yapısı kadar, kendisini Ka yapan her şeyi de bir kar tanesi üzerinde işaretlemiş oluyordu. Her insanın bütün hayatının içsel bir haritası olan böyle bir kar tanesi olmalıydı. Şiirlerin kar tanesinin üzerinde yerleştiği hafıza, hayal ve mantık dallarını Ka, Bacon'ın insan bilgisini sınıflandırdığı ağaçtan almış, altıgen kar yıldızının dalları üzerindeki noktaların ne anlama geldiğini Kars'ta yazdığı şiirleri yorumlarken uzun uzun tartışmıştı.

Bu yüzden Kars'ta yazdığı şiirler üzerine Frankfurt'ta tuttuğu üç defter dolusu notun büyük çoğunluğunu kar tanesinin anlamı kadar Ka'nın kendi hayatının anlamı üzerine bir tartışma olarak da görmek gerekir. Söz gelimi, "Vurularak Ölmek" adlı şiirin kar tanesi üzerindeki yerini tartışıyorsa önce şiirde ele aldığı korkuyu açıklıyor, bu şiirin ve korkunun neden hayal dalına yakın yerleştirilmesi gerektiğini irdeliyor, neden hafıza dalının tam üzerindeki "Dünyanın Bittiği Yer" adlı şiirin yakınında ve çekim alanında olduğunu yorumlarken, esrarlı pek çok şeyin de malzemesini verdiğine inanıyordu. Ka'ya göre herkesin hayatının arkasında böyle bir harita ve bir kar tanesi vardı ve uzaktan birbirlerine benzeyen insanların aslında ne kadar değişik, tuhaf ve anlaşılmaz olduğu herkesin kendi kar yıldızının çözümlemesi yapılarak kanıtlanabilirdi.

Ka'nın şiir kitabının ve kendi kar yıldızının yapısı hakkında tuttuğu sayfalar dolusu ("Çikolata Kutusu" adlı şiirin hayal dalında olmasının anlamı neydi? "Bütün İnsanlık ve Yıldızlar" şiiri Ka'nın yıldızını nasıl biçimlendirmişti? vs.) not hakkında romanımızın gerektirdiğinden fazla söz söylemeyeceğim. Kendilerini aşırı önemseyen, yazdıkları her saçmalığın ileride bir araştırma konusu olacağına inandığı için kasıla kasıla daha yaşarken kendi kendilerinin kimsenin bakmadığı bir heykeli haline gelen şairlerle Ka gençliğinde alay ederdi.

Modernist efsanelere kanarak zor anlaşılır şiirler yazan şairleri yıllarca küçümsedikten sonra hayatının son dört yılında kendi yazdığı şiirleri kendi kendine yorumluyor olmasının gene de birkaç hafifletici özrü var. Notlarını dikkatli okuyunca anlaşıldığı gibi,

Kars'ta kendisine gelen şiirleri Ka bütünüyle kendi yazmış gibi hissetmiyordu. Bu şiirlerin kendi dışında bir yerden "geldiğine", kendisinin onların yazılması –bir örnekte olduğu gibi söylenmesi– için yalnızca bir araç olduğuna inanıyordu. Ka notlarını kendisinin bu "edilgenlik" durumunu değiştirmek, yazdığı şiirlerin anlamını ve gizli simetrisini çözmek için tuttuğunu birkaç yerde yazmıştı. Ka'nın kendi şiirlerinin yorumunu yapmasının ikinci özrü de buradaydı: Ka ancak Kars'ta yazdığı şiirlerin anlamını çözerse kitabının eksikliklerini, yarım kalan dizeleri ve kaydetmeden unuttuğu "Allah'ın Olmadığı Yer" adlı şiiri tamamlayabilirdi. Çünkü Frankfurt'a döndükten sonra hiç şiir "gelmemişti" Ka'ya.

Ka'nın dört yılın sonunda gelen şiirlerin mantığını çözüp kitabını bitirmiş olduğu notlarından ve mektuplarından anlaşılıyor. Bu yüzden dairesinden aldığım kâğıtları, defterleri Frankfurt'taki otelde içki içerek sabaha kadar karıştırırken, arada bir Ka'nın şiirlerinin buralarda bir yerde olması gerektiğini hayal edip kendi kendime heyecanlanıyor, elimdeki malzemeyi yeniden karıştırmaya başlıyordum. Sabaha karşı arkadaşımın defterlerini karıştıra karıştıra onun eski pijamaları, Melinda kasetleri, kravatları, kitapları, çakmakları (Kadife'nin Lacivert'e yolladığı ama Ka'nın ona vermediği çakmağı da daireden almış olduğumu böyle fark ettim) arasında kâbuslar ve özlemlerle dolu düşler ve hayaller görerek (rüyamda Ka bana "yaşlanmışsın" diyordu, korkuyordum) uyuyakaldım.

Ancak öğle vakti uyandım ve günün geri kalanını karlı ve ıslak Frankfurt sokaklarında Tarkut Ölçün'ün yardımı olmadan Ka hakkında bilgi toplamakla geçirdim. Ka'nın Kars'a gelişinden önceki sekiz yılda ilişki kurduğu iki kadın da benimle görüşmeye –arkadaşımın biyografisini yazdığımı söylemiştim– hemen razı oldu. Ka'nın ilk sevgilisi Nalan, değil son şiir kitabından, Ka'nın şiir yazdığından bile haberdar değildi. Evliydi, kocasıyla birlikte iki dönerci dükkânı ve bir seyahat bürosu işletiyordu. Baş başa konuşurken bana Ka'nın zor, kavgacı, huysuz ve aşırı alıngan biri olduğunu söyledikten sonra biraz ağladı. (Ka'dan çok, solcu hayallere feda ettiği gençliği için üzülüyordu.)

Bekâr olan ikinci sevgili Hildegard'ın da tahmin ettiğim gibi Ka'nın ne yazdığı son şiirlerinde ne de *Kar* adlı şiir kitabından haberi vardı. Ka'yı ona Türkiye'de olduğundan çok daha ünlü bir şairmiş gibi tanıtmaktan duyduğum suçluluğu hafifleten oyuncu, flörtçü bir havayla bana Ka'dan sonra yaz tatillerinde Türkiye'ye gitmekten vazgeçtiğini, Ka'nın çok sorunlu, çok zeki, yapayalnız bir çocuk olduğunu, aradığı anne-sevgiliyi huysuzluğu yüzünden hiçbir zaman bulamayacağını, bulursa bile kaçıracağını, ona âşık olmak ne kadar kolaysa, onunla birlikte olmanın o kadar zor olduğunu anlattı. Ka ona benden hiç söz etmemişti. (Bu soruyu ona niye sorduğumu ve burada niye bahsettiğimi bilmiyorum.) Bir saat on beş dakika süren görüşmemiz sırasında fark etmediğim şeyi, ince bilekli uzun parmaklı güzel sağ elinin işaret parmağının ilk ekleminin olmadığını Hildegard son anda el sıkışırken bana gösterdi ve Ka'nın bir öfke anında bu eksik parmakla alay ettiğini gülümseyerek ekledi.

Kitabını bitirdikten sonra Ka, bir deftere el yazısıyla yazdığı şiirleri daktilo edip çoğaltmadan önce, bundan önceki kitaplarında da yaptığı gibi bir okuma turuna çıkmıştı: Kassel, Braunschweig, Hannover, Osnabrück, Bremen, Hamburg. Ben de, beni çağıran halkevinin ve Tarkut Ölçün'ün yardımıyla, bu şehirlerde alelacele "okuma geceleri" düzenlettim. Tıpkı Ka'nın bir şiirinde anlattığı gibi ben de dakikliğine, temizliğine ve Protestan konforuna hayran olduğum Alman trenlerinde pencerenin kenarına oturur, camda yansıyan ovaları, uçurumların dibinde uyuklayan küçük kiliseli şirin köyleri ve küçük istasyonlardaki sırt çantalı, renk renk yağmurluklu çocukları hüzünle seyreder, ağızlarında sigara istasyonda beni karşılayan dernekli iki Türk'e Ka'nın yedi hafta önce buraya okuma için geldiğinde yaptığı şeylerin aynısını yapmak istediğimi söyler ve her kentte, tıpkı Ka'nın yaptığı gibi küçük ucuz bir otele kaydımı yaptırdıktan, beni çağıranlarla bir Türk lokantasında siyasetten ve Türklerin ne yazık ki kültürle ilgilenmediğinden konuşup ıspanaklı börek ve döner yedikten sonra şehrin soğuk ve boş sokaklarında gezer, İpek'in acısını unutmak için bu sokaklarda yürüyen Ka olduğumu hayal ederdim. Akşam siyasete, edebiyata ya da Türklere meraklı on beş yirmi kişinin katıldığı "edebi" toplantıda, en son romanımdan ruhsuzca bir iki sayfa okuduktan sonra birden konuyu şiire getirir, kısa zaman önce Frankfurt'ta öldürülen büyük şair Ka'nın çok yakın arkadaşım olduğunu açıklar, "acaba yakın zaman önce burada okuduğu son şiirlerinden bir şeyler hatırlayan var mı" diye sorardım.

Toplantıya katılanların büyük çoğunluğu Ka'nın şiir gecesine gelmemiş olurdu, gelenlerin ise siyasi sorular sormak için veya rastlantıyla geldiklerini, şiirlerini değil üzerinden hiç çıkarmadığı kül rengi paltosunu, soluk tenini, dağınık saçlarını, sinirli hareketlerini hatırlamalarından anlardım. Kısa bir süre içinde arkadaşımın en ilgi çeken yanı, hayatı ve şiirleri değil, ölümü olmuştu. Onu İslamcıların, Türk gizli servislerinin, Ermenilerin, Alman dazlaklarının, Kürtlerin veya Türk milliyetçilerinin öldürdüğüne dair pek çok kuram dinledim. Yine de kalabalık içinde Ka'ya gerçekten dikkat etmiş, akıllı, zeki, duyarlı birileri her zaman çıkardı. Edebiyatsever ve dikkatli bu kişilerden Ka'nın yeni bir şiir kitabını bitirdiğinden, "Rüya Sokaklar", "Köpek", "Çikolata Kutusu" ve "Aşk" adlı şiirlerini okuduğundan ve bu şiirleri çok, çok tuhaf bulduklarından başka pek fazla yararlı bir şey öğrenemedim. Ka şiirleri Kars'ta yazdığını birkaç yerde belirtmiş, bu da memleket hasreti çeken dinleyicilere de seslenmek istediği şeklinde yorumlanmıştı. Okuma gecesinden sonra Ka'ya (sonra da bana) sokulan tek çocuklu, dul, otuz yaşlarında esmer bir kadın Ka'nın "Allah'ın Olmadığı Yer" adlı bir şiirinden de bahsettiğini hatırlıyordu: Ona göre büyük ihtimalle Ka tepki çekmemek için bu uzun şiirden yalnızca bir dörtlük okumuştu. Ne kadar zorladıysam da bu dikkatli şiirsever okur "çok korkunç bir manzara" demekten başka bir şey hatırlayamadı. Hamburg'daki toplantıda ön sırada oturan bu kadın Ka'nın şiirlerini yeşil defterden okuduğundan emindi.

Gece Hamburg'dan Frankfurt'a Ka'nın döndüğü trenle döndüm. Banhoftan çıkıp onun gibi Kaiserstrasse'de yürüdüm ve sex shoplarda oyalandım. (Bir haftada Melinda'nın yeni bir kaseti gelmişti.) Arkadaşımın vurulduğu yere gelince durdum ve farkında olmadan kabul ettiğim şeyi ilk defa açıkça kendi kendime söyledim. O yere düştükten sonra katili Ka'nın çantasından yeşil defteri alıp kaçmış olmalıydı. Bir haftalık Almanya seyahatimde her gece saatlerce Ka'nın bu şiirler için tuttuğu notları, Kars anılarını okumuştum. Şimdi tek avuntum kitaptaki uzun şiirlerden bir tanesinin Kars'ta bir televizyon stüdyosunun video arşivinde beni beklediğini hayal etmekti.

İstanbul'a döndükten sonra bir süre her gece devlet televizyonunun kapanış haberlerinde Kars'ta havanın nasıl olduğunu dinledim, şehirde nasıl karşılanabileceğimi hayal ettim. Ka'nınkine benzer bir buçuk günlük bir otobüs yolculuğundan sonra bir akşamüstü Kars'a geldiğimi, elimde çanta, ürkek ürkek Karpalas Oteli'nde bir odaya yerleştiğimi (ne esrarlı kız kardeşler vardı ortalıkta ne de babaları), Ka'nın dört yıl önce yürüdüğü karlı kaldırımlarda onun gibi uzun uzun yürüdüğümü (dört yılda Yeşilyurt Lokantası sefil bir birahaneye çevrilmişti) söylemem, bu kitabın okurlarına benim de ağır ağır onun bir gölgesi olmaya doğru gittiğimi düşündürmesin. Ka'nın da arada bir ima ettiği gibi bendeki şiir ve hüzün eksikliği yalnız bizi birbirimizden değil, onun kederli Kars şehrini, benim gördüğüm yoksul Kars şehrinden de ayırıyordu. Ama bizi birbirimize benzeten ve bağlayan kişiden söz etmeliyim şimdi.

İpek'i o akşam belediye başkanının benim için verdiği yemekte ilk gördüğümde duyduğum baş dönmesinin rakıdan kaynaklandığına, ipin ucunu kaçırıp ona âşık olma ihtimalimin bir abartı, Ka'ya o gece hissetmeye başladığım kıskançlığın da gereksiz olduğuna gönül rahatlığıyla inanabilmeyi ne çok isterdim! Ka'nın anlattığından çok daha az şiirsel olan sulu bir kar, gece yarısı Karpalas Oteli'ndeki penceremin önünden çamurlu kaldırımlara yağarken arkadaşımın tuttuğu notlardan İpek'in bu kadar güzel olduğunu neden çıkaramadığımı kendime kim bilir kaç kere sordum. Bir içgüdüyle ve o günlerde içimden sık sık geçen ifadeyle "tıpkı Ka gibi", çıkardığım bir deftere yazdıklarım okuduğunuz kitabın başlangıcı olabilir: Ka'dan ve onun İpek'e duyduğu aşktan kendi hikâyemmiş gibi söz etmeye çalıştığımı hatırlıyorum. Dumanlı aklımın bir köşesiyle de kendimi bir kitabın ya da yazının iç sorunlarına kaptırmanın aşktan uzak durmanın tecrübeyle edinilmiş bir yolu olduğunu düşünüyordum. Sanıldığının aksine, insan isterse aşktan uzak durabilir.

Ama bunun için hem aklınızı çelen kadından hem de sizi o aşka kışkırtan üçüncü kişinin hayaletinden kurtulmanız gerekir. Oysa ben İpek ile ertesi gün öğleden sonra Yeni Hayat Pastanesi'nde Ka'dan söz etmek için çoktan sözleşmiştim.

Ya da Ka'dan söz etmek istediğimi ona açtığımı sanıyordum. Bizden başka kimsenin oturmadığı pastanede aynı siyah beyaz televizyon Boğaz Köprüsü'ne karşı kucaklaşan iki âşığı gösterirken, İpek bana Ka'dan söz etmesinin hiç de kolay olmadığını anlattı. İçindeki acıyı ve hayal kırıklığını ancak onu sabırla dinleyecek birisine açabilirdi ve bu kişinin Ka'nın şiirleri için ta Kars'a gelecek kadar yakın bir dostu olması içini rahatlatıyordu. Çünkü Ka'ya haksızlık etmediğine beni ikna ederse içindeki huzursuzluktan biraz olsun kurtulacaktı. Ama benim anlayışsızlığımın onu üzeceğini de ihtiyatla söyledi. Üzerinde "ihtilal" sabahı Ka'ya kahvaltı verirken giydiği kahverengi uzun etek ve yine kazağın üstünden takılmış eski moda kalın kemer (Ka'nın şiir notlarında okuduğum için onları hemen tanıyordum), yüzünde ise Melinda'yı hatırlatan yarı hırçın, yarı kederli bir ifade vardı. Onu dikkatle, uzun uzun dinledim.

42

Bavulumu hazırlayacağım

İPEK'İN GÖZÜNDEN

İki koruma erinin arkasından Millet Tiyatrosu'na giderken Ka'nın durup son bir kere daha kendisine baktığı sırada İpek onu çok seveceğine iyimserlikle inanıyordu. İpek için bir erkeği sevebileceğine inanmak, onu gerçekten sevmekten, hatta âşık olmaktan da olumlu bir duygu olduğu için, kendini yeni bir hayatın ve uzun sürecek bir mutluluğun eşiğinde hissediyordu.

Bu yüzden Ka'nın gidişinden sonraki ilk yirmi dakikada hiç endişelenmedi: Kıskanç sevgili tarafından bir odaya kilitlendiği için huzursuz olmaktan çok, memnundu. Aklı bavulundaydı; onu bir an önce hazırlar, hayatının sonuna kadar yanından ayırmak istemediği eşyalarıyla oyalanırsa hem babasını ve kız kardeşini daha kolay bırakabilir hem de bir an önce Kars'tan Ka ile birlikte kazasız belasız çıkabilirmiş gibi geliyordu ona.

Gittikten yarım saat sonra Ka hâlâ dönmeyince İpek bir sigara yaktı. Her şeyin yolunda gideceğine kendini inandırdığı için budala gibi hissediyordu kendini: Bir odaya kilitlenmiş olmak bu duyguyu artırıyor, kendine ve Ka'ya içerliyordu. Resepsiyona bakan Cavit'in otelden çıkıp bir yere doğru koştuğunu görünce bir an pencereyi açıp ona seslenmek istedi, ama kararını verene kadar delikanlı koşup gitti. İpek, Ka'nın her an geri gelebileceğini düşünerek oyaladı kendini.

Ka'nın gitmesinden kırk beş dakika sonra İpek odanın donmuş penceresini zorlayarak açtı ve kaldırımdan geçmekte olan bir gence –Millet Tiyatrosu'na götürülmemiş imam hatipli şaşkın bir öğrenciye– 203 no'lu odada kilitli kaldığını, aşağıya otelin girişine haber vermesini rica etti. Delikanlı onu şüpheyle karşıladı, ama içeri girdi. Az sonra da odadaki telefon çaldı:

"Ne işin var orada?" dedi Turgut Bey. "Kilitli kaldıysan niye telefon etmiyorsun?"

Bir dakika sonra babası yedek anahtarla kapıyı açtı. İpek, Turgut Bey'e kendisinin de Ka ile birlikte Millet Tiyatrosu'na gitmek istediğini, ama Ka'nın onu tehlikeye atmamak için odasına kilitlediğini, şehirdeki telefonlar kesildiği için oteldekilerin de çalışmadığını sandığını söyledi.

"Şehirde telefonlar çalışıyor artık," dedi Turgut Bey.

"Ka gideli çok oldu, merak ediyorum," dedi İpek. "Tiyatroya gidelim, Kadife ile Ka'ya ne oldu bakalım."

Bütün telaşına rağmen Turgut Bey'in otelden çıkması vakit aldı. Önce eldivenlerini bulamadı, sonra da kravat takmazsa bunun Sunay tarafından yanlış anlaşılabileceğini söyledi. Yolda hem gücü yetmediği hem de öğütlerini daha dikkatli dinlemesi için İpek'e yavaş yürümesini söylüyordu.

"Sunay ile sakın zıtlaşma," dedi İpek. "Onun eline çok özel bir güç geçmiş bir Jakoben olduğunu unutma!"

Turgut Bey tiyatronun kapısında meraklıların, otobüslerle getirilen öğrencilerin, uzun zamandır bu tür kalabalığa hasret kalmış satıcıların ve polislerle askerlerin oluşturduğu kalabalığı görünce gençliğinde bu tür siyasal toplantılarda duyduğu heyecanı hatırladı. Kızının koluna daha bir güçle sarılırken, çevresine kendisini bu hareketin bir parçası yapacak bir tartışma fırsatı, ucundan tutacağı bir hareket arayarak yarı mutluluk yarı korkuyla bakındı. Kalabalığın fazlasıyla yabancı olduğunu hissedince, itişerek kapıyı tıkayan gençlerden birini kabaca itti ve yaptığından hemen utandı.

Salon henüz tam dolmamıştı ama bütün tiyatronun az sonra ana baba günü olacağını, tanıdık herkesin kalabalık bir rüyadaki gibi orada olduğunu hissetti İpek. Kadife ile Ka'yı göremeyince huzursuz olmuştu. Bir yüzbaşı onları kenara çekti.

"Başroldeki Kadife Yıldız'ın babasıyım," diye atıldı Turgut Bey şikâyetçi bir sesle. "Onunla bir an önce görüşmem gerek."

Turgut Bey lise piyesinde başrol oynayacak kızına son anda müdahale eden baba gibi davranmış, yüzbaşı da babaya hak veren yardımcı öğretmen gibi telaşlanmıştı. Duvarlarında Atatürk'ün ve Sunay'ın resimleri asılmış bir odada biraz bekledikten sonra İpek Kadife'nin içeriye tek başına girdiğini görünce ne yaparlarsa yapsınlar, kız kardeşinin bu akşam sahneye çıkacağını hemen anladı.

İpek Ka'yı sordu. Kadife onun kendisiyle konuştuktan sonra otele döndüğünü söyledi. İpek yolda rastlaşmadıklarını söyledi, ama bu konunun üzerinde durulmadı. Turgut Bey yaşlı gözlerle sahneye çıkmaması için Kadife'ye yalvarmaya başlamıştı çünkü.

"Bu saatten, bu iş bu kadar ilan edildikten sonra sahneye çıkmamak, çıkmaktan daha tehlikeli babacığım," dedi Kadife.

"Başını açınca imam hatiplilerin nasıl öfkeleneceğini, herkesin ne kadar kinleneceğini biliyorsun değil mi Kadife?"

"Açıkçası babacığım, yıllar sonra, sizin bana 'başını açma' demeniz, bir şakaymış gibi geliyor."

"Bunun şakası yok Kadifeciğim," dedi Turgut Bey. "Onlara hasta olduğunu söyle."

"Hasta değilim ki..."

Turgut Bey ağladı biraz. İpek babasının, bir konunun duygusal yanını bulup ona yoğunlaşabildiği zamanlarda hep yaptığı gibi, aklının bir yanıyla döktüğü gözyaşlarına kendisinin de inanmadığını hissetti. Turgut Bey'in acısını yaşayışında öyle yüzeysel ve içten bir yan vardı ki İpek onun tam tersi bir nedenle de içtenlikle gözyaşı dökebileceğini hissedebiliyordu. Babalarını iyi ve sevimli yapan bu özellik şimdi iki kardeşin asıl konuşmak istedikleri konu yanında utanılacak kadar "hafif" kalıyordu.

"Ka ne zaman çıktı?" diye sordu İpek fısıldar gibi.

"Çoktan otele dönmüş olmalıydı!" dedi Kadife aynı dikkatle.

Birbirlerinin gözlerinin içine korkuyla baktılar.

İpek dört yıl sonra, Yeni Hayat Pastanesi'nde bana o an ikisinin de Ka'yı değil, Lacivert'i düşündüklerini, birbirlerinin bakışlarından bunu anlayıp korktuklarını, babalarına ise hiç mi hiç aldırmadıklarını söyledi. İpek'in bu itiraflarını bana gösterilmiş bir yakınlık olarak yorumluyor, hikâyemin sonunu artık kaçınılmaz olarak onun bakış açısından göreceğimi hissediyordum.

İki kız kardeş arasında bir sessizlik olmuştu.

"Lacivert'in de istemediğini söyledi değil mi?" dedi İpek.

Kadife "babam duydu," diyen bir bakışla baktı ablasına. İkisi babalarına bir göz attılar ve Turgut Bey'in gözyaşları arasında kızlarının fısıldaşmalarını dikkatle izlediğini ve Lacivert sözünü işittiğini anladılar.

"Babacığım biz şurada abla kardeş iki dakika konuşsak."

"Sizin ikinizin aklı benimkinden her zaman üstündür," dedi Turgut Bey. Odadan dışarı çıktı ama arkasından kapıyı kapamadı.

"İyi düşündün mü Kadife?" dedi İpek.

"İyi düşündüm," dedi Kadife.

"Biliyorum iyi düşünmüşsündür," dedi İpek. "Ama onu bir daha göremeyebilirsin."

"Sanmıyorum," dedi Kadife dikkatle. "Ona çok da kızıyorum."

İpek, Kadife ile Lacivert arasında öfkeler, barışmalar, kızgınlıklar, iniş çıkışlarla dolu uzun ve mahrem bir tarih olduğunu gözünün önüne acıyla getirdi. Kaç yıldır? Bunu tam çıkaramıyor, Lacivert'in kendisiyle Kadife'yi birlikte idare ettiği sürenin ne kadar olduğunu kendine artık bir daha hiç sormak istemiyordu. Ka'yı Almanya'da kendisine Lacivert'i unutturacağı için bir an sevgiyle düşündü.

Kadife de iki kardeş arasındaki gelişen o özel sezgi anlarından birinde ablasının ne düşündüğünü hissetti. "Ka, Lacivert'i çok kıskanıyor," dedi. "Sana çok âşık."

"Bu kadar kısa sürede beni böyle sevebileceğine inanmıyordum," dedi İpek. "Ama şimdi inanıyorum."

"Onunla Almanya'ya git."

"Eve döner dönmez bavulumu hazırlayacağım," dedi İpek. "Ka ile Almanya'da mutlu olabileceğimize gerçekten inanıyor musun?"

"İnanıyorum," dedi Kadife. "Ama geçmişteki şeyleri Ka'ya söyleme artık. Şimdiden çok fazla biliyor, daha fazlasını da seziyor."

İpek Kadife'nin hayatı ablasından daha çok tanıyan o muzaffer havasından nefret etti. "Sanki oyundan sonra eve hiç dönmeyecekmişsin gibi konuşuyorsun," dedi.

"Ben döneceğim tabii," dedi Kadife. "Ama sen hemen gidiyorsun sanıyordum."

"Ka'nın nereye gitmiş olabileceği hakkında bir fikrin var mı?"

Birbirlerinin gözlerine bakarlarken İpek ikisinin de akıllarından geçen şeyden korktuklarını hissetti.

"Artık gitmeliyim," dedi Kadife. "Makyaj yapmam lazım."

"Başını açmandan çok, mor yağmurluğundan kurtulacağın için seviniyorum," dedi İpek.

Ta ayaklarına kadar bir çarşaf gibi inen eski yağmurluğunun eteklerini Kadife iki dans hareketiyle havalandırdı. Bunun kapı aralığından kızlarını seyreden Turgut Bey'i gülümsettiğini görünce iki kız kardeş birbirlerine sarılıp öpüştüler.

Turgut Bey Kadife'nin sahneye çıkmasını çoktan kabullenmiş olmalıydı. Bu sefer ne gözyaşı döktü ne de öğüt verdi. Sarılıp kızını öptü ve tiyatro salonundaki kalabalığın içinden bir an önce çıkmak istedi.

Tiyatronun kalabalık kapısında ve dönüş yolunda İpek Ka'ya veya onu sorabileceği birisine rastlarım diye gözlerini dört açmıştı, ama kaldırımlarda hiçbir şey dikkatini çekmedi. Daha sonra bana "Ka, olur olmaz nedenlerle nasıl kötümser olabiliyorsa, ben de galiba aynı saçmalıktaki başka nedenlerle ondan sonraki kırk beş dakika boyunca çok iyimserdim," dedi.

Turgut Bey doğrudan televizyonun başına geçip artık sürekli canlı yayımlanacağı duyurulan oyunu beklerken İpek Almanya'ya götüreceği bavulunu hazırladı. Ka'nın nerede olduğunu düşüneceğine Almanya'da nasıl mutlu olacaklarını hayal etmeye çalışarak dolabından eşyalar, elbiseler seçiyordu. Daha önceden yanına almayı kurduklarından başka bavuluna "Almanya'da çok daha iyilerinin" olduğunu tahmin etmesine rağmen alacaklarını, belki de Almanya'dakilere hiç alışamayacağını düşünerek çoraplarını ve iç çamaşırlarını da tıkıştırırken içgüdüyle bir an pencereden baktı ve Ka'yı almak için birkaç kere gelen askerî kamyonun otele yanaştığını gördü.

Aşağı indi, babası da kapıdaydı. İlk defa gördüğü iyi tıraşlı, gaga burunlu sivil bir memur "Turgut Yıldız," dedi ve babasının eline kapalı bir zarf tutuşturdu.

Turgut Bey kül gibi bir yüz ve titreyen ellerle zarfı açınca bir anahtar çıktı içinden. Okumaya başladığı mektubun kızına olduğunu anlayınca sonuna kadar okuyup İpek'e verdi.

İpek dört yıl sonra hem kendini savunmak hem de benim Ka hakkında yazacaklarımın gerçeği yansıtmasını dürüstçe istediği için bu mektubu bana verdi.

> Perşembe, saat sekiz
>
> Turgut Bey, bu anahtarla İpek'i odamdan çıkarıp bu mektubu ona lütfen verirseniz hepimiz için çok iyi olacak, efendim. Kusuruma bakmayın. Saygıyla.
>
> Canım. Kadife'yi ikna edemedim. Askerler beni korumak için buraya istasyona getirdiler. Erzurum yolu açılmış, beni dokuz buçuktaki ilk trenle buradan zorla uzaklaştırıyorlar. Senin de, benim çantamı yapıp, kendi bavulunu alıp gelmen lazım. Askerî araba dokuzu çeyrek geçe seni alacak. Sokaklara sakın çıkma. Gel. Seni çok seviyorum. Mutlu olacağız.

Gaga burunlu adam saat dokuzdan sonra tekrar geleceklerini söyleyip gitti.

"Gidecek misin?" diye sordu Turgut Bey.

"Ona ne olduğunu çok merak ediyorum," dedi İpek.

"Askerler koruyor, ona bir şey olmaz. Sen bizi bırakıp gidecek misin?"

"Onunla mutlu olacağıma inanıyorum," dedi İpek. "Kadife de öyle dedi."

Mutluluğunun kanıtı da oradaymış gibi elindeki mektubu yeniden okumaya, arkasından da ağlamaya başladı. Ama neden gözyaşı döktüğünü de tam çıkaramıyordu. "Belki de babamla kız kardeşimi bırakmak bana ağır geldiği için," dedi bana yıllar sonra. İpek'in o an hissettiği her şeye bütün ayrıntılarıyla ilgi duymamın onu kendi hikâyesine bağladığını görüyordum. "Belki de aklımdaki öteki şeyden korkuyordum," dedi sonra.

İpek'in gözyaşları dindikten sonra babasıyla birlikte odasına gitmişler ve birlikte bavuluna konacak şeyleri son bir kere daha gözden geçirmişler, sonra Ka'nın odasına girip bütün eşyalarını vişne rengi büyük el çantasına doldurmuşlardı. Bu sefer ikisi de gelecekten umutla söz ediyor, İpek gittikten sonra Kadife'nin okulu inşallah artık çabucak bitireceğini, Turgut Bey'in de kızıyla birlikte Frankfurt'a İpek'i ziyarete geleceğini anlatıyorlardı birbirlerine.

Bavul tamamlanınca ikisi de aşağıya indiler ve Kadife'yi seyretmek için televizyonun başına geçtiler.

"İnşallah oyun kısadır da trene binmeden önce işin kazasız belasız bittiğini görürsün!" dedi Turgut Bey.

Başka bir şey konuşmadan televizyonun karşısına oturdular ve *Marianna* seyrederlerken yaptıkları gibi birbirlerine iyice sokuldular, ama İpek aklını televizyonda gördüklerine veremedi hiç. Canlı yayımlanan oyunun ilk yirmi beş dakikası boyunca seyrettiklerinden yıllar sonra aklında bir tek Kadife'nin başı örtülü ve kıpkırmızı bir uzun elbise içerisinde sahneye çıkıp "Siz nasıl isterseniz babacığım!" demesi kalmıştı. O sırada ne düşündüğünü içtenlikle merak ettiğimi anladığı için "Aklım tabii başka yerlerdeydi," dedi. Bu yerlerin nereleri olduğunu defalarca sorunca Ka ile yapacakları tren yolculuğundan söz etti. Sonra da korktuğundan. Ama neden korktuğunu kendine tam söyleyemediği gibi, yıllar sonra bana da tam açıklayamayacaktı. Aklının pencereleri bütünüyle açılmış, karşısındaki televizyon ekranı dışında her şeyi derinden algılıyor, uzun bir yolculuktan geri dönünce evlerini, eşyalarını, odalarını çok tuhaf, küçük, değişik ve eski bulan gezginler gibi, çevresindeki eşyalara, sehpaya, perdelerin kıvrılışına şaşarak bakıyordu. Hayatının o geceden itibaren bambaşka bir yere gitmesine izin verdiğini, kendi evine bir yabancı gibi bakmasından anladığını söyledi bana. Bu, bana Yeni Hayat Pastanesi'nde dikkatle anlattığı gibi, İpek'e göre o akşam Ka ile Frankfurt'a gitmeye karar verdiğinin kesin bir kanıtıydı.

Otelin kapısı çalınca İpek koşup açtı. Onu istasyona götürecek askerî araç erken gelmişti. Korkuyla kapıdaki sivil memura birazdan geleceğini söyledi. Koşa koşa gidip babasının yanına oturdu ve bütün gücüyle sarıldı ona.

"Araba mı geldi?" dedi Turgut Bey. "Bavulun hazırsa daha vakit var."

İpek ekrandaki Sunay'a bir süre boş boş baktı. Yerinde duramayıp içeri koştu, terliklerini ve pencerenin içinde duran fermuarlı küçük dikiş çantasını da bavulunun içine attıktan sonra birkaç dakika yatağının kenarına oturup ağladı.

Daha sonra bana anlattığına göre, geri döndüğünde artık Ka ile Kars'ı terk etme kararını kesinlikle vermişti. Şüphenin ve kararsızlıkların zehrini içinden attığı için içi rahattı ve şehirdeki son dakikalarını sevgili babacığı ile televizyon seyrederek geçirmek istiyordu.

Resepsiyona bakan Cavit kapıda birinin olduğunu söyleyince İpek telaşlanmamıştı hiç. Turgut Bey de kızına buzdolabından bir şişe Coca-Cola getirmesini, bölüşmek için de iki bardak çıkarmasını söylemişti.

İpek mutfak kapısında gördüğü Fazıl'ın suratını hiçbir zaman unutamayacağını söyledi bana. Bakışları hem bir felaket olduğunu söylüyor hem de İpek'in daha önceden hiç hissetmediği bir şeyi, Fazıl'ın kendisini aileden biri, çok yakın bir kişi olarak gördüğünü anlatıyordu.

"Lacivert'i ve Hande'yi öldürdüler!" dedi Fazıl. Zahide'nin verdiği bir bardak suyun yarısını içti. "Onu bir tek Lacivert caydırabilirdi."

İpek hiç kıpırdamadan seyrederken Fazıl biraz ağladı. İçinden gelen bir sese uyarak oraya gittiğini, Lacivert'in Hande ile saklandığını, bir ihbar üzerine baskın düzenlendiğini bir takım askerin katılmasından anladığını söyledi. Bir ihbar olmasa askerler bu kadar kalabalık gitmezlerdi. Hayır, kendisini izlemiş olamazlardı, çünkü Fazıl oraya vardığında her şey çoktan olup bitmişti. Fazıl çevre evlerden gelen çocuklarla birlikte askerî projektörlerin ışığında Lacivert'in cesedini de gördüğünü söyledi.

"Burada kalabilir miyim?" dedi sonra. "Başka bir yere gitmek istemiyorum."

İpek bir bardak da ona çıkarttı. Yanlış çekmeceleri, ilgisiz dolapları açıp kapayarak şişe açacağını aradı. Lacivert'i ilk görüşünü, o gün giydiği çiçekli bluzunu bavula koyduğunu hatırladı. Fazıl'ı içeri aldı, Ka'nın salı gecesi sarhoş olduktan sonra herkesin bakışları altında şiir yazmak için oturduğu mutfak kapısının yanındaki sandalyeye oturttu. Sonra içine zehir gibi yayılan acıyı bir an durup bir hasta gibi dinledi: Fazıl uzaktan sessizce ekrandaki Kadife'yi seyrederken İpek önce ona, sonra babasına birer bardak Coca-Cola verdi. Kafasının bir yanı bütün bu yaptıklarını bir kamera gibi dışarıdan görüyordu.

Odasına geçti. Karanlıkta bir dakika durdu.

Yukarıdan Ka'nın çantasını aldı. Sokağa çıktı. Soğuktu dışarısı. Kapı önünde beklemekte olan askerî araçtaki sivil memura şehirden ayrılmayacağını söyledi.

"Sizi alıp trene yetiştirecektik," dedi memur.

"Vazgeçtim, gelmiyorum, teşekkür ederim. Bu çantayı Ka Bey'e verin lütfen."

İçeride, babasının yanına oturduktan hemen sonra giden askerî aracın gürültüsünü duydular.

"Onları ben yolladım," dedi İpek babasına. "Gitmiyorum."

Turgut Bey sarıldı ona. Bir süre daha ekrandaki oyunu pek bir şey anlamadan seyrettiler. Birinci perdenin sonu yaklaşıyordu ki "Kadife'ye gidelim!" dedi İpek. "Ona anlatacaklarım var."

43

Kadınlar gurur için intihar eder

SON PERDE

Sunay, Thomas Kyd'in *İspanyol Trajedisi* adlı oyunundan ilhamla ve başka pek çok etkiyle yazıp sahnelediği şeyin adını da son anda *Kars'ta Trajedi*'ye çevirmiş, bu yeni adı televizyonda sürekli yapılan duyuruların ancak son yarım saatine yetiştirmişti. Bir kısmı asker denetiminde otobüslerle getirilen, bazıları televizyondaki duyurulara, askerî yönetimin güvencesine inanan ya da her ne pahasına olursa olsun olacakları kendi gözleriyle görmek isteyen (çünkü "canlı" yayının aslında banttan verildiği, bu bandın da Amerika'dan geldiği söylentileri de vardı şehirde) meraklılarla çoğu mecburiyet üzerine gelen memurlardan (bu sefer ailelerini getirmemişlerdi) oluşan seyirci kalabalığı bu adın farkında değildi. Farkında olsalar bile bütün şehir gibi, hiç kimsenin pek bir şey anlamadan seyrettiği "oyun" ile ilişkisini kurmaları da zordu zaten.

İlk ve son oynanışından dört yıl sonra *Serhat Kars Televizyonu*'nun video arşivinden çıkartıp seyrettiğim *Kars'ta Trajedi*'nin ilk yarısının konusunu özetlemek güç. "Geri, yoksul ve akılsız" bir kasabada bir kan davası söz konusuydu ama insanların neden birbirlerini öldürmeye başladığı, paylaşılamayan şeyin ne olduğu hiç anlatılmıyor, ne katiller ne de sinek gibi ölenler bu konuda bir soru soruyordu. Bir tek Sunay halkının kan davası gibi geri bir şeye kapılmasına öfkeleniyor, bu konuda karısıyla tartışıyor ve anlayışı ikinci ve genç bir kadında (Kadife) arıyordu. Sunay zengin ve aydın bir iktidar sahibi görünümündeydi ama yoksul halkla da dans ediyor, şakalaşıyor, hayatın anlamını bilgece tartışıyor ve bir çeşit oyun içinde oyun havasıyla onlara Shakespeare, Victor Hugo ve Brecht'ten sahneler oynuyordu. Ayrıca şehir trafiği, sofra adabı, Türklerin ve Müslümanların vazgeçemedikleri özellikleri, Fransız İhtilali'nin coşkusu, aşının, prezervatifin ve rakının faydaları, zengin orospunun göbek dansı, şampuan ve kozmetiklerin boyalı sudan başka bir şey olmayışı gibi konularda öğretici ve kısa sahneler de oyunun şurasına burasına doğal bir düzensizlik içerisinde serpiştirilmişti.

Sık sık tuluat ve doğaçlamanın araya girmesiyle iyice karışan bu oyunu toplayan, Karslı seyirciyi sahneye bağlayan tek şey Sunay'ın tutkulu oyunculuğuydu. Oyunun ağırlaştığı yerlerde sahne hayatının en iyi anlarından hatırladığı jestlerle birden öfkeleniyor, ülkeyi, halkı bu hale düşürenlere verip veriştiriyor, trajik bir edayla topallayarak sahnenin bir kenarından diğerine yürürken gençlik hatıralarını, Montaigne'in arkadaşlık üzerine yazdıklarını ya da Atatürk'ün aslında ne kadar yalnız olduğunu anlatıyordu. Yüzü ter içindeydi. Tiyatroya ve tarihe düşkün, iki gece önceki oyunda da onu hayranlıkla izleyen öğretmen Nuriye Hanım yıllar sonra bana Sunay'ın ağzından gelen rakı kokusunun en ön sıradan çok iyi alındığını anlattı. Ona göre bu büyük sanatçının sarhoş değil, coşkulu olduğu anlamına geliyordu. İki gün içinde, onu yakından görebilmek için her türlü tehlikeyi göze alacak kadar ona hayran olan Kars'ın orta yaşlı devlet memurları, dul kadınlar, televizyondaki görüntülerini şimdiden yüzlerce kere seyretmiş genç Atatürkçüler, maceraya ve iktidara meraklı erkekler ön sıralara ondan bir ışık, bir ışın yayıldığını, uzun bir süre onun gözlerinin içine bakmanın imkânsız olduğunu söylemişlerdi.

Askerî kamyonlarla zorla Millet Tiyatrosu'na götürülen imam hatipli öğrencilerden Mesut (ateistlerin müminlerle aynı mezarlığa gömülmesine karşı olan) da yıllar sonra bana Sunay'dan gelen bu çekimi hissettiğini söyledi. Dört yıl Erzurum'da silahlı eylemler yapan küçük İslamcı bir grup içinde çalışıp hayal kırıklığına uğradıktan sonra Kars'a dönüp bir çayhanede çalışmaya başladığı için itiraf edebiliyordu belki bunu. Ona göre imam hatipli gençleri Sunay'a bağlayan açıklanması zor bir şey vardı. Sunay'ın onların istediği mutlak iktidara sahip olmasıydı belki bu. Ya da koyduğu yasaklarla onları isyan etme gibi tehlikeli bir dertten kurtarmasıydı. "Bütün askerî darbelerden sonra aslında herkes gizlice sevinir," dedi bana. Ona göre Sunay'ın o kadar güç sahibi olmasına rağmen sahneye çıkıp kendini bütün içtenliğiyle kalabalığa sunması da gençleri etkilemişti.

Yıllar sonra *Serhat Kars Televizyonu*'nda o gecenin video kaydını izlerken ben de salonda baba ile oğul, iktidar ile suçlu arasındaki gerilimin unutulup herkesin derin bir sessizlik içinde kendi korkulu anılarına ve hayallerine gömüldüğünü ve ancak baskı dolu aşırı milliyetçi ülkelerde yaşayanların anlayabileceği o büyüleyici "biz" duygusunun varlığını hissettim. Sunay sayesinde sanki salonda "yabancı" kimse kalmamış, herkes ortak bir hikâyeyle birbirine umutsuzca bağlanmıştı.

Bu duyguyu Karslıların bir türlü sahnedeki varlığına alışamadıkları Kadife bozuyordu. Naklen yayın kameramanı da bunu hissetmiş olmalı ki coşku anlarında Sunay'a odaklanıp Kadife'ye hiç sokulmuyor, Kars seyircisi onu bulvar komedilerindeki hizmetçiler gibi olayları yapan güçlere hizmet ederken görebiliyordu ancak. Oysa öğle saatlerinden itibaren Kadife'nin akşamki oyun sırasında başını açacağı duyurulduğu için seyirci onun ne yapacağını çok merak ediyordu. Kadife'nin bu işi asker zoruyla yaptığı, sahneye çıkmayacağı ya da benzeri pek çok dedikodu yayılmış, türbancı kızların mücadelesini işitmiş ama onun adını hiç duymamış olanlar bile yarım günde Kadife'yi tanımışlardı. Bu yüzden ilk başlarda da sahnedeki silikliği, kırmızı ve uzun bir elbiseyle de olsa başı örtülü çıkması hayal kırıklığına yol açmıştı.

Kadife'den bir şeyler bekleneceği oyunun yirminci dakikasında Sunay ile aralarında gelişen bir diyalogdan anlaşıldı ilk: Sahnede yalnız kaldıkları bir ara, Sunay ona "kararlı olup olmadığını" sormuş, "Başkalarına kızıp kendini öldürmeni kabul edilmez buluyorum," demişti.

Kadife "Bu şehirde erkekler birbirlerini hayvanlar gibi öldürür ve bunu şehrin mutluluğu için yaptıklarını söylerlerken benim kendimi öldürmeme kim karışabilir?" deyip sahneye giren Funda Eser'den kaçar gibi sıvışmıştı.

Dört yıl sonra Kars'ta o akşam olup bitenleri konuşabildiğim herkesten dinler, elimde saat, olayları dakika dakika sıralamaya çalışırken Kadife'nin bunu söylediği sahnede Lacivert'in onu son defa gördüğünü hesaplamıştım. Çünkü baskını bana anlatan komşuların ve hâlâ Kars'ta görev yapan emniyet görevlilerinin söylediğine göre evin kapısı çalındığında Lacivert ile Hande televizyon seyrediyorlardı. Yapılan resmi açıklamaya göre Lacivert karşısında emniyet güçlerini ve askerleri görünce içeri koşup silahını almış, ateş etmeye başlamış, komşuların ve kısa zamanda onu bir efsane yapan genç İslamcılardan bazılarının anlattığına göre ise "ateş etmeyin!" diye bağırarak Hande'yi kurtarmak istemiş, ama daireye dalan Z. Demirkol komutasındaki özel tim bir dakika içinde yalnız Lacivert ile Hande'yi değil, bütün daireyi delik deşik etmişti. Kopan büyük gürültüye rağmen komşu evlerdeki birkaç meraklı çocuktan başka kimse olayla ilgilenmemişti. Bu yalnızca Karslılar geceleri bu tür baskınlara alışık oldukları için değil, o sırada şehirde kimsenin Millet Tiyatrosu'ndan verilen canlı yayından başka bir şeyle ilgilenecek hali kalmadığı içindi de. Bütün kaldırımlar boş, bütün kepenkler inik, birkaç tanesi dışında bütün çayhaneler kapalıydı.

Şehirde bütün gözlerin kendisinin üzerinde olduğunu bilmek Sunay'a olağanüstü bir güven ve güç vermişti. Kadife sahnede ancak Sunay'ın izin verdiği kadar yer bulabileceğini hissettiği için ona daha fazla sokuluyor, yapmak istediği şeyi ancak Sunay'ın sunacağı fırsatlardan yararlanarak gerçekleştirebileceğini hissediyordu. Daha sonra, ablasının aksine, benimle o günler hakkında konuşmaktan kaçındığı için aklından ne geçirdiğini bilmem imkânsız. Kadife'nin intihar etme ve başını açma konusundaki kararlılığını oyunun bundan sonraki kırk dakikasında kavrayan Karslılar yavaş yavaş ona hayran olmaya başlamışlardı. Oyun, Kadife'nin öne çıkmaya başlamasıyla birlikte Sunay ile Funda Eser'in yarı eğitici yarı gırgır öfkesinden daha ağır bir drama doğru evriliyordu. Seyirci Kadife'nin erkeklerin baskısından yıldığı için her şeyi yapmaya hazır gözü pek birini canlandırdığını hissetmişti. "Türbancı kız Kadife" kimliği tamamen unutulmamasına rağmen o gece sahnede canlandırdığı yeni kişiliğin de Karslıların yüreğinde kabul gördüğünü sonradan konuştuğum, yıllarca Kadife için üzülmüş pek çok kişiden dinledim. Artık Kadife sahneye çıkınca derin bir sessizlik oluyor, evlerde çoluk çocuk televizyon izleyenler o konuştuktan sonra "ne dedi ne dedi?" diye birbirlerine soruyorlardı.

Bu sessizliklerin birinde dört gün sonra şehirden ayrılacak ilk trenin düdüğü işitildi. Ka askerlerin onu zorla bindirdiği bir vagondaydı. Geri gelen askerî araçtan İpek'in çıkmadığını, yalnızca çantasının geldiğini gören sevgili arkadaşım, kendisini koruyan askerlere onunla görüşebilmek için çok ısrar etmiş, bu izni alamayınca askerî aracı otele bir kere daha yollamaya onları ikna etmiş, araç yeniden ve bomboş gelince subaylara treni beş dakika daha tutmaları için yalvarmış, İpek yine gözükmeyip kalkış düdüğü çalınca Ka ağlamaya başlamıştı. Tren hareket ederken yaşlı gözleri hâlâ perondaki kalabalığın içinde, istasyon binasının Kâzım Karabekir heykeline bakan öteki kapısında, kendisine doğru yürürken göreceğini hayal ettiği eli çantalı uzunca boylu bir kadını arıyordu.

Hızlanmakta olan tren, düdüğünü bir kere daha öttürdü. O sırada İpek ile Turgut Bey Karpalas Oteli'nden, Millet Tiyatrosu'na doğru yürümeye başlamışlardı. "Tren gidiyor," dedi Turgut Bey. "Evet," dedi İpek. "Yollar yakında açılır. Vali ve alay komutanı şehre döner." Bu saçma askerî darbenin böylece sona ereceği, her şeyin normale döneceği konusunda da bir şeyler söyledi, ama bu sözleri önemli bulduğu için değil, susarsa babasının onun Ka'yı düşündüğünü sanacağını hissettiği için söylemişti. Aklı ne kadar Ka'da, ne kadar Lacivert'in ölümündeydi, bunu kendisi de tam bilmiyordu. İçinde kaçırılmış bir mutluluk fırsatından çok güçlü bir acı, Ka'ya karşı da yoğun bir öfke vardı. Duyduğu öfkenin nedenlerinden pek az şüpheleniyordu. Dört yıl sonra Kars'ta bu nedenleri benimle isteksizce tartışırken sorularım ve kuşkularım üzerine huzursuz olacak ve o geceden sonra Ka'yı bir daha sevmesinin neredeyse imkânsız olduğunu hemen anladığını bana söyleyecekti. Ka'yı götüren tren düdüğünü çalıp Kars'ı terk ederken İpek'te ona karşı yalnızca bir kalp kırıklığı vardı; belki biraz da hayret duyuyordu. Asıl derdi şimdi acısını Kadife ile paylaşmaktı.

Turgut Bey kızının sessizlikten rahatsız olduğunu hissetmişti. "Bütün şehir sanki terk edilmiş," dedi.

"Hayalet şehir," dedi İpek bir şey söylemiş olmak için.

Üç askerî araçlık bir konvoy köşeyi dönerek önlerinden geçti. Turgut Bey bu araçların yollar açıldığı için gelebildiklerini söyledi. Baba kız önlerinden geçip karanlıkta kaybolan konvoyun ışıklarına oyalanmak için baktılar. Daha sonra yaptığım araştırmalara göre, ortadaki cemsenin içinde Lacivert ve Hande'nin cesetleri vardı.

Turgut Bey az önce en arkadan gelen jipin çarpık lambalarının ışığında *Serhat Şehir Gazetesi* bürosunun vitrinine yarınki gazetenin asıldığını görmüştü; durup okudu: "Sahnede Ölüm. Ünlü Türk oyuncusu Sunay Zaim dün geceki gösteri esnasında vurularak öldürüldü."

Haberi iki kere okuduktan sonra hızlı hızlı Millet Tiyatrosu'na yürüdüler. Tiyatronun kapısında gene aynı polis araçları ve aşağıda, uzakta aynı tankın gölgesi vardı.

İçeri girerlerken üstleri arandı. Turgut Bey "baş kadın oyuncunun babası" olduğunu söyledi. İkinci perde başlamıştı, en arka sırada iki boş yer bulup oturdular.

Bu perdede Sunay'ın geliştirmek için yıllarını verdiği şakalardan, eğlenceli sahnelerden hâlâ bir şeyler vardı: Funda Eser kendi yaptığıyla alay eder bir havayla biraz göbek bile attı. Ama oyunun havası iyice ağırlaşmış, tiyatroya bir sessizlik çökmüştü. Kadife ile Sunay artık sık sık yalnız kalıyorlardı.

"Gene de bana ne için intihar edeceğinizi açıklamalısınız?" dedi Sunay.

"İnsan bunu tam bilemez," dedi Kadife.

"Nasıl?"

"İnsan tam neden intihar ettiğini bilebilse, o nedeni açıkça ortaya koyabilseydi intihar etmezdi," dedi Kadife.

"Yoo, hiç de öyle değil," dedi Sunay. "Bazıları aşk yüzünden öldürüyor kendini, bazıları kocasının dayağına dayanamıyor ya da yoksulluk bıçak gibi kemiğe dayanıyor."

"Hayata çok basit bakıyorsunuz," dedi Kadife. "Aşk yüzünden kendini öldüreceğine, insan biraz bekler ve aşkın etkisi azalır. Yoksulluk da intihar için yeterli neden değildir. İnsan kendini öldüreceğine kocasını terk eder ya da önce gider bir yerden para çalmayı dener."

"Peki nedir asıl neden?"

"Tabii ki bütün intiharlarda asıl neden gururdur. En azından kadınlar bunun için intihar eder!"

"Aşkta gururu kırıldığı için mi?"

"Hiç anlamıyorsunuz!" dedi Kadife. "Bir kadın gururu kırıldığı için değil, ne kadar gururlu olduğunu göstermek için intihar eder."

"Arkadaşlarınız bu yüzden mi intihar ediyor?"

"Onlar adına konuşamam. Herkesin kendi nedenleri vardır. Ama kendimi öldürmeyi her düşünüşümde onların da benim gibi düşünmüş olacaklarını hissediyorum. İntihar anı kadınların yalnız olduklarını ve kadın olduklarını en iyi anladıkları zamandır."

"Arkadaşlarınızı bu sözlerle mi intihara sürüklediniz?"

"Onlar kendi özgür kararlarıyla intihar ettiler."

"Burada Kars'ta hiç kimsenin özgür kararı olmadığını, herkesin dayaktan kaçmak, bir cemaate girip korunmak için hareket ettiğini herkes biliyor. Onlarla gizlice anlaşarak kadınları intihara sürüklediğinizi itiraf edin Kadife."

"Ama nasıl olur?" dedi Kadife. "Onlar intihar ederek daha da yalnız kaldılar. İntihar etti diye bazılarının babaları onları reddetti, bazılarının cenaze namazı bile kılınmadı."

"Yalnız olmadıklarını, bunun toplu bir hareket olduğunu kanıtlamak için mi şimdi siz de kendinizi öldüreceksiniz? Kadife, susuyorsunuz... Ama neden öyle yaptığınızı söylemeden kendinizi öldürürseniz, vermek istediğiniz mesaj yanlış anlaşılmayacak mı?"

"İntiharımla bir mesaj vermek istemiyorum," dedi Kadife.

"Gene de bu kadar kişi sizi seyrediyor, merak ediyor. Hiç olmazsa şu an aklınıza gelen bir şeyi söyleyin."

"Kadınlar kazanma umuduyla intihar eder," dedi Kadife. "Erkekler ise kazanma umudu kalmadığını görünce."

"Bu doğru," dedi Sunay ve cebinden Kırıkkale bir tabanca çıkardı. Bütün salon silahın ışıltısına dikkat kesildi. "Tamamen yenildiğimi anlayınca bununla beni vurur musunuz?"

"Hapsi boylamak istemem."

"Ama nasıl olsa sonra siz de intihar etmeyecek misiniz?" dedi Sunay. "Kendinizi öldürünce zaten cehenneme gideceğinize göre artık ne bu ne de öteki dünyadaki cezadan korkmuyor olmanız gerekir."

"İşte bir kadın tam da bunun için öldürür kendini," dedi Kadife. "Her türlü cezadan kaçabilmek için."

"Yenildiğimi anladığım an sonumun böyle bir kadının elinden olmasını isterim!" dedi Sunay gösterişli bir havada seyircilere dönerek. Biraz sustu. Atatürk'ün çapkınlıklarıyla ilgili bir hikâye anlatmaya başladı, seyircinin sıkılmaya başladığını tam zamanında sezmişti.

İkinci perde sona erdiğinde Turgut Bey ile İpek kulise çıkıp Kadife'yi buldular. Bir zamanlar Moskova'dan, Petersburg'dan gelen cambazların, Molière oynayan Ermeni oyuncuların, Rusya turnesine çıkmış dansözlerle müzisyenlerin hazırlandığı geniş oda şimdi buz gibiydi.

"Senin gideceğini sanıyordum," dedi Kadife İpek'e.

"Seninle iftihar ediyorum canım, harikaydın!" diyerek Turgut Bey Kadife'yi kucakladı. "'Beni vur' diye eline silahı verseydi, ben ayağa kalkıp oyunu kesip 'Kadife, sakın ateş etme' diye bağıracaktım."

"Niye?"

"Silah dolu olabilir de ondan!" dedi Turgut Bey. *Serhat Şehir Gazetesi*'nin yarınki sayısında okuduğu haberi anlattı. "Serdar'ın gerçekleşir umuduyla önceden yazdığı haberler doğru çıktığı için korkuyor değilim," dedi. "Çoğu yanlış çıkar o haberlerin. Ama böyle iddialı bir haberi Sunay'ın onayı olmadan Serdar'ın asla yazamayacağını bildiğim için endişeleniyorum. Belli ki haberi Sunay yazdırmış. Bu bir reklam olmayabilir. Belki de sahnede kendini sana öldürtmek istiyor. Canım kızım, sakın boş olduğundan emin olmadan silahını sıkma ona! Sakın bu adam yüzünden de başını açma. İpek gitmiyor. Bu şehirde daha çok yaşayacağız, dincileri boşu boşuna öfkelendirme."

"İpek niye gitmekten vazgeçti?"

"Babasını, seni, ailemizi daha çok sevdiği için," dedi Turgut Bey Kadife'nin ellerini tutarak.

"Babacığım, biz yalnız konuşabilir miyiz gene!" dedi İpek. Bunu söyler söylemez de Kadife'nin yüzünü bir korkunun kapladığını gördü. Turgut Bey yüksek tavanlı, toz içindeki odanın diğer ucundan içeri giren Sunay ile Funda Eser'e sokulurken İpek bütün gücüyle sarılıp Kadife'yi kucakladı. Bu hareketinin kız kardeşinde bir korku uyandırdığını gördü ve onu elinden tutup perdeyle ayrılmış bir özel bölüme çekti. Elinde bir konyak şişesi ve bardaklarla Funda Eser çıktı buradan.

"Çok iyiydin Kadife," dedi. "Rahatınıza bakın siz."

İpek gittikçe umutsuzlaşan Kadife'yi oturttu. Gözlerini gözlerinin içine çekip kötü bir haberim var diyen bir bakışla baktı. "Hande ile Lacivert baskında öldürülmüşler," dedi sonra.

Kadife'nin bakışları bir an içine çekildi. "Aynı evde miymişler? Kim söyledi?" dedi. Ama İpek'in yüzündeki kararlı ifadeyi görünce sustu.

"İmam hatipli çocuk Fazıl söyledi, hemen inandım. Kendi gözleriyle görmüş çünkü..." Yüzü şimdiden bembeyaz olan Kadife haberi kabul etsin diye bir an bekleyip aceleyle devam etti. "Ka Lacivert'in yerini biliyordu, seni en son gördükten sonra otele dönmedi. Lacivert ile Hande'nin saklandığı yeri özel timcilere Ka'nın söylediğini sanıyorum. Bu yüzden onunla Almanya'ya gitmedim."

"Ne biliyorsun?" dedi Kadife. "Belki de o değil, başkası bildirmiştir."

"Olabilir, bunu düşündüm. Ama yüreğimle Ka'nın ihbar ettiğini o kadar iyi hissediyorum ki, ihbar etmediğine aklımla kendimi inandıramayacağımı anladım. Onu sevemeyeceğimi anladığım için gitmedim Almanya'ya."

Kadife İpek'i dinlemek için harcadığı gücün sonuna gelmişti artık. İpek kız kardeşinin Lacivert'in ölümünü ancak şimdi bütünüyle algılayabildiğini gördü.

Kadife ellerini yüzüne kapayıp hıçkırarak ağlamaya başladı. İpek de sarıldı ona, o da ağladı. İpek sessizce ağlarken aklının bir köşesiyle kız kardeşiyle aynı nedenden ağlamadığını hissediyordu. İkisinin de Lacivert'ten vazgeçemediği, birbirleriyle kıyasıya rekabet edip utandıkları zamanlarda da bir iki kere böyle ağlamışlardı. İpek şimdi bütün kavganın bittiğini hissediyordu: Kars'tan ayrılmayacaktı. Bir an yaşlanmış hissetti kendini. Uzlaşarak yaşlanmak, dünyadan bir şey istemeyecek kadar akıllı olmak: Bunları yapabileceğini hissetti.

Şimdi şiddetle ağlayan Kadife için endişeleniyordu daha çok. Kız kardeşinin kendisinden derin, yıkıcı bir acı çektiğini görüyordu. Onun durumunda olmadığı için bir şükran duygusu –ya da intikam tadı– geçti içinden ve hemen utandı. Millet Tiyatrosu'nu işletenler film aralarında gazoz-leblebi satışını artırıyor diye seyircilere hep dinlettikleri aynı müzik kasetini koymuşlardı: İlkgençlik yıllarında İstanbul'da dinledikleri "Baby come closer, closer to me" adlı şarkı çalıyordu. O zamanlar ikisi de iyi İngilizce öğrenmek isterlerdi; ikisi de yapamamışlardı bunu. İpek kız kardeşinin müziği duyunca daha da çok ağladığını hissetti. Perdenin aralığından babasıyla Sunay'ın yarı karanlık odanın diğer ucunda bir sohbet tutturduklarını, elinde küçük bir konyak şişesi onlara sokulan Funda Eser'in kadehleri doldurduğunu gördü.

"Kadife Hanım ben Albay Osman Nuri Çolak," dedi perdeyi kabaca aralayan orta yaşlı bir asker, filmlerden çıkma bir hareketle yerlere kadar eğilerek bir selam verdi. "Hanımefendi, üzüntünüzü nasıl hafifletebilirim? Sahneye çıkmak istemiyorsanız size şu müjdeyi verebilirim: Yollar açılmış, askerî kuvvetler şehre birazdan girer."

Daha sonra askerî mahkemede Osman Nuri Çolak bu sözlerini şehri bu saçma askerî darbecilerden korumaya çalıştığına kanıt olarak kullanacaktı.

"Her bakımdan iyiyim, teşekkür ederim efendim," dedi Kadife.

İpek, Kadife'nin hareketlerine Funda Eser'in yapmacıklı havasından bir şeylerin şimdiden bulaşmış olduğunu hissetti. Bir yandan da onun toparlanmak için gösterdiği çabaya hayran oluyordu. Kadife kendini zorlayarak ayağa kalktı; bir bardak su içti, geniş kulis odasında aşağı yukarı bir hayalet gibi yürüdü.

Üçüncü perde başlarken İpek babasını Kadife ile görüştürmeden uzaklaştıracaktı ama Turgut Bey son anda sokuldu: "Korkma," dedi Sunay ve arkadaşlarını kastederek, "onlar modern insanlar."

Üçüncü sahnenin başında Funda Eser ırzına geçilmiş kadının türküsünü söyledi. Bu da oyunu yer yer fazla "entelektüel" ve anlaşılmaz bulan seyirciyi sahneye bağladı. Funda Eser her zaman yaptığı gibi, bir yandan gözyaşı döker, erkek milletine söverken, bir yandan da başına gelenleri ballandırarak anlatmıştı. İki şarkı ve daha çok çocukları güldüren bir küçük reklam parodisinden (Aygaz'ın osurukla yapıldığı gösteriliyordu) sonra sahne karartıldı, iki gün önceki oyunun sonunda sahneye silahlarıyla çıkan askerleri hatırlatan iki er belirdi. Sahnenin ortasına bir idam sehpası getirip koydular, bütün tiyatroda sinirli bir sessizlik oldu. Belirgin bir şekilde topallayan Sunay ile Kadife idam sehpasının altına yürüdüler.

"Olayların hiç bu kadar çabuk gelişeceğini sanmıyordum," dedi Sunay.

"Bu yapmak istediğiniz şeyi başaramadığınızın itirafı mı, yoksa artık yaşlandınız da şık bir şekilde ölmek için bahane mi arıyorsunuz?" dedi Kadife.

İpek, rolünü oynayabilmek için Kadife'nin büyük bir çaba sarfettiğini hissetti.

"Çok zekisiniz siz Kadife," dedi Sunay.

"Bu sizi korkutuyor mu?" dedi Kadife gerilimli, öfkeli bir havayla.

"Evet!" dedi Sunay çapkınca.

"Zekâmdan değil, bir kişilik sahibi olmamdan korkuyorsunuz," dedi Kadife. "Şehrimizde erkekler kadınların zekâsından değil, başlarına buyruk olmalarından korkarlar çünkü."

"Tam tersi," dedi Sunay. "Siz kadınlar, Avrupalılar gibi kendi başınıza buyruk olun diye yaptım bu ihtilali. Bu yüzden şimdi başınızı açmanızı istiyorum."

"Başımı açacağım," dedi Kadife. "Bunu ne sizin zorunuzla ne

de Avrupalıları taklit etmek için yapmadığımı kanıtlamak için de sonra kendimi asacağım."

"Ama bir birey gibi davranıp intihar ettiğiniz için Avrupalıların sizi alkışlayacağını da çok iyi biliyorsunuz değil mi Kadife? Asya Oteli'ndeki o sözümona gizli toplantıda da Alman gazetesine demeç vermek için pek hevesli davrandığınız gözlerden kaçmamış. İntihar eden kızları, tıpkı başörtülü kızlar gibi, sizin örgütlediğiniz söyleniyor."

"Başörtüsü mücadelesi yapan ve intihar eden tek bir kız vardır, o da Teslime'dir."

"Şimdi siz de ikincisi olacaksınız..."

"Hayır, ben kendimi öldürmeden önce başımı açacağım."

"İyi düşündünüz mü?"

"Evet," dedi Kadife. "Çok iyi düşündüm."

"O zaman şunu da düşünmüş olmalısınız. İntihar edenler cehenneme gider. Beni, nasıl olsa sonra cehenneme gidiyorum diye mi gönül rahatlığıyla öldüreceksiniz."

"Hayır," dedi Kadife. "İntihar edince cehenneme gideceğime inanmıyorum. Seni de millet, din ve kadın düşmanı bir mikrop temizlensin diye öldüreceğim!"

"Cesur ve açık sözlüsünüz Kadife. Ama intihar dinimizde yasaktır."

"*Kuran-ı Kerim*'in Nisa suresi 'kendinizi öldürmeyiniz' buyurmuştur, evet," dedi Kadife. "Ama bu intihar eden genç kızları her şeye kadir Allah'ın affetmeyeceği ve onları cehenneme yollayacağı anlamına gelmez."

"Demek ki böyle bir tevil yoluna gidiyorsunuz."

"Hatta tam tersi doğrudur," dedi Kadife. "Kars'taki bazı genç kızlar başlarını istedikleri gibi örtemedikleri için öldürdüler kendilerini. Yüce Allah adildir ve onların çektiği çileyi görür. Yüreğimde bu Allah sevgisi varken bu Kars şehrinde bir yerim olmadığı için ben de onlar gibi, kendimi yok edeceğim."

"Bunun yoksul Kars şehrinin çaresiz kadınlarını intihardan caydırmak için karda kışta buraya gelip vaaz veren din büyüklerimizi kızdıracağını da biliyorsunuz değil mi Kadife... Oysa *Kuran*..."

"Ne ateistlerle ne de korkudan inanıyormuş gibi yapanlarla dinimi tartışmam. Ayrıca bu oyunu bitirelim artık."

"Haklısınız. Ben de sizin maneviyatınıza karışmak için değil, cehennem korkusundan beni gönül rahatlığıyla vuramazsınız diye konuyu açmıştım."

"Hiç merak etmeyin, sizi gönül rahatlığıyla öldüreceğim."

"Güzel," dedi Sunay alıngan bir havayla. "Ben de yirmi beş yıllık tiyatro hayatımdan çıkardığım en önemli sonucu söyleyeyim size. Bizim seyircimiz hiçbir eserde bundan uzun bir diyaloga sıkılmadan tahammül edemez. İsterseniz lafı uzatmadan harekete geçelim."

"Peki."

Sunay aynı Kırıkkale tabancayı çıkarıp hem Kadife'ye hem de seyircilere gösterdi. "Şimdi siz başınızı açacaksınız. Sonra bu silahı size vereceğim ve beni vuracaksınız... İlk defa canlı yayında böyle bir şey olduğu için bunun anlamını seyircilerimize bir kere daha..."

"Uzatmayalım," dedi Kadife. "İntihar eden genç kızların neden intihar ettiklerini söyleyen erkeklerin sözlerinden bıktım."

"Haklısınız," dedi Sunay elindeki silahla oynayarak. "Gene de iki şey söylemek istiyorum. Gazetelerde yazan haberleri okuyup dedikodulara kananlar ve bizi canlı yayından izleyen Karslılar korkmasınlar diye. Bakın Kadife, bu tabancamın şarjörü. Gördüğünüz gibi boştur." Şarjörü çıkarıp Kadife'ye gösterdi ve yerine taktı. "Boş olduğunu gördünüz mü?" dedi usta bir gözbağcı gibi.

"Evet."

"Gene de iyice emin olalım!" dedi Sunay. Şarjörü bir daha çıkardı ve şapkayla tavşan gösteren gözbağcı gibi seyirciye de bir kere daha gösterip taktı. "Son olarak kendi hesabıma konuşuyorum: Demin beni gönül rahatlığıyla vuracağınızı söylediniz. Askerî darbe yapıp, Batılılara benzemiyorlar diye halka ateş eden biri olduğum için benden iğreniyorsunuz herhalde, ama bunu millet için yaptığımı da bilmenizi isterim."

"Peki," dedi Kadife. "Şimdi ben de başımı açacağım. Herkes baksın lütfen."

Bir an yüzünde bir acı belirdi ve başındaki örtüyü çok basit bir el hareketiyle çıkardı.

Salonda çıt yoktu şimdi. Bu hiç beklenmedik bir şeymiş gibi Sunay bir an alık alık Kadife'ye baktı. İkisi de bundan sonraki sözlerini bilemeyen acemi oyuncular gibi seyircilere döndüler.

Bütün Kars uzun bir süre hayranlıkla Kadife'nin uzun, kumral, güzel saçlarını seyretti. Kameraman bütün cesaretini toplayıp ilk defa objektifini Kadife'ye odaklayarak yaklaştı. Kadife'nin yüzünde kalabalık içinde elbisesi açılmış bir kadının utancı belirdi. Çok acı çektiği her halinden belli oluyordu.

"Silahı verin lütfen!" dedi Kadife sabırsızlıkla.

"Buyrun," dedi Sunay. Namlusundan tutarak tabancayı Kadife'ye uzattı. "Tetiği buradan çekeceksiniz."

Kadife tabancayı eline alınca Sunay gülümsedi. Bütün Kars konuşmanın daha uzayacağını sanıyordu. Galiba Sunay da bu inançla, "Saçlarınız çok güzel Kadife. Ben de onları öteki erkeklerden kıskanırdım," demişti ki Kadife tetiği çekti.

Bir silah sesi işitildi. Bütün Kars sesten çok Sunay'ın gerçekten vurulmuş gibi sarsılarak yere düşmesine şaştı.

"Hepsi ne kadar aptalca!" dedi Sunay. "Modern sanattan anladıkları yok, modern olamazlar!"

Seyirci Sunay'dan uzun bir ölüm monologu bekliyordu ki Kadife tabancayı iyice yaklaştırarak dört el daha ateş etti. Her seferinde Sunay'ın gövdesi bir an titreyip yükseldi ve sanki daha da ağırlaşmış olarak yere düştü. Bu dört el çok hızlı atıldı.

Ondan ölüm taklidinden öte, anlamlı bir ölüm tiradı bekleyen seyirci dördüncü atıştan sonra Sunay'ın yüzünün kan içinde kaldığını görerek umudunu kesti. Tiyatroda metin kadar olayların ve efektlerin sahiciliğine önem veren Nuriye Hanım yerinden kalkmış Sunay'ı alkışlamak üzereyken kanlar içindeki yüzden korktu ve yerine oturdu.

"Onu öldürdüm galiba!" dedi Kadife seyircilere.

"İyi ettin," diye bağırdı arka sıralardan bir imam hatip öğrencisi.

Güvenlik güçleri sahnedeki cinayete kendilerini o kadar kaptırmışlardı ki sessizliği bozan öğrencinin ne yerini belirlediler, ne peşinden gittiler. İki gündür Sunay'ı televizyonda hayranlıkla seyreden ve her ne pahasına olursa olsun onu yakından görmek için en ön sıraya oturan Öğretmen Nuriye Hanım hıçkırarak ağlamaya başlayınca yalnız salondakiler değil, bütün Kars sahnedeki olayların fazla gerçek olduğunu sezdi.

Tuhaf ve gülünç adımlarla birbirlerine doğru koşan iki er sahnenin perdesini çeke çeke kapattılar.

44

Bugün burada kimse Ka'yı sevmez

DÖRT YIL SONRA KARS'TA

Perde kapandıktan hemen sonra Z. Demirkol ve arkadaşları Kadife'yi tutukladılar ve "kendi güvenliği için" onu Küçük Kâzımbey Caddesi'ne açılan arka kapıdan kaçırarak askerî bir araca koyup Lacivert'in de son gün misafir edildiği merkez garnizonundaki eski sığınağa götürdüler. Birkaç saat sonra Kars'a ulaşan yollar bütünüyle açılınca, şehirdeki bu küçük "askerî darbe"yi bastırmak için harekete geçen ordu birlikleri Kars'a, hiçbir direnme görmeden girdiler. Olaylarda ihmali görülen vali muavini, tümen komutanı ve diğer yöneticiler hemen açığa alındı, "darbecilerle" işbirliği yapan bir avuç asker ve MİT görevlisi de –bu işi "devlet ve millet" için yaptıkları yolundaki itirazlarına rağmen– tutuklandılar. Turgut Bey ile İpek Kadife'yi ancak üç gün sonra ziyaret edebildiler. Turgut Bey olay sırasında Sunay'ın sahnede gerçekten öldüğünü anlamış, kahrolmuş, gene de Kadife'ye bir şey olmaz umuduyla daha o akşam kızını alıp eve dönmek için harekete geçmiş, başarılı olamayınca gece yarısından çok sonra büyük kızının kolunda boş sokaklardan eve dönmüş, o ağlarken İpek de bavulunu açıp içindekileri dolaplara geri koymuştu.

Sahnede olup bitenleri izleyen Karslıların çoğu Sunay'ın pek az can çekiştikten sonra hemen gerçekten öldüğünü olayı ertesi sabah *Serhat Şehir Gazetesi*'nde okuyunca anladılar. Millet Tiyatrosu'nu dolduran kalabalık perde kapandıktan sonra şüphe içinde ama sessiz sedasız dağılmış, televizyon ise son üç günde olup bitenlere bir daha değinmemişti. Devletin ya da özel timlerin sokaklarda "terörist" kovalamasına, baskınlar düzenleyip duyurular yapmasına sıkıyönetim zamanlarından alışkın Karslılar kısa bir süre sonra o üç günü çok özel bir zaman olarak düşünmeyi bıraktılar. Zaten ertesi sabahtan itibaren Genelkurmay Başkanlığı idari soruşturma başlatmış, Başbakanlık Teftiş Kurulu harekete geçmiş, bütün Kars da "tiyatro darbesi"ni siyasal yönüyle değil, sahne ve sanat olayı boyutuyla tartışmaya başlamıştı. Sunay Zaim herkesin gözü önünde tabancasına boş bir şarjör takmasına rağmen Kadife onu aynı tabancayla nasıl vurup öldürebilmişti?

Hayatın normale dönmesinden sonra Kars'taki "tiyatro darbesi"ni soruşturmak için Ankara'dan yollanan müfettiş binbaşının ayrıntılı raporu, kitabımın pek çok yerinde olduğu gibi, el çabukluğu değil gözbağcılık gibi gözüken bu konuda da bana yardımcı oldu. O geceden sonra Kadife olayları ne kendisini ziyarete gelen ablası ve babasıyla, ne savcılarla, ne de –mahkemede kendisini savunmak için bile olsa– avukatıyla tartışmayı reddettiğinden müfettiş binbaşı gerçeği bulabilmek için tıpkı dört yıl sonra benim de yapacağım gibi pek çok kişiyle konuşmuş (daha doğru bir deyişle ifadesini almış), böylece bütün ihtimalleri ve söylentileri gözden geçirmişti.

Müfettiş binbaşı, Kadife'nin Sunay Zaim'i, Sunay Zaim'e rağmen, bilerek ve isteyerek öldürdüğü yolundaki görüşleri çürütmek için ilk olarak genç kadının kaşla göz arasında cebinden çıkardığı başka bir silahla ya da silaha yerleştirdiği dolu bir şarjörle ateş ettiği yolundaki söylentilerin gerçeğe uymadığını göstermişti. Her ne kadar vurulunca Sunay'ın yüzünde bir hayret ifadesi belirmişse de, daha sonra emniyet güçlerince yapılan aramalar, Kadife'nin üzerinden çıkanlar ve gecenin video kaydı olay sırasında tek bir silah ve şarjör kullanıldığını doğruluyordu. Aynı anda Sunay Zaim'e bir başkası tarafından başka bir açıdan ateş edildiği yolundaki Karslılarca da pek sevilen görüş de, Ankara'dan yollanan balistik raporunda, yapılan otopsi sonucu aktörün vücudundaki kurşunların Kadife'nin elindeki Kırıkkale tabancadan çıktığının belirtilmesiyle çürütülmüştü. Kadife'nin Karslıların çoğu tarafından hem bir kahraman hem de bir kurban olarak efsaneleştirilmesine yol açan son sözlerini (onu öldürdüm galiba!) müfettiş binbaşı onun cinayeti taammüden işlemediğinin bir kanıtı olarak görmüş, bu noktada daha sonra davayı açacak savcıya yol gösterir bir havayla, taammüden cinayet ve kötü niyet gibi hukuki ve felsefi iki kavramı ayrıntılarıyla irdelemiş, oyun sırasında daha önceden kendisine ezberlettirilen ya da çeşitli manevralarla söylettirilen sözlerin aslında Kadife'nin değil, bütün olayın planlayıcısı olan müteveffa aktör Sunay Zaim'in olduğunu anlatmıştı. Şarjörü boş olduğunu iki kere söyledikten sonra silaha takan Sunay Zaim hem Kadife'yi hem de bütün Karslıları aldatmıştı. Yani, üç yıl sonra erken emekli edilen ve Ankara'daki evinde görüşürken raflardaki Agatha Christie'leri işaret etmem üzerine bana kitapların özellikle adlarını çok beğendiğini söyleyen binbaşının ifadesiyle "şarjör doluydu!" Dolu şarjörü boş gibi göstermek de bir tiyatro adamının incelikle yaptığı bir gözbağcılık örneği değildi: Üç gündür Batıcılık ve Atatürkçülük bahanesiyle Sunay Zaim ve arkadaşlarının uyguladığı acımasız şiddet (ölü sayısı Sunay ile birlikte yirmi dokuzdu) Karslıları o kadar yıldırmıştı ki, boş bir bardağı dolu sanmaya hepsi hazırdı. Bu bakımdan yalnız Kadife değil, Sunay'ın kendi ölümünü daha önceden ilan etmesine rağmen onun sahnede kendisini öldürtmesini, bunun bir oyun olduğu bahanesiyle ve zevkle seyreden Karslılar da olayın bir parçasıydılar. Binbaşı raporunda Kadife'nin, Sunay'ı Lacivert'in intikamını almak için öldürdüğü yolundaki bir başka dedikoduyu da, eline boş diye dolu silah verilen kişinin başka bir bahaneyle suçlanamayacağını, Kadife'yi kurnaz davranıp Sunay'ı öldürdüğü ama kendisi tabii ki intihar etmediği için öven İslamcıların ve suçlayan cumhuriyetçi laiklerin iddialarını da, sanatla gerçeğin karıştırılmaması gerektiğini belirterek cevaplamıştı. Kadife'nin Sunay Zaim'i intihar bahanesiyle kandırıp öldürdükten sonra intihardan vazgeçtiği yolundaki görüş, sahnedeki sehpanın karton olduğunun hem Sunay hem Kadife tarafından bilindiğinin kanıtlanmasıyla çürütülmüştü.

Genelkurmay'ın yolladığı çalışkan müfettiş binbaşının ayrıntılı raporunu Kars'taki askerî savcı ve hâkimler de aşırı saygıyla değerlendirdiler. Böylece Kadife siyasal nedenlerle adam öldürmekten değil, tedbirsizlik ve dikkatsizlikten ölüme sebebiyet vermekten üç yıl bir ay ceza aldı, yirmi ay hapis yatıp çıktı. Albay Osman Nuri Çolak ise Türk Ceza Kanunu'nun 313 ve 463. maddelerinde belirtilen adam öldürmek için çete kurmak ve faili belli olmayan adam öldürme suçlarından çok büyük cezalara çarptırıldı ve altı ay sonra çıkarılan bir af yasasıyla tahliye oldu. Olayları kimseye anlatmaması için gözü korkutulmasına rağmen sonraki yıllarda orduevlerinde eski askerlik arkadaşlarıyla buluşup iyice içtiği gecelerde kendisinin her Atatürkçü askerin içinde yatan şeyi yapmaya "hiç olmazsa" cesaret ettiğini söyler, fazla ileri gitmeden arkadaşlarını dincilerden korkmakla, hımbıllık ve korkaklıkla suçlardı.

Olaylara karıştırılan diğer subaylar, erler ve başka bazı memurlar –emir kulu ve vatansever oldukları yolundaki itirazlarına rağmen– askerî mahkemede aynı şekilde çete kurmaktan, adam öldürmekten devlet malını izinsiz kullanmaya kadar çeşitli suçlardan hüküm giydikten sonra aynı aftan yararlanıp tahliye oldular. Bunlardan, daha sonra İslamcı olacak genç ve aklı havada bir asteğmenin hapisten çıktıktan sonra İslamcı *Ahit* gazetesine tefrika ettiği hatıralarının ("Ben de bir Jakoben idim") yayımı, orduya hakaretten durduruldu. Kaleci Vural'ın zaten ihtilalden hemen sonra yerel MİT için çalışmaya başladığı ortaya çıkmıştı. Öteki tiyatrocuların "basit sanatçı" olduklarını mahkeme de kabul etti. Funda Eser kocasının öldürüldüğü gece sinir krizi geçirip öfkeyle herkese saldırdığı, herkesi herkese şikâyet ve ihbar ettiği için Ankara'daki askerî hastanenin psikiyatri bölümünde dört ay müşahade altında tutuldu. Taburcu olduktan yıllar sonra, sesinin popüler bir çocuk dizisinde seslendirdiği cadı karakteriyle bütün ülkede tanındığı günlerde, bir iş kazasında sahnede vefat eden kocasının kıskançlıklar ve iftiralar yüzünden Atatürk rolünü alamamasına hâlâ üzüldüğünü, tek tesellisinin son yıllarda pek çok Atatürk heykelinde model olarak kocasının duruş ve pozlarının alınması olduğunu söyledi bana. Müfettiş binbaşının raporunda olaylardaki payı belirtildiği için askerî hâkim –haklı olarak– Ka'yı da tanık olarak davaya çağırmış, gelmediği ilk iki celseden sonra ifadesinin alınabilmesi için hakkında bir tutuklama kararı çıkarılmıştı.

Turgut Bey ile İpek cezasını Kars'ta çeken Kadife'yi her cumartesi ziyarete gittiler. Havaların güzel olduğu bahar ve yaz günleri hoşgörülü müdürün izniyle hapishanenin geniş avlusundaki büyük dut ağacının altına beyaz bir örtü serip Zahide'nin yaptığı zeytinyağlı biber dolmalarını yer, kadınbudu köftelerden birer tane öteki mahkûmlara ikram eder, kabuklarını soymadan önce lop yumurtalarını tokuştururlarken Turgut Bey'in tamir ettirdiği Philips portatif kasetçalarda Chopin'in prelüdlerini dinlerlerdi. Turgut Bey kızının mahkûmiyetini bir utanç olarak yaşamamak için hapishaneye her onurlu vatandaşın gitmesi gereken bir yatılı okul gibi bakıyor, arada bir gazeteci Serdar Bey gibi bir tanıdığı da getiriyordu. Bir ziyaretlerinde onlara katılan Fazıl'ı Kadife başka seferler de görmek istedi ve tahliye olduktan iki ay sonra kendinden dört yaş küçük bu gençle evlendi.

İlk altı ay, Fazıl'ın resepsiyonunda çalıştığı Karpalas Oteli'nin bir odasında kaldılar. Ben Kars'a geldiğimde ise bebekleriyle birlikte ayrı bir yere taşınmışlardı. Kadife her sabah altı aylık çocuğu

Ömercan'la Karpalas Oteli'ne gidiyor, İpek ve Zahide bebeği besler, Turgut Bey de torunuyla oynarken kendisi biraz otel ile uğraşıyor, Fazıl ise kayınpederinden bağımsız olmak için hem Aydın Foto Sarayı'nda çalışıyor hem de *Serhat Kars Televizyonu*'nda, bana gülümseyerek "adı program asistanlığı ama aslında ayak işleri" dediği bir iş yapıyordu.

Şehre gelişimin ve belediye başkanının benim için verdiği yemeğin ertesi günü, öğle vakti, Hulusi Aytekin Caddesi'ndeki yeni dairelerinde Fazıl ile buluştuk. Ben kaleye ve Kars Çayı'na büyük tanelerle ağır ağır yağan kara bakarken Fazıl iyi niyetle Kars'a niye geldiğimi sorunca belediye başkanının dün akşam verdiği yemekte başımı döndüren İpek konusunu açtığını zannederek telaşlanıp, ona Ka'nın Kars'ta yazdığı şiirleri ve belki bu şiirler hakkında bir kitap yazmak istediğimi abartarak anlattım.

"Şiirleri ortada yoksa onlar hakkında nasıl bir kitap yazabilirsin ki?" dedi dostça.

"Ben de bilmiyorum," dedim. "Televizyon arşivinde bir şiir olmalı."

"Onu akşam bulup çıkarırız. Ama sen bütün sabah Kars'ı sokak sokak gezdin. Belki de bizler hakkında bir roman yazmayı düşünüyorsundur."

"Ka'nın şiirlerinde söz ettiği yerlere gittim hep," dedim tedirgin olarak.

"Ama yüzünden anlıyorum, bizim ne kadar yoksul, senin romanlarını okuyan insanlardan ne kadar değişik olduğumuzu anlatmak istiyorsun. Ama beni öyle bir romana koymanı istemem."

"Niye?"

"Beni tanımıyorsun ki! Tanıyıp olduğum gibi anlatabilsen bile senin Batılı okurların yoksulluğuma acımaktan benim hayatımı göremezler. Mesela benim İslamcı bilimkurgu romanı yazıyor olmam onları gülümsetir. Küçümseyerek gülüp sevecekleri biri gibi anlatılmak istemem."

"Peki."

"Biliyorum üzüldün," dedi Fazıl. "Lütfen laflarımdan alınma, sen iyi bir insansın. Ama arkadaşın da iyi bir insandı, bizleri de sevmek istedi belki, ama sonra en büyük kötülüğü yaptı."

Fazıl, Kadife ile Lacivert öldürüldüğü için evlenebilmişti. Bu yüzden, şimdi Ka'nın Lacivert'i ihbar ettiği iddiasından kendisine de yapılmış bir kötülük gibi söz edebilmesini dürüst bulmadım ama sustum.

"Bu iddianın doğru olduğundan nasıl emin olabiliyorsun?" dedim çok sonra.

"Bunu bütün Kars biliyor," dedi Fazıl yumuşacık, neredeyse şefkatli bir sesle, Ka'yı da beni de hiç suçlamadan.

Gözlerinin içindeki Necip'i gördüm. Bana göstermek istediği bilimkurgu romanına bakmaya hazır olduğumu söyledim: Yazdıklarına bakıp bakamayacağımı sormuş, ama yazdığı şeyi bana veremeyeceğini, okurken yanımda olmak istediğini belirtmişti. Akşamları Kadife'yle yemek yiyip televizyon seyrettikleri masaya oturduk ve Necip'in dört yıl önce hayal ettiği bilimkurgu romanının Fazıl tarafından yazılmış ilk elli sayfasını sessizce birlikte okuduk.

"Nasıl, iyi mi?" diye sordu Fazıl yalnızca bir kere ve özür diler gibi. "Sıkıldıysan bırakalım."

"Hayır, iyi," dedim ve istekle okudum.

Daha sonra kar altındaki Kâzım Karabekir Caddesi'nde birlikte yürürken romanı çok hoş bulduğumu bir kere daha içtenlikle söyledim.

"Belki de beni sevindirmek için böyle söylüyorsun," dedi Fazıl mutlulukla. "Ama bana bir iyilik yaptın. Ben de sana yapmak istiyorum. Bir roman yazmak istiyorsan benden de bahsedebilirsin. Okurlarına benim de doğrudan bir şey söylemem şartıyla."

"Nedir o?"

"Bilmiyorum. O sözü sen Kars'tayken bulabilirsem söylerim."

Serhat Kars Televizyonu'nda akşamüstü buluşmak üzere sözleşip ayrıldık. Fazıl koşa koşa Aydın Foto Sarayı'nın dükkânına giderken arkasından baktım. İçindeki Necip'i ne kadar görüyordum? Ka'ya dediği gibi Necip'i hâlâ içinde hissediyor muydu? İnsan bir başkasının sesini ne kadar duyabilir içinde?

Sabah sokak sokak Kars'ı gezer, Ka'nın konuştuğu insanlarla konuşur, aynı çayhanelerde otururken, kendimi Ka gibi hissettiğim çok olmuştu. Erkenden onun "Bütün İnsanlık ve Yıldızlar" adlı şiirini yazdığı Talihli Kardeşler Çayhanesi'nde oturmuş, sevgili arkadaşım gibi ben de âlemdeki yerimi hayal etmiştim. Karpalas'ın resepsiyonundaki Cavit de anahtarımı "tıpkı Ka Bey gibi" aceleyle aldığımı söylemişti bana. Ara sokaklardan birinde yürürken "İstanbul'dan gelen yazar siz misiniz?" diye beni içeri çağıran bakkal, kızı Teslime'nin dört yıl önceki intiharı ile ilgili gazetelerde çıkan haberlerin hepsinin yanlış olduğunu yazmamı isterken benimle Ka ile konuştuğu gibi konuşmuş, bir Coca-Cola da bana ikram etmişti. Bunların ne kadarı rastlantı, ne kadarı benim kurgumdu? Bir ara Baytarhane Sokağı'nda yürüdüğümü anlayınca Şeyh Saadettin'in Tekkesi'nin pencerelerine bakmış, Ka'nın tekkeye gelişinde ne hissettiğini anlamak için Muhtar'ın şiirinde anlattığı dik merdivenleri çıkmıştım.

Muhtar'ın ona verdiği şiirleri Frankfurt'taki kâğıtları arasında bulduğuma göre Ka bunları Fahir'e yollamamıştı. Oysa Muhtar tanışmamızın daha beşinci dakikasında Ka'nın "ne muhterem bir insan!" olduğunu söyledikten sonra Kars'tayken şiirlerini çok beğendiğini ve İstanbul'daki burnu büyük bir yayımcıya övgüyle yolladığını anlatmıştı. İşlerinden memnundu, gelecek seçimlerde yeni kurulan İslamcı partiden (eskisi Refah Partisi kapatılmıştı) belediye başkanı seçileceğinden umutluydu. Muhtar'ın herkesle iyi geçinen, yumuşak, uzlaşmacı kişiliği sayesinde emniyet müdürlüğüne (en alt kata inmemize izin vermediler) ve Ka'nın Necip'in cesedini öptüğü Sosyal Sigortalar Hastanesi'ne kabul edildik. Muhtar Millet Tiyatrosu'ndan geri kalan ve beyaz eşya deposuna çevirdiği odaları bana gösterirken yüz yıllık binanın yıkımından "biraz" sorumlu olduğunu kabul etti ama "Türk değil, Ermeni yapısıydı zaten," diyerek beni teselli etmeye çalıştı. Bana Ka'nın bir gün İpek'i ve Kars'ı yeniden görme özlemiyle hatırladığı bütün o yerleri, kar altındaki sebze halini, Kâzım Karabekir Caddesi'ndeki sıra sıra nalburları tek tek gösterdi ve beni Halitpaşa İşhanı'ndaki siyasi muhalifi Avukat Muzaffer Bey'le tanıştırıp gitti. Eski belediye başkanının, tıpkı Ka'ya yaptığı gibi bana da anlattığı cumhuriyetçi bir Kars tarihini dinledikten sonra hanın karanlık ve kasvetli koridorlarında yürürken Hayvanseverler Derneği'nin kapısındaki zengin bir mandıra sahibi, "Orhan Bey," diyerek beni içeri aldı ve şaşırtıcı hafızasıyla dört yıl önce eğitim enstitüsü müdürünün vurulduğu sıralarda Ka'nın nasıl buraya girdiğini, horoz dövüşü salonunda nasıl bir köşede oturup düşüncelere daldığını anlattı.

İpek'i görmeden önce Ka'nın ona âşık olduğunu anladığı anın ayrıntılarını dinlemek bana iyi gelmedi. Yeni Hayat Pastanesi'ndeki buluşmamıza gitmeden önce üzerimdeki gerginliği alsın, beni bir aşka sürüklenme korkusundan kurtarsın diye Yeşilyurt Birahanesi'ne girip bir rakı içtim. Ama pastanede İpek'in karşısına oturur oturmaz tedbirlerimin beni daha da korumasız bıraktığını anladım hemen. Aç karnına içtiğim rakı beni rahatlatmaktan çok kafamı karıştırmıştı. Kocaman gözleri, sevdiğim gibi uzunca bir yüzü vardı. Dünden beri sürekli hayal ettiğimden de derin bulduğum güzelliğini anlamaya çalışırken, aklımı başımdan alan şeyin onun Ka ile yaşadığı ve bütün ayrıntılarını bildiğim aşk olduğuna bir daha umutsuzca inandırmak istedim kendimi. Ama bu da bana başka bir zayıf yanımı, Ka'nın içinden geldiği gibi, kendi olarak yaşayabilen gerçek bir şair olmasına karşılık, benim her sabah, her gece belirli saatlerde bir kâtip gibi çalışan daha basit ruhlu bir romancı olduğumu acıyla hatırlatıyordu. Belki de bu yüzden Ka'nın Frankfurt'ta pek düzenli bir günlük hayatı olduğunu, her sabah aynı saatte kalkıp, aynı sokaklardan geçip, aynı kütüphanenin, aynı masasında oturup çalıştığını sevimli renkleriyle hikâye ettim.

"Onunla Frankfurt'a gitmeye ben zaten karar vermiştim," dedi İpek ve bu kararını kanıtlayan pek çok küçük ayrıntıyı, bavulunu hazırlayışına kadar açıkladı. "Ama şimdi Ka'nın ne kadar hoş bir insan olduğunu hatırlamak bana zor geliyor," dedi. "Oysa, dostluğunuza saygı duyduğum için yazacağınız kitaba yardım da etmek istiyorum."

"Ka sizin sayenizde Kars'ta harika bir kitap yazdı," diye onu kışkırtmak istedim. "Bu üç günü dakika dakika hatırlayıp defterlerine yazmış, bir tek şehirden ayrılmadan önceki son saatler eksik."

Şaşırtıcı bir açıklıkla, hiçbir şeyi saklamadan, mahremiyetini ortaya döktüğü için zorlanarak ve beni hayran bırakan bir dürüstlükle Ka'nın Kars'tan ayrılmadan önceki son saatlerini dakika dakika yaşadığı ve tahmin ettiği gibi anlattı.

"Frankfurt'a gitmekten vazgeçmek için sağlam hiçbir kanıt yoktu elinizde," dedim onu suçlamamaya çalışarak.

"Bazı şeyleri insan kalbiyle hemen anlar."

"Kalpten ilk siz söz ettiniz," dedim ve özür diler gibi, kendisine yollamadığı ama benim kitabım için okumak zorunda kaldığım mektuplarında Ka'nın onu düşünmekten uyuyamadığı için Almanya'da ilk bir yıl boyunca her gece iki uyku hapı aldığını, zilzurna oluncaya kadar içtiğini, Frankfurt sokaklarında yürürken her beş on dakikada bir, uzaktaki bir kadını İpek sandığını, onunla yaşadığı mutluluk anlarını hayatının sonuna kadar her gün saatlerce ağır çekim bir film izler gibi gözünün önünde yeniden canlandırdığını, onu beş dakikacık olsun unutabildiği zamanlarda kendini çok mutlu hissettiğini, ölümüne kadar başka hiçbir kadınla ilişki kurmadığını, onu kaybettikten sonra kendini "gerçek bir insan gibi değil, bir hayalet gibi" gördüğünü anlattım ve yüzündeki şefkatli, ama "lütfen yeter!" diyen bakışı ve kaşlarının esrarlı bir soru karşısındaymış gibi kalktığını fark edince bütün bunları, İpek arkadaşımı değil, evet, beni kabul etsin diye naklettiğimi korkuyla anladım.

"Arkadaşınız beni çok seviyordu belki," dedi. "Ama Kars'a bir kere daha gelmeyi deneyecek kadar değil."

"Hakkında tutuklama kararı vardı."

"O önemli değildi. Mahkemeye gelir konuşurdu, başı da derde girmezdi. Yanlış anlamayın, gelmemekle iyi etti, ama Lacivert yıllarca hakkında 'vur emri' olmasına rağmen beni görmek için pek çok kereler gizlice Kars'a geldi."

"Lacivert" derken elâ gözlerinde bir ışıltı, yüzünde hakiki bir keder belirdiğini içim burkularak gördüm.

"Ama arkadaşınızın korkusu mahkemeden değildi," dedi beni teselli eder gibi. "Asıl suçunu bildiğimi, bu yüzden istasyona gelmediğimi çok iyi anlamıştı."

"Bu suçu hiçbir zaman kanıtlayamadınız," dedim.

"Onun yüzünden sizin suçluluk duymanızı çok iyi anlıyorum," dedi zekice ve görüşmemizin sona erdiğini göstermek için sigarasını ve çakmağını çantasına koydu. Zekice: Çünkü bu sözü söyler söylemez Ka'yı değil, asıl Lacivert'i kıskandığımı bildiğini bir yenilgi duygusuyla anlamıştım. Ama sonra İpek'in bunu ima etmediğine, yalnızca benim suçluluk duygusuna fazlaca batmış olduğuma karar verdim. Ayağa kalktı, boyu uzuncaydı, güzeldi her şeyi, paltosunu giydi.

Aklım karmakarışıktı. "Bu akşam yine görüşeceğiz değil mi?" dedim telaşla. Hiç gerek yoktu bu söze.

"Tabii, babam bekliyor," deyip gitti kendine özgü tatlı yürüyüşüyle.

Ka'nın "suçlu" olduğuna kalpten inanması üzüyor beni dedim kendi kendime. Ama kendimi kandırıyordum. Asıl istediğim şey "öldürülmüş sevgili dost" söylemiyle Ka'dan tatlı tatlı söz etmek, yavaş yavaş onun zayıflıklarını, saplantılarını ve "suçunu" ortaya çıkarmak, böylece onun aziz hatırasına karşı aynı gemiye binip birlikte ilk yolculuğumuza çıkmaktı. İlk gece kurduğum İpek'i benimle İstanbul'a getirmek düşü şimdi çok uzaklardaydı ve içimde arkadaşımın "suçsuz" olduğunu kanıtlama dürtüsü vardı. Bu, iki ölüden Ka'yı değil, Lacivert'i kıskandığım anlamına ne kadar geliyordu?

Hava kararırken karlı Kars sokaklarında yürümek beni daha da kederlendirdi. *Serhat Kars Televizyonu* Karadağ Caddesi'ndeki benzincinin karşısında yeni bir binaya taşınmıştı. Karslıların bir kalkınma işareti olarak gördükleri üç katlı bu beton işhanının koridorlarına şehrin kirli, çamurlu, karanlık ve eskimiş havası iki yıl içinde fazlasıyla işlemişti.

İkinci kattaki stüdyoda beni neşeyle karşılayan Fazıl, televizyonda çalışan sekiz kişiyle tek tek ve iyimserlikle tanıştırdıktan sonra "Arkadaşlar bu akşamki haberler için küçük bir söyleşi istiyorlar," deyince bunun Kars'ta işlerimi kolaylaştırabileceğini düşündüm. Banda alınan beş dakikalık çekim sırasında benimle röportaj yapan gençlik programları sunucusu Hakan Özge, belki de Fazıl bunu ona söylediği için, "Kars'ta geçen bir roman yazıyormuşsunuz!" deyiverince şaşırıp bir şeyler geveledim. Ka hakkında tek bir söz konuşmadık.

Müdürün odasına girip duvarlardaki raflarda kanun gereğince saklanan video kasetlerin üzerlerindeki tarihlerden Millet Tiyatrosu'ndan yapılan ilk iki canlı yayının kaydını bulup çıkardık. Küçük, havasız bir odadaki eski bir televizyonun karşısına geçip, çay içerek önce Kadife'nin sahneye çıktığı *Kars'ta Trajedi*'yi izledim. Sunay Zaim ile Funda Eser'in "eleştirel vinyetlerine", dört yıl önce pek sevilen bazı reklam klipleriyle alay edişlerine hayranlık duydum. Kadife'nin başını açıp güzel saçlarını gösterdiği ve hemen sonra Sunay'ı vurduğu sahneyi ise geri alıp birkaç kere dikkatle seyrettim. Sunay'ın ölümü gerçekten oyunun bir parçası gibi gözüküyordu. Şarjörün dolu ya da boş olduğunu ön sıradakiler dışında seyircinin görmesine imkân yoktu.

Öteki kasedi seyrederken *Vatan yahut Türban*'daki pek çok sahneciğin, taklidin, kaleci Vural'ın maceralarının, sevimli Funda Eser'in göbek danslarının, tiyatro grubunun her oyunda tekrarladığı eğlencelikler olduğunu anladım ilk. Salondaki bağırışlar, atılan sloganlar ve uğultu, bu eskimiş kayıttaki konuşmaları iyice anlaşılmaz hale getirmişti. Ama gene de bandı defalarca geri sarıp dinleyerek Ka'nın okuduğu ve daha sonra "Allah'ın Olmadığı Yer" adını vereceği şiirin büyük bir bölümünü elimdeki kâğıda yazdım. Fazıl, Ka o an gelen şiiri okurken Necip'in neden ayağa kalkıp bir şeyler söylediğini soruyordu ki, kâğıda geçirebildiğim kadarını okuması için şiiri ona verdim.

Askerlerin seyircilere ateş etmesini iki kere izledik.

"Kars'ı çok gezdin," dedi Fazıl. "Ben de sana bir yer göstermek istiyorum şimdi." Hafif utangaç, ama biraz da esrarlı bir havayla, belki kitabıma Necip'i de koyacağımı, onun hayatının son yıllarını geçirdiği şimdi kapatılmış olan imam hatip lisesi yatakhanesini bana göstermek istediğini söyledi.

Gazi Ahmet Muhtarpaşa Caddesi'nde kar altında yürürken kömür renkli bir köpeğin alnındaki yusyuvarlak beyaz bir lekeyi görüp bunun Ka'nın hakkında şiir yazdığı köpek olduğunu anlayınca bir bakkaldan ekmek ve lop yumurta alıp çabucak soyup ucu kıvrık kuyruğunu mutlulukla sallayan hayvana verdim.

Köpeğin peşimizden ayrılmadığını gören Fazıl, "Bu istasyonun köpeğidir," dedi. "Belki gelmezsin diye demin söylemedim. Eski yatakhane boştur. İhtilal gecesinden sonra terör ve irtica yuvası diye kapatıldı. O zamandan beri kimse yoktur içeride, onun için televizyondan bu feneri aldım." Bir el fenerini yakıp peşimizdeki kara köpeğin hüzünlü gözlerine tutunca hayvan kuyruğunu salladı. Bir zamanlar bir Ermeni konağı, daha sonra Rus konsolosunun köpeğiyle birlikte yaşadığı konsolosluk binası olan eski yatakhanenin bahçe kapısı kilitliydi. Fazıl elimden tutup beni alçak duvardan atlattı. "Geceleri biz buradan kaçardık," diyerek gösterdiği kırık camlı yüksek bir pencereden içeri hünerle girdi ve feneriyle etrafı aydınlatıp beni içeri çekti. "Korkmayın, kuşlardan başka kimse yoktur," dedi. Camları kirden ve buzdan ışık geçirmeyen, bazı pencereleri de tahtalarla kapatılmış binanın içi zifiri karanlıktı, ama Fazıl buraya daha önce de geldiğini gösteren bir rahatlıkla merdivenleri çıkıyor, sinemalardaki yer göstericiler gibi arkaya tuttuğu lambasıyla benim yolumu aydınlatıyordu. Toz ve küf kokuyordu her yer. Dört yıl önceki ihtilal gecesinden kalma kırık kapılardan geçtik, duvarlardaki kurşun izlerine, üst katın yüksek tavanlarının köşelerine, soba borusunun dirseklerine yuva yapmış güvercinlerin telaşlı kanat vuruşlarına dikkat ederek boş ve paslı demir ranzaların arasından yürüdük. "Bu benimkisi, bu da Necip'inki," dedi Fazıl yan yana iki ranzanın üst yataklarını işaret ederek. "Fısıltımızdan uyanmasınlar diye geceleri bazan aynı yatakta yatıp gökyüzünü seyrederek konuşurduk."

Yukarıdaki kırık bir camın aralığından, bir sokak lambasının ışığında, ağır ağır yağan karın iri taneleri gözüküyordu. Saygıyla, dikkatle seyrettim.

Çok sonra, "Bu da Necip'in ranzasından gözüken manzara," dedi Fazıl, aşağıdaki daracık bir dehlizi işaret ederek. Bahçenin hemen dışında Ziraat Bankası binasının kör yan duvarıyla bir başka yüksek apartmanın penceresiz arka duvarı arasına sıkışmış iki metre genişliğinde sokak bile denemeyecek bir geçit gördüm. Çamurlu zeminine bankanın ilk katından mor bir flüoresan ışık vuruyordu. Dehlizi kimse sokak sanmasın diye ortasına bir yere kırmızı bir "girilmez" işareti konmuştu. Fazıl'ın Necip'ten ilhamla "bu dünyanın sonu" dediği sokağın ucunda ise yapraksız ve karanlık bir ağaç vardı ve tam biz bakarken bir an yanar gibi kıpkırmızı kesildi. "Aydın Foto Sarayı'nın kırmızı ilan lambası yedi yıldır bozuktur," diye fısıldadı Fazıl. "Kırmızı ışığı arada bir yanar söner ve her seferinde oradaki iğde ağacı Necip'in ranzasından bakınca sanki alev alıp tutuşmuş gibi gözükür. Necip bazan bu manzarayı sabaha kadar hayaller içinde seyrederdi. Gördüğü şeye 'bu dünya' adını vermişti ve uykusuz gecelerinin sabahında bazan bana 'bütün gece bu dünyayı seyrettim!' derdi. Arkadaşın şair Ka Bey'e anlatmış demek ki, o da şiirine koymuş. Kaseti seyrederken anladığım için seni getirdim buraya. Ama arkadaşının şiirine 'Allah'ın Olmadığı Yer' demesi Necip'e saygısızlık."

"Rahmetli Necip bu gördüğü manzarayı Ka'ya 'Allah'ın Olmadığı Yer' diye anlatmış," dedim. "Bundan eminim."

"Necip'in bir ateist olarak öldüğüne inanmıyorum," dedi Fazıl dikkatle. "Böyle kuşkuları vardı yalnızca."

"İçinde Necip'in sesini duymuyor musun artık?" diye sordum. "Bunlar sende hikâyedeki adam gibi yavaş yavaş ateist olduğun korkusunu uyandırmıyor mu hiç?"

Ka'ya dört yıl önce anlattığı kuşkularından benim de haberdar olmam Fazıl'ın hoşuna gitmedi. "Ben artık evliyim, çocuğum var," dedi. "Bu konularla eskisi gibi ilgili değilim." Bana Batı'dan gelen ve kendisini ateizme çekmeye çalışan biriymişim gibi davrandığı için üzüldü hemen. "Sonra konuşuruz," dedi tatlı bir sesle. "Kayınpederim bizi yemeğe bekliyor, geç kalmayalım olmaz mı?"

Gene de aşağı inmeden önce bir zamanlar Rus konsolosunun yazıhanesi olan geniş odanın bir köşesindeki masayı, rakı şişesi kırıklarını, sandalyeleri gösterdi. "Z. Demirkol ve özel tim yollar açıldıktan sonra burada birkaç gün daha kalıp Kürt milliyetçilerini ve İslamcıları öldürmeye devam ettiler."

O ana kadar unutmayı başardığım bu ayrıntı korkuttu beni. Ka'nın Kars'taki son saatlerini hiç düşünmek istemedim.

Bahçe kapısında bizi bekleyen kömür renkli köpek otele dönerken peşimize takıldı.

"Senin neşen kaçtı," dedi Fazıl. "Neden?"

"Yemekten önce odama gelir misin? Sana bir şey vereceğim."

Cavit'ten anahtarımı alırken Turgut Bey'in dairesinin açık kapısından, içerideki ışıl ışıl havayı, hazırlanmış sofrayı gördüm, misafirlerin konuşmalarını işittim ve İpek'in orada olduğunu hissettim. Bavulumda Necip'in Kadife'ye dört yıl önce yazdığı aşk mektuplarının Ka'nın Kars'ta çektirdiği fotokopileri vardı, onları odada Fazıl'a verdim. Bunu, onun da ölmüş arkadaşının hayaletinden benim kadar huzursuz olmasını istediğim için yaptığımı çok sonra düşündüm.

Yatağımın kenarında oturan Fazıl mektupları okurken bavuldan Ka'nın defterlerinden birini çıkardım ve Frankfurt'ta ilk defa gördüğüm kar yıldızına bir daha baktım. Böylece aklımın bir köşesiyle çoktan bildiğim şeyi bir de gözlerimle gördüm. Ka "Allah'ın Olmadığı Yer" adlı şiirini hafıza dalının tam üstüne yerleştirmişti. Z. Demirkol'un kullandığı boşaltılmış yatakhaneye gittiği, Necip'in penceresinden baktığı ve Necip'in "manzarasının" gerçek kaynağını Kars'tan ayrılmadan önce keşfettiği anlamına geliyordu bu. Hafıza dalı etrafına yerleştirdiği şiirler Ka'nın yalnızca Kars'ta ya da çocukluğunda yaşadığı kendi hatıralarını anlatıyordu. Böylece bütün Kars'ın bildiği şeyden, arkadaşımın Millet Tiyatrosu'nda Kadife'yi ikna edemeyince, İpek otel odasında kilitliyken, Lacivert'in yerini söylemek için Z. Demirkol'un kendisini beklediği yatakhaneye gittiğinden emin oldum.

Yüzümde o sırada Fazıl'ın allak bullak yüzünden daha iyi bir ifade yoktu herhalde. Aşağıdan misafirlerin belli belirsiz konuşmaları, sokaktan da hüzünlü Kars şehrinin iç çekmeleri geliyordu. Fazıl da ben de bizden daha tutkulu, daha karmaşık ve daha gerçek asıllarımızın karşı çıkılmaz varlığıyla hatıralarımız arasında sessizce kaybolup gitmiştik.

Pencereden dışarıya, yağan kara baktım ve Fazıl'a artık yemeğe gitmemiz gerektiğini söyledim. Önce Fazıl bir suç işlemiş gibi süklüm püklüm gitti. Yatağa uzanıp dört yıl önce Ka'nın Millet Tiyatrosu kapısından yatakhaneye yürürken neler düşündüğünü, Z. Demirkol'la konuşurken gözlerini nasıl kaçırdığını, bilmediği adresi tarif edebilmek için nasıl baskıncılarla aynı arabaya binip, nasıl "işte şurası" diyerek Lacivert'le Hande'nin saklandığı binayı uzaktan gösterdiğini acıyla hayal ettim. Acıyla? Şair arkadaşımın düşüşünden ben "kâtip yazar" gizli, çok gizli bir zevk alıyorum diye kendime kızıp bu konuları düşünmemeye çalıştım.

Aşağıda Turgut Bey'in davetinde İpek'in güzelliği beni daha da perişan etti. Telefon idaresinin kitap ve hatıra okumaya meraklı kültürlü müdürü Recai Bey'in, gazeteci Serdar Bey'in, Turgut Bey'in, herkesin bana çok iyi davrandığı ve benim aşırı sarhoş olduğum bu uzun geceyi kısaca geçiştirmek istiyorum. Karşımda oturan İpek'e her bakışımda içimde bir şeyler yıkılıyordu. Haberlerde benimle yapılan röportajı, sinirli el kol hareketlerimi utançla seyrettim. Kars'ta hep yanımda taşıdığım küçük ses kayıt cihazına Kars tarihi, Kars'ta gazetecilik, dört yıl önceki ihtilal gecesi hatıraları gibi konularda ev sahipleri ve konuklarla yaptığım konuşmaları işine inanmayan uykulu bir gazeteci gibi kaydettim. Zahide'nin mercimek çorbasını içerken kendimi 1940'larda geçen eski bir taşra romanının parçası gibi hissettim! Hapishanenin Kadife'yi olgunlaştırıp sakinleştirdiğine hükmettim. Kimse Ka'dan –ölümünden bile– bahsetmiyordu; bu içimi daha parçalıyordu. Kadife ile İpek bir ara içerideki odada uyuyan küçük Ömercan'a bakmaya gittiler. Ben de peşlerinden gitmek istedim ama "sanatçılar gibi çok içtiği" söylenen yazarınız ayakta duramayacak kadar sarhoştu.

Gene de geceden çok iyi hatırladığım bir şey var. Çok geç bir saatte İpek'e Ka'nın kaldığı 203 numaralı odayı görmek istediğimi söyledim. Herkes susup bize döndü.

"Peki," dedi İpek. "Buyrun."

Resepsiyondan anahtarı aldı. Peşinden yukarı çıktım. Açılan oda. Perdeler, pencere, kar. Uyku, sabun ve hafif bir toz kokusu.

Soğuk. İpek kuşku ve iyimserlikle beni süzerken arkadaşımın hayatının en mutlu saatlerini onunla sevişerek geçirdiği yatağın kenarına oturdum. Burada ölsem mi, İpek'e ilan-ı aşk mı etsem, pencereden dışarı mı baksam? Herkes, evet, masada bizi bekliyor. İpek'i eğlendiren bir iki saçma söz söyleyip onu gülümsetmeyi başardım. Bana bir an tatlı tatlı gülümseyince de daha önceden hazırlamış olduğumu söylerken hatırladığım o utanç verici sözleri söyledim.

Hiçbirşeymutluetmiyorduinsanıhayattaaşktanbaşkaneyazdığıromanlarnegördüğüşehirlerçokyalnızımhayattaburadabuşehirdesizinyakınınızdahayatımınsonunakadaryaşamakistiyorumdesemnedersinizbana?

"Orhan Bey," dedi İpek. "Muhtar'ı sevmeyi çok istedim, olmadı; Lacivert'i çok sevdim, olmadı; Ka'yı sevebileceğime inandım, olmadı; bir çocuğum olsun çok istedim, olmadı. Bundan sonra kimseyi aşkla sevebileceğimi sanmıyorum. Artık yeğenim Ömercan'a bakmak istiyorum yalnızca. Teşekkür ederim, ama zaten siz de ciddi değilsiniz."

Ona "arkadaşınız" değil, ilk defa "Ka" dediği için çok teşekkür ettim. Yarın öğle vakti yalnızca Ka'dan söz etmek için gene Yeni Hayat Pastanesi'nde buluşabilir miydik?

Ne yazık ki meşguldu. Ama iyi bir ev sahibesi olarak, beni üzmemek için yarın akşam herkesle birlikte istasyona gelip beni geçirmeye söz veriyordu.

Çok teşekkür ettim, yemek masasına dönecek gücümün kalmadığını itiraf ettim (ağlamaktan da korkuyordum) ve kendimi yatağa atıp hemen sızdım.

Sabah kimseciklere gözükmeden sokaklara çıkıp önce Muhtar'la sonra gazeteci Serdar Bey ve Fazıl'la bütün gün Kars'ı gezdim. Akşam haberlerinde televizyonda gözükmüş olmam Karslıları biraz olsun rahatlattığından hikâyemin sonu için gerekli pek çok ayrıntıyı kolayca topluyordum. Muhtar beni Kars'ın 75 satışlı ilk siyasal İslamcı gazetesi *Mızrak*'ın sahibiyle ve gazetenin toplantıya biraz geç gelen başyazarı emekli bir eczacıyla tanıştırdı. Onlardan Kars'taki İslamcı hareketin anti-demokratik önlemler sonucunda gerilediğini, zaten imam hatip okuluna eskisi gibi rağbet olmadığını öğrendikten az sonra Necip ile Fazıl'ın, Necip'i iki kere tuhaf bir şekilde öptüğü için bu ihtiyar eczacıyı öldürmeyi planladıklarını hatırladım. Sunay Zaim'e müşterilerini ihbar eden Şen Kars Oteli'nin sahibi de şimdi aynı gazetede yazıyordu ve konu geçmiş olaylardan açıldığında bana neredeyse unutmakta olduğum bir ayrıntıyı da o hatırlattı: Dört yıl önce eğitim enstitüsü müdürünü öldüren kişi şükür ki Karslı değildi. Tokatlı bu çayhane işletmecisinin kimliği, cinayet sırasında kaydedilen banttan başka aynı silahla başka bir cinayet işlendiği ve silahın asıl sahibi yakalandığı için Ankara'da yapılan balistik incelemelerden anlaşılmış, Lacivert'in kendisini Kars'a davet ettiğini itiraf eden adam mahkeme esnasında akli dengesinin bozuk olduğu yolunda bir rapor alınca üç yıl Bakırköy Akıl Hastanesi'nde yatıp çıkmış, daha sonra yerleştiği İstanbul'da Şen Tokat Kahvehanesi'ni açmış ve *Ahit* gazetesinde türbancı kızların haklarını savunan bir köşe yazarı olmuştu. Başörtülü kızların dört yıl önce Kadife'nin başını açmasıyla kırılan direnişi yeniden başlar gibi olmuşsa da, davalarına bağlı olanların okuldan atılmaları ya da başka şehirlerdeki üniversitelere gitmeleri yüzünden bu hareket Kars'ta İstanbul'da olduğu kadar kuvvetli değildi artık. Hande'nin ailesi benimle görüşmeyi reddetti. Gür sesli itfaiyeci ihtilal sonrası söylediği türkülerin çok sevilmesinden sonra *Serhat Kars Televizyonu*'ndaki haftalık "Serhat Türkülerimiz" programının yıldızı olmuştu. Yakın dostu, Şeyh Saadettin Efendi'nin müdavimlerinden, Kars Hastanesi'nin müziksever kapıcısı, her salı gecesi banda alınıp, cuma akşamları yayınlanan programda ritim sazla ona eşlik ediyordu. Gazeteci Serdar Bey beni ihtilal gecesi sahneye çıkan küçükle de tanıştırdı. Babasının o günden sonra okul piyeslerinde bile sahneye çıkmasına izin vermediği "gözlük" artık yetişkin koca bir adamdı ve hâlâ gazete dağıtıyordu. Onun sayesinde Kars'ın İstanbul'da çıkan gazeteleri okuyan sosyalistlerinin ne yaptığını öğrenebildim: Hâlâ İslamcılarla Kürt milliyetçilerinin devletle ölümüne çatışmasına kalben saygı duyuyor, kimsenin okumadığı kararsız bir bildiri yazmakla, geçmişlerindeki kahramanlıklar ve fedakârlıklarla övünmenin dışında etkili bir şey yapamıyorlardı. İşsizlikten, yoksulluktan, yolsuzluklardan ve cinayetlerden hepimizi kurtaracak kahraman ve fedakâr insan bekleyişi benimle konuşan herkeste vardı ve biraz tanınan bir romancı olduğum için bütün şehir beni bir gün geleceği hayal edilen bu büyük adamın hayali ölçüleriyle değerlendiriyor, İstanbul'da alışıp gittiğim pek çok kusurumdan, dalgınlık ve dağınıklığımdan, aklımı kendi işime ve hikâyeme takmış olmamdan, aceleciliğimden hoşlanmadıklarını hissettiriyorlardı. Birlik Çayhanesi'nde oturup bütün hayat hikâyesini dinlediğim terzi Maruf'un bir de evine gidip yeğenleriyle tanışıp içki içmeli, genç Atatürkçülerin çarşamba gecesi düzenledikleri konferans için şehirde iki gün daha kalmalı, bana dostlukla sunulan bütün sigaraları tüttürmeli, bütün çayları içmeliydim (çoğunu yaptım da). Fazıl'ın babasının Vartolu askerlik arkadaşı bana dört yılda daha pek çok Kürt milliyetçisinin ya öldürüldüğünü ya da hapse tıkıldığını anlattı: Kimse artık gerillaya da katılmıyordu, Asya Oteli'ndeki toplantıya giden genç Kürtlerin de hiçbiri şehirde değildi artık. Zahide'nin kumarbaz ve sevimli yeğeni pazar akşamüstü yapılan horoz dövüşünün kalabalığına beni de soktu ve çay bardaklarında sunulan rakıdan bir anda zevkle iki kadeh içtim.

Akşam ilerlemişti, kimseye görünmeden otelden çıkmak için tren saatinden çok önce kar altında yapayalnız ve mutsuz bir yolcu gibi ağır ağır yürüyerek odama döndüm, bavulumu yaptım. Mutfak kapısından çıkarken Zahide'nin hâlâ her akşam çorba verdiği hafiye Saffet ile tanıştım. Emekli olmuştu, dün akşam televizyona çıktığım için beni tanıyordu, bana anlatacakları vardı. Birlik Kıraathanesi'ne oturduğumuzda emekliliğine rağmen hâlâ devlete parça başı iş yaptığını anlattı bana. Kars'ta bir hafiye hiçbir zaman emekli olamazdı; şehirdeki istihbarat servislerinin neleri kurcalamak için buraya geldiğimi pek merak ettiklerini (eski "Ermeni" olayları, Kürt isyancıları, dinci gruplar, siyasal partiler?) ona bu bilgiyi verirsem üç beş kuruş kazanabileceğini dürüstçe gülümseyerek söyledi.

Çekinerek Ka'dan söz ettim, dört yıl önce arkadaşımı bir ara adım adım izlediğini hatırlattım ve onu sordum.

"İnsanları, köpekleri seven çok iyi bir insandı," dedi. "Ama aklı Almanya'daydı, çok içine kapanıktı. Bugün burada kimse onu sevmez."

Uzun bir süre sustuk. Belki bir bildiği vardır diye çekinerek ona Lacivert'i sordum ve tıpkı benim Ka için gelmem gibi, bir yıl önce birilerinin İstanbul'dan onu sormaya Kars'a geldiğini öğrendim! Saffet, devlet düşmanı bu genç İslamcıların Lacivert'in mezarını bulmak için çok uğraştıklarını anlattı: Büyük ihtimal mezar ziyaretgâh olmasın diye naaş bir uçaktan denize atıldığı için elleri boş dönmüşlerdi. Masamıza oturan Fazıl da aynı söylentileri duyduğunu, o genç İslamcıların Lacivert'in bir zamanlar "hicret" ettiğini hatırladıkları Almanya'ya kaçıp, Berlin'de gittikçe büyüyen radikal İslamcı bir grup kurduklarını ve Almanya'da çıkardıkları *Hicret* adlı derginin ilk sayısında Lacivert'in ölümünden sorumlu olanlardan intikam alacaklarını yazdıklarını imam hatipli eski arkadaşlarından duyduğunu anlattı. Ka'yı da onların öldürmüş olduklarını tahmin ettik. Arkadaşımın *Kar* adlı şiir kitabının tek elyazmasının Berlin'deki Lacivertçi Hicretçilerin birinin elinde olduğunu bir an hayal ederek dışarıda yağan kara baktım.

Bu sırada masamıza oturan başka bir polis, hakkında çıkarılan bütün dedikoduların yalan olduğunu anlattı bana. "Ben maden gözlü değilim!" dedi. Maden gözlünün de ne anlama geldiğini bilmiyordu. Rahmetli Teslime Hanım'ı aşkla sevmişti ve intihar etmeseydi onunla elbette evlenecekti. Saffet'in de dört yıl önce kütüphanede Fazıl'ın öğrenci kimliğine el koyduğunu ben o sırada hatırladım. Ka'nın defterlerine yazdığı bu olayı belki onlar çoktan unutmuşlardı.

Fazıl ile ben kar altındaki sokaklara çıkınca iki polis arkadaşlık mı, mesleki merak mı olduğunu çıkaramadığım bir dürtüyle bizimle birlikte yürüyüp hayattan, hayatın boşluğundan, aşk acılarından ve yaşlılıktan yakındılar. İkisinin de bir şapkası bile yoktu ve kar taneleri ak ve seyrek saçlarının üzerinde hiç erimeden kalıyordu. Dört yılda şehrin daha da mı yoksullaşıp boşaldığını sormam üzerine, Fazıl son yıllarda herkesin daha çok televizyona baktığını, işsizlerin çayhanelere gitmektense evlerinde oturup çanak antenden dünyanın bütün filmlerini bedavaya seyrettiklerini söyledi. Herkes para biriktirip penceresinin kenarına tencere büyüklüğündeki beyaz çanaklardan bir tane taktırmıştı ve dört yılda şehrin dokusundaki tek yenilik buydu.

Yeni Hayat Pastanesi'nden eğitim enstitüsü müdürünün hayatına mal olan cevizli harika ay çöreklerinden birer tane alıp akşam yemeği niyetine yedik. İstasyona yürüdüğümüzü anlayan polisler bizden ayrıldıktan sonra kapalı kepenklerin, boş çayhanelerin, terk edilmiş Ermeni evlerinin, buz tutmuş aydınlık vitrinlerin önünden, dalları karla kaplı kestane ve kavak ağaçlarının altından geçip, tek tük neon lambalarının aydınlattığı hüzünlü sokaklarda ayak seslerimizi dinleyerek yürüdük. Polisler peşimizde olmadığı için ara sokaklara saptık. Bir ara diner gibi olan kar gene hızlanmıştı. Sokaklarda kimsecikler olmadığı ve Kars'tan ayrıldığım duygusu acıyla içime işlediği için boş şehirde sanki Fazıl'ı tek başına bırakarak gidiyormuşum gibi bir suçluluk hissediyordum. Uzakta kuru dallarıyla, dallarından sarkan buzları birbirine karışmış iki iğde ağacının yaptığı tül perdenin içinden bir serçe fırladı ve ağır ağır inen iri kar tanelerinin arasından, üzerimizden geçip gitti. Yepyeni ve yumuşacık bir karın örttüğü boş sokaklar o kadar sessizdi ki, ayak seslerimiz ve yoruldukça artan soluk alış verişlerimiz dışında hiçbir şey işitmiyorduk. İki yanına evler ve dükkânlar dizilmiş bir sokakta bu sessizlik insanda bir rüyada olduğu etkisi bırakıyordu.

Bir an sokağın ortasında durdum ve yukarılarda bir yerde gözüme kestirdiğim bir kar tanesini yere düşünceye kadar izledim. Aynı anda Fazıl, Nurol Çayhanesi'nin girişinde, yüksekçe bir yere asıldığı için dört yıldır aynı yerde duran soluk bir afişi işaret etti:

İNSAN ALLAH'IN BİR ŞAHESERİDİR

ve

İNTİHAR BİR KÜFÜRDÜR

"Bu çayhaneye polisler geldiği için kimse afişe dokunamadı!" dedi Fazıl.

"Kendini bir şaheser gibi hissediyor musun?" diye sordum.

"Hayır. Bir tek Necip Allah'ın şaheseriydi. Allah onun canını aldıktan sonra ben içimdeki ateizm korkusundan da, Allahımı daha çok sevme aşkımdan da uzaklaştım. Allah beni affetsin artık."

Havada asılı gibi duran kar tanelerinin arasından hiç konuşmadan istasyona kadar yürüdük. *Kara Kitap*'ta sözünü ettiğim erken cumhuriyet yapısı, taştan güzelim istasyon binası yıkılmış, yerine çirkin ve beton bir şey yapılmıştı. Muhtar'ı ve kömür renkli köpeği bizi beklerken bulduk. Trenin kalkmasına on dakika kala gazeteci Serdar Bey de geldi ve *Serhat Şehir Gazetesi*'nin Ka'nın haber olduğu eski sayılarını verip benden kitabımda Kars'tan ve dertlerinden, şehri ve insanlarını kötülemeden bahsetmemi rica etti. Onun hediyesini çıkardığını gören Muhtar da plastik bir torba içinde bir şişe kolonya, bir küçük teker Kars kaşarı ve kendi parasıyla Erzurum'da bastırdığı ilk şiir kitabının imzalı bir nüshasını suç işler gibi elime tutuşturdu. Sevgili arkadaşımın şiirinde anlattığı kömür renkli köpekçiğe bir sandviç, kendime bir bilet aldım. Kıvrık kuyruğunu dostlukla sallayan köpeği beslerken Turgut Bey ile Kadife koşarak geldiler. Benim gittiğimi son anda Zahide'den öğrenmişler. Kısa cümlelerle biletten, yoldan, kardan söz ettik. Turgut Bey hapishane yıllarında Fransızcadan çevirdiği bir Turgenyev romanının (*İlk Aşk*) yeni baskısını utanarak uzattı. Kadife'nin kucağındaki Ömercan'ı okşadım. Annesinin şık bir İstanbul eşarbıyla örtülü saçlarının kenarlarına kar taneleri düşüyordu. Karısının güzel gözlerinin içine daha fazla bakmaktan korktuğum için Fazıl'a dönüp bir gün Kars'ta geçen bir roman yazarsam okura ne demek isteyeceğini sordum.

"Hiçbir şey," dedi kararlılıkla.

Kederlendiğimi görünce zayıf davrandı, "Bir şey var aklımda ama beğenmezsiniz..." dedi. "Beni Kars'ta geçen bir romana koyarsanız, benim hakkımda, bizler hakkında söylediklerinize okuyucunun hiç inanmamasını söylemek isterdim onlara. Kimse uzaktan bizi anlayamaz."

"Kimse de öyle bir romana inanmaz zaten."

"Hayır, inanırlar," dedi heyecanla. "Kendilerini akıllı, üstün ve insancıl görmek için bizim gülünç ve sevimli olduğumuza, bu halimizle bizi anlayıp bize sevgi duyabildiklerine inanmak isteyeceklerdir. Ama benim bu sözümü koyarsanız akıllarında bir şüphe kalır."

Sözlerini romanıma koymaya söz verdim.

Kadife bir an istasyonun giriş kapısına baktığımı görünce sokuldu. "Rüya adında küçük, güzel bir kızınız varmış," dedi. "Ablam gelemedi, ama kızınıza selam söylememi istedi. Ben de size yarıda kalmış tiyatro kariyerimden şu hatırayı getirdim." Sunay Zaim ile kendisini Millet Tiyatrosu'nun sahnesinde gösteren küçük bir fotoğraf verdi.

Hareket memuru düdüğünü öttürdü. Galiba trene benden başka binen yoktu. Hepsiyle teker teker sarılıp kucaklaştım. Fazıl son anda elime içinde video kasetlerin kopyalarıyla, Necip'in tükenmez kalemi olan bir torba tutuşturdu.

Ellerim hediye paketleriyle dolu, hareket eden vagona zorlukla bindim. Hepsi peronda durmuş bana el sallıyordu, ben de pencereden sarkıp onlara el salladım. Kömür renkli köpeğin, pembemsi koca dili dışarıda, neşeyle hemen yanımda peron boyunca koştuğunu son anda gördüm. Sonra gittikçe koyulaşarak yağan iri taneli karın içerisinde hepsi kayboldular.

Oturdum, kar taneleri arasından gözüken kenar mahallelerdeki son evlerin turuncumsu ışıklarına, televizyon seyredilen kırık dökük odalara, karla kaplı damlardaki düşük bacalardan tüten ince, titrek ve narin dumanlara bakıp ağlamaya başladım.

Nisan 1999-Aralık 2001

KARS'TA Ka'YA GELİŞ SIRASINA GÖRE ŞİİRLER

KAR YILDIZINDAKİ YERLERİNE GÖRE ŞİİRLER

Mantık	Hafıza	Hayal	Merkez
(1) Kar	(5) Allah'ın Olmadığı Yer	(4) Çikolata Kutusu	(10) Ben, Ka
(2) Gizli Simetri	(6) İhtilal Gecesi	(8) İntihar ve İktidar	
(3) Yıldızların Arkadaşlığı	(7) Rüya Sokaklar	(11) Mutlu Olacağım	
(9) Çaresizlikler, Zorluklar	(14) Vurularak Ölmek	(13) Cennet	
(12) Bütün İnsanlık ve Yıldızlar	(17) Köpek	(16) Aşk	
(15) Satranç	(19) Dünyanın Bittiği Yer	(18) Kıskançlık	

Sonsöz

Kar'ı önceki romanlarıma, özellikle *Kara Kitap* ve *Benim Adım Kırmızı*'ya kıyasla çok fazla zorlanmadan, neredeyse kalemimin ucuna geldiği gibi, üç yıldan kısa bir sürede yazdım. Siyasetin ve hayatın tuhaflığını gösteren bir romanı yazmayı gençlik yıllarımdan beri düşlüyordum. Yirmili yaşlarımın sonuna doğru, İstanbul'da yarı anarşist gençler arasında geçen, siyasi bir yanı olan bir romanın yarısından çoğunu yazmış olmama rağmen, 1980 askerî darbesinden sonra yayımlayamayacağımı anlayıp bırakmıştım.

Türkiye'de siyasetin son yüzyılda belirleyici gücü askerî darbeler hakkında da o sıralarda düşünmeye başladım, herhalde. Ama 1980'lerde utangaçça da olsa askerler hakkında herhangi bir şey yazmak, hapse girmeyi göze almadıysanız imkânsızdı. Siyasal roman yazmak da siyasi kültür hakkında rahatça, samimiyetle konuşmak da zordu. Bu işleri, siyaseti seven cesur insanlara bıraktığım, deneysel romanlar yazmayı planladığım için bu durumu kendime çok da fazla dert etmiyordum.

1979'da İran Şahı'nın devrilmesi ve Ayetullah Humeyni'nin iktidara gelmesinden sonra dünyada "siyasal İslam" diye bilinen hareketin Türkiye'de de güçlenmesini bir romanda hikâye etmek istedim. Aslında yıllardır hep düşündüğüm gibi Türkiye'deki bütün siyasal hareketler, Türk milliyetçiliği, Kürt milliyetçiliği, zayıflamakta olan sol hareketler, laik askerler, genel olarak da siyasal dünyanın "tuhaflığı" hakkında bir şeyler yazmak istiyordum. Hikâyeyi kaba hatlarıyla yıllarca kafamda kurarak geliştirdim. Aşırı kar yağışı yüzünden Türkiye'nin geri kalanından kopan küçük bir kasaba hayal ediyordum. Bu yoksul, ücra yeri Türkiye'nin bir çeşit siyasi minyatürü haline getirecektim. Hikâyemin ilerlemesi, hayal gücümün çalışması için böyle bir kente gidip orada, otel odasında da olsa biraz yaşamam gerektiğine böyle karar verdim.

Benim Adım Kırmızı'nın yayımlandığı günlerde, Türkiye'nin büyük gazetelerinden *Sabah*'ın genel yayın yönetmeni, onlar için bir şeyler yazmamı istedi benden. Ona, *Kara Kitap*'ın kahramanı Celal gibi sürekli köşe yazısı yazamayacağımı söyledim. Ama Kars şehrine gidip yaklaşmakta olan belediye seçimlerinden önce bir röportaj yapabilirdim. Editöre aslında Kars'ta geçen bir roman yazmayı düşündüğümü dürüstçe söyledim. Ama önce Kars hakkında bir röportaj da yapabilirdim. Şehre daha önceden bir kere, yirmi beş yıl önce gelmiştim ve eskiliği ve tuhaf havası aklımdan hiç çıkmamıştı. Acaba *Sabah* gazetesinin yerel muhabiri, ben oraya gidince bana yardım edebilir, beni vali, emniyet müdürü gibi şehrin önde gelenleriyle tanıştırabilir miydi? *Sabah* bana bir de basın kartı verirse işim çok kolaylaşmış olacaktı.

Kars'ta vali ve emniyet müdürü gibi kişilerle tanışmayı, şehri tanımak kadar sokaklarında tutuklanmamak için de istiyordum. Doğu Anadolu'da gittikçe artan bir güçle varlıkları hissedilen Kürt gerillaları yüzünden, ücra kentlere gelen her tuhaf yabancı –1990'larda– şüpheli bir kişiydi ve Türkiye'nin gizli servisleri mutlaka böyle birini gözaltına alır, sorgudan geçirir, bunu yaparken de biraz hırpalar, işkence ederlerdi. Nitekim Kars'a ilk gidişimin son günlerinde, bir sabah elimde ilk video aletlerinden biriyle şehrin sokaklarında dalgın dalgın film çekip gezinirken, içinden eli silahlı adamlar çıkan bir polis aracına beni bir anda attılar. "Gazeteciyim, valiyi, emniyet müdürünü tanıyorum, onlarla röportaj yaptım, Kars hakkında bir yazı yazıyorum" diyerek polisleri yatıştırmıştım.

Kars'ta ilk üç dört günde yaşadıklarım Ka'nın ilk iki günde yaşadıklarına çok benzer. İki yüz satan küçük yerel gazeteleri ta 1890'larda Almanya'da yapılmış kurşun dizgi makinelerini, horoz dövüştürenlerin toplandığı derneği ya da işi protokole bindirerek beni sırayla davet eden siyasi partilerin yerel şubelerini, Ka gibi tek tek gördüm. Şehre karlı-sisli Erzurum yolundan otobüsle ilk girişim de aynen Ka'nın gelişi gibi oldu. Özellikle ilk gelişimde peşimde sürekli sivil polisler vardı, ayrıca üniformalı polisler de arada bir durdurup nereye gittiğimi soruyorlardı – iyi niyetle, yardım etmek için! Biraz arkadaşlık kurduğum küçük gazetelerden birinin sahibi, beni takip eden polislerin kendi aralarındaki telsiz konuşmalarını elindeki özel telsizle dinler, bu yüzden gün boyunca benim nerede olduğumu hep bilir, bunu da benden saklamazdı. Kitaplardan, edebiyattan konuşmak için benimle akşam meyhaneye gelenlerden biri ise, gizli servisler tarafından "benimle çok fazla görüştüğü" için uyarılmıştı. Bu yüzden edebiyat konuşmak için meyhaneye gitmeden önce benim otelimin dışında başka bir yerde buluşurduk.

Kötülük ile iyiliğin rastlantısal ve gelişigüzel bir şekilde, yan yana gelişini gözlemek bende tuhaf bir şefkat uyandırır, gördüğüm her şeyi romanıma koyabileceğimi karlı Kars sokaklarında gezinirken düşünürdüm. Yavaş yavaş şehirde dostlar ediniyordum. İstanbul'dan gelmiş bir romancıyla arkadaşlık etmek isteyen, kitap-gazete okuyan ve okudukları hakkında konuşmak isteyen ve taşra sıkıntısından fazla da söz etmeyen insanlar. Bazıları romandaki ikincil kahramanlara örnek oldu. Bazıları pek çok Türk aydını gibi, akşamları beni yemeğe çağırır, siyasi konuları açar, gençliğimde sık sık olduğu gibi, memleket hakkında, siyaset hakkında yanlış düşüncelere sahip olduğum için beni eleştirirlerdi. Yanlış anlaşılmasın. Her zaman olduğu gibi, beni yeterince radikal olmadığım için eleştirirler, ben de tıpkı gençliğimde olduğu gibi bu insanlarla aynı düşüncede olmadığım için tuhaf bir suçluluk duyardım. *Kar* yoğun bir suçluluk duygusuyla doludur, ama kaynağı bu mudur, çıkaramadım.

Şehre geldiğimin ertesi günü pek çok bakımdan romandaki televizyon istasyonuna benzeyen bir yere götürdüler beni ve canlı yayında haberlere çıkardılar. Bütün Kars'ın seyrettiği bu programda, şehrimize ta İstanbul'dan gelen ünlü bir genç yazarın şehrin dertlerini büyük bir gazetede yayımlanacak bir yazıda anlatacağını söylediler. Karslılar, ben onlarla karşılaşırsam, kapılarını çalar, dükkânlarına uğrarsam dertlerini, sıkıntılarını anlatırlarsa, ben de onları yazıma koyardım. Böylece bütün Türkiye Kars'ın sorunlarını öğrenir ve devlet belki Kars'ta bir fabrika açar ya da Kars'ta kömür fiyatlarına bir indirim yapardı.

Bu canlı yayın sayesinde Karslılar özellikle ilk gidişimde onlara mikrofonu tuttuğum zaman çaresizliklerini, öfkelerini, hayallerini içtenlikle anlattılar. Bazan bu dertler, şikâyetler o kadar yoğun ve boğucu olurdu ki, dayanamaz, koşa koşa otel odasına gider, başucumda anti-depresif bir ilaç gibi sakladığım, başka diyarlara, mutlu insanlara ilişkin bir romanı "her şeyi unutmak için" okurdum. Bir süre sonra bütün bu şikâyetlerden, sokaklarda yürüyüp artık hepsi beni tanımaya başlayan gülümser dostlardan ve çatık kaşlı şüphecilerden yorulur, İstanbul'a dönerdim. Kars'taki yolsuzluk, rezalet, haksızlık hikâyelerini bana cömertçe anlatan iyi niyetli dostlarım beni uğurlarlarken bir de öğüt verirler, yazımda Kars hakkında sakın kötü hiçbir şey yazmamamı söylerlerdi bana. Romancılığın hem gerçeği söylemek hem de insanlarda çok güzel, hoş şeyler söylüyormuş izlenimi uyandırmak olduğunu böylece bir kere daha anlardım.

İstanbul'da dostlarıma Kars'ta çektiğim fotoğrafları, video filmleri gösterir, yaptığım röportajları onlara dinletmeye çalışırdım. Pek çok romanıma başlamadan önce olduğu gibi, gene kafamdaki iki ayrı hikâye birbiriyle sihirle birleşerek, romandakine benzer yeni bir hikâye oluşturmuştu. Bu hikâyeyi artık sokak sokak, dükkân dükkân tanıdığım kente yerleştirirken büyük bir haz duyuyordum. Kars'ta işittiğim, tanık olduğum hikâyeler, hayatın gerçek ayrıntıları, eşyalar, renkler romana girdikçe, bir romanı zevkle yazarken bazan hissettiğim gibi, hayatta her şeyi eğlenceli kılarak romana yerleştirmenin sihirli bir formülünü bulduğumu sanırdım. Bu duygu uzun çabalar sonucu, ama bir rastlantıyla bir keşif yapmış bilim adamının heyecanına benzer. İstanbul'da, yanımda bavul dolusu getirdiğim Kars gazetelerini, şehir hakkında kitapları, emekli öğretmenlerin Kars hatıralarını okuyarak romanımı yazarken Kars'a yeniden gitmek için bir özlem duyardım. İstanbul'dayken bazan Kars Sürücüler Derneği'nin bastırdığı şehir haritasını açar, henüz ayak basamadığım uzak mahalleler hakkında hayaller kurardım. Derneğin haritasını iyi incelemiş, bellibaşlı bütün caddelerin sokaklarını, isimlerini ezberlemiştim. Kars'a yeniden gidip, oradaki tanıdıklarla buluştuğumda ya da şehir sokaklarında amaçsızca gezinirken istikamet sormak için bu sokak adlarını her kullanışımda, şehirde yaşayanların bu resmî adları çok fazla bilmediklerini, bilseler bile aralarında istikamet belirlemek için bambaşka bir dil kullandıklarını görmüştüm. Benim dediğim gibi "Faik Bey Caddesi'yle Atatürk Caddesi'nin köşesi" değil, "Hüseyin'in dükkânının karşısı..." diyordu Karslılar kendi aralarında bir yeri tarif ederlerken. Ama ben romandaki yerleri, Karslıların usulünü değil, Sürücüler Derneği'nin Batılılaşmış –resmî– dilini kullanarak yazdım.

Bu basit seçim, kitabımın temel ikilemini de ortaya koyar. Karslıların âleminden söz ederken onların kendi dilleri ve kelimeleriyle mi konuşmalıydım, yoksa bazan okurların anlayacağı bir dile mi dönmeliydim? Dil derken yalnız kelime seçimini değil, üslubu, düşünce biçimini, ayrıntıların anlaşılabilirliğini de kastediyorum. Bu romanı hayal gücümle her iki üslubun, dilin dışında, bir üçüncü bakış açısını, üslubu arayarak yazdım.

Uzunca bir aradan sonra İstanbul'dan Kars'a her gelişimde şu iki duyguyu birlikte yaşardım: İstanbul'da romanı yazarken aylar boyunca kafamda kurduğum yarı gerçeküstücü yarı masalsı bir hayal olan bu yerin gerçek olduğunu heyecanla görmek... Bu duyguyu ilk başlarda çok hissederdim. Sonraki günlerde ise şehrin romana girmesi gereken, hatta romanla uyuşmayan yanlarını keşfetmek beni heyecanlandırırdı. Bir yandan da hızla güçlenen, sesini yükselten ve çeşitlenen Türkiye'deki muhafazakâr (ya da İslamcı, siyasal İslamcı, şeriatçı vs. Onlara verilen adlar sürekli değişiyordu) hareketin dergilerini, gazetelerini merakla okuyordum. Başörtüsü yüzünden üniversiteye alınmayan kızların yazdığı öfkeli kitaplarda, siyasal İslamcı propaganda risalelerinde, yarı çıplak gezen bir kadınken örtünüp İslam'a dönen göbek dansözünün eğlenceli hatıralarında roman için pek çok ayrıntı bulurdum.

Kars'a gidişlerimde romanımı yanıma almazdım. Çünkü Kars'ta beni yakından takip ettiklerini saklamayan gizli servislerin, ben şehirde gezerken mutlaka otel odama girip defterlerimi, yazılarımı okuduğuna inanıyordum. (Arkadaşlarıma her zaman dediğim gibi, evet, ben biraz paranoyak olabilirdim, ama bu takip edilmediğim anlamına –hele Kars'ta– hiç gelmezdi!) Bu tedirginlikler, kitabı yazarken hissettiğim her şeyi söylemek arzusuna ve toplumun temellerini yapan sırrı ortaya dökmek fantezilerine uyuyordu. Gizlenmek hayalleri ile meydanın tam ortasına çıkmak fantezileri, düşünce özgürlüğünün sınırlı olduğu yerlerde yazarların ruhunu kemirir. Aslında el yazımı okuyup, yazmakta olduğum romanı anlayacak kişinin ortalığı karıştırıcı bulacağı fazla bir şey yoktu kitabımda. Ama her yazarın bildiği gibi, bitmemiş bir kitabı yabancı ellerin karıştırması ihtimali de beni aşırı huzursuz ederdi. Kars'a yazdığım romanın el yazmasını hiç getirmememin bir başka nedeni ise, Kars'ta iken romanı yazarsam kitabın sırrını, gizli formülünü –benim bile tam bilincinde olmak istemediğim o esrarlı şeyi– kaybedeceğim yanılsamasıydı.

Öte yandan Kars sokakları da bende hiç durmamacasına yazma isteği uyandırıyordu. Bu isteği yatıştırmak için, gün boyunca Birlik Kıraathanesi gibi şehrin önde gelen kahvehanelerinden birine gider, sürekli yanımda taşıdığım bir deftere notlar alır, bir çeşit Kars hatıra defteri tutardım. Her gün Kars'ın çeşitli kahvehanelerine gidip bir şeyler yazmam, zaten küçük olan şehirdeki "yazar" ünümü artırmıştı. Kahvehanede bir köşede sessizce yazdığımı görenlerden biri bazan masama gelir, Kars hakkında bilmem gereken bir acı gerçeği daha röportaj yazıma koymam için bana anlatırdı. Ama yıllar boyunca şehre gidip-gelip bir röportaj yazısını hâlâ bitirememiş olmam, gazeteciliğim konusunda şüpheler uyandırmıştı. Bir arkadaşım, ben kahvehanenin bir köşesinde defterlerime bir şeyler yazarken bir masada iki kişinin benden söz ettiğini fark edip kulak vermiş:

"Adam üç yıl gitti geldi, hâlâ bir gazete yazısını bitiremedi. İnsan üç yılda roman yazar yahu!"

2001 yazının sonunda kitabı tam bitirmek üzereydim ki, New York'tan ikiz kulelere saldırının korkunç haberi geldi. Bütün dünya basını Usame bin Ladin'den söz ediyordu. Bir yıl önce bir Türk gazeteci arkadaşım, Türk gizli servislerindeki tanıdıklarından duyduğu bir haberi böyle bir romanı yazdığımı bildiği için bana cömertçe aktarmış, Usame bin Ladin'in Türkiye'ye eski Sovyet imparatorluğunun yoksul ülkelerinden gelip çalışan "hayat kadınlarına" siyasi propaganda amaçlı suikastler planladığını söylemişti. Bir söylenti olarak romana koyduğum bu ayrıntıdaki bin Ladin'in adını kitabımdan çıkardım ki, kimse 11 Eylül'den etkilenip bu romanı yazdığımı düşünmesin.

İki ay sonra yayıncıma telefon ettim ve üç senedir üzerinde çalıştığım romanı en sonunda bitirdiğimi söyledim. 1980'deki askerî darbeden sonra yarıda bıraktığım gençlik romanım, hayatımın iki yılının boşa gitmesi gibi bir sonuç vermişti. Şimdi aynı kaybı bir kere daha yaşamak istemiyordum. Acaba romanımı yayımlanmadan önce okuyup sakıncalı yerleri konusunda beni uyaracak bir avukat bulabilir miydik?

"Orhan, belki de abartıyorsun!" dedi İletişim Yayınları'nın yöneticisi, arkadaşım Barış Kartal 2001 yılı Aralık'ında. "Türkiye artık eski Türkiye değil. Avrupa Birliği ile görüşmelere oturmak üzereyiz; düşünce özgürlüğü anlayışı gelişiyor. Ayrıca sen de dünyaca meşhur yazarımızsın. Kolay dokunamazlar sana. Bence bir şey olmaz."

"Peki," dedim, metni yayınevine yolladım.

İki hafta sonra yayınevinden beni gene aradılar:

"Orhancığım, romanını okuduk, çok beğendik. Yalnız biraz endişelendik. Yayımlanmadan önce bir avukata göstermek için iznini istiyoruz."

Daha sonra pek çok siyasi davada beni savunacak olan Haluk İnanıcı ile böylece tanıştık. Haluk kitaplarımın korsan baskılarını yapıp satan hilebazlara karşı da yayıneviyle birlikte amansızca savaşıyordu. Siyasi nedenlerle ordudan ayrılmıştı, eski askerdi, bir edebiyatsever ve romancı olduğu için çok anlayışlıydı. Hikâyedeki bir iki küçük ayrıntıyı siyasi nedenlerle değil, askerî gerçekliğe uymadığı için düzeltmemi önerdi bana. Sonra da bir iki küçük siyasi düzeltme yaptık. Mesela 35. Bölüm'de siyasal İslamcı Lacivert'in söylediği "Bu ülkede adı bir gün bayrak olabilecek dinî önderlerin cesetleri askerî bir uçağa konur ve belirsiz bir yerden denize atılıverir" cümlesindeki "askerî" kelimesini onun önerisiyle çıkardım.

Bu örnekle de, dostların anlattığı eğlenceli hikâyelerden, muhalif gazetelerin yazdıklarından, gençlik yıllarımdan beri zaten bildiğim bir gerçeği şimdi de kendim yaşıyordum: O zamanki Türkiye'deki hukuk anlayışına göre (çok da fazla değişmedi aslında) bir metinde suç unsuru, metnin ruhundan, özünden değil, tek tek cümlelerden çıkardı. (Son Osmanlı padişahlarından despotluğuyla ünlü Abdülhamit zamanında, yüz yıl önce suç unsurları boya, burun, sakal gibi sayısız yasak kelimeydi.) Savcılar, bir romandaki Marksist, İslamcı ya da Kürt milliyetçisi militanın sözlerinden dolayı o kahramanı yaratan ve aynı fikirde olmayan yazarı suçlayabilir, hâkimler de aleyhte karar verebilirler, kitap toplatılabilir, hatta yazar –yeterince ünlü değilse– hapse bile atılabilirdi.

Yayınevindeki arkadaşlarım kimsenin beni hapse atmayacağına inanıyorlardı. Bunları aramızda toplanıp konuşuyorduk. Ama bir dava açılabilir, mahkemelik olabilirdim. Bu dava boyunca, bir tedbir olarak –dava sonuçlanmadan önce okurlar zehirlenmesin diye– savcı kitabı toplattırabilirdi. Yayınevi romanın ilk baskısını yüz bin yapmayı düşündüğü için bizi en çok bu ihtimal endişelendiriyordu. Toplatılan kitaplar ancak üç beş yıl sonra, beraat kararı alınmışsa ve okunmayacak bir şekilde yıpranmış olarak geri verilirdi. Kitabı yayımlamak için bankalardan borç alan yayınevi hiç şüphesiz bu durumda iflas eder, suçlu da ben olurdum.

Böylece yayıncım basılmış ama henüz dağıtılmamış kitapları, yayınevinin her zamanki merkezinde ve deposunda değil, kimsenin bilmediği gizli bir yerde saklamaya karar verdi. Kitap toplatma kararı çıktığı zamanlarda –askerî darbeler sırasında çok olurdu– yayınevine gelen polislerle hepimizin tecrübesi vardı. (Bir keresinde çeviri bir kitap toplatılırken ben de oradaydım ve duruma üzülen mahcup polislerin eşlerine –istek üzerine– kendi romanlarımı imzalamıştım.) Kitaplar uzak bir yere saklanırsa polisler onları bulup hepsini toplayamaz, böyle durumlarda pek çok kereler olduğu gibi, kitapçılar da yasaklanmış kitabı el altından satarlar, yayınevi de zarar etmezdi.

Bir başka önlem ise, savcıların dikkatini çekmemek için romanın "siyasal" yanını değil, diğer yanlarını öne çıkararak tanıtmaktı. Yayınevi reklamlarda böyle yaptı, ben de yaptığım röportajlarda, çıktığım televizyon programlarında *Kar*'ın daha çok bir "aşk" romanı olduğunu söyledim. *Kar*'ın siyaseti daha derin bir şeyi araştırmak için bir malzeme olarak kullandığına içtenlikle inanıyordum, ama bu röportajlardaki "aman kötü bir şey olmasın" duygusu, konuşma zevkimi kısıtlıyordu. Siyaset dediğimiz şey hakkında, demokrasisi kısıtlı, baskıcı, yasaklayıcı bir toplumda hâkim olan, küçümseyici, aşağılayıcı görüşler, Flaubert'ci modernist ahlakın da etkisiyle beni huzursuz ediyordu: Siyasi yanı olan bir roman yazmakla sanki bir ucuzluğa tenezzül etmişim gibi hissediyordum kendimi. Bu suçluluk duygusuna, yayınevinin kitabı tanıtmak için yaptığı reklam kampanyasına diğer yazarların tepkisi de eşlik etti ve her yeni kitabım çıktığı zaman Türkiye'de olduğu gibi, derinden derine gene yanlış bir şey yapmış olduğum izlenimine kapıldım.

Ama bir süre geçince, kitabın toplatılmadığını, bir dava konusu olmayacağını görüp rahatladık, korkularımızın abartılı olduğuna karar verdik. Kitap bir siyasi takımın hedefi olmadı. Savcılardan önce kitapları okuyup savcılara mektuplar yazan muhbir vatandaşlar ya da muhbirlerin işini gören köşe yazarları kitapla uğraşmadılar. Edebiyat dünyası, kitabın çok satması, yayınevinin yaptığı reklamın fazlalığı gibi şeylerle ilgilendi daha çok. Bunlar her zamanki hafif dertlerimizdi.

Türkiye'de roman okurlarının çoğunu oluşturan, dindar olmayan, Batılılaşmış kadın okurlar, başörtüsü taktığı için üniversiteye alınmayan kadınların anlaşılabilir dertleriyle ilgilendiğim için huzursuz oldular. Orta ve yukarı sınıf Batılılaşmış tanıdıklardan, aile dostlarından, "Orhan bu dincilere niye anlayış gösteriyor!" diye sitemkâr ifadeler işittim o günlerde. Roman sanatının en temel ve en güçlü yanının, bizim gibi düşünmeyenlerin, bizim gibi yaşamayanların âlemini de dürüstçe anlamak, en azından anlamaya çalışmak olduğunu, böylece yaşayarak hissettim. Romancı, okurlarının bilmek, anlamak istemediği, hatta tehlikeli bir düşman olarak gördüğü "öteki"nin insanlığını da ortaya koymalıdır.

Bir başka tepki de, televizyonlardaki tartışma programlarında binlerce kere konuşulmuş, herkesin bildiği ve bu yüzden sıkılıp usandığı bir konuyu –başörtüsü konusunu– ele almış olmamdı. Okurlar benden *Benim Adım Kırmızı* gibi, onları tarihe, başka âlemlere götürecek ya da *Kara Kitap* gibi, hayal gücümün esrarlı şeyleri ima edeceği bir şeyler bekliyorlardı; Türkiye'nin bitip tükenmez siyasi konuları herkesi bıktırmıştı. Bu okurların bir kısmı askerî darbelerin acımasızlığından, askerlerin şüpheli gördüklerine yaptığı işkencelerden söz ettiğim için tedirgin oldular ve bunu bana hissettirdiler. Bir yandan "modern, uygar ve Avrupai" olmak isteyen, bir yandan da Türkiye'de laikliğin demokrasi dışı baskılarla, askerî darbelerle, sopa zoruyla sağlanabileceğine içtenlikle inanan bu kesimlerin ikilemleri, zaten Ka'nın ikilemleri olarak romanın içindeydi.

Ama bütün bu eleştirilerin dostane olduğunu söylemeliyim; hiçbiri şikâyet ya da temenni düzeyini aşmadı. Birkaç yıl sonra, Osmanlı Ermenilerinin yok edilmesi konusunda söylediklerim yüzünden başta *Hürriyet* olmak üzere merkezdeki büyük gazetelerin düzenleyeceği Avrupa Birliği'ne karşı aşırı milliyetçi nefret kampanyaları yüzünden hakkımda Türklüğe hakaret davaları açıldığı sıralarda, Türkiye'de barınmam gittikçe zorlaşırken, *Kar*'a yöneltilen bu ilk ılımlı eleştirileri bir çeşit nostaljiyle hatırlayacaktım.

Kitaplarımı çok daha az okuyan muhafazakâr ve İslamcı kesim tarafından ise daha basit ve küçümseyici bir tepki aldım. Nişantaşılı burjuva Ka ve onun arkadaşı Orhan, Türkiye'nin en yoksul yörelerindeki inançlı Müslümanları zaten hiç anlayamazlardı. Çok sık gösterilen bir örnek Lacivert'ti. Roman bu kahramanın "İslamcı" olduğunu ileri sürüyordu, oysa hiçbir Müslüman, bir kadınla evlilik dışı bir ilişki kurmazdı. Ayrıca Lacivert'in hem "İslamcı" olduğunu söylüyordum hem de onun siyaset için adam öldürdüğünü anlatıyordum. Oysa herkesin bildiği gibi, gerçek Müslümanlar siyaset için asla adam öldürmezlerdi vs. vs.

Gene de İslamcı kesimin askerlerden çektiklerinden söz ettiğim için ben insani bir iş yaptığımı düşünüyordum. Ama romanımın Türkiye'deki siyasi panoramayı, laik askerî darbecilerle Müslüman muhafazakârlar arasındaki çatışmayı ya da Türk milliyetçileriyle Kürt milliyetçileri arasındaki gerginlikleri ya da sol hareketin zayıflığını ve çaresizliğini anlatırken, kahredici temsil sorunlarıyla eleştirilebileceğini hissediyordum. Romanımı, siyasi yorumcular, Ka'nın ya da Ka ile İpek'in hikâyesi olarak değil, siyasi akımların temsili ve eleştirisi olarak okudular. Romanın yayımlandığı günlerde siyasi bir takım ile kendini özdeşleştiren herkes "Bizler öyle değiliz ki!" diyordu bana. Siyasetten söz açan bir roman, tasvir ettiği tarafların hiçbiri tarafından bütünüyle doğru bulunmamalıdır, diye düşünüyorum şimdi. Romandan amaç yalnız kendimizi anlatmak değil, dünyaya bizim gibi olmayanların gözünden de bakabilmekse, siyasi bir romanda kimin haklı kimin haksız, kimin kötü kimin iyi, neyin ahlaki neyin de ahlaksızca olduğu kolay belli olmamalıdır.

Kitabın kalbinde yatan bu belirsizliğin başka dillere yapılan çevirilerde de bazı okurları huzursuz ettiğini gördüm. Siyasi roman denilince, okurlar iyiyle kötünün, haklıyla haksızın açık bir şekilde birbirinden ayrıldığı bir âlem görmek istiyorlar. Ama aslında siyasi romanda işin püf noktası; kimin ahlaki olarak haklı, hangi kahramanın karakteri daha iyi ya da hangi ideolojinin doğru olduğu değil, bütün bu soruların sorulduğu ortamın renkleri, şiddeti ve dokusudur. Romanın ele aldığı siyasi sorunların güncelliği, bu dokunun hemen fark edilmesine engel olabilir diye düşündüm hep. Bu yüzden de siyasi romanın tadına varmak için, yazıldığı ortamın sıcak sorunlarıyla araya uzaklık koymak gerekir... Öte yandan, bu sıcak sorunları yaşarken, onları güvendiğimiz bir romancının penceresinden görme isteği de romanda siyaseti cazip kılar. Bu, siyasal romanın bir çelişkisidir.

Bence siyasal romanın temel ikilemi ise, romanların insanları anlamak ile onlar hakkında ahlaki yargı verme gücü arasındaki çelişkisinde yatar. Sorun darbeci bir generalin ya da İslamcı bir teröristin ne kadar kötü bir insan olduğunu göstermek midir, yoksa onların neden öyle olduklarını anlamak mıdır? Bana göre romanlar, insanlar hakkında ahlaki yargılar vermek için değil, onları anlamak için yazılır.

Kar'ın karşılaştığı çeşit çeşit anlayışsızlıklar içinde kalbimi en çok kıranlar Kars'tan gelen tepkiler oldu. Gide gele tanıdığım ve içten bir sevgi duyduğum Kars halkına –kitabı okumayanlara, hiç kitap okumayanlara– beni ve romanı yanlış tanıttılar. Türkiye'de ya da demokrasisi kısıtlı Batı-dışı ülkelerin çoğunda hoşa gitmeyen sözleri bastırmanın, yazarları susturmanın, şevkini kırmanın en yaygın yolları da bu çeşit yalan kampanyalarıdır. Herkes, çoğu zaman dostlarımız, tanıdıklarımız bile, şaşırtıcı bir şekilde bu kampanyalarda söylenenlere, sırf gazetelerde, radyolarda tekrarlandığı için bir süre inanır.

Önce, eskiden Maocu iken aşırı milliyetçiliğe geçen küçük bir siyasi partinin taraftarları, kitap yayımlanır yayımlanmaz Kars'ta bir basın toplantısı düzenleyip, romanı kara bir torbaya koyup bana geri yolladılar. Bu, kitaplarımın yakılmasına, davalar açılmasına yol açacak kampanyaların ilk habercisiydi. Suçum, bir zamanlar Kars'ta

Ermenilerin de yaşadığından, bu milli sırdan söz etmiş olmamdı. Karslıların hepsi bu milli sırrı bildikleri için endişe yaratan şey, Kars dışında yaşayanların da bu sırdan haberdar olmasıydı. Buna benzer bir endişe de, Kars'ın dertlerinden söz ederken, yer yer saygısız, alaycı ya da acımasız bir dil kullanmış olmamdı. Bu endişeye hak vermesem de, onu anlayabilirdim. Çünkü kendim de yabancı gazetecilerin İstanbul hakkında alaycı, acımasız bir dil kullanmasından –gözlemlerine hak versem de– huzursuz olabilirdim. Karslılardan en çok işittiğim eleştiri ise, o yıllarda Kars'ta o kadar çok sayıda başörtülü kız olmamasıydı. Başörtüsü, komşu Erzurum şehrinde, intiharcı kızlar ise güneydeki Batman'da bir siyasi sembol olarak daha çok öne çıkmıştı. Karslılar bu gözlemlerinde haklıydılar biraz. Ama ben de Kars'ı Türkiye'nin küçük siyasi bir minyatürü olarak hayal etmek istiyordum.

Kitap yayımlandıktan sonra Kars'a hiç gitmedim. Belki de bu tür tartışmalara yeniden hiç girmek istemediğim için. Roman, insan hakları, demokrasi, Kürtler, Ermeniler, düşünce özgürlüğü vs. konularında iyi niyetle bir şeyler yapmak isteyen insancıl derneklerin, kurumların Kars'la ilgilenmelerine yol açtı. Kars'ta geçen filmler çekildi, şehirde konferanslar düzenlendi. İstanbul'dan tanıdığım pek çok gazeteci, romanın çevirmenlerinin bazıları şehre gidip geldiler ve bana Kars'taki tanıdıklardan haberler getirdiler. Beni en mutlu eden şey, roman sayesinde şehre yerli yabancı pek çok turistin gitmesi, şehre gezilerin düzenlenmesi, hatta Turizm Müdürlüğü'nün romandaki yerleri, olayları gösteren bir harita bastırmasıdır.

Romanı hiç okumamış, zaten hiç roman okumamış Karslıların kitap hakkındaki, benim hakkımdaki olumlu, olumsuz sözlerini yıllar boyunca her işittiğimde, tıpkı onlar gibi ben de, "Ama bu ben değilim" demek istedim, ama rüyalarda olduğu gibi, sesim çıksa bile, bunun çok da bir şeyi değiştirmeyeceğini de hissettim. Bu duygu, kimliğimizin, kişiliğimizin elimizden çıkıp başka bir şeye dönüşmesi, yalnız benim değil, arkadaşım Ka'nın Kars sokaklarında gezinirken hissettiklerine de çok benziyor.

Orhan Pamuk

Dizin

TURUNCU

İlk fotoğraf albümü Balkon'da objektifini çalışma evinin balkonundan görünen İstanbul manzarasına, göğe, denize, gemilere ve bu manzaranın değişimlerine çeviren Pamuk, bu kez objektifini kendisi gibi kahramanlarının da dolaşmayı sevdiği İstanbul gecelerine çeviriyor. Turuncu, bu mahalleler, sokaklar ve insanların hayatıyla bu hayattan yavaş yavaş kaybolan bir renge ve ışığa fotoğraf yoluyla yakılmış bir ağıt.

"Bir korumam olması İstanbul ile ilişkimi tamamen değiştirmişti. Artık her yere gidebiliyordum. (...) Kafama uzun siperlikli bir boyacı takkesi geçiriyor, İstanbul'un en ücra, en uzak sokaklarına, en tehlikeli mahallelere gidiyor ve hiç kimse beni tanımıyor ve durduramıyordu. Kısa süre sonra bu ücra mahallelerde dijital Leica makinemle fotoğraf çekmeye başladım. Bütün şehri görüntüleyebileceğim, çünkü korumam varken kimsenin bana karışmayacağı -bu yeni durum- bana çok çekici geliyordu.

2008 ile 2014 arasında yoksul mahallelerde, sokak satıcıları arasında geçen bir roman yazdığım için, Tarlabaşı, Kasımpaşa, Feriköy gibi yerlerde geceleri fotoğraf çekerek çok yürümüştüm." -Orhan Pamuk

ŞEYLERİN MASUMİYETİ

Özenle seçilmiş resim ve fotoğraflarla dolu bu kitapta, Orhan Pamuk, Masumiyet Müzesi'ndeki eşyalar üzerinden İstanbul'u ve kendi hayatını anlatmaya devam ediyor...

Eski İstanbul taksilerinden kalabalık aile fotoğraflarına, ev ev gezen terzilerden gazino-sinema çevrelerine, Boğaz ve yalı kültüründen çay içmeye ve kahvede oturup kâğıt oynama alışkanlıklarına uzanan kitap, aynı zamanda Pamuk'un on beş yılda kurduğu ilginç müzenin hem hikâyesi hem de kataloğu. Pamuk, Masumiyet Müzesi'nden yola çıkarak hazırladığı bu yaratıcı kitapta, eşyaların, manzaraların, gündelik hayatımızın tuhaf, göz kamaştırıcı ve sıradan ayrıntılarında yeni anlamlar keşfediyor.

Şeylerin Masumiyeti'nde Orhan Pamuk, yıllar boyunca İstanbul'un günlük hayatından çekip çıkardığı eşyaların ve resimlerin hikâyesini anlatıyor. Pamuk, İstanbul'da yaşayan herkesin hayatına giren gelip geçici eşyalara, fotoğraflara, kâğıtlara, biblolara, ev ve mutfak eşyalarına bambaşka gözlerle bakarken, şehir hayatının ve kültürünün üzerinde durmadığımız ayrıntılarına dikkat çekiyor. Pamuk, kimini romanı yazarken, kimini daha sonra toplayarak bir araya getirdiği bu eşyaları müzesinde sergilerken, okurları ve ziyaretçileri zamanda ve mekânda bir yolculuğa çıkarıyor.

Orhan Pamuk, kitapta Masumiyet Müzesi'ndeki eşyaların çeşit çeşit anlamı üzerinde dururken, İstanbul'un kültür tarihinden ve kendi hatıralarından yapılmış yeni ve özgün bir anlatıyla okurlarının karşısına çıkıyor. Pamuk, bu renkli ve eğlenceli kitabında, ilk olarak müzesini ve koleksiyonu nasıl yaptığını anlatıyor, zengin koleksiyonu tanıtıyor. Ardından modern hayatın insani yönlerini ortaya çıkarmak için küçük müzeleri savunan güçlü bir manifesto yayımlıyor. Müzenin yer aldığı mahallenin son elli yıllık değişiminin de izlenebildiği, keskin gözlemlerle dolu yazılarında Pamuk, şeylerin hayatlarımızdaki önemini, unutulup giden küçük ayrıntıların hatırlattığı dünyaları derinlemesine ele alıyor.

Orhan Pamuk'un hazırladığı bu kitap onun romancı, kültür eleştirmeni ve sanatçı olarak benzersiz yeteneğini ortaya koyarken yalnız roman okurlarına değil, bütün sanatseverlere, her alandan koleksiyonculara ve İstanbul'un ruhuyla ilgilenen herkese sesleniyor.

BALKON

"Bu manzarada benim ruhsal durumumu yansıtan ve tarifi zor derin duygularımı gözler önüne seren bir şeyler var." Orhan Pamuk

Pamuk'un her şeyden önce gözlerinin önündeki manzarayı "kaydetme" arzusuyla şekillenen bu çalışma, kentin, Boğaz'ın, Haliç'in, Marmara Denizi'nin, adaların, dağların, gemilerin, kuşların, sonsuz bir ışık ve ortam etkisiyle çerçevelendiği yoğun bir panoramik manzara oluşturuyor. Fotoğrafçılık tutkusunu ilk olarak gözlerinin önünde akıp giden güzelliği muhafaza etme, ikinci olarak da gördüğü her şeyi kaydetme merakı olarak tasvir eden yazar, ikinci hedefini tutturmanın imkansızlığını kısa sürede görmüş. Yazarın muhafaza etmeye çalıştığı bu güzellik fotoğraflarda açık bir şekilde görülüyor: Kentin ve suyun sürekli değişen hatları, Doğu'nun cazibesiyle kaynaşan sanayi kentine özgü çizgiler, kırmızı, turuncu, parlak leylak rengi, mavi ve grinin her tonuyla aydınlanıyor.

Pamuk zamanla bu güzellikleri resmetme dürtüsünü sorgulamaya ve neden bu kadar yoğun bir şekilde – saatte yaklaşık yedi fotoğraf – fotoğraf çektiğini merak etmeye başlamış: Fotoğrafın görme biçimi üzerindeki etkisi nedir? Yazarın fotoğrafçılığıyla yazarlığı arasındaki ilişki nedir?

Fotoğraf çekmek, beklenmedik bir şekilde, Pamuk'un edebiyat çalışmalarında karşılaştığı zorluklar karşısında duyduğu hüsranın şifası olmuş: "Manzaraya tekrar ve tekrar bakma –daha doğrusu, fotoğraflarını çekme– ihtiyacı hissettim çünkü yazmakta çok zorlanıyordum." Nihayetinde, "balkonumun manzarası beni sükunete ve içe bakmaya, somut dertleri bırakıp daha entelektüel uğraşlara eğilmeye davet ediyordu. [...] O andan itibaren, bir araya getirerek saklamak zorunda olduğum özelliklerle dolu bereketli, el değmemiş bir zemine dönüştü o manzara."

Pamuk başlangıçta fotoğraflarını başkalarıyla paylaşma konusunda tereddüt etmiş ve onların sadece manzaranın değil, kendi ruhunun da kayıtları olduğunu ancak beş yıl sonra bu fotoğrafları Balkon kitabı için düzenlerken fark etmiş:"Aradan geçen zamanda, her fotoğraf, o haftalardaki karanlık, gamlı ruh halimin bir simgesine dönüşmüş gibiydi." Balkon kitabı, Almanya Göttingen'de bulunan dünyanın en ünlü fotoğraf kitapları yayıncısı Gerhard Steidl tarafından basıldı. Steidl, özellikle son 10 yılda dünyada fotoğraf yayımcılığında yaptığı devrimlerle biliniyor.

BABALAR, ANALAR VE OĞULLAR

Orhan Pamuk Külliyatının ilk cildi Delta'da

Edebiyatın klasik ve şimdiden klasikleşmiş adlarının külliyatlarını okurla tek ya da birkaç ciltte buluşturan Yapı Kredi Yayınları'nın Delta dizisi Orhan Pamuk külliyatının ilk cildiyle okur önünde. Turgenyev'in edebiyatta kuşaklararası ilişkileri işleyişe yepyeni bir boyut kazandıran romanı *Babalar ve Oğulları* adıyla da selamlayan *Babalar, Analar ve Oğullar* cildinde Pamuk'un aile ve kuşaklararası ilişkiler konularını Türkiye tarihi ile iç içe ele alan ilk iki romanı *Cevdet Bey ve Oğulları* ve *Sessiz Ev*'in yanı sıra konunun bir ilk aşk deneyimi çerçevesinde Batı-Doğu kültür tarihlerinin psikolojik kuyularına dek inen ve satış rekorları kıran son romanı *Kırmızı Saçlı Kadın* da yer alıyor.

Ayrıca *Babalar, Analar ve Oğullar* cildi hem yeni hem de Pamuk romanlarını yeniden okuyacak meraklı okurları için tüm romanların Dizin maddeleriyle farklı bir okuma deneyimi ve kolaylık sağlamanın yanı sıra, ilk iki romanın sonunda Pamuk'la yapılmış söyleşilerden daha önceki kitaplarında yer alan seçilmiş bölümlere de yer veriyor. Cildin bu açıdan okur için en önemli kazanımıysa, Pamuk'un kendisine *Kırmızı Saçlı Kadın* çerçevesinde basında en çok sorulan sorulara verdiği cevaplara ekledikleriyle oluşturduğu kapsamlı Sonsöz-söyleşi...

KIRMIZI SAÇLI KADIN

"İlk aşk deneyimi bütün bir hayatı belirler mi? Yoksa kaderimizi çizen yalnızca tarihin ve efsanelerin gücü müdür?

Orhan Pamuk, *Kırmızı Saçlı Kadın*'da bizi otuz yıl önce İstanbul yakınlarındaki bir kasabada liseli bir gencin yaşadığı sarsıcı bir aşk hikâyesiyle, büyük bir insani suçun peşinden sürüklüyor.

1980'lerin ortasında geleneksel usulle kuyu kazan Mahmut Usta ile çırağı "küçük bey" Cem zor bir arazide su ararlarken, kasabanın hemen dışındaki sarı çadırda esrarengiz bir tiyatrocu kadın her gece eski masal ve hikâyeleri yeniden anlatmaktadır.

Roman, bir yandan genç kahramanın aşk, kıskançlık, sorumluluk ve özgürlük duygularıyla derinden tanışmasını hikâye ederken, diğer yandan medeniyetler üzerinden babalar ve oğullar; "otoriterlik" ve birey olma konularını tartışıyor.

Kırmızı Saçlı Kadın'da okur, Batı'nın ve Doğu'nun iki temel efsanesi Sophokles'in *Kral Oidipus*'u (babayı öldürmek) ile Firdevsî'nin "Rüstem ve Sührab"ıyla (oğulu öldürmek) yeniden karşılaşacak ve kendine sıradan hayatlarımızın eski metinlerden ne kadar etkilendiği sorusunu soracak.

2017 LAMPEDUSA ÖDÜLÜ

"Pamuk, en iyi kitaplarını Nobel'den sonra yazan eşsiz bir yazar" – *THE INDEPENDENT*

"Başyapıt kıvamında bir roman... ***Kırmızı Saçlı Kadın*** **aşkı, iki efsaneyle öyle bir harmanlıyor ki hayranlık duymamak imkânsız."**
– FİLİZ AYGÜNDÜZ, *MİLLİYET*

KAFAMDA BİR TUHAFLIK

"Muhteşem bir roman!" – *THE WALL STREET JOURNAL*

Kafamda Bir Tuhaflık hem bir aşk hikâyesi hem de modern bir destan. Orhan Pamuk'un üzerinde altı yıl çalıştığı roman, bozacı Mevlut ile üç yıl aşk mektupları yazdığı sevgilisinin İstanbul'daki hayatlarını hikâye ediyor.

1969 ile 2012 arasında, kırk yılı aşkın bir süre Mevlut, İstanbul sokaklarında yoğurtçuluk, pilavcılık, otopark bekçiliği gibi pek çok iş yapar. Bir yandan sokakların çeşit çeşit insanla dolmasını, şehrin büyük bölümünün yıkılıp yeniden inşa edilmesini, Anadolu'dan gelip zengin olanları izler; diğer yandan ülkenin içinden geçtiği dönüşümlere, siyasi çatışmalara, darbelere tanık olur. Onu başkalarından farklı kılan şeyin, kafasındaki tuhaflığın kaynağını hep merak eder. Ama kış akşamları boza satmaktan ve sevgilisinin aslında kim olduğunu düşünmekten hiç vazgeçmez.

Aşkta insanın niyeti mi daha önemlidir, kısmeti mi?

Mutluluk veya mutsuzluğumuz bizim seçimlerimize mi bağlıdır, yoksa bizim dışımızda mı gelişip başımıza gelirler? *Kafamda Bir Tuhaflık* bu sorulara cevap ararken aile hayatıyla şehir hayatının çatışmasını, kadınların ev içlerindeki öfke ve çaresizliklerini resmediyor.

2016 YASNAYA POLNAYA "YABANCI EDEBİYAT" ÖDÜLÜ

2015 ERDAL ÖZ ÖDÜLÜ 2015 AYDIN DOĞAN VAKFI ROMAN ÖDÜLÜ

"Orhan Pamuk'un çılgınlığında deha var." – UMBERTO ECO

"Pamuk yaşayan en büyük yazar." – *LE POINT*, FRANSA

HATIRALARIN MASUMİYETİ

"Benim adım Ayla, Füsun'un arkadaşıydım. On bir yıl ona komşu yaşadım..."

Orhan Pamuk *Hatıraların Masumiyeti*'nde, Kemal ile Füsun'un aşk hikâyesine *Masumiyet Müzesi* romanındaki bir kahramanın, Ayla'nın gözünden yeniden bakıyor. Pamuk'un Ayla'nın hikâyesi için yazdığı kelimelere müze, İstanbul ve Pamuk hakkında belgesel bir film çeken Grant Gee'nin sihirli kamerası eşlik ediyor. *Hatıraların Masumiyeti* aşk, İstanbul ve hatırlamak üzerine bir film kitabı...

2012 yılında İngiliz belgesel film yönetmeni Grant Gee ile Orhan Pamuk, Masumiyet Müzesi, İstanbul ve Pamuk'un dünyasını kapsayan bir belgesel için çalışmaya karar verdiler. Yıllar süren işbirliğinin sonucunda Venedik Film Festivali'nde eleştirmenlerin yoğun övgüsüyle karşılanan doksan dakikalık şiirsel bir belgesel çıktı ortaya. Aşk hikâyesini yeniden değerlendiren Ayla için ve İstanbul ve hatıralar üzerine Pamuk yeni metinler yazdı. Roman, müze ve film deneyimini değerlendiren söyleşiler yaptı...

"Bir şehirde benim yaptığım gibi altmış iki yıl sürekli yaşarsanız, şehrin; anıtların, binaların, manzaraların, duvarların, ağaçların gecesi gündüzü, kedisi köpeği, sokaktaki insanı, kaldırımı, meydanı, her şeyi sizin hatıralarınıza gönderme yapan bir işarete dönüşür."

Aşk ve şehir üzerine büyüleyici, özgün ve düşündürücü bir eser. – *THE GUARDIAN*

MASUMİYET MÜZESİ

"Hayatımın en mutlu ânıymış bilmiyordum."

Nobel ödüllü büyük yazarımız Orhan Pamuk'un üzerinde altı yıl çalıştığı harikulade aşk romanı bu sözlerle başlıyor... *Masumiyet Müzesi*'ni okurken yalnız aşk hakkında değil, evlilik, arkadaşlık, cinsellik, tutku, aile ve mutluluk hakkındaki bütün düşüncelerinizin derinden etkilendiğini ve kitabın rengârenk dünyasından hiç ayrılmak istemediğinizi göreceksiniz.

1975'te bir bahar günü başlayıp günümüze kadar gelen, İstanbullu zengin çocuğu Kemal ile uzak ve yoksul akrabası Füsun'un hikâyesi; hızı, hareketi, olaylarının ve kahramanlarının zenginliği, mizah duygusu ve insan ruhunun derinliklerindeki fırtınaları hissettirme gücüyle, elinizden bırakamayacağınız ve yeniden okuyacağınız kitaplardan biri olacak. Ülkemizde ve dünyada milyonlarca okurun sevgi ve hayranlığını kazanmış olan, kitapları altmış iki dile çevrilen ve her yeni romanı büyük bir merakla bütün dünyada beklenen Pamuk, okurlarına unutulmaz rüyalar gibi, akıllardan hiç çıkmayacak sarsıcı bir hikâye anlatıyor.

"Pamuk bu kitapla aşkı elle tutulur bir şey olarak önümüze koyuyor."
– *THE WASHINGTON POST*

"Sınırsız zevkler veren bir hikâye." – *THE GUARDIAN*

NZARADAN PARÇALAR

Pamuk günlük hayatını, yolculuklarını, okuduklarını, duygularını ve hatıralarını anlatıyor...

Tıraş olmaktan asansöre binmeye, dünyayı çocuk gibi seyretmekten deprem endişelerimize, trafik ve dinden eski yangınlar ve yıkımlara uzanan bu kitap, Orhan Pamuk'un gözünden bakıldığında dünyanın ne kadar ilginç ve yeni olabileceğini bir kere daha kanıtlıyor.

Orhan Pamuk bu kitabında, çocukluğundan başlayarak hayatından, yaşadıklarından bütün içtenliğiyle söz ediyor. Yazarın babasının ölümü, siyasi dertleri, futbol oynarken ya da romanlarını yazarken hissettikleri, tıpkı annesinin sigara böreği yapışı, yaz gecesi bir sivrisineğin hareketleri ve Boğaz gemileri hakkındaki gözlemleri gibi büyük bir manzaranın parçası olarak dikkatle işleniyor. Pamuk İstanbul'dan, Adalar'dan, New York'tan, Venedik ya da Kalküta'dan söz ederken yaptığı gibi, kendi suçluluk duygularından, rüyalarından, eski berberlerden ya da çocukluğunda sokaklarda atıştırdığı şeylerden de bütün dikkatiyle hikâyeler çıkarıyor. Konu ister Binbir Gece Masalları, ister Dostoyevski'nin romanları, ister eski ressamlar, ister Selimiye Camii olsun, Pamuk gözlemlerini, duygularını sıralarken akılda sevdiğimiz bir hikâyecinin tanıdık ve unutulmaz sesi kalıyor.

"Duyarlı, incelikli ve usta... Hassas bir gözlemcinin izlenimleri..."
- SAN FRANCISCO CHRONICLE

"Çarpıcı ve çok değerli." *- THE NEW YORK REVIEW OF BOOKS*

BABAMIN BAVULU

"'Babamın Bavulu' kitabın en duygusal yazısı. Pamuk, bu yazıda kendisine Paris sokaklarında Sartre'ı görme hikâyelerini anlatan ve destekleyip cesaretlendiren babasını şükranla anıyor." - *THE DAİLY TELEGRAPH*, İNGİLTERE

2006 yılının Aralık ayında Nobel Edebiyat Ödülü'nü alırken sözlerine "Ölümünden iki yıl önce babam kendi yazıları, elyazmaları ve defterleriyle dolu küçük bir bavul verdi bana" diye başlayan ve konuşmasını "bugün babam aramızda olsun çok isterdim" cümlesiyle tamamlayan Pamuk, "Babamın Bavulu" adlı Nobel tarihinin en içten ve en iyi hazırlanmış konuşmalarından biriyle tüm dünyada büyük yankı uyandırmıştı.

Pamuk'un 2005-2012 arasında aldığı dört önemli ödülde yaptığı ve bu kitapta bir araya getirdiği konuşmaların bir bütünlüğü var.
Pamuk bu konuşmalarında hayatta kendisini en çok meşgul eden, sevdiği ve dertlendiği konuları ele aldı: "Ne için yazarız?", "tutkulu yazar ve hayat", "yazmanın bireysel anlamı ve siyaset", "Avrupa, Türkiye ve milli kimlik"...

Babamın Bavulu, Pamuk'un dünyasına ve yazarlığına adım atmanın en özlü kılavuzu...

"Pamuk büyük bir yazar." - HAROLD PİNTER, 2005 NOBEL EDEBİYAT ÖDÜLÜ

GİZLİ YÜZ

Antalya Altın Portakal Film Festivali En İyi Senaryo Ödülü

Orhan Pamuk'un yazdığı, Ömer Kavur'un yönettiği *Gizli Yüz*, Türk sinemasının sıra dışı, unutulmaz filmleri arasındadır. Pamuk'un Kara Kitap'tan alıp geliştirdiği bir hikâyeye dayanan bu film, gösterime girdiği 1991 yılında Antalya Film Festivali'nde En İyi Film ve En İyi Senaryo, Montréal Yeni Sinema Festivali'nde ise En İyi Film Ödülleri'ni kazandı.

Gizli Yüz'ün metnini, filmden seçilmiş fotoğraflarla birlikte, Orhan Pamuk'un senaryonun oluşumunu anlatan önsözüyle birlikte yayımlıyoruz.

"Kimlik, hatırlamak ve aşk konularındaki bu hikâyeyi kurarken, tıpkı bir romanı yazarken olduğu gibi, önceden hesapta olmayan bir yığın yan öğe, konucuk, tema, kişi, eşya, yer, ıvır zıvır kalemimin ucuna kendiliğinden geldiler: Unutulmuş kasabalar, çayhaneler, masalar, saat kuleleri, hayatta karşılaştığım tuhaf insanlar, kasaplar, ortalıkçı kadınlar, Şeyh Galip'ten mısralar, ağaçlar... Yazmak, o çok söylenen basmakalıp deyişle, bir yolculuğa çıkmaksa eğer, yazmak mutluluğu da yolculuk boyunca karşınıza çıkıveren bu yol arkadaşlarını kendi dünyanıza kazandırabilmenin sevinci olmalı."

RESİMLİ İSTANBUL - HATIRALAR VE ŞEHİR

Hiç görmediğiniz bir İstanbul!
Orhan Pamuk'un arşivlerden seçtiği eski fotoğraf ve resimlerle...

Orhan Pamuk bu kitabında *İstanbul - Hatıralar ve Şehir*'de anlattığı konuları, duyguları ek 230 fotoğraf ve resimle işliyor, büyütüyor ve yeni bir anlamla ortaya çıkarıyor. Elinizdeki, artık metne değil resme dayanan, açıp her köşesinden bakılıp okunacak bir kitap.

Ara Güler'den Cartier-Bresson'a, İstanbul'un eski fotoğrafçılarından eski gazete koleksiyonlarına, bu kitapta çoğumuzun hiç görmediği resimlerle bambaşka bir İstanbul var.

"Şehrin manzaralarına bakmak, sokaklarda yürüyerek, gemiyle gezinerek, İstanbul'un verdiği duyguları görüntülerle birleştirmektir, ama gezinerek şehrin manzaralarını seyretmek bu değildir yalnızca, bir de içinde bulunduğunuz ruh halini şehrin size verdiği görüntülerle birleştirebilmektir. Bunu hünerle ve içtenlikle yapmak, insanın hafızasında şehrin görüntülerini en derin ve içten duygularla, acıyla, kederle, hüzünle ve zaman zaman mutluluk, yaşama sevinci ve iyimserlikle birleştirmektir."

İSTANBUL - HATIRALAR VE ŞEHİR

Yazarın kendisini "ben" olarak ilk hissedişinden, annesine, babasına, ailesine yönelen hikâye, bir hüzün ve mutluluk kaynağı olarak İstanbul sokaklarına açılıyor. Günümüzün büyük romancısının gözünden 1950'lerin İstanbul sokaklarını, parke taşı kaplı caddeleri, yanıp yıkılan ahşap konakları, eski bir kültürün yok oluşuyla, onun külleri ve yıkıntıları arasından bir yenisinin doğuşunun zorluklarını keşfederken, Pamuk'un ruhsal dünyasının oluşumunu bir dedektif romanı okur gibi hızla izliyoruz... Bu özgün ve benzersiz eserde, okurken elden bırakamadığımız kitaplara has o ruh ve duygu birliği var. Orhan Pamuk'un, Ara Güler başta olmak üzere İstanbul'un büyük fotoğrafçılarının çektiği on binlerce kareden ve kendi kişisel albümünden seçtiği fotoğraflar hikâyeye eşlik ediyor.

"Şimdiye kadar bir şehir hakkında yazılmış en unutulmaz, en hüzünlü ve en muhteşem kitap." - *THE SAN DIEGO UNION TRIBUNE*

SAF VE DÜŞÜNCELİ ROMANCI

"Büyüleyici... Her romancı bu kitabı okumak ve sanatını ustasından öğrenmek isteyecektir."
- THE DAILY TELEGRAPH

"Bu kitap roman konusunda bildiklerimden ve öğrendiğim en önemli şeylerden yapılmış bir bütündür."

"Roman okurken kafamızda neler olup biter?" başlığı ve "Romanlar ikinci hayatlardır" satırıyla açılan *Saf ve Düşünceli Romancı*, Orhan Pamuk'un 2009 sonbaharında Harvard Üniversitesi'nde, bin kişilik Sanders Tiyatrosu'nda verdiği ve büyük ilgi gören Charles Norton konferanslarını içeriyor.

Doksan yıllık geleneğinde T. S. Eliot'tan Borges ve Paz'a, Calvino ve Eco'dan Toni Morrison'a edebiyatın ve sanatın dünyadaki en saygın yaratıcılarını ağırlayan altı oturumluk konferans dizisinde Pamuk, romancılara sıkça yöneltilen "Bunları gerçekten yaşadınız mı?" sorusundan "Müzeler ve Romanlar"ın benzerliğine, romanla resim sanatı ilişkisinden romanların yavaş yavaş ortaya çıkan ve değişen merkezi fikrine, kırk yıllık roman okurluğu ve otuz beş yıllık roman yazarlığının tüm sanatı ve zanaatını okurlarıyla içtenlikle paylaşıyor.

ÖTEKİ RENKLER

Pamuk kişisel ve edebi dünyasını okurlarına içtenlikle açıyor...

Öteki Renkler Orhan Pamuk'un çocukluk anılarından mutluluk saatlerine, romanlarını nasıl yazdığından gezi notlarına, sevdiği yazarlar ve kitaplar hakkındaki eleştirilerinden kişisel itiraflarına, şikâyetlerine, siyasi öfkelerine, kültür ve gündelik hayat konusundaki heyecanlarına uzanıyor ve yazarın yalnız romanda değil, düzyazıda da ne kadar usta olduğunu kanıtlıyor. Kaleme aldığı makalelerden, tuttuğu defterlerden, verdiği röportajlardan yapılan bu titiz seçmede, Pamuk kızı Rüya ile olan arkadaşlığını, sigarayı bırakışını, gençlik bunalımlarını, günlük hayatını, sinema zevkini, Boğaz yangınlarını, bildiği İstanbul'u, yalnızlık ve mutlulukla ilgili takıntılarını, toplumun ve kendisinin korkularını ve paranoyalarını anlatıyor. Yazar kitabında ayrıca Dostoyevski'den Tanpınar'a, Kemal Tahir'den Oğuz Atay'a pek çok yazarı ve kitaplarını tartışıyor; roman kuramı, Doğu ve Batı, milliyetçilik ve Avrupa üzerine düşüncelerini açıyor. Nişantaşı'nda geçen ve bir çocuğun gözünden anlatılan "Pencereden Bakmak" adlı uzun hikâye ile birlikte bu kitap, Orhan Pamuk'un Nobel Ödülü'ne uzanan başarılı yolculuğunda renkli dünyasına ışık tutuyor.

"Pamuk yaşayan en büyük yazar." *- LE POINT*

"Pamuk dünyanın en iyi yazarlarından biri." *- THE NEW STATESMAN*

BENİM ADIM KIRMIZI

Benim Adım Kırmızı, hem Orhan Pamuk'un en çok dile çevrilen ve en çok hayranlık duyulan eseri hem de modern edebiyat tarihimizin dünyada en çok okunan kitabı.

Orhan Pamuk'un "en renkli ve en iyimser romanım" dediği *Benim Adım Kırmızı,* 1591 yılında İstanbul'da karlı dokuz kış gününde geçiyor. İki küçük oğlu birbirleriyle sürekli çatışan güzel Şeküre, dört yıldır savaştan dönmeyen kocasının yerine kendine yeni bir koca, sevgili aramaya başlayınca, o sırada babasının tek tek eve çağırdığı saray nakkaşlarını saklandığı yerden seyreder. Eve gelen usta nakkaşlar, babasının denetimi altında Osmanlı Padişahı'nın gizlice yaptırttığı bir kitap için Frenk etkisi taşıyan tehlikeli resimler yapmaktadırlar. Aralarından biri öldürülünce, Şeküre'ye âşık, teyzesinin oğlu Kara devreye girer. İstanbul'da bir vaizin etrafında toplanmış, tekkelere karşı bir çevrenin baskıları, pahalılık ve korku hüküm sürerken, geceleri bir kahvede toplanan nakkaşlar ve hattatlar sivri dilli bir meddahın anlattığı hikâyelerle eğlenirler. Herkesin kendi sesiyle konuştuğu, ölülerin, eşyaların dillendiği, ölüm, sanat, aşk, evlilik ve mutluluk üzerine bu kitap, aynı zamanda eski resim sanatının unutulmuş güzelliklerine bir ağıt.

"Bu kitap modern bir klasik." *– THE LOS ANGELES TIMES*

"Türk romancısı Orhan Pamuk, Avrupa'ya roman nasıl yazılır, gösteriyor." *– FRANKFURTER ALLGEMEINE*

YENİ HAYAT

Orhan Pamuk'un tuhaf, şiirsel ve başdöndürücü bu romanı 1994 yılında yayımlandığında, tıpkı anlattığı sihirli kitap gibi esrarlı havasıyla kült roman olmuş, bir anda yüz binlerce okura ulaşmış, kırkı aşkın dile çevrilmişti.

"Bir gün bir kitap okudum ve bütün hayatım değişti." Orhan Pamuk'un coşkulu, lirik ve sihirli romanı *Yeni Hayat* bu sözlerle başlıyor. Okuduğu bir kitaptan sarsılarak etkilenen, sayfalardan neredeyse fışkıran ışığa bütün hayatını veren ve kitabın vaat ettiği yeni hayatın peşinden koşan genç bir kahramanın olağanüstü hikâyesi bu. Kitabın etkisiyle âşık oluyor, üniversite öğrenciliğinden uzaklaşıyor, İstanbul'dan ayrılıyor, bitip tükenmeyen otobüs yolculuklarına çıkıyor, taşra şehirlerine doğru savruluyor. Onunla birlikte ve aynı hızla sürüklenen okuyucu, kahramanın okuduğu kitabı değil, başından geçenleri izleyerek bize özgü bir hüznün ve şiddetin ta kalbinde buluyor kendini. Siyah-beyaz televizyonlu kahvelere, video seyredilen otobüslere, trafik kazalarına, siyasi kumpas ve cinayetlere, bayi örgütlerine, paranoyakça kuramlara, saat kadar dakik muhbirlere, kaybolan eski eşyaların şiirine ve taşranın öfkesine uzanan bu harikulade yolculuk, Orhan Pamuk'un çağdaş dünya romanının en özgün yaratıcılarından biri olduğunu bir kere daha kanıtlıyor. Bir yandan Hayat'ın, Eşsiz Anlar'ın, Ölüm'ün, Yazı'nın, Kaza'nın sırlarına, bir yandan da çocukluğun resimli romanlarına, bir belirip bir kaybolan arzu meleğine ve Dante'nin, Rilke'nin şiirlerine açılan benzersiz bir roman. Hayatla okumanın kesiştiği alanda seyreden ve her sayfada katman katman genişleyen sarsıcı bir yol hikâyesi.

"*Yeni Hayat* özel bir vaka." *– THE GUARDIAN*

KARA KİTAP

Galip, çocukluk aşkı, arkadaşı, amcasının kızı, sevgilisi ve kayıp karısı Rüya'yı karlı bir kış günü İstanbul'da aramaya başlar. Çocukluğundan beri yazılarını hayranlıkla okuduğu yakın akrabası gazeteci Celâl'in köşe yazıları, bu arayışta ona işaretler yollayacak ve eşlik edecektir. Okuyucu, bir yandan her bacası, her sokağı, her insanı başka bir esrarlı âlemin işaretine dönüşen İstanbul'da Galip'in araştırmalarını ve karşılaştığı kişileri izlerken, bir yandan da bu araştırmaları değişik işaretler ve tuhaf hikâyelerle tamamlayan Celâl'in köşe yazılarıyla karşılaşır. Eski cellatların hikâyelerinden Boğaz'ın sularının çekileceği felaket günlerine, kılık değiştiren paşalardan kültür tarihimizde kalmış esrarlı cinayetlere, karlı gecenin aşk hikâyelerinden yüzlerimizin üzerindeki anlamın sırlarına, İstanbul'un ücra ve karanlık köşelerinden gülünç ve tuhaf kişilerine, yakın tarihimizden günlük hayatımızın unutulmuş ve şaşırtıcı ayrıntılarına kadar uzanan bir arayış.

1995 PRIX CULTURE FRANCE (FRANSA)

"Pamuk'un şaheseri." - *THE TIMES LITERARY SUPPLEMENT*

KARA KİTAP'IN SIRLARI

Bir roman nasıl yazılır? Kitabın ilk fikrinden son haline, hangi aşamalardan geçer? Yazar ne kadarını kendi hayatından, ne kadarını hayal gücünden, ne kadarını başka düşüncelerden ve etkilerden çıkarmıştır? *Kara Kitap'ın Sırları* önce bu sorulara cevap arıyor. Bunu yaparken Orhan Pamuk'un romanı yazarken tuttuğu defterlerden, çizdiği resim ve karalamalardan, yaptığı röportajlardan ve roman müsveddesindeki izlerden yararlanıyor... Ve tıpkı romanın kendisi gibi *Kara Kitap*'ın müsveddesinin ve yazılış hikâyesinin de sırlarla, oyunlarla, bilmecelerle dolu olduğunu gösteriyor. Orhan Pamuk'un hiçbir yerde yayımlanmamış özgün yazı, çizim ve fotoğraflarıyla...

KARA KİTAP - 25 YAŞINDA

Son kırk yılın Türk edebiyatı *Kara Kitap*'tan önce ve *Kara Kitap*'tan sonra diye ikiye ayrılabilir. Yayımlanır yayımlanmaz, değişikliği, tuhaflığı ve güzelliği ile okurları şaşırtan ve hemen tartışmaların odağına yerleşen *Kara Kitap* modern Türk edebiyatının vazgeçilmez bir klasiğidir.
Yayımlanışının 25. yılında esrarı hiç tükenmeyen bu romanın özel bir baskısını hazırladık. Pamuk'un büyük çoğunluğu hiçbir yerde yayımlanmamış el yazması sayfaları, çizimleri, ilk baskıya son anda ekleyip çıkardığı her biri birbirinden ilginç paragraflar, cümleler ile kitabın muamma ve bilmecelerini ortaya çıkaran yazı ve karalamalarıyla.

BEYAZ KALE

On yedinci yüzyılda Türk korsanlarınca tutsak edilen bir Venedikli, İstanbul'a getirilir. Astronomiden, fizikten ve resimden anladığına inanan bu köle, aynı ilgileri paylaşan bir Türk tarafından satın alınır. Garip bir benzerlik vardır bu iki insan arasında. Köle sahibi, kölesinden, Venedik'i ve Batı bilimini öğrenmek ister. Bu iki kişi, efendi ile köle, birbirlerini tanımak, anlamak ve anlatmak için, Haliç'e bakan karanlık ve boş bir evde, aynı masanın iki ucuna oturur, konuşurlar. Hikâyeleri ve serüvenleri, onları veba salgınının kol gezdiği İstanbul sokaklarına, Çocuk Sultan'ın düşsel bahçelerine ve hayvanlarına, inanılmaz bir silahın yapımına, "Ben neden benim?" sorusuna götürecektir. Hikâyelerin günden geceye doğru ilerlemesiyle, gölgeler yavaş yavaş yer değiştirir.

"Doğuda yeni bir yıldız yükseldi, bir Türk yazarı, Orhan Pamuk." - *THE NEW YORK TIMES BOOK REVIEW*

"Ustaca kurulmuş paradokslarla örülü, hayranlık uyandıran zarif bir postmodern hikâye." - *THE PUBLISHERS WEEKLY*

"Batı-Doğu ilişkisi üzerine yazılmış zarif ve önemli bir kitap."
- *THE INDEPENDENT*

SESSİZ EV

Sessiz Ev'de Orhan Pamuk, dağılmakta olan bir ailenin hikâyesi üzerinden Cumhuriyet ve modernleşme tarihimizin barındırdığı gizli çatışmaları ve şiddeti araştırıyor. Orhan Pamuk yayımlanışından otuz yıl sonra, bu yeni baskıda romana bölüm başlıkları koydu ve anlatıdaki bazı tekrarları ayıklayarak kitabı yeni okurlar için daha okunaklı hale getirdi.

Biri tarihçi, biri devrimci, biri de zengin olmayı aklına koymuş üç torun İstanbul yakınlarındaki Cennethisar kasabasındaki evinde babaannelerini ziyaret ederler. Dedelerinin yetmiş yıl önce siyasi sürgün olarak kasabaya geldiğinde yaptırdığı bu evde bir hafta kalırlar. Bu sürede, babaannelerinin doksan yıllık anılarla yüklü geçmişi ağır ağır aralanırken, dedenin Doğu ile Batı arasındaki uçurumu bir çırpıda kapatacağını sandığı büyük bir ansiklopediyi yazışı hatırlanır. Evde sessiz gözlemleriyle kuşaklar arasında köprü kuran tanıklar, bahçe duvarlarının ötesinde ise aile ile ilgilenen tutkulu gençlerin hareketleri vardır. Orhan Pamuk'un ikinci romanı olan *Sessiz Ev*, yayımlandığında büyük heyecanla karşılanmış, pek çok dile çevrilmiş ve ödüller almıştı.

1991 PRIX DE LA DÉCOUVERTE EUROPÉENNE (FRANSA)

"Pamuk'un gençlik dönemi şaheseri..." - *THE NEW YORK REVIEW OF BOOKS*

"Önemli sorular soran değişik bir kitap – hem klasik hem modern. Çehov'un *Vişne Bahçesi*'ni hatırlatıyor." - *LE MONDE*

CEVDET BEY VE OĞULLARI

Pamuk'a ilk ününü getiren bu büyük roman İstanbullu bir ailenin yetmiş yıllık serüvenini hikâye ediyor.

Nişantaşlı bir ailenin 20. yüzyılın başından itibaren üç kuşak boyunca serüvenlerini anlatan bu kitap ev içlerinin renklerini, zamanın akışını, günlük sıradan konuşmaları akılda yer eden kahramanlar aracılığıyla saptarken, okura geleneksel romandan alınacak hazları bütünüyle veriyor. Abdülhamit döneminin son yıllarında, İstanbul'un ilk Müslüman tüccarlarından küçük dükkân sahibi Cevdet Bey'in tutkusu, hem işlerini büyütmek, zenginleştirmektir hem de "Batılı anlamda" çağdaş, modern bir aile kurmak. Kökü taşraya uzanan geleneksel ailesini bir yana bırakarak bu isteklerini gerçekleştirmeye girişen Cevdet Bey'in ve oğullarının hikâyesi, bir anlamda modernleşme uğraşı içindeki Türkiye Cumhuriyeti'nin özel hayatının da hikâyesidir. Ev içlerinin, yeni apartman hayatının, Batılılaşan büyük ailelerin, Beyoğlu'na çıkıp alışveriş etmelerin, radyo dinlenen pazar öğleden sonralarının dikkat ve sevgiyle anlatıldığı bu panoramik roman, Orhan Pamuk'a hak ettiği ünü getiren olgun bir ilk kitaptır.

"Büyük bir başarı... Hiç duraksamadan en beğendiğim yirmi Türk romanı arasına alırım." - FETHİ NACİ

"Pamuk adeta okurun elinden tutup onu kendi dünyasında dolaştırıyor, birbirinin içine geçen sahnelerle, karşılaşmalarla ve konuşmalarla her şeyi en ince ayrıntısına kadar çözümlüyor." - *FRANKFURTER ALLGEMEINE*

BEN BİR AĞACIM

Herkes İçin Orhan Pamuk

"Bu kitapta, şimdiye kadar yazdığım sayfalardan, en kolay anlaşılabilir ve en güçlü olanları seçmeye çalıştım."

Çocukluk ve okul hikâyeleri ve tarihten sayfalar

Orhan Pamuk, kitaplarından seçtiği parçaları bu kitaba alırken metinlere dokundu, eski yazılarını değiştirdi, cümleler, paragraflar ekledi, başlıklar koydu. Pamuk'un kırk yıllık yazarlık hayatının en güzel sayfalarından yapılan bu seçme hem onun yeni ve genç okurlarının hem de eski takipçilerinin ilgisini çekecek.

"Kitabın kalbinde, hakkında hayaller kurmaktan hoşlandığım iki konu var: Tarihin esrarlı yüzü ve çocukluk ve öğrencilik yıllarının hatıraları. Romanlarımda ve düzyazılarımda bu iki kaynağa hep geri döndüm. Her seferinde de iki konunun kafamda iç içe geçtiğini hissettim. Yani: Tarihin çocuksu yanı ile çocukluğun tarihsel yanı."

Ben Bir Ağacım'da Pamuk, Osmanlı zamanının bir celladını, bir padişahın kıskançlığını anlatıyor, bir ağacı, bir resmi konuşturuyor ve kendi çocukluk, gençlik ve okul hatıralarını hikâye ediyor.

Pamuk'un dokuzuncu romanı *Kafamda Bir Tuhaflık*'ın kahramanı Mevlut Karataş'ın ortaokul yıllarının hikâyesiyle...